Promesse d'Irlande

DU MÊME AUTEUR

AUX EDITIONS HARLEQUIN

DANS LA COLLECTION BEST-SELLERS

Louisiane Story (N° 66)
Le testament d'Aurore (N° 75)
L'héritage des Robeson (N° 122)
Le refuge irlandais (N° 147)
L'écho de la rivière (N° 171)
Du côté de Georgetown (N° 195)

EMILIE RICHARDS

Promesse d'Irlande

BEST SELLERS

éditions Harlequin

Cet ouvrage a été publié en langue anglaise
sous le titre :
THE PARTING GLASS

Traduction française de
FLORENCE GODEBSKA

Photos de couverture
Campagne irlandaise : © PAUL HARRIS / GETTY IMAGES
Cahier : © T. STEWART & R. BAXTER
Portrait de femme : © DIGITAL VISION

83-85, boulevard Vincent-Auriol, 75013 PARIS — Tél. : 01 42 16 63 63
Service Lectrices — Tél. : 01 45 82 47 47
ISBN 2-280-08645-X — ISSN 1248-511X

REMERCIEMENTS

Je tiens à remercier mes amies romancières, Karen Young, Diane Chamberlain et Patricia McLinn pour leur soutien amical et leurs conseils, lors de la rédaction de *Promesses d'Irlande (The Parting Glass)*, ainsi que Damaris Rowland pour ses suggestions et ses réactions. Je suis très reconnaissante envers Madelyn Campbell qui a bien voulu partager avec moi ses remarquables compétences médicales.

Un merci tout particulier aux lecteurs qui m'ont demandé d'écrire la suite de la saga des Donaghue et, notamment, à ceux du *Cleveland's Irish Cultural Festival*. Leurs témoignages personnels sur le passé de Whiskey Island m'ont incitée à me pencher sur le Cleveland de la prohibition. J'y ai rencontré de redoutables bootleggers qui hantaient de bien mystérieux passages secrets…

Michael McGee, qui m'a accompagnée — sans se plaindre ! —, lors de deux voyages de repérages particulièrement pluvieux dans le Comté de Mayo, mérite toute ma gratitude.

Et, comme toujours, je me tourne avec reconnaissance vers ma talentueuse directrice éditoriale, Leslie Wainger, qui sait si bien ranimer en moi l'inspiration et le courage.

THE PARTING GLASS

Of all the money ere I had,
I spent it in good company,
And all the harm I've ever done,
Alas was done to none but me
And all I've done for want of wit,
To memory now I can't recall
So fill to me the parting glass,
Good night and joy be with you all.

Of all the comrades ere I had,
They're sorry for my going away,
And all the sweethearts ere I had,
They wish me one more day to stay,
But since it falls unto my lot
That I should go and you should not,
I'll gently rise and softly call,
Good night and joy be with you all.

(L'une des ballades irlandaises les plus populaires, traditionnellement chantée à la fin d'une soirée ou d'un rassemblement, et dont l'origine remonte aux années 1770.)

LE VERRE DES ADIEUX

Toute la fortune que j'aie jamais eue,
Je l'ai dépensée en bonne compagnie,
Tout le mal que j'aie jamais commis,
Hélas ! c'est à moi que je l'ai fait,
Toutes les bêtises accumulées,
Elles sont oubliées et pardonnées,
Alors, remplis mon verre à ras bord,
Le verre du départ et des Adieux,
Bonsoir, que la joie soit avec vous.

Tous les camarades que j'ai pu me faire,
Sont désolés de me voir partir,
Toutes les jolies filles que j'ai connues,
Elles aimeraient que je reste un jour de plus,
Mais, puisque le sort m'a désigné,
Que je dois m'en aller et vous laisser,
Alors, je lève mon verre, les amis,
Le verre du départ et des Adieux,
Et, de tout cœur, j'm'en vais vous souhaiter
Bonne nuit, que la joie soit avec vous.

Prologue

1923
Castlebar, Comté de Mayo

Mon cher Patrick,

Tant d'années et de kilomètres nous séparent, mon cher frère. Pendant des siècles, les McSweeney ont ignoré la solitude : nous étions si proches les uns des autres.

La séparation, en définitive, que nous a-t-elle apporté de bon ? Qu'y a-t-il de plus important que la famille, la terre et l'Eglise ? Le reste, c'est comme du beurre sur du pain : une fantaisie qui réjouit le palais mais ne nourrit pas son homme.

Aujourd'hui, notre famille a été dispersée. Toi, en Ohio ; nos chères sœurs en Australie et en Nouvelle-Ecosse, et d'autres dans la tombe. Nous, les survivants, nous sommes vieux. Et, plus que la distance, c'est le fait que nous soyons devenus des étrangers qui est frappant.

J'ai sous les yeux ta photographie prise devant Sainte-Brigid, et je te remercie de me l'avoir fait parvenir. Mais qu'est-il arrivé au svelte et grand jeune homme que je connaissais ? Qu'est-il arrivé au prêtre indomptable qui avait un regard de braise ? Est-il parvenu, comme moi, au bout du chemin qui mène vers notre ultime destination ?

J'ai tant de mal à t'imaginer sous les traits d'un vieillard, mon cher Patrick. Désormais, tu célèbres la messe uniquement pour les fêtes, tu confesses rarement, et tu passes des heures en oraison et en contemplation, me dis-tu. Maintenant que tu as du temps pour réfléchir, cher frère, quel est ton sentiment sur l'existence que tu as menée loin de notre verte Irlande ? Penses-tu quelquefois à ta patrie ? A notre terre, cette terre si chère à nos cœurs, qu'aucun McSweeney ne labourera plus jamais.

Si je m'étais mariée, le temps me pèserait sans doute moins. J'aurais des petits-enfants et des arrière-petits-enfants que je ferais sauter sur mes genoux. Au lieu de quoi, sans descendance pour prendre ma suite, je ne pense qu'à nos ancêtres qui nous ont donné le jour, et à vous, mes frères et sœurs. A toi, à Ciara et Selma, à notre petite Una qui nous a quittés si vite. Aucun d'entre nous n'ayant eu d'enfant, notre fière lignée retournera à la poussière, pour toujours.

J'ai beau être près de la fin, je n'ai rien oublié des chants et des rires, du parfum du pain cuit sur la pierre de l'âtre, du bêlement des moutons dans notre étable. Je me rappelle un petit gars, suspendu à mes jupes, qui récitait ses prières en zézayant, et se réfugiait derrière les portes closes, de peur du croquemitaine, les nuits où les tourbières de Mayo disparaissaient dans les brumes glaciales.

Comme j'ai de la chance d'avoir ces tendres souvenirs pour me consoler ! Comme nous avons de la chance d'avoir une famille à chérir ! Ceci, nul ne pourra jamais nous l'enlever, mon cher Patrick.

Peu importe les années qui passent, tu demeures dans mon cœur, ainsi que tous ceux qui nous sont chers, à jamais.

Ta sœur,
Maura McSweeney

1.

Peggy Donaghue évitait généralement le parking de Whiskey Island Saloon, ce qui n'était pas toujours facile car elle habitait juste au-dessus. Les jours où elle ne trouvait pas de place dans la rue, elle finissait par se garer sur l'emplacement réservé, à l'arrière du pub, et piquait un sprint jusqu'à la cuisine. Elle n'était pas superstitieuse, non : elle préférait seulement ne pas tenter le diable.

Le jeune homme qui se tenait juste derrière elle toussota discrètement.

— Il y a vraiment beaucoup de vent, mademoiselle D. Vous n'êtes pas obligée de rester. Tout va bien se passer, promis.

Peggy tira ses longs cheveux châtain cuivré en une queue-de-cheval improvisée. D'un coup d'œil par-dessus son épaule, elle remarqua le trouble du jeune Josh. Un trouble bien compréhensible : il venait de « voler » sa première voiture.

Et, tout comme Peggy, il priait le Ciel pour que Niccolo Andreani, le propriétaire de la Honda Civic flambant neuve, ne s'aperçoive pas de sa disparition.

— Je te fais confiance, Josh. A toi et aux autres.

Indiquant d'un signe de tête les quatre adolescents penchés sur la voiture, un peu plus loin, elle précisa :

— Mais je préfère rester dans le coin, au cas où vous auriez besoin de moi. De toute façon, ne vous inquiétez pas pour Nick :

il est calfeutré dans son bureau, et la terre pourrait s'arrêter de tourner, il ne se rendrait compte de rien.

Au même instant, elle vit s'approcher une silhouette familière entre les rangées de voitures. Une taille élancée, une chevelure blond vénitien… impossible de la confondre avec qui que ce fût.

— Oh, oh, on s'est fait épingler ! lança-t-elle. C'est la taule, pour nous, Scarface.

Josh rougit d'un seul coup.

— Euh, faut que j'y aille… Winston se débrouillera très bien, vous verrez. Je préfère rentrer, au cas où Nick s'apercevrait de…

Peggy fit un geste de la main.

— Vas-y. J'affronterai les autorités toute seule !

Josh eut l'air soulagé, et fila sans demander son reste.

Afin d'éviter la sœur aînée de Peggy, il fit un détour en s'aplatissant derrière les voitures.

Casey Donaghue Kovats s'arrêta à la hauteur de Peggy, et observa les adolescents qui fixaient des pétards sur le pare-chocs arrière de la voiture de Niccolo Andreani.

La Civic gris métallisé était garée tout près de la porte arrière du saloon, de manière à ne pas être visible depuis la route.

— Non, mais tu laisses ces gosses coller des fusées sur cette voiture ? Tu travailles, pourtant, dans un service d'urgence ! Tu sais à quel point ces trucs peuvent être dangereux.

— Comment ça va ? Le temps est un peu venteux, aujourd'hui, non ?

— Peggy, as-tu perdu la tête ?

— Les feux d'artifice sont dangereux, je ne dis pas le contraire. Mais, là, il ne s'agit que de malheureux pétards.

— Megan va en faire une maladie !

— C'est le but de la manœuvre. On s'est donné du mal, crois-moi.

Peggy fit signe à Winston, un superbe Afro-Américain.

— Tu veux bien expliquer à Casey que la voiture de Nick ne risque rien ?

Le garçon abandonna son poste de responsable et vint rejoindre les deux sœurs.

— Affirmatif, madame K. Ça fera juste un peu de bruit.

Casey n'avait pas l'air convaincu.

— Je ne mets pas en doute tes talents, Winston, loin de là ! Mais… imaginons un instant que tu te trompes.

— Impossible. On a testé le truc, hier.

— Hier ? s'exclama Peggy, intriguée.

« Première nouvelle ! » songea-t-elle.

— Ouais, à un mariage… à l'église baptiste.

— Quelqu'un que tu connaissais ?

Il haussa les épaules.

— Ça a été une bonne expérience. Y a pas intérêt à mélanger les ballons et les pétards sur le même pare-chocs, sauf si vous voulez vraiment mettre le souk !

Peggy réprima de justesse un sourire.

— Tu vois ? dit-elle à sa sœur. Je t'avais dit qu'on avait affaire à un spécialiste.

Casey leva les yeux au ciel, tandis que Winston s'esquivait.

— Pour commencer, je trouve incroyable que Nick ait eu l'idée saugrenue de laisser sa voiture ici, fit-elle remarquer.

— C'est Josh qui l'a amenée, il y a une demi-heure. Nick n'est pas au courant.

— Comment va-t-il aller à l'église, dans ce cas ?

— A pied, j'imagine. Il n'habite pas loin.

Une violente bourrasque ébouriffa les cheveux des deux sœurs.

Peggy leva les yeux sur un ciel qui s'assombrissait de minute en minute, alors que la météo avait annoncé une journée printanière. Bien sûr, à Cleveland, on ne pouvait guère espérer de miracles, côté climat. A moins de s'adresser directement au bon Dieu…

— Je lui aurais bien passé ma voiture, dit Peggy, mais je n'en ai plus.

— Comme si j'avais oublié que tu décollais demain !

Peggy préféra ne pas relever, et suggéra :

— Jon pourrait conduire Nick à l'église, non ? Si tu l'appelais ?

Jon, le tendre époux de Casey, était l'homme le plus serviable de la terre.

— Oh, je pense qu'il ne fera pas de difficulté. On peut toujours compter sur lui pour faire face aux tempêtes, dit Casey en souriant aux anges.

Peggy avait remarqué que ces mystérieux sourires étaient de plus en plus fréquents. Décidément, le mariage réussissait à sa sœur !

Deux ans plus tôt, Peggy et Casey avaient débarqué à Cleveland, comme des âmes perdues, cherchant désespérément un refuge.

A présent, Peggy était la mère d'un petit garçon, Casey avait épousé son meilleur ami, et Megan, qui tenait le saloon familial, était sur le point de célébrer son mariage.

Ce qui ressemblait à un tiercé gagnant… ne l'était pas exactement.

Il y avait encore du chemin à parcourir pour atteindre le bonheur : des blessures à panser, des obstacles de taille à franchir… Pour sa part, Peggy préférait ne pas penser à ce qui l'attendait. Pas aujourd'hui, en tout cas.

Pas le jour du mariage de Megan.

— Tu te rappelles la dernière fois qu'on s'est retrouvées dans ce parking ? demanda Casey.

— On l'a échappé belle, ce jour-là, dit Peggy. Si Niccolo ne s'était pas interposé, on ne serait plus là pour raconter l'histoire. Dire qu'aujourd'hui, il va épouser notre sœur ! La vie est étrange, tu ne trouves pas ?

— Dis donc, j'ai jeté un coup d'œil à l'intérieur. Incroyable ce qu'ils ont fait, hein ?

« Ils », c'était la famille Donaghue — et tous ceux qui se sentaient affiliés au clan de près ou de loin. Depuis l'aube, une horde d'amis et de parents briquaient et décoraient le saloon où devait se tenir la réception, après la cérémonie religieuse à Sainte-Brigid.

— J'ai des milliers de choses à faire avant que Kieran se réveille, dit Peggy en consultant sa montre.

— Tu penses le laisser là-haut avec la baby-sitter ?

— Oui, ce sera mieux pour lui. Et pour tout le monde.

— Cette vieille baraque a fière allure, je trouve. Ça me rappelle notre enfance, quand maman s'occupait des réceptions. Megan va adorer ça.

Peggy n'en était pas si sûre. Plus tard, sans doute, leur sœur aînée repenserait à cette journée avec nostalgie. Avec tendresse, même. Mais, aujourd'hui, elle ne se rendrait compte de rien. On pouvait même parier qu'elle allait subir son mariage avec l'enthousiasme d'une prisonnière condamnée à perpète.

Casey eut un petit sourire entendu.

— Bon, d'accord, elle va sans doute avoir le trac et elle ne remarquera pas tous les détails…

— Je me demande pourquoi ils ne se sont pas enfuis pour se marier en catimini.

— Elle ne voulait pas donner le mauvais exemple.

— A qui, exactement ?

— A ton avis ?

— Ne me dis pas qu'elle fait ça pour moi !

— Je pense que ça a pesé dans la balance.

— Non, mais je rêve !

— Et puis, c'est important pour Nick, ajouta Casey. Et aussi pour ses petits protégés.

Les protégés en question étaient un groupe d'adolescents, dont faisaient partie ceux qui s'affairaient présentement autour du véhicule de Niccolo. Une douzaine d'énergumènes aux personnalités plutôt attachantes, qui flirtaient plus ou moins avec la délinquance, et appartenaient tous à une association baptisée *Une Brique à la Fois*, dont Niccolo Andreani était le fondateur, directeur et homme à tout faire.

— Tu penses que Megan se marie pour la galerie ? A son corps défendant ?

— Elle n'a rien dit. J'en suis donc réduite aux conjectures. Mais je ne sais pas si tu as remarqué : depuis qu'elle a dit oui à Nick, elle n'est plus que l'ombre d'elle-même. Pourtant, elle l'adore, c'est évident ! Ce qu'elle ne supporte pas, en réalité, c'est être le centre d'intérêt. Elle préfère, de loin, régenter la vie d'autrui… depuis les coulisses.

— Eh bien, il était temps que son tour arrive, qu'elle le veuille ou non ! Et nous, il est temps qu'on s'y mette. Seigneur ! Déjà dix heures ! Qu'est-ce que tu as à faire, toi, ce matin ?

— Cinquante millions de choses, au moins !

— Pareil pour moi. Il faut aussi que je m'occupe de ma tenue, que je m'organise pour Kieran.

— Et que tu fasses tes valises.

— Elles sont déjà prêtes. Tante Dee est venue les chercher, ce matin. Comme ça, je pourrai faire le ménage, ce soir, après la fête, sans les avoir dans les jambes. Megan a mis une petite annonce pour relouer l'appart'.

Peggy avait parlé très vite, cherchant à éluder le sujet. Son départ imminent avait déjà fait l'objet de nombreuses discussions. Toutes parfaitement inutiles puisqu'elle avait pris la ferme décision d'aller passer un an en Irlande.

— Allez, au travail ! lança-t-elle. Kieran ne va pas tarder à se réveil…

Un énorme coup de vent la projeta contre Casey. Elle poussa un cri perçant, aussitôt éclipsé par un craquement assourdissant. Un instant désorientée, Peggy ne comprit pas ce qui se passait. Puis, en tournant la tête, elle vit avec horreur le désastre qui se préparait.

— Eloignez-vous de la voiture, vite ! Attention, l'arbre…

Winston et son équipe se dispersèrent, à l'image des feuilles qui tombaient du gros érable au-dessus de leurs têtes. Un monstrueux grincement se fit entendre. Puis Peggy vit l'arbre osciller et se fendre en deux.

Dans un grondement impressionnant, la moitié d'arbre la plus proche du saloon s'abattit sur le toit et le capot de la Civic, tandis que l'autre moitié demeurait en situation précaire, encore reliée au tronc.

La voiture de Nick avait pris l'allure d'un vieux sandwich qui aurait séjourné une semaine dans le sac à dos d'un écolier.

— Pas de bobos ? demanda Peggy en passant en revue la petite troupe passablement choquée.

Ils firent signe que tout allait bien, mais s'écartèrent prudemment.

— Bon sang, la porte de la cuisine ! lança Casey d'une voix tremblante. Elle est condamnée !

Peggy éleva la voix pour dominer le vent qui hurlait de plus belle.

— On s'en fiche de la porte ! Qu'est-ce qu'on va faire pour la voiture de Nick ? Ils ne vont pas pouvoir partir en voyage de noces !

— Ils n'auront qu'à prendre la mienne. Jon et moi, on peut se débrouiller avec une seule voiture.

— N'empêche, il va falloir l'annoncer à Nick.

— Sûr ! Mais à quel moment ?

Peggy, la plus pragmatique des sœurs, essayait d'analyser la situation. Sans parvenir à la moindre conclusion.

— Le jour de leur mariage… ça tombe plutôt mal.

— C'est le moins qu'on puisse dire.

— Tu crois que les gosses sont capables de tenir leur langue ?

Casey tourna la tête vers eux, et le vent lui rabattit les cheveux sur les yeux.

— Winston, sans problème. Les autres, je ne sais pas.

Alertés par le choc, les membres de la famille et les amis sortaient en désordre du saloon.

— Par saint Patrick et tous les saints ! On ferait mieux d'appeler la voirie !

— Plutôt la ferraille !

Casey fit la réflexion qui s'imposait :

— Il y a de quoi annuler la réception.

Peggy tremblait, à présent. Il s'en était fallu d'un cheveu… Dieu merci, ils étaient tous sains et saufs.

— C'est vrai. Avec une issue bloquée, légalement, nous devons mettre la clé sous la porte.

Casey entoura les épaules de sa sœur d'un bras protecteur.

— Ce qui est chic, tu vois, avec les Donaghue, c'est que personne n'aura l'idée d'aller nous dénoncer.

— Dis donc, Casey, si on se débarrassait une bonne fois pour toutes de ce maudit parking ? On pourrait en faire don à la ville, qu'est-ce que tu en penses ?

Deux heures plus tard, Megan Donaghue regardait son image dans la glace en pied de la chambre de Casey. Elle voyait une femme à l'air mécontent, dans une robe toute simple de soie ivoire.

— Je me demande pourquoi je me suis laissé embarquer là-dedans. J'ai l'air d'un abat-jour !

Casey, à genoux sur le plancher, tenta de la rassurer.

— Tu es superbe et, justement, le chic de cette robe, c'est qu'il n'y a pas le moindre froufrou. Plus simple, ça n'existe pas. Ou alors, ça s'appelle un maillot de bain !

— J'aurais dû mettre un tailleur. Sauf qu'en tailleur, j'ai l'air d'un pingouin. Comment se fait-il que tu aies hérité des jambes de maman, Peggy de sa somptueuse chevelure, et moi…

Elle fit une pause.

— Moi, rien. Rien de rien !

— Apparemment, Nick n'est pas tout à fait du même avis… Bon, et puis, tiens-toi tranquille, sinon tu vas te retrouver avec une épingle plantée au mauvais endroit.

Megan cessa de se tortiller. Surtout que Casey lui avait paru particulièrement à cran, depuis son arrivée. N'empêche, il fallait qu'elle vide son sac. Elle ajouta donc d'un ton fataliste :

— Peut-être que ce n'est qu'une histoire de machine emballée, qui continue sur sa lancée… Et Nick ne sait plus comment sortir de ce truc infernal ! Il a sans doute essayé dix fois de me dire qu'il ne voulait pas m'épouser, et moi, je n'ai rien entendu.

— Megan, ça fait deux ans que Niccolo essaye de te convaincre ! Tu as, finalement, renoncé aux échappatoires, et te voilà ! déclara Casey en plantant résolument son aiguille dans l'ourlet de la robe.

Megan revint vers le miroir. Elle aurait voulu y découvrir, au moins le jour de son mariage, une voluptueuse rouquine affublée d'une poitrine à damner un saint. Au lieu de cela, elle ne voyait qu'une petite personne au corps de garçon manqué, avec un visage rectangulaire. D'accord, le visage n'était pas trop catastrophique : traits réguliers, grands yeux couleur d'ambre, expression volontaire… même ses boucles folles avaient été domptées dans un semblant d'ordre par le coiffeur de Casey.

— Franchement, qu'est-ce qu'il me trouve ? lança-t-elle d'une voix dépitée. Nick est bel homme. Je ne suis pas aveugle. Certaines de mes amies le trouvent même superbe. Moi, je porte un Wonderbra et, crois-moi, personne ne va s'évanouir quand je remonterai la nef.

— Megan, ne lui fais pas ce numéro pendant votre lune de miel, vu ?

— Pourquoi est-ce que je m'inflige ça, tu peux me le dire ? maugréa Megan en remettant en place une boucle de cheveux rebelle.

Elle s'était laissé traîner à la boutique de mariage avec des semelles de plomb, et avait choisi la robe la plus passe-partout. A la place du voile qu'elle avait refusé avec la dernière énergie, elle avait opté pour un semis de fleurs d'orangers sur ses cheveux courts, un gracieux arrangement qui menaçait de s'effondrer lamentablement si elle continuait à agiter la tête de cette façon.

— Voyons un peu, dit Casey en coupant le fil d'un coup de dent. Tu veux savoir pourquoi tu fais *ça* ? C'est peut-être tout simplement parce que tu es amoureuse de lui.

— Très drôle, Casie.

— Si ce n'est pas par amour, ça peut être à cause du sexe. Ou parce que tu as besoin d'un gars pour réparer la chasse d'eau quand elle tombe en panne.

— Je suis capable de la réparer moi-même.

— Alors, il ne reste que le sexe.

— Pas la peine de se marier pour ça.

— Donne-moi ta version, ça vaudra mieux.

— J'ai dit oui pour faire plaisir à Nick : il croit à l'amour, au mariage.

Megan fit la grimace et s'escrima sur une nouvelle mèche récalcitrante.

— C'est un romantique ?

— Un ancien prêtre, ne l'oublie pas !

Megan poussa un long soupir, et confessa :

— Il est extrêmement croyant. Vivre en dehors des liens sacrés du mariage, ça ne lui convient pas. Il a besoin de sacrements. Il a besoin de l'approbation de l'Eglise.

— Ainsi, tu fais tout ça pour lui, dit Casey en se dirigeant vers la penderie pour y décrocher sa robe. Félicitations ! Une véritable martyre ! Tu pourras te présenter au paradis la tête haute.

Megan rumina silencieusement pendant que sa sœur troquait son short et son T-shirt contre des dessous affriolants et une paire de bas. Casey enfila ensuite sa robe de demoiselle d'honneur, et rejoignit sa sœur.

— Tu peux monter ma fermeture Eclair, s'il te plaît ?

Megan s'exécuta. La soie flamboyante rappelait les cheveux blond vénitien de Casey, sagement tressés pour l'occasion, et agrémentés d'un ruban feu et de fleurs de gaillet.

A part la rousseur qu'elles déclinaient toutes les trois dans leur chevelure, les sœurs Donaghue se ressemblaient peu. Peggy, avec son visage ovale et ses yeux d'ambre liquide, était, sans conteste, la plus belle. Ses traits étaient plus doux que ceux de ses sœurs, et son corps gracieux avait développé des courbes pleines avec la maternité.

Casey était plus intéressante que jolie, mais elle avait du chien et savait mettre en valeur son visage irrégulier, ses cheveux lumineux et sa silhouette anguleuse de mannequin. Elle avait le chic pour choisir des vêtements originaux, et son maquillage attirait l'attention. Partout où elle passait, Casey faisait sensation.

Et puis, il y avait Megan… le cœur sensible, la fille sans chichi. Megan dont le bonheur consistait à servir ses clients dans le saloon familial, en pantalon de treillis et polo vert émeraude.

Un jour comme celui-ci, elle se sentait comme une petite fille endimanchée. Une petite fille particulièrement gauche.

— Ce n'est pas si simple, dit-elle à sa sœur. Je ne fais pas ça uniquement pour Nick. Moi aussi, je crois au mariage… Enfin, théoriquement.

— Dans notre enfance, tu n'as pas eu l'occasion de voir beaucoup de couples heureux.

— M'man et Rooney s'entendaient bien.

— Ouais, quand il était à jeun. Ensuite, à la mort de maman, il a carrément flippé et pfft ! évanoui dans le décor, parti sans laisser d'adresse ! Résultat : sœur courage s'est retrouvée seule pour tout assumer.

— Il y a quand même des mariages réussis dans la famille. Tante Deirdre et oncle Frank, par exemple.

Casey s'approcha de la glace pour se maquiller.

— Tu étais trop occupée à défendre ton territoire bec et ongles pour te rendre compte du reste, sœurette.

Casey avait sans doute raison, songea Megan. Leur père avait abandonné la famille lorsqu'elle n'avait que quatorze ans. Et elle avait passé ses années d'adolescence à se battre pour maintenir le saloon ouvert et empêcher qu'on la sépare de ses sœurs.

La désertion de son père l'avait profondément marquée. Et Niccolo en avait fait les frais, au début de leur relation.

— Je sais bien que toutes ces années m'ont affectée, convint-elle. Mais j'estime en être sortie. A présent, je suis une grande fille. J'ai compris pourquoi Rooney était parti. Et je remercie le ciel qu'il soit revenu — enfin, plus ou moins revenu. Il a agi du mieux qu'il pouvait, j'en suis persuadée.

Casey se retourna.

— Si les gens, soi-disant sains d'esprit, faisaient la moitié des efforts d'un Rooney, je peux te dire que le monde serait un endroit sensationnel.

— Finalement, ce qui me fiche la trouille, c'est plutôt de voir un couple qui nage dans le bonheur. Le tien, par exemple, déclara Megan tout de go. Ça fait un moment que ça me turlupine.

— Mais qu'est-ce que tu racontes ?

— Jon et toi. Je ne comprends pas comment vous vous y prenez. Vous avez l'air plus heureux, l'un et l'autre, qu'à l'époque où vous étiez célibataires. Et vous n'avez même pas l'air de faire des efforts.

— Jon et moi, on était déjà amis au collège.

Casey dégagea l'épaule de Megan, et lui donna une tape lorsqu'elle voulut remonter le décolleté de sa robe.

— Je ne vois pas le rapport avec toi, reprit-elle. Tu aimes Nick. Tu t'entends bien avec lui. Où est le problème ?

— A t'écouter, ça paraît facile. Mais moi, je ne sais pas comment m'adapter à la vie à deux. Je me sens face à un défi… écrasant. Pour Nick aussi, c'est loin d'être évident.

— La vie de couple demande des ajustements. Personne n'y coupe. Vu de l'extérieur, tout a l'air de baigner entre Jon et moi, mais je peux te dire que nous avons eu de sérieux coups de grisou… et de sacrées réconciliations sur l'oreiller, ajouta Casey, les yeux brillants.

— Mais, imaginons que je me donne à fond et que je n'arrive à rien ? Dis-moi, tu ne fais pas de l'assistance psychologique pour les couples, de temps en temps ?

Casey venait d'être bombardée directrice d'une œuvre charitable qui dispensait des soutiens sociaux aux résidents du West Side.

— Ce n'est pas ma spécialité ! répondit-elle en haussant les épaules.

— A ton avis, cette angoisse, c'est normal ?

Megan se mordilla l'intérieur des joues, avant de se souvenir qu'elle portait du rouge à lèvres.

— Si je m'écoutais, confessa-t-elle, je partirais en courant… pendant qu'il est encore temps.

— Et que se passerait-il ? Tu trouverais mieux ailleurs ?

— J'ai la trouille de prendre un bouillon.

— Ce serait si dramatique ?

Megan réfléchit un instant.

— Oui, j'en mourrais. J'ai pas envie de tout faire foirer. Si je me marie, c'est pour toujours. Et je ne sais pas comment m'y prendre pour que ça marche.

Casey vint poser les mains sur les épaules de sa sœur.

— Megan, pourquoi portes-tu ce poids toute seule ? Vous êtes deux, maintenant. Et je ne connais pas deux personnes aussi douées que vous. Vous allez décrocher la timbale, je te le prédis ! Et, un jour, tu te demanderas comment tu as pu me débiter toutes ces fadaises.

Des pas se firent entendre dans le couloir. La porte s'ouvrit et Peggy apparut sur le seuil.

— Megan, tu es superbe ! Géniale ! J'en ai les larmes aux yeux.

— Oh, non ! C'est défendu !

— Il faut que je m'habille en vitesse, déclara Peggy en se dirigeant vers le placard. Le temps de briefer la baby-sitter, j'ai pris du retard. Bon, je n'ai plus le temps d'élaborer ma coiffure. De toute façon, avec ce vent, ça ne tiendrait pas. Je vais me tirer les cheveux en arrière et les fixer avec ces peignes fantaisie : ça fera l'affaire. Et puis, de toute façon, tous les yeux seront fixés sur Megan.

— Par tous les saints, dire que je vais me marier ! s'exclama la jeune femme en se prenant la tête entre les mains. L'une de vous deux ne voudrait pas prendre ma place, par hasard ?

Peggy sortit sa robe de la penderie ; c'était le même modèle que celle de Casey mais en vert Véronèse.

— J'épouserais volontiers Nick. Tu crois qu'il remarquerait la différence ?

Elle quitta son T-shirt, et enfila la robe qui retomba avec grâce sur son corps svelte.

— Je n'aurai qu'à lui dire que tu as changé d'avis, reprit-elle. Je suis sûre qu'il sera d'accord !

— Moi aussi, je veux bien me sacrifier ! lança Casey. Jon et lui n'auront qu'à se battre en duel pour savoir lequel passera la nuit dans mon lit !

Megan sentait venir une crise de tachycardie.

— Vous croyez que je vais m'en sortir vivante, les filles ?

— Sinon, ça fera toujours un article à sensation dans le *Cleveland Plain Dealer* !

Peggy se tourna vers Casey pour qu'elle remonte sa fermeture Eclair.

— Des nouvelles de Rooney ?

Megan avait eu énormément de mal à comprendre et à accepter la maladie de son père. Depuis que Rooney avait réapparu, deux ans auparavant, elle s'était, peu à peu, convaincue que son père n'était pas un homme comme les autres. Il avait férocement lutté pour recouvrer sa santé mentale et, désormais, il n'était plus le vagabond qui hantait les terrains vagues. Chaque soir, il rentrait dormir chez Niccolo, à Ohio City, un quartier à la périphérie ouest de Cleveland. Il ne buvait plus et prenait des médicaments qui l'aidaient sur le plan psychologique, mais les années d'errance et d'alcoolisme avaient laissé des traces. Bien qu'il eût encore l'esprit confus, il se souvenait de ses filles. Il avait été absent, certes, pendant la majeure partie de leur existence, mais il apprenait à les connaître, à son rythme et à sa manière.

— Je lui ai rappelé le mariage, ce matin, dit Megan. Il s'était levé très tôt.

— Qu'est-ce qu'il a répondu ?

— Rien de très clair. Mais il n'a pas eu l'air surpris. Il s'en souvenait peut-être, après tout. Quant à savoir s'il arrivera jusqu'à l'église…

— Il sait bien où est Sainte-Brigid, dit Peggy. Il est capable de trouver son chemin n'importe où.

Casey intervint,

— Megan, c'est déjà beau qu'il se souvienne de ton mariage… et de toi. Il sera sûrement très content d'y assister, même s'il perd le fil en cours de route. Tu sais, l'année dernière, quand j'ai épousé Jon, il avait du mal à se rappeler mon nom.

Megan savait qu'il était inutile d'aller chercher son père : si elles le faisaient monter de force dans une voiture, il paniquerait complètement.

« Advienne que pourra ! » se dit-elle en revenant à ses propres préoccupations.

— En tout cas, dit-elle, j'ai encore le temps de filer au Botswana ou aux îles Canaries. Au choix !

Peggy planta un baiser sur la joue de sa sœur, puis fit disparaître la légère trace de rouge qu'elle y avait laissée.

— Que dirais-tu plutôt de l'église ? D'abord, tu n'as pas de passeport.

— Oh, mais si ! J'ai pris mes précautions.

— Tu n'as pas de billet.

— Je suis certaine qu'il y a des départs pour le Botswana toutes les heures.

— Depuis Hopkins ? C'est tout juste si tu trouves un vol pour Newark !

— Je m'en contenterai, rétorqua Megan en levant fièrement le menton. Tu crois que je blague ?

— Je crois surtout que tu es terrifiée, dit Casey en se joignant au trio. Je n'aurais jamais imaginé qu'un jour, tu l'avouerais... Bon, maintenant, on va à l'église ou on raconte à tout le monde que tu t'es dégonflée ?

— Hors de question ! lança Megan en se tournant une dernière fois vers le miroir.

Ce qu'elle y vit n'était pas si catastrophique que ça : elle avait l'air, l'air... d'une jeune mariée.

— Allons-y ! déclara-t-elle.

Casey lui jeta un regard de commisération.

— Finalement, tu es une fille vachement prévisible.

2.

Niccolo était soulagé que Megan n'ait pas choisi une robe à grand tralala, car il aurait été lui-même obligé de porter un smoking.

— Josh, tu peux venir une minute ?

Il fit signe au jeune homme dégingandé chargé d'encadrer une bande d'adolescents qui se poussaient du coude dans les premières travées.

Josh obtempéra après avoir passé le relais à Tarek qui, pour la circonstance, était endimanché : pantalon au pli impeccable, loden bon chic bon genre et mocassins cirés. Tarek avait confié à Niccolo que c'était la première fois qu'il entrait dans une église chrétienne, et il avait dressé une liste soigneuse des vêtements appropriés, jusqu'à la cravate ultra-classique.

— Où est passé Winston ? demanda Niccolo lorsque le garçon le rejoignit dans le narthex. Il pourrait maintenir un peu l'ordre, quand même !

Curieusement, Josh évita son regard.

— Euh… Il n'est pas encore arrivé. Il avait un truc à faire, ce matin.

Winston, Josh, Tarek et les autres faisaient partie de *Une Brique à la Fois*, une association montée par Niccolo avec de jeunes gars de son quartier, intéressés par les travaux de rénovation. L'histoire avait commencé modestement, presque comme un jeu, au moment où Niccolo s'était lancé dans la réhabilitation de sa maison d'Ohio City. Et, aujourd'hui, l'association se chargeait d'enseigner, de façon officielle, la menuiserie, la plomberie, la peinture sur des chantiers des environs. Mais les travaux et la rénovation de vieilles bâtisses étaient plutôt prétexte à développer les qualités humaines des participants qui apprenaient ainsi la maîtrise de soi, le respect des autres, l'importance d'aller jusqu'au bout de la tâche entreprise, et l'esprit de communauté. *Une Brique* continuait son petit bonhomme de chemin, tant bien que mal, malgré les difficultés financières qui se dressaient en permanence sur sa route.

Niccolo desserra son col qui l'étranglait littéralement.

— Tu crois que tu pourras les faire tenir tranquilles jusqu'à la réception ?

— Pas de problème. Ils feront ce que je leur demanderai, promit Josh.

Niccolo avait confiance. Josh était *sa* grande réussite. Deux ans plus tôt, il était venu s'installer chez lui pour fuir les violences d'un père alcoolique et, immédiatement, il s'était épanoui. Pour la première fois de sa vie, il s'était mis à avoir de bonnes notes à l'école, et il avait acquis une solide confiance en lui. Il envisageait même d'aller à l'université, et Niccolo l'y encourageait.

— Tu vois ce grand type, en bout de banc, à la seconde rangée ? lui demanda Niccolo.

— Le brun qui est assis à côté de la jolie femme en robe bleue ?

— Oui. C'est mon frère Marco.

— Il te ressemble. Comment se fait-il qu'il ne vienne jamais te voir ?

Niccolo chercha comment répondre de façon à peu près neutre.

— Quand je me suis défroqué, dit-il, ma famille ne l'a pas trop bien pris. Marco a cherché à jouer les médiateurs.

Voyant que Josh ne comprenait pas, il reprit :

— Il a voulu faire comprendre aux autres que ce changement était positif pour moi. Surtout à mes parents, et à mes grands-parents qui étaient encore vivants.

— Je vois. Il ne veut pas se les aliéner définitivement en venant trop souvent ici.

Niccolo apprécia l'emploi du mot « aliéner », sorti tout naturellement de la bouche de Josh. Le garçon avait tout de suite capté la subtilité de la situation : il était très psychologue.

— C'est exactement ça. Bon, mais il est là, aujourd'hui, et j'aimerais qu'il ait un œillet à la boutonnière. Comme le tien. Tu veux bien t'en charger ?

— 'Videmment, répondit Josh en prenant un œillet blanc dans la corbeille fleurie, derrière Niccolo. Tu attends quelqu'un d'autre ? De ta famille, je veux dire ?

Voyant Niccolo secouer la tête, Josh eut l'air perplexe.

— Ils n'aiment pas Megan ?

Une telle idée paraissait clairement inenvisageable à Josh : lui qui aurait baisé le sol où la jeune femme avait posé le pied !

— Ils n'aimeraient aucune de celles que je pourrais choisir. Ne t'inquiète pas pour ça. Marco est ici, c'est déjà un bon début.

— Alors, même dans les bonnes familles, on peut agir stupidement, hein ?

Cette pensée eut l'air d'amuser Josh, et il remonta la nef, le sourire aux lèvres.

— Qu'est-ce que tu fiches ici, Nick ?

Niccolo se retourna et vit son garçon d'honneur franchir la grande porte. Jon Kovats, le mari de Casey, portait à la perfection le costume sombre. Il était procureur, plutôt bel homme, et sa prestance en imposait dans les tribunaux : les innocents reprenaient espoir et les coupables n'en menaient pas large sous son regard fixe.

— Tu es censé te cacher quelque part, en compagnie du père Brady, jusqu'au début de la cérémonie, non ?

Dès que Jon l'avait déposé devant la porte de la sacristie, Niccolo avait fait le tour afin de venir jeter un coup d'œil sur les invités, depuis le narthex. Contrairement à ce qu'il avait dit à Josh, il espérait la présence de ses parents, un jour comme celui-ci…

— Je vérifiais que tout se passait bien, dit-il à Jon.

— Nick, pour une fois, laisse-nous nous occuper des détails. C'est notre boulot.

— As-tu eu des nouvelles de Casey ?

— Quel genre de nouvelles ?

Une fois de plus, il passa un index nerveux sous son col. Il était passé directement de l'habit ecclésiastique aux chemises en flanelle d'ouvrier, et il n'arrivait pas à s'habituer à la cravate.

— Tu lui as parlé, récemment ? Je veux dire : dans la demi-heure qui vient de s'écouler ?

— Non, pourquoi ? Elle est en train d'aider Megan à s'habiller. Elles doivent être un peu débordées, j'imagine.

Jon fronça les sourcils.

— Tu as peur que Megan se défile, c'est ça ?

— Ça m'a traversé l'esprit, je l'avoue.

— Megan n'est pas femme à faillir à ses engagements. C'est une jusqu'au-boutiste acharnée. Comme toi, d'ailleurs. Vous avez ça en commun. Je vous connais bien, tous les deux.

Niccolo eut un petit sourire qui s'effaça vite.

— Elle a peur que notre vie change, que je me réveille un matin en découvrant que j'ai fait une grosse bêtise et qu'en bon catholique, j'assume mon erreur.

— Megan ? Elle manque à ce point de confiance en elle ? Moi qui la prenais pour une superwoman !

— Elle a une forte personnalité, c'est vrai, mais le mariage la terrifie. Elle se demande comment ça va tourner. Et l'incertitude, c'est un truc qui la tue.

— Tu parles de Megan ? Ou de vous deux ?

Niccolo reconnut que la question était perspicace. Il n'en fut pas surpris : au cours des deux années écoulées, Jon et lui étaient devenus très proches. Et peu de secrets résistaient au jeune procureur.

— Je n'ai pas d'expérience en ce qui concerne le mariage, mais j'ai l'intention d'y travailler dur, déclara Niccolo.

— Oh la, doucement ! Il ne s'agit pas de travaux forcés mais de bonheur.

— Megan a droit à ce qu'il y a de mieux. A cent pour cent. A mille pour cent !

— Un mariage heureux lui suffira, crois-moi.

Un brouhaha venant de l'entrée incita Niccolo à tourner la tête. Un homme distingué aux tempes argentées aidait une belle femme plutôt ronde à franchir le seuil.

Pendant un instant, Niccolo se tint parfaitement immobile. Puis, s'éclaircissant la gorge, il se pencha vers Jon.

— Suis-moi, dit-il, je voudrais te présenter à mes parents. Et… mon grand-père, ajouta-t-il après un regard incrédule vers le petit groupe.

Jon connaissait suffisamment son ami pour comprendre la portée de l'événement. Il envoya une claque sur l'épaule de Niccolo.

— Tu crois aux présages ?

— Je suis trop catholique pour ne pas y croire.

Megan avait refusé la limousine. Elle ne voyait pas pourquoi on ferait tant d'histoires et surtout tant de dépenses. Niccolo n'était pas riche, loin de là, alors autant garder l'argent pour des choses plus importantes.

Et puis, de toute façon, elle préférait se rendre à l'église en compagnie de ses sœurs, dans la voiture de Casey.

Bien entendu, elle était loin d'imaginer que l'un des pneus de cette fameuse voiture serait crevé.

Devant la maison de Casey, les sœurs considéraient la situation avec des mines catastrophées.

— Avec ce vent, les rues sont jonchées de débris, dit Casey. J'ai dû rouler sur un clou ou quelque chose comme ça, en revenant du saloon.

— Charmant ! lança Megan en envoyant un coup de pied dans le pneu dégonflé, sans ménager ses ravissantes chaussures de soie ivoire. Je suppose que personne n'a envie de changer un pneu ?

— Dans cette tenue ? Ce ne serait pas raisonnable ! lança Casey en regardant sa robe.

— Appelons un taxi ! suggéra Peggy.

— On n'est pas à Manhattan, les filles. Nick aura déjà épousé quelqu'un d'autre avant que ton taxi se pointe !

Megan renvoya un coup de pied rageur dans la roue, ruinant définitivement ses délicats escarpins.

— Il y a peut-être encore quelques personnes au saloon. Casey, tu veux bien essayer ?

Elles attendirent dans un silence recueilli que Casey ait composé le numéro et refermé son portable d'un coup sec.

— Ils sont tous partis pour l'église. Jon est déjà là-bas avec Nick, et je suis sûre qu'il a éteint son portable.

Elle fit quand même un essai. Sans succès.

— Tu dois connaître tes voisins, depuis le temps, non ? fit Megan en examinant les alentours.

Casey inclina la tête vers la gauche,

— Ceux-là sont partis pour la journée.

Puis, indiquant la maison d'en face, elle poursuivit :

— Eux, ils ont des démêlés avec la justice, dans un procès instruit par Jon, et ils sont sur le point de déménager... Quant à la maison voisine, elle est inhabitée.

Megan balaya la rue du regard, à la recherche d'une solution.

— Allons jusque chez Niccolo : on prendra *Charity* ! décida Casey.

Les sœurs gémirent en chœur. *Charity*, la vieille Chevy déglinguée de Megan, était célèbre pour ses caprices. Charité bien ordonnée commençant par soi-même, l'obstinée bagnole en profitait pour n'en faire qu'à sa tête. Ce qui était usant pour les passagers.

— Vous avez une meilleure idée ? demanda Megan.

— Allons voir comment elle est lunée. Si ce n'est pas un bon jour, *tes* voisins seront peut-être plus serviables que ceux de Casey, dit Peggy. Allez, on y va !

Megan se mit en route d'un pas rapide, laissant ses sœurs sur place. Elle se sentait en mission, maintenant. Elle avait dit qu'elle épouserait Niccolo : il était trop tard pour annuler le mariage. Quel que fût le prétexte !

Les trois femmes marchèrent en silence, fouettées par le vent qui soulevait leurs robes longues de soie et ébouriffait leurs cheveux.

— Il va se mettre à pleuvoir, annonça Casey, alors qu'elles étaient encore à un pâté de maisons de chez Niccolo. Pourvu qu'on arrive avant !

— Y a intérêt ! lança Megan sans ralentir.

Elles tournèrent le coin de Hunter Street, et Megan vit *Charity*, sagement garée devant la maison de Niccolo qui était aussi la sienne.

— Seigneur, faites qu'elle démarre !

— Un jour à marquer d'une pierre blanche : Megan se met à prier ! lança Casey en riant.

— Je te signale que je suis au mieux avec le bon Dieu. J'ai intérêt si je veux me marier à l'église.

— Dis donc, est-ce que le père Brady s'est évanoui quand tu as demandé à te confesser ?

— Le père Brady est plus optimiste que vous sur le salut de mon âme.

Megan n'osait pas regarder sa montre. Elles étaient en retard, et il leur faudrait encore du temps pour se refaire une beauté après les dégâts causés par le vent.

Des gouttes se mirent à tomber au moment où elles s'engouffraient dans la voiture et — ô miracle ! — Charity démarra au premier tour de clé.

— Tu crois aux présages ? demanda Peggy en s'installant sur le siège passager.

— Je suis trop irlandaise pour ne pas y croire.

Megan se gara en double file, sans couper le moteur. Le petit parking était non seulement plein mais beaucoup trop loin de la porte latérale par laquelle elle comptait entrer, et qui donnait sur une salle où les mariées pouvaient se préparer tranquillement.

— Bon, voilà ce qu'on va faire, dit-elle en respirant un grand coup. Je vais laisser la clé de contact. Dans ce quartier pourri, ce serait bien le diable — ô pardon ! — si un petit malfrat n'essayait pas de voler notre vieille *Charity*. Une fois qu'il se sera rendu compte dans quelle guimbarde il se trouve, il la garera dans une belle place, et je n'aurai plus qu'à aller la récupérer.

— N'empêche, on est encore à cent mètres de l'entrée ! lui fit remarquer Casey d'un air sombre.

— Ce n'est jamais qu'un grain.

Du bout des doigts, Peggy essuya la buée sur le pare-brise.

— Toi, tu habites ce bled depuis trop longtemps. N'importe qui d'un peu civilisé te dira que c'est un déluge. Et tu détestes être mouillée.

— Megan, intervint Casey, personne ne va voler *Charity*, et la fourrière va l'enlever si tu la laisses là.

Ce fut l'instant que choisit la voiture pour caler après quelques hoquets.

— La question est réglée : je préfère encore aller la récupérer à la fourrière plutôt que louper mon mariage.

— Eh bien, on dirait que le « oui » l'a emporté ? A la bonne heure ! dit Peggy avec un sourire.

Megan préféra ne pas relever.

— Est-ce que vous pouvez filer vous mettre à l'abri, toutes les deux ?

A force de fourrager sous son siège, Peggy avait fini par exhumer un antique parapluie auquel il restait quelques baleines. Elle le tendit à Megan.

— Tiens, pars devant. Le temps ne va faire qu'empirer. Et je vais voir si je peux redémarrer cette épave.

— Hé, pas question d'y aller sans vous ! Vous aviez promis de me soutenir.

Après bien des réflexions, il avait, en effet, été décidé que Casey et Peggy escorteraient Megan jusqu'à l'autel… puisque l'homme auquel incombait ce devoir n'était pas en état de l'assumer.

Megan jaugea la distance à parcourir.

— Qu'est-ce que vous me conseillez : je ruine mes chaussures ou mon collant ?

— J'en ai pris un de rechange, dit Casey en se penchant par-dessus la banquette.

Megan retira ses escarpins et ouvrit la portière.

— Rendez-vous à l'intérieur !

Déployant, tant bien que mal, le parapluie, elle courut sur l'herbe détrempée, zigzaguant parmi les flaques. Sur le seuil de la petite porte, elle s'ébroua comme un épagneul, les yeux fermés. Quand elle les rouvrit, elle découvrit son futur époux qui la considérait avec stupéfaction.

— Nick ! s'exclama-t-elle, une main sur le cœur. Qu'est-ce que tu fais ici ?

— Je venais voir si tu m'avais définitivement laissé tomber.

Elle le regarda. Le costume sombre mettait en valeur ses larges épaules, ses cheveux noirs et sa barbe soigneusement taillée. Avec son teint mat, son profil de centurion romain, il incarnait le compagnon parfait au bras duquel n'importe quelle femme aurait été fière de se rendre à l'autel.

— Tu n'étais pas censé me voir dans cet état.

Il lui souriait, à présent.

— Je me rappelle la première soirée que nous avons passée ensemble. Tu t'en souviens ?

A cet instant, elle n'était même plus certaine de se rappeler son propre nom. Elle le regarda éperdument. Elle était presque étonnée que cet être magnifique veuille partager sa vie.

— Tu m'avais invité chez toi, après une journée de travail, reprit-il, et tu étais épuisée. Tu as pris une douche pendant que je t'attendais. Quand tu as reparu, dans la cuisine, avec tes cheveux humides — un peu comme aujourd'hui —, j'ai été anéanti par le désir.

— Anéanti ?

— Métaphoriquement, s'entend.

— J'avais oublié, dit-elle en souriant.

— Depuis, j'ai toujours adoré que tu aies les cheveux mouillés… Oh, quand ils sont secs aussi, tu me plais, ajouta-t-il. En fait, je frémis dès que je te vois.

— Oh, Nick !

Elle aurait voulu se jeter dans ses bras. Au lieu de cela, elle souleva légèrement sa jupe, comme une petite fille montrant son jupon.

— Tu es certain de vouloir d'un numéro pareil ? Je ne suis pas une affaire, Nick, sérieusement.

— Quand on prend un pari, on n'a pas de garanties. Mais, sur un numéro comme toi, je suis prêt à tout miser. Sans états d'âme !

— Regarde de quoi j'ai l'air ! (Elle porta la main à ses cheveux) J'ai perdu ces fichues fleurs d'oranger.

— Tu es parfaite comme ça.

Il marqua un temps d'arrêt, et ajouta :

— Mais mon père et ma mère seront sans doute plus impressionnés si tu remets tes chaussures.

— Ils sont là ?

Il fit signe que oui.

Cette fois, elle tomba dans ses bras.

Casey et Peggy firent irruption au moment où ils s'écartaient l'un de l'autre.

— Peggy a réussi à garer *Charity*, et nous…

Casey s'arrêta net en voyant Niccolo.

— Hors d'ici, et fissa ! lui dit-elle sur un ton de feinte horreur. Ça porte malheur de se voir avant, c'est connu !

Il n'arriva même pas à prendre un air penaud.

— Du balai ! reprit Casey en lui donnant une légère tape sur l'épaule. Va dire à l'organiste de rejouer « Jésus que ma joie demeure », et donne-nous dix minutes.

— Cinq.

— Sept. Allez, file !

— Adieu…, murmura Megan en le regardant partir.

Sur le seuil, il se retourna et lui envoya un baiser.

Dix minutes plus tard, les cheveux à peu près secs, Megan fit son entrée dans le vestibule de l'église, flanquée de ses deux sœurs. Par la porte ouverte, elle vit que Nick, Jon et le père Brady étaient déjà à leur poste.

La couronne d'oranger, récupérée par Casey au moment de leur marche à travers les rues, avait été dûment remise en place, et les escarpins avaient été nettoyés tant bien que mal.

Megan était prête.

— Vous croyez que Rooney est là, quelque part dans la foule ? chuchota la jeune femme à ses sœurs.

Elle s'approcha de la porte. Les têtes commencèrent à se tourner.

— Il avait l'intention de venir, en tout cas, répondit Peggy.

Les accents de « L'Hymne à la joie » s'élevèrent brusquement du chœur. Megan avait supplié l'organiste d'accélérer un peu le tempo pour que la marche jusqu'à l'autel soit plus rapide. Et, à présent, la mélodie familière ressemblait plutôt à l'énergique accompagnement musical d'un atelier d'aérobic de Richard Simmons. « *Transpirer jusqu'à l'extase !* » L'effet était saisissant.

Megan prit une longue inspiration.

— Bon, on y va ? Passez devant, mais ne marchez pas trop vite. Allez, c'est parti !

— Je t'aime très fort, lui murmura Casey.

Peggy fit écho.

Megan sentit ses yeux se remplir de larmes.

— *Avanti* !

Les filles entamèrent la marche.

Megan les suivit. L'assemblée se mit debout comme un seul homme.

Du coin de l'œil, elle vit une silhouette solitaire se détacher de la travée latérale. Puis, comme s'il avait répété la scène pendant des heures, Rooney Donaghue, rasé de près, souriant, chemise impeccablement boutonnée, s'approcha d'elle et lui offrit son bras.

3.

Les sœurs Donaghue n'avaient pas la réputation d'être des âmes particulièrement sentimentales ou des grenouilles de bénitier. Pourtant, Peggy dut lutter pour ne pas pleurer pendant toute la cérémonie. Lorsqu'une Megan radieuse unit son existence à celle de Nick, pour le meilleur et pour le pire, elle se sentit infiniment émue. Mais, ce qui la bouleversa par-dessus tout, ce fut de voir Rooney prendre sa place aux côtés de sa fille aînée.

Cette élévation vers le sacré prit fin brutalement, au moment même où Peggy ouvrit la porte du Whiskey Island Saloon.

— La machine à glaçons a rendu l'âme, lui annonça Barry, leur barman, en la bousculant sur le seuil. Je fonce chercher de la glace.

— Mais, je…

— Et le groupe de musiciens s'est plaint de manquer d'espace ! cria-t-il par-dessus son épaule. J'ai dégagé des tables mais, maintenant, on risque de ne pas avoir assez de places assises.

— Je…

— Et il y a des arbres abattus dans tout Cleveland, alors impossible d'avoir une équipe aujourd'hui pour dégager la cuisine. On a isolé l'arrière du saloon avec des cordes pour empêcher les gens de se garer dans les endroits dangereux. Et pas question de faire remorquer la voiture avant…

Sa voix se perdit, tandis qu'il filait vers le parking, laissant la porte se refermer derrière lui.

Peggy se demanda comment annoncer à Niccolo et Megan que c'était la voiture de Casey qui les attendait devant le pub, à la place de la Civic.

— Peggy ?

Une main ferme la poussa à l'intérieur. Elle regarda qui se permettait une telle familiarité : c'était Charlie Ford, l'un de leurs plus fidèles clients.

— La boulangerie vient d'appeler. La pièce montée est prête, mais ils ont oublié les petits… enfin, les petits machins qui vont avec.

— Les petits-fours. Ouille ! Je pensais qu'ils étaient déjà dans la cuisine.

Elle sentit la panique la gagner. La foule des invités ne se contenterait certainement pas d'une part de croquembouche.

— Z'ont dit qu'ils allaient livrer bientôt. Pas la peine de se biler.

— Facile à dire !

Charlie la regarda avec des yeux pétillants. Depuis que son fils unique était installé à New York, l'équipe du Whiskey Island Saloon était, peu à peu, devenue sa famille d'adoption.

— Et Greta a dit qu'elle rendrait son tablier si on lui demandait de farcir un chou de plus.

Greta était le bras droit de Megan aux fourneaux. Dans son genre — légèrement caractériel —, c'était une fabuleuse cuisinière et une employée dévouée.

— Rien de nouveau sous le soleil ! Autre chose ?

— Kieran fait la sieste depuis environ une heure, et la nounou est rentrée chez elle, comme convenu. Le talkie-walkie est dans la cuisine, près de Greta.

Cette baby-sitter était parfaite, et Peggy avait une totale confiance en elle. Comme il allait être difficile de se passer de son aide, dans les mois à venir…

Mais c'est ce qu'elle avait décidé.

Charlie la poussa du coude.

— Hé, vous connaissez celle du prêtre irlandais qui se fait arrêter pour excès de vitesse sur Euclid Avenue ? Le flic s'aperçoit que son haleine pue l'alcool, et il repère une bouteille de vin vide sur le plancher. Il se doit donc de lui poser la question rituelle : « Avez-vous bu, mon père ? » « Rien que de l'eau, mon fils », lui répond le prêtre. Le brave agent ramasse la bouteille et la lui met sous le nez. « Alors, qu'est-ce que c'est que ça, mon père ? » Le prêtre lève les mains au ciel et s'exclame : « Jésus, Marie, Joseph, Il a refait le coup ! »

Peggy poussa un gémissement.

— Charlie, vous êtes insupportable.

Il se fendit d'un large sourire et disparut dans la foule qui grossissait de minute en minute.

Peggy fila en cuisine. Elle y trouva Greta, en train de superviser une noria de volontaires qui préparaient des plats et les emportaient en salle. Dans son dos, la jeune femme entendait la porte s'ouvrir et se fermer avec une régularité qui annonçait une foule des grands jours, digne de la Saint-Patrick, au moins.

— Tout va bien ? lança-t-elle.

Greta leva vers elle son visage en face de lune, luisant de transpiration.

— Vous saviez que la famille de Nick allait apporter à manger ?

Avant de les découvrir à l'église, Peggy ignorait même qu'ils allaient venir !

Sans se retourner, Greta indiqua du pouce le large comptoir métallique qui courait le long du mur opposé.

— Des montagnes de nourriture ! Ils ont déposé ça avant d'aller à l'église. La mère de Nick m'a donné des instructions, comme si je ne savais pas faire réchauffer des plats au gratin ! Pourquoi personne ne m'a prévenue ? Ça fait une semaine que je m'échine dans cette cambuse !

— Personne ne savait qu'ils viendraient, Greta. Je suis désolée. Mais rassurez-vous : tout ce que vous avez préparé sera englouti, je vous le garantis ! Et ils s'en lècheront les doigts.

— Des *manicotti,* en veux-tu en voilà. Des tonnes de saucisses, de poivrons marinés et de *ricotta.* Et des boulettes de viande en pagaille !

L'intraitable cuisinière fit la grimace.

— Plutôt appétissant, tout ça, faut le reconnaître, concéda-t-elle.

Peggy la prit par les épaules.

— Gardez le moral, d'accord ? Les Donaghue mangeront leur propre poids de corned-beef. Vous pouvez en être sûre !

— Z'ont intérêt !

— Le petit dort toujours ?

— Rien entendu, jusqu'à maintenant.

— Prévenez-moi dès qu'il se réveillera.

Le bruit d'un bouchon de champagne qui sautait incita Peggy à rejoindre la salle au pas de course.

— Sam, qui vous a autorisé à déboucher cette bouteille ?

Sam Trumbull, un autre habitué du saloon, adressa à la jeune femme un sourire désarmant. C'était un petit bonhomme, atteint de pépie chronique et doué d'une tchatche infernale : en moins de dix secondes, il était capable de convaincre n'importe quel étranger de lui payer un verre.

— J'ai été chargé de cette mission. Maintenant, vous dire par qui ? Impossible de m'en souvenir.

Il y avait juste assez de champagne pour accompagner le gâteau. Auparavant, les invités auraient savouré d'excellents vins choisis par Niccolo, des cocktails-maison préparés par Barry, le barman, et de la Guinness pour les inconditionnels de bière.

— Défense d'ouvrir une autre bouteille avant que je ne vous le dise ! Sinon, il sera éventé.

— Je voulais simplement vérifier qu'il était bien frappé. Vous voulez y goûter ?

— Juste une coupe, Sam. Merci. Et vous servirez le reste à la table du coin, là-bas. Vous voyez ce couple ? C'est ma tante Deirdre et mon oncle Frank.

Sam eut l'air franchement déçu, mais acquiesça, beau joueur.

Peggy leva les yeux sur l'horloge murale.

— J'espère que tout le monde sera là avant que la tempête n'éclate. Les grains se succèdent, et j'entends le vent qui forcit, dehors…

— C'est le printemps à Cleveland, dit Sam, fataliste, en haussant ses frêles épaules.

— Je ne serai rassurée que lorsqu'ils seront tous là, déclara la jeune femme en tournant la tête vers la porte qui s'ouvrait de nouveau.

Cette fois, elle livra passage à Jon et Casey, suivis d'une cohorte de cousins Donaghue, plus ou moins éloignés.

De loin, Casey avertit sa sœur en langage muet : « Ils arrivent ! » Puis, se frayant un passage, elle vint la rejoindre près du bar.

— Où est Kieran ? s'enquit-elle.

— En haut. Il dort. Greta me préviendra dès qu'il bougera. L'enregistreur est branché dans la cuisine.

— Tu ne manqueras pas d'aide, dans l'assistance, pour t'aider.

— Tu sais, Kieran a surtout besoin de calme.

— Si jamais ce séjour en Irlande ne tourne pas comme tu veux, tu sais que tu pourras toujours revenir, n'est-ce pas ? Personne, ici, ne te dira : « Je te l'avais bien dit ! »

Une fois encore, la porte s'ouvrit : Rooney, Megan et Niccolo firent leur apparition, suivis d'un petit groupe majestueux et élégant : la famille de Niccolo.

— Comment ça se passe avec *eux* ? demanda Peggy à sa sœur, entre haut et bas.

— A dire vrai, ils sont charmants. La mère de Nick est un peu réservée, mais les autres sont plutôt *cool.* Et ils n'ont pas leur pareil pour raconter des histoires. Leur voyage depuis Pittsburgh est un vrai roman. Les Italiens et les Irlandais sont peut-être des cousins proches, après tout ? Je suis certaine qu'ils vont s'entendre avec tout le monde.

— Et Rooney, il s'en sort ?

— Ecoute, il est là, c'est le principal ! Et j'ai l'impression que tante Deirdre l'a pris sous son aile. Elle veillera à ce que personne ne lui serve à boire.

Megan jouait des coudes pour rejoindre ses sœurs mais, à chaque pas, elle était arrêtée par des gens qui voulaient la serrer dans leurs bras et l'embrasser.

— Moi qui rêvais d'une réception feutrée ! dit-elle à Peggy lorsqu'elle l'eut enfin retrouvée. Un repas assis, de la musique de chambre…

Comme pour illustrer son propos, un groupe celte se mit à jouer, et le niveau sonore fit un bond considérable.

— Avec ton programme, on ne s'amuserait sûrement pas autant ! s'exclama Peggy en l'embrassant. Ça va, ma belle ?

— On a dû se garer au bout de la rue. Oncle Den prétendait qu'il n'y avait pas une seule place libre dans le parking, même pas pour les mariés. C'est un comble !

Peggy remercia intérieurement son oncle, et évita de croiser le regard de sa sœur. Combien de temps allaient-ils pouvoir cacher la vérité à Megan et à Nick ? se demanda-t-elle.

— Mais qui a invité tous ces gens ? cria Megan au-dessus du brouhaha.

— Toi, ma chérie !

— Les parents de Niccolo doivent avoir l'impression d'être tombés chez les fous !

Peggy risqua un coup d'œil dans le coin où elle avait vu la famille Andreani, quelques instants plus tôt. Mais ils s'étaient déjà fondus dans la foule, et bavardaient avec les uns et les autres. Ils avaient plutôt l'air de s'amuser. Même Mme Andreani avait perdu son côté guindé. Elle tenait une petite fille brune dans les bras et, lorsqu'elle rencontra le regard de Peggy, elle sourit gentiment à la jeune femme.

Il y eut un bref répit sur le plan musical, et Peggy entendit alors Greta qui l'appelait depuis la cuisine.

— Oh, oh, il est temps que je monte : Kieran a dû se réveiller !

— Que vas-tu faire de lui ? demanda Megan.

— Je vais aller le chercher et, si je vois qu'il ne supporte pas le bruit, je remonterai avec lui. Plusieurs personnes se sont portées volontaires pour le garder à tour de rôle.

Elle s'éloigna dans la cohue, mais fut arrêtée en chemin par sa tante.

— Je n'arrive pas à me faire à l'idée que tu pars demain, lui dit Deirdre.

Peggy aimait beaucoup sa tante Deirdre Grogan. C'était la sœur de Rooney. Elle et son mari, Frank, l'avaient élevée, à la mort de leur mère, quand Rooney les avait abandonnées. A l'époque, Deirdre aurait voulu obtenir légalement la garde de Peggy, mais elle avait eu l'intelligence de composer avec Megan qui tenait à garder la haute main sur sa sœur cadette.

Deirdre avait su louvoyer parmi les écueils avec habileté. Elle était bonne, patiente, et complètement opposée à la décision de Peggy de partir en Irlande avec son fils.

— J'adore cette couleur, déclara Peggy, dans l'espoir de détourner la conversation.

Deirdre portait toujours des vêtements luxueux et d'un goût parfait. Pour l'occasion, elle avait revêtu un tailleur de lin vert tilleul qui mettait en valeur sa belle chevelure, jadis aussi rousse que celle de Casey, mais tempérée, à présent, par quelques fils d'argent.

— Tu ne veux pas reconsidérer la question, ma chérie ? Après tout, tu ne sais rien de cette femme. Personne, ici, ne la connaît… Et comment pourrons-nous aider Kieran quand vous serez dans ce trou perdu ?

Il fallait vraiment que sa tante fût angoissée pour s'immiscer ainsi dans ses décisions. Cette attitude ne lui ressemblait pas du tout. Deux ans auparavant, par exemple, lorsque Peggy lui avait annoncé qu'elle était enceinte et qu'elle ne comptait pas épouser le père du bébé, Deirdre lui avait simplement proposé de l'aider.

— J'en sais suffisamment à propos d'Irene Tierney pour entreprendre ce voyage, répondit Peggy. Elle s'est montrée chaleureuse et très désireuse de rencontrer des membres de sa famille américaine. Surtout qu'elle vient à peine de découvrir notre existence.

— Ça ne te paraît pas étrange qu'une vieille dame de quatre-vingts ans ait retrouvé ta trace par l'intermédiaire d'Internet ?

— C'est son médecin qui lui a prêté un ordinateur pour qu'elle s'occupe. Moi, je trouve plutôt merveilleux qu'elle s'adapte ainsi au monde moderne et qu'elle se soit lancée à notre recherche.

— Je n'arrive toujours pas à comprendre ce qu'elle veut exactement.

Peggy aperçut Greta sur le seuil de la cuisine : elle lui faisait signe de monter.

— Il faut que j'aille chercher Kieran. Nous reprendrons cette conversation plus tard.

Aussitôt, Deirdre prit un air penaud.

— Veux-tu que je t'aide ?

— Merci, mais je préfère y aller seule. Profite de la fête. Je redescendrai tout à l'heure avec le petit.

Elle s'éloigna en hâte, ne tenant pas à se faire coincer par d'autres membres de sa famille. Avant la fin de la soirée, elle devrait encore répondre à des dizaines de questions sur cette soudaine lubie d'aller vivre dans un village perdu d'Irlande, auprès d'une femme qu'elle ne connaissait ni d'Eve ni d'Adam.

Le modeste appartement du premier étage avait bénéficié de la fraîcheur des ondées de l'après-midi. Avant même d'ouvrir la porte, elle sut qu'elle trouverait son fils profondément absorbé par le jeu du vent dans les voilages de son petit lit.

Quand il n'était pas en train de suivre du regard un rideau qui voletait, le tic-tac d'une horloge ou les pales d'un ventilateur tournoyant au plafond, Kieran était capable d'observer pendant des heures le simple mouvement de sa main.

Peggy s'asseyait alors à son chevet et tâchait de ne pas se laisser aller à la détresse.

Comment pourrait-elle jamais percer le mystère de cet étrange enfant ?

Elle ouvrit la porte et vit qu'elle ne s'était pas trompée : allongé sur son lit, il était en train d'accompagner les mouvements du rideau de sa menotte. Si Kieran éprouvait du plaisir, c'était sans doute dans ces moments-là. Lorsqu'il était seul, tranquille, sans personne pour le distraire de son impérieux besoin d'isolement. Personne pour exiger de lui des réponses, des actes ou pire… de l'amour.

— Kieran ?

Il ne tourna pas la tête, mais elle sut qu'il l'avait entendue. Son corps potelé se raidit, sa bouche se pinça. Il eut un geste saccadé du bras, et poussa un gémissement de détresse.

Un couinement d'animal aux abois.

— Mon chéri, c'est maman. Comment va mon grand garçon ?

Elle s'approcha lentement, sachant qu'il fallait lui laisser le temps d'abandonner, peu à peu, son monde solitaire.

Il n'y avait pas si longtemps, sa famille la taquinait à propos de « l'hypersensibilité » de son fils. Kieran serait sans doute un artiste, un poète ou un musicien. Ce jeune Donaghue était un visionnaire, dans son genre. Il avait des dons particuliers ; il appréhendait l'univers différemment, à un niveau plus profond, plus intuitif que la plupart des enfants de son âge.

C'était encore l'époque des jours heureux… Mais, avec les premiers crocus et les jonquilles précoces était arrivé le diagnostic de l'autisme. Et le printemps avait tourné au cauchemar pour Peggy.

— Kieran, chantonna-t-elle. Kie-ran.

Il se tourna enfin vers elle. Son visage angélique reflétait le désarroi. Il avait un teint de rose et de jolies boucles auburn. Ses yeux, d'un bleu très doux, brillaient comme des étoiles, mais impossible de savoir ce qui se cachait derrière son regard.

— Maman est là, mon ange. Ta maman qui t'aime, mon Kieran chéri.

Il ne lui tendit pas les bras, n'esquissa pas le moindre sourire. Son corps alangui par le sommeil prit une rigidité d'acier.

Sans un mot, il tourna de nouveau son regard vers le rideau agité par la brise légère, et se mit à chantonner.

4.

Megan ne s'en était pas trop mal tirée, jusque-là.

L'apparition de Rooney avait été un vrai cadeau. Jamais elle n'aurait espéré s'approcher de l'autel au bras de son père, et ce petit miracle lui avait donné des ailes. Ensuite, le sourire radieux de Niccolo et les douces paroles du père Brady l'avaient guidée et encouragée tout au long de la cérémonie.

A présent, elle comptait sur le champagne pour tenir le coup jusqu'au bout.

— Ma voiture n'est plus là ! lui murmura Niccolo à l'oreille.

Sur le moment, elle eut du mal à comprendre. La Civic était neuve, et sa disparition était un très mauvais présage.

— Quelqu'un a dû la prendre pour la décorer, ajouta-t-il.

Aussitôt, la jeune femme sentit ses joues s'empourprer —la malédiction des rousses ! Ils devaient partir pour Drummond Island, dans le Michigan, où un parent leur prêtait un cottage. Un voyage de noces des plus paisibles.

— On n'aura qu'à s'arrêter à la première station-service pour la faire laver.

Niccolo lui sourit. Elle ne l'avait jamais vu aussi heureux, et elle se demanda ce qu'elle avait fait pour mériter un tel homme. Un homme qui n'avait cessé de la soutenir, face à ses peurs et ses doutes.

— J'aurais aimé partir avant l'orage, mais il pleut déjà des cordes. J'ai l'habitude du mauvais temps, mais là, c'est le bouquet !

Casey fendit la foule et vint tendre une assiette à Megan.

— Goûte-moi ça ! C'est délicieux. Les Andreani et les Donaghue se sont surpassés.

Megan se rendit compte alors qu'elle mourait de faim.

— Nick ?

Elle n'avait pas à s'inquiéter pour lui : Jon l'avait déjà entraîné vers le bar pour l'inciter à se restaurer.

Quant à Marco, le frère de Nick, il avait retroussé ses manches et donnait un coup de main au service.

— Tu t'amuses ? demanda Casey à la jeune mariée.

Megan savourait une bouchée des meilleurs *manicotti* qu'elle eût jamais mangés. Fondants, délicatement fourrés à la *ricotta*, nappés d'une exquise sauce tomate au basilic… Elle se demanda si Mme Andreani accepterait de lui communiquer sa recette. Quoique… c'était sans doute un peu tôt, à ce stade de leurs relations. Jusque-là, la mère de Niccolo avait, tout simplement, nié son existence.

— Parce que tu trouves ça drôle, toi ? répondit Megan en désignant la foule qui les entourait.

— Oui. Et j'ai l'impression que tu vas mieux. Je me trompe ?

Un cousin leur présenta un plateau couvert de boissons diverses. Megan prit une chope de Guinness, et eut droit aux félicitations d'usage.

— Comment est-ce qu'on mange avec un verre à la main ?

— Attends, je vais tenir ta chope.

— C'est vrai, je commence à me détendre, reconnut Megan. Le plus dur est passé.

— On est tous tellement heureux que tu aies épousé Nick !

Tiens, tiens, se dit Megan, le clan Donaghue n'avait pas si mauvais goût, après tout.

— La voiture de Nick a disparu, dit-elle en lançant un coup d'œil à sa sœur. Casey ? Pourquoi fais-tu cette tête ?

— Euh… C'est Nick qui t'a dit ça ?

— Oui. Il pense que quelqu'un a dû la prendre pour la décorer.

— Eh bien, c'est la tradition, n'est-ce pas ?

— Ho-ho, toi, tu m'as l'air d'en savoir plus long que tu ne veux bien le dire !

— Il y a de bons et de mauvais moments pour parler surprises.

— Et il y a de bonnes et de mauvaises surprises.

— J'espère que cette surprise-là ne sera pas trop mauvaise, répliqua Megan. Dis-moi à quel genre de dégâts je dois m'attendre. Du savon sur les vitres ? Des croquenots accrochés aux pare-chocs ? Des trucs qui pourront s'enlever facilement, j'espère !

— De quels trucs parles-tu ? demanda Peggy en les rejoignant avec son fils.

Megan sentit son cœur se serrer, comme chaque fois qu'elle voyait son neveu.

— Coucou, mon chéri !

Malgré le brouhaha, elle avait pris garde de ne pas hausser le ton, de peur de heurter Kieran qui supportait mal le bruit et la confusion. Il la dévisageait, d'ailleurs, comme s'il ne la reconnaissait pas.

A la naissance, Kieran avait l'air parfaitement normal. Peggy avait très vite intégré la faculté de Médecine, confiant son fils aux différents membres de la famille qui s'en occupaient à tour de rôle. Mais, curieusement, Kieran ne semblait pas se souvenir d'eux, d'une fois sur l'autre.

Peggy ébouriffa ses courtes boucles auburn du bout des doigts.

— Essaye de lui dire « Bonjour », conseilla-t-elle à sa sœur.

— Bonjour, fit Megan d'une voix chaleureuse.

Kieran la dévisagea longuement, sans exprimer le moindre sentiment. Puis, il détourna le regard et fixa quelque chose par-dessus son épaule. Megan se retourna pour voir ce qui l'intéressait. C'était le reflet des voiles de tulle qui bougeaient dans le miroir, derrière le bar.

— Bonjour, répéta-t-elle.

L'enfant ne la regarda même pas. Elle allait abandonner ses tentatives lorsqu'il eut un petit sourire en coin, puis chantonna en tendant sa menotte vers la glace.

— Hé. Hé. Hé.

Peggy eut l'air déçu.

— C'est mieux que rien.

— Il n'a pas encore deux ans, leur rappela Casey. Les garçons parlent plus tard que les filles, en général.

— Mais la plupart font la différence entre un reflet dans un miroir et leurs tantes préférées, rétorqua Peggy. Cela dit, je suis sûre que tout ça va changer. Quand vous le reverrez, vous n'en reviendrez pas de ses progrès.

Megan bouillait intérieurement. Elle aurait voulu secouer sa sœur, la ramener à un peu de bon sens. Lorsqu'elle avait appris que son fils était autiste, Peggy avait lâché ses études, renonçant à son rêve de devenir médecin pour se consacrer entièrement à Kieran. Et voilà qu'elle s'était fourré dans la tête de l'emmener en Irlande, vivre chez une vague cousine dont personne ne soupçonnait l'existence deux mois auparavant. Dans le but avoué de le guérir.

Malheureusement, Peggy était la seule de la famille à croire en son projet.

— Je le trouve plutôt vif, en dépit du chahut qui règne ici, fit remarquer Casey.

« Elle essaie d'alléger l'atmosphère », se dit Megan. Au fond, c'était aussi bien. Peggy avait pris sa décision, et rien ni personne ne la ferait changer d'avis.

— Je vais tenter de lui faire manger quelque chose, puis je remonterai avec lui là-haut. Nous reviendrons au moment du gâteau, déclara Peggy en s'éloignant vers le bar.

Megan et Casey la suivirent des yeux.

— Je n'arrive pas à réaliser qu'elle part s'installer en Irlande, dit Megan.

— Allez, vide ton assiette. C'est bientôt le moment de danser : il va falloir te surpasser, sœurette !

Megan poussa un gémissement.

— Tu n'aurais pas pu nous éviter cette calamité ?

— Hé, je te rappelle que les musiciens jouent gracieusement. Pour tes beaux yeux !

— Passe-moi ma bière, tu veux bien ?

Dans le modeste appartement du premier étage, Peggy installa Kieran par terre, sur une couverture, avec ses peluches.

— Demain, on va prendre un avion, mon ange.

L'enfant ne leva pas la tête. Pendant des mois, elle s'était imaginé qu'il avait de sérieux problèmes d'audition. C'était avant d'avoir le résultat des examens. Quand on lui avait annoncé que son fils était autiste, elle était tombée de haut.

Ce jour-là resterait gravé dans sa mémoire à tout jamais.

— Troubles autistiques, lui avait dit le spécialiste, d'un ton aussi détendu que s'il s'était agi d'un rhume. Troubles modérés, semble-t-il, mais je ne peux pas encore l'affirmer.

Les gens qui souffrent de cette maladie ont généralement du mal à percevoir les sentiments de leur entourage. Ils ont des difficultés de communication et de langage. Ils ont tendance à se fixer sur un seul sujet ou une seule occupation. Le pronostic est difficile à établir car il dépend d'une foule de paramètres. Les soins sont essentiels, et il est vivement conseillé de les entreprendre précocement. Mais je dois vous prévenir : le coût, en temps et en argent, risque d'être astronomique.

Chassant ce mauvais souvenir de son esprit, Peggy s'assit en tailleur sur la couverture.

— On va monter tout en haut. Jusque dans les nuages. Et maman restera tout le temps avec toi, mon chéri. Rien que nous deux : Kieran et maman…

Il se mit à tirer sur l'œil de verre d'un nounours qui pendait au bout de son fil. Jamais il ne tenait ses peluches dans ses bras. Il trouvait une occupation répétitive, et s'y enfermait pendant des heures, s'arrêtant de temps à autre pour se balancer sur place, lorsqu'il était fatigué.

— On sera bientôt en Irlande, et maman te fera l'école dans la maison de cousine Irene. Tu auras des jouets ; tu apprendras plein de choses, mon Kieran. Et, quand nous rentrerons à Cleveland, tu parleras, tu regarderas les gens dans les yeux et…

Il leva son petit visage. Le rideau qui se gonflait au vent avait capté son attention.

— Hé. Hé.

Peggy l'attira dans ses bras, malgré sa résistance.

— Nous ferons tout ce qui est possible au monde pour que tu ailles mieux, dit-elle d'un ton farouche. Même si, pour cela, je dois t'emmener sur la planète Mars !

*
* *

Quatre des jeunes protégés de Niccolo, ayant repéré un plein plateau de Guinness, tentaient de l'emporter subrepticement du côté de la réserve afin de s'organiser une petite fête perso. Dès que Casey s'aperçut de la manœuvre, elle leur confisqua leur trésor de guerre.

Pendant ce temps, Marco, sa femme Paula et leurs deux filles projetaient sur le mur du saloon une série de diapos entièrement consacrée aux jeunes années de Niccolo.

Ne voulant pas être en reste, l'oncle Den captivait un auditoire d'admirateurs avec ses interminables récits sur l'enfance des trois sœurs.

— Oh, Seigneur ! Si on passait aux toasts ? Encore une histoire et je craque ! gémit Megan.

— Hé, courage, ma vieille ! lui lança Peggy. On ne se marie qu'une fois.

— Tu ne veux pas aller chercher Kieran et tante Dee ? Il faut que tout le monde soit là pour couper le gâteau.

— Tu crois que c'est le moment ?

Niccolo vint se joindre à elles.

— Est-ce que vous vous rendez compte que nos enfants vont hériter à la fois des gènes de la famille Andreani et de ceux des Donaghue ?

Il secoua la tête d'un air pénétré.

Megan, quant à elle, n'arrivait même pas à penser aussi loin. Elle savait que Niccolo désirait des enfants, et elle n'était pas contre l'idée mais… plus tard. Le mariage lui semblait une épreuve suffisante pour le moment.

— Tu veux bien regrouper les gens au fond, près de la pièce montée ? demanda-t-elle à son mari. Je commence à en avoir franchement marre !

— Qu'est-ce que tu racontes ? Tu t'amuses comme une folle ! répliqua-t-il en l'embrassant longuement, sous les applaudissements de la foule.

— J'aimerais bien qu'on parte avant la nuit, dit-elle en lui souriant.

— Ne regarde pas dehors, mais… il a fait nuit tout l'après-midi.

— Tu sais bien ce que je veux dire.

— D'accord, j'y vais. Mais ne compte pas sur les invités pour partir de bonne heure.

— Ils peuvent faire la fête jusqu'à l'aube si ça leur fait plaisir mais toi et moi, on s'éclipse dès que le dessert aura été servi.

— Des promesses, encore des promesses !

Il fit un clin d'œil à Peggy avant de tourner les talons.

Megan observa Niccolo, tandis qu'il regroupait les convives. C'était une idée à elle d'installer la pièce montée à l'arrière du saloon. A plusieurs reprises, elle avait tenté de pénétrer dans la cuisine pour vérifier que les petites assiettes et l'argenterie étaient fin prêtes. Chaque fois, elle avait été éconduite. A se demander s'il n'y avait pas une conspiration générale pour l'empêcher de mettre les pieds dans sa cuisine !

— Il est temps d'aller chercher Kieran, dit Casey en s'approchant de Peggy.

— J'y vais, dit la jeune femme, mais je ne garantis rien : il va peut-être piquer une colère.

— Tous les gosses de deux ans font des colères, répliqua Megan.

— Ecoute, Meg, il faut absolument que tu te fourres dans le crâne que Kieran est différent des autres gosses. C'est le seul moyen de l'aider.

Peggy avait raison, bien sûr.

Au début, elle aussi avait eu du mal à accepter le handicap de son fils. Il lui avait fallu du temps. Mais Megan, elle, n'arrivait pas à dépasser le stade du déni.

— Je l'aime, ce gamin. Et je t'aime. Je n'ai pas envie de vous perdre.

Peggy déposa un baiser sur sa joue.

— Ça n'arrivera pas, ma grande !

— Moi, je vais prêter main-forte à Nick, déclara Casey.

Megan n'était qu'à quelques pas de Niccolo lorsque le bâtiment se mit à trembler. Un instant, elle pensa que les musiciens avaient monté la sono à fond pour capter l'attention de tous. Quoique… à la réflexion, le bruit ressemblât davantage au grondement d'un train de marchandise.

Le saloon vacilla une nouvelle fois sur ses bases. Une femme cria. Megan vit l'inquiétude se peindre sur les visages qui l'entouraient. Tandis que Niccolo jouait des coudes pour la rejoindre, une troisième secousse ébranla tout le bâtiment et, dans un fracas assourdissant, la façade du saloon s'effondra vers l'intérieur.

Le grand miroir du bar se brisa en mille morceaux qui s'éparpillèrent sur le plancher, au milieu des cris. Un trou, de la grosseur d'une piscine d'enfant, s'ouvrit au plafond, laissant passer des débris et des gravas, bientôt suivis d'un flot d'eau boueuse.

Puis la cacophonie et les tremblements s'arrêtèrent net.

— Megan ! s'écria Niccolo en serrant sa femme contre lui. Ça va ?

— Qu'est-ce que…

Elle dut s'interrompre : elle était au bord de l'asphyxie. Ses poumons semblaient bloqués, ses jambes se dérobaient… Elle s'accrocha au bras de Nick, et tenta de reprendre son souffle.

Autour d'eux, les gens se bousculaient, cherchant à échapper au pire.

Niccolo caressa les cheveux de son épouse d'un geste apaisant.

— Tout va bien, ma chérie. Là… détends-toi.

Enfin, elle put inspirer un peu d'air.

— C'était… quoi ?

— Une tornade qui a emporté une partie du toit. Bon sang, personne n'a fait attention à l'avis de tempête et…

— Nick ! s'écria Casey en les rejoignant. Où est Jon ?

— Il était tout au fond, répondit-il, en lâchant Megan à regret. Je vais faire l'inventaire des dégâts et voir si tout le monde est là.

Megan lui emboîta le pas. Il avait raison : le plus urgent était de vérifier que personne n'avait été écrasé par les gravats.

Le spectacle était désolant : toute la toiture surplombant le tiers avant de la maison s'était écroulée, condamnant totalement la porte d'entrée. L'éboulis atteignait plus d'un mètre cinquante de haut.

— Oh, mon Dieu !

Casey retint sa sœur par le bras.

— Megan, je t'en supplie : ne t'approche pas !

— Vite, à l'arrière, avec les autres ! lança Jon qui était arrivé sur ces entrefaites. Les gens étaient tous au fond : avec un peu de chance… Allez, aidez-nous à regrouper tout le monde plus loin. Nous allons compter les invités.

Megan battit des paupières : il était difficile de voir clair, à travers l'épaisse poussière qui obscurcissait tout.

Déjà, Casey avait entrepris de repousser gentiment les invités. L'un des protégés de Niccolo se tenait la tête à deux mains, mais il ne semblait pas gravement blessé. La fille aînée de Marco avait une écorchure sur la joue : rien de méchant non plus. Plus loin, les parents de Nick s'étreignaient doucement.

Tournant la tête, Megan remarqua Peggy aux prises avec la porte menant à l'appartement, et se rappela soudain que Kieran était en haut, avec leur tante.

La porte céda enfin, malgré la poussée frénétique des invités agglutinés en sens contraire, et Peggy disparut dans l'escalier.

L'arrière du bâtiment semblait sûr, mais la tempête avait très bien pu endommager le premier étage et, dans ce cas…

Jurant sourdement, Megan se précipita sur les traces de sa sœur, remit dans la bonne direction un grand-oncle qui semblait sonné, et entama la montée.

— Peggy ?

D'un coup d'œil, elle constata que la cage d'escalier n'avait pas souffert : le palier tenait bon, la rampe était toujours là.

— Peggy ? Tante Dee !

D'un bond, elle franchit la porte qui donnait sur le petit appartement. Les deux femmes et l'enfant étaient sains et saufs. Kieran gémissait doucement.

— Dieu soit loué !

— La chambre est complètement sinistrée, déclara Deirdre, le plus calmement du monde. La fenêtre a implosé ; il y a du verre partout. Heureusement, j'étais là, avec Kieran.

— Descendons. Nous sortirons par la cuisine : de l'autre côté, c'est un vrai cauchemar.

— Impossible ! dit Peggy. La porte est condamnée.

— Mais enfin, comment le sais-tu ? Je t'ai vue monter directement, lui fit remarquer Megan.

— Un arbre est tombé devant la porte, ce matin… en plein sur la voiture de Nick. Nous avions garé la Civic près de la cuisine pour la décorer, et ce vieil érable a choisi de s'effondrer juste sur le capot. Personne n'osait te l'annoncer. On ne voulait pas gâcher…

— En voilà une nouvelle !

— Désolée.

La perte d'une voiture semblait bien peu de chose, en un tel moment.

— La voiture de Nick ne sera certainement pas la seule à souffrir de la tempête, conclut Megan avec philosophie. Comment va Kieran ?

— Il a eu peur. Comme nous tous, dit Peggy en déposant un baiser sur les cheveux de son fils.

— Et toi, tante Dee ?

Deirdre se redressa de toute sa hauteur.

— Allons-y, dit-elle simplement.

Puis elle ajouta :

— As-tu vu ton oncle ?

Megan essaya de se rappeler si elle avait croisé son oncle Frank.

— Désolée, non. Mais, à première vue, personne n'a été sérieusement blessé. Nick et Jon étaient en train de dresser le bilan de la situation quand je suis montée.

— Ne perdons pas de temps, reprit Deirdre, l'air soudain inquiet.

Megan prit la tête de la petite troupe, et elles regagnèrent le rez-de-chaussée où elles furent accueillies par Niccolo, visiblement soulagé.

— Je pense qu'il n'y a personne sous les décombres, dit-il à voix basse. Nous avons quelques blessés légers, ici ou là, mais aucun invité ne manque à l'appel.

Megan s'effaça pour laisser passer Peggy et sa tante.

— Nick, on ne peut plus sortir : il y a un arbre qui bloque la porte de la cuisine.

— Je suis au courant. Jon vient de me l'annoncer.

— On ferait sans doute mieux d'attendre les secours ici. Parce que, à l'extérieur, avec les arbres et les poteaux télégraphiques abattus…

— Megan, il y a des gens qui ont perçu une odeur de gaz.

Aussitôt, la jeune femme sentit la terreur l'envahir. Elle était furieuse de succomber à sa peur, mais elle n'y pouvait rien.

— Pas de panique, lui murmura Nick, comprenant ce qu'elle éprouvait. Appuie-toi sur moi. Laisse-toi aller.

Elle obéit et sentit le vertige s'éloigner. L'air put pénétrer dans ses poumons ; elle inspira et souffla doucement.

— Comment se fait-il que nous n'ayons pas écouté la radio ? Que personne ne nous ait prévenus ?

Ignorant ses questions, Niccolo fit un bref résumé de la situation.

— Impossible de sortir par l'avant : l'état de la toiture est trop précaire. Et, si nous commençons à déblayer les gravats, nous risquons d'en recevoir autant sur la tête…

— Et nous avons fait blinder la porte de la cuisine, il y a deux ans, après la tentative de vol dans le parking. Je ne vois pas comment nous pourrions passer à travers, surtout avec ta Civic compressée et le tronc d'arbre qui barrent le chemin.

— Y a-t-il d'autres issues ?

Il n'y avait pas d'ouvertures sur les flancs du bâtiment.

— La fenêtre de la cuisine ?

— Trop petite pour la plupart d'entre nous. Et puis, les branches de l'érable la bloquent en partie.

Megan comprenait, à présent, pourquoi on l'avait soigneusement empêchée d'approcher de la cuisine.

— On pourrait, au moins, évacuer les enfants par là, si ça s'avère nécessaire, poursuivit-il.

Megan avait souvent rêvé d'une grande baie au-dessus de son plan de travail. Combien de fois s'était-elle répété qu'elle la ferait installer un jour, en dépit de la vue médiocre et des barreaux qu'il faudrait poser, par sécurité ?

— Les pompiers doivent être en route, à l'heure qu'il est, dit-elle.

— A ta place, je ne compterais pas trop sur eux. Ils doivent être débordés.

— Mais, avec ce trou dans le toit…

— En cas de fuite, le gaz pourra s'échapper par là.

— Je préfère ne pas y penser, pour l'instant.

— Et le téléphone ?

— La ligne est coupée. Et les portables ne fonctionnent plus. L'émetteur central a dû être touché, ou alors il est saturé par le nombre d'appels.

Jon s'approcha, l'air inquiet.

— Rooney manque à l'appel.

Megan chercha le regard de Nick.

— La dernière fois que je l'ai vu, il était en compagnie de tante Dee. Mais, ensuite, elle est montée s'occuper de Kieran, comme tu le sais. Et toi, tu l'as croisé, entre-temps ?

— Je l'ai vu avec oncle Frank, dit Jon.

— Et comment va Frank ?

— Bien. Mais il a perdu Rooney de vue, tout de suite après l'effondrement du mur.

— Ils étaient près de l'entrée ?

— Non, non. A l'arrière. Donc, Rooney n'est sûrement pas blessé.

— Est-ce qu'il manque quelqu'un d'autre ? demanda Niccolo.

— Pas à ma connaissance. A moins qu'un invité soit passé inaperçu.

Megan cherchait à réfléchir, malgré l'affolement qui la gagnait.

— Bon sang ! Où peut-il bien être ?

— Au premier ?

— Non, on en vient. Il doit se cacher dans la cuisine… ou derrière le bar.

— Nous avons déjà regardé.

— Dans la réserve ?

— Idem.

— La cave, dit Megan. Vous y avez pensé ?

Curieusement, on y accédait par l'office. La cave elle-même était exiguë, et d'une humidité malsaine. On y entreposait des tonnelets de bière et des conserves, en cas de livraison massive.

— Je n'y crois pas, dit Jon. Je ne suis même pas sûr qu'il se souvienne qu'il y a une cave ici. Moi-même, je l'avais oublié.

— Difficile de savoir ce dont il se souvient. Mais, pendant de longues années, le saloon a été son lieu de travail et son habitation. Il en connaît tous les recoins.

— J'y vais, déclara Jon brusquement.

Megan l'arrêta.

— Non, moi.

— Je t'accompagne, dit Niccolo en prenant le bras de sa femme.

— Tu ne ferais pas mieux d'assurer les premiers secours, ici, avec Jon ?

— Nous n'en avons pas pour longtemps.

Ils fendirent la foule, et Megan fut impressionnée par le calme qui régnait dans l'assistance. Quelques sanglots discrets, des toussotements dus à la poussière, rien de plus. Les gens n'avaient pas cédé à la panique. La jeune femme les réconforta de son mieux, leur assurant qu'une solution allait être trouvée au plus vite.

Atteignant la cuisine, elle vit le vieil érable foudroyé : il dressait ses branches vers le ciel, comme des bras implorants.

Greta et son aide cuisinière les accueillirent.

— Incroyable que cette fenêtre ait résisté ! dit Greta. Maintenant, si vous voulez que l'on fasse sauter la vitre…

— Plus tard, peut-être, dit Megan, doutant que l'on puisse faire sortir des enfants par là, avec tous les dangers qui les attendraient dehors. Dites, Greta, avez-vous quitté la cuisine, depuis que la tornade nous a frappés ?

— J'ai couru jusqu'au saloon pour voir ce qui était arrivé.

— Vous n'avez pas remarqué si Rooney se trouvait dans la cuisine ?

— Je n'ai pas fait attention, je l'avoue.

— Je sens l'odeur du gaz, dit soudain Megan d'un air affolé. Ça ne sent pas fort, mais c'est net.

— Pourtant, j'ai éteint le four et j'ai coupé le compteur à la première alerte.

— Nous vérifierons l'état de la chaudière en descendant, déclara Niccolo. Elle a été remplacée récemment, n'est-ce pas ?

— L'hiver dernier, répondit Megan.

— Alors, elle est équipée d'un arrêt automatique. La fuite ne vient donc pas de là.

— Une chose à la fois, dit Megan. Retrouvons d'abord Rooney. Greta, prenez la tête des opérations pendant ce temps-là, si vous le voulez bien.

— D'accord. Nous allons aider les gens à se nettoyer un peu.

La cave était si rarement utilisée que des cartons en bloquaient partiellement l'entrée. Le saloon n'était pas assez spacieux pour stocker les vivres et le matériel, et des aménagements étaient prévus à cet effet. Mais, à présent, c'étaient des travaux autrement importants qu'il allait falloir entreprendre, songea Megan en étouffant un soupir.

— Il a très bien pu escalader ces cartons et se glisser par la porte entrebâillée, sans déménager quoi que ce soit, dit Megan.

— Mais il doit faire drôlement noir, en bas, puisque l'électricité est coupée !

— Il y a deux lampes de poche de réserve, accrochées en haut de l'escalier. J'en prends toujours une avant de descendre, par crainte de me retrouver dans le noir, en cas de panne de courant.

— Descendons jeter un coup d'œil.

— Dire que j'étais sur le point d'augmenter les cotisations de ma police d'assurance ! gémit Megan en aidant Niccolo à déplacer les caisses pour libérer la porte. Comme par hasard, je n'ai jamais trouvé le temps de prendre rendez-vous avec notre courtier !

— N'y pense plus : ça ne sert à rien.

— Quand tu m'as épousée, pour le meilleur et pour le pire, je parie que tu ne te doutais pas que le pire viendrait aussi vite.

— Megan, mais c'est un miracle que personne n'ait péri. Si la tornade nous avait heurtés de plein fouet, il ne resterait plus rien ni du bâtiment ni de ses occupants !

Oui, songea la jeune femme. « Miracle » n'était pas un mot trop fort, surtout si les secours arrivaient rapidement et leur permettaient de sortir tous sains et saufs.

Quand la porte fut dégagée, elle s'approcha.

— Laisse-moi passer devant : je connais les lieux et je sais où sont les torches.

— Je vois de la lumière, en bas, dit Niccolo en lui cédant le passage.

Megan se sentit envahie par un élan de gratitude. La lumière signifiait que Rooney était au sous-sol. Dans quel état allaient-ils le trouver ? C'était une autre question.

A tâtons, elle décrocha la seconde lampe, et éclaira l'escalier.

— Rooney, n'aie pas peur ! On vient te chercher, Nick et moi.

Ils entamèrent la descente et, à mi-course, Megan aperçut son père : il martelait de ses poings une cloison de bois. Elle le trouva plus pâle que d'habitude. Sa frêle silhouette avait quelque chose de pathétique.

— Il a dû paniquer, murmura la jeune femme à l'oreille de son mari.

— Hé, Rooney, ne t'inquiète pas ! Les pompiers vont arriver d'une minute à l'autre et nous sortir de là. Mais il vaut mieux que tu remontes avec nous.

Rooney tourna la tête vers sa fille. Il n'avait pas l'air affolé ; il semblait plutôt contrarié d'avoir été interrompu.

— Ici, quelque part.

Elle était souvent déroutée par les tentatives de communication de son père. Il y avait même eu un temps où tout ce qu'il disait était pratiquement incompréhensible. Mais, depuis qu'il avait quitté la vie d'errance et d'alcoolisme qui avait été la sienne pendant des années, il retrouvait doucement la capacité de tenir une conversation presque normale.

Mais, en cet instant, ça ne semblait pas être le cas.

— Oui, tu es ici, mais il serait préférable que tu viennes, maintenant.

Il la dévisagea comme si elle était redevenue une petite fille.

— Pas de sortie.

— Pas pour le moment, c'est vrai. Mais, très bientôt, les secours…

Il secoua la tête, comme un homme agacé de ne pas s'être fait comprendre, puis se remit à tambouriner contre la cloison.

Il avait tout d'un prisonnier frappant les murs de sa geôle dans un accès de démence.

— Rooney, ça ne sert à rien ! s'écria Megan, agacée. Viens avec moi : on va rejoindre les autres.

— Vous cherchez quelque chose ? demanda Niccolo à son beau-père.

Megan fronça les sourcils. Elle aurait préféré que son mari ne s'en mêle pas. Rooney était suffisamment bouleversé comme ça.

— Nick, je…

— Par ici, pas loin…, l'interrompit Rooney en se déplaçant d'un pas et en continuant à frapper la muraille.

— Megan, il n'a pas perdu la tête : il cherche quelque chose. As-tu une idée de ce que ça peut être ?

— Ecoutez…

Rooney suspendit son geste, puis reprit son étrange besogne.

Megan se sentait de plus en plus agacée. Elle n'avait pas envie de rester trop longtemps loin des autres : elle se sentait responsable de ses invités.

— Rooney, je n'entends rien du tout ! Et je n'ai pas de temps à perdre. Maintenant, tu viens !

Niccolo leva la main pour interrompre son épouse.

— Ça sonne creux, effectivement. Ecoute un peu, Megan.

— Rien à fiche que ça sonne creux ! lança-t-elle d'un ton impatient.

Puis elle se tut, consciente qu'elle n'aurait pas le dernier mot.

— Qu'est-ce qu'il y a derrière ce mur, Rooney ? demanda doucement Niccolo.

Rooney prit un air entendu pour répondre :

— Epoque de la prison.

Megan croisa le regard de Niccolo, et leva les yeux au ciel, persuadée qu'il attendait trop du vieil homme.

— L'époque de la prison ? reprit Nick. Pour qui ?

Rooney n'écoutait plus. Il s'était attaqué à un lambris, essayant pitoyablement d'insérer ses ongles dans la rainure.

— Pour qui, la prison ? répéta Nick.

Reculant d'un pas, Rooney marmonna :

— Faudrait des outils, un marteau…

— Si nous faisons sauter ce panneau, qu'est-ce que nous trouverons derrière ?

— Nick, ça suffit, je t'en prie ! gémit Megan.

— La prison…

Rooney marqua une pause, comme s'il cherchait dans sa mémoire.

—… pour les bootleggers.

Puis, avec un large sourire, il lança à sa fille un clin d'œil espiègle.

— J'étais pas né !

— Megan, tu comprends ce qu'il veut dire ? demanda Niccolo. J'avoue que je suis largué.

La jeune femme se sentit honteuse de ne pas avoir fait confiance à son père.

— Quand j'étais enfant, les « grands » parlaient souvent des galeries souterraines. Pas devant nous, bien sûr, mais lorsqu'ils nous croyaient endormies. C'était un soi-disant secret de famille. Et ça fait des années que je n'y ai pas repensé. J'avais décidé que ces galeries étaient un mythe appartenant au folklore familial.

— Des bootleggers ? répéta pensivement Niccolo.

— Je ne sais pas si cette histoire est vraie. Mais, s'ils existent, ces tunnels servaient à alimenter les bars en whisky de contrebande, pendant la Prohibition. Il y a un autre pub, à West Side. Le propriétaire prétend avoir découvert une galerie qui va jusqu'au lac.

— Oui, mais ici, avec l'autoroute côtière, ce serait impossible.

— Sauf que la Shoreway n'existait pas dans les années vingt. Et puis, le passage souterrain mène peut-être simplement à un endroit discret de Whiskey Island où l'on déchargeait les tonnelets. Tu sais, Cleveland a eu son lot de *rumrunners*. Ce n'était pas difficile pour ces bateaux qui transportaient l'alcool de contrebande : le Canada est juste en face et, là-bas, il n'y avait pas de prohibition.

— Alors, il est possible que ces tunnels existent encore ?

— Oui. Mais dans quel état seraient-ils ?

— J'imagine que les bootleggers construisaient du solide pour mettre leur marchandise à l'abri : le commerce était tellement florissant !

— Peut-être pour Al Capone. Mais pas ici, à Cleveland.

— Eliott Ness est, pourtant, venu faire le ménage, à la fin de la Prohibition.

Visiblement, Niccolo avait profité des leçons de Jon, dont le dada était l'histoire de Cleveland.

Nick posa la main sur l'épaule du vieil homme, et l'interrogea :

— Est-ce que le tunnel débouche à l'air libre ? Est-ce qu'on pourrait sortir par là ?

Rooney eut un bref hochement de tête.

C'était suffisant pour Niccolo : il y avait une possibilité, et il fallait la saisir.

— Tu veux bien aller chercher mes protégés et leur dire de m'apporter des outils, Meg ? Et des torches électriques, aussi, si tu en as d'autres !

— Tu crois que les gosses…

— Ils seront ravis : pour une fois que je vais leur demander de détruire quelque chose…

Laissant les deux hommes, Megan retourna au rez-de-chaussée. Parvenue dans la grande salle, elle frappa dans ses mains pour attirer l'attention générale.

— Quelqu'un a-t-il pu joindre les pompiers ?

Non, personne. Ils avaient entendu des sirènes, au loin, et des cris, quelque part dans le quartier. Rien d'autre.

La jeune femme fit un rapide exposé de la découverte que Rooney venait de faire et de la stratégie qu'ils comptaient adopter.

Jon et Casey avaient divisé les invités en petits groupes. Dans l'un, on déchirait des serviettes pour faire des bandages et des pansements et, dans l'autre, on lavait et l'on désinfectait les plaies. Un autre groupe, posté le plus près possible de l'entrée, était chargé d'appeler au secours. Des volontaires s'occupaient de ceux qui « craquaient », et distrayaient, autant que possible, les jeunes enfants.

Barry gardait une grosse clé à molette sous son comptoir — une arme dissuasive en cas de grabuge. Il la tendit à Winston, et celui-ci fila vers la cuisine, accompagné des ados. Greta donna à Josh le maillet dont elle se servait pour aplatir les steaks. Megan sortit des lampes supplémentaires ainsi que la boîte à outils. Peggy, aux prises avec Kieran qui se montrait récalcitrant, proposa d'aller voir dans l'appartement s'il y avait d'autres torches. Son élan fut brisé par son entourage : trop dangereux !

Megan promit de les tenir au courant dès qu'ils sauraient si le passage existait et s'il était utilisable.

— Il existe bel et bien, lui chuchota Deirdre, avant qu'elle ne quitte la cuisine. Ton père ne l'a pas inventé.

— Tu sais où il mène ?

Deirdre secoua la tête.

— Non. Nous n'étions même pas censés en connaître l'existence. La génération de mes parents avait bien trop peur que nous trouvions moyen de nous y introduire et que l'un d'entre nous se blesse. Veux-tu que je descende avec vous ?

— Je préférerais que tu aides Peggy et Kieran, répondit Megan en entendant les gémissements aigus de son neveu.

Puis elle s'éloigna, rassurée de constater que Casey et Jon avaient la situation bien en main.

En bas, elle trouva les garçons à l'ouvrage, et s'émerveilla de leur efficacité.

Pour ce qui était de démolir, ils rivalisaient, effectivement, avec une tornade.

En cinq minutes, le passage secret avait été mis à jour.

— Reculez ! leur demanda Niccolo.

Ils obéirent sans protester, et Nick, à coups de talon, fit voler les derniers vestiges de lambris et éclaira l'ouverture béante.

— Qu'est-ce que tu vois ?

— Rien, pour l'instant. Bon, j'y vais.

— Je viens aussi, dit Megan. Deux lampes valent mieux qu'une.

— Non, laisse-moi d'abord explorer les lieux ! lança Niccolo avec fermeté.

— Je t'accompagne.

Il préféra ne pas insister, surtout en présence des jeunes gens qui se délectaient déjà à la perspective d'une scène de ménage, le jour même du mariage.

— D'accord, mais attention en enjambant la cloison !

Maintenant que la partie amusante était achevée, les jeunes avaient perdu leur air faraud.

— On revient tout de suite ! leur promit Megan. Est-ce que l'un de vous veut bien monter voir si on a enfin pu joindre les pompiers ?

Personne ne bougea.

— Laissons tomber, dit-elle en étouffant un soupir.

Du coin de l'œil, elle vit Niccolo se glisser dans l'ouverture et Rooney lui emboîter le pas.

— Oh, non, Rooney ! S'il te plaît !

Comme il ne semblait pas l'entendre, elle se hâta de pénétrer à son tour dans le tunnel, sa torche pointée en avant.

Elle s'était attendue à un couloir étroit, creusé à même la roche, tapissé de débris, de toiles d'araignées et de chauves-souris. Quelle ne fut pas sa surprise de découvrir une galerie assez large pour permettre à trois personnes de marcher de front ! Les murs étaient grossièrement plâtrés, et une charpente de poutres massives protégeait le passage des éboulis.

— Regardez ça ! dit Niccolo en éclairant quelque chose sur sa droite.

Il y avait là un cellier, le jumeau de celui qu'ils venaient de quitter. Il était encombré jusqu'au plafond de caisses, et une multitude de bocaux étaient alignés sur les étagères qui couraient le long d'une paroi. Certains étaient encore remplis des fruits et de légumes du jardin.

— Bon sang, si je m'attendais à ça ! lança Megan.

— Allez, on continue !

— Où allons-nous déboucher, à ton avis ?

— Attention, le chemin descend, à partir d'ici : il y a des marches devant, indiqua Niccolo en agitant le faisceau de sa lampe.

— Quand ils ont construit l'autoroute côtière, ils ont dû démolir l'entrée du tunnel, dit Megan. On va se retrouver devant un cul-de-sac.

— Non, dit Rooney.

La jeune femme fut impressionnée par l'assurance de son père, et suivit les deux hommes d'un pas plus allègre.

L'escalier aux marches hautes et très étroites les obligea à avancer en file indienne. Le plafond s'abaissa, lui aussi, et ils durent courber l'échine.

Brusquement, ils se retrouvèrent devant une petite plate-forme pavée. Le pavement montait également le long de la muraille.

Megan poussa un cri de désespoir : ils étaient faits comme des rats !

Rooney s'avança alors, et fit jouer une pierre à la jonction de la muraille et du plafond.

— Nick ! s'écria la jeune femme en apercevant de la lumière par les interstices.

Sans perdre un instant, Niccolo aida son beau-père à dégager la lourde pierre.

Bientôt, la clarté du jour pénétra dans le boyau.

— Megan, tu peux dire aux gosses de venir ? lança Nick. Et puis, si les secours ne sont pas encore arrivés, fais descendre les gens. Surtout, qu'ils soient prudents… Nous tenons là notre planche de salut !

5.

Le tunnel s'ouvrait à flanc de colline, surplombant la Shoreway. Avant la construction de cette autoroute fédérale à six voies, le passage rejoignait sans doute la rive du lac, se dit Niccolo. A présent, l'entrée était dissimulée par un amoncellement de terre et un bosquet de jeunes saules. Le passage était juste assez large pour permettre à un homme de l'utiliser.

— Habité ici, dit Rooney, lorsque Megan se fut éloignée. Pendant les années terribles…

Après un moment de réflexion, Niccolo comprit ce que le vieil homme voulait dire. Rooney avait disparu pendant plus de dix ans. A un certain moment, il avait dû vivre dans ce tunnel, près des gens qu'il aimait… mais à leur insu.

Et c'était grâce à lui que l'on avait redécouvert ce passage. On lui devait une fière chandelle, songea Nick avec une pointe d'émotion.

— Je vous ai vu, dit-il, le soir du vol de voiture. Vous vous souvenez ? Vous avez disparu en contrebas de la colline. J'étais persuadé que vous aviez traversé la Shoreway. Est-ce que vous viviez encore ici, à cette époque ?

Comme Nick s'y attendait, il n'y eut pas de réponse. La notion de temps était toujours difficile à appréhender, pour Rooney. Il y avait des jours où il pensait que sa femme était encore de ce monde, et d'autres où il semblait surpris de voir ses filles déjà adultes.

Deux ans auparavant, Niccolo l'avait suivi à la trace jusqu'à une misérable tanière improvisée, au cœur d'une clairière, sur un terrain vague de Whiskey Island. A présent, il savait où le vieil homme avait passé les jours les plus cruels de l'hiver. Il se prit à espérer qu'aux pires moments de sa maladie, Rooney avait trouvé un refuge un peu plus digne. Et il adressa au ciel une muette prière pour que ces mauvais jours ne reviennent jamais.

Ils travaillèrent tous deux à déblayer les pierres. Puis Josh, Winston et Tarek les rejoignirent, et se mirent à l'ouvrage. Les autres adolescents avaient été réquisitionnés par Megan pour acheminer les invités vers la sortie. Ils étaient ravis de se sentir en service commandé et, à n'en pas douter, ils se souviendraient longtemps de ce mariage peu banal.

Le passage fut bientôt complètement dégagé, et Niccolo sortit à l'air libre. Une fine pluie tombait, et de sombres nuages obscurcissaient toujours le ciel. Mais le vent était tombé, et c'était merveilleux de respirer l'air frais.

Quelques dizaines de mètres plus bas, la Shoreway déroulait son large ruban de bitume vide. La circulation avait complètement cessé.

Nick fit signe à Winston de venir le rejoindre.

— Ça n'a pas l'air trop catastrophique, de ce côté-là, dit le garçon en promenant son regard sur le panorama qui s'étendait à leurs pieds.

— Crois-tu que tu pourrais trouver un chemin à travers la colline et rejoindre le quartier plus haut ? lui demanda Nick. Si tu vois une cabine, tu pourras signaler les dégâts que nous avons subis.

— Ouais. Et puis, il faudra que j'appelle ma mère ! lança Winston, comme s'il s'était agi d'une véritable corvée.

Il aimait jouer les durs mais, en définitive, c'était un bon garçon, songea Nick.

— Tu feras attention aux lignes électriques sur le sol ! lui dit-il. Evite-les comme des serpents venimeux, vu ?

— Pas de problème. Dès que j'ai prévenu les autorités, je reviens.

— Non, non. Rentre directement chez toi.

Niccolo fit une pause, puis ajouta :

— Si tu peux.

Winston hocha la tête.

— Vous croyez qu'il y a eu beaucoup de casse, en ville ?

Vu de la colline, c'était difficile à dire. En dehors du fait que la circulation automobile soit interrompue, tout semblait normal.

— Les tornades sont toujours surprenantes. Elles ravagent une bâtisse de fond et comble, et laissent intact le pâté de maisons qui se trouve autour. Peut-être que Lookout Avenue a été le seul quartier touché. Qui sait ?

— Bon, je suis parti !

— Bonne chance, mon garçon !

Tandis que Winston s'éloignait de sa démarche dansante, Niccolo tourna ses regards vers le haut de la colline : l'arrière du saloon ne paraissait pas avoir trop souffert. Quant au reste de la rue, il n'était pas visible pour un observateur situé en contrebas.

Il retourna vers le tunnel au moment où Josh et Tarek arrivaient avec leur premier contingent d'invités, et leur expliqua la marche à suivre.

— Le mieux serait de gagner la route, en bas.

La descente ne présentait pas de difficultés majeures, mais les personnes âgées devraient se montrer prudentes : la terre détrempée par la pluie devait être glissante, et personne, bien évidemment, n'avait prévu de chaussures de sport pour un mariage.

— Comme vous le voyez, la circulation a été interrompue. Je propose que nous nous regroupions sur la chaussée et qu'ensemble, nous marchions jusqu'à la première sortie. Cela me semble plus sûr que de chercher à regagner Lookout Avenue : nous ne connaissons pas l'étendue des dégâts.

Ils tombèrent tous d'accord avec lui et, pendant la demi-heure qui suivit, Nick s'efforça de réconforter ses invités, de répondre à leurs questions et de les diriger, avec douceur et fermeté, sur le bon chemin.

Peggy sortit à son tour, en portant Kieran dans ses bras. Puis ce fut la famille Andreani et, enfin, le dernier groupe, accompagné par Casey et Jon. Megan fermait la marche.

— Nick, l'odeur de gaz est de plus en plus forte.

— Tout le monde est là ?

Elle hésita suffisamment longtemps pour l'inquiéter.

— Tu n'en es pas certaine ?

— Est-ce que Josh est revenu ? Tante Dee l'a vu en train de monter dans l'appartement : il espérait y trouver une autre lampe de poche parce que la sienne était hors d'usage.

Niccolo avait vu Josh à plusieurs reprises, tandis qu'il escortant différents groupes. Mais impossible de se rappeler s'il avait continué avec eux jusqu'à la route ou s'il était retourné à l'intérieur.

— Je l'ai appelé, depuis le bas de l'escalier, avant de quitter le saloon. S'il s'était trouvé dans l'appartement, il m'aurait répondu… Non, il a dû passer, mais tu ne t'en souviens pas.

Niccolo préférait ne pas courir de risque. Certes, Josh était tout à fait capable de retrouver seul le chemin de la sortie, mais il ne mesurait peut-être pas l'urgence de la situation, avec cette fuite de gaz…

Cependant, comme il ne voulait pas alarmer son épouse, il abonda dans son sens.

— Oui, tu as sans doute raison, dit-il d'un ton désinvolte. Peux-tu accompagner le dernier groupe jusqu'à la route ?

— Tu ne comptes pas retourner à l'intérieur, Nick ?

S'il disait oui, elle insisterait pour venir avec lui. Aussi, tout en demandant l'absolution des autorités supérieures pour ce pieux mensonge, le jour même de son mariage, il déclara :

— Mais non, pas du tout !

Megan hésitait.

— Vas-y, ma chérie. Je suis capable de me débrouiller tout seul. Jon, Casey, vous voulez bien donner un coup de main à Megan pour guider nos derniers invités ?

Jon comprit tout de suite qu'il mentait, Niccolo le vit à son regard. Il acquiesça, néanmoins.

— Pas de problème, Nick. Rejoins-nous dès que tu peux, O.K. ?

— A tout de suite !

Niccolo attendit qu'ils fussent hors de vue pour revenir sur ses pas et s'engager dans le tunnel obscur. Il alluma sa torche, grimpa les marches étroites.

— Josh ?

Pas de réponse.

Il continua, tout en renouvelant ses appels de temps à autre.

Il était pratiquement arrivé à l'entrée du cellier lorsqu'il entendit une explosion.

Un quart de seconde plus tard, les ténèbres l'engloutirent.

Quand Nick revint à lui, il ne savait plus qui il était ni où il se trouvait. Il gisait sur le dos, et ne voyait devant lui qu'une portion de muraille grossièrement crépie. L'obscurité n'était pas complète : un pinceau lumineux éclairait faiblement le bas du mur.

Il n'éprouvait pas de douleurs particulières, mais le simple fait de bouger était au-dessus de ses forces. Autant en profiter pour essayer de rassembler ses pensées.

Il avait entendu un grand bruit, puis il avait eu la sensation de voler à travers les airs… Etait-il mort ?

Il avait entendu nombre de récits sur ce qui attendait les mortels dans l'au-delà. Les rescapés des EMI (Expériences de Mort Imminente) avaient abondamment décrit des déplacements fulgurants dans des tunnels et une lumière ineffable. La Présence qui guérissait tout…

« Eh bien, si c'est ça, voilà une réputation largement surfaite » ! songea Nick, quelque peu dépité.

Sous ses mains, le sol était humide et visqueux. L'air qu'il respirait sentait très fort la fumée, et le piètre éclairage des lieux n'avait rien de surnaturel.

En dépit de ses années de prêtrise, il n'avait jamais été un fan de la version biblique de l'enfer, aussi préféra-t-il écarter cette éventualité.

— Nick ?

C'était une voix de femme qui l'appelait, au loin.

En entendant son nom, il retrouva, du même coup, la mémoire.

Il était en train de remonter le tunnel, à la recherche de Josh, quand il y avait eu une explosion…

Il tenta de s'asseoir, mais de violentes douleurs à la tête l'en dissuadèrent.

— Nick ?

Cette fois, c'était une voix d'homme.

— Ici ! cria-t-il d'une voix éraillée. Je suis sain et sauf… apparemment.

Il y eut un bruit de pas précipités qui se répercutèrent douloureusement dans son crâne. Il se rendit compte que la lueur sur le mur d'en face provenait de sa propre torche. Elle lui avait échappé, pendant sa chute. Très doucement, à tâtons, il entreprit de la récupérer. Puis il l'agita afin de guider ses sauveteurs.

— Par ici ! répéta-t-il, à bout de souffle.

Sous le choc, sa vue s'était brouillée. Il fixait le haut du mur d'un œil vague, lorsqu'une image arrêta son regard. Il fit des efforts pour accommoder : une femme le regardait.

Une femme dont il connaissait les traits.

Et pour cause !

Les pas se rapprochaient, mais il n'y fit pas attention. Il dessinait avec sa lampe les contours d'une image qui venait de lui apparaître.

Il ne rêvait pas.

La Vierge Marie était penchée sur lui, et versait des larmes.

— Oh, mon Dieu, Nick, comment ça va ?

— Megan !

La jeune femme tomba à genoux à son chevet.

— Tu n'es pas blessé ? Ne bouge pas. Qu'est-ce qui t'est arrivé ?

— Une explosion. Une fuite de gaz. Dans le cellier… Des émanations du chauffe-eau, sans doute, acheva-t-il dans une quinte de toux.

— Tu te trouvais dans le cellier au moment où ça a sauté ? demanda Jon.

— Oui… quasiment. Pourquoi ?

— Maintenant, tu es dix mètres plus bas.

Niccolo se rendit compte qu'il avait été soulevé par le souffle de la déflagration et catapulté jusque-là.

— Je devrais être…

— Mort ! acheva Jon, à sa place. Un vrai miracle ! Tu peux bouger tes bras et tes jambes ?

Oui, il le pouvait. Il se sentait contusionné mais rien ne semblait cassé.

— Et Josh ?

— En bas, avec les autres. Tu aurais dû vérifier avant de…

— Je n'avais pas le temps.

— Tu m'as menti ! lança Megan.

— Je ne voulais pas que tu t'inquiètes…

— Vous réglerez vos comptes plus tard, tous les deux ! Pour l'instant, il vaut mieux ressortir, et vite ! Les pompiers se chargeront de la fuite : ils sont en route. On n'est pas à l'abri d'une seconde explosion !

— Ou d'un incendie…

— Heureusement, il n'y a pas grand-chose à brûler, ici. J'imagine que le local de la chaudière est complètement détruit, dit Megan en soupirant.

Niccolo fit des efforts pour s'asseoir. Tout tournait autour de lui. Il ferma les yeux.

Lorsqu'il les rouvrit, la Vierge le regardait toujours.

— Dites-moi que ce n'est pas un effet de mon imagination ! murmura-t-il.

— Nick, je suis bien là, en chair et en os ! affirma Megan.

— Je le sais bien, ma chérie. Je parle… d'Elle.

Il fit jouer sa lampe sur le haut du mur.

Jon et Megan se tournèrent pour voir ce qu'il désignait.

Quant à Megan, dont les relations avec l'église étaient, pour le moins, relâchées, elle se signa avec ferveur, tout en écarquillant les yeux.

6.

Hopkins, l'aéroport de Cleveland, continuait à fonctionner.

Les avions décollaient et atterrissaient normalement.

Une situation des plus incongrues aux yeux de Peggy qui, la veille encore, avait cru périr dans la tornade.

Couchée dans la chambre d'amis de Niccolo et Megan, elle fixait le plafond, tout en réfléchissant à ce qui l'attendait. Le lendemain, elle dormirait encore dans un lit étranger.

En Irlande, cette fois.

Un faible grattement se fit entendre à la porte. Elle alla ouvrir, pieds nus.

— Phil a retrouvé ta trace : il est au téléphone, lui dit Megan à voix basse, pour ne pas réveiller Kieran. Sympa de sa part !

Le ton agacé de sa sœur ne la surprit pas. Megan n'aimait pas le papa de Kieran. Pas plus que Casey, d'ailleurs.

— C'est déjà bien qu'il appelle, Megan ! J'aurais dû le faire, hier soir, mais j'avoue que ça m'est sorti de la tête.

— Même pour Phil, il doit être difficile d'ignorer ce qui s'est passé : la destruction de la moitié du saloon a fait les gros titres des infos régionales.

— Et toi, tu devrais être en voyage de noces !

— Nous partirons dès que nous aurons reçu le devis pour les travaux. De toute façon, je ne recommencerai pas à travailler avant des mois…

Elle secoua la tête, comme si elle avait de la peine à se faire à cette idée.

Peggy jeta autour d'elle un regard circulaire, à la recherche d'un vêtement qu'elle pourrait enfiler par-dessus son T-shirt pour aller répondre au téléphone.

— Attends, je vais te passer un peignoir. Tu n'auras qu'à prendre l'appel dans la cuisine : il n'y a personne.

Peggy alla jeter un coup d'œil à Kieran : roulé en boule comme un petit chat, il dormait profondément. Elle en fut soulagée. Autant qu'il se repose, songea-t-elle, car le voyage jusqu'en Irlande risquait d'être une épreuve.

Quand Megan revint avec le peignoir en éponge, Peggy s'en empara, et descendit dans la cuisine.

— Phil ?

— Je commençais à croire que tu ne voulais pas me parler.

Elle tira une chaise, et s'installa confortablement.

— Ecoute, nous sommes en plein chaos. Je suis désolée que tu l'aies appris par une tierce personne.

— Vous avez fait la « une » du *Columbus Dispatch* ! Kieran va bien ?

— Très bien. Nous avons tous eu une sacrée chance ! Quelques égratignures parmi les invités, une légère commotion cérébrale. Tu te rends compte ? Lookout Avenue a été frappée par la queue de la tornade. Il y a des arbres arrachés dans tout West Side… mais ça aurait pu être bien pire.

— Le journal disait que, dans le quartier, c'était le saloon qui avait été le plus touché.

— Disons que nous ne servirons plus de Guinness pendant un bout de temps. Cela dit, ce n'est pas trop dramatique : fermé pour fermé, Megan compte en profiter pour moderniser notre vieux refuge irlandais.

— A propos d'Irlande, ta sœur m'a dit que tu comptais partir aujourd'hui, comme prévu.

— Effectivement.

Elle réfléchit un instant, pesant ses mots, puis décida de dire ce qu'elle avait sur le cœur.

— Dommage que tu ne sois pas venu dire au revoir à Kieran. Il va passer plus d'une année sans te voir, Phil.

— Tanya n'était pas bien. Je n'ai pas voulu la laisser.

Tanya était l'épouse de Phil. Ils s'étaient mariés six mois auparavant, et la jeune femme était immédiatement tombée enceinte. Peggy s'était demandé si l'existence de Kieran avait pesé dans cette décision précipitée — et dans ses continuelles nausées matinales. Tanya était jeune et manquait de confiance en elle. Peggy avait eu beau lui assurer que Kieran ne serait jamais une menace pour son couple, le message n'avait pas été reçu.

— Je vais t'envoyer un chèque supplémentaire, directement en Irlande, dit Phil. Un chèque… confortable, pour votre installation.

Phil se montrait généreux, bien qu'il débutât seulement dans la profession d'architecte, et, sur ce point, Peggy n'avait rien à lui reprocher.

— Je te remercie, dit-elle. Ça va bien l'aider. D'autant que je vais devoir acheter pas mal de matériel pour faire la classe à Kieran.

— Comment va-t-il ?

Une réponse cinglante lui vint à l'esprit, qu'elle préféra ravaler.

— Comme d'habitude, Phil.

— Est-ce qu'il parle ?

— Il ne dit que «Hé». Mais il parlera comme un moulin, à notre retour.

— Je suis désolé. Je n'ai vraiment pas pu… tu sais ?

Non, elle ne savait pas.

Etait-il désolé d'avoir laissé tomber son fils ? De ne jamais lui rendre visite ? De ne pas aimer ce beau petit garçon si… différent ? De ne pas pouvoir promettre de l'aimer un jour ?

— J'espère que tu lui écriras. Je lui lirai tes lettres, et je mettrai ta photo dans sa chambre.

— Bonne idée. Super !

— Au revoir, Phil. Dis bonjour à Tanya, et souhaite-lui un prompt rétablissement de ma part.

Elle raccrocha, songeant que Tanya se sentirait mieux dès l'instant où leur avion aurait décollé.

— Je vais faire du café, annonça Megan sans grand enthousiasme, en entrant dans la cuisine. Une tasse ou deux ?

— Un plein pot.

Megan observa sa sœur, tout en cherchant à rassembler ses esprits. Habituellement, elle était plutôt du matin, mais la journée de la veille avait sapé toute son énergie : elle titubait de fatigue.

— Et Nick, comment va-t-il ?

— Il doit avoir un crâne en titane. Je l'ai réveillé toutes les deux heures, comme l'interne m'avait conseillé de le faire. La dernière fois, il m'a dit que, si je recommençais, il entamait une procédure de divorce !

— Oh là ! Pas commode, le petit mari !

— Il prétend qu'il n'a même pas mal à la tête.

— C'est un vrai miracle, non ?

— Peggy…

Megan remplit le pot d'eau, ferma le robinet et regarda sa sœur droit dans les yeux.

— Il faut que je te dise quelque chose. Mais promets-moi de ne pas te moquer de moi !

— Ça dépend de ce que tu vas m'annoncer.

— Bien sûr…

— Tu sais, quand on a trouvé Nick, hier…

Peggy eut soudain la chair de poule. Malgré son épuisement, elle avait passé une très mauvaise nuit. Dès qu'elle fermait les yeux, elle avait l'impression que la maison se mettait à trembler, comme le saloon sous les coups de boutoir de la tornade. Ou alors, elle réentendait la terrible explosion, et revivait le moment où ils avaient tous pensé avoir perdu Niccolo.

— J'ai vraiment cru qu'il était mort, avoua-t-elle.

— Moi aussi. Il aurait dû y passer, tu sais ? Il a été projeté à plus de dix mètres.

— Dis donc, je croyais que tu voulais me raconter quelque chose de drôle. C'est le moment, non ?

Megan mesura le café et mit la cafetière électrique en marche.

— C'est surtout comique, venant de moi. Bon, quand on l'a retrouvé, alors que j'étais persuadée de ne jamais le revoir vivant, il parlait comme si de rien n'était. On lui a dit qu'il valait mieux ressortir sans perdre de temps. Mais lui, il s'est assis, et il a éclairé le mur au pied duquel il avait atterri.

— Et alors ?

— Il y avait là une image.

Peggy attendit, ne voyant pas trop où sa sœur voulait en venir.

— Comment te dire ? C'était comme une sorte d'empreinte ou de tache… Et ça ressemblait à la Vierge.

— La Vierge ? répéta Peggy, incrédule.

— Oui. La silhouette de Marie, comme les statues de nos églises la représentent : de face, avec sa longue robe, les bras tendus. Comme ça, dit Megan en faisant le geste d'accueillir des invités. Et le plus curieux, c'est que les traits de son visage n'étaient pas marqués, ou à peine, mais qu'à l'endroit de ses yeux, il y avait… des larmes. On aurait dit qu'elle pleurait. Je te jure. Quand Nick est revenu à lui, c'est ça qu'il a vu en premier.

Peggy demeura un moment sans voix, puis elle dit à sa sœur d'une voix hésitante :

— Megan, tu ne penses tout de même pas que ça puisse être un miracle ? Ça te ressemblerait si peu !

— Je parlerais plutôt d'une coïncidence, et Nick est d'accord avec moi. N'empêche, c'était bizarre ; ça m'a fait froid dans le dos.

Secouant la tête, elle rectifia :

— Non, bizarre n'est pas le mot juste. Je dirais plutôt que c'était beau. Rassurant, comme si… Tu vois, pendant une minute, j'ai eu l'impression d'être redevenue petite fille, à Sainte-Brigid, quand on y allait en famille. Tu sais, cette paix très particulière, la douce lumière des bougies, le parfum de l'encens, et ce silence, juste avant que l'orgue ne se mette à jouer. C'est ça que j'ai ressenti.

Megan parlait rarement de religion, et jamais en termes positifs. Elle avait été élevée dans le catholicisme, et elle avait une profonde affection pour le père Brady, mais, sans la présence de Niccolo dans son existence, elle ne serait sans doute jamais retournée à la messe.

Ses sœurs et elle étaient des pratiquantes… intermittentes.

— Tu as vécu une expérience mystique, lui dit Peggy. C'est merveilleux. Un vrai cadeau du ciel.

Megan secoua la tête, comme si elle refusait de s'appesantir sur la question. Elle ouvrit le placard, sortit des tasses.

— En tout cas, dit-elle, je ne suis pas prête à renouveler l'expérience. J'ai eu trop peur pour Nick ! Non, le véritable miracle, c'est qu'il soit vivant.

Peggy leva sa tasse.

— Je bois à sa santé.

— A la santé de qui ? demanda Niccolo qui entrait dans la cuisine, l'air encore endormi mais visiblement remis de son aventure.

— A la tienne, mon cher beau-frère.

Peggy tendit sa tasse à sa sœur pour qu'elle la lui remplisse.

— Et moi, dit Megan, je veux boire au voyage que tu t'apprêtes à faire avec Kieran.

Nick traversa la cuisine, et serra longuement Megan dans ses bras avant de se servir un café.

Peggy les observait, et se sentait comme chez elle. La cuisine était très réussie, avec son atmosphère chaleureuse, ses placards anciens en érable, ses plans de travail et son égouttoir en carreaux de céramique blanche, mis en valeur par la couleur lie-de-vin des murs. Les tableaux de Niccolo — des peintures à l'huile de villages toscans — s'harmonisaient parfaitement avec la collection originale de boîtes à épices en forme d'animaux. Megan avait confectionné des dessus de chaises dans de vieux kilts d'autrefois, et Niccolo avait fabriqué lui-même la table en noyer massif, grâce au cadeau de ses voisins qui avaient dû couper leur arbre pour construire une nouvelle aile à leur maison.

— Tu es certaine de vouloir partir aujourd'hui ? demanda soudain Megan à sa sœur. La compagnie accepterait de modifier ta date de départ, j'imagine ?

— As-tu besoin de moi, ici ? Franchement.

Megan hésita, puis secoua la tête.

— Non, pas vraiment. Nous attendons la visite des experts. Quand l'assurance aura estimé l'étendue des dégâts, nous ferons établir des devis par différents entrepreneurs. Ça va être un vrai cirque mais, au moins, je serai occupée… ça m'évitera de trop repenser à ce qui s'est passé.

— C'est un coup de chance que nos bagages se soient trouvés chez tante Dee ! fit remarquer Peggy. Et, pour le nettoyage de l'appartement, il n'y a pas urgence, n'est-ce pas ?

— Nous ne le relouerons pas de sitôt, c'est certain !

— Bon. Et puis, de toute façon, vis-à-vis d'Irene, ça me gênerait de retarder mon arrivée. Elle s'est organisée pour que quelqu'un vienne nous chercher à Shannon.

— Je suis contrariée que nous ne connaissions pas cette femme. J'aurais préféré qu'un membre de la famille, au moins, l'ait rencontrée.

— Mais elle *fait* partie de la famille, Megan !

Elle s'attendait à cette ultime tentative de sa sœur pour la faire changer d'avis, et elle était prête pour l'escarmouche.

— Qu'est-ce que nous savons d'elle, hein ? reprit Megan. Pas grand-chose : que son grand-père était le frère de notre arrière-arrière-grand-père. Bon, ça nous fait une belle jambe ! Et, avant qu'elle ne retrouve notre trace sur Internet, nous étions persuadées d'être les dernières descendantes de cette branche de la famille.

— Ce sera bientôt le cas, vu son grand-âge.

Effectivement, Peggy savait peu de choses sur Irene Tierney, en dehors du fait qu'elle avait quatre-vingt-un ans et qu'elle n'était pas en très bonne santé. N'ayant jamais été mariée, elle n'avait pas de famille proche, ni au village de Shanmullin ni dans le reste du pays. Elle vivait toujours dans le cottage au toit de chaume qui avait été, jadis, la demeure de Terence Tierney, l'ancêtre des trois sœurs qui avait émigré à Cleveland dans les années 1880.

— Et d'abord, qu'est-ce qu'elle nous veut ? lança Megan. Des informations sur son père ? Un homme dont nous ne connaissions même pas l'existence ? Vraiment, je ne vois pas comment nous pourrions l'aider.

Peggy trouvait, au contraire, que l'histoire d'Irene avait de quoi piquer la curiosité. Lors de leur premier contact, la vieille dame lui avait écrit qu'elle était venue à Cleveland avec son père et sa mère. Elle était alors une enfant. La famille, qui n'avait aucun avenir en Irlande, espérait retrouver des parents installés en Amérique. Malheureusement, ça n'avait pas été le cas. Et, quand le père d'Irene était mort, sa veuve avait préféré rentrer au pays avec leur petite fille.

Elles avaient vécu, tant bien que mal, sur la terre des Tierney.

Et puis, quatre mois plus tôt, alors qu'elle voyait sa vie s'éteindre peu à peu dans la solitude, Irene était tombée sur un article du Net concernant Whiskey Island Saloon. Elle avait alors eu la confirmation que des Tierney vivaient en Ohio.

— Elle voudrait savoir dans quelles circonstances son père est mort : c'est bien naturel. Et toi, tu devrais la comprendre. Souviens-toi, lorsque Rooney a disparu, comme on aurait aimé avoir de ses nouvelles, pendant toutes ces années.

— Ce qui me paraît curieux, c'est que sa propre mère ne lui ait rien dit. Où veut-elle que nous trouvions ces renseignements ?

Peggy ne le savait pas elle-même. Ses premières recherches aux archives municipales n'avaient rien donné. Elle espérait que sa sœur accepterait de reprendre l'enquête en son absence.

— En vérité, j'ai peur que ce programme soit trop lourd pour toi, reprit Megan : tu vas devoir t'occuper à la fois de ton fils à plein temps et d'une vieille dame que tu ne connais pas…

Peggy n'avait aucune envie de répéter à Megan ce qu'elle lui avait déjà dit cent fois. Irene avait besoin de compagnie, sans pour autant réclamer des soins constants. Elle lui offrait, en échange, le gîte et le couvert. Avec la pension mensuelle de Phil, Peggy pouvait envisager de vivre confortablement sans travailler à l'extérieur. Décidément, cet arrangement était idéal : un vrai cadeau du ciel.

— Elle est ravie à l'idée d'avoir Kieran chez elle, conclut Peggy en se levant. Elle n'a jamais eu d'enfant. Il lui faut de l'aide, une présence amicale… C'est une opportunité que je ne peux pas me permettre de refuser. J'ai suffisamment parlé avec elle pour savoir que nous nous entendrons bien. Fais-moi confiance… pour une fois, tu veux bien ?

Megan posa la cafetière sur le comptoir, et prit sa sœur dans ses bras.

— Si je me fais du souci, c'est parce que je t'aime. Tu le sais, n'est-ce pas ?

Peggy lui rendit son étreinte. Du coin de l'œil, elle remarqua que Niccolo les observait avec intérêt. Comme c'était bon de savoir que sa sœur aînée était en d'aussi bonnes mains.

— Tu prendras soin d'elle, n'est-ce pas, Nick ? lança-t-elle impulsivement.

— A condition qu'elle me le permette !

Peggy serra la main de Megan et lui lança un long regard avant de s'éloigner.

— Tu as entendu, sœurette : laisse-toi aimer ! Et cesse de t'inquiéter pour moi. Ça va très bien se passer pour Kieran et moi.

Très bien se passer ? Optimisme déplacé ou pieux mensonge ? En vérité, ça se passait rarement bien avec Kieran.

Parce qu'il était ennemi des changements. Il ne supportait pas les étrangers ni le bruit ni les baisers de la famille.

Comme Peggy l'avait craint, son fils n'apprécia pas non plus le voyage en avion.

Quand leur premier avion se posa à Boston, une centaine de paires d'yeux désapprobateurs étaient posés sur elle. Quel genre de mère était-elle pour être incapable de calmer son enfant ? Pourquoi ce beau petit garçon redoublait-il de cris lorsqu'elle tentait de le prendre dans ses bras ? Curieux qu'il se débatte ainsi, comme s'il voulait lui échapper !

Les jugements qu'elle lisait sur les visages étaient compréhensibles. Comment ne pas se sentir concerné par cet enfant au visage d'ange qui semblait si malheureux ? Et comment, en même temps, ne pas en vouloir au petit démon qui gâchait la vie de tous les voyageurs ?

Peggy s'y était préparée… Enfin, c'est ce qu'elle croyait. Mais la réalité dépassait toujours ses prévisions.

Il y avait une longue attente à Boston. La jeune femme finit par mettre l'enfant dans sa poussette, et réussit à l'endormir en arpentant le grand hall pendant des heures. Elle n'en pouvait plus, mais cela valait mieux que de l'entendre crier.

A la fin, quand elle dut passer le contrôle de sécurité, il se réveilla en sursaut, dans un nouvel environnement, et les cris reprirent de plus belle.

A bord, elle réussit à lui faire avaler les antihistaminiques et le décongestif que lui avait prescrits le pédiatre afin de contrecarrer les effets nocifs de la pression sur ses tympans. Peine perdue ! Kieran n'arrivait pas à se décontracter. L'avion était plein, et la perspective d'être vissé sur son siège sans pouvoir bouger le rendait fou.

Peggy expliqua de son mieux les problèmes de son fils au steward le plus conciliant. Miraculeusement, le jeune homme trouva des passagers de bonne composition, qui acceptèrent de céder leur place. Ainsi, elle put s'installer à l'arrière et disposer de trois sièges pour eux deux. L'enfant, rassuré par un environnement où il ne se sentait plus prisonnier, cessa peu à peu de crier. Il prit sa couverture préférée et entreprit de la dépiauter minutieusement, fil à fil. Peggy, trop contente de bénéficier d'un peu de calme, le laissa faire.

Elle le nourrit, lui raconta des histoires, chantonna des comptines très doucement — ce qu'elle faisait rarement en public, sachant qu'elle chantait faux.

Quand il s'endormait, par à-coups, elle en profitait pour fermer les yeux, elle aussi.

Lorsqu'ils atterrirent à Shannon Airport, elle eut l'impression que le voyage avait duré une éternité. Kieran avait les joues marbrées de rouge, et l'affolement se lisait dans ses yeux brillants aux paupières gonflées.

Un vol aussi long était éprouvant pour n'importe quel enfant, mais bien plus encore pour son petit garçon qui était effrayé par le monde qui l'entourait, et qui percevait le comportement de ceux qui l'aimaient comme un ensemble de signaux confus que son cerveau ne pouvait décrypter.

Ils attendirent que tous les passagers aient débarqué, ce qui prit fort peu de temps. Dans sa détresse, la jeune femme se demanda si leur hâte était due à leur désir de s'éloigner le plus vite possible de cet enfant infernal. Elle pouvait le comprendre. Par moments, elle rêvait de la même chose.

Finalement, elle rassembla ses bagages à main et quitta l'appareil avec soulagement.

L'aéroport était bien conçu, et plutôt tranquille. Après avoir passé la douane, Peggy chercha du regard Finn O'Malley, le médecin qui devait venir les chercher sur la demande d'Irene. Le fait qu'un praticien à l'emploi du temps chargé prît une journée pour faire l'aller et retour entre Shanmullin et Shannon lui avait paru étrange. Mais plus étrange encore avait été la mise en garde d'Irene, lors de leur dernière conversation téléphonique.

— Vous aurez du mal à lui tirer trois mots. Finn est un être taciturne. Mais ne vous laissez pas rebuter, Peggy. Un homme qui se découvre trop aisément manque souvent de profondeur.

Pour l'heure, la jeune femme aurait volontiers opté pour un garçon superficiel et sans complications. Elle ne se voyait pas en train de se battre pour entretenir une conversation avec un interlocuteur récalcitrant. Elle se demandait si le Dr O'Malley soignait Irene depuis longtemps, et s'il était dans une semi-retraite, ce qui aurait expliqué qu'il puisse se libérer ainsi, en pleine semaine. Irene s'était également montrée avare de détails, dans sa description : cheveux noirs, veste en tweed… ponctuel.

Peggy inspecta le hall d'arrivée, cherchant quelqu'un qui correspondît au personnage. C'est alors que Kieran décida de piquer sa crise. Il était épuisé, au bout de ses ressources. Le vaste aéroport était encore un endroit nouveau pour lui, et tout aussi déroutant que les précédents. Il se tortilla tant et si bien que Peggy le posa à terre. Aussitôt, il se jeta à plat ventre sur le sol qu'il martela de ses pieds et de ses poings en poussant des glapissements stridents.

Et, quand Kieran se mettait en colère, il ne le faisait pas à moitié. Le spectacle avait quelque chose de fascinant dans sa morbidité et sa violence : les gens s'arrêtaient, perplexes, attendant que quelqu'un intervienne.

Malheureusement, comme Peggy l'avait appris à ses dépens, il n'y avait rien à faire. Sinon garder son sang-froid. Elle resta près de son enfant, veillant à ce qu'il ne se blessât pas. Le moindre geste vers lui n'aurait fait qu'envenimer la situation. Quand il était dans cet état de détresse, il devenait sourd et aveugle au monde qui l'entourait. Les liens fragiles qu'il entretenait avec certains proches, comme sa mère, étaient balayés par cette déferlante émotionnelle.

— Vous comptez le laisser hurler longtemps comme ça ?

La jeune femme coula un regard vers l'homme qui venait de lui parler : un peu plus âgé qu'elle, des cheveux de jais, un visage austère et un regard critique.

— Désolée qu'il vous dérange, dit-elle. Il va s'arrêter.

Elle n'osa pas ajouter « d'ici peu » : c'était trop espérer.

L'homme ne s'éloigna pas pour autant.

— Vous êtes Peggy Donaghue ? Et ce gosse s'appelle Kieran ?

Peggy le regarda plus attentivement.

— Docteur O'Malley ?

— Finn. Appelez-moi Finn. Vous pensez imposer ce gamin hurleur à Irene ?

La jeune femme sentit les larmes lui monter aux yeux. Une angoisse sourde la rongeait, depuis quarante-huit heures, et, en dépit de sa détermination affichée, des doutes la taraudaient : avait-elle fait le meilleur choix pour son fils ? Voilà que cet homme, avec son regard glacial, son attitude raide et sa réprobation affichée, ravivait ses peurs les plus secrètes.

— Ça fait des heures qu'il voyage. Il est épuisé, perdu, angoissé. Kieran n'est pas comme ça tout le temps.

— Mais assez souvent, j'imagine ?

Peggy se redressa, portée par une énergie soudaine. La moutarde commençait à lui monter au nez.

— Irene est au courant des problèmes de Kieran. Je ne lui ai rien caché et, malgré ça, elle a insisté pour nous recevoir.

— Irene est une vieille dame, prête à croire n'importe quoi tellement elle souffre de la solitude. Mais elle ne l'admettrait pour rien au monde. De plus, elle est mourante. Ce n'est pas l'idéal pour prendre des décisions, à mon avis.

Kieran s'agitait toujours, et une petite foule les entourait, à présent. Mais la rage du petit garçon perdait de son intensité. Le voyage l'avait trop éprouvé pour qu'il pût soutenir une colère d'une telle ampleur. L'énergie lui manquait, tout simplement.

Peggy fit face au Dr O'Malley qui la dominait aisément avec son mètre quatre-vingts et ses larges épaules. Il portait une veste à chevrons qui avait sans doute connu des jours meilleurs, un T-shirt bleu marine et un jean délavé.

— Irene sera heureuse de nous avoir, Kieran et moi. Je ne suis pas infirmière, mais j'ai fait des études de médecine. Et nous avons éprouvé une sympathie immédiate l'une pour l'autre. Je sais qu'elle vit seule. Eh bien, dorénavant, ce ne sera plus le cas.

— La solitude est parfois préférable à…

— Ce qui est, de loin, préférable, c'est de ne pas se mêler des affaires des autres !

Une étincelle passa dans le regard de la jeune femme. Puis son agacement retomba aussi vite.

— Je sais qu'Irene est une très bonne amie à vous, reprit-elle. Il est normal que vous vous fassiez du souci pour elle, mais je pense que vous avez tort de tant vous inquiéter : si ça ne marche pas, je repars, tout simplement. Vous pouvez me faire confiance. Je trouve simplement que le jeu en vaut la chandelle. Comment pouvez-vous condamner à l'avance notre projet ?

Finn reporta son regard sur Kieran.

— Il est autiste, n'est-ce pas ?

Peggy haïssait ce mot qui réduisait son fils à une étiquette, une maladie, un handicap.

Kieran était son fils unique, l'enfant de Phil, le neveu de Casey et de Megan. Il était irlandais du côté de sa mère et slovaque du côté paternel. Son père était un jeune architecte de talent, sa mère serait un jour médecin. Il avait une intelligence… qui se révélerait un jour, même si cela risquait d'être difficile. Et ce beau petit garçon deviendrait sûrement un homme magnifique.

Voilà qui était Kieran.

— C'est un être humain, doué de capacités qui se développeront. Vous pourrez le constater avant la fin de l'année.

Finn ne parut guère convaincu.

— Je vais mettre les bagages dans la voiture, dit-il en s'emparant des deux grosses valises.

Puis il s'éloigna à grands pas.

Le trajet jusqu'à Shanmullin allait prendre des heures.

« Pourvu que ce ne soit pas trop pénible ! » se dit Peggy.

Finn était venu à Shannon Airport contre son gré. A plusieurs reprises, il avait eu de sérieuses discussions avec Irene au sujet de ce projet qu'il trouvait loufoque. Mais Irene était obstinée comme pas une ! Dans sa jeunesse, elle était rousse, comme Peggy Donaghue. Sans être spécialement amateur de stéréotypes, Finn adhérait au mythe de la rousse rebelle. Tout au long de sa vie, Irene avait farouchement refusé de se marier, puis d'habiter en ville et, enfin, d'employer une dame de compagnie. Elle avait même écarté l'idée d'aller à l'hôpital, alors que son état de santé se dégradait. Elle ne voulait être soignée que par Finn, même après qu'il eut fermé son cabinet. Et, comme elle menaçait de se laisser mourir s'il cessait de s'occuper d'elle, il avait cédé.

Une vieille mule rétive !

Et voici que sa jeune cousine avait hérité du même entêtement. Décidément, le virus se portait bien : il avait même traversé l'Atlantique !

— Vous pensez vraiment avoir des liens de famille avec Irene ? demanda-t-il brusquement, alors qu'ils approchaient du village.

Peggy ouvrit les yeux et tourna la tête vers lui. Son regard était encore embrumé et ses paupières lourdes, mais, pour quelqu'un qui était en plein décalage horaire, elle gardait une fraîcheur et une beauté étonnantes. Des qualités qui l'avaient, d'ailleurs, frappé, lorsqu'il l'avait vue à l'aéroport.

— Je vous demande pardon ?

C'était la première fois qu'il lui adressait la parole, depuis leur départ. Dieu merci, Kieran, vaincu par la fatigue, s'était calmé dès l'instant où ils avaient quitté le parking. Peggy, de son côté, avait lutté un moment contre la somnolence, puis elle avait sombré à son tour dans les bras de Morphée. Elle avait dormi plus de trois heures.

— Je vous demandais si vous étiez certaine d'être cousine avec Irene ? Cette histoire me paraît tellement invraisemblable.

— Mon petit doigt me dit que seul un test A.D.N. pourrait vous convaincre, dit-elle en esquissant un sourire qui adoucissait le mordant de sa remarque.

Elle bâilla, s'étira, et la ceinture de sécurité se tendit en travers de ses seins. Ce qui n'échappa pas à son compagnon.

— Prendre soin d'Irene fait partie de mon travail, que ça me plaise ou non, dit Finn en reportant son regard sur la route.

— Comment cela se fait-il ? Vous avez d'autres liens que celui de patient à médecin ?

— Elle était la meilleure amie de ma grand-mère.

— Et vous poursuivez la tradition. Je trouve ça sympa.

— Elle ne me laisse pas le choix.

— Ça ne m'étonne pas. Elle ne m'a guère laissé le choix, à moi non plus. C'est un vrai tyran, n'est-ce pas ?

Elle avait dit ça sur un ton d'admiration tel qu'il ne pouvait lui en tenir rigueur. Et, en plus, elle avait raison.

— Irene vous a-t-elle expliqué nos liens de parenté ?

— Elle s'est montrée plutôt circonspecte en la matière.

— Alors, vous allez avoir droit à un petit résumé historique. Au XIXe siècle, quatre frères Tierney habitaient la maison où vit maintenant Irene. L'aîné mourut de maladie et de malnutrition. Le second, Darrin, émigra en Amérique et fut victime d'un accident sur les docks. « Le travail est dur, avait-il écrit, mais il y a du travail. Les salaires sont misérables, mais il y a des salaires. »

» Et ce sont, précisément, les derniers gages de Darrin, joints à la lettre du curé de sa paroisse annonçant son décès, qui permirent au troisième frère, Terence, de traverser à son tour l'Atlantique avec son maigre baluchon. Ce Terence, qui s'installa à Cleveland, sur les traces de son frère, est mon ancêtre. Le dernier des fils Tierney, Lorcan, passa en Angleterre. Comme personne n'avait plus entendu parler de lui, on l'avait cru mort.

Finn se demanda ce qui lui avait pris de poser cette question. Il n'était pas certain de vouloir entrer dans tous les détails intimes de cette saga irlando-américaine. Mais, maintenant qu'elle avait commencé, il était difficile de lui demander de s'arrêter.

— Ce qui était faux, j'imagine ? Sinon, vous ne seriez pas à Shanmullin, et Irene n'aurait jamais vu le jour.

— Exactement ! Lorcan avait fait de la prison à Liverpool, j'ignore pour quelles raisons. Quand il a été libéré et qu'il est rentré à Shanmullin, sa famille avait disparu : ses frères étaient morts, et ses parents avaient rejoint Cleveland pour terminer leur vie auprès de leur belle-fille, la veuve de Terence. Celle-ci s'était remariée avec un dénommé Rowan Donaghue. Lorcan, pauvre entre les pauvres et analphabète, n'arriva pas à rétablir le contact avec eux. Il ignorait même s'ils étaient encore vivants. Le curé du village, qui aurait pu le renseigner, était, lui aussi, mort et enterré, et la majeure partie des habitants de Shanmullin avaient déserté le sol natal pour des horizons, croyaient-ils, plus prospères.

— Mais vous vous appelez Donaghue, et pas Tierney.

— Lena, l'épouse de Terence Tierney, était enceinte, au moment de l'accident. Lorsqu'elle s'est remariée à Rowan Donaghue, celui-ci a adopté le petit Terry et lui a donné son nom. Ils eurent ensuite d'autres enfants, ensemble, mais Terry est mon ancêtre. Ainsi, mes sœurs et moi, nous sommes des Donaghue d'adoption… J'avoue que c'est un peu compliqué. Mais enfin, le résultat est que nous descendons des mêmes arrière-arrière-grands-parents.

— Et Lorcan, est-il resté, lui, sur les terres familiales ?

— Irene m'a dit que Lorcan avait la quarantaine, à son retour d'Angleterre, et que c'était un homme fatigué et amer. Il a épousé une jeune femme du village avec laquelle il a eu un fils, Liam, puis il est mort peu après.

— Et Liam est le père d'Irene ?

— C'est ça.

Finn connaissait la suite.

Dans les années 20, Liam et sa femme, Brenna, avaient embarqué à leur tour sur un paquebot de la Cunard, à la poursuite du rêve américain. Irene était bébé, à l'époque, et se souvenait de peu de choses.

— Voilà qui explique pourquoi les parents d'Irene n'ont pas trouvé de Tierney à Cleveland.

— Mais oui. Du fait que Lena s'était remariée à un Donaghue et qu'elle avait changé le nom de son fils. Lorsque Liam est arrivé à Cleveland, des années plus tard, il n'est pas tombé sur les personnes qui auraient pu le renseigner. Lena était une très vieille dame ; tout ça était de l'histoire ancienne… Il a fallu Internet pour qu'Irene nous retrouve : Le *Cleveland Plain Dealer* avait fait paraître un article historique sur le saloon appartenant à ma famille, et le journal avait mentionné

Terence Tierney, parce qu'il avait été le premier mari de Lena, la fondatrice.

— C'est bizarre de rechercher encore ses ancêtres, à quatre-vingts ans, vous ne trouvez pas ?

Peggy passa une main dans ses cheveux, un émouvant geste féminin dont Finn avait presque oublié l'existence.

— Pas vraiment. Irene ne s'est jamais mariée, et elle n'a pas d'enfants. N'avons-nous pas tous ce désir de nous sentir reliés ? Elle se sait proche de la fin, et l'idée qu'une partie de nous-même survive à travers les autres me semble bien naturelle.

Finn crispa les mains autour du volant. A une époque, il avait éprouvé cette nécessité, lui aussi.

La jeune femme se retourna pour contempler son fils endormi sur la banquette arrière.

— Kieran représente mon espoir d'immortalité, j'imagine. Et vous, Finn, avez-vous des enfants ?

Il ne pouvait pas répondre de façon désinvolte, bien que la question fût extrêmement simple.

— Vous croiserez sans doute ma fille, Bridie, dit-il, en faisant un gigantesque effort sur lui-même. Elle rend souvent visite à Irene.

Il s'attendait à d'autres questions, mais Peggy fut assez perspicace pour s'arrêter là, ce dont il lui sut gré.

— Nous approchons du village, dit-il. Le temps d'éternuer, il aura disparu quand vous rouvrirez les yeux !

— Comme c'est beau ! dit la jeune femme en admirant le paysage.

— Oui, c'est ce que disent tous les Américains.

— Vous n'êtes pas de cet avis ?

— Nous avons subi des épreuves, ici, que vous auriez du mal à imaginer. Le pays relève à peine la tête. Pas toujours avec les natifs et les anciennes familles, d'ailleurs, mais grâce à ceux qui viennent là en vacances et d'autres qui travaillent à domicile, sur leur ordinateur. Là où vous voyez des collines enchantées, je vois des gens qui peinent pour des salaires de misère.

— Pourtant, vous êtes resté ! Il doit donc y avoir certains avantages.

Ils traversèrent le village, avec ses petites maisons de toutes les couleurs qui bordaient la rue principale. Un ruisseau, qu'enjambait un joli pont, agrémentait la place de l'église. Au loin, les montagnes dominant l'océan créaient un décor de carte postale.

Ils roulaient de nouveau dans la campagne lorsque Finn répondit à sa question.

— Je suis resté parce que je suis resté, marmonna-t-il.

Rideau.

Les derniers kilomètres se firent en silence. Finn emprunta le chemin gravillonné, bordé d'une haie taillée, qui menait au cottage d'Irene.

Il coula un regard vers sa passagère. Elle était penchée en avant, absorbée par la contemplation du paysage, au point d'ignorer son fils qui commençait à s'agiter.

— Oh, Finn, regardez ! C'est d'ici que nous venons, mes sœurs et moi. C'est somptueux ! Comment Terence Tierney a-t-il pu abandonner un endroit pareil ?

— La faim a poussé le loup hors du bois, je suppose.

Il gara la voiture près de la maison et coupa le contact.

— Irene va venir vous accueillir, vous pouvez en être sûre.

Peggy descendit de voiture et fit quelques pas. Finn était presque désolé qu'elle découvrît le cottage sous un jour aussi charmant, avec ses murs blanchis à la chaux, son toit de chaume, ses fenêtres à petits carreaux qui reflétaient un pimpant soleil.

Irene ouvrit sa porte, une porte traditionnelle en deux parties « à la hollandaise », qu'elle avait tenu à peindre elle-même d'un bleu lumineux.

Finn observa les deux femmes qui se jaugeaient du regard.

Puis il vit Peggy s'élancer.

D'un trait, elle courut se jeter dans les bras frêles de la vieille dame.

7.

Le cottage des Tierney avait été restauré du temps d'Irene. Quelques années après leur retour en Irlande, sa mère, Brenna, s'était remariée avec un homme aisé qui avait racheté les terres que des générations de Tierney s'étaient épuisées à cultiver pour de riches propriétaires. Brenna et son époux avaient ajouté des chambres et une cuisine, dotée d'une belle cheminée. Et quand Irene avait hérité du cottage, elle y avait fait installer l'électricité et le chauffage au gaz, laissant ensuite libre cours à son imagination pour la décoration et les couleurs.

Une semaine après leur arrivée, Peggy, encore au lit, regardait les poutres du plafond de la chambre qu'elle partageait avec Kieran. Pas l'ombre d'une toile d'araignée, d'une tache d'humidité ou d'une cloque de peinture. Le cottage était en parfait état. Si, jusqu'à son arrivée, Irene avait refusé d'engager une dame de compagnie, elle avait, par contre, accepté de l'aide pour le ménage.

Qu'il pleuve ou qu'il vente, Nora Parker pédalait donc joyeusement, chaque matin, sur les routes cabossées et sinueuses, pour nettoyer la maison et préparer le petit déjeuner.

Bien qu'il fût à peine 7 heures, Peggy l'entendait déjà s'affairer dans la petite cuisine.

Sa présence avait été une excellente surprise pour Peggy, qui s'attendait à devoir faire le ménage et la cuisine.

Nora apportait des nouvelles du village, des provisions fraîches et une joyeuse énergie, derrière laquelle se cachait une âme de général en chef. Ses critères étant aussi inébranlables que ceux de la maîtresse de maison, les deux femmes complotaient allègrement sur les meilleurs moyens de faire régner l'ordre à Tierney Cottage.

La température s'étant radoucie, Peggy avait dormi avec la fenêtre ouverte et, ce matin-là, une brise revigorante gonflait les rideaux de dentelle, tandis qu'un gai soleil brillait déjà dans le ciel. Des siècles de feu de tourbe avaient imprégné le bois et les pierres d'un parfum naturel de terre spongieuse et de sphaignes. Le vent, lui, apportait des senteurs marines : l'océan n'était qu'à quatre-cents mètres.

Comme tous les matins, Peggy se demanda ce qu'avaient pu penser ses ancêtres en se réveillant dans un tel endroit. Etaient-ils si ravagés par la misère et la famine qu'ils maudissaient l'éperon rocheux battu par les tempêtes, sur lequel un ancêtre plus romantique que les autres avait construit leur maison et fait paître leurs moutons ? Etaient-ils pleins d'amertume envers l'envahisseur qui les écrasait d'impôts et les obligeait à vendre au marché les denrées dont ils avaient tant besoin pour nourrir leurs enfants ? Prenaient-ils seulement le temps, parfois, de s'arrêter pour contempler la nature qui était si belle ?

Kieran s'agitait doucement. Il finit par s'éveiller, et se mit à rire : une musique si douce aux oreilles d'une mère qui y entendait l'espoir d'un avenir plus heureux pour son petit garçon qui riait si rarement…

— Kieran ! appela-t-elle tout doucement. Kieran…

Allongé sur le côté, dans son lit, il la regardait.

— Comment va mon petit bonhomme ?

Il lui sourit. Elle en eut le cœur battant. Puis elle remarqua que son regard était fixé sur le mur derrière elle. Se retournant, elle découvrit un reflet du soleil qui filtrait à travers les rideaux.

— Ah, c'est ça qui te plaît ? dit-elle, légèrement déçue. On dirait de l'or liquide, n'est-ce pas ?

Elle plia les doigts pour projeter l'image d'un lapin en ombre chinoise.

— Et hop ! Jeannot Lapin saute sur le mur.

Kieran gloussa de plus belle. Peggy, se prenant au jeu, fit avancer et reculer l'ombre. Le lapin disparaissait et hop ! il surgissait de nouveau, bougeant une oreille, puis l'autre.

— Et voici Jeannot Lapin qui saute et gambade sur le chemin ! chantonna-t-elle.

Puis, à court d'inspiration pour les paroles, elle fredonna l'air tout en faisant courir le lapin au même rythme.

Kieran se mit debout et agita les barreaux de son lit.

— Hé. Hé.

— Lapin, dit Peggy. La-pin.

— Hé, hé !

Elle était ravie de le voir si joyeux. Et rien d'autre n'avait plus d'importance. Ce n'était qu'un tout petit événement qui aurait paru banal à la plupart des mères, mais, pour Peggy, cette manifestation spontanée de gaieté était déjà l'antichambre du paradis.

Quand elle se leva, un peu lasse de jouer, l'enfant la regarda, puis regarda le mur, et une expression chagrine fit trembler ses lèvres.

— Oui, dit Peggy en le sortant de son lit pour l'installer près d'elle, adossé aux oreillers, maman a fait sauter le lapin. Kieran peut le faire, lui aussi.

Elle lui prit la main, en dépit de sa résistance, et la hissa jusqu'au rayon de soleil.

Dès l'instant où elle l'avait touché, il s'était raidi et renfermé. Mais son intérêt avait été éveillé.

— Regarde, Kieran peut faire des ombres, comme maman.

Lui prenant le coude, elle bougea son bras d'avant en arrière, d'arrière en avant. Il serrait le poing comme s'il allait la frapper. Mais, voyant l'ombre changer, il pencha la tête pour l'examiner de plus près.

— Et hop, le lapin de Kieran saute le ruisseau. Et hop ! de l'autre côté. Tu vois, mon bébé ?

Elle le surveillait attentivement. Il avait soudain abandonné sa rigidité et sa méfiance. Il était fasciné par le mouvement. Elle guidait son bras, mais c'était lui qui bougeait la main.

A la fin, il se lassa, et voulut lui échapper.

— Désolée, mon petit monsieur, mais on va vous changer avant de vous laisser filer.

Il protesta, mais elle se montra ferme. En un tournemain, elle lui mit une nouvelle couche, lui fit une rapide toilette, et remplaça son pyjama par une salopette. Puis elle enfila un jean et un gilet de laine et l'emmena dans le salon.

C'était la pièce la plus réussie du cottage, avec ses murs blanchis à la chaux, ses dalles de granit, son haut plafond et sa cheminée ancienne où rougeoyaient des briques de tourbe. Des fenêtres de différentes tailles s'ouvraient sur un vaste paysage de pâtures semées de rochers où folâtraient des moutons.

— Bonjour, Nora. Quelle belle journée !

— On peut le dire. Certains en profitent même pour faire la grasse matinée, dit Nora en indiquant, d'un signe de tête, la chambre de la maîtresse de maison.

Aussitôt, Peggy réagit. Habituellement, Irene était prête avant l'arrivée de sa femme de ménage.

— Elle ne se sent pas bien ?

— Aussi bien que d'habitude, si on peut dire. C'est sa hanche qui la tourmente : ça l'a empêchée de dormir.

Peggy avait, pourtant, veillé à ce qu'elle prenne tous ses médicaments, la veille au soir. Irene l'avait, volontiers, nommée infirmière en chef, et lui avait fait un tableau, récapitulant les soins et les remèdes à ingurgiter aux différentes heures de la journée.

— Il faudrait peut-être lui prescrire davantage d'anti-inflammatoires. Je vais en parler au Dr O'Malley.

— Avec tout ce qu'elle avale déjà ?

— C'est vrai.

Nora était pleine de bon sens. A cinquante ans, elle se retrouvait veuve, et criait haut et fort que c'était un sacré cadeau. Elle adorait ses trois fils qui vivaient dans le comté et lui amenaient régulièrement ses six petits-enfants.

— Le Dr O'Malley était le meilleur médecin de Mayo, sans exagérer, reprit-elle. Dans ma famille, on ne consultait que lui, depuis ma grand-mère jusqu'aux nouveau-nés. Et nous nous en sommes tous bien portés.

Peggy leva les sourcils d'un air interrogateur.

— Etait ?

— Eh bien, oui : il ne pratique plus.

La jeune femme eut alors une sinistre vision de cabinet médical désert, de suspension d'autorisation d'exercer la médecine, et se demanda si, après tout, Irene était en de si bonnes mains.

— Je l'ignorais. Comment ça se fait ?

— Je vous raconterais tout ça si j'avais le temps de bavarder autour d'une tasse de thé. Ce qui n'est pas le cas, ce matin. J'ai promis à Irene de lui apporter son petit déjeuner au lit avant l'arrivée du médecin.

— Bien sûr, je ne veux pas vous retarder. Irene me racontera… A moins que ça ne pose un problème ?

— Oh, non, elle sera ravie, pour sûr !

— Je vais préparer les céréales de Kieran.

— C'est prêt. Et pour vous aussi.

Peggy la remercia, et Nora eut un large sourire.

— Vous n'êtes pas du tout comme je le croyais.

— Ah, bon ?

— On a tendance à se fier à ce qu'on voit à la télé.

A l'idée que ses compatriotes étaient représentés à travers le monde par « *Survivor* » et « *Les Simpsons* », Peggy fit la moue.

— Si vous vous attendiez à une pin-up hollywoodienne, je comprends que vous soyez déçue.

— J'espérais trouver quelqu'un de bien élevé avec un grand cœur, et je peux dire que je suis comblée.

Peggy se sentit sincèrement touchée.

— Vous êtes merveilleuses, Irene et vous. Je ne pouvais pas mieux tomber.

— Assez jaspiné ! Au boulot ! lança Nora en filant vers sa cuisine.

Peggy l'y rejoignit dès qu'elle put arracher Kieran à sa contemplation : il se postait invariablement à la fenêtre qui donnait sur la route. Le rebord était suffisamment bas pour qu'il pût voir les murets de pierres sèches moussus s'étendre à l'infini, ponctués de bosquets d'arbustes à feuillage persistant tordus par le vent, de prunelliers épineux et de haies de fuchsias.

Qu'est-ce qui le fascinait ainsi ? Et que voyait-il exactement ? La jeune femme n'aurait su le dire.

— Il y a du porridge et du bacon, et j'ai fait du café comme vous l'aimez, dit Nora en allant et venant dans l'étroit espace entre la cuisinière et le réfrigérateur.

— J'apprécie que vous preniez soin de moi, mais je crains de vous donner un surcroît de travail.

— Vous bilez donc pas ! De toute façon, si vous n'aviez pas été là, j'aurais préparé la même chose, mais en moins copieux.

Peggy installa Kieran sur la chaise haute qu'Irene avait empruntée, avec d'autres meubles d'enfant, à une famille de la paroisse. La chaise arrivait juste à la hauteur de la vieille table en pin massif, poncée par des générations de femmes Tierney.

Les flocons d'avoine étaient préparés avec du miel, et du lait frais venant d'une ferme voisine. Peggy prenait très à cœur le régime alimentaire de son fils : elle évitait comme la peste les sucreries et la nourriture industrielle, ayant appris que les enfants autistes y étaient spécialement sensibles. Elle lui coupa aussi une épaisse tranche de pain complet que Nora avait rapporté du village, et eut une brève pensée pour Megan et les pains spéciaux qu'elle cuisait pour les menus de fête, au Whiskey Island Saloon. Avant de se remettre aux fourneaux, sa sœur devrait attendre la fin des travaux. Peggy se dit qu'elle devait trouver le temps long…

Nora s'essuya les mains sur un torchon de lin.

— J'entends la voiture du médecin. Je vais lui ouvrir.

Kieran, trouvant que sa mère n'allait pas assez vite, se mit à tambouriner sur la table en poussant des petits cris.

— J'ai presque fini, mon bébé. Hm, que ça va être bon !

Elle posa devant lui son assiette en plastique, et il commença à manger tranquillement avec ses doigts.

Elle songea qu'il lui faudrait inclure le maniement de la cuillère dans les « heures de classe » prévues ce jour-là.

Comme un morceau de pain avait atterri par terre, elle se baissa pour le ramasser et le jeter dans la poubelle. Lorsqu'elle se redressa, elle vit Finn posté sur le seuil, en train de l'observer.

— Il en perd plus qu'il n'en avale ! fit-il remarquer.

— Vous fait-il l'effet d'un enfant mal nourri, docteur ?

— Finn. Nora me dit que vous avez un conseil à me donner ?

Peggy comprit qu'il parlait des problèmes de santé d'Irene.

— Oh, je n'ai pas cette prétention. J'avais plutôt une question à vous poser. Irene est tourmentée par ses douleurs à la hanche…

— Elle a refusé l'intervention chirurgicale quand il en était encore temps. A présent, ce n'est plus envisageable.

Peggy ne l'ignorait pas. Elle n'ignorait pas non plus que Finn souhaitait couper court à leur entretien. Autant il se montrait chaleureux et rassurant avec Irene, autant il était brusque avec elle. Mais elle le lui pardonnait, à cause de la facette toute différente de sa personnalité qu'il déployait au chevet de la vieille dame.

— Y a-t-il quelque chose que nous puissions faire pour la soulager ? Augmenter les anti-inflammatoires ? Parce qu'elle ne vous dira pas qu'elle souffre.

L'expression de Finn se radoucit.

— Je le sais bien.

— Et il n'y a pas de solution ?

— Son traitement est soigneusement dosé. Malheureusement, elle est en train d'atteindre le stade où il faut établir une hiérarchie dans les priorités. C'est là tout le problème.

Peggy sentit revenir ce frisson d'excitation qui l'avait accompagnée pendant ses brèves études à la faculté de médecine. C'était pour cela qu'elle avait étudié si dur. Dans l'espoir d'alléger les souffrances, d'améliorer les conditions de vie des malades.

— C'est cornélien, je sais. La durée ou la qualité de vie.

— C'est rarement aussi simple.

— Je tiens à ce que vous sachiez que je n'essaie nullement d'empiéter sur votre domaine, déclara Peggy.

— J'en suis conscient. Je vous remercie.

En le regardant, elle se dit qu'il était vraiment le plus bel homme qu'elle ait jamais rencontré. Grand et svelte mais pas trop maigre. Des cheveux noirs, souples et légèrement bouclés, un peu longs, certes, mais ça ne lui déplaisait pas. Elle trouvait que ça lui donnait un air romantique et un peu inquiétant, à la Byron, que ne démentait pas son visage lui-même avec ses pommettes hautes, ses épais sourcils, et son regard de prédateur, qui pillait sans rien donner.

Les rares hommes qu'elle avait fréquentés — Phil inclus — étaient à l'opposé : ouverts, amicaux, souriants, faciles à vivre, bavards. Des êtres avec lesquels on pouvait se détendre parce que l'on n'était pas obligé de se prendre la tête entre les mains pour deviner leurs pensées ou leurs sentiments.

Mais Finn était différent.

Etait-ce la paix relative qui imprégnait sa nouvelle existence en Irlande, ce rythme tranquille des jours incitant à la contemplation ? Peggy se retrouvait parfois en train de se poser des questions sur cet homme mystérieux. Or, pour une fois, elle avait non seulement le temps, mais le désir de se pencher sur cette énigme.

— Alors, est-ce qu'il s'adapte, ce jeune garçon ?

Elle fut surprise qu'il l'interroge : après qu'elle eut satisfait sa curiosité concernant les liens de parenté qui l'unissaient à Irene, il ne lui avait pratiquement plus adressé la parole.

— Oui, petit à petit, répondit-elle. Finn… voulez-vous un café ?

Il refusa d'un signe de tête.

— Vous avez l'intention de l'instruire vous-même ?

— J'ai déjà commencé. La chambre d'amis a été transformée en salle de classe : nous allons l'étrenner aujourd'hui.

— Etes-vous qualifiée pour cette tâche ?

— Qui serait mieux qualifiée que la personne qui l'aime et se soucie de son bonheur ?

— L'amour est plus souvent une entrave qu'autre chose, déclara Finn sur le ton de Moïse énonçant les Dix Commandements.

— C'est parfois vrai, dit la jeune femme en posant une autre tranche de pain devant Kieran.

Elle alla ensuite se servir une tasse de café.

— J'essaie de ne pas trop m'emballer, mais j'ai apporté beaucoup de matériel, de la documentation, des supports pédagogiques, et j'ai pas mal de contacts, grâce à Internet. J'ai aussi un thérapeute à qui je peux téléphoner si j'ai besoin de conseils.

Elle attendit que sa tasse fût remplie avant de se retourner.

— Et, franchement, je suis l'unique personne suffisamment bon marché qui soit disponible sur le marché.

Finn lui adressa un vrai sourire. Et elle eut la même impression que lorsqu'elle avait vu Kieran rire, un moment plus tôt : c'était comme si le soleil se mettait tout à coup à briller plus fort.

— « Bon marché » ne me semble pas un qualificatif très approprié en ce qui vous concerne, mademoiselle Donaghue.

— Si vous voulez que je vous appelle Finn, appelez-moi Peggy. Sinon, ce n'est pas juste.

Il ne répondit pas. Son sourire s'était effacé, et il s'était recomposé un visage vide de toute expression.

Quand il reprit la parole, ses mots semblaient provenir d'un lieu lointain qu'il n'aurait pas fréquenté depuis longtemps.

— Irene m'a dit que Kieran n'avait pas beaucoup de jouets. J'en ai quelques-uns chez moi. Voulez-vous que je vous les apporte ?

Une aide ? Si elle s'était attendue à une telle proposition de sa part ! Mais, ce qui la stupéfia davantage, ce fut la profondeur de l'émotion qu'elle devina en lui, au-delà de son offre. Elle en fut muette de saisissement.

Elle finit par acquiescer, ne sachant trop que dire.

— Nous y ferons très attention, Finn, mais je ne peux pas vous garantir…

D'un geste de la main, il l'empêcha de poursuivre.

— Aucune importance. Je ne compte pas les récupérer. Vous les donnerez à quelqu'un d'autre quand Kieran ne les utilisera plus. S'il en reste quelque chose.

Sur ce, il tourna brusquement les talons et quitta la cuisine.

Peggy se demanda quel prix exorbitant cet homme avait pu payer. Et pour quoi.

Irene Tierney était presque diaphane dans sa maigreur et, lorsqu'elle voulait aller d'un endroit à un autre, elle devait batailler contre ses vieilles jambes récalcitrantes. Sa chevelure, aussi blanche que l'écume qui ourlait les vagues du rivage, éclairait un visage ridé aux yeux gris, ternis par un début de cataracte. Elle était voûtée, tassée ; ses mains étaient déformées par l'arthrite, mais son esprit demeurait incroyablement vif.

— C'est une grâce de vieillir, dit-elle à Peggy, cet après-midi-là, à la fin de leur repas. Parce que vous ne vous voyez pas à travers les yeux des autres. Moi, par exemple, je me sens comme une jeune fille de vingt-sept ans. A peine plus âgée que vous, ma chère enfant !

— Avez-vous des photos, pour que je puisse vous voir à cet âge, moi aussi ?

— J'ai un album aussi épais qu'un annuaire. Nous le feuilletterons plus tard, lorsque vous serez moins fatiguée.

Fatiguée, Peggy l'était, effectivement. La matinée ne s'était pas trop bien passée. Etait-ce la nouveauté de la salle ou de ces « leçons » particulières ? Elle avait, pourtant, commencé par des choses extrêmement simples : tenir une cuillère, poser deux cubes l'un sur l'autre, désigner quelque chose du doigt. Elle s'était montrée attentive aux plus infimes progrès de son fils, prévoyant de le récompenser avec des petits cubes de fromage et des crackers : ses deux aliments favoris.

Hélas, des progrès, il n'y en avait pas eu.

— Les choses ont été difficiles, aujourd'hui, avec le petit ? demanda Irene.

— Oui. Je m'y attendais. La route sera longue…

Elle regarda son fils. Il avait l'air aussi épuisé qu'elle, ce qui ne l'empêchait pas d'être posté à sa fenêtre préférée.

— Il a des dons, j'en suis certaine. Je les devine dans son âme. Qu'est-ce qui le fascine ainsi, derrière cette fenêtre ?

— Si seulement je le savais ! Si je pouvais pénétrer dans son univers et voir ce qu'il voit. Ça nous aiderait tant.

— Vous êtes consciente, n'est-ce pas, que cette tâche est trop lourde pour une seule personne ?

Peggy voulut protester, mais Irene ne lui en laissa pas le temps.

— Vous travaillez dur, et vous avez une patience d'ange, mais, même le meilleur professeur a besoin d'aide. Et ce serait bon pour votre enfant de fréquenter d'autres gens.

— Il en a déjà fréquenté pas mal. Trop, même. Différents membres de ma famille se sont chargés de lui, l'ont promené, nourri, changé, rassuré… Ils ont été aux petits soins. C'est, d'ailleurs, l'une des raisons…

Peggy ne put continuer.

— Je me trompe, ou est-ce un soupçon de culpabilité que j'entends là ? Avez-vous des remords d'avoir laissé votre fils entre leurs mains, tandis que vous poursuiviez vos études et que vous travailliez ?

Irene n'était pas devin : elle tirait cette conclusion des diverses confidences que Peggy lui avait faites. Dès le début, la vieille dame avait voulu tout savoir sur elle et ses sœurs, avec une curiosité insatiable. Elles avaient parlé à bâtons rompus, toute la semaine. Et Irene était loin d'être rassasiée.

— C'est vrai, je me sens un peu coupable, reconnut Peggy. Je ne peux pas m'empêcher de penser que si je ne l'avais pas confié aux uns et aux autres, nous serions beaucoup plus proches, tous les deux, à l'heure qu'il est. Il semble si peu attaché à moi.

— Mais, dites-moi, ce refus de se lier avec ceux qui l'aiment — en tout cas, de la manière que nous connaissons —, n'est-ce pas, justement, le symptôme de sa maladie ?

Peggy avait été touchée de constater combien Irene s'était documentée, avant son arrivée. Elle avait tant et si bien surfé sur Internet qu'elle savait pratiquement tout sur les troubles dont souffrait Kieran.

— Vous avez raison, mais je m'en veux tout de même.

— Comme la plupart des femmes qui ont un enfant différent des autres.

— Nous avons besoin de rattraper le temps perdu, lui et moi.

— Certes. Mais un petit coup de main extérieur vous laisserait davantage de temps pour préparer « la classe ». Nous pourrions trouver une jeune fille du village. Une future institutrice, peut-être ? Si nous demandions conseil à Nora ?

— Je vais y réfléchir, dit Peggy en se levant pour récupérer son fils qui dormait debout. Il y a tout de même eu une bonne nouvelle, ce matin !

— Laquelle ?

— Finn a proposé d'apporter des jouets pour Kieran. Il semble qu'il n'en ait plus l'utilité.

Elle souleva son fils, et il protesta aussitôt.

— Je reviens tout de suite.

— Prenez votre temps : je n'ai pas l'intention de partir en voyage dans les heures qui viennent !

Peggy reparut, après avoir mis Kieran au lit. Elle l'avait laissé en train de frapper les barreaux du plat de sa main. Un geste répétitif que seul le sommeil interromprait.

— Savez-vous que c'est une grande nouvelle, cette histoire de jouets ?

— Comment ça ?

Peggy marqua une pause, puis posa la question qui la turlupinait depuis le matin :

— Nora m'a dit, pendant le petit déjeuner, que Finn n'exerçait plus. Cet homme est un vrai mystère pour moi.

— Les deux histoires sont liées, déclara Irene. Asseyez-vous là.

Peggy obéit, après avoir lancé un coup d'œil de regret par la fenêtre. Elle rêvait d'une promenade dans la campagne. Elle était sortie avec Kieran, un peu plus tôt dans la journée, mais il avait eu peur du vent qui soufflait en rafale sur la lande, et ils avaient dû rentrer au bout de quelques minutes.

Irene attaqua tout de suite le cœur du sujet.

— Finn a perdu sa femme et ses deux fils. Ils se sont noyés accidentellement, au cours d'une tempête, il y a deux ans. Et Finn ne se pardonne pas d'avoir survécu.

— Mon Dieu ! C'est affreux !

— Oui, une véritable tragédie. Heureusement, sa fille, Bridie, n'était pas avec eux : elle passait la journée chez une amie. On a retrouvé Finn, près du rivage, à moitié noyé, lui aussi. Ensuite, il a renoncé à tout. Il a perdu tout intérêt pour son métier, et pour l'existence elle-même…

Peggy se sentait écartelée entre la compassion et le souci qu'elle se faisait pour la santé d'Irene.

— Mais… il continue à voir certains patients ?

— Oh, il a conservé son cabinet, mais il prétend que c'est parce que personne ne veut racheter un bail commercial, par les temps qui courent. Il n'a plus que moi, comme patiente, et uniquement parce que je refuse de consulter un autre praticien. J'ai déclaré à Finn que je préférais mourir dans mon lit plutôt que consulter son confrère, le Dr Beck. Il a accepté de continuer à s'occuper de moi parce que j'étais la meilleure amie de sa grand-mère et qu'il ne veut pas avoir de comptes à lui rendre dans l'au-delà. Eveleen était une forte femme, et personne ne se serait avisé de la défier !

— Voici qui explique beaucoup de choses, dit Peggy. Il est si…

Elle ne trouvait pas le mot.

— Difficile ? proposa Irene. C'est vrai. Mais ça n'a pas toujours été le cas. Jadis, c'était un privilège de le connaître. Le charme s'est évanoui… Heureusement pour lui, les gens de Shanmullin se souviennent du Finn des jours anciens, et prient pour qu'il ressuscite. Il n'y a pas un peuple qui comprenne mieux la souffrance que nous autres Irlandais, bien que nous n'ayons pas la palme en la matière.

— Les jouets appartenaient sans doute à ses fils.

— Sans doute. Et le plus dur pour lui, ce ne sera pas de s'en débarrasser, mais de les regarder, de les toucher, de les ranger dans un carton pour nous les apporter. Ah, la douleur des souvenirs…

— La présence de Bridie est-elle un réconfort pour lui ?

— Un homme qui est passé par de telles épreuves demeure inconsolable. Avant la tragédie, il n'y avait pas meilleur père que lui. A présent, il est refermé sur sa peine ; il refuse d'en parler et même de la partager avec sa fille. Elle est, pourtant, adorable. C'est l'une des personnes que j'aime le plus au monde. Vous la rencontrerez bientôt. Elle me rend souvent visite.

— Quel âge a-t-elle ?

Irene fit un petit calcul mental.

— Onze ans. Et, si elle ne retrouve pas rapidement le contact avec son père, elle le cherchera avec d'autres hommes, vous pouvez en être sûre.

La vieille dame tapota la main de Peggy.

— Nora a l'intention de rester jusqu'à 16 heures. C'est le jour des carreaux et du ménage en grand. Si vous en profitiez pour aller au village ? Prenez un peu de bon temps. Si Kieran se réveille, nous nous occuperons de lui.

Peggy doutait qu'il se réveille. Les horaires réguliers étaient sa manière de mettre un peu d'ordre dans sa jeune existence si déroutante. L'idée d'une balade à vélo jusqu'à Shanmullin, qu'elle n'avait fait qu'entr'apercevoir, le premier jour, tenta énormément la jeune femme.

— Je peux ? Vraiment ?

— Oh, bien sûr !

Peggy sentit toute son énergie revenir, à l'idée de faire un peu d'exercice physique au grand air. Ce serait sûrement plus revigorant qu'une sieste.

Elle embrassa Irene.

— Puis-je vous rapporter quelque chose, du village ?

— Ah ! J'espérais que vous me poseriez la question. Il y a une liste dans la cuisine. Allez, filez ! Et amusez-vous. Arrivée à la route, vous prendrez à droite et, en un rien de temps, vous serez au village. Au retour, repérez juste les muretins de pierres sèches pour ne pas rater le chemin.

La liberté !

Le sourire aux lèvres, Peggy passa prendre la liste et dire au revoir à Nora, puis elle se dirigea vers le hangar à vélos.

8.

Dans l'appentis, Peggy découvrit un assortiment de bicyclettes. La verte, toute brillante, avec un grand panier fixé sur le cadre avant, semblait plus récente que les autres. La jeune femme l'enfourcha et remonta le chemin, en faisant des signes du bras aux deux femmes qui, elle en était sûre, l'encourageaient derrière les fenêtres du cottage.

Après une semaine de temps gris, cette journée ensoleillée était un cadeau. Il faisait juste assez frais pour éviter à Peggy de transpirer tandis qu'elle appuyait sur les pédales pour franchir la côte menant à la route.

Des primevères sauvages parsemaient les fossés, et les iris étaient sur le point de fleurir. Au loin, la vue portait jusqu'aux falaises embrumées de Clare Island et, au-delà, sur Croag Patrick, la montagne sacrée d'Irlande où, selon la légende, saint Patrick jeûna quarante jours. Dans les haies, les fuchsias montraient leurs premières clochettes frémissant sous la brise. Une pie, perchée sur la muraille aux pierres mangées de lichen, regarda la jeune femme passer, avec une souveraine indifférence.

Sur l'étroite départementale, les quelques voitures qui la dépassaient l'évitaient en se déportant largement, ce qui la rassura, car il y avait un bout de temps qu'elle n'était pas montée à bicyclette. C'était Megan et Casey qui lui avaient appris, courant près d'elle à toute allure pour prévenir ses chutes. Elles avaient toujours été là pour la protéger, comme des mères avant l'heure et, déjà, elles lui manquaient.

Un paysage de carte postale s'offrait à elle, avec des collines arrondies, recouvertes d'un tapis de verdure à l'aspect velouté, brisé, çà et là, par des touffes de joncs. Les moutons, teints de différentes couleurs suivant leur propriétaire, créaient un effet comique au milieu des prairies où l'on voyait encore « les cottages de la famine », ruines pitoyables aux toits crevés, abandonnés par leurs habitants aux jours terribles de la grande misère. Peu de fermes, même parmi les plus anciennes, avaient gardé leur toiture traditionnelle de chaume. Et Peggy se sentit d'autant plus privilégiée d'habiter le cottage Tierney, restauré avec amour par Brenna et son second mari.

En franchissant l'orée du village, malgré les douleurs qu'elle commençait à ressentir dans les jambes, elle rayonnait de joie. La récréation, songea-t-elle, était un bonheur auquel elle devrait initier Kieran. Mais, en cet instant, c'était à elle d'en profiter à fond. Egoïstement. Pour une fois !

Shanmullin aurait pu faire la couverture du *National Geographic* avec sa rue principale doucement incurvée, montant vers les collines avoisinantes. Les maisons et les commerces qui la bordaient déployaient toutes les nuances de vert, de jaune et de bleu. Sur les pancartes, les inscriptions étaient en deux langues : moitié gaélique, moitié anglais. Plusieurs pubs se disputaient la clientèle locale, et les nombreuses publicités pour la Guinness rappelèrent soudain la maison à Peggy qui étouffa un petit soupir nostalgique.

Elle abandonna sa bicyclette pour remonter la rue en flânant, afin de découvrir ce que Shanmullin avait à offrir. Elle vit l'église, « le » restaurant du village, et même, dans une rue à l'écart, le cabinet médical de Finn, qui semblait à l'abandon.

Une heure plus tard, la jeune femme sortait de l'épicerie, les bras chargés de victuailles. Il y avait aussi des aiguilles, car Irene avait décidé de tricoter un pull à Kieran, et la dernière édition du *Irish Times*. Peggy avait, d'ailleurs, bavardé longuement avec le marchand de journaux qui l'avait interrogée sur sa vie et lui avait, en retour, raconté la sienne dans un langage très coloré.

La jeune femme avait l'impression de s'être fait un ami.

Au bout de la rue, elle remarqua un chien qu'elle avait déjà vu en arrivant. Les oreilles tombantes, d'une couleur marron plutôt indéfinissable, il avait une vague allure de chien de chasse, qui surprenait dans une région peuplée de colleys. Etalé de tout son long sur les dalles d'ardoise, la tête posée sur ses pattes, il incarnait le chien abandonné dans toute son infinie tristesse.

Elle s'approcha d'un pas hésitant, se demandant s'il fallait s'occuper de lui ou lui ficher la paix.

— Bonjour, le chien.

Il agita sa queue d'un air apathique. Il était trop maigre et trop affaibli pour réagir énergiquement. Tandis qu'elle le regardait avec commisération, une petite fille en uniforme, kilt écossais et pull bleu marine, sortit d'une boutique et s'approcha à son tour. Un halo de cheveux blond-blanc entourait son joli minois aux traits fins.

— Il est là depuis une semaine, dit-elle d'une voix qui montait et descendait comme dans une ballade irlandaise. Son maître est mort.

Peggy secoua la tête.

— C'est bien triste. A-t-il un nom ?

— Banjax. M. McNamara disait qu'il n'était bon à rien, mais il est bon pour porter le deuil de son maître, n'est-ce pas ?

— On peut le dire ! Personne ne le réclame ? Des membres de la famille ?

— Les gens le nourrissent plus ou moins, le soir, avec des restes des pubs. Mais mon père dit qu'un de ces jours, quelqu'un l'emmènera dans la campagne et qu'on ne le reverra plus.

Peggy n'aimait pas trop cette nouvelle.

— Il n'y a pas de refuge pour les animaux abandonnés ?

— Non. Seulement des gens qui les prennent quand ils peuvent.

La fillette leva les yeux sur Peggy.

— Vous n'êtes pas de Shanmullin ?

— Non. Je viens de l'Ohio, aux Etats-Unis.

— Je m'appelle Bridie O'Malley.

La fille de Finn ! Peggy ne s'en serait jamais doutée : elle lui ressemblait si peu. Elle devait avoir hérité cette blondeur de sa mère.

Peggy se présenta.

— Irene Tierney m'a dit que vous étiez une très bonne amie.

— Ah, vous êtes l'Américaine qui habite au Cottage Tierney ! J'ai entendu parler de vous.

— Votre père a eu la gentillesse de venir me chercher à l'aéroport de Shannon.

— Oui, il avait pris une journée de congé. Je voulais l'accompagner, mais j'avais école.

— Vous sortez tôt, aujourd'hui, fit remarquer Peggy en consultant sa montre : il n'est qu'une heure et demie.

— Les professeurs reçoivent les parents, cet après-midi, dit la fillette avec une grimace.

Peggy lui sourit.

— Vous êtes inquiète ? Moi, ces réunions de parents d'élèves, ça me rendait toujours nerveuse, même si j'avais de bonnes notes.

— Oh, mon père n'y sera pas. Il travaille à Louisburgh, toute la journée.

Tiens, Finn avait donc un emploi en dehors de ses activités médicales ? songea Peggy, étonnée. Ça ne lui était pas venu à l'idée. Pourtant, il fallait bien qu'il nourrisse sa fille ! Elle décida de garder cette question en réserve pour Irene.

— Je voudrais ramener Banjax à la maison, dit Bridie. Je rêve d'avoir un chien.

Peggy entendit le « mais » implicite. Sans doute Finn s'opposait-il à ce projet…

— Tu te fais du souci pour lui ; je le comprends. Voyons, réfléchissons un peu : tu ne connais personne qui pourrait l'adopter ?

Bridie s'abîma dans une profonde réflexion, front plissé, sourcils froncés. Contrairement à son père qui dissimulait ses sentiments derrière un masque, la gamine s'exprimait sans contrainte.

— Granny Reine ! lança-t-elle avec enthousiasme. Vous pouvez le ramener au cottage, madame Donaghue.

Cette fois, ce fut au tour de Peggy de faire la grimace.

— Bridie, je n'ai pas l'impression…

— Mais le chien de granny Reine est mort, l'année dernière ! Pickles. Un basset qui aboyait tout le temps et qui me mordillait les chevilles chaque fois que j'y allais. Irene ne l'appréciait pas tellement, elle non plus, mais elle disait que les vieux amis, même les vieux casse-pieds, ont droit à notre protection. Et Banjax, qui était un vieil ami de M. McNamara, on doit aussi le protéger, maintenant, n'est-ce pas ? Elle ne pourra pas dire le contraire.

Peggy se sentait entraînée dans la conspiration. Pourtant, l'affaire ne se présentait pas sous les meilleurs auspices : Irene était souffrante, et elle avait déjà deux personnes sur les bras. Alors, un chien complètement dépressif qu'il faudrait mettre sous Prozac, en plus, ça semblait être un fardeau beaucoup trop lourd.

— Ecoute, j'ai une idée. Je vais lui demander et, si elle d'accord…

— C'est pas possible ! déclara Bridie. Il risque de disparaître ce soir. Et de quoi on aura l'air ? Pauvre Granny, elle sera déçue quand elle saura qu'elle aurait pu l'adopter !

Voyant que Peggy allait protester, elle se hâta d'ajouter :

— J'ai vu des hommes, tout à l'heure, qui pointaient le doigt vers lui en secouant la tête. Juste avant d'entrer dans la boutique. C'est vrai, je vous le jure !

Après tout, se dit Peggy, il n'y avait pas de mal à essayer. A condition que Banjax veuille bien la suivre jusqu'au cottage… Et, si Irene n'appréciait pas son initiative, elle ramènerait le chien en ville.

Bridie comprit que les choses s'arrangeaient pour Banjax.

— Je peux vous aider à l'emmener. Je vais écrire un mot pour mon père et le prévenir que je vais à bicyclette chez granny Reine. Il ne dira rien. C'est sûr. Et, à toutes les deux, on va y arriver ; ça, je vous le promets !

— Quel âge as-tu, Bridie ?

— Onze ans.

— Lorsque tu en auras quinze, il faudra qu'on ait une petite conversation, toi et moi, sur les dangers d'utiliser ces beaux yeux verts pour obtenir ce que tu veux.

Bridie eut un large sourire, et Peggy se rendit compte que sa nouvelle amie n'avait plus rien à apprendre sur le chapitre du charme ni sur le pouvoir de ses beaux yeux et de son adorable sourire.

— Un chien ? Enorme, laid à faire peur, et qui sent mauvais, en plus ? s'indigna Irene, debout sur le seuil, en considérant la malheureuse créature. Mais où avez-vous la tête, Peggy Donaghue ?

— Je me suis laissé embobiner par une paire de jolis yeux. Et je ne parle pas de ceux de Banjax.

Irene réprima un fou rire.

— Bridie, c'était ton idée, avoue !

— Il a besoin d'une cachette, granny Reine. Ils l'auraient emmené dans la campagne !

— Tu as voulu les prendre de vitesse, c'est ça ?

Irene ne cachait plus son hilarité.

— Interdiction totale et définitive d'entrer dans la maison ! Là-dessus, je serai ferme.

— Je vais lui donner un bain, dit aussitôt Bridie.

Elle avait acheté un shampooing anti-puces avec son argent de poche, pendant que Peggy était chez le boucher.

— Demain, je viendrai après l'école. Promis. Il ne faut pas le laisser tomber, hein, granny Reine ?

Irene regarda Peggy, et la jeune femme haussa les épaules.

— Il fera un bon chien de garde, avança-t-elle.

— De quoi va-t-il bien pouvoir nous protéger ?

— Des corbeaux ? Des papillons ?

Peggy n'osa pas ajouter les serpents à la liste. Saint Patrick s'en chargeait.

— On va lui donner une chance à ce malheureux toutou, annonça Irene. Il n'aura qu'à dormir dans l'appentis, si ça lui plaît.

— Je vais lui faire un lit, proposa Bridie.

A cet instant, Peggy entendit un gémissement familier venant de la chambre à coucher.

— J'arrive juste à temps, on dirait !

Nora vint à la porte et jeta un coup d'œil dédaigneux sur le chien.

— Je le connais cet animal : un bon à rien qui ne fera que manger, dormir et secouer ses puces.

La diatribe de Nora toucha sans doute une corde sensible chez Irene car elle ajouta d'une voix ferme :

— Il n'a qu'à rester. On verra bien.

Peggy et Bridie la suivirent à l'intérieur.

La fillette lança un regard curieux vers la chambre d'où l'on entendait la voix de Kieran. Peggy lui avait un peu parlé de son fils, pendant leur trajet à bicyclette.

— Je pourrai jouer avec lui ?

Comment lui répondre ? se demanda Peggy. Kieran ne *jouait* pas. En tout cas, pas comme Bridie pouvait s'y attendre.

— Je suis douée avec les enfants, ajouta-t-elle. Je suis sûre qu'il m'aimera.

Elle avait dit ça avec une telle confiance que Peggy ne voulut pas doucher son enthousiasme.

— Je n'en doute pas. C'est plutôt que… Kieran a du mal avec les gens qu'il ne connaît pas.

Quant à ceux qu'il connaissait… c'était tout juste s'il les laissait s'approcher. Mais ça, la fillette s'en apercevrait bien assez tôt.

— Ça fait rien. Au début, je le regarderai, de loin.

— Bon, je vais aller le chercher, ce ne sera pas long. Veux-tu t'occuper de la gamelle de Banjax, pendant ce temps-là ?

Lorsqu'elle revint avec son fils, elle trouva une théière fumante sur la table, accompagnée d'une assiette de scones aux raisins de Corinthe, auxquels Bridie faisait honneur.

La fillette accueillit Kieran d'un bonjour chantant, se gardant bien d'esquisser un mouvement vers lui. Elle le surveillait du coin de l'œil, tout en piochant dans l'assiette.

Kieran balaya la pièce d'un regard léthargique et soupçonneux. Une fois de plus, Peggy se demanda quel écheveau de signaux alambiqués son cerveau essayait de démêler. Il s'agita entre ses bras, et elle le posa à terre, ne sachant pas comment il allait réagir en découvrant un nouveau visage. Mais Kieran regardait Bridie avec la même intensité que les effets de lumière sur le mur. Il trottina vers elle, s'arrêta, la fixa de nouveau, se rapprocha encore. Peggy retenait sa respiration ; elle se doutait qu'Irene en faisait autant.

— Hé, hé, chantonna-t-il en franchissant l'espace entre eux. Hé !

Bridie lui répondit sur le même ton.

— Ohé, bonjour, petit bonhomme.

Puis elle se servit un nouveau scone, inconsciente du petit miracle qui venait de se produire devant elle.

— Il était fasciné par Bridie, dit Peggy, tranquillement installée au coin du feu avec Irene. Je crois que ce sont ses cheveux qui l'ont attiré : ils sont si blonds, si lumineux.

— C'est une ravissante petite fille, reconnut Irene en posant ses pieds sur un tabouret bas. Elle ressemble à sa mère, Sheila, mais en plus délicat. La beauté de Sheila se serait rapidement fanée, au-delà de la quarantaine. Celle de Bridie s'épanouira avec l'âge.

— Sa mère doit beaucoup lui manquer.

Peggy avait perdu la sienne à un âge encore plus tendre, mais elle avait eu ses sœurs et tante Deirdre pour compenser. N'empêche, Kathleen Donaghue était toujours présente dans ses pensées.

— J'ai l'impression que nous allons la voir de plus en plus souvent, maintenant que vous êtes là. Elle vous a prise en amitié.

— Avec Banjax !

Le chien s'était installé dans l'appentis comme chez lui. Irene était venue, à petits pas, superviser l'installation, daignant même lui tapoter amicalement la tête.

— Une petite fille a aussi besoin de son père, fit remarquer Irene.

— Bridie m'a dit qu'il travaillait à Louisburgh.

— Oui, dans le bâtiment. Il ne veut plus rien avoir à faire avec la médecine. Ni de près ni de loin. Il refuse même d'intégrer un laboratoire. Et il travaille si dur à construire des maisons qu'il voit très peu sa fille.

La navrante situation de Bridie n'était que trop familière à Peggy. Elle aussi avait grandi sans père.

Irene posa une couverture au crochet sur ses genoux, et se laissa aller contre le dossier de son bon vieux fauteuil.

— Mon père m'a tant manqué dans mon enfance, dit-elle à brûle-pourpoint. Tous les jours que le bon Dieu faisait.

Depuis l'arrivée de Peggy, elles n'avaient pratiquement pas évoqué Liam Tierney, ni sa mort à Cleveland, bien que ce sujet eût constitué le prétexte de leurs premiers contacts. Malheureusement, jusque-là, Peggy n'avait pu fournir à la vieille dame que peu d'éclaircissements.

— J'aurais aimé avoir davantage de temps pour fouiller les archives municipales. Parfois, leur richesse même représente un obstacle.

— J'ai grandi en regrettant de ne pas en savoir plus sur lui, reprit Irene. Et, curieusement, ces regrets ne s'évanouissent pas avec le temps. Au contraire. Parfois, je déplore de devoir mourir sans avoir résolu ce mystère. Si mystère il y a, bien entendu !

— Si vous me disiez ce que vous savez ? Nous avons la soirée devant nous… Megan et Casey ont promis de continuer les investigations. Peut-être qu'en me racontant toute l'histoire, depuis le commencement, vous vous souviendrez de quelque chose qui pourra leur faciliter le travail.

— J'étais si jeune.

— Votre mère, que vous a-t-elle dit ?

Irene poussa un soupir de contentement.

— Une tasse de thé s'impose si je dois vous faire un long récit. Vous ne trouvez pas ?

Peggy se leva.

— Je vais le préparer, pendant que vous rassemblez vos souvenirs.

Irene ferma les paupières.

— Ce ne sera pas trop difficile. Le début de l'histoire est plutôt heureux.

1923

Castlebar, Comté de Mayo

Mon cher Patrick,

Comme toujours, je pense à toi, mon cher et unique frère, arraché d'Irlande si jeune, et je pleure ton départ pour le lointain Ohio comme si tu nous avais quittés hier, et non pas à l'aube d'une vie.

Tu es, désormais, chez toi à Cleveland, plus qu'ici, au pays. Et cette chère paroisse de Sainte-Brigid continue à te tenir à cœur, même si tu y es moins actif qu'auparavant. Tu as pris ta retraite, certes, mais comme ton esprit est demeuré vif et tes observations pénétrantes ! Nous avons la chance, toi et moi, d'avoir encore toute notre tête, et la chance encore plus grande de n'être séparés que par un océan. Et non par la mort.

Combien différents sont nos points de vue sur la situation désespérée dans laquelle se trouvent nos compatriotes. Tu recueilles tes informations sur notre tragédie nationale en fin de parcours, et moi, à la source. Toi, tu rencontres ces immigrants lorsqu'ils descendent des navires ou des trains, et qu'ils sont engloutis par un univers d'usines vomissant de délétères fumées ou qu'ils s'installent dans des masures construites à la hâte. Moi, je les vois quitter nos landes stériles, la faim au ventre et l'espoir au cœur, les yeux fixés sur cet eldorado qu'ils pensent trouver de l'autre côté du grand océan.

On dit que nous vivons dans une Irlande nouvelle. Franchement, je ne la vois pas encore venir.

L'an dernier, des assassins ont tué le « Big Fellow[1] *» à Beal na mBlath, une perte cruelle pour tous les hommes et toutes les femmes persuadés que le salut réside dans le compromis.*

Nous nous déchirons les uns les autres, avec une passion aussi grande que celle qui nous animait quand nous combattions l'envahisseur anglais. Des hommes, qui avaient survécu à l'horreur de Gallipoli, sont tombés dans les rues de Dublin, et les sabotages, les exécutions et autres atrocités sont devenus les symboles de notre ancienne et honorable culture, au même titre que les arcs-en-ciel et les clochers de nos églises.

Tu me dis dans tes lettres que de nouvelles vagues d'arrivants viennent apporter un sang neuf à Cleveland, des immigrants qui ont pour nom Durkan et Doyle, Heneghan et Lavelle. Ces noms me sont aussi familiers que le mien. Et, sans les connaître, je m'attriste pour ces familles obligées de s'exiler et de mener des existences plus terribles encore qu'ici.

Je me rappelle tes premières lettres décrivant Whiskey Island, cher Patrick, et les conditions atroces qui ont broyé tant de nos compatriotes qui, jusque-là, n'avaient connu que les splendeurs de la verte Irlande. Les conditions de vie se sont peut-être améliorées, depuis. Néanmoins, Cleveland ne sera jamais l'Irlande, n'est-ce pas ?

Ici, la situation n'évolue guère, surtout pour ceux qui se sont alliés aux Républicains. Certaines blessures ne se referment jamais. Et, pour ces hommes-là, l'exil vaut peut-être mieux. Qui sait ?

Mais que deviendra notre Irlande bien-aimée, privée de ses fils les plus courageux ?

Ta sœur,
Maura McSweeney

1. Surnom de Michaël Collins, le génial stratège de la guerre d'indépendance anglo-irlandaise, abattu d'une balle, dans l'embuscade de Beal na mBlath, « la passe des Fleurs », en gaélique.

9.

Lorsque Liam Tierney n'était qu'un enfant, son père lui avait appris à ne rien attendre de l'existence et sa mère, à ne rien attendre de l'amour. Heureusement pour lui, Liam rencontra Brenna Duffy avant d'être devenu complètement cynique.

Lorcan Tierney, son père, était un homme dur, et l'arrivée de ce fils, à l'automne de sa vie, ne l'avait pas rendu plus indulgent. Il se contentait d'assurer à sa famille le strict nécessaire, et n'exigeait rien en retour.

Walton Gaol, la prison de Liverpool, avait fait de lui cet être implacable. Il n'était qu'un jeune insouciant lorsqu'il avait quitté Shanmullin pour chercher fortune en Angleterre. Un mois plus tard, poussé par la faim, il avait dérobé un morceau de viande à l'étal d'un boucher. Dénoncé par un témoin, il avait été jeté en prison, et là, il avait perdu tout espoir.

Profondément humilié, il n'avait dit à personne ce qui lui était arrivé, et n'avait plus donné signe de vie.

Des années plus tard, sa peine effectuée, il était rentré au pays. Entre-temps, sa famille avait disparu. Partie sur les routes ou anéantie par la famine. Il ne lui restait plus que ces quelques arpents de sol rocailleux et ce cottage à l'abandon d'où il était parti, dans sa jeunesse, le cœur gonflé d'enthousiasme.

Celle qui devait devenir sa mère avait fait un mariage de raison. C'était une vieille fille maladive et morose qui s'était vue dans l'obligation d'accepter l'offre de mariage de Lorcan.

« C'est ça ou tu te retrouves à la rue, » lui avait aimablement signifié le frère chez qui elle logeait.

Elle avait ensuite accouché de Liam, son fils unique, dans des douleurs terribles. Son instinct maternel était si peu développé que, sans l'intervention de Lorcan, elle aurait laissé son nouveau-né, le soir même, sur les marches du presbytère.

Douze ans plus tard, juste après le décès de Lorcan, elle avait mis son projet à exécution, et avait abandonné le jeune garçon devant le portail du presbytère. Après quoi elle avait disparu, Dieu seul savait où. En tout cas, personne n'avait plus entendu parler d'elle.

Le consciencieux curé de la paroisse de Castlebar avait envoyé Liam dans un pensionnat religieux au sud du pays, où les Frères des écoles Chrétiennes s'étaient chargés de parfaire son éducation avec un remarquable sens de la discipline. Mais ce séjour à l'orphelinat n'allait pas lui servir à grand-chose.

Les adolescents solitaires et révoltés recherchent, en général, l'amitié de ceux qui leur ressemblent. Ensuite, bon nombre de ces jeunes rebelles se lancent dans des actions violentes, et défendent des causes qui leur permettent d'échapper à leur vide intérieur et à leur souffrance.

Liam Tierney ne fit point exception à la règle. Il tomba sur une bande d'extrémistes qui militaient très activement, à cette époque politique plus que troublée.

Ce fut la miraculeuse apparition de Brenna — un ange aux yeux bleus et à la belle chevelure auburn — qui sauva Liam. La jeune fille avait, elle aussi, été éduquée à l'orphelinat, sous la férule des Sœurs.

Ensemble, ils émigrèrent à Cleveland afin de prendre un nouveau départ dans l'existence et de fonder un foyer pour leur adorable petite Irene, aussi rousse que sa maman.

Si Brenna lui avait donné un prénom qui n'était pas gaélique, c'était pour échapper à la malédiction irlandaise. Son vœu le plus cher — et elle ne le cachait pas —, c'était que les Tierney devinssent un jour de véritables Américains.

Elle contemplait la minuscule maison de guingois, à flanc de colline, qui donnait sur un endroit appelé Whiskey Island par les gens du coin.

— *Irish Town Bend* ? Liam, ne me dis pas que nous avons fait cet interminable voyage, et tout abandonné derrière nous, pour venir vivre dans un quartier baptisé *Irish Town Bend* !

Brenna se montrait rarement critique, aussi Liam reçut-il ces mots comme une attaque personnelle.

— D'accord avec toi, ça se pose un peu là comme ironie du sort, dit-il. Mais nous n'habiterons pas toujours ici. Et, pour un début, l'endroit ne me paraît pas si affreux que ça. N'est-ce pas préférable d'être au milieu de compatriotes qui nous comprendront ? Des gens comme nous ? Beaucoup d'entre eux viennent de Mayo. Je vais peut-être même tomber sur des gars que je connais.

— Exactement ce que je redoutais.

Liam désirait ce qu'il y avait de mieux pour Brenna et Irene. Et il était bien décidé à se battre pour le leur offrir. Seulement, ça allait prendre du temps.

Brenna, de son côté, ne demandait pas la lune et les étoiles. Ce qu'elle voulait, par-dessus tout, c'était se libérer des cauchemars du passé qui hantaient ses nuits. *Son* passé à lui.

— La maison a un certain charme, je trouve, dit-il en penchant la tête.

Il n'était pas difficile : aussi étroite qu'elle était haute, avec un porche menaçant de s'effondrer et un plancher vermoulu qui risquait de céder sous le faible poids d'Irene, la masure offrait un spectacle peu engageant.

Brenna cala sa fille contre sa hanche. La plupart du temps, Irene refusait d'être portée. Elle était trop vive et préférait son indépendance. Mais le voyage, la longue attente à Boston, puis les nuits au *West Side Hotel,* où les rats pullulaient, avaient entamé sa bonne humeur. Elle se frottait les yeux et chassait d'un geste coléreux les boucles rousses qui retombaient sur sa frimousse.

Sa fille. *Sa* raison d'avoir entrepris tout cela, et la justification de son exil, songea Liam, tout à coup très ému.

— Elle a peut-être du charme, rétorqua Brenna, mais je parie qu'elle renferme des souris et des poux. Et aussi des glaçons, en plein hiver !

— Cet hiver, nous habiterons ailleurs, plus haut, vers le quartier de l'*Angle*, loin de tous les Irlandais…

Il hésita un instant.

— A moins que nous retrouvions de la famille.

Brenna avait l'air aussi épuisée que sa fille, et cette perspective ne semblait pas lui sourire.

— Il y a peu de chance, Liam. Tu ne devrais pas toujours chercher l'impossible.

Il n'avait pas besoin de cet avertissement. Ses espérances, à la vérité, ne volaient pas très haut. D'ailleurs, qu'espérait-il ? Dans l'une de leurs rares conversations, Lorcan lui avait confié que ses frères, Darrin et Terence, avaient émigré au tournant du siècle. Tous les deux étaient morts jeunes et pauvres.

Plus tard, un voisin s'était souvenu que Terence avait été marié. Sa veuve vivait peut-être encore dans la région de Cleveland ? Avait-elle eu des enfants ? On pouvait le supposer…

Liam savait bien peu de choses sur ses ancêtres, et il ne s'en souciait guère. Ses propres parents l'avaient laissé tomber si misérablement. Pourquoi les choses changeraient-elles sous le soleil ? Il avait fondé sa propre famille en épousant Brenna Duffy et en concevant Irene. Si jamais il rencontrait des Tierney, il les observerait de loin, avant de décliner son identité.

Pour l'heure, il s'agissait de faire face à leur situation. Le mieux possible. Et de remonter le moral de sa femme.

— Attention aux marches ! lui dit-il. Tiens, passe-moi Irene, c'est plus prudent.

Il prit l'enfant qui se débattait, et la fit sauter dans ses bras en montant l'escalier.

Il poussa la porte. L'intérieur était lugubre mais étonnamment propre. Les précédents occupants étaient sans doute trop pauvres pour entreprendre des travaux mais, apparemment, ils étaient aussi trop fiers pour vivre dans la crasse. Une fine couche de poussière avait à peine commencé à se déposer sur la table brinquebalante et son unique chaise à dossier droit. Les fenêtres, peu nombreuses, étincelaient de propreté.

— C'étaient des gens bien qui habitaient là.

Ce fut tout ce qu'il trouva à dire de positif, devant la pièce exiguë, à peine salubre, avec son atmosphère renfermée et son plancher aussi pourri que celui de la véranda.

Enfin, songea-t-il en étouffant un soupir, il y avait un toit, un coin où cuisiner, un autre où dormir. Et c'était tout ce qu'ils pouvaient s'offrir, tant qu'il n'avait pas trouvé un travail.

Il n'osait pas regarder Brenna, ne voulant pas voir son air horrifié. Il l'avait amenée ici, loin de tout ce qu'elle connaissait. Comme lui, c'est vrai, elle n'avait pas de famille en Irlande. Et l'orphelinat, où elle avait été placée dès sa naissance, n'évoquait qu'une succession de jours gris et de cruels souvenirs. En se mariant, elle espérait probablement fuir cet univers de tristesse et de mélancolie.

Malheureusement, ce qu'ils contemplaient là ne ressemblait guère à un progrès.

— Oh, Liam, regarde comme le soleil brille par cette fenêtre !

A pas prudents, elle s'approcha des carreaux et observa la pente qui descendait doucement vers la rivière et les fumées de Whiskey Island.

Un rayon de soleil projetait un petit arc-en-ciel sur le mur. Liam lui fut reconnaissant de l'avoir remarqué.

— Et tout ça est à nous, dit-elle en se tournant vers lui.

— Ce n'est pas grand-chose, mon Dieu !

— Toute ma vie, j'ai vécu dans un dortoir avec vingt autres filles, et parfois plus. Je rêvais d'un espace comme celui-ci où je pourrais bouger sans me cogner à quelqu'un d'autre.

Il comprit ce qu'elle tentait de faire, le sursaut d'optimiste qu'elle se forçait à exprimer avec ses dernières forces. Et Liam sentit l'amour dilater son cœur.

— Fais bien attention où tu mets les pieds, tout de même. Sinon, tu risques de te retrouver direct sur le terrain en dessous.

— Mais ce sera notre terrain, n'est-ce pas ? Et non plus un asile de charité, avec de bonnes âmes toujours disposées à nous rappeler que nous ne possédons rien… Oh, Liam, je regrette ce que j'ai dit tout à l'heure ! C'est vrai, la maison est modeste. Mais c'est chez nous !

— Je vais très vite trouver du travail. Il ne manque pas, ici. Tous ceux à qui j'ai parlé me l'ont affirmé. Cette masure n'est qu'une solution temporaire. En attendant, je consoliderai le plancher avec le bois qu'on peut ramasser au bord du lac, et nous l'arrangerons de notre mieux, pour le peu de temps où nous l'occuperons.

— Je ne m'attendais pas à être comblée de cette façon. Avec un mari comme toi, notre adorable petite Irene, et ce pays où commencer une nouvelle vie, loin de nos tristes souvenirs. A nous trois, tu verras, on ira loin !

Il posa Irene à terre, et la petite courut se réfugier dans les jupes de sa mère. Brenna la hissa dans ses bras.

— Fumée, gazouilla la petite en désignant le bas de la colline.

— Le signe du progrès, murmura Brenna. D'un avenir meilleur.

Liam rejoignit son épouse à la fenêtre et se blottit contre elle.

Les seuls moments de bonheur qu'il avait jamais goûtés, il les devait à cette femme. Il sentit sa poitrine ferme et douce contre son torse, huma l'enivrant parfum de ses cheveux. Et il enserra dans le berceau de ses bras les deux personnes qui comptaient le plus pour lui.

Alors, dans le cœur de Liam Tierney, une muette prière de gratitude s'éleva vers le ciel.

10.

Megan gara la Mazda rouge de sa sœur sur le parking du Whiskey Island Saloon. Elle coupa le contact et demeura immobile, les mains crispées sur le volant, le pied sur la pédale de frein. Fermant les paupières, elle s'obligea à respirer profondément.

Lorsqu'elle rouvrit les yeux, rien n'avait changé. Aucune bonne fée n'avait touché de sa baguette magique les décombres pour en faire jaillir un pub irlando-américain en état de marche. Inutile de se voiler la face : le Whiskey Island allait être en chantier pendant des semaines, voire des mois, et la jeune femme savait que la vie ne serait plus jamais la même.

Sa portière s'ouvrit brusquement, et elle eut la surprise de voir Casey se pencher vers elle.

— Tu apprécies ma voiture, on dirait !

— Comment savais-tu que je rentrais aujourd'hui ? Tu as des dons de voyance ?

— Nick a appelé Jon pour le mettre au courant. J'ai ramené Charity pour qu'on puisse faire l'échange des voitures.

Le coup de fil de Niccolo n'étonna guère Megan. Ils n'étaient mariés que depuis quinze jours, mais il tenait déjà son rôle d'époux à la perfection.

— C'était un long trajet pour toi, dit Casey en lui tendant un bras secourable. Et Nick était désolé que tu aies à le faire seule. Pour une fin de lune de miel, c'était un peu précipité, non ?

Megan s'extirpa de la voiture.

— Ce sont des choses qui arrivent : on n'y peut rien !

— Quelles sont les nouvelles de la mère de Nick ? Etait-ce une crise cardiaque, finalement ?

— Des douleurs thoraciques. Elle a été transportée au *Mercy Hospital* de Pittsburgh pour passer une batterie de tests. On ne connaît pas encore les résultats, mais Nick a préféré se rendre à son chevet. Il a attrapé un avion de justesse, hier soir. Comme il était trop tard pour prendre la route, j'ai passé la nuit là-bas, et je suis partie ce matin.

— Vous avez eu quoi… quatre nuits ensemble ? C'est un voyage de noces express.

Certes, mais quatre nuits somptueuses…

Le doux murmure du lac se brisant en vaguelettes sur le rivage, les vins amoureusement choisis par Niccolo, les petits plats qu'ils avaient préparés ensemble et dégustés en gourmets, les promenades au clair de lune dans les bois entourant leur bungalow, peuplés d'animaux nocturnes aux yeux brillants. Et le grand lit douillet et accueillant…

— C'était un peu court, je l'avoue, mais ce n'est pas bien grave. Marco a dit à Nick qu'il était inutile qu'il vienne, mais tu connais mon mari : il faut toujours qu'il soit sur la brèche, sinon il ne se sent pas exister. Et puis… sa mère, ce n'est pas rien !

— Franchement, avec la tornade, les dégâts, les expertises, les devis… l'ambiance est plutôt folklorique !

— Hé, estimons-nous heureux d'avoir eu ce moment ensemble ! Entre la remise à neuf du saloon et le boulot de Nick à *Une Brique à la Fois*, il pourrait bien se passer des années avant qu'on se retrouve tête à tête.

— Ne dis surtout pas ça ! Au contraire, il faut t'arranger pour que vous ayez des moments d'intimité : c'est important.

Megan s'approcha de la porte de la cuisine. Le vieil érable foudroyé avait disparu, tout comme la Honda Civic de Niccolo. La première voiture neuve qu'il ait jamais possédée avait été compressée en un cube argenté dans une casse de Cleveland. Même l'expert de la compagnie d'assurances, qui avait, initialement, prévu un modeste chèque pour une carrosserie neuve, avait eu un haut-le-corps en constatant les dommages. Il avait été obligé de déclarer que l'épave était irréparable.

— Je suppose que l'entrepreneur n'a pas eu le temps de passer. Entre la pluie qui n'a pas cessé et le reste…

Avant son départ pour sa trop brève lune de miel, Megan s'était entendue avec une entreprise de rénovation de Westlake. Et Casey s'était engagée à suivre l'affaire, en son absence.

Dans la cuisine, tout avait été déblayé. Megan y avait veillé. Elle avait même engagé une équipe de déménageurs pour mettre à l'abri tout ce qui était transportable dans un garde-meuble des environs. La façade du bâtiment avait été étançonnée pour leur permettre de débarrasser les gravats. Mais la sécurité demeurerait un problème tant que les murs ne seraient pas consolidés et les portes réinstallées avec des serrures en état de marche.

Casey suivit sa sœur dans le saloon proprement dit, quoiqu'il n'eût rien de spécialement propre, en l'occurrence.

— Megan, à propos de l'entrepreneur, justement… c'est aussi la raison pour laquelle… euh, je voulais te voir.

Megan eut un geste de la main, comme pour chasser une mauvaise odeur.

— Oui, je sais que le gars est aimable comme une porte de prison, mais ses références sont bonnes. Et il m'a fourni le seul devis approchant la somme que l'assurance est disposée à verser. Ce qui ne nous empêchera pas de sortir quelques milliers de dollars de nos poches pour les agrandissements et les améliorations.

— Il ne t'a jamais donné son devis par écrit, n'est-ce pas ?

Fronçant les sourcils, Megan chercha le regard de sa sœur.

— Il a dit qu'il l'enverrait chez Nick — enfin, chez *nous*. Pourquoi ?

— Je ne crois pas que tu le trouveras dans ta boîte aux lettres.

— Casey, qu'est-ce que tu me caches ?

— Je l'ai eu au téléphone, avant-hier. Il avait vérifié ses chiffres avant de les coucher par écrit. Et il était très loin de la réalité. Il a revu son devis à la hausse, Megan, et maintenant, il est encore plus cher que la concurrence.

— Il ne peut pas me jouer un tour pareil ! Il m'avait déjà annoncé un chiffre !

— Difficile de lui en vouloir. Il avait fait une erreur de métrage, et le prix du bois a flambé en une semaine. Au tarif annoncé, il ne pourra fournir qu'un travail de mauvaise qualité. Et ce n'est pas ce que tu désires.

Megan accusa le coup. Elle aurait dû se douter que c'était trop beau pour être vrai.

— J'aurais dû demander davantage à l'assurance. C'est trop tard, maintenant.

— Jon et moi, nous participerons, Megan. Tu peux compter sur nous. Et sur les autres…

— Quels autres ?

— La famille. Nous croulons sous les offres. Ils veulent tous nous aider à remettre le saloon en état. Leurs souvenirs et leurs liens avec le passé sont ici, ne l'oublie pas.

Megan pleurait rarement, mais elle sentit sa gorge se serrer.

Elle n'accepterait pas d'aide pour autant, songea-t-elle aussitôt, fidèle à son esprit d'indépendance.

Bien sûr, le Whiskey Island Saloon avait été élevé au rang d'icône familiale, et le clan Donaghue faisait partie de la famille. Aucun d'entre eux, toutefois, ne touchait de bénéfices. Megan avait fait fonctionner cet établissement seule, pendant des années, avec bonheur, et personne n'aurait songé à remettre en cause sa manière de le gérer. Ses proches jouaient à tenir le bar ou à donner un coup de main en cuisine, puis ils rentraient chez eux, le soir. Le saloon était pour eux un hobby, un prétexte pour se retrouver ensemble. Et elle ne voulait pas changer ce système.

— Oncle Frank et tante Deirdre règleront la note, ajouta Casey. Frank m'a déjà signé un chèque.

— Déchire-le.

Megan ravala ses larmes. Pas le temps de se lamenter, avec le chantier qu'elle avait sur les bras.

— Il l'a fait avec son cœur, tu le sais bien.

— C'est un amour. Et je l'adore… comme j'adore tous les autres. Mais nous ne pouvons pas transformer le saloon en entreprise familiale, Casey. Trop dangereux. Trop de caractères de cochon, de fortes personnalités aux idées arrêtées. Je vois d'ici la lutte acharnée entre les partisans de la tradition et ceux de la modernisation.

Casey ne chercha pas à protester. Megan savait qu'elle pensait la même chose.

— On a une autre solution ? demanda-t-elle finalement.

La porte de la cuisine claqua, et une voix d'homme appela :

— Megan ?

Les deux sœurs se regardèrent. Megan n'en croyait pas ses oreilles.

— Nick ?

Il passa la porte de la salle.

— Surprise !

— Oh, Nick !

Son bonheur était si grand qu'elle courut se jeter dans ses bras, comme si elle ne l'avait pas vu depuis des semaines.

— Comment se fait-il que tu rentres si tôt ?

— Une crise d'angoisse. Pas moi, mais ma chère maman ! Elle n'arrivait pas à « avaler » notre mariage. Du coup, nous avons eu une conversation, tous les deux. Et elle va beaucoup mieux.

— Vraiment ?

— Mais oui ! Tu sais, d'habitude, elle n'est pas sujette aux crises de nerfs. Mais là, sa petite vie bien ordonnée s'est trouvée bouleversée par tous ces changements. Elle s'y fera, crois-moi. Pour l'instant, elle se sent honteuse d'avoir fait tout ce ramdam. Tiens-toi bien, elle a décidé de se mettre au yoga… Ma mère, en position du lotus ! J'ai demandé des photos.

— La pauvre ! dit Casey. J'ai beaucoup de sympathie pour ta mère, Nick, en dehors du fait qu'elle a passé son temps à me raconter ton ordination, le jour du mariage.

Ils se mirent à rire tous les trois, puis Niccolo demanda à sa femme :

— Le trajet de retour s'est bien passé ?

— Oui. Mais tu m'as manqué, répondit-elle avec un sourire radieux.

Puis elle retrouva sa mine soucieuse pour ajouter :

— Casey a de mauvaises nouvelles.

— Jon l'a déjà mis au courant, dit Casey.

— Pourquoi ? Il voulait préparer Nick au spectacle d'une madone éplorée ?

Elle tempéra ses mots par un sourire forcé.

— Ecoutez, vous deux, reprit-elle. Je compte survivre à ce coup du sort. S'il le faut, je me mettrai au yoga, moi aussi.

En tout cas, on va s'en sortir, même si je dois faire ces fichus travaux moi-même. Et j'en suis capable. Vous me connaissez, hein ?

— Inutile, dit Nick.

— Bon, je file, dit Casey. Vous êtes invités à dîner, ce soir. Vous me mettrez au courant des…

— Non, reste, s'il te plaît. J'aimerais que tu entendes la suite.

Casey attendit donc le récit de son beau-frère.

— Comme maman allait mieux, j'ai profité du voyage à Pittsburgh pour rendre visite à Marco.

— Bonne idée ! dit Megan, ravie pour Niccolo qu'il fût de nouveau en odeur de sainteté avec sa famille.

— C'était comme au bon vieux temps, mais là n'est pas la question. Nous avons parlé du saloon.

Elle se demanda si Marco désapprouvait que l'épouse de son frère fût tenancière de bar. Il incarnait plutôt le macho traditionnel. Sa femme, Carrie, mère au foyer, s'occupait de l'éducation de leurs deux enfants et déployait ses talents dans la cuisine. Un véritable cordon-bleu ! Megan l'aurait volontiers engagée.

— En tant qu'entrepreneur de métier, Marco a des compétences que je ne possède pas, poursuivit Niccolo. Je serais, par exemple, incapable de m'attaquer à des travaux d'une telle ampleur, surtout avec les embellissements prévus.

Megan, suspendue à ses lèvres, osait à peine respirer.

— Mais, pour lui, ce serait un jeu d'enfant. Il ferait ça les yeux bandés. Le hic, c'est de payer une équipe. Même s'il amenait ses gars avec lui et que nous les logions gratuitement, entre les tarifs syndicaux et le coût des fournitures, notre budget serait de nouveau enfoncé.

— De toute façon, je suppose que ses ouvriers ne peuvent pas s'absenter aussi longtemps, rétorqua Megan.

— Exact. Mais imagine que Marco et moi fassions le boulot avec les gars de *Une Brique*, ce qui ne nous empêcherait pas de faire appel à des spécialistes ponctuellement… eh bien, on s'en sortirait avec l'enveloppe des assurances, Megan. Nous avons passé la soirée à aligner des chiffres. Conclusion : c'est faisable.

— Et pourquoi Marco se lancerait-il là-dedans ? Il a son entreprise à faire tourner.

— Il fera des allers et retours. En son absence — attache ta ceinture ! — Carrie le remplacera au bureau.

Megan était bouche bée.

— *La* Carrie du fabuleux *pesto* ? Des somptuosissimes raviolis aux tomates séchées ?

— Elle-même ! Tu sais, ça fait des années qu'elle assure plus ou moins son secrétariat : la comptabilité, les relations avec les clients, les commandes aux chantiers de construction, elle connaît tout ça ! Elle a même dirigé l'équipe, à l'occasion, quand Marco était malade. En tout cas, il est persuadé qu'elle s'en sortira comme un chef. Et puis, il fera la navette le plus souvent possible. Ce n'est pas la mer à boire.

— Mais… pourquoi ? répéta la jeune femme.

Niccolo eut un large sourire.

— Parce que c'est mon frère.

— Génial ! cria Casey en applaudissant, tandis que Megan restait sans voix. Comme ça, tu pourras avoir tout ce dont tu rêves, Meg : une cuisine plus grande, un nouvel aménagement pour le bar avec davantage d'espace. Et, si tu dois emprunter de l'argent à la famille, ça se limitera à des petites sommes.

— Si je leur fais des emprunts, dit Megan, je leur verserai des intérêts. Je veux que tout le monde profite de ma bonne étoile !

— Alors, on se lance ? lui demanda Niccolo.

— Plutôt deux fois qu'une !

Elle le serra dans ses bras, puis embrassa sa sœur sur les deux joues.

— Merci ! Merci ! J'ose à peine y croire !

— On ne sera sûrement pas aussi rapides que des professionnels ! expliqua Niccolo. Ne t'attends pas à ce que ce soit achevé en un clin d'œil.

— Ça m'est égal. L'important, c'est de s'y mettre. Moi aussi, je mettrai la main à la pâte. Tu connais mes talents de bricoleuse.

— C'est vrai, dit-il en lui caressant les cheveux. Tu as *tous* les talents.

Casey esquissa une prudente retraite.

— Je vous laisse roucouler, les tourtereaux. Profitez de votre conte de fées ! Dis donc, Nick, depuis que tu es tombé sur cette apparition de la Vierge, on se croirait dans un épisode des « Anges du Bonheur » ! Ça va devenir écœurant.

— D'autant plus qu'il y a déjà des amateurs pour voir l'apparition. Marco, pour commencer. Ça t'ennuierait, Megan, si je l'emmenais dans le sous-terrain ?

Elle éprouvait une telle reconnaissance pour Marco qu'elle aurait volontiers détaché l'image du mur pour la lui offrir en guise de cadeau de Noël.

— Plus on est de fous, plus on rit ! lança-t-elle. Si tu veux allumer des veilleuses, brûler de l'encens et entamer des neuvaines, ne te gêne pas !

— Je vais rentrer avant que tu n'entames des chants grégoriens, dit Casey. Mais n'oubliez pas que vous êtes invités à dîner, ce soir !

Nick et Megan échangèrent un regard langoureux, et Casey sourit en les voyant.

— D'accord, j'ai compris : ce sera pour une autre fois, conclut-elle avec philosophie.

— Merci. Tu prendras soin de Rooney ?

— Sans problème. Et Josh assurera la permanence chez vous. Dans quel hôtel comptez-vous descendre ?

— Secret absolu ! répondit Megan avec un clin d'œil complice.

11.

Bridie était assoiffée de contacts, alors que Kieran les fuyait comme la peste. Pourtant, les deux enfants étaient fascinés l'un par l'autre. Avec son intelligence précoce, Bridie observait le « cas » Kieran comme un casse-tête à résoudre : comment assembler les pièces d'un puzzle aussi contradictoires pour obtenir une image qui plairait à tout le monde ?

Elle maîtrisait ses élans et ses paroles, et évitait de lui demander plus qu'il ne pouvait donner. Apparemment, elle se passait très bien de démonstrations de tendresse et de bisous. Quand Kieran l'accueillait d'un « Hé ! » sonore, elle s'en contentait, et paraissait trouver ça tout à fait naturel. Lorsqu'il se jetait par terre dans un accès de rage provoqué par l'épuisement, elle haussait ses frêles épaules. « Je vous avais prévenus qu'il allait craquer ! » semblait-elle dire.

Bridie venait presque tous les jours, et sa présence était devenue pratiquement indispensable à Peggy.

Cet après-midi-là, ils se trouvaient tous les trois dans la « salle de classe ».

— Rouge ! dit la fillette en lançant sur la table son pull écarlate.

Puis elle ramassa une pantoufle, et la posa sur le pull.

— Rouge.

Un troisième objet — une pomme vermeille, soigneusement polie par ses soins — rejoignit les autres.

— Rouge !

Kieran, comme à son habitude, ne manifestait guère d'intérêt. Il se levait continuellement et trottinait d'un bout à l'autre de la pièce. Dans ce cas-là, Peggy le ramenait doucement vers sa petite chaise et, lorsqu'il voulait bien s'y asseoir, elle le récompensait en lui donnant un biscuit salé en forme de poisson.

Dans l'intervalle, Bridie débarrassait la table.

Cette fois, elle posa devant l'enfant un gros crayon rouge.

— Montre le rouge, lui dit-elle. Où est le rouge, Kieran ?

Peggy ne la reprit pas. Et pourtant, elle aurait dû utiliser moins de mots, et ne pas répéter l'ordre sous deux formes différentes.

De toute façon, Kieran ne faisait absolument pas attention. Le seul point positif, c'est qu'il était assis, comme Peggy le lui avait demandé : le plus gros succès d'une journée qui en comptait bien peu.

L'enfant eut alors un brusque froncement de sourcils qui, pour une fois, ne semblait pas être le signe avant-coureur d'une grosse colère. Il regarda fixement le crayon, puis, tournant les yeux vers Bridie, il l'envoya valdinguer par terre.

Sans se décourager, la gamine le ramassa, puis le remit devant lui.

— Montre le rouge, lui dit-elle en pointant l'index, à titre d'exemple. Montre le rouge.

Kieran quitta sa chaise, et alla se planter devant le lampadaire, dans un coin de la salle. La fillette esquissa un mouvement pour le suivre, mais Peggy la retint par le bras.

— Il a travaillé dur, lui murmura-t-elle. Laissons-le souffler un instant.

— Il sait où est le rouge, déclara Bridie d'un ton péremptoire.

Peggy se demanda où elle puisait cette assurance, mais préféra ne pas la pousser dans ses retranchements. Bridie s'intéressait à son fils, et elle ne comptait pas la décourager. En aucune manière.

— Comment s'est passée l'école, aujourd'hui ? demanda-t-elle pour changer de sujet.

— Barbant.

En dehors de son accent chantant, Bridie avait répondu comme n'importe quelle petite écolière de Cleveland à qui l'on aurait posé la même question.

— Tu ne devais pas faire ton exposé de lecture ?

— Si. Mais personne n'a apprécié. Sarah McElroy a dit que ça n'en finissait pas et qu'à son avis, le livre que j'avais choisi était complètement idiot.

Peggy se sentit indignée.

— « La Maison aux Pignons verts [2]» est l'un des plus jolis romans que je connaisse ! Ta copine Sarah déraille complètement !

— *Elle* a fait son résumé sur un bouquin que j'ai lu, il y a trois ans, et que j'avais trouvé nul.

— Tu aimes lire, on dirait ?

— Ouais. Et, à la maison, je suis tranquille pour lire.

Elle avait dit ça comme s'il s'était agi d'un avantage, mais Peggy n'était pas dupe. A sa manière ingénue, Bridie laissait entrevoir ici ou là des indices sur sa vie avec son père.

Après la mort de sa mère et de ses frères, leur maison avait été revendue, et elle avait emménagé avec Finn dans un modeste appartement, situé au-dessus du magasin d'artisanat. Comme Finn travaillait très tard, le propriétaire de la boutique était chargé de surveiller la petite, à son retour de l'école. Mais la fillette était bien souvent seule. Même en présence de son père, songea Peggy.

2. « Anne of Green Gables » de Lucy Maud Montgomery.

— Vous irez au *Fleadh Ceoil*, samedi ? demanda Bridie.

Le *Fleadh Ceoil,* c'était le festival de musique traditionnelle qui se tenait en plein air. Et Peggy l'attendait avec impatience.

Le village avait lancé le projet, dix ans auparavant, pour attirer des touristes, et l'on disait que les musiciens étaient bons, les danses authentiques et l'ambiance garantie.

— Oui, Nora viendra nous chercher.

Pour l'occasion, Irene avait même obtenu la permission de Finn, et Peggy se réjouissait à l'avance de cette sortie.

— Et toi, tu y seras ? demanda-t-elle à la petite.

— L'école va chanter.

Elle fredonna quelques mesures d'un air que Peggy ne connaissait pas.

— Mon père aussi, il chante ! ajouta-t-elle.

L'information surprit Peggy, mais tout ce qu'elle apprenait sur Finn O'Malley la surprenait. A commencer par le profond respect et l'admiration que lui vouaient les habitants de Shanmullin. Il les avait, pourtant, abandonnés aux mains de l'unique médecin de la région : un jeune praticien sans charisme et plutôt débordé. Mais personne ne semblait lui en tenir rigueur.

Lorsque Peggy l'observait, au chevet d'Irene, elle comprenait pourquoi. Il redevenait soudain l'homme qu'il avait dû être, autrefois : bienveillant, généreux, attentif. Il incarnait alors le véritable thérapeute, l'image même du médecin que Peggy espérait devenir un jour…

Kieran regagna sa place, et Peggy lui demanda de s'asseoir.

— Montre le rouge, lui répéta Bridie.

Ses traits se crispèrent, sa bouche se mit à trembler comme s'il allait pleurer. Il leva un regard vide vers la fillette, puis baissa les yeux sur la table.

— Non !

Une fois de plus, il se remit debout et partit d'un pas chancelant.

Peggy éclata de rire.

— Qu'est-ce qu'il y a de drôle ? lui demanda Bridie.

Dans un élan d'enthousiasme, la jeune femme la serra brièvement dans ses bras.

— Je ris parce que je dois être la seule mère au monde qui se réjouisse d'entendre son fils dire non !

Bridie ne comprenait toujours pas.

— Il a dit « non ! » pour la première fois. Et pour de bon. Il *savait* ce qu'il disait, expliqua-t-elle.

— A votre place, je ne me réjouirais pas trop qu'il ait appris ce mot, décréta doctement Bridie. Vous risquez de le regretter bientôt.

Peggy exultait. Enfin, ses semaines de travail assidu avec son fils portaient leurs fruits. Après avoir exprimé son refus, Kieran s'était installé dans un coin devant son tas de cubes. Bridie l'avait rejoint et s'était amusée à les empiler. Il avait démoli la fragile construction une fois, deux fois, puis encore et encore, sans se lasser.

— Ce sont des progrès modestes, certes, dit Peggy, le soir même, pendant le dîner. Mais, en voyant la patience avec laquelle il attendait, chaque fois, que Bridie remette les cubes en place, j'ai bien compris que, d'une certaine manière, ils *jouaient* ensemble.

— Certainement, dit Irene. Et, qui sait, ce sera peut-être lui qui bâtira les tours, d'ici peu, et Bridie qui les démolira ?

— Il a même tourné une page tout seul, annonça la petite.

Sur ce point, Peggy avait des doutes : Kieran l'avait-il fait délibérément ou par accident ? Le vrai miracle, en la matière, était de le voir accepter la présence de Bridie à ses côtés. Il venait s'asseoir près d'elle lorsqu'elle lui lisait une histoire et, même s'il n'avait jamais l'air intéressé, Peggy sentait bien que le courant passait entre les deux enfants.

— Il n'a pas protesté, aujourd'hui, quand je l'ai pris dans mes bras pour le relever, fit remarquer Peggy.

— Parce que, d'habitude, il ne se laisse pas faire ? demanda Irene.

— Non. Il se tient raide comme un bout de bois. Aujourd'hui, il s'est pelotonné contre moi.

Elle n'osa pas confesser le vertigineux plaisir qu'elle en avait éprouvé. Pourtant, elle devait se défendre d'espoirs insensés : Kieran ne serait peut-être jamais capable de démonstrations affectives. Mais comme ça lui avait paru bon, et juste, de se sentir acceptée, même un bref instant, par son enfant !

— Alors, il faut fêter ça ! lança Irene.

Peggy jeta un coup d'œil à Kieran : il semblait épuisé.

Bridie s'en était aperçue, elle aussi.

— Le bout de chou est en train de piquer du nez dans son assiette.

— Je vais le mettre au lit, et je reviens prendre le dessert avec vous, annonça Peggy.

Nora avait confectionné une génoise et une compote de fruits pour l'accompagner. Et Bridie dormait au cottage, ce soir-là.

— Ensuite, vous pourriez aller faire un petit tour en ville, Peggy ! suggéra Irene. J'ai l'impression qu'il va s'endormir comme une souche. Et puis, avec Bridie, je pense que nous pourrons nous en sortir. Que diriez-vous d'un moment de liberté ?

Peggy ne savait que répondre. La plupart du temps, l'ambiance paisible de Tierney Cottage lui semblait préférable à son agitation frénétique en Ohio. D'un autre côté, en dépit de la télévision et du satellite dont la maison était équipée, la vie culturelle était réduite à sa plus simple expression. En dehors des épisodes d'« Urgences » et d'un feuilleton dramatique sur la BBC, elle n'avait pas trouvé grand-chose d'intéressant. Elle avait dévoré tous les livres dont elle s'était munie, en avait commandé d'autres et les avait également lus et relus.

Oui… la perspective d'une sortie n'était pas pour lui déplaire.

Bridie était en train d'attaquer sa seconde côtelette avec un bel appétit. Peggy hésitait à la « lâcher », pour une fois qu'elle dormait au cottage.

— Je pensais que nous aurions pu jouer aux charades, dit-elle. Ça aurait amusé Bridie.

— Oh, j'ai un tas de devoirs à faire ! rétorqua la fillette. J'aurai pas trop le temps de jouer.

Ça sentait le complot, songea Peggy. Bridie disposait de tout le week-end pour travailler.

— Et qu'est-ce que je vais bien pouvoir faire de si intéressant, en ville ?

Irene repoussa son assiette.

— Vous pourriez aller au pub ! D'autant que, ce soir, il y aura de la musique : tout le monde s'entraîne pour le *Fleadh Ceoil*. L'avantage, c'est que cette répétition générale se fait entre nous, et pas pour les touristes. Allez donc prendre une bière au comptoir, et ouvrez grand vos oreilles : vous ne le regretterez pas. Profitez-en pour faire la connaissance des braves gens de Shanmullin. Emmenez ce chien ridicule avec vous et, pendant que vous y êtes, essayez donc de le semer dans le village ! ajouta la vieille dame avec un clin d'œil complice à l'adresse de Peggy.

Comme il fallait s'y attendre, Bridie leva vers Irene un visage indigné.

— Banjax se plaît ici, et vous l'aimez bien. Ne dites pas le contraire !

— Il est bien où il est. Mais attention, pas question de le laisser de nouveau entrer dans la maison ! Cet après-midi, c'était exceptionnel : je craignais qu'il pleuve et que le vent ne claque la porte de l'appentis.

Peggy détourna les yeux pour ne pas pouffer de rire. Le temps avait été clair comme du cristal de Waterford.

— Alors, c'est d'accord ? C'est une belle occasion, vous savez, ajouta gentiment Irene.

Peggy se leva de table, et attrapa son fils dont les yeux commençaient à se fermer.

— J'irai faire un petit tour à vélo, si vous êtes certaine…

— Sûre et certaine ! Bridie et moi, nous allons nous organiser une petite soirée tranquille. Filez, et buvez un coup à ma santé, ma chère enfant. Puisqu'il semble que je n'en aurai plus guère l'occasion.

Finn n'ignorait pas qu'il avait déçu — non, le mot était trop faible — *démoralisé* les citoyens de Shanmullin en fermant son cabinet. Même ceux qui préféraient les manières de son confrère, Joe Beck — des manières où l'arrogance et l'étalage de connaissances le disputaient au manque de cœur —, lui en voulaient de les avoir laissés tomber.

De l'avis général, un seul praticien, c'était insuffisant pour une région aussi étendue, et ça mettait en péril la santé de la population.

Finn avait, pourtant, essayé d'attirer des collègues ou de jeunes médecins frais émoulus de leur internat, en leur vantant les mérites de Shanmullin. Il s'était adressé aux autorités du comté, et même au niveau national, pour recruter quelqu'un. Il avait été jusqu'à proposer de brader son matériel à des prix défiant toute concurrence : équipement médical, instruments de chirurgie, ouvrages spécialisés et *tutti quanti*.

En vain…

Personne ne voulait venir s'enterrer dans un petit bourg isolé de l'Ouest de l'Irlande, aux confins de la vaste baie de Clew, parsemée d'îles innombrables. Certes, le coin était parfait pour passer des vacances et se retremper dans l'atmosphère de la bonne vieille Irlande d'autrefois. Les amis de Finn racontaient généralement avec émotion ces retrouvailles familiales dans des petits villages typiques du même genre. Et puis, chacun repartait, soulagé, pour des villes comme Galway ou Westport qui offraient tant d'opportunités.

Résultat : Shanmullin s'était retrouvé avec un seul médecin.

Après avoir peiné tous ces gens, il lui était difficile de refuser *aussi* de participer au *Fleadh Ceoil*.

Et, chaque année, la torture était la même : il était assailli par des images de Sheila, bébé Brian sur un bras, le petit Mark accroché à ses jupes. Elle se détachait au premier rang, les yeux rivés sur l'estrade où il jouait avec les autres musiciens. Sheila, qui était elle-même une merveilleuse harpiste, la diaphane Sheila avec ses cheveux d'or pâle hérités de ses ancêtres vikings. Une année, le comité des fêtes l'avait persuadée de monter sur scène, et la bruyante assistance avait été réduite au silence lorsque sa voix cristalline de soprano s'était élevée. Un moment magique… de pure nostalgie, de tristesse infinie.

Sheila, Brian et Mark, disparus à jamais.

— T'en fais une tête, Finn ! lança Johnny Kerrigan. Tu nous aurais pas attrapé cette saleté de grippe qui fait des ravages, en ce moment ?

Finn gardait les yeux fixés sur les arbres, au-delà de la foule qui se pressait en riant et en bavardant. Il comptait les cimes qui se profilaient à contre-jour sur le soleil couchant prêt à disparaître dans l'océan. Bientôt, la douleur sourde qui lui déchirait le cœur, à cet instant de la journée, s'estomperait lentement.

— Non, ça va, répondit-il en sortant sa flûte métallique à six trous et en y passant ostensiblement l'écouvillon. La journée a été longue, c'est tout.

— C'était mieux quand tu nous fourguais tes potions et tes pilules, ici, à Shanmullin. Tu travaillais autant qu'aujourd'hui, mais, au moins, t'avais pas à courir au diable vert.

Finn, qui était rompu à ce genre de piques, préférait les traiter par le mépris.

— Il va y avoir foule, ce soir, dit-il.

Johnny sortit son concertina de sa boîte, et exerça quelques pressions pour se mettre en train. Les soufflets laissèrent échapper des gémissements rauques.

— Tous les ans, y a un peu plus de monde. Les gens n'ont pas envie d'oublier la tradition.

Finn pensait plutôt que c'était le plaisir de se réunir qui poussait les villageois hors de chez eux. Et la passion de la discussion.

— Tiens, tiens, voyez un peu ce beau brin de fille qui nous arrive !

Le ton admiratif de l'accordéoniste intrigua Finn. Il avait beau accuser la soixantaine bien tassée, être aussi chauve que le sommet de *Croagh Patrick,* et propriétaire d'une respectable bedaine, il se prenait pour un don juan. Récemment, il avait confié à son copain qu'il était à l'affût d'une affaire sérieuse après une longue vie de célibat.

Finn s'attendait à voir une veuve entre deux âges, bien de sa personne et prompte à rire — les deux critères retenus par Johnny pour la future Mme Kerrigan. Mais ce fut Peggy Donaghue qu'il découvrit, en grande conversation avec un groupe de femmes d'âge mûr, à une dizaine de mètres du pied de l'estrade.

Elle portait un chandail couleur rouille, un jean noir et des chaussures de sport. Avec ses cheveux nattés qui lui dégageaient le visage, ses joues naturellement rosies par le grand air, elle rayonnait d'une beauté simple et sans artifice.

— Le bon Dieu a pris Son temps pour nous la fabriquer, celle-ci, hein ? Et, ensuite, Il nous l'a envoyée direct en Irlande pour nous torturer.

— Pas si direct que ça : elle est américaine.

Johnny siffla entre ses dents.

— Je vais faire renouveler mon passeport.

Il se tourna vers Finn.

— Tu la connais ?

— C'est Peggy Donaghue. Elle loge au Cottage Tierney. C'est une parente éloignée d'Irene.

— Ils finissent toujours par revenir, ces malheureux Américains, à la recherche de leur patrie et de leur famille. Tu crois qu'ils sont aussi nombreux à se précipiter en Pologne et au Portugal ?

— C'est Irene qui l'a persuadée de venir, d'après ce que j'ai compris. La présence de Peggy lui fait du bien.

Il avait dit ça comme une évidence, sans y réfléchir vraiment, et il en fut lui-même surpris. Pourtant, c'était vrai : Irene semblait enchantée d'avoir sous son toit la jeune femme et son petit garçon. Et même Bridie, sa propre fille, ne jurait plus que par ces deux-là. Elle était fourrée au cottage à longueur de semaine.

— Tu as un œil sur elle, j'imagine ? s'enquit prudemment Johnny.

Bien entendu, s'il ne répondait pas par l'affirmative, le vieux beau se sentirait autorisé à tenter sa chance ! Finn faillit rétorquer qu'il *avait* une femme, lui, ce qui n'était pas tout à fait la vérité. Sheila avait disparu, deux ans plus tôt… Deux ans de torture, de souffrances que rien n'apaisait. Et surtout pas l'agitation des mères de famille qui faisaient défiler filles et petites-filles autour de lui, sans se rendre compte qu'au vingt et unième siècle, le mariage n'était plus un passage obligé pour la survie de l'homme !

Il songea aussitôt qu'il se montrait injuste : peut-être les marieuses espéraient-elles surtout le voir de nouveau heureux ?

Mais personne ne mesurait l'ampleur et la virulence de ses démons intérieurs.

— Après tout, la veuve qui est venue rendre visite à Mary Sullivan serait peut-être davantage mon style, reprit Johnny en voyant que Finn ne répondait pas. Mary prétend qu'elle a un faible pour les hommes mûrs, ajouta-t-il en se rengorgeant.

Peggy choisit cet instant pour lever la tête et rencontrer le regard de Finn. Il y avait peu de chance qu'elle le considérât comme un ami, et pourtant, son sourire fut sincère. Délaissant le groupe qui l'avait accaparée jusque-là, elle s'approcha de l'estrade.

— Je ne savais pas que vous jouiez d'un instrument, Finn. Bridie m'a dit que vous chantiez, aussi ?

De manière étrange, il se sentit gêné, comme si le fait de jouer, contre son gré, avait entrouvert une porte secrète en lui. Il eut soudain l'impression d'être dangereusement exposé aux yeux de tous. Surtout aux yeux de cette femme. Pourquoi se dérobait-il systématiquement devant elle ? Il l'ignorait. Il savait seulement que c'était vital pour lui.

— Ça n'a rien d'extraordinaire, dit-il d'un ton bourru. J'ai appris à jouer de la flûte quand j'étais enfant, comme d'autres, par ici, apprennent le violon ou l'accordéon.

— J'adore la musique. Je chante comme une casserole, mais ce n'est pas une question d'oreille : plutôt un problème de cordes vocales, je crois.

Les autres musiciens rejoignaient l'estrade. Deux violonistes, dont il ne se rappelait pas le nom, Matt avec son accordéon, Sean avec le *bodhran* – le tambourin en peau de chèvre que l'on frappe avec des baguettes de bois — et Sarah avec la cornemuse irlandaise.

Les musiciens amateurs de Shanmullin jouaient ensemble aussi souvent que possible, dans les pubs et les salles paroissiales où les hôtes de passage pratiquant un instrument étaient toujours les bienvenus. Il leur suffisait de tirer un siège et de se joindre à la soirée impromptue — la *seisiùn* – pour se voir offrir généreusement les consommations, tandis que les villageois du coin entraient et sortaient en toute décontraction, pour aller fumer une cigarette ou écluser une pinte de bière.

Cela faisait des siècles que l'on pratiquait ainsi la musique dans le respect de la tradition, passée de bouche-à-oreille, de génération en génération. Les variations sur les vieux thèmes respectaient toujours ceux qui les avaient joués auparavant, et les tentatives expérimentales faisaient très lentement leur chemin dans le nouveau siècle. Pourquoi modifier ce qui rendait ce peuple heureux depuis si longtemps ?

Finn se demanda si Peggy pourrait comprendre cela. Certes, elle était d'origine irlandaise, mais que savait-elle d'une culture qui s'accrochait si farouchement à ce qu'elle avait failli perdre pendant les années d'occupation ?

— N'est-ce pas une belle soirée ? demanda-t-elle en penchant la tête.

Comme Finn ne disait rien, elle ajouta :

— Si je vous pose une question directe, vous êtes censé répondre, vous savez ?

Il se rendit compte alors qu'il n'avait fait que la dévisager. Pas comme un homme fasciné par une jolie femme, mais comme il aurait regardé un ennemi ou une innocente créature capable de brandir soudainement un couteau de boucher.

Il acquiesça d'un brusque hochement de tête.

— Une très belle soirée. Mais ne me dites pas que vous avez fait tout le chemin à pied. J'aurais pu passer vous prendre en voiture.

— Je suis venue à vélo. J'avais besoin de faire un peu de sport, après ces longues journées que j'ai passées enfermée avec Kieran. J'ai hâte qu'il grandisse et qu'il apprenne à apprécier le vent. Au moins, nous pourrons faire des balades ensemble.

— Il a peur du vent ?

— Disons qu'il a du mal à s'adapter.

Finn l'admirait, malgré lui. Elle avait fait face au terrible diagnostic concernant son fils, et elle s'emploierait à faire le maximum pour l'aider. S'il doutait un peu de ses méthodes — et pour cause, puisqu'il n'avait pas cherché à les connaître —, il était certain d'une chose : elle se dévouait de tout son cœur. Pas plus que les experts ni les chercheurs, il ne connaissait les causes de l'autisme, mais il savait que cet enfant avait beaucoup de chance, comparé à d'autres. Il ne serait ni abandonné ni maltraité, et sa mère veillerait à ce que toutes les chances du monde lui fussent offertes.

— J'ignorais que vous étiez capable de sourire, dit-elle avec un regard chaleureux où se lisait un fond de compassion.

— J'ignorais que j'étais en train de sourire ! Je serai plus prudent, la prochaine fois.

Les violonistes commencèrent à accorder leurs instruments. Johnny, qui s'était éloigné au moment où Peggy s'approchait, revint sur ses pas. Finn fit les présentations, et observa son vieil ami qui rougissait et bégayait — un spectacle rare !

Après le départ de Peggy, Finn se tourna vers lui.

— Ça faisait combien de temps que tu n'avais pas approché une aussi jolie femme de près, Johnny ?

— Des années-lumière ! Et, en plus, elle est charmante. Une combinaison fatale, tu peux me croire, fils !

Finn se ravisa au moment où il allait hausser les épaules. Depuis deux ans, il avait perdu tout intérêt pour les femmes. Ses sentiments étaient morts avec Sheila. Ne restaient que la nostalgie et les images du passé qui surgissaient avec une force renversante que le temps n'abolissait pas.

En cet instant, toutefois, il s'aperçut que ce n'était plus une morte qui suscitait son désir et faisait vibrer son corps, mais la jeune et charmante demoiselle avec qui il venait d'avoir cette banale conversation.

— Fatale, murmura-t-il en écho.

— La plupart des créatures de rêve dans son genre sont bêtes à manger du foin. Mais cette fille-là a oublié d'être sotte, ça oui !

Johnny fronça comiquement ses gros sourcils broussailleux, et s'empara de son concertina.

Le premier morceau commença, et Finn put laisser derrière lui ses pensées contradictoires concernant Peggy Donaghue.

Peggy n'en revenait pas de s'amuser autant. Elle avait grandi au sein d'une famille nombreuse, entourée et chouchoutée par des gens, finalement bien proches de ceux-là. Selon certains critères, les Donaghue n'étaient que des « Irlandos à la manque » qui adoptaient un style pour se rendre intéressants : s'habiller en vert à longueur d'année, par exemple, et fêter la Saint-Patrick plusieurs fois par mois.

« Comme c'est injuste ! » songea Peggy. Et ce n'était pas de la frime : le cœur de la famille était toujours resté irlandais. Fidèlement et profondément. Pas étonnant qu'elle se sentît chez elle au milieu de cette foule.

— Vous rentrez, Peggy ?

Elle sourit à la jeune femme dont elle avait fait la connaissance, un peu plus tôt dans la soirée.

Tippy — diminutif de Tipperary — avait une petite fille de l'âge de Kieran, et la conversation avait tout naturellement roulé sur les enfants. Avec ses cheveux et ses yeux noirs, sa silhouette enrobée, son air franc et ouvert, elle avait tout de suite été sympathique à Peggy.

— Ce serait plus sage, je crois.

Dix heures, déjà ! La nuit était tombée et, inévitablement — Irlande de l'Ouest, oblige ! —, de gros nuages obscurcissaient le ciel. Et puis, la route était longue jusqu'au cottage.

— Si vous restez encore quelques instants, vous aurez peut-être droit à la dernière chanson, interprétée par Finn O'Malley.

Peggy haussa les sourcils.

— Rien n'est moins sûr !

Finn s'était contenté de jouer du pipeau et de la flûte, avec finesse et enthousiasme, tout au long de la soirée.

— Il faut le supplier pour qu'il chante. Dommage, n'est-ce pas, de thésauriser les dons du ciel au lieu de les partager ?

Peggy comprit que les qualités de Finn devaient alimenter maintes conversations, dans les environs.

— Je vais rester pour l'entendre, dit-elle.

— Et si nous organisions une rencontre entre nos enfants ?

Tippy fit signe à son mari de les rejoindre. Il était en train de boire une pinte avec un groupe d'amis, un peu plus loin. Pour toute réponse, il lui sourit en levant son verre.

Voyant qu'il ne bougeait pas, Tippy, excédée, leva les yeux au ciel.

Peggy sentit qu'il était temps de mettre sa nouvelle amie au courant des problèmes de Kieran.

— Cela me ferait plaisir, mais je dois vous prévenir qu'il sera un piètre compagnon de jeux pour Maeve. Il est autiste.

Tippy eut un air désolé.

— Et vous avez déjà établi ce diagnostic, à un âge aussi précoce ? Eh bien, il a de la chance d'avoir une mère à l'écoute, cet enfant !

— Vous semblez connaître le sujet.

— Je suis enseignante pour des enfants en difficulté. J'ai beaucoup travaillé avec des petits comme Kieran.

Peggy aurait eu des milliers de questions à lui poser, quoiqu'elle ne fût pas certaine de vouloir entendre les réponses. A quoi bon chercher confirmation des difficultés et des limitations qui guettaient son fils ? N'en savait-elle pas suffisamment, pour l'instant ? Autant ne pas se désespérer trop vite, songea-t-elle.

— Je viendrai avec Maeve quand vous voudrez, proposa Tippy. A moins que vous ne préfériez nous rendre visite. Ce sera excellent pour Kieran de jouer avec d'autres enfants, vous ne pensez pas ?

Peggy dut battre des paupières pour refouler ses larmes. Venir de si loin et être acceptée avec tant de simplicité et de gentillesse…

— Oh, si, et j'en serai ravie ! Merci, ajouta-t-elle, émue.

Après un instant d'hésitation, Tippy reprit :

— Vous savez, Peggy, j'ai une sœur qui est en terminale et qui voudrait prolonger ses études à l'université, dans le but d'enseigner, comme je l'ai fait au même âge. Si jamais vous aviez besoin d'aide, je suis persuadée qu'elle répondrait présente. Ce serait une expérience intéressante pour elle, et un moyen de savoir si elle a choisi la bonne orientation.

Peggy hocha la tête, trop bouleversée pour parler. Tippy lui serra le bras.

— Ils sont en train de jouer « *The King of the Fairies* », l'un de mes morceaux préférés.

Sur scène, une femme entre deux âges, dont la chevelure avait subi une permanente radicale, avait remplacé Finn. Peggy le chercha du regard, et le vit en train de discuter avec le mari de Tippy. Après des heures de musique, il avait bien mérité un verre, songea-t-elle.

A cet instant, elle remarqua que l'un des hommes présents avait sorti une flasque de sa poche et la lui tendait. Finn semblait statufié, le regard rivé sur le flacon. Les autres s'étaient figés, eux aussi.

Puis, Finn leva les yeux sur le visage de l'homme, et tourna les talons sans un mot. D'une tape sur le bras, l'un des buveurs fit signe au tentateur de ranger sa fiole, tout en lui faisant une réflexion pour le moins cinglante. Celui-ci haussa les épaules, l'air de dire : « Y a pas de mal à se faire du bien, quand même ! »

La scène n'avait duré que quelques secondes. Peggy se demanda même si elle ne l'avait pas inventée.

« *The King of the Fairies* » fut suivi de « *The Green Fields of Ardkiernan* » et de « *Nine Points of Roguery* ».

Tippy, qui était une admiratrice inconditionnelle de la musique traditionnelle, citait à son amie les titres des différents airs.

Au moment où Peggy consultait sa montre, Finn remonta sur l'estrade. Des applaudissements nourris le saluèrent. Il fit une grimace, puis s'empara du micro.

— Il faut que nous gardions des réserves pour demain, dit-il.

L'assistance se mit à claquer des mains et à battre du pied. Finn se fit prier un moment avant de capituler.

— D'accord, d'accord. Je chante la dernière, et tout le monde rentre se coucher sagement. Ça marche comme ça ?

Des rires accueillirent sa proposition, et chacun l'encouragea.

Avec un soupir résigné, il s'éclaircit la gorge, puis se rapprocha du micro, et commença.

Peggy avait déjà entendu la chanson, mais elle ne se souvenait pas du titre.

— *Le verre de l'Adieu*, lui souffla Tippy, comme si elle avait lu dans ses pensées.

Finn possédait une belle voix de baryton, sonore et vibrante. Il chantait a capella, et la mélodie se déroulait dans son apparente simplicité, imprégnant l'air de la nuit de ses paroles nostalgiques.

Le dernier verre dans un pub, au moment où il faut se séparer. L'amitié célébrée, le désir d'être pardonné pour les fautes passées. La révérence que l'on tire avec panache à la fin d'une vie…

La jeune femme fut profondément touchée. C'était souvent le cas avec la musique celtique, mais là, ce fut intense. Le vent s'était arrêté, et la voix de Finn vibrait d'une façon magique, se répercutant jusqu'à la montagne sacrée où avait prié saint Patrick, jusqu'aux rivages d'où ses propres ancêtres s'étaient embarqués pour l'Amérique.

Mais, puisque le sort m'a désigné,
Que je dois m'en aller et vous laisser,
Alors, je lève mon verre, les amis,
Le verre du départ et des Adieux,
Et, de tout cœur, j'm'en vais vous souhaiter
Bonne nuit, que la joie soit avec vous.

Tippy poussa un gros soupir, et Peggy se rendit compte que Finn avait terminé. Les applaudissements reprirent. Elle s'y joignit, presque à regret, avec l'impression qu'ils brisaient le silence envoûtant.

— Personne ne la chante aussi bien que Finn, conclut Tippy.

L'assemblée se dispersait lentement. Le ciel semblait de plus en plus menaçant, mais Peggy préféra attendre que les quelques voitures présentes se soient éloignées. Certes, ses talents de cycliste s'étaient améliorés, au fil des semaines, mais les routes étroites et les conducteurs un peu éméchés exigeaient une extrême prudence.

Elle dit au revoir à Tippy et aux personnes qu'elle avait rencontrées, promettant de leur rendre visite dès que possible.

Elle se dirigeait vers sa bicyclette lorsque Finn l'arrêta au passage.

— Il ne va pas tarder à pleuvoir.

— Oui, j'ai intérêt à me dépêcher, dit-elle, en regrettant que le ciel dégagé de la journée n'ait pas tenu ses promesses.

— Je vais vous raccompagner.

Elle se demandait pourquoi Finn se sentait ainsi responsable de sa petite personne. Quoi qu'il en soit, elle préférait clarifier la situation sans attendre.

— C'est très gentil, mais ne vous inquiétez pas pour moi : je ne suis pas en sucre !

— J'avais l'intention de passer au cottage, de toute façon. Bridie a oublié de prendre des affaires propres pour demain.

— Elle n'aura qu'à remettre sa tenue d'aujourd'hui. Nous n'avons rien fait de salissant. Ou alors, vous pourrez lui apporter des vêtements demain matin.

— Vous ne voulez pas que je vous raccompagne, si je comprends bien ?

— Finn, vous avez déjà fait beaucoup en venant me chercher à Shannon. Je ne veux pas être une charge.

— Votre amitié est trop précieuse pour ma fille. Et pour Irene. Je ne vous laisserai pas mourir d'une pneumonie.

Comme si le ciel n'attendait que ces mots pour se manifester, la pluie se mit à tomber.

— Et mon vélo ?

— J'ai un porte-bagages à l'arrière de la voiture. Venez.

Cela paraissait idiot de discuter plus longtemps. Se rendant à ses arguments, elle le suivit en poussant sa bicyclette le long des petites rues jusqu'à la place du village. Il installa le vélo sur le porte-bagages avant même qu'elle eût le temps de lui proposer son aide.

— Montez, lui dit-il. C'est plus facile à faire tout seul. J'ai l'habitude.

Elle obéit, et il la rejoignit au moment où des trombes d'eau s'abattaient sur eux, fouettant le pare-brise. Le vent s'était levé et faisait tanguer la voiture.

— Juste à temps ! dit la jeune femme. Je devrais, pourtant, être habituée aux caprices de la météo : la veille de mon départ, une tornade a arraché le toit et pratiquement démoli la moitié du saloon familial. Alors qu'il y avait foule à l'intérieur…

— Vous y étiez ?

— C'était le mariage de ma sœur. Les invités s'étaient massés au fond de la salle pour la voir couper la pièce montée. Sans ce coup de chance, il y aurait sûrement eu des morts…

Elle secoua la tête, avec un frisson d'horreur rétrospectif. Elle n'avait guère eu le temps d'y repenser, mais la violence de la pluie et du vent ranimait ses souvenirs.

— Vous avez aussi des tornades, par ici ?

— Rarement. Mais des tempêtes, oui.

Elle perçut une tension dans sa voix. S'il s'était agi de quelqu'un d'autre, elle aurait cherché à susciter la confidence. Mais, connaissant un peu Finn, elle préférait s'abstenir.

Il n'avait pas encore tourné la clé de contact. Il attendait sans doute une accalmie…

— J'ai vraiment apprécié la musique, dit-elle en se tournant à demi vers lui. Vous êtes un musicien accompli.

En réponse, il eut un petit hochement de tête.

Décidément, pour tirer trois mots de ce beau ténébreux, il fallait se lever de bon matin !

Curieusement, ce fut lui qui brisa le silence qui commençait à peser.

— Vous ne vous ennuyez pas trop dans notre pays ?

— Pas du tout. Je suis très occupée entre Kieran et Irene. Et je dois dire que j'apprécie le calme dans mes moments de liberté. J'ai toujours eu un rythme de vie effréné, et si jamais je reprends mes études de médecine, plus tard, je n'aurai plus guère le temps de flâner.

— Vous avez l'intention de retourner à la fac ?

— Oui. Le jour où ça ne sera plus au détriment de mon fils.

En voyant Finn tambouriner sur le volant, Peggy songea qu'il lui avait fait cette proposition de la raccompagner à la légère et qu'à présent, il se mordait les doigts en se voyant coincé avec elle.

Brisant l'atmosphère à couper au couteau qui régnait dans la voiture, elle tenta d'amorcer un autre sujet de conversation.

— Ce chant que vous avez interprété, à la fin, c'était magnifique. Je l'avais déjà entendu, mais sans vraiment prêter attention aux paroles.

— Nos plus belles chansons sont souvent des chants de beuverie.

— Les pubs sont une composante importante de la vie quotidienne, n'est-ce pas ? Ça me paraît donc assez normal.

— Et c'est vous qui dites ça ?

— Je sais qu'un peu d'alcool délie les langues… Mais j'ai remarqué que vous n'étiez pas un buveur.

— Tiens, comment ça ?

— D'abord, parce que vous ne pourriez pas jouer une musique de cette qualité sous l'emprise de la boisson. Et puis, je vous ai vu refuser un verre.

Il s'abîma dans le silence. La pluie continuait à battre au carreau, mais le vent, heureusement, avait diminué.

Il fit démarrer la voiture et manœuvra pour déboîter.

— J'ai refusé de boire à cette flasque, dit-il quand ils furent sur la route, mais j'en mourais d'envie. Je serais capable d'écluser tous les verres que l'on me tend. Sauf que je ne peux plus. Ou plutôt, si je commence à boire, je ne m'arrête plus.

Peggy fut surprise qu'Irene lui ait caché ce détail.

Ainsi, Finn était un buveur repenti. Décidément, cet homme, plus qu'aucun autre, avait connu son lot de souffrances.

Etait-ce la raison pour laquelle il avait renoncé à la médecine ? Avait-il été radié ? Ou s'était-il interrompu momentanément, le temps de se libérer de son problème ?

Bien évidemment, elle ne posa pas de question sur un sujet aussi intime. D'un autre côté, elle voulut lui faire sentir qu'elle compatissait.

— Mon père est alcoolique, confessa-t-elle. Mais son cas, je le crains, est plus compliqué. L'alcool a été pour lui un dérivatif à la psychose, bien que, aujourd'hui encore, nous nous demandions laquelle des deux maladies est apparue en premier. Ç'a été un combat terrible, non seulement pour lui mais pour toute la famille. Alors, je peux comprendre ce que vous avez traversé.

— Ce que *j'ai* traversé ? Comme si j'en étais sorti !

— Excusez-moi, je me suis mal exprimée. Je voulais juste vous dire que j'ai une immense admiration pour ceux qui s'efforcent de s'en sortir, parce qu'ils doivent déployer des efforts considérables. C'est une lutte quotidienne, sans cesse recommencée, je ne l'ignore pas.

— Il n'y a, pourtant, rien d'admirable dans tout ça, lâcha-t-il sur un ton rageur. Je suis un ivrogne, et vous avez vu de près les ravages que cette tare peut causer, surtout à l'entourage. C'est pourquoi votre attendrissement me paraît tout à fait déplacé. Vous feriez mieux de prendre vos jambes à votre cou. A moins que vous voyiez en moi une sorte de défi à relever ?

Elle s'était peut-être montrée maladroite, mais elle avait juste cru l'aider en partageant avec lui quelque chose de son propre passé. A présent, la compassion qu'elle avait pu ressentir s'était métamorphosée en une sourde colère. Selon les apparences, il se montrait grossier dans le seul but de la tenir à distance. Etait-ce un si grand crime de témoigner de la commisération à Finn O'Malley ?

— Les gens de Shanmullin doivent avoir un excellent souvenir de vous pour excuser votre grossièreté, lui dit-elle. Et ils espèrent sans doute que le Finn d'antan reparaîtra un jour. Mais cet homme n'est qu'un mythe pour moi. Et, rassurez-vous, je n'ai pas l'intention de vous pousser dans vos retranchements pour vous extorquer ce que vous ne voulez pas me donner. Sûrement pas ! Vous avez peut-être souffert, mais qui n'a pas souffert ? Cela donne-t-il le droit d'être agressif et de se venger sur autrui ?

— Vous avez vraiment le tempérament qui va avec votre chevelure.

— Oh, ne croyez pas ça ! Je suis la plus facile à vivre des sœurs Donaghue. A ma place, Megan ou Casey vous auraient déjà mis le couteau sous la gorge.

Il se gara devant le cottage. Elle ouvrit la portière sous des trombes d'eau.

— Je m'occupe du vélo. Inutile de descendre.

Il passa outre, et sortit à son tour, mais elle avait déjà détaché les tendeurs, et dégageait la bicyclette du porte-bagages.

— Merci pour le détour, sinon pour la conversation.

Elle allait s'éloigner, mais elle se ravisa, et lui lança en guise d'au revoir :

— J'ai mes propres problèmes, Finn. N'ayez crainte : je ne compte pas m'emparer des vôtres !

Elle lui tourna le dos, l'entendit redémarrer, et le laissa repartir sans un regard.

12.

Les travaux progressaient à grands pas, au saloon.

Marco et Niccolo avaient engagé une équipe chevronnée pour dégager les gravats et étayer le bâtiment. Dans la foulée, la nouvelle toiture était en route et, très bientôt, l'aménagement intérieur pourrait commencer.

Niccolo avait saisi l'opportunité du chantier pour familiariser les gosses aux plans et aux maquettes. Il avait demandé à chacun d'eux de proposer des idées de rénovation, et certaines s'étaient révélées très créatives.

Megan avait spécialement apprécié l'astucieux projet d'étagères que Winston avait conçu pour la cuisine et qui avait été adopté à l'unanimité. Quant à Elisha, la sœur de Winston, qui avait de réels talents de décoratrice, elle avait suggéré de peindre une fresque à la gloire de l'Irlande sur le mur prolongeant le comptoir. Avec des tables plus petites, on pourrait créer dans ce coin une atmosphère plus intime.

Bref, Megan aurait dû se sentir heureuse.

La remise à neuf du saloon, comparée au drame auquel ils avaient réchappé, aurait dû lui sembler une mince épreuve sur l'échelle de Richter des grandes catastrophes.

Or, quelque chose clochait, et c'est ce qu'elle tentait d'expliquer à Casey qui faisait une pause déjeuner en sa compagnie avant de reprendre son travail à l'*Albaugh Center*.

— Je me sens inutile, avoua-t-elle d'une voix lamentable.

Entre les quatre murs nus de ce qui avait été, jadis, une cuisine en pleine effervescence, Megan faisait chauffer de l'eau dans une antique bouilloire pour préparer un thé qui accompagnerait les sandwichs apportés par Casey. Il n'y avait plus de fourneau, ce qui, pour une cuisinière qui fondait sa fierté sur ses talents de cordon-bleu, était la [illegible] suprême. La jeune femme se servait d'une plaque électrique installée sur une planche de contreplaqué. Avec le vieil évier et deux chaises de jardin en plastique, c'était tout l'équipement de la « cuisi Même l'ancien linoléum avait été arraché, exposant un planches grossières enduites de bitume.

Décidément, le sourire n'était pas au programme, s Casey en avisant le visage chiffonné de sa sœur.

— Je comprends que ce soit frustrant pour toi, mais tu devrais peut-être en profiter pour faire des choses inhabituelles ?

— Quoi, par exemple ?

— Courir les antiquaires de Lorain Avenue. Créer un jardin de plantes vivaces devant chez toi. Donner des thés sur ta véranda. Tu rêvais de ça, autrefois, tu t'en souviens ? Je pourrais venir passer ma journée de congé chez toi. On jouerait les oisives en robes blanches, alanguies sur des méridiennes. On pourrait… je ne sais pas, moi… jouer au croquet ?

— Bof…

Ces différentes perspectives n'éveillèrent pas la moindre étincelle d'enthousiasme chez Megan. Pendant une journée ou deux, oui, pourquoi pas… Mais comment ces charmants passe-temps pourraient-ils jamais constituer un but, une raison d'être ? Surtout pour une âme tourmentée comme la sienne.

S'analyser n'était pas son fort et, malheureusement, elle disposait, désormais, de journées entières pour se livrer à l'introspection.

— J'ai toujours bossé, depuis mon enfance, alors le temps libre, ça me déconcerte… Comment tu as fait, toi, quand tu es revenue de Chicago après avoir lâché ton job ?

— J'ai joué les barmaids. Tu te souviens ? dit Casey en indiquant le saloon d'un signe de tête.

— Je ne peux même pas me consoler avec ça. Il n'y a plus de bar, plus de table et plus de repas à préparer.

Se rendant compte qu'elle se laissait dangereusement aller [illegible] neurasthénie, la jeune femme opéra un rétablissement [illegible]ntaire en se forçant à sourire.

— C'est ridicule, n'est-ce pas ? Après tout, il ne s'agit que [illegible] patienter quelques petites semaines.

Casey se passa la langue sur les lèvres, signe qu'elle était [illegible]ête à monter au filet.

— Le saloon n'est pas le seul problème, hein, ma grande ?

— Que veux-tu qu'il y ait d'autre ?

— Tu ne vois pas souvent Nick… Est-ce que je me trompe ?

Il y avait des jours où Megan aurait préféré avoir des frères à la place de Casey et de Peggy. Des frères qui ne lui auraient pas posé de questions sur ses états d'âme ou qui, s'ils s'en étaient posé, auraient gardé pour eux le résultat de leurs cogitations.

— Il est occupé, répondit-elle en tentant un haussement d'épaules désinvolte, qui lui donna bizarrement l'air d'avoir un tic nerveux. Et c'est bien normal, avec tout le boulot qu'il abat ici. Marco et lui font des merveilles.

— Donc, vous vous voyez rarement.

— Tu sais combien de personnes ont téléphoné à Nick pour réclamer une visite guidée du tunnel ?

Sa voix avait pris un ton aigre qui la surprit elle-même. Etait-elle contrariée à ce point ?

— Aucune idée. Combien ?

— J'essaye de ne pas faire le compte. Je te jure. Mais le téléphone sonne du matin au soir, Casey. La famille, les amis de la famille, les amis des amis.

Elle fut de nouveau secouée par un haussement d'épaules compulsif.

— Et Nick accepte ?

— Demande-le-lui : il arrive.

Casey se retourna au moment où Niccolo franchissait le seuil.

— Pas folichon comme décor, pour déjeuner.

Il se pencha sur Megan et l'embrassa dans les cheveux.

— Nous ferions mieux d'installer une table de pique-nique dehors, suggéra-t-il. Toute l'équipe pourrait en profiter.

Ce genre d'attentions était typique de Niccolo. Les détails et les nuances ne lui échappaient jamais. Il voyait bien que la cuisine était lugubre et que son épouse était morose. Il réagissait en la tirant vers l'extérieur, vers la lumière. Déformation professionnelle ? Tirer ses ouailles de leurs ténèbres l'avait occupé une bonne partie de sa vie. Mais son éternelle bonne volonté agaça soudain Megan.

Casey tendit la joue au baiser de son beau-frère.

— Nick, Megan me dit que les gens vous empoisonnent l'existence en vous demandant de leur faire visiter le tunnel.

— Oh, quelques-uns.

— Quelques dizaines, oui ! rectifia Megan, outrée de tant d'inconscience.

— Rien de bien méchant. Est-ce que ça te contrarie ?

Difficile de répondre oui. Si elle commençait à citer tout ce qui la mettait en rogne, la liste risquait d'être longue.

— Tu vas finir par te tuer à la tâche, c'est ça qui m'ennuie.

Nonchalamment appuyé contre l'évier, Nick réfléchit un instant avant de répondre :

— Ce qui me tracasse, ce sont les problèmes qui pourraient survenir si je refusais.

— Quel genre de problème ? demanda Casey.

— Je suis pratiquement certain que cette « vision » n'était qu'une tache d'humidité. Une légère fuite d'eau, à mon avis, qui a, peu à peu, imbibé ce mur. Quand nous referons les canalisations du saloon, cette fuite se trouvera réparée et le mur reprendra son aspect normal. En attendant, la rumeur se propage de bouche à oreille. Et le meilleur moyen d'y mettre fin est encore de montrer aux gens de quoi il retourne.

Il avait réussi à piquer la curiosité de Casey.

— Des rumeurs ? De quel ordre ?

— Casey, j'imagine que, dans ton domaine professionnel, tu dois rencontrer le même phénomène. Les gens sont avides de miracles. L'un trouve une pomme de terre dans son champ et y découvre la crucifixion gravée en relief. Un autre est persuadé de voir l'Ascension sur le capot rouillé d'une épave. Après le choc de l'explosion, moi, j'ai vu la Vierge dans une tache d'humidité.

Il accompagna sa phrase d'un léger haussement d'épaules.

— Ce n'est guère surprenant que les gens aient des visions, dit Megan. L'Eglise est la première à faire de la publicité pour les miracles. Toi-même, tu as dû les évoquer dans tes sermons, non ?

— L'Eglise adopte aujourd'hui une position prudente vis-à-vis de l'irrationnel. Nous vivons à l'âge des explications scientifiques. Personne n'a envie d'entériner un soi-disant miracle qui se révélerait n'être qu'un phénomène naturel. Les autorités religieuses ont suffisamment de problèmes ; elles ne souhaitent pas, en plus, passer pour rétrogrades ou pécher par excès de crédulité.

— Alors, tu amènes les gens devant « l'apparition » afin de désamorcer son côté miraculeux et leur fournir une explication pragmatique ? s'exclama Casey. Moi, je trouve ça chouette !

Nick lui sourit avant d'ajouter d'un air plus mystérieux :

— Ça marchera tant que personne d'autre n'expérimentera ce que j'ai vécu en bas.

— Tu parles de l'explosion ? demanda Megan.

— Non. Je parle du fait que j'aie *survécu*. La légende s'est déjà emparée de cette histoire. Le bruit court que c'est la Vierge qui m'a sauvé.

Megan se demanda soudain pourquoi ils n'avaient pas eu cette conversation avant. Il est vrai qu'entre Josh et Rooney, ils étaient rarement tête à tête. Mais, en faisant un petit effort, ils auraient pu trouver le temps de discuter tous les deux. Or, cet effort, ils ne l'avaient pas fait.

— Jusqu'à quand ça va durer ? demanda-t-elle avec une expression butée. Parce que, tant que ces rumeurs continueront, tu seras obligé de descendre à la cave à tout bout de champ !

Il sembla ne pas bien comprendre son point de vue, et crut bon de se défendre.

— Mais, ça me plaît de le faire ! Parce que les visiteurs semblent en retirer quelque chose d'important, au-delà de mes banales explications. Et, pour un ancien prêtre, n'est-ce pas le cadeau suprême : partager avec autrui des expériences spirituelles ?

— Eh bien, si c'est le cas, je ne vois pas où est le problème, conclut Casey en se levant. Bon, j'ai intérêt à me dépêcher si je veux faire quelques courses.

A cet instant, des coups retentirent à la porte de la cuisine. Puis un visage de femme apparut à la fenêtre.

— Tu la connais ? demanda Megan à sa sœur.

Casey plissa les yeux afin de distinguer la silhouette qui se détachait en contre-jour.

— Ce ne serait pas Beatrice Stowell ? Tu sais, la vieille dame qui habite à côté de chez oncle Den ? Elle a une bonne dizaine d'années de plus que lui, ce qui ne l'empêche pas d'essayer de lui mettre le grappin dessus. Et ça fait un moment que ça dure.

— Comment veux-tu qu'après cette explication, j'aie envie de lui ouvrir la porte ?

Elle le fit, pourtant, et reconnut aussitôt Beatrice.

La visiteuse arborait fièrement ses quatre-vingts ans bien tassés, ainsi qu'une coupe de cheveux sans doute opérée par un coiffeur sadique : non seulement elle était frisée comme un caniche mais des touffes neigeuses jaillissaient au-dessus de ses oreilles et de son front, tandis que le dessus laissait voir son crâne rose. Quant aux chaussons pailletés de strass qui ornaient ses pieds, Megan se dit qu'ils devaient servir à faire diversion, le temps que ses cheveux repoussent.

— Votre oncle Den m'a conseillé de venir voir le tunnel, annonça-t-elle sans préambule.

Megan s'effaça devant la tornade blanche qui pénétrait dans son établissement.

— Lequel d'entre vous va me servir de guide ? demanda la vieille dame après un bref hochement de tête en guise de bonjour. Alors ?

— Nous sommes assez occupés, pour le moment, dit Megan prudemment.

— Je vous y emmène ! lança Niccolo en quittant l'appui de l'évier. Ce sera une courte visite : l'endroit n'est pas des plus accueillant.

Son regard s'arrêta alors sur les extravagants chaussons.

— Il y a des marches à descendre. Croyez-vous pouvoir y arriver avec ces… euh… escarpins ?

— Je suis fin prête, rétorqua Beatrice d'un ton sans appel. Si elle manquait de manières, du moins, elle savait ce qu'elle voulait.

— Je viens avec vous ! déclara Megan en échangeant un regard appuyé avec Niccolo. J'ai intérêt à apprendre le métier de guide, n'est-ce pas ? Au cas où tu serais trop occupé.

Elle fit une pause,

— Tu sais, avec les… travaux ?

Le sourire qu'il lui décocha fit palpiter son cœur plus vite. Comme toujours. Elle pesta intérieurement en constatant qu'il exerçait encore un tel pouvoir sur elle. Décidément, le mariage n'avait pas calmé ses élans amoureux.

Casey décida de se joindre au trio. Les deux sœurs encadrèrent Beatrice et, armées de torches, elles traversèrent la réserve et amorcèrent la descente. Le petit groupe se trouvait à mi-chemin dans l'escalier lorsque Beatrice se plaignit qu'elle avait de l'arthrite et que chaque pas était une torture.

Il y eut un moment de flottement. Puis ils continuèrent à la vitesse de l'escargot.

En bas, Niccolo alluma sa torche et la projeta sur les côtés du tunnel, indiquant à Megan des décrochements dans la muraille.

— J'avais oublié de te parler de ces couloirs adjacents. Ils sont si étroits qu'au début, j'ai cru que quelqu'un s'y était entraîné avant de creuser la galerie principale. L'un d'eux se termine en cul-de-sac, et l'autre débouche dans une cave débarras, remplie d'un bric-à-brac de vieilleries dans lequel tu aimeras sans doute fouiner.

— Quoi ? Mais il doit y avoir plein de rats, d'araignées et de chauves-souris ! Tu sais que je les adore ces petites bêtes-là !

— Bon, d'accord, je reconnais qu'un coup de balai s'impose.

Beatrice leur coupa brutalement la parole.

— Dites donc, vous pourriez vous montrer plus respectueux. Si notre Sainte Mère est là, elle n'a sans doute aucune envie d'écouter ces sornettes.

Megan, qui se trouvait juste derrière elle, se mit à élaborer des scénarios punitifs à l'encontre du bon vieil oncle Den.

Ils parcoururent le reste du trajet dans un silence contraint.

Niccolo s'arrêta à l'endroit où il s'était trouvé projeté, lors de l'explosion, et balaya la muraille du pinceau lumineux de sa lampe. Megan, qui n'était pas redescendue depuis l'accident, se demanda ce qu'elle allait découvrir.

En dehors des « larmes » qui s'étaient taries, l'image de la Vierge était intacte, telle qu'elle l'avait vue, ce jour-là.

Beatrice tomba à genoux et se signa, confirmant ce que Megan avait supposé : elle était, effectivement, catholique, même si on ne l'avait jamais vue à Sainte-Brigid.

— Nous pensons qu'il y a une fuite, expliqua Niccolo d'une voix douce. Depuis des années, sans doute, ce qui explique d'une façon naturelle le dessin que vous voyez. L'important, c'est le rappel que certaines choses nous dépassent, et...

— Chuuuttt...

Beatrice souleva ses paupières et lui lança un regard noir.

— Pour l'amour du ciel, taisez-vous !

Megan remarqua la manière dont Casey écarquillait les yeux. Niccolo se contenta de sourire et se retrancha dans un silence prudent. Les minutes s'égrenaient, et Megan s'impatientait : elle avait hâte d'aller jeter un coup d'œil dans le débarras. A la fin, n'y tenant plus, elle interrompit les dévotions de la vieille dame.

— Ecoutez, Beatrice, mon mari vous avait prévenue : nous avons très peu de temps et une foule de choses à faire. Allez, venez, je vais vous aider.

Elle tendit un bras secourable à Beatrice, et celle-ci s'y accrocha, tout en grommelant :

— Je ne comprends pas pourquoi La Vierge Marie a choisi un endroit pareil !

Niccolo s'avança, prêt à donner un coup de main afin de hisser Beatrice sur ses jambes, mais celle-ci les surprit tous en se relevant avec la grâce et l'énergie d'une jeune fille.

Elle eut elle-même l'air stupéfait de ses propres prouesses.

— Vous avez vu ?

Personne ne savait exactement à quoi elle faisait allu

— Je n'ai plus mal !

Pour la première fois depuis son apparition, tambour b
à la porte de la cuisine, Beatrice eut un franc sourire.

— Je n'ai plus mal du tout. Alléluia !

Niccolo rencontra le regard de Megan qui lui faisait signe d'intervenir. Se tournant vers la vieille dame, il lui prit la main.

— Je suis heureux que vous vous sentiez mieux, Beatrice. Nous allons en profiter pour regagner le rez-de-chaussée. Si vous voulez bien prendre mon bras.

— Mais, vous ne comprenez pas ? Je ne vais pas *mieux* : je suis *guérie* ! Mon arthrite, c'est terminé.

— Il règne une atmosphère humide et fraîche qui doit être bénéfique, ici. En tout cas, plus agréable que la chaleur du mois de juin. Ce qui vous donne l'impression que…

— Qu'un miracle s'est produit !

Elle lui lâcha le bras pour lui donner une tape sur l'épaule, et répéta avec une conviction quasi biblique :

— *C'est* un miracle.

Megan voyait d'ici les nuages s'amonceler à l'horizon.

— Du calme, Beatrice ! dit-elle d'un ton sec. Et je vous en prie, n'allez pas raconter dans toute la ville que vous avez été guérie, sinon il faudra fermer le tunnel pour de bon.

— Vous ne voulez pas que les gens le sachent ? lança la vieille dame d'un air indigné. Vous voudriez empêcher les malades de guérir ?

Casey tenta d'intervenir à son tour, mais Beatrice la bouscula dans son impétuosité.

— Ne comptez pas sur moi pour me taire ! Tout le monde doit être au courant. J'irai voir le Pape, s'il le faut. J'irai au Vatican pour témoigner. Vous êtes prévenus !

— Elle croit dur comme fer qu'elle a été miraculeusement guérie, expliqua Megan à Peggy qui était à l'autre bout du fil.

Les deux sœurs avaient organisé un rendez-vous téléphonique hebdomadaire, le jeudi soir. Il faisait nuit, à Shanmullin. Irene et Kieran dormaient : c'était un moment béni de tranquillité pour Peggy.

Elle s'installa plus confortablement, pressentant que la conversation allait durer un bon moment, pour son plus grand plaisir.

— Et vous avez tenté de la détromper ?

— Nick pense que c'est une réaction à une trop grande solitude. Il a demandé à Casey d'intervenir. Comme l'*Albaugh Center* est très performant en ce qui concerne les gens du troisième âge, ils vont y faire inscrire Beatrice. A leur avis, elle va se passionner pour le bingo et oublier sa pseudo expérience mystique.

Peggy éclata de rire.

— Comme si on pouvait mettre tout ça sur le même plan !

— Le temps de monter l'escalier, elle s'était remise à boiter, mais elle était quand même formelle : elle ne ressentait plus aucune douleur.

Megan fit une pause. Lorsqu'elle reprit, sa voix s'était légèrement altérée.

— J'essaye de me mettre dans la peau d'une personne âgée et solitaire. Après tout, il s'agit peut-être d'une sorte de miracle : Casey va l'aider à se trouver des amis, elle va se lancer dans de nouvelles occupations… N'y a-t-il pas de quoi remercier le ciel ?

— Finalement, sous tes allures de dure à cuire, tu as un cœur tendre, n'est-ce pas ?

Megan préféra rester muette sur le sujet.

— Donne-moi des nouvelles de Kieran !

— Tu ne vas pas le croire, mais il y a eu des avancées majeures.

Elle attendit un instant, mais Megan ne la découragea pas. Au contraire, elle émit un petit sifflement admiratif.

— Lesquelles ? Raconte !

Peggy hésita. Comment lui expliquer ? Vus de loin, les progrès sembleraient bien minimes, alors que, pour elle, ils étaient des exemples extrêmement encourageants qui la confortaient dans son programme éducatif.

— Eh bien, je suis en train de lui apprendre à désigner des couleurs. Lundi, il a fini par montrer le rouge quand je le lui ai demandé. Ensuite, j'ai posé deux cubes sur la table, un bleu, un rouge : il ne s'est pas trompé. Et il l'a refait plusieurs fois. Quand je lui lis une histoire, il s'assied près de moi, et il tourne les pages au moment où je lui fais signe.

En entendant sa sœur pousser des oh ! et des ah ! elle eut un pincement de nostalgie.

— Et attends, ce n'est pas fini : aujourd'hui, il a utilisé sa cuillère pour la première fois. Je ne prétends pas qu'il soit très adroit mais l'idée générale est là ! Pourtant, il n'est pas au mieux de sa forme : il a une dent qui perce, ce qui le rend fiévreux et grognon. Il n'a guère d'appétit non plus, mais le peu qu'il a mangé, il l'a fait seul, comme un grand. Tu te rends compte, Meg ?

— C'est génial ! s'exclama Megan avec enthousiasme. Qu'est-ce qu'il me manque, ce petit bonhomme !

Peggy était toujours émue lorsqu'elle entendait ce genre de réflexion. D'autant que Kieran ne rendait jamais l'affection qu'il recevait. Un jour, peut-être, il en serait capable. En attendant, il était aimé par sa famille, et cela donnait des ailes à Peggy.

— Et comment ça se passe, sinon ? Avec ton médecin ?

Peggy avait éprouvé le besoin de confier à quelqu'un les émotions contradictoires qu'elle éprouvait vis-à-vis de Finn. Et Megan était l'interlocutrice idéale.

— Il est très poli. Je suis polie. Bridie passe toujours nous voir, après l'école, et elle m'aide à faire travailler Kieran.

— Mouais… C'est pas le Pérou, si je comprends bien.

Peggy se sentait coupable, malgré tout, de s'être montrée aussi agressive avec Finn.

— J'aurais dû tourner sept fois ma langue dans ma bouche avant d'exploser, confia-t-elle à sa sœur. Cet homme souffre, visiblement. Et je m'en veux un peu d'en avoir rajouté.

— Tu sais, il y a des gens qui se méfient lorsqu'ils attirent la sympathie. Ils sont furieux de constater qu'ils cachent mal leurs sentiments.

Comme toujours, le point de vue de Megan était pertinent. Peggy n'avait pas estimé les réactions de Finn à leur juste mesure.

— J'ai gaffé, hein ?

— Lui aussi. Alors, ne prends pas toute la responsabilité de l'incident. Laisse-lui sa part.

— Comment va Nick ? demanda-t-elle en regardant le paysage baigné de lune qui s'étendait devant la fenêtre.

Il y eut un si long silence qu'elle se demanda si la ligne n'avait pas été coupée. Puis Megan répondit d'une voix tendue :

— La nuit dernière, il a rêvé qu'il était de nouveau prêtre.

— Qui ne rêve de son passé ? Tu sais, parfois, je me réveille avec l'impression que j'ai de nouveau huit ans et que nous sommes toutes les trois ensemble dans la chambre au-dessus du saloon.

Comme Megan ne répondait pas, elle ajouta :

— Tu ne penses tout de même pas qu'il regrette ?

— N-non.

Le ton de sa sœur manquait singulièrement d'assurance.

— Il a été très clair sur ce sujet, dès votre première rencontre, n'est-ce pas ? Il ne s'est pas défroqué pour tes beaux yeux : il ne te connaissait pas quand il a pris cette décision.

— Nous commençons à peine notre vie commune, et il rêve de son ancienne existence : c'est un peu…

— Troublant ?

— L'ennui, tu vois, c'est que j'ai trop de temps libre, alors je gamberge, reprit Megan. Cela dit, ça présente aussi des avantages. Devine ce que j'ai trouvé, aujourd'hui !

Elle se lança dans le récit de la cave aux trésors que Nick avait découverte. Si son exaltation semblait un peu forcée, elle était plus plaisante aux oreilles de Peggy que l'amertume qu'elle avait perçue quelques instants plus tôt.

— Une vraie caverne d'Ali Baba : des piles de vieux journaux, des caisses d'alcool, des disques — lointains précurseurs de notre juke-box —, des livres de comptes. Je pense que les journaux servaient à envelopper la marchandise de contrebande qui transitait par le tunnel, à l'époque.

— Braves vieux Donaghue : toujours pleins de ressources ! Pas le genre à se laisser freiner par un petit amendement constitutionnel, n'est-ce pas ?

— Je les ai toujours soupçonnés d'avoir largement contourné la Prohibition, pas toi ? Ce qui me surprend, c'est de voir à quel point l'affaire était complexe. La lecture des registres est édifiante. Je n'ai pas encore eu le temps de m'y plonger, mais je peux te dire qu'ils utilisaient un astucieux système de double comptabilité, et que la partie illégale leur rapportait des fortunes.

— Tante Deirdre doit avoir des lumières sur le sujet. As-tu pensé à l'interroger ?

— Justement, je lui ai téléphoné pour la mettre au courant de mes trouvailles. Elle m'a appris que l'appartement du premier étage était, à cette époque, un *speakeasy* : un bar clandestin où il fallait montrer patte blanche. Quant au bar « officiel » du rez-de-chaussée, il avait été converti en un petit restaurant très « comme il faut », où l'on ne consommait, bien entendu, que des boissons non alcoolisées. De toute évidence, les autorités fermaient les yeux. Je me demande ce que les flics locaux ont touché sur ce pactole, en échange de leur silence.

— Dire que j'ai vécu, sans le savoir, dans cet ancien lieu de débauche !

— Attends, je ne t'ai pas tout dit.

Megan fit une pause pour ménager ses effets.

— J'ai trouvé quelque chose sur Liam Tierney.

Peggy s'était levée et se tenait près de la fenêtre. Dehors, quelque chose bougea dans l'ombre. C'était Banjax qui rôdait autour de la maison. Il finit par se laisser tomber sur le paillasson de la porte d'entrée en poussant un soupir à fendre l'âme. La jeune femme sourit et se demanda combien de temps il allait encore devoir attendre pour être autorisé à dormir tous les soirs devant la cheminée.

— Rien qui risque de peiner Irene, j'espère ?

— Tu as beaucoup d'affection pour elle, on dirait ?

— C'est vrai. Elle est merveilleuse, tu sais ? Je suis sûre que tu l'aimeras, toi aussi.

Elle eut un petit pincement au cœur : Irene vivrait-elle assez longtemps pour rencontrer ses sœurs ? Si seulement Megan et Casey pouvaient la rejoindre en Irlande…

— J'ai rapporté une pile de ces vieux journaux à la maison, cet après-midi. Si tu savais comme la nourriture et les fringues étaient bon marché, dans les années 20, tu n'en reviendrais pas !

— Quel est le rapport avec Liam Tierney ?

— Aucun. C'est juste un détail qui m'a frappée. Je feuilletais donc tout ça lorsqu'un gros titre m'a attiré l'œil. Suivait un article sur un homme qui s'était fait renverser par une voiture alors qu'il traversait une petite rue de Whiskey Island.

Pas étonnant que sa sœur ait réagi à la mention de Whiskey Island : c'était l'endroit où l'histoire de leur famille avait commencé, comme celle de tant d'autres immigrants irlandais.

— Et Liam est concerné ?

— La police a pris cette voiture en chasse, après avoir découvert des caisses d'alcool dans son coffre, lors d'un contrôle de routine. Au moment où le *dry agent* — c'est ainsi qu'on appelait, à l'époque, un flic de la brigade anti-alcool — allait appréhender le chauffeur, le gars l'a attaqué avec un démonte-pneu et a filé avec le butin.

— Ne me dis pas que Liam était l'agresseur ! s'exclama Peggy. Quoique… je l'imagine difficilement dans le rôle de l'Incorruptible !

Megan éclata de rire.

— Liam est celui qui a été renversé par la voiture folle, alors qu'elle dévalait la colline vers la ville. Il passait là par hasard, semble-t-il.

— Je n'en reviens pas que tu sois tombée là-dessus !

— Ce n'est pas aussi étonnant que ça en a l'air. La presse devait suivre l'affaire depuis des semaines car l'article faisait allusion à des détails dont ils avaient parlé précédemment. A en juger par leurs conclusions, le chauffard leur a échappé et l'espoir de le retrouver était mince. Le nom de Liam n'apparaît qu'une fois.

— Mais il n'a pas été tué, n'est-ce pas ?

Si elle avait bien entendu, Megan avait employé le mot « renversé » et non pas « écrasé ». L'idée d'annoncer à Irene que son père avait péri sous les roues d'un gars de la pègre n'avait, en effet, rien de réjouissant.

— D'après ce que j'ai lu, non. A moins qu'il ne soit décédé un peu plus tard, à la suite de ses blessures. J'ai feuilleté le reste sans rien trouver de plus. Mais, demain, je compte aller à la bibliothèque de l'*Historical Society* pour voir s'ils ont des collections d'anciens journaux sur microfilms.

— Tu as le temps ? Tu es encore une jeune mariée.

— Du temps libre ? Ce n'est pas ce qui me manque ! En plus des visites guidées du tunnel, Niccolo est occupé à plein temps par les travaux, sans parler de ses recherches de subventions pour *Une Brique*… C'est tout juste si nous nous croisons de temps en temps dans l'entrée. Je me demande si je ne le voyais pas plus souvent avant de l'épouser.

Sa boutade était censée être drôle, mais elle tomba à plat.

— Tu ferais mieux de lui en parler avant que ça ne tourne au vinaigre.

— Ça va, je t'assure.

Typique de sa sœur ! songea Peggy. A l'entendre, tout allait toujours bien.

— J'aimerais tellement que tu puisses venir, Megan ! Tu ne pourrais pas convaincre Niccolo de faire un petit voyage, une fois les travaux terminés ?

— A ce moment-là, je reprendrai le boulot. Nous risquons de perdre tous nos clients si nous tardons trop à rouvrir.

— Ils attendront bien une semaine de plus. Ce sont des habitués : tu peux compter sur eux… En tout cas, penses-y !

Comme si elle voulait couper court, Megan déclara :

— Je ne voudrais pas te paraître radine, mais ce coup de fil va me coûter une fortune.

Peggy n'avait pas envie de lui dire au revoir. C'était toujours difficile de couper le lien avec la maison.

— Tu diras à Casey que je l'aime. Et tu embrasseras de ma part Nick, Jon, Rooney et tous les autres. Promis ?

— Ils vont t'appeler, ne t'en fais pas.

Ce fut à contrecœur que Peggy raccrocha.

Dehors, la campagne s'étendait, belle et tranquille, sous la lune. Elle pensa à Liam Tierney et à sa femme quittant la paix bucolique de leur cottage pour l'effervescence des années folles en Amérique. Se retrouver blessé dans un pays étranger, loin de sa famille et de ses amis…

Comme toujours, lorsqu'elle songeait à ces fiers immigrés, elle était émerveillée de leur intrépidité.

Kieran était né d'une lignée solide et courageuse. Elle en était heureuse, car son enfant n'aurait pas trop de toute la force héritée de ses ancêtres irlandais pour triompher de ses immenses difficultés.

1923
Castlebar, Comté de Mayo

Mon cher Patrick,

Je me plonge dans la lecture de tes lettres comme s'il s'agissait des Saintes Ecritures. Ta langue demeure aussi pure que lorsque tu la pratiquais tous les jours. T'arrive-t-il encore de la parler ? Tes paroissiens viennent-ils parfois te chuchoter leur confession dans notre bon vieux gaélique ?

Ici, au pays, nous sommes pressurés de toutes parts, comme on soutire le petit-lait du caillé. Notre culture nous a été impitoyablement arrachée. Nous autres Irlandais, nous avons tant de possibilités, de richesses intérieures, et si peu de perspectives d'avenir.

Pas plus tard qu'hier, le garçon qui me livre le pain m'a dit qu'il reprendrait la boulangerie de son vieux père, lorsque celui-ci passerait de vie à trépas. Rien de surprenant à cela, certes. Mais, quand on sait combien ce jeune homme est doué, c'est un peu triste. Il m'emprunte des livres, qu'il dévore avec passion. Il étudie la philosophie, la poésie, la vie des hommes illustres, de la littérature classique. Il est comme un poisson dans l'eau, baigné par ce courant de culture. Jamais il ne sera aussi à l'aise parmi ses sacs de farine et ses panetons. Mais quel choix a-t-il ? Il ne peut que remercier le ciel d'avoir un métier qui lui permettra de nourrir sa famille, dans des temps aussi troublés que les nôtres.

Ah, si notre Irlande pouvait retrouver son unité, la force et les talents de ses enfants, le pouvoir de les éduquer et de les protéger ! Tu sais, moi aussi, j'ai caressé un rêve, mon cher Patrick. Celui d'enseigner et de voyager, de courir le monde, à l'instar de nos ancêtres. Il y a des centaines d'années, les femmes celtes, dont le sang coule encore dans mes veines, étaient de vaillantes guerrières, des médecins, des avocates. Quel bonheur j'aurais éprouvé si j'avais pu accomplir un pareil destin !

Aujourd'hui, en ce début du vingtième siècle, nous nous enorgueillissons du chemin parcouru. Nous sommes chrétiens, à présent, et, bientôt, si Dieu le veut, nous serons libérés de la tyrannie.

Pourtant, n'avons-nous pas perdu quelque chose d'essentiel, au fil du temps et de ce long voyage jalonné par la répression, la famine et l'exode ? Combien de poètes et de philosophes méconnus font cuire le pain et poussent la charrue sur nos terres arides ? Combien sont partis en Amérique dilapider leur génie dans vos usines et vos aciéries ?

Parfois, je me sens si lasse, cher frère. Dans ta prochaine lettre, parle-moi de familles irlandaises heureuses, d'espoir pour nos futures générations, d'écrivains et de penseurs qui surgiront des années d'obscurantisme pour rétablir un monde qui nous échappe.

Ta sœur,
Maura McSweeney

13.

Liam n'était pas mécontent du travail pour lequel il avait opté.

Au bout d'une semaine de recherches, il s'était retrouvé devant plusieurs possibilités. Que de richesses pour quelqu'un qui possédait si peu ! Du coup, il s'était fait un sang d'encre pour savoir quel emploi choisir, et sa confusion avait tourné au vertige.

Finalement, de son écriture régulière, apprise sous la férule des Sœurs, Brenna avait dressé, au dos d'un sac en papier, la liste des avantages et des inconvénients attachés à chaque option.

La fabrique d'emballages se trouvait plus près de chez eux, à quelques stations de tramway. La paye n'était pas si bonne qu'à l'usine de câbles métalliques *U.S. Steel*, mais Liam pourrait rentrer plus tôt à la maison. Il n'était même pas question d'exprimer une préférence ou de mettre en balance les inconvénients : l'odeur des solvants à la fabrique, la chaleur et le bruit de l'usine…

De toute façon, Liam était prêt à en baver. S'il arrêta finalement son choix sur les emballages, c'était pour passer davantage de temps auprès de son épouse et de sa fille.

Au début, l'atmosphère le rendit malade. Puis, peu à peu, il s'habitua aux odeurs, au fracas des machines, aux échardes qui lui abîmaient les mains. Il pensait aux falaises à pic noyées de brume, aux amis qu'il avait laissés derrière lui, à sa patrie déchirée, misérable…

Six mois plus tard, il montait en grade, quittait l'atelier d'assemblage et la colle toxique pour la chaîne de montage. Il apprit à se servir des machines rudimentaires qui cerclaient d'un ruban métallique les caisses de bois, le plus difficile étant de préserver ses doigts des engrenages et des pinces coupantes.

Discret sur ses soucis personnels, Liam était apprécié de ses collègues ; il partageait volontiers un verre de ce whisky de contrebande, fabriqué dans des alambics planqués sous des toits étouffants. Il n'était pas trop regardant envers des lois qu'il n'avait pas établies lui-même, sans, pour autant, les braver délibérément. Ses voisins irlandais l'estimaient pour certaines de ses qualités, ses employeurs slovaques pour d'autres.

Ainsi, cahin-caha, il faisait son petit bonhomme de chemin dans ce nouveau décor.

Un an après son arrivée, on lui proposa d'intégrer le service livraison de l'usine. Le salaire n'était pas plus élevé, mais la perspective d'une liberté relative, au grand air, loin du bruit assourdissant de l'atelier, lui parut mirifique. Il se jeta sur la promotion inespérée comme l'affamé sur un quignon de pain, inquiet à l'idée que le miracle pût lui échapper.

Ce soir-là, il se confia à Brenna.

— J'ai tout supporté patiemment, jusque-là, lui dit-il. Pour Irene et pour toi. Pour que nous ayons une vie meilleure. Mais cette chance d'être de nouveau dehors… Tu vas voir, ça se passera comme sur des roulettes ! conclut-il avec un large sourire.

Brenna semblait moins enthousiaste.

— Je comprends que ça te plaise, je ne te reproche rien, mais… tu travailleras sur West Side ?

— La plupart du temps, oui. Mais ne te tracasse donc pas : je rentrerai tous les soirs.

— Tu vas rencontrer toutes sortes de gens, j'imagine ?

— Sans doute, mais c'est toujours vers toi que je reviendrai.

— Liam, ce changement m'inquiète, je ne prétendrai pas le contraire.

Elle avait peur que cette indépendance soudaine le pousse à faire des bêtises, comme ç'avait été le cas en Irlande. Le fait qu'il soit confiné toute la journée à l'intérieur de l'usine avait calmé ses angoisses. Il travaillait dur et, à la sortie de l'atelier, il consacrait le peu de temps et d'énergie qui lui restait à sa famille.

— Le seul changement qui risque de survenir, c'est que je sois pleinement heureux, promit-il. Et, avec un peu de chance, c'est bientôt moi qui conduirai le camion. Avec un salaire en conséquence. On pourra alors déménager plus haut sur la colline. Ça ne te plairait pas ?

Elle n'eut pas l'air convaincu, mais se laissa docilement embrasser.

— Je ne veux que ton bonheur, murmura-t-elle. C'est tout.

Ça n'était pas tout, il le savait bien. Mais il l'entoura de ses bras et la serra fort pour dissiper ses craintes.

Comme il l'avait escompté, son nouvel emploi le ravit.

En ce qui le concernait, il ne fallait pas se fier aux apparences : en dépit de sa frêle silhouette, il était fort, et les durs travaux ne le rebutaient pas. Au début, phase de bizutage oblige, le chauffeur et les deux livreurs lui laissèrent les besognes les plus rudes, fumant des cigarettes, debout sur le trottoir, tandis qu'il se coltinait les lourdes caisses. Mais, après une bagarre à coups de poing au cours de laquelle Liam montra ce qu'il avait dans le ventre, les autres l'intégrèrent totalement à l'équipe.

Il avait trouvé sa place. Il aimait le changement, il aimait voir défiler le paysage de la grande cité en pleine expansion, rouler sur les pavés le nez au vent, et, à la fin d'une solide journée de travail, éprouver la satisfaction de la tâche accomplie.

Un mois plus tard, à l'issue de l'une de ces longues journées de labeur qui vous brise le dos et vous laisse les muscles en compote, il sauta à bas du camion pour une dernière livraison, non loin de chez lui.

Whiskey Island n'était pas un coin qui le fascinait particulièrement, malgré toutes les histoires qui circulaient sur les nombreux immigrants irlandais qui y avaient vécu et y étaient morts. A présent, l'île était surtout un gigantesque entrepôt où des trains de marchandises chargeaient et déchargeaient le minerai, vingt-quatre heures sur vingt-quatre.

Liam avait entendu parler des saloons comme *Fat Jacks* et *Corrigans*, qui avaient prospéré près des docks, avant la Prohibition. Leurs portes étant rarement fermées, le passant pouvait y trouver des amis pour le prix d'un verre, à n'importe quelle heure du jour ou de la nuit. Un établissement comme *Mother Carey's,* par exemple, était connu pour avoir servi de repaire aux braqueurs de banques qui venaient y compter leur butin.

— Grouillons-nous ! lui dit le chauffeur, le ramenant ainsi à la réalité.

Herman était un colosse à la fine moustache, toujours vêtu d'une salopette qui s'arrêtait au-dessus de la cheville. Lorsqu'il relevait ses manches, l'équipe terminait le boulot deux fois plus vite.

Liam chercha du regard l'enseigne de leur client. Il n'y en avait pas. Le petit entrepôt au plafond bas s'étendait tout en longueur, et le gardien qui leur ouvrit la porte était armé. Il se servit, d'ailleurs, du canon de son fusil de chasse pour leur indiquer le carré de terre battue où ils devaient décharger la marchandise.

L'instant de surprise passé, Liam ne s'était plus occupé que de transporter les lourdes caisses sur son dos et de les empiler à l'endroit voulu.

— Une partie de ce whiskey que vous autres Irlandais appréciez tant, c'est d'ici qu'il part, chuchota soudain Herman en inclinant la tête vers le fond du hangar.

Liam haussa un sourcil interrogateur. S'il avait réfléchi deux secondes, il serait arrivé tout seul à la même conclusion : l'heure tardive, l'anonymat de l'entrepôt, l'absence de personnel, le gardien avec ses allures louches…

La Loi votée par le Congrès en 1919, appelée *Volstead Act*, interdisait la fabrication, le transport, la vente et la consommation de toute boisson contenant plus de 0,5 % d'alcool. Dans la foulée, le *Volstead Act* avait créé une race entièrement nouvelle d'hommes d'affaires. Ce n'était plus les bootleggers à la petite semaine qui distillaient artisanalement leur poison dans d'obscures caves, mais des *rumrunners,* des contrebandiers qui transportaient l'alcool par bateau. Le Canada n'était qu'à quelques encablures, de l'autre côté du lac Erié, et ses dirigeants n'avaient aucune intention de modifier leurs propres lois sous prétexte que le voisin américain se posait en donneur de leçons.

— Moi, j'entasse les caisses, répliqua Liam. Ce qu'ils en font après, c'est pas mes oignons.

Quand ils eurent fini, Herman se redressa, s'étira, se massa les reins.

— Ouf, c'est pas trop tôt ! J'vais faire signer l'reçu ; tu peux m'attendre dehors, si tu veux.

Ravi d'avoir terminé sa journée, Liam ne se le fit pas dire deux fois. Brenna lui avait promis du poisson pour le dîner — une folie qu'ils s'autorisaient rarement, malgré la proximité de ce lac aussi vaste qu'un océan. Ensuite, il avait prévu de faire, avec sa fille, une promenade dans les rues animées de l'*Angle*, le quartier qui dominait *Irishtown Bend.* Le père et la fille, tous les deux, pendant que Brenna rangerait la cuisine et ferait la vaisselle. Il n'avait pas souvenir d'avoir partagé des joies aussi simples avec ses parents, dans son Irlande natale.

Devant le hangar, les autres livreurs fumaient, adossés au camion. Liam, à court de tabac pour sa pipe, ne vit pas l'utilité de se joindre à eux. Autant en profiter pour se dégourdir les jambes. Herman le prendrait au passage, plus loin, sur le chemin du retour vers l'usine. Il mit les autres au courant de son intention de partir devant, et s'engagea dans la ruelle qui rejoignait la colline.

Arrivé au croisement avec la grand-route, il tourna sur sa droite. Cette section de Whiskey Island n'était guère fréquentée, habituellement, mais deux voitures passèrent en trombe près de lui. Il n'eut que le temps de sauter sur le bas-côté en jurant et en clignant des yeux, à moitié aveuglé par le nuage de poussière.

— Bon sang de bonsoir !

Il revint au milieu de la route et leva le poing dans leur direction. Mais les deux véhicules étaient déjà loin ; leurs feux arrière disparaissant à l'horizon.

Il était tellement en colère qu'il ne prêta pas attention au rugissement du moteur qui se rapprochait dans son dos. Au dernier moment, il fit un nouveau bond sur le côté, râlant de plus belle. Puis il se retourna et vit que la voiture piquait droit sur lui. Le conducteur disposait, pourtant, de toute la largeur de la route, mais Liam remarqua avec horreur qu'il tournait la tête comme s'il guettait un éventuel poursuivant.

Liam recula, poussa un cri pour attirer l'attention du chauffeur. Peine perdue ; la voiture fit une embardée et le heurta de plein fouet.

Il fit un vol plané qui l'envoya dix mètres plus loin. Le véhicule ne fit pas mine de ralentir, et Liam, toujours conscient, le vit s'éloigner à folle allure.

Le contremaître de la fabrique d'emballages était sincèrement désolé, mais qu'aurait-il pu offrir à Liam ? Il n'y avait aucun poste libre dans les bureaux, et Liam était incapable de rester des heures debout devant une machine, avec sa jambe folle. Pas plus qu'il ne pouvait soulever des caisses, à cause de son dos abîmé qui ne se remettrait peut-être jamais. Le directeur, qui l'estimait, lui offrit deux semaines de salaire.

— Qu'allons-nous faire ? demanda Brenna en soupesant la menue monnaie qui lui restait après avoir payé le mois de loyer et acheté des pommes de terre, de la farine et du lait. Je suis prête à tout, Liam, mais je ne sais pas par où commencer.

C'est dans des moments tels que celui-ci, songea Liam, qu'il serait vital de compter sur une famille. Par malheur, ses discrètes investigations n'avaient rien donné. Brenna et lui étaient vraiment seuls à Cleveland et, depuis l'Irlande, personne ne viendrait à leur secours.

Comme il se taisait, Brenna reprit :

— Les Sœurs m'ont enseigné comment tenir une maison. Si je trouvais un travail de ce genre, est-ce que tu serais prêt à t'occuper d'Irene, en mon absence ?

Ce n'était ni le lieu ni l'heure de montrer un orgueil mal placé : il s'agissait de la survie de leur famille.

— Je guérirai vite, dit Liam. Tu ne seras pas obligée de récurer le plancher des bourgeoises très longtemps, ma Brenna.

Elle lui embrassa la main, redressa l'oreiller qui le soutenait.

— Ça ne te ressemble pas, Liam, de te fourrer dans pareil pétrin. Sur une route déserte, qui plus est !

— Crois-tu que je n'aie pas tourné et retourné tout ça dans ma tête ? Comment cet accident a-t-il pu se produire ? J'en viens à croire que le destin s'est payé une bonne tranche de rire à nos dépens. Je ne sais pas ce que tu en penses…

La police l'avait questionné à plusieurs reprises sur les circonstances de l'accident. Il avait appris incidemment que, juste avant la collision, la voiture avait été fouillée à l'occasion d'une simple vérification de routine, que l'un des passagers avait assené un coup de démonte-pneu sur le crâne du policier et que la voiture avait pris la fuite…

Le *dry agent* s'était retrouvé avec une méchante commotion cérébrale, mais il disposait d'une aide du gouvernement, le temps de sa convalescence. Liam, lui, n'avait, en tout et pour tout, qu'une flopée de questions auxquelles il ne trouvait pas de réponse.

— Et tu ne te rappelles toujours aucun détail qui pourrait aider la police dans son enquête ? A propos de la voiture, par exemple ?

Liam grimaça de douleur en voulant bouger son pied qui reposait sur une caisse recouverte d'un coussin.

— Je n'y ai vu que du feu.

Brenna avait l'air sceptique, mais elle prit sur elle et se tut. Qu'aurait-elle pu dire ? Elle était l'épouse de Liam depuis suffisamment longtemps pour savoir qu'il ne changeait jamais d'avis. S'il affirmait ne rien se rappeler, il maintiendrait cette version jusqu'à la tombe.

— Mme O'Reilly, qui habite en bas de la côte, viendra garder Irene, demain, pendant que j'irai chercher du travail, dit-elle finalement. Ensuite, je laisserai la petite avec toi, Liam, mais Mme O'Reilly t'apportera le repas de midi.

— Dès que j'irai mieux, je trouverai un nouvel emploi.

— Je n'en doute pas, dit la jeune femme avec un large sourire. On s'en sortira. La chance nous a déjà souri.

En cet instant, Liam était trop abattu pour deviner à quoi elle faisait référence.

— Tu es vivant ! lui rappela-t-elle en secouant l'index. Grâce à Dieu ! Ne l'oublie pas.

Durant la semaine suivante, il se demanda si c'était une telle chance d'avoir survécu. Il était, pourtant, courageux face à la douleur : depuis son enfance, il avait eu maintes occasions de le prouver. Mais là, son dos lui faisait souffrir le martyre. Irene, qui sentait ce qui se passait, était sage comme une image : elle jouait tranquillement et faisait la sieste sans rechigner.

La voisine était plutôt brave, sous ses allures revêches. Elle apportait le repas à Liam, puis l'aidait à faire sa toilette, et le recouchait ensuite.

De son côté, Brenna accepta une place de bonne à tout faire dans une maison bourgeoise. La veuve qui l'employait, dotée de trois filles encore célibataires, se montrait extrêmement exigeante, mais elle traitait Brenna avec une certaine générosité, lui permettant d'emporter de la nourriture, le soir, et même, parfois, des vêtements dont ces dames n'avaient plus l'utilité. Brenna se servait de certains tissus pour tailler des petites robes à Irene. Avec les chutes qu'elle assemblait patiemment jusque tard dans la nuit, sous la lampe à pétrole, elle fabriquait même des couvre-lits.

Au bout d'un mois, Liam fut capable de se laver seul, en utilisant une béquille. Ses douleurs dorsales, toujours vives, cédaient peu à peu en intensité. Il s'aperçut que, contrairement aux prévisions du médecin, l'activité physique lui apportait un certain soulagement. Et il commença à envisager la guérison.

— Il y a moins d'offres qu'au début, dit-il à Brenna, un matin, après avoir passé au crible les petites annonces.

Déçu, il posa le journal qu'elle lui avait rapporté la veille.

— Pourtant, on dit que l'époque est florissante !

— Dans le reste du pays, peut-être, mais certainement pas par ici.

— Tu crois qu'ils te reprendront à la fabrique d'emballages, une fois que tu seras sur pied ?

Il avait déjà exploré cette piste, le jour où Herman était passé le voir inopinément.

— Ça m'étonnerait, répondit-il à sa femme. Ils licencient des ouvriers qui ont davantage d'ancienneté que moi.

— Il va se passer quelque chose, j'en suis certaine, dit Brenna en posant sa main sur la sienne. Le bon Dieu ne nous laissera pas tomber.

Manque de foi ou surdité céleste ? Toujours est-il qu'il ne se passa rien.

Quand Liam put de nouveau marcher sans sa béquille et se tenir à peu près droit, Cleveland était dans le creux de la vague, économiquement.

Profitant des jours de repos de Brenna, il parcourait les rues de la cité, clopin-clopant, et prenait péniblement sa place dans d'interminables files d'attente dans l'espoir de décrocher n'importe quel petit boulot, aussi ingrat fût-il. Mais, généralement, le bureau d'embauche fermait avant qu'il ne soit arrivé jusqu'au préposé.

Un jour, il trouva un emploi de jardinier, mais il s'aperçut très vite que la position penchée lui provoquait de terribles contractures dans le dos. Il s'essaya ensuite au lavage de carreaux, mais, là aussi, l'effort musculaire était au-dessus de ses forces de convalescent.

— Je ne sais plus à quel saint me vouer, avoua-t-il, un soir, à Brenna.

Il se sentait inutile, et furieux devant son incapacité à s'en sortir. D'autant que les maigres gages de son épouse suffisaient à peine à les faire vivre.

Au prochain mauvais coup de vent, leur frêle esquif chavirerait, songeait-il, le cœur serré.

Brenna maigrissait à vue d'œil ; sa bouche avait pris un pli amer, et pourtant, jamais elle ne se plaignait de son labeur harassant.

— Continue ton chemin, Liam, lui disait-elle. Tu finiras par trouver. J'ai confiance en toi.

Un matin, après le départ de son épouse, il s'installa devant chez lui, sur le vieux banc qui donnait sur les taudis pouilleux de leur rue. Il ne remarqua ni les efforts de jardinage de ses voisins ni les travaux de rapetassage dans la maison d'en face. Les roses trémières qui se balançaient gracieusement, le porche fraîchement repeint ne franchirent pas la barrière de son regard. Il ne voyait que tristesse, misère et désespoir.

A cet instant, il aurait donné cher pour se retrouver dans sa verte Irlande balayée par le vent du large. Jamais son pays ne lui avait autant manqué.

Il fut étonné d'entendre une voiture monter la côte — une rareté, à *Angle* — et encore plus étonné de voir surgir, non pas la Model T qu'il connaissait déjà et convoitait en secret, mais — luxe insensé !— une élégante berline, d'un noir étincelant, avec des enjoliveurs dorés et de moelleuses banquettes. Ses gros phares brillaient comme des yeux de tigre. Deux hommes se trouvaient devant, et le troisième était vautré sur la banquette arrière.

Liam se leva lentement de son banc lorsque la berline s'arrêta devant chez lui. Stoïque, malgré la douleur que lui causait encore la station debout, il attendit avec l'obscur pressentiment que les ennuis n'allaient pas tarder.

— C'est vous, Liam Tierney ? lui demanda le chauffeur, un homme court sur pattes et râblé, dont la moustache et les cheveux étaient luisants de pommade.

— Qui le demande ?

— Moi, dit l'homme assis à l'arrière.

Il avait attendu pour descendre que son laquais lui ait ouvert la porte. Il posa une chaussure vernie sur le marchepied immaculé, puis sur le trottoir passablement défoncé. Derrière lui, son homme de main avait précipitamment sorti son mouchoir et faisait disparaître la trace de pas sur le caoutchouc blanc.

— Je suis Tim McNulty, annonça l'inconnu en s'arrêtant en bas des marches.

Liam, qui avait une vue plongeante sur le personnage, remarqua le large front, les yeux rapprochés, la silhouette corpulente, et surtout, le costume sur mesure avec ses boutons de cuivre qui lançaient des éclairs et la pochette de soie artistiquement pliée.

— Que puis-je pour vous ? demanda-t-il.

— J'enquête au sujet de l'accident.

Liam fourra ses poings serrés au fond de ses poches.

— On peut savoir pourquoi ?

McNulty prit son temps avant de répondre. Il inspecta de haut en bas la façade de la pauvre masure. Ses épais sourcils se haussèrent avec une expression navrée.

— On dirait que tu n'as pas décroché le gros lot… Paddy.

Liam souffla bruyamment par les narines.

— Mouais, pas comme vous… Paddy ! rétorqua-t-il en lui renvoyant le sobriquet péjoratif qui désignait les Irlandais.

Le malabar au mouchoir sursauta en entendant son patron se faire traiter de la sorte. Etouffant un rugissement de colère, il se dirigea vers Liam.

McNulty, un fin sourire aux lèvres, l'arrêta d'un geste.

— C'est vrai, reconnut-il, ma famille a commencé dans le coin, peut-être un peu plus haut sur la colline. Mais ta bicoque, au premier coup de vent sérieux, on la retrouvera en train de flotter dans la rivière.

Liam attendait sans mot dire.

— Tu t'es remis de l'accident ? demanda enfin McNulty.

— Je ne vois pas en quoi ça vous concerne.

— J'ai quelque chose pour toi.

McNulty claqua des doigts. Aussitôt, son larbin sortit une grosse enveloppe de sa poche et, de loin, la tendit à Liam.

Celui-ce ne bougea pas d'un pouce.

— Apporte-la-lui ! aboya McNulty.

Le gars monta quelques marches, puis s'arrêta et tendit de nouveau l'enveloppe.

Liam la cueillit du bout des doigts, s'attendant à une feinte de sa part. Mais il ne se passa rien de tel. Il ouvrit l'enveloppe et découvrit dedans une liasse de billets. Il n'en avait jamais vu autant d'un seul coup.

Il tourna son regard vers McNulty.

— Qu'est-ce que ça signifie ? Qu'est-ce que vous voulez exactement ?

— Juste la description que tu as donnée à la police. La description de la voiture qui a failli te tuer.

Le peu d'espoir que Liam avait pu entretenir s'évanouit d'un coup. Il voulut rendre l'enveloppe, mais le colosse avait quitté le perron.

— Je ne veux pas de votre argent. Pas un centime. Merci quand même.

— Une description, c'est tout ce que je te demande, dit McNulty en jouant avec la fine chaînette en or de sa montre de gousset. Un simple petit témoignage. Entre toi et moi. Personne ne le saura.

— Je n'ai rien vu, dit Liam.

— C'est pas ce que t'as raconté aux flics, intervint monsieur moustache cirée.

Il avait une voix de stentor, accordée à son physique robuste. Liam se douta qu'elle avait dû atteindre les oreilles des voisins. Il jeta un coup d'œil du haut en bas de la rue. Apparemment, ceux qui travaillaient loin étaient déjà partis, les autres étaient encore chez eux. A moins que leur disparition soudaine ait été provoquée par la présence incongrue de la Cadillac noire.

— C'est *exactement* ce que j'ai dit à la police, affirma Liam. Je n'ai rien à ajouter.

— Y a pourtant là un bon paquet d'argent facilement gagné.

Liam poussa un soupir et songea qu'il était temps d'arrêter la mascarade. Il sortit les billets et, un par un, les envoya voler du haut de l'escalier.

Noble geste, certes. Mais, entre le premier et le dernier billet semé au vent, il eut le temps de voir défiler tout ce qu'il aurait pu acheter avec cette manne.

Personne ne bougeait. Il leva les yeux sur le petit groupe et répéta posément :

— Je n'ai rien vu. Je ne me souviens de rien.

Puis il se dirigea vers la porte de sa maison.

Comme il s'y attendait, il n'eut pas le temps de l'atteindre. Un bruit de pas précipités, un déplacement d'air. Il se retourna, prêt à se défendre. Mais, avec sa mauvaise condition physique, face à deux hommes décidés, il n'avait guère de chance.

Il se défendit courageusement, ce qui ne l'empêcha pas de mordre la poussière tandis que les autres le bourraient de coups. Malgré lui, il poussa un cri de souffrance lorsque le chauffeur envoya un coup de pied dans sa jambe déjà douloureuse. Puis il se tordit sur le sol, tandis que les chocs répétés ébranlaient sa colonne vertébrale. Chacun de ses muscles se contractait, comme si son corps voulait opposer une carapace rigide à ses agresseurs.

— Juste la description, répéta McNulty, tout près de son oreille. Et ils arrêteront. Ce serait dommage de te laisser handicapé à vie, mon garçon.

Liam n'ignorait pas qu'il était en danger de mort. Il se demanda si Irene était réveillée. Entendait-elle, horrifiée, ces hommes assassiner son père ? Cette idée le mit en rage et, dans un sursaut désespéré, il rendit les coups du mieux qu'il put.

La lutte était par trop inégale. Il allait succomber…

— Arrêtez ! dit calmement McNulty à ses hommes.

Il y eut un silence.

Liam n'y voyait plus, entre le sang qui lui coulait sur les yeux et le vertige nauséeux qui faisait tout tourner.

McNulty se pencha sur lui.

— Un ou deux mots et on te fiche la paix, mon gars. La couleur de la voiture ? Le numéro d'immatriculation ?

— Allez au diable !

Il entraperçut un poing monstrueux prêt à s'abattre sur son visage, et ferma les paupières dans l'attente du coup fatal.

— Ça suffit comme ça, les gars. C'est bon. Laissez-le.

Liam retomba de tout son long contre les planches inégales du porche, avec l'impression que son corps était désarticulé.

— Qu'est-ce qu'il te faut, Tierney, pour te persuader de parler ? Et si on demandait à ta gamine ? Tu lui as peut-être dit quelque chose, hein ?

— Si vous… touchez un seul de ses cheveux… je vous poursuivrai jusqu'en… enfer.

Liam ne reconnut même pas sa propre voix.

— Ou alors, on pourrait s'adresser à ta femme ? reprit McNulty.

— Rien… à dire…

McNulty éclata d'un rire cynique.

— Moi aussi, j'ai une fille. Les enfants sont des créatures entêtées, mais je ne crois pas qu'on doive se venger sur eux des failles de leurs parents.

Il fit signe à ses deux sbires de le suivre. Leurs pas lourds ébranlèrent les marches. Liam, hébété, réussit, tant bien que mal, à se redresser, et les vit s'éloigner dans un vertigineux brouillard zébré d'éclairs douloureux.

Arrivé à la voiture, McNulty se retourna.

— Garde l'argent, dit-il. Et viens me voir quand tu seras remis de tes bobos. Tu cherches du boulot, mon gars ? J'en ai pour des bagarreurs dans ton genre, des gars qui savent tenir leur langue. M'étonnerait que tu puisses te remettre bientôt à transporter des caisses. Mais, qui sait ? Tu seras peut-être capable de racheter l'usine d'ici un an ou deux.

Il rit de sa plaisanterie, et regagna la banquette arrière.

Le laquais de service claqua la portière derrière lui et reprit le rituel du mouchoir. Puis, satisfait de la blancheur retrouvée du marchepied, il leva son énorme paluche en direction de Liam. Etait-ce un geste de menace ou un simple au revoir ? Difficile à dire !

Tandis que Liam suivait du regard la Cadillac qui s'éloignait, ses voisins, comme par enchantement, reparurent sur le seuil de leur porte et se mirent à vaquer à leurs occupations.

Pas un, cependant, ne risqua le moindre coup d'œil dans sa direction.

14.

Le père Ignatius Brady était un homme frêle, que la prière et le jeûne avaient rendu diaphane. Mais, sous son apparence d'ascète se cachait un amoureux de la vie, un gourmet appréciant la fine cuisine et le bon vin avec l'enthousiasme mesuré d'un véritable hédoniste. Ses longues années de sacerdoce, au service de sa paroisse, n'avaient jamais altéré la jeunesse de son regard pétillant d'humour et de bonté. Il avait été le mentor de Niccolo, dès son entrée au séminaire, et avait continué à assumer ce rôle lorsque le jeune homme avait quitté la prêtrise. Le père Brady avait célébré le mariage de son protégé, et espérait bien baptiser ses enfants, un jour.

Pour l'heure, Iggy se trouvait dans l'humide sous-sol du Whiskey Island Saloon, en train de contempler l'image « miraculeuse », objet des rumeurs les plus folles et des conversations les plus passionnées chez ses paroissiens de Sainte-Brigid.

— Je suis un peu perplexe, Niccolo. Je trouve ce choix pour le moins… curieux comme lieu de dévotion à la Vierge Marie.

— La ressemblance est troublante, non ?

— Maintenant que j'ai le nez dessus, difficile de dire le contraire. Mais j'avoue que je ne l'aurais pas remarquée si tu n'avais pas attiré mon attention dessus.

— Cet après-midi-là, je me suis retrouvé foudroyé à ses pieds, au lieu de me réveiller à la porte du paradis.

— Tu l'as échappé belle !

— J'ai levé la tête et je l'ai vue pleurer.

Iggy se tourna vers Nick.

— La Vierge ou Megan ?

— La Vierge, bien sûr ! Il y avait des larmes à l'endroit de ses yeux.

Iggy demeura dans un silence méditatif.

Niccolo revint vers l'effigie qui ne montrait plus trace de larmes, à présent.

— J'ai ressenti une impression de bien-être, de paix ineffable…

— Une réaction bien compréhensible pour un homme qui vient d'échapper à la mort.

— Certes. Mais vous me connaissez, n'est-ce pas : je suis plutôt sceptique de nature. Quant à Megan… même elle, elle s'est signée lorsqu'elle l'a vue.

— Alors *là*, l'affaire devient grave, dit Iggy en pouffant de rire.

— Ce qui me paraît plus problématique, c'est de mettre fin aux délires.

Iggy savait exactement à quoi Niccolo faisait allusion.

— Beatrice Lowell est venue me voir.

Niccolo poussa un gémissement.

Iggy lui tapota l'épaule.

— Elle n'est pas membre de notre paroisse, mais j'ai parlé à un prêtre qui la connaît bien : il m'a assuré qu'elle avait toujours été dotée d'une imagination débordante et d'un constant besoin d'attirer l'attention.

— Casey a réussi à la faire inscrire aux activités du troisième âge de l'*Albaugh Center*. J'espérais que les sorties collectives, les ateliers et les repas amicaux feraient diversion, et qu'elle cesserait de raconter à tout le monde sa guérison miraculeuse.

— C'est juste le contraire qui s'est produit. D'autant plus que, maintenant, elle dispose d'une audience beaucoup plus large… Cela dit, elle continue à prendre ses médicaments contre l'arthrite ; ça, j'ai réussi à le lui faire avouer. Mais elle prétend que c'est simplement par précaution et qu'en vérité, elle n'en a nullement besoin.

— Elle boite toujours ?

— Je ne peux pas dire qu'elle galope comme une gazelle.

— Toujours est-il que tous les patients du centre sont au courant, maintenant. Et une bonne quinzaine d'entre eux m'ont déjà appelé. Ils veulent visiter les lieux, dès que l'endroit sera de nouveau accessible.

— Nous vivons des temps difficiles, Niccolo. Partout, les gens cherchent des preuves de l'existence de Dieu.

— Ce ne sont pourtant pas les miracles qui manquent autour de nous : un pompier qui risque sa vie pour sauver des gens qu'il ne connaît ni d'Eve ni d'Adam ; un passant qui donne son manteau à un sans-abri, par une glaciale nuit d'hiver…

— Mais ce sont les plus difficiles à voir, Niccolo. Parce qu'ils mettent en cause l'observateur. Trouver miraculeux qu'un homme puisse se sacrifier pour un autre, c'est reconnaître notre profond égoïsme. Soudain, la culpabilité nous envahit à l'idée que nous ne nous montrons pas aussi généreux. Donc, il est plus confortable de les ignorer, ces modestes miracles quotidiens. A l'inverse, l'image de Marie ne nous demande rien, n'est-ce pas ? Des prières, peut-être. Rien de plus. C'est elle qui fait le travail, c'est elle qui accomplit les prodiges… devant nos yeux éblouis.

— Dois-je fermer définitivement le tunnel ? Annoncer qu'il n'y a plus rien à voir ? Ou dois-je laisser les choses suivre leur cours ?

— Le fermer, à mon avis, ne ferait qu'exacerber la curiosité des gens. Sans compter que le mystère risque d'engendrer de nouveaux fantasmes.

Niccolo ne savait plus que faire.

— Une chose est certaine : Megan veut en finir avec ça. Elle se montre inflexible.

— Vraiment ?

— C'est un saloon, ici, pas un sanctuaire à la gloire de notre Sainte-Mère ! Elle a raison sur ce point. Et puis, tout ce tintouin va finir par effrayer ses fidèles clients — excellents catholiques, pour la plupart. Ils risquent de réfléchir à deux fois avant de boire leur pinte de Guinness au-dessus d'une icône de la Madone en pleurs !

Iggy éclata de rire, et Niccolo l'accompagna d'un sourire un peu contraint.

— Ces histoires de miracles la mettent mal à l'aise, ma chère Megan. D'autant plus que ça se passe au beau milieu du saloon familial ! Il faut reconnaître que ça fait beaucoup.

— C'est pour cette raison qu'elle te demande de condamner l'accès au soi-disant lieu saint ?

— De toute façon, Iggy, les choses vont s'arranger d'elles-mêmes. Quand la plomberie sera entièrement rénovée, la fuite qui a provoqué cette tache disparaîtra comme elle est venue.

— On dirait que tu le regrettes un peu ?

Cher Iggy ! Il connaissait si bien son fils spirituel.

Niccolo tendit le bras et dessina lentement le contour du manteau de la Vierge.

— Cette image a fait réfléchir des dizaines de personnes. Des sceptiques, des incroyants, pour la plupart, qui ont été confrontés à une autre dimension de la vie. Certains ont été bouleversés au point de remettre leur athéisme en question. Et…

— Et comment cela pourrait-il être négatif ? acheva Iggy à sa place.

— En effet. J'aime leur servir de guide. Partager avec eux ces moments exceptionnels. Cela dit, je n'ai pas le désir de renouer avec la prêtrise…

— C'est une chance parce que — détail qui a son importance — tu as une charmante petite épouse, à présent !

Niccolo eut un sourire attendri.

— Petite par la taille. Mais c'est une géante.

— Toi aussi, tu es grand.

— Ce n'est pas parce que je ne porte plus la soutane que je me désintéresse du monde spirituel. Etre le témoin du cheminement d'une âme a toujours été un cadeau, à mes yeux. Une grâce que je ne souhaite pas perdre.

Iggy, curieusement, se taisait.

— Sacré problème, n'est-ce pas ? risqua Niccolo.

— Pas pour moi.

— Un conseil ?

— Non, plutôt une question : pourquoi est-ce à moi que tu parles de tout cela, et non pas à Megan ?

Niccolo acheta une table de pique-nique qu'il installa au bord de l'aire de stationnement, là où le traître érable se tenait jadis. Pour délimiter le périmètre, il disposa des bacs de terre cuite remplis d'œillets d'Inde et de pétunias ; il dissimula ensuite la grosse poubelle derrière des croisillons de bois. Ce n'était pas une terrasse toscane : juste un coin tranquille où ils pouvaient jouir d'un peu d'intimité et de soleil pendant les pauses.

Ce jour-là, Niccolo avait promis à Megan un déjeuner tête à tête. Marco, avec lequel elle avait beaucoup sympathisé, en dépit de sa propension à l'appeler Meg, était rentré à Pittsburg pour le week-end. Et les deux adolescents qui devaient aider Niccolo à carreler la cuisine, plus tard dans l'après-midi, préféraient pique-niquer de leur côté dans la remise du rez-de-chaussée, qu'ils avaient momentanément transformée en « club privé ».

— Olives à la grecque, annonça Niccolo en sortant une barquette en carton blanc de son cabas. Pain de seigle biologique du marché de West Side, jambon de Parme, mozzarella, saucisson fumé à la hongroise et, pour finir, des fraises des bois. Tu m'en diras des nouvelles : je n'en ai jamais goûté d'aussi parfumées ! Et, pour le dîner, j'ai pris des pirojkis. Josh les adore.

— Rooney aussi.

Megan se sentait vaguement coupable d'avoir laissé à Niccolo le soin de faire les courses, lui qui travaillait déjà si dur. Vaguement… car c'était un tel plaisir de se faire gâter. Et, surtout, d'avoir son mari tout à elle.

— Et qu'allons-nous boire ? lui demanda-t-elle.

— De la limonade, répondit-il un brin mélancolique, en homme qui appréciait le bon vin.

— Allez, n'aie pas de regrets : c'est beaucoup plus raisonnable avant de réattaquer les travaux.

Niccolo avait des mains d'ouvrier, larges, rêches et calleuses. Mais, en regardant ses longs doigts fuselés, Megan les imagina autour d'un calice ou fractionnant délicatement une hostie.

— Tu as l'air perplexe, lui dit-il en interrompant ses préparatifs. Qu'est-ce qui ne va pas ?

Elle chassa la vision de son mari en train d'officier.

— Je meurs de faim, c'est tout. Ces jours-ci, je ne sais pas ce qui me prend, j'ai tout le temps envie de manger.

Il fut soudainement très attentif.

— Et… il y aurait une raison particulière à cela ?

La raison était tout bonnement l'anxiété, mais elle pouvait difficilement le lui avouer. Elle devait quand même l'empêcher de faire des plans sur la comète.

— Nick, inutile de rêver : je prends la pilule.

Il eut l'air déçu, un bref instant.

— Tu me le dirais, n'est-ce pas, si tu arrêtais de la prendre ?

— Je sais que tu désires un enfant.

— Je suis le seul ?

Il avait gardé un ton léger, mais les sous-entendus n'échappèrent pas à Megan.

— Un jour, nous serons deux à le désirer. Nous sommes mariés depuis si peu de temps, Nick ! Nous avons besoin d'un peu d'intimité pour régler nos problèmes avant d'accueillir un nouveau venu.

— Quel genre de problèmes ?

Il semblait sincèrement surpris.

Elle en fut légèrement agacée, puis elle se raisonna très vite : ne devrait-elle pas se réjouir de le voir heureux ? De constater qu'elle était la seule à ressentir des tensions ? Après tout, c'était à elle de trouver la solution à ses propres interrogations.

Combien de femmes pouvaient se vanter d'être aimées de manière aussi inconditionnelle ?

— Tu n'as pas l'air satisfaite, dit-il.

— Nick, mon amour pour toi n'est pas en cause. Tu le sais, n'est-ce pas ?

— Je ne sais rien. Et je ne comprends pas pourquoi tu te fais du souci.

— N'exagérons rien : je ne me ronge pas les sangs. Simplement, je constate qu'il nous faut un peu de patience pour découvrir ce qui marche entre nous et ce qui ne marche pas.

— Nous avons déjà partagé deux ans de vie commune.

— Ce n'était pas pareil. J'avais gardé mon appartement de Lakewood ; j'y dormais souvent. Et, l'un et l'autre, nous pouvions nous retirer dans notre tanière quand c'était un peu… difficile.

— Je n'ai jamais songé à me dérober ou à retirer mon épingle du jeu, depuis que nous nous sommes rencontrés.

Il la couvait d'un regard brûlant. Elle se sentit fondre, prête à se jeter dans ses bras et à tout oublier. Pourtant — et elle en était la première désolée —, une mise au point s'imposait, qu'ils ne pourraient éternellement différer.

— Moi non plus, je n'ai jamais eu l'intention de faire marche arrière, dit-elle doucement. J'avais, pourtant, si peur, quelquefois.

— Et ce n'est plus le cas ?

Comment lui répondre ? Ses inquiétudes n'étaient plus les mêmes. A présent, elle avait peur de sombrer dans l'autosatisfaction et la routine. Peur que son époux, comblé par le mariage, se contente de cette situation et ne cherche pas à atteindre une relation plus exigeante, plus… passionnée. Elle craignait aussi que Niccolo continue à avancer sans elle, tout en espérant la retrouver chaque soir au coin du feu, à l'attendre.

— Disons qu'il s'agit de débuts prometteurs, dit-elle. Avoue, tout de même, que nous sommes rarement ensemble, pour un jeune couple.

De nouveau, sa remarque sembla le prendre par surprise.

— Je rentre à la maison tous les soirs, Megan. Nous nous voyons quotidiennement.

Elle se demanda pourquoi elle éprouvait le besoin d'avoir plus que cela. Et pourquoi lui ne ressentait pas la même exigence.

— Nous n'avons guère l'opportunité de parler, entre les gémissements de scies et les coups de marteaux, lui fit-elle prudemment remarquer.

— Ah, on ne bavarde pas assez ?

La tendre émotion qui avait fait fondre la jeune femme se transforma soudain en hargne.

— Voilà, c'est ça ! lança-t-elle sur un ton ironique. Fais-moi un peu la conversation : ça ira mieux, après. Raconte-moi, par exemple, comment s'est passée ta matinée !

Il acheva silencieusement les préparatifs du repas, comme s'il avait besoin d'un moment pour s'apaiser.

— Les travaux avancent bien, côté cuisine, annonça-t-il d'un ton détaché. La semaine prochaine, je pense que nous serons prêts à installer les appareils ménagers. Et une partie des nouveaux placards, avec un peu de chance.

— Comme ça, je pourrai recommencer à préparer les repas de l'équipe.

Elle remplit son assiette, mais la nourriture qui lui avait paru si appétissante, un instant plus tôt, avait du mal à passer.

— Iggy est venu, ce matin, pendant que tu étais sortie.

Megan s'était rendue à la bibliothèque de l'*Historial Society*, dans l'espoir d'en découvrir un peu plus sur Liam Tierney. Ses recherches, toutefois, n'avaient pas été couronnées de succès. Les microfilms n'étant pas classés par rubriques, elle avait dû faire défiler à l'écran tous les journaux des semaines précédant et suivant l'article qu'elle possédait. Malheureusement, il n'y était plus fait mention de Liam. Et scanner les archives, page par page, représentait un travail aussi titanesque qu'incertain.

Elle but une gorgée de limonade.

— Quelle a été sa réaction ?

— Il a trouvé l'image intéressante.

— Pas miraculeuse ?

— Non, mais ça m'a fait plaisir de discuter avec lui. Il a toujours un point de vue original.

— C'est ton meilleur ami, n'est-ce pas ?

Elle aurait aimé ne ressentir *que* de la gratitude pour Iggy. Or, ce n'était pas tout à fait le cas. Niccolo lui avait rapporté leurs longues conversations entre hommes, du temps où il était prêtre, leur complicité, durant les retraites qu'ils avaient faites ensemble. Elle était heureuse qu'ils soient toujours aussi proches, tout en craignant que, près de lui, Nick regrette sa vie d'*avant*.

Cette crainte, elle s'en rendait compte, n'était pas fondée : elle venait simplement du manque de communication au sein de leur couple.

— J'ai dit à Iggy que tu souhaitais fermer le tunnel.

— Et quelle a été sa réponse ?

— Tu le connais : il se permet rarement de donner son avis. Il m'a répondu par des questions.

— Tu sais, je m'inquiète aussi de l'aspect légal de la situation. Non seulement ces sous-terrains ont été condamnés pendant des années, mais ils étaient illicites, c'est le moins que l'on puisse dire ! Imagine qu'il arrive quelque chose pendant une visite.

— J'ai procédé à une rapide inspection, avec Marco. Mais on peut peut-être faire venir un spécialiste.

— Quelqu'un d'officiel ?

Il fit la grimace.

— Pas forcément.

— De toute façon, ça finira par se savoir en haut lieu.

— Il sera temps d'aviser à ce moment-là, non ?

Le silence retomba entre eux. Megan avait la sensation d'être dans une impasse, et elle ne voyait pas comment s'en sortir.

Niccolo chipotait dans son assiette. Il poussa un gros soupir.

— Pardonne-moi, Megan. Je sais que c'est difficile à comprendre… mais j'aime montrer cette image. Ce n'est pas que je la croie miraculeuse, mais, pendant ces visites, il se passe quelque chose de particulier. Un échange profond entre ces gens et moi ; un partage d'âme à âme qui me fait du bien.

— Tu viens d'en prendre conscience ? Tu ne m'en avais jamais parlé dans ces termes !

— Tu crois ?

Elle allait répondre lorsqu'un bruit étrange, qui paraissait provenir de l'intérieur du bâtiment, l'interrompit. Un bruit sourd qui se prolongeait.

Elle tendit l'oreille.

— Tu as entendu ?

Niccolo s'était déjà levé de table.

— Roy et Peter doivent encore mijoter un truc pas catholique !

Les deux garçons avaient interrompu leurs études, et ils étaient trop âgés pour retourner au lycée. Niccolo, néanmoins, les encourageait fermement à préparer le bac par correspondance. Megan les aimait bien, tout en les trouvant moins fiables que les autres jeunes de *Une Brique*.

Peter, en dépit de sa blondeur de Viking, prétendait être un descendant direct de Crazy Horse et ne perdait pas une occasion d'agir en conséquence. Toute remise en question du rôle *véritable* du grand chef sioux oglala, de son remarquable courage ou de ses talents de meneur d'hommes se heurtait à une fin de non-recevoir.

— Tu veux que je vienne ?

— Non, reste : j'en ai pour un instant.

Elle le suivit des yeux, tandis qu'il disparaissait par la porte de derrière.

Voilà, ils avaient encore été interrompus, alors qu'ils s'apprêtaient à avoir une discussion importante, et la jeune femme se sentit frustrée.

Mais elle eut à peine le temps de vider son verre avant de le voir revenir, l'air inquiet.

— Je ne les vois pas.

— Le tunnel ?

— Ça se pourrait bien.

Ils se précipitèrent ensemble vers la grande salle. La porte d'entrée sur la rue était fermée à clé : les deux garçons n'étaient donc pas sortis par là.

— Allons jeter un coup d'œil en bas ! dit Nick.

Bien entendu, il s'agissait d'y aller sur la pointe des pieds. Si les gosses faisaient des bêtises, Niccolo se devait de les prendre sur le fait afin d'en discuter ensuite.

Megan espérait qu'ils les retrouveraient simplement en train de fumer en cachette. Pourtant, le bruit qu'elle avait entendu ne collait guère avec cette version. A moins qu'ils n'aient claqué la porte en descendant au sous-sol, ou qu'ils aient fait tomber quelque chose.

La jeune femme s'empara d'une torche et emboîta le pas à Niccolo. La porte donnant sur la chaudière était, effectivement, entrouverte, et la lumière était allumée dans la chaufferie.

Personne en vue.

Ils s'enfoncèrent dans le tunnel.

Et puis, Niccolo s'arrêta si soudainement que Megan faillit se cogner contre lui.

— Seigneur tout-puissant !

Elle jeta un regard de côté, et découvrit à son tour les deux garçons : ils se dressaient, immobiles, au beau milieu d'un énorme amoncellement de plâtre, de blocs de ciment et de gravats.

— Le plafond s'est effondré ! dit Pete d'une voix tremblante.

Il n'avait plus rien du chef sioux rebelle, mais tout du petit enfant terrifié par sa rencontre avec le croquemitaine.

— Vous êtes blessés, les garçons ?

— Je… je ne crois pas.

Nick se fraya un chemin vers eux. Ils se tenaient devant l'effigie de la Vierge, le seul endroit où le plafond était encore intact.

Megan repensa au jour de la tornade.

— Qu'est-ce qui s'est passé ? demanda Nick.

— On voulait juste voir ce qu'il y avait derrière. Si c'était une fuite, comme vous l'aviez dit, ou un truc dans ce goût-là. On a découvert un espace entre le haut du mur et le plafond. Alors, je suis monté sur les épaules de Roy. Mais, à un moment, il s'est écarté du mur, et j'ai eu peur : je me suis rattrapé à l'une de ces poutres, et Roy s'est cogné contre le mur. Moi, je me balançais dans le vide, et le bois s'est mis à craquer…

Nick l'interrompit d'un geste de la main.

— Je vois le tableau.

— Et tout s'est écroulé avec un bruit d'enfer ! Mais j'ai pas été touché.

— J'ignore ce qui a lâché, en dessus, dit Nick. La poutre a encore l'air de tenir. Mais, par prudence, je préférerais que nous sortions le plus vite possible.

— On pourrait être morts, à l'heure qu'il est, dit Pete. Morts de chez morts.

— Sûr. Deux mètres plus loin et on y passait !

Pete reprit d'une voix plus assurée :

— Hé, Nick, vous croyez que c'est un miracle ?

— Je crois surtout que nous avons intérêt à filer. Je vais déblayer un peu le chemin pour que vous puissiez passer. Megan, tu veux bien tenir les deux torches ?

Elle l'éclaira, tandis qu'il dégageait les plus gros blocs. Les jeunes enjambèrent le reste, et ils remontèrent la galerie vers l'escalier.

A quelques mètres de là, poussée par une sorte d'intuition, Megan se retourna et fit jouer la lumière sur la muraille.

Elle aurait dû s'en douter !

Des larmes coulaient de nouveau sur les joues de la Vierge.

15.

Shannon, la jeune sœur de Tippy, ne savait pas faire grand-chose, mais elle ne manquait pas de bonne volonté et elle apprenait vite. Elle souhaitait devenir enseignante, d'où l'idée de venir trois fois par semaine au Cottage Tierney, afin de se former tout en gagnant un peu d'argent de poche.

Son amour pour les enfants était sincère et, dès qu'elle se fut habituée à Kieran, elle éprouva de l'affection pour lui.

Ce jour-là, cependant, tout allait de travers.

— Y a rien à en tirer, aujourd'hui ! s'exclama-t-elle, découragée.

Son exaspération montait. Peggy ne comprenait que trop bien ce que la jeune fille éprouvait.

— Il y a des jours où rien ne va, dit-elle en regardant son fils qui s'était jeté par terre et gigotait comme un beau diable.

Elles assistaient à sa première colère de la journée. Et, apparemment, ce ne serait pas la dernière.

— Il est de pire en pire.

La franchise était un trait de personnalité que Peggy appréciait, habituellement, chez Shannon.

Mais, à cet instant, elle sentit une brusque flambée de colère. Pas tant contre Shannon que contre l'existence en général. Elle se laissait rarement aller à l'exaspération ou au découragement, mais, parfois, ils s'invitaient tout seuls, sans crier gare.

Elle s'obligea, cependant, à donner l'exemple de la patience.

— Il n'est pas pire, non. Simplement, il ne fait pas de progrès, en ce moment.

— Quand je suis arrivée, il était capable de rester tranquillement assis et de montrer les objets du doigt. Il arrivait même à écouter lorsque je lui faisais la lecture.

Shannon était un beau brin de fille, avec de bonnes joues semées de taches de rousseur et de soyeuses boucles brunes. En la regardant, Peggy repensait à ses seize ans, lorsqu'elle aussi croyait pouvoir changer le monde en travaillant dur et en se montrant tolérante.

— Je comprends que tu sois déçue, dit-elle gentiment à Shannon. Mais j'ai bien peur que ça fasse partie de l'apprentissage.

— Je ne me plains pas : je rentre à la maison à la fin de l'après-midi.

L'observation ne manquait pas de finesse, songea Peggy. Shannon avait beau être exaspérée, elle se rendait compte que son sort était enviable, comparé à celui des autres. A sa manière un peu brutale, elle compatissait.

— Et si tu rentrais chez toi maintenant ? lui proposa Peggy en se levant et en tournant délibérément le dos à son fils. Tu as raison : tu ne tireras rien de Kieran, aujourd'hui, et ce n'est pas ta faute. Il traverse une mauvaise passe… Tu ne m'avais pas dit que tu allais au théâtre, ce soir ?

— J'oserais jamais vous laisser en plan comme ça.

Peggy posa la main sur son épaule.

— Tu es une excellente assistante, Shannon. Je ne sais pas ce que je ferais, sans toi. Mais personne ne te demande de te cogner la tête contre les murs.

— C'est à *lui* que vous devriez dire ça. Contre les murs *et* le plancher, par la même occasion.

Peggy eut un pâle sourire.

— Si seulement il nous entendait ! Allez, file. Tu as fait de ton mieux toute la semaine. Je te réglerai toutes tes heures, comme prévu.

Peggy vit la jeune fille s'arrêter dans le salon pour embrasser Irene, puis sortir sans demander son reste.

Irene vint à petits pas se poster sur le seuil de la salle de classe.

— Elle n'est pas restée longtemps, aujourd'hui, fit-elle remarquer, en évitant de regarder l'enfant qui s'époumonait en lançant des coups de pieds dans tous les sens.

Une fois de plus, Peggy fut émerveillée par cette femme qui, sans jamais avoir eu l'expérience de la maternité, se montrait aussi compréhensive vis-à-vis de Kieran. Elle la rejoignit sur le seuil pour pouvoir lui parler.

— Un vrai petit monstre !

— Il a peut-être besoin d'un peu de repos.

— Sans doute. Pourtant, cette semaine, nous avons veillé à terminer plus tôt.

— Cette vilaine dent l'a mis à rude épreuve. Il n'a peut-être pas encore récupéré.

Peggy ne comprenait pas où était le problème. Elle s'était tellement réjouie des progrès de son fils : il s'épanouissait lentement mais sûrement. Or, en dépit de ce qu'elle avait dit à Shannon, elle craignait d'avoir perdu ces modestes avancées.

Le pire étant cette lancinante interrogation : s'agissait-il d'une régression provisoire ou… définitive ?

— Désolée. Je vais trouver quelque chose pour l'occuper.

— C'est moi qui suis désolée qu'il passe une mauvaise journée, déclara Irene en tapotant amicalement l'épaule de Peggy.

Kieran commençait à se fatiguer : sa colère refluait, ses cris étaient moins perçants.

Si elle s'était écoutée, Peggy l'aurait pris dans ses bras pour le consoler. Mais elle savait trop bien que c'était la dernière chose à faire. Il ne le supporterait pas. C'était l'un des aspects les plus tristes de l'autisme : ce mur infranchissable qui bannissait tous les élans maternels. Le réconfort qu'elle mourait d'envie de lui apporter aurait eu l'effet d'une allumette sur une mèche d'amadou.

Elle chercha dans la pièce un objet qui pourrait le distraire, et avisa une poupée de chiffons sur une étagère. Bridie l'avait rapportée du village, et Peggy l'avait soigneusement lavée. Mais elle n'avait pas encore osé la donner à Kieran, craignant qu'à son habitude, il ne la réduisît en charpie.

Ce jour-là, comme elle ne savait plus quoi inventer, elle décida de l'utiliser, malgré tout.

— Quelle jolie petite fille ! s'écria-t-elle en récupérant la poupée par un bras. Une petite fille avec de très jolis yeux.

Elle utilisait trop de mots différents pour que Kieran comprenne, mais son but était d'abord de piquer son attention.

Elle s'assit dans le fauteuil, et installa la poupée sur ses genoux, face à elle. Puis elle se mit à chanter une berceuse irlandaise. Sa version n'était peut-être pas authentiquement irlandaise, mais Bing Crosby s'en était contenté. Alors, ce n'était pas le moment de chipoter.

— Tou-la-lou-ra-lou-ral. Tou-la-lou-ra-li…

Elle ne se débrouillait pas si mal, compte tenu du contexte. Elle réussissait à maintenir une certaine sérénité dans sa voix, alors qu'elle se serait, volontiers, mise à hurler pour se libérer du stress.

Kieran agita encore ses jambes une fois ou deux, puis s'arrêta. Il n'était pas particulièrement sensible à la musique, mais cette chanson avait attiré son attention.

— C'est une Ber–er–ceuse–I–I–Irlan–daise, termina-t-elle.

Elle se rappela que Megan la lui chantait, jadis, quand elle était toute petite. Sa sœur avait une voix infiniment plus mélodieuse que la sienne, certes, mais jamais l'effet n'avait été aussi radical. Kieran était silencieux, à présent.

Venait-elle de découvrir les effets thérapeutiques de la musique ?

Enthousiasmée, elle décida d'entamer un autre chant. Quelque chose de typiquement américain, par exemple.

— « Dors, dors, mon bébé… »

Elle caressait les cheveux de la poupée, tout en chantant, et veillait à ne pas rencontrer le regard de Kieran.

— « Fais silence pour entendre l'oiseau-moqueur… »

Elle avait oublié la fin. Qu'à cela ne tienne : elle allait inventer d'autres paroles.

Du coin de l'œil, elle vit son fils se relever.

Ça marchait !

Et tout ce qui « marchait » était à ajouter à la liste des stratégies possibles.

L'espoir, soudain, lui mit du baume au cœur, après une journée si décourageante.

Kieran fit un pas dans sa direction.

Evitant de faire des mouvements brusques, ou de croiser son regard, elle le laissa s'approcher, un pas après l'autre, sans cesser de chantonner des couplets sans queue ni tête.

Elle aimait tant son enfant ! Elle souhaitait tellement aplanir les obstacles sur sa route et l'emmener dans la bonne direction. Doucement. Tendrement. Avec toute son affection.

— « Si la chèvre de monsieur Seguin se cogne la tête, maman lui achètera un beau pain tout rond… »

Il se tenait debout devant elle, à présent : il tendait sa menotte, les doigts écartés.

Elle s'arrêta de chantonner.

— Pou-pée, murmura-t-elle. Kieran veut la poupée ?

Il resta planté, main tendue, sans prononcer le moindre mot. Pas même son « *non* » préféré.

Derrière elle, elle entendit la porte s'ouvrir. Irene, sans doute, qui venait voir s'il allait mieux. Elle préféra ne pas se retourner, de peur de rompre le contact avec son fils.

— Poupée.

Elle la lui tendit lentement.

— La poupée de Kieran.

Il hésita un long moment, puis il s'en empara et, s'en servant comme d'une matraque, il se mit à frapper sa mère violemment.

Sur le moment, Peggy ne réagit pas.

Le jouet était mou, et il ne pouvait pas la blesser. Mais il *voulait* lui faire mal : son intention était claire.

C'était le fiasco le plus retentissant de cette affreuse semaine. Elle était anéantie. Un gémissement horrifié lui échappa.

— Kieran !

Il ne semblait pas l'entendre et, rouge de colère, il lui tapait dessus à coups redoublés.

Elle se leva.

— Kieran ! Non !

Il eut le temps de la frapper encore deux fois avant qu'elle lui arrache la poupée et la laisse choir sur le fauteuil. Aussitôt, il se jeta de côté pour tenter de la récupérer. Elle le retint. Il se mit à hurler et lui décocha un solide coup de pied dans la cuisse.

Jamais elle n'avait éprouvé une si forte envie de riposter.

Deux bras providentiels l'arrachèrent alors à son fils.

A travers le rideau de ses larmes, elle aperçut Finn O'Malley qui maintenait le gamin récalcitrant.

Elle éclata en sanglots.

— Restez ici, lui dit Finn. Ne cherchez pas à nous suivre.

Il tourna les talons et quitta la salle en prenant garde de se maintenir hors de portée des coups de pieds de Kieran.

Sans réfléchir, Peggy leur emboîta le pas. Finn se retourna, le visage sévère.

— Vous voulez de l'aide ou pas ?

Elle aurait voulu dire non, mais elle n'y arriva pas.

Son expression devait être suffisamment éloquente, car il lui répéta d'un ton ferme :

— Restez ici, Peggy.

Sans savoir comment, elle se retrouva dans le salon, puis dans les bras d'Irene qui lui tamponnait le visage avec un linge humide.

— Je n'aurais jamais dû venir en Irlande, dit-elle entre deux sanglots. Vous n'aviez vraiment pas besoin de ça.

— Au contraire. C'est exactement ce dont j'ai besoin. Il était temps que vous arriviez avant que je m'en aille.

— Ne parlez pas de départ !

— Oui, le moment serait mal choisi, n'est-ce pas ? Allez, ma petite fille, pleurez un bon coup. Kieran est entre les meilleures mains qui soient.

— Finn déteste les enfants. Il me déteste. Il déteste à peu près tout le monde, à part vous et Bridie.

— Il ne hait personne en dehors de lui-même. Le pardon est un très long chemin pour notre Finn. Mais je garde espoir.

— Moi, j'ai échoué sur toute la ligne.

— Vous êtes confrontée à une tâche extrêmement difficile. Sans garanties de succès. Ce n'est pas tout à fait la même chose.

— Vous savez, je ne me comporte pas de cette façon, habituellement. Comparée à mes deux sœurs, j'ai la réputation d'avoir la tête froide et les idées claires.

— Froide ou pas, votre tête me revient tout à fait.

Peggy s'arrêta net au milieu d'un sanglot, et partit d'un véritable fou rire.

— Dire que je suis venue ici dans le but de vous aider ! C'est un comble, non ?

— Vous m'êtes d'un immense secours, affirma Irene en serrant la main de la jeune femme.

— Où sont-ils passés, tous les deux, à votre avis ?

— Peu importe. Ce qui compte, c'est qu'ils soient ensemble. Ils ont tellement de choses en commun, vous ne trouvez pas ?

Intriguée, Peggy leva les yeux.

— Enfermés derrière leurs murailles, l'un et l'autre. Coupés du monde et des vivants, expliqua Irene. Kieran ne sait pas communiquer avec autrui. Finn, lui, refuse. Ils se comprennent sans doute, tous les deux, dans leur manière de fonctionner. Allez savoir s'ils ne s'aideront pas, un jour, à revenir parmi nous !

Peggy sentit de nouvelles larmes lui mouiller les yeux.

Finn resta dîner.

Il n'avait pas envie de rentrer chez lui. Bridie était allée passer le week-end chez une amie. Il l'avait encouragée à le faire et, à présent, il le regrettait presque. Bridie était le soleil qui illuminait sa sombre existence et, bien qu'il fût attentif à ne pas faire porter à un enfant le poids de sa tristesse, elle lui manquait dès qu'elle s'éloignait.

Bien entendu, jamais il ne le lui aurait dit.

— Vous ne l'avez pas drogué, par hasard ? lui demanda Peggy en passant le plat de légumes.

Assis à côté de Finn, Kieran arrivait à peine à garder les yeux ouverts. La cuillère dont il s'était volontiers servi, ces dernières semaines, avait rapidement valdingué, et il s'était remis à manger avec ses doigts.

— Il avait besoin d'air frais et de silence, répondit Finn en se servant.

— Il avait surtout besoin de s'éloigner un peu de sa mère, dit Peggy avec un sourire, montrant ainsi qu'elle n'était pas dupe.

Peu de femmes demeuraient jolies après une crise de larmes. Peggy Donaghue, comme par hasard, faisait mentir la règle. Après s'être abondamment mouchée et tamponné le visage, elle était adorable avec ses joues encore rouges et ses yeux brillants.

— Ça lui a plu d'être sur mes épaules : il dominait la vue.

La nourriture lui semblait délicieuse. Il imagina que c'était Peggy qui avait préparé le repas, tandis qu'il se promenait avec Kieran.

— Je le transportais dans un sac à dos, quand il était plus petit, dit la jeune femme. Il a dû retrouver des sensations du bon vieux temps.

— Ça lui rappelle peut-être son père ?

Finn savait que Peggy ne s'était pas mariée avec le père de l'enfant, mais Irene lui avait confié qu'ils entretenaient de bonnes relations.

— Je ne pense pas. Phil n'a jamais été très présent, dit-elle sans émotion apparente.

Il se demanda comment un homme pouvait abandonner une femme telle que Peggy. Malgré lui, il eut envie d'en savoir plus.

Peggy se leva de table après avoir à peine touché à son assiette.

— Excusez-moi, mais je vais mettre Kieran au lit : il n'en peut plus.

— Faites, ma chère enfant : nous vous attendrons.

Dès que Peggy se fut éclipsée, Irene reprit, à l'intention de Finn :

— C'était bien de la soulager un peu de son fils. Tu sais, je n'ai jamais vu une mère aussi consciencieuse, mais cet enfant la dévore littéralement, sans qu'elle en ait toujours conscience.

Il ne trouva rien à répondre, et bredouilla, l'air gêné :

— C'était peu de chose, en vérité... Et puis, Peggy est adorable avec Bridie. Elle a une influence bénéfique sur elle.

— Tiens, je n'avais pas l'impression que tu t'en étais rendu compte !

— Je ne suis pas complètement aveugle.

— Aveugle, non. Mais récalcitrant, oui. Et pas qu'un peu, n'est-ce pas ?

— Je ne sais pas comment vous arrivez à me supporter.

— Moi non plus. Je suis sans doute guidée par ta sainte grand-mère, du haut des cieux.

Il sourit, tout en se demandant si elle n'avait pas raison. Bientôt, songea-t-il avec tristesse, il y aurait sans doute deux vieilles femmes perchées sur leur nuage, en train de se mêler de ses affaires. Peggy avait-elle mesuré à quel point Irene était malade ? Et le peu de chance qu'elle avait de vivre assez longtemps pour voir les progrès de Kieran ?

Le saumon avait été sérieusement entamé lorsque la jeune femme revint se mettre à table.

— Désolée, dit-elle, mais je craignais une autre scène. Voilà pourquoi je l'ai couché rapidement.

— Et vous l'avez privé de berceuse ? lança Finn en fredonnant celle qu'il l'avait entendue chanter.

Peggy rougit.

— J'ai l'impression que c'est ça qui a mis le feu aux poudres, tout à l'heure.

— Les enfants autistes ont souvent une ouïe hyper développée et peu de capacité à filtrer les sons ou à s'en protéger. Ajoutez à cela votre voix de crécelle : il y avait de quoi piquer une bonne crise.

Elle redressa le menton, prête à contre-attaquer, mais, devant son sourire, elle éclata de rire.

— Alors, voilà d'où venait le problème ! Seigneur, et moi qui croyais le charmer par mes talents ! s'exclama-t-elle en pouffant derrière sa serviette.

Irene se laissa gagner par le fou rire. Finn s'y mit à son tour.

— Mon père chante très bien, affirma Peggy. Ma sœur aînée a une voix ravissante. Casey s'en tire à peu près, et moi, je chante comme une casserole. Comment ça se fait ?

— Je dirai que c'est une question de justice. Je suis certain qu'elles ne sont pas aussi jolies que vous.

Peggy en fut stupéfaite. Pas autant que Finn qui n'en revenait pas d'avoir pu prononcer ces paroles haut et fort.

— Le bon Dieu donne à chacun selon ses talents, fit sentencieusement remarquer Irene. Et toi, mon garçon, tu n'es qu'un vil flatteur. Allez, finis ton assiette avant que tout soit froid, dit-elle, comme si elle s'adressait encore au petit Finn assis sur le banc de l'école maternelle.

Finn s'entêta à vouloir faire la vaisselle, malgré les protestations de Peggy qui trouvait qu'il en avait assez fait.

— Vous n'avez pas idée du nombre de malheureuses femmes irlandaises qui ont attendu toute leur vie dans leur cuisine un peu d'aide de leur époux ou de leur fils ! Les temps changent, et vous vous obstinez à nager à contre-courant ?

Elle rit de bon cœur.

Elle le découvrait sous un jour différent. Et elle appréciait énormément ce Finn, nouvelle version. Il l'avait autorisée à essuyer les assiettes, et elle se tenait près de lui, son torchon à la main.

— Bridie était impatiente de voir arriver ce week-end. Elle en a parlé toute la semaine.

— Elle n'est guère heureuse, en ville. C'est plus pratique pour moi parce que certaines personnes peuvent s'occuper d'elle, pendant que je travaille. Mais elle préfère la vie en plein air. Elle avait un poney, avant. J'ai dû le vendre quand nous avons déménagé.

— Elle m'a dit qu'il y avait des chevaux, chez son amie, et qu'elles pourraient monter ensemble.

— Les parents de cette gamine sont très gentils : ils l'invitent le plus souvent possible.

— Bridie est une merveilleuse petite fille. Enfin, pas si petite que ça. D'ici peu, elle s'intéressera davantage aux garçons qu'aux poneys.

— Et moi, je serai dans tous mes états.

— Allons, vous avez été un jeune homme, il n'y a pas si longtemps. Ça vous donne un avantage. Vous pourrez lui dire à quoi pensent les garçons.

— Sauf qu'ils ne *pensent* pas, la plupart du temps.

Elle essuya la dernière assiette, en constatant que Finn faisait la vaisselle comme un pro.

Travailler ainsi, côte à côte dans la cuisine, lui donnait une sensation d'intimité qui ne manqua pas de la surprendre. Finn était l'homme le plus compliqué qu'elle eût jamais rencontré. Mais, quand il voulait bien laisser tomber le masque, il savait se montrer affectueux, drôle et perspicace. Sans parler de son incroyable séduction… La cerise sur le gâteau.

— Je vous dois des excuses, dit-il soudain, la tirant de sa délicieuse rêverie.

Il se tenait devant elle, les bras croisés.

Règle numéro un, songea-t-elle, accepter les excuses sans jamais les décourager. S'excuser fait du bien à l'âme. C'est ce que lui avaient seriné les femmes les plus têtues de sa famille.

— Je suis monté sur mes grands chevaux, l'autre soir, après vous avoir dit que j'étais alcoolique. Je ne voulais pas de votre bienveillance. Je n'en veux toujours pas, d'ailleurs, mais j'aimerais avoir votre pardon.

Autre nouveauté !

Evidemment, les hommes qu'elle avait connus, jusque-là, avaient bien peu à se faire pardonner. Logique : elle les avait choisis pour leur côté lisse et impersonnel, n'ayant que peu de goût pour les casse-tête chinois qui vous empoisonnent inutilement l'existence. Lorsqu'il leur arrivait de se tromper, toutefois, ces messieurs rechignaient à le reconnaître. En apprenant qu'elle était enceinte, par exemple, Phil l'avait accusée d'avoir mal géré sa contraception : *elle* aurait mieux fait de prendre la pilule plutôt que de compter sur *ses* préservatifs.

— Merci, Finn, j'apprécie vos excuses.

Elle sentit que ce n'était pas suffisant.

Il se tenait devant elle, fier et solitaire, avec ses bras croisés en guise de bouclier, comme s'il s'attendait à subir un assaut ennemi.

Impulsivement, elle fit un pas vers lui et lui effleura le bras très légèrement, du bout des doigts. Ses muscles étaient d'une dureté de marbre.

— Si on allait faire un tour ? suggéra-t-elle. J'aimerais tant aller respirer un peu l'odeur de l'océan ! Juste un petit moment : je ne tiens pas à trop m'éloigner de la maison.

— Ça vous fera du bien.

— Et comment ! Accordez-moi une minute, le temps d'enfiler mon coupe-vent.

Elle le retrouva dehors.

Il était accroupi près de Banjax, et semblait en grande conversation avec le chien qui l'écoutait avec intérêt, oreilles dressées, comme s'il s'apprêtait à lui répondre.

— Je vois que Bridie n'est pas la seule amie des bêtes, dans cette famille.

Il se releva.

— Je suis soulagé qu'Irene l'ait adopté. Je crois que Bridie ne me l'aurait jamais pardonné s'il avait mal fini.

— Irene est ravie de l'avoir, même si elle n'est pas près de l'avouer.

— Elle s'inquiète sans doute de ce qu'il deviendra quand elle quittera cette terre.

C'était la deuxième fois qu'ils parlaient de la disparition d'Irene, au cours de la journée. Peggy s'en serait volontiers passé. Depuis le début, elle savait que la vieille dame était mourante, et elle n'avait aucune envie qu'on le lui rappelât. Elle préférait savourer avec gourmandise ce lien providentiel avec ses ancêtres.

— Irene survivra peut-être à Banjax, dit-elle.

— Vous avez été étudiante en médecine.

Ce n'était pas une question.

Ils s'engagèrent dans l'allée, puis sur un sentier qui menait à travers champs, vers un promontoire rocheux surplombant l'océan. Un endroit où elle avait toujours eu envie d'aller.

— Vous faites beaucoup pour adoucir ses derniers jours, dit Finn.

Elle entendit le message implicite : *Malgré ce que j'imaginais*.

— De nouvelles excuses ?

— Pas du tout. J'ai toutes les raisons de me faire du souci pour Irene, et je voulais la protéger. Comment aurais-je pu savoir à l'avance que votre présence serait une bénédiction ?

— Cet après-midi, ça ressemblait plutôt à une malédiction. Le comportement de Kieran avait de quoi provoquer une attaque chez n'importe quelle femme en bonne santé.

— Irene est enchantée de vous avoir chez elle. C'est une femme de ressources : elle sait s'occuper et organiser sa solitude. Je suis persuadé qu'elle a aimé la vie qu'elle a menée. Mais, à présent, elle a besoin de compagnie. Et ça faisait des années que je l'encourageais à en chercher.

— Vous ne vous doutiez pas que le résultat serait une jeune Yankee avec un gamin en difficulté, n'est-ce pas ?

— Certes.

— Moi, je ne sais pas exactement ce que j'attendais, Finn. Habituellement, je suis quelqu'un de rationnel. Trop, même, parfois. Je réfléchis soigneusement avant de tirer des conclusions qui me pousseront à agir. Il me semblait qu'en m'occupant de Kieran à plein temps, je pourrais l'aider à vivre une existence presque normale. Seulement, voilà : j'ai présumé de mes forces, et je crains d'imposer un fardeau trop lourd à Irene.

— Vous pensiez réussir un tel prodige en un mois ou deux ?

Elle prit le temps de peser sa réponse, et finit par secouer la tête.

— Vous savez, au tout début, j'ai cru que les médecins se trompaient. Que Kieran avait juste un problème d'audition ou un peu de mal à fixer son attention. Bref, j'imaginais naïvement que la chirurgie ou la médecine pourraient régler le problème. Ce déni a duré quelques jours. Ensuite, je me suis plongée dans des ouvrages qui traitaient de l'autisme, et j'ai bien vu que tous les symptômes concordaient. Il s'agissait d'un pronostic à long terme.

— Il s'agit d'une maladie dont les atteintes sont plus ou moins profondes. Les handicaps sont variables et les évolutions possibles.

— Je ne m'attends pas à ce que mon fils guérisse, Finn. Je sais qu'il restera autiste tout au long de son existence. Mais il existe des enfants comme lui qui vont à l'école, au collège, qui ont un métier et qui se marient. Je souhaite qu'il puisse s'épanouir avec le potentiel dont il dispose. Pas davantage.

Ils marchèrent quelques minutes sans parler. Puis, Finn rompit le silence.

— Je me trompe peut-être, mais j'ai l'impression qu'il y a autre chose en jeu.

Ils se trouvaient devant un groupe de rochers qui formaient une sorte de banquette naturelle surplombant la mer. Finn posa un pied sur le rebord, et fixa son regard sur l'horizon.

— Je pense, reprit-il, que vous vous sentez coupable vis-à-vis de cet enfant.

Elle choisit une roche plate pour s'asseoir, et leva les yeux vers lui. Le soleil s'était couché, et une lune aux trois quarts pleine baignait le paysage de sa mystérieuse clarté.

— Il y a un précédent dans la famille de Phil. Son plus jeune frère… Les parents ont préféré l'envoyer dans un hôpital psychiatrique.

— Phil souhaite-t-il la même chose pour son fils ?

— Il est incapable d'exprimer ses sentiments. Difficile, dans ces conditions, de savoir ce qu'il veut. Il s'est marié l'année dernière. Sa femme est tombée enceinte immédiatement, et je sais qu'il se fait du souci : il craint que ce futur bébé soit atteint, lui aussi. Même s'il n'est pas encore prouvé qu'il existe un lien génétique.

— Vous pensez qu'il se sent coupable, lui aussi ?

— Oui, j'en suis persuadée.

— Et vous, Peggy, quel est votre état d'esprit ?

Elle avait espéré faire diversion, et fut surprise qu'il ramenât la conversation sur ce sujet.

— Nous avons aussi des antécédents de maladie mentale dans notre famille. Je vous ai déjà parlé de mon père… Mais, au fond, ce n'est pas cela qui m'inquiète vraiment.

Comme il ne disait rien, elle comprit qu'il attendait une réponse plus personnelle.

— J'aurais dû rester à ses côtés, après sa naissance, reconnut-elle enfin.

— Ce n'est pas ce que vous avez fait ?

— Non. J'ai cru que je pouvais tout avoir.

Elle tourna ses regards vers Clare Island, dont les falaises nues plongeaient à pic dans l'océan.

— J'ai voulu jouer les super-mamans, les héroïnes de bandes dessinées. J'ai mené de front ma grossesse et la fin de mes études universitaires. Tout de suite après avoir accouché, je me suis ruée à l'Ecole de Médecine. Kieran était en de si bonnes mains... Dans ma famille, tout le monde se disputait le privilège de s'occuper de lui. Et puis, je n'avais pas l'impression que je lui manquais. J'ai pensé que c'était parce qu'il était gâté par tout un groupe de gens qui l'adoraient. Qu'y avait-il de mal à se laisser aider, n'est-ce pas ?

— Alors, où est le problème ?

— Vous avez fait médecine, vous aussi. Vous savez à quel point c'est prenant.

— C'est vrai. Je n'ai pas encore rattrapé mon retard de sommeil.

Il l'encourageait à se livrer. Elle en était consciente en même temps qu'agacée. Et elle ne pouvait plus s'arrêter.

— Je voulais devenir un bon médecin, tout en essayant de passer autant de temps que possible avec Kieran. Mais mes journées étaient si remplies... Lorsque j'étais près de lui, j'avais du mal à lui consacrer toute mon attention. D'autant qu'il réagissait très peu à ma présence. Je me consolais en me disant qu'il se contentait de la tendresse et de l'amour de ceux qui l'entouraient habituellement. Ce qui me permettait de me lancer dans une carrière qui nous ferait vivre tous les deux.

J'avais déjà prévu de choisir une spécialité avec des heures régulières, afin de pouvoir être libre, le week-end…

— Et, maintenant, vous culpabilisez. Pourtant, après toutes les recherches que vous avez faites sur le sujet, vous savez que l'autisme n'est pas une réaction d'ordre psychologique à une situation affective. On naît avec ce handicap, un point c'est tout.

Il avait vu juste : elle était bourrelée de culpabilité. Elle avait abandonné son fils au nom d'un avenir meilleur. N'empêche, elle avait adoré ses deux ans de médecine ; elle s'était passionnée pour ces études, au point d'ignorer l'état de son fils. Elle était trop occupée à poursuivre son rêve et ses ambitions.

— J'aurai dû m'en rendre compte, dit-elle avec une immense détresse dans la voix. Je suis sa mère.

— Mais, parfois — des jours comme aujourd'hui, par exemple —, vous n'en pouvez plus d'être sa mère. Et c'est ça qui vous mine.

— C'est mon fils. Je l'aime.

— Je n'ai aucun doute à ce sujet.

De nouveau, le silence se fit. Les flots scintillaient sous la lune, et les premières étoiles apparaissaient dans le ciel dégagé.

— Il y a des jours où j'aimerais que la vie soit différente, je le reconnais, dit-elle.

Pourquoi confessait-elle ses erreurs à Finn, alors qu'elle ne s'était jamais autorisée à le faire, jusque-là ?

— Tous les parents du monde ressentent la même chose, répondit-il aussitôt. Même ceux qui ont des enfants… *normaux*.

— J'estime que Kieran mérite mieux.

Elle avait parlé d'une voix étranglée, à peine audible.

— Il mérite une patience infinie, une attention sans faille, une mère qui se lève tous les matins en sachant exactement quoi faire et comment le faire. Il mérite aussi un père… un père présent, concerné, qui s'implique à tous les niveaux.

— Malheureusement, les enfants naissent sur terre, et pas au paradis.

— J'essaye de ne pas placer la barre trop haut. De ne pas espérer l'impossible. Sincèrement. Mais il y a des jours…

Il vint s'asseoir à côté d'elle sur son rocher, épaule contre épaule, dans une sorte d'intimité confortable qui la surprit.

— Laissez-moi vous donner mon point de vue, dit Finn. Je vous trouve enthousiaste et particulièrement intelligente. Vous avez su détecter les signes de la maladie très tôt chez votre fils, contrairement à ce que vous prétendez, et vous lui avez permis ainsi de bénéficier des meilleurs traitements et des plus grandes chances de réussite. Je vois en vous une femme capable de se moquer d'elle-même et de ses petits travers avec humour. Une femme douée d'une patience comme je n'en ai jamais rencontré. Regardez la manière dont vous supervisez le régime de Kieran, en choisissant les aliments les plus sains, les plus naturels. Des produits frais, sans conservateurs ni additifs, sans sucre rajouté. Et votre programme éducatif, élaboré pas à pas, avec une rare perspicacité. Votre acharnement à réussir. Jusqu'à venir dans cette lointaine Irlande, sans aucune garantie, parce que cela vous semblait le meilleur choix pour pouvoir l'aider.

— Je ne suis pas une sainte. Il y a des matins où j'enverrais volontiers tout promener. J'ai constamment la sensation de naviguer en plein brouillard avec Kieran, surtout quand ça se passe mal. Je n'avais pas l'intention de devenir maîtresse d'école, moi ! Mes études me manquent. Et je me demande, maintenant, si j'arriverai à devenir médecin.

— Est-ce que vous le renverriez, cet enfant, si c'était possible ?

— Vous voulez dire : pour l'échanger contre un modèle plus… classique.

— Le feriez-vous ?

Elle prit un instant de réflexion.

— Je préférerais garder Kieran… en échangeant son système neurologique !

Finn éclata de rire. Un rire robuste et débridé dont les vibrations parvenaient à la jeune femme, là où leurs coudes et leurs hanches se touchaient. Un rire qui faisait plaisir à entendre.

— Parfois, je pense même que cet enfant m'a été envoyé… à dessein. Comme si nous avions à apprendre l'un de l'autre. Ça fait un brin *New Age*, pour une fervente catholique, je le reconnais. Mais c'est la vérité. Cet enfant m'a déjà enseigné tant de choses. Jamais je ne l'échangerais contre un autre. Je l'aime tel qu'il est, et pour toujours.

— La foi triomphant de l'adversité ! Belle allégorie.

Elle appréciait ce partage amical, en toute simplicité. Et pourtant, avec sa prochaine question, elle n'ignorait pas qu'elle allait faire voler en éclats ce fragile équilibre.

— Avez-vous eu ce sentiment, après les deuils que vous avez subis ? Avez-vous pensé qu'il pouvait en sortir quelque chose de positif, au-delà de l'horreur et de la cruauté de la perte ?

— Vous en avez assez de parler de vous, c'est ça ?

— Non, j'aimerais simplement vous connaître mieux. Mais vous ne me facilitez pas la tâche, comme vous le savez.

— Je ne parle jamais de mes enfants.

— N'est-ce pas une manière de les faire disparaître à tout jamais, comme s'ils n'avaient pas existé ? Même Bridie a peur de prononcer leur nom.

En le sentant se crisper, elle soupira.

— Finn, je ne suis pas l'une de vos patientes ; vous n'êtes pas obligé de me remonter le moral. J'ai l'impression que nous avons atteint un palier, ce soir. Comme des amis, capables de parler ensemble de leur vie.

— Parler de ma vie ? J'ai tué ma femme et mes enfants !

Il se leva brusquement et franchit les quelques pas qui le séparaient du bord de la falaise. En contrebas, s'étendait une petite plage de galets. Ensuite, c'était l'océan à perte de vue. Seule, la silhouette de Clare Island se dressait entre l'horizon et lui, à environ trois milles marins.

Il se retourna soudain vers Peggy, et la foudroya du regard.

— C'est ça que vous vouliez savoir ? Le palier que vous espériez atteindre ?

Elle attendit sans dire un mot.

— Vous êtes au courant de l'histoire, j'imagine.

— Je sais seulement qu'il s'agit d'un accident de navigation.

— Nous étions allés à Clare. Sheila adorait la mer. Son père était pêcheur, et elle avait souvent navigué avec lui. Elle se sentait parfaitement à l'aise en bateau, et elle souhaitait que les enfants connaissent ce bonheur, eux aussi. Nous avions donc acheté un petit voilier. Oh, rien de grandiose ni d'exotique. Une embarcation solide et confortable pour caboter dans les environs… Ce jour-là, Bridie, qui était sujette au mal de mer, n'avait pas voulu nous accompagner. Elle nous avait suppliés de la laisser passer la journée chez une amie.

— Dieu merci, vous l'avez écoutée ! fit remarquer Peggy.

— Sheila a d'abord insisté pour la faire changer d'avis, puis, de guerre lasse, elle a cédé. Nous sommes partis de bonne heure, et la traversée s'est effectuée sans problème. Sur l'île, la journée s'est passée en baignades et en promenades. Tôt dans l'après-midi, le temps s'est couvert, mais je n'y ai pas attaché beaucoup d'importance. Les nuages étaient, finalement, les bienvenus, après une matinée particulièrement chaude. Le petit

Brian s'était endormi, et Sheila hésitait à le tirer du sommeil pour lui passer son gilet de sauvetage et le porter à bord. Nous avons donc attendu qu'il termine sa sieste.

Peggy, qui ne voulait surtout pas l'interrompre, se contenta de hocher la tête.

— Lorsque Brian s'est réveillé, le ciel s'était chargé de nuages menaçants, et le vent s'était levé. Les vagues battaient les flancs du bateau, et j'ai eu un moment d'hésitation : était-il prudent d'entreprendre la traversée dans ces conditions ? Sheila, elle, n'avait aucun doute : elle préférait rentrer plutôt que passer la nuit sur une île désolée. Nous avons donc fait monter les garçons, et nous avons largué les amarres.

Il fit une pause et contempla l'immensité de l'océan.

— Il a commencé à pleuvoir. Un crachin serré, au début, puis des trombes d'eau. Pas de quoi s'affoler : le bateau était costaud, et nous nous sentions en sécurité. J'ai mis les gaz pour accélérer l'allure. Aujourd'hui, j'ignore encore ce que nous avons heurté. La mer était agitée, certes, mais aucun obstacle n'était en vue. Nous filions à bonne vitesse vers le port… En un instant, nous nous sommes tous retrouvés dans l'eau, à mi-distance entre l'île et la terre ferme. Le bateau s'était disloqué sous le choc.

Peggy sentit un frisson d'horreur la parcourir.

— Finn, si vous ne souhaitez pas poursuivre…

— Vous vouliez un récit des événements, vous l'aurez ! Une partie de la coque flottait encore. Sheila était suffisamment bonne nageuse pour m'aider à hisser les garçons sur l'épave, bien qu'elle eût l'air un peu sonnée. J'avais été éjecté le premier, et je ne souffrais d'aucune blessure. J'ai réussi à jucher Brian sur la coque retournée, mais il était trop petit pour s'y agripper. L'eau était vraiment froide, et la houle nous ballottait sans pitié. Mark commençait à couler, lui aussi, malgré son gilet de sauvetage. J'essayais de lui maintenir la tête hors de l'eau, tout en empêchant Brian de glisser. C'est alors que je me suis aperçu que Sheila avait été sérieusement touchée. Elle aussi avait besoin de mon aide. Je lui ai crié de tenir bon, que les secours n'allaient pas tarder... Mais nous avions été les derniers à quitter l'île, et les ferries, bien entendu, avaient arrêté le service pour cause de mauvais temps.

Il s'éclaircit la gorge.

— Je me suis occupé de Mark qui était en difficulté. Quand j'ai de nouveau tourné la tête vers Sheila, elle... elle avait disparu. Je ne l'ai jamais revue.

— Finn...

— Je ne pouvais pas lâcher les enfants pour aller à sa recherche. Brian dérapait continuellement sur les flancs lisses du bateau qui menaçait à sombrer à son tour. Mark s'accrochait à moi, mais il buvait la tasse de plus en plus souvent, et j'ai compris...

Il marqua une pause avant de reprendre d'une voix étranglée :

— J'ai compris que je n'arriverais pas à les sauver tous les deux.

Peggy sentit sa poitrine se serrer comme dans un étau. La nausée l'envahit. Seigneur ! Comme cet homme avait dû souffrir ! Deux ans avec un tel cauchemar devant les yeux...

— Finalement, je ne les ai sauvés ni l'un ni l'autre, acheva-t-il d'une voix blanche. La seule solution était de rejoindre le rivage à la nage avec l'*un* des enfants, je le savais au plus profond de moi-même. Mais je n'ai pas pu me décider : comment choisir entre ses deux fils ? Impossible ! Alors, j'ai lutté et prié jusqu'à ce qu'une vague plus vicieuse que les autres m'arrache Brian à tout jamais. Au moment où je me suis éloigné à la nage... pour Mark aussi... il était trop tard.

— Oh, mon Dieu, c'est trop affreux ! murmura Peggy, horrifiée.

— Je savais que Mark était mort, reprit Finn d'une voix blanche, mais je me suis quand même accroché à lui. Il me semblait entendre les vagues se briser sur le rivage, et j'ai continué à nager, nager, et prier, en espérant un miracle... jusqu'à l'instant où je me suis évanoui. Le lendemain, quand je me suis réveillé, j'étais à l'hôpital... Quelqu'un m'avait vu. Un canot de sauvetage était venu à ma rescousse, et j'avais été sauvé in extremis... Le corps de Mark a été récupéré le lendemain : il avait échoué sur la grève. Brian et Sheila, eux, n'ont jamais été retrouvés.

— Vous avez dû avoir l'impression que votre vie s'arrêtait.

— Même pas ! Je suis entraîné à sauver des vies, voyez-vous, et j'ai été incapable de sauver ceux que j'aimais le plus. Je suis un scientifique ; je sais ce qu'il faut faire, même dans des moments de grands dangers... Et, là, je n'ai pas pu agir.

Peggy le rejoignit au bord de la falaise. Elle prit garde de ne pas le toucher, sachant que le moindre contact le ferait bondir.

— Est-ce pour cela que vous avez arrêté la médecine ? Pour vous punir d'avoir agi en père plutôt qu'en médecin ?

Il demeura silencieux un long moment. Sans doute était-il trop bouleversé pour s'exprimer. Lorsqu'il reprit la parole, ce fut d'une voix brisée.

— J'ai fermé mon cabinet de façon temporaire, le temps de me remettre physiquement. J'ai organisé les obsèques, j'ai mis notre maison en vente, et je me suis installé en ville avec Bridie. Au bout de six semaines, j'ai repris le travail.

Il fit une nouvelle pause. La lassitude creusait son visage et ralentissait son récit.

— Mon premier patient a été un jeune garçon qui m'a tout de suite rappelé Brian. Il avait une grosseur dans le dos : un simple grain de beauté, à première vue, mais il pouvait aussi s'agir d'une tumeur maligne. Fallait-il adresser l'enfant à un spécialiste pour corroborer le diagnostic ? Finalement, je l'ai envoyé à Castlebar, parce que j'étais incapable de faire la différence entre un nævus et une tumeur.

» Le patient suivant était une jeune fille qui avait mal à la gorge. Je ne savais plus comment traiter une angine. J'ai pensé à tous les enfants qui étaient morts d'angines mal soignées, j'ai imaginé les bactéries résistantes aux antibiotiques, les complications… Tout en m'excusant auprès des parents, je l'ai fait suivre par un autre médecin.

» Le troisième patient, c'était une urgence. Un homme que je connaissais depuis des années. Il se plaignait de douleurs au ventre, accompagnées d'un peu de fièvre. De fait, il avait mangé des moules avariées. Mais moi, j'étais certain qu'il était mourant et que, si je ne le faisais pas transporter immédiatement à l'hôpital, je risquais d'être son assassin.

— Oh, Finn !

Il arrêta Peggy d'un mouvement de tête.

— Ce jour-là, j'ai fermé définitivement la porte de mon cabinet. Inutile de s'obstiner, n'est-ce pas ? Dans les situations d'urgence, je suis incapable de prendre des décisions rapides. Je suis paralysé, même si des vies en dépendent. Et maintenant, je refuse d'être confronté à pareille situation. Je n'essaierai même pas.

Sa dernière phrase était révélatrice. Pourtant, d'après ce qu'elle avait entendu, Peggy savait que Finn était un excellent praticien, au diagnostic sûr, capable d'identifier les maladies les plus rares, souvent en un temps record. Il s'était toujours attaché à trouver les traitements les mieux adaptés à chacun de ses patients, et il gardait espoir jusqu'au bout. De tout l'ouest de l'Irlande, les malades affluaient à Shanmullin ; ils n'hésitaient pas à faire des kilomètres pour le consulter, parce qu'il était le meilleur des médecins et le plus compatissant.

— Vous n'ignorez pas qu'il faut du temps pour guérir, n'est-ce pas ? lui fit remarquer Peggy. Six semaines, ce n'était pas suffisant.

— Le temps n'y fera rien. J'ai perdu confiance en moi, ce jour-là. Et, après, je me suis mis à boire. Un beau matin, j'ai compris que je risquais aussi de perdre Bridie. Irene m'a ouvert les yeux… Alors, par amour pour ma fille et pour cette vieille amie, j'ai renoncé à l'alcool. Jusqu'à maintenant. Mais je ne suis pas dupe : si je devais me retrouver sous pression, dans l'obligation de prendre rapidement des décisions, je me remettrais à boire. Dans les situations d'urgence, on ne peut pas compter sur moi : je suis paralysé.

— Pourtant, vous avez agi, Finn. Vous avez fait un choix en essayant de sauver vos deux enfants. Si vous en aviez fait un autre, seriez-vous capable de vivre en paix avec votre conscience ?

Il se tourna vers elle. Le clair de lune mettait en relief ses traits défaits, la pâleur de son visage.

— Croyez-vous que je sois encore vivant, aujourd'hui ? Je me le demande, sincèrement.

Elle pensa qu'à l'instar de Kieran, il n'aimerait pas qu'elle le réconforte. Elle risqua, pourtant, un geste en lui effleurant la joue.

Finn ferma les yeux, sans pour autant se dérober.

C'était un commencement.

16.

Megan était en plein cauchemar : elle poursuivait Niccolo dans un tunnel.

Derrière elle, le train gagnait du terrain, toutes sirènes hurlantes. Ses roues cliquetaient sur les rails, de plus en plus vite. Elle cria à Niccolo de s'écarter de la voie, mais il ne l'entendait pas. Elle avait beau s'époumoner, ça ne servait à rien…

Elle se réveilla brusquement, le cœur cognant à tout rompre. Haletante, elle se redressa dans le lit.

— Ça va ? lui demanda Niccolo en passant un bras autour de ses épaules. Calme-toi. Je suis là.

— Oh, que non ! Tu n'étais pas là… tu étais loin devant moi. Et tu ne m'entendais pas.

— C'est un mauvais rêve.

Un rêve ? Inutile d'être devin ou fin psychologue pour comprendre qu'il s'agissait d'un avertissement : « Il est temps de faire face au désastre de ton mariage, ma fille, avant que le ciel ne te tombe sur la tête ou que ton inconscient déraille définitivement ! »…

— Tu t'obstinais à marcher sur la voie, alors qu'un train arrivait. Je hurlais de toutes mes forces… sans résultat : tu ne te retournais même pas.

Il l'embrassa sur la joue.

— Ne bouge pas, je vais te chercher un café. Tu verras, après l'avoir bu, les vilains nuages s'évanouiront comme par enchantement.

Avant qu'elle ne puisse répondre, il avait déjà quitté la chambre. Ce bon vieux Nick, toujours prêt à voler au secours de son prochain. ! Un problème à résoudre ? Un quidam en difficulté ? Et, hop ! Niccolo se lançait à corps perdu dans l'action.

Elle était furieuse. Mais contre qui, exactement ? C'était là, la difficulté.

Depuis quand les problèmes s'étaient-ils sournoisement glissés entre eux, lui empoisonnant l'existence ? Dans la journée, elle prenait les choses de façon plutôt rationnelle. Niccolo était préoccupé, et c'était bien normal : il se battait pour trouver des fonds afin de faire fonctionner son association et, en plus, il était sous pression avec les travaux de rénovation du saloon, car il mettait un point d'honneur à finir au plus vite afin qu'elle puisse rouvrir et que Marco réintègre ses foyers. Le dernier accident dans le souterrain avait ranimé la ferveur populaire. Et ceux qui avaient ricané, jusque-là, réclamaient, à présent, des visites guidées des lieux.

Dieu merci, les services de sécurité avaient fait fermer la galerie ! Un répit de courte durée, puisqu'il était question de rouvrir dès que le plafond serait réparé. Les édiles avaient rendu leur verdict : à partir du moment où le tunnel ne présenterait plus de danger, si les gens voulaient visiter, libre à Niccolo de leur servir de guide. On ne pouvait pas empêcher les citoyens de s'intéresser à un lieu historique présent dans leur ville.

L'ennui, c'était les proportions que tout cela prenait.

D'un geste rageur, Megan chipa l'oreiller de Niccolo afin de s'installer plus confortablement. Il lui devait bien ça, après sa nuit de cauchemar.

Quelques minutes plus tard, il reparut, une chope fumante à la main et l'édition matinale du *Plain Dealer* sous le bras.

— Madame est servie, annonça-t-il joyeusement.

— Tu ne prends pas ton café avec moi ? lui demanda-t-elle en constatant qu'il n'avait apporté qu'une tasse.

— J'ai promis à Iggy de passer tôt, ce matin. Il veut me parler. Je prendrai mon petit déjeuner avec lui.

— Mais… il n'est même pas 7 heures !

— Le temps que je prenne ma douche et que je m'habille, ce sera l'heure. Tu connais Iggy : il se lève à l'aube. Et ensuite, j'ai une journée de fou.

— Pour ne pas changer ! s'exclama Megan d'un ton acerbe qu'il ne sembla même pas remarquer.

Il lui tendit la chope et le journal.

— Vous devez discuter de quelque chose en particulier ? demanda-t-elle. Ou est-ce une rencontre amicale entre prêtres ?

Là non plus, il ne releva pas le sous-entendu.

— Iggy n'est pas entré dans les détails. Mais je crois qu'il s'agit du tunnel.

— Comme dans mon rêve.

En surprenant son coup d'œil vers la pendulette de la table de nuit, elle se sentit furieuse.

Niccolo s'assit sur le lit. Il ne portait qu'un pantalon de pyjama, et son torse nu, ses larges épaules, le fin duvet noir qui se terminait en pointe au-dessus de son ventre musclé avaient de quoi couper le souffle de Megan. Habituellement…

— Raconte-moi ton rêve, lui demanda-t-il.

Elle obtenait ce qu'elle avait voulu. Mais elle ne put s'empêcher de penser au vieil adage : le pire, c'est parfois de voir ses désirs se réaliser.

— Un train fonçait sur nous. Dans un tunnel, évidemment. Tu étais devant moi, et je n'arrivais pas à t'atteindre pour te prévenir du danger.

— Toi, on peut dire que tu nous fais faire des économies de psy !

— Pourtant, je ne suis pas une fana de l'analyse des rêves, dit-elle en posant sa chope sur la table de chevet. Je préfère le pragmatisme.

— Nous avons un problème de communication. Et tu n'arrives pas à m'en parler.

— Voilà qui résume assez bien la situation.

Il fourragea dans sa chevelure, un geste matinal typique, l'une de ses nombreuses petites manies qu'elle avait appris à aimer. Sauf que, ce matin-là, son geste l'agaça. Comme s'il se retranchait derrière une frontière afin de réfléchir de façon intime à la réponse qu'il allait lui faire. Il y avait fort à parier qu'ensuite, il lui expliquerait calmement et rationnellement qu'elle se trompait du tout au tout.

— J'ai été très occupé, reconnut-il quand il eut suffisamment malmené ses épais cheveux noirs. Mais je ne vois pas comment faire autrement.

— J'ai cru qu'après l'effondrement de la voûte, tu laisserais tomber cette histoire de tunnel. Au lieu de quoi, tu l'as ajoutée à la liste des travaux. Et la curiosité publique enfle de jour en jour, à propos de ce pseudo-miracle.

— Je sais, Megan.

— Nick, je commence à perdre espoir. Nous sommes censés bâtir une vie de couple, *ensemble*. Seulement, tu n'es jamais là.

— Je suis débordé, c'est vrai, mais, enfin… je rentre tous les soirs !

— Pour t'enfermer dans ton bureau avec tes livres de comptes et tes bilans.

Il fourragea de plus belle dans sa chevelure. Elle faillit le frapper sur les mains.

— Je sais à quel point ces recherches de subventions te tiennent à cœur, dit-elle, les dents serrées. J'essaye de me montrer compréhensive.

— Il faut vraiment que je trouve de l'argent pour *Une Brique*. De façon urgente. Et le seul moment où je peux m'y consacrer, c'est le soir, à la maison, puisque je travaille au saloon toute la journée. Et l'accident auquel ces deux garçons ont échappé m'a plus que jamais convaincu de ne pas lâcher l'association. J'en fais peut-être un peu trop, mais…

— C'est le moins que l'on puisse dire.

Il ne releva pas sa réflexion ironique.

— Et surtout, je suis tout seul à me démener. Notre budget est tellement réduit… Ou je ferme la boutique, ou je trouve un moyen de financer son développement et d'embaucher des aides, ou alors je continue à bosser comme un dingue. Je fais tourner les choses du mieux que je peux.

Une lueur de culpabilité apparut dans le regard de Megan, mais elle fut vite balayée par la colère. La jeune femme essaya de garder la tête froide.

— Je sais que tu fais ces travaux pour moi, lui dit-elle. Mais tu ne trouves pas que…

— Que quoi ? s'exclama-t-il en bondissant sur ses pieds. Que veux-tu que je fasse ? Dis-moi ce que tu veux : je t'écoute.

— Oublie ces fichues réparations dans le tunnel. Ferme-le momentanément. Plus tard, peut-être…

— Plus tard, l'image aura probablement disparu. Une fois que nous aurons remplacé les tuyaux…

— Je me fiche de cette image. Laissons-la s'évaporer. Les miracles authentiques ne disparaissent pas quand on répare une fuite. Tu n'as qu'à expliquer ça aux gens : ils finiront par se lasser et nous fiche la paix.

— Je te signale qu'il n'y a aucun train derrière toi et que je te reçois cinq sur cinq.

Elle prit conscience qu'elle avait élevé la voix, et elle lui en voulut de le lui avoir fait remarquer.

— Tu entends l'air mais pas la chanson, Nick !

— J'entends tes revendications. Mais les exigences, en ce moment, j'en ai jusque-là ! Je ne crois pas que je pourrai faire face à une demande supplémentaire. En tout cas, pas ce matin. Avec tout ce que j'ai déjà sur les bras… Et, en plus, je vais être en retard.

Elle le regarda filer dans la salle de bains et, d'un revers de main rageur, balaya ce qui se trouvait sur la table de chevet.

La pendulette fit partie des dégâts collatéraux.

Iggy posa une tasse de café devant Niccolo et se servit à son tour.

— L'archevêque n'est pas content, annonça son vieil ami.

Ils s'étaient installés dans la pimpante cuisine du presbytère, d'autant plus chaleureuse, ce matin-là, que l'austère gouvernante, qui n'aimait rien tant que faire régner une atmosphère de carême à longueur d'année, était absente.

Sur la table trônait un plat de brioches fraîches, généreusement offertes par un paroissien matinal.

Nick attendit qu'Iggy eût siroté avec délectation ses premières gorgées de café pour relancer la conversation.

— Je n'ai jamais compris cette rage de vouloir à tout prix grimper dans la hiérarchie ecclésiastique.

— Oui, ça n'a jamais été ta tasse de thé, dit malicieusement Iggy. C'est sans doute l'une des raisons qui font de toi un homme marié, à présent. Quoique… tu es sans doute confronté à une autre sorte d'autorité, n'est-ce pas ?

Niccolo repensa à Megan et à leur discussion au saut du lit. Il eut honte de son comportement, tout en se demandant sincèrement s'il serait capable de réagir différemment, la prochaine fois qu'une occasion de s'expliquer se représenterait.

— Qu'est-ce qui préoccupe les hautes sphères religieuses, cette fois ? demanda-t-il en beurrant une moitié de brioche.

— Cette histoire de miracles, répondit Iggy après un temps de réflexion. Pas seulement ça, mais les rumeurs qui vont bon train. L'Eglise a connu pas mal de cauchemars médiatiques, récemment, et notre archevêque préférerait que nous ne passions pas pour une bande de fous furieux dans les médias. Cela se comprend.

— J'imagine que si l'image était apparue dans une église, cela aurait fait moins désordre. J'avoue que Marie, en Madone des bootleggers, c'est assez spécial !

— Les rumeurs sont une chose. Les yeux de la foi en sont une autre. Il s'agit là d'un véritable test de Rorschach pour les croyants. Que voient-ils sur cette paroi ? La Vierge qui leur tend les bras et les invite dans le Royaume de Dieu ? Ou une vilaine tache d'humidité ?

— Quels sont les mots exacts de l'archevêque ?

— Je suis censé agir au mieux pour faire taire les rumeurs.

Niccolo ne fut pas surpris.

— Et que suggère-t-il ?

— Du bon sens, dit Iggy en soupirant d'aise, tandis qu'il humait le parfum de sa brioche. Il est trop avisé pour me dicter ma conduite ou me conseiller quoi que ce soit.

— En d'autres mots, il patauge.

Iggy eut un fin sourire.

— On peut le dire.

— Et vous, vous avez des idées sur la question ?

Evidemment ! Sinon, Iggy ne serait pas en train de prendre son petit déjeuner au presbytère, songea Niccolo.

— As-tu déjà essayé de faire taire un enfant qui hurle ?

— J'ai des nièces et des neveux…

— Moi aussi.

— Et vous avez appris quelque chose à leur contact ?

— Ordonne à un gamin de ne pas pleurer : ses cris vont redoubler. Pose ta main sur sa bouche : il va te mordre.

— J'ai du mal à vous imaginer en train de bâillonner un marmot récalcitrant.

— Si je devais le faire, c'est ce qui se produirait. Avec les rumeurs, c'est exactement pareil. Demande aux gens de les faire cesser, ils les répandront deux fois plus vite et plus fort.

Iggy leva un regard extatique vers le ciel, tout en mordant dans sa délicieuse brioche. Niccolo le connaissait depuis suffisamment longtemps pour savoir qu'il se contenterait d'une seule bouchée.

— A votre avis, quelle est la solution ?

— Avoir une discussion franche et ouverte. Rester extrêmement pragmatique pour doucher les enthousiasmes un peu trop… délirants.

Niccolo attaquait avec appétit sa deuxième brioche. Il s'arrêta un instant pour considérer son ami.

— On vous demande une conférence de presse, si je comprends bien ?

— Exact.

— Où, quand et comment ?

— Newschannel 5, au journal de midi. Tu es invité, toi aussi. En ce qui me concerne, j'ai accepté. Je n'ai pas voulu m'engager pour toi.

Niccolo pesa le pour et le contre. Si Iggy participait à l'émission, c'est que la chaîne n'avait pas l'intention de les démolir. Le sujet suscitait un véritable intérêt local. Et n'était-ce pas le meilleur moyen de faire taire les élucubrations les plus folles ? Pas plus tard que la veille, on avait demandé à Niccolo si l'apparition dégageait un parfum de roses et s'il était vrai que de mystérieux et invisibles cierges l'éclairaient.

— Vous me conseillez de venir, n'est-ce pas ?

— Et comment ! Nous répondrons aux questions concernant le tunnel, et puis tu en profiteras pour parler de *Une Brique*. Publicité gratuite et garantie ! Qui sait ? Tu vas peut-être récolter de nouveaux fonds.

— Ce ne serait pas du luxe. On est sur la corde raide. Ce n'est pas que je rechigne devant l'ouvrage, mais Megan le prend mal.

Quelle mouche l'avait piqué ? Il regretta aussitôt d'avoir dit ça.

— Toujours aussi égoïste, notre chère Megan.

Niccolo eut l'impression de recevoir une gifle. Megan était tout sauf égoïste. Elle s'était dévouée à sa famille sans jamais se plaindre. Le fait qu'elle ose enfin demander quelque chose pour elle était un signe tout à fait encourageant de bonne santé mentale.

Et une preuve d'amour.

— D'accord, dit-il. Je vais les appeler.

Iggy sortit un morceau de papier de sa poche et le lui tendit.

— Le nom et le numéro de téléphone de la personne à contacter. Ils comptent sur nous, vendredi.

— De mon côté, j'ai aussi une faveur à vous demander… c'est pour Megan.

— Tout ce que tu veux.

Niccolo avait mis Iggy au courant de l'existence d'Irene Tierney. Il savait donc que Peggy était partie vivre chez elle, en Irlande, et qu'elle avait promis à la vieille dame de faire des recherches sur les années que Liam Tierney avait passées à

Cleveland. Niccolo lui expliqua que Megan avait pris la relève, et lui dit où en étaient ses investigations.

— Elle se retrouve dans une impasse, malheureusement. Elle n'a pas le temps de visionner les microfilms, bobine par bobine. Cela prendrait des mois. Aussi, je me demandais si ça ne vaudrait pas la peine de se plonger dans les archives de la paroisse. Peut-être y trouverions-nous mention de ce Tierney ?

— Il faut dire que tu avais fait une bonne pioche, la dernière fois.

Deux ans plus tôt, effectivement, en déchiffrant le journal intime d'un ancien curé de Sainte-Brigid, le père Patrick McSweeney, Niccolo avait élucidé une affaire de meurtre qui avait, jadis, hanté le passé des Donaghue.

— Oui, ces révélations étaient un coup de chance extraordinaire. Dommage que McSweeney n'ait pas continué ses chroniques ! Qui sait ? Il se trouvait peut-être encore à Sainte-Brigid lorsque Liam Tierney et sa famille habitaient par ici.

— Nous ne possédons par d'autres récits de sa plume. Ou nous ne les avons pas encore découverts. En revanche, nous disposons des lettres que sa sœur lui a écrites dans les années vingt.

— Uniquement celles de sa sœur ?

— Mais oui, parce que les siennes sont parties pour l'Irlande.

Iggy eut un sourire amusé,

— N'écrivez jamais à un prêtre. Nous gardons tout dans les paroisses.

— C'est sans doute intéressant. La moitié d'une correspondance…

— Ça vaut mieux que rien, n'est-ce pas ? Seulement, il y a un léger problème : elles sont écrites en irlandais.

— En gaélique ?

— C'est ça. De temps en temps, il y a des passages en anglais, ce qui prouve qu'elle était bilingue. Mais, apparemment, elle tenait à lui écrire dans sa langue natale pour ne pas qu'il l'oublie. Et puis, c'était aussi une fervente nationaliste. Nous avons traduit quelques lettres, mais pas toutes. Ce qui est regrettable, car il s'agit là d'un témoignage de première main sur cette époque. Et ceux qui parlent irlandais ne sont pas légion, par les temps qui courent.

— Megan connaît un peu le gaélique.

Les yeux d'Iggy s'éclairèrent.

— Bienheureuse coïncidence !

— Suffisamment, en tout cas, pour pouvoir déchiffrer l'essentiel. Et, en ce moment, il se trouve qu'elle a du temps à revendre.

— Tu pourrais photocopier quelques lettres et les lui apporter. Tu verras si ça l'intéresse.

— C'est ce que je vais faire. M'autorisez-vous à consulter la bibliothèque de la paroisse ? On ne sait jamais : j'y trouverai peut-être trace de Liam Tierney.

— Fais comme chez toi. Et jette aussi un coup d'œil aux archives.

Iggy se leva et accompagna Niccolo à la bibliothèque. Il lui confia la clef, et lui recommanda de fermer en partant.

Sainte-Brigid aurait vraiment eu besoin d'un archiviste pour organiser le fatras d'informations qui gisait sur les étagères. Certains documents avaient été transférés à l'*Historical Society*, mais la majorité d'entre eux attendait des bonnes volontés qui voudraient bien se lancer dans le classement. Curieusement, les bénévoles de la paroisse semblaient bouder leur histoire…

Niccolo passa les rayonnages en revue, et comprit que la tâche serait titanesque. Non seulement les informations n'étaient pas rangées par ordre chronologique, mais il savait aussi, par expérience, que des caisses entières de manuscrits attendaient sous la poussière des ans dans les réserves voisines.

Il avait espéré trouver des preuves que Liam et sa femme avaient été membres de Sainte-Brigid : ne serait-ce qu'une adresse, un certificat de baptême ou de communion. Mais ses incursions au petit bonheur dans différents registres ne donnèrent rien. Quant à l'informatisation des archives, il ne fallait pas y compter : elle ne remontait pas au-delà des années soixante-dix. Mille *neuf cent* soixante-dix, s'entend !

Il passa une heure à feuilleter des pages et des pages d'écriture serrée. Les lettres décolorées finirent par danser sur le papier jauni, devant ses yeux fatigués, et il mit de côté les registres qu'il avait déjà consultés.

Avant de laisser Niccolo à ses investigations, Iggy, qui possédait un sens infaillible pour dégoter des papiers au milieu du chaos, avait rassemblé les lettres de Maura McSweeney à son frère, et en avait fait des copies au secrétariat paroissial. Niccolo trouva donc une grosse enveloppe kraft à son nom. Le courrier y était classé par dates, et les lettres du dessus étaient déjà traduites.

Il ne put s'empêcher de les feuilleter sommairement. Il espérait sincèrement que Megan y trouverait des informations. Ce serait une sorte de prix de consolation… qui lui vaudrait peut-être l'indulgence du jury. Pour une fois ! Car, dernièrement, rien de ce qu'il faisait ne trouvait grâce aux yeux de son épouse…

Dans la quatrième lettre, un nom l'arrêta dans sa lecture : « Liam. »

N'en croyant pas ses yeux, il s'approcha de la lampe et déchiffra la traduction. Ses maigres connaissances sur l'Irlande lui venaient du clan Donaghue. Personnellement, à part l'acteur qu'il admirait, Liam Neeson, il ne connaissait personne portant ce prénom. Si le nom était peu répandu, il pourrait bien s'agir de l'homme qu'il cherchait, se dit-il, plein d'espoir.

Il lut la phrase à haute voix :

« Je sais à quel point tu te fais du souci pour tes ouailles, mon cher Patrick, et, crois-moi, je partage tes préoccupations. Mais, que veux-tu ? Un homme doit faire tout son possible pour subvenir aux besoins de sa famille. Devrait-il, pour cela, être condamné, sous prétexte qu'il a enfreint une loi inique, imposée par la stupidité de certains dirigeants. Ton Liam a trouvé le moyen de venir en aide aux siens. A présent, c'est à toi de l'aider, malgré sa décision. »

Niccolo se sentit intrigué. Jusque-là, c'était uniquement pour Megan qu'il avait fait ces recherches. Mais le drame que ces lignes laissaient deviner piqua sa curiosité. Dans les années vingt, la loi dont il était question concernait sans doute la Prohibition. Et les histoires de contrebande avaient défrayé la chronique. Le tunnel sous le saloon était une pièce à ajouter au dossier…

Il termina la lecture de la lettre, mais Maura y abordait d'autres sujets, sans rapport, semblait-il, avec le mystérieux Liam.

La lettre suivante ne le mentionnait pas non plus.

Par contre, la fin de la dernière missive traduite révélait un autre nom, familier, lui aussi.

« Shanmullin. »

Niccolo n'ignorait pas qu'il s'agissait du village où vivait, à présent, Peggy : le lieu ancestral des Donaghue — ou plutôt des Tierney — avant l'émigration. Lena Tierney Donaghue étant originaire de Shanmullin ; il y avait des chances pour que Liam le fût aussi.

Il se reporta au début du texte, et lut avec attention les premiers paragraphes.

« Il y a bien peu d'espoir, en Irlande, pour un jeune homme de Shanmullin. Un jour, peut-être, ton Liam y trouvera de quoi nourrir sa famille. Pas pour l'instant, malheureusement. »

« Liam… »

De nouveau ce nom. Et la connexion avec Shanmullin donnait à penser qu'il s'agissait bien du Liam Tierney que Nick suivait à la trace. Etait-ce exprès que Maura McSweeney n'utilisait que les prénoms ? Afin de protéger les paroissiens de Sainte-Brigid, au cas où leur courrier échouerait dans d'autres mains ? Son frère avait dû procéder de la même manière, songea Nick.

Un peu plus loin, un autre passage attira son attention.

« Je suis d'accord : une loi qui rend la vie si difficile à tant de gens est pire que pas de loi du tout. Nous, les Irlandais, nous en savons quelque chose de ces prétendues lois qui ne bénéficient qu'aux riches et aux puissants. Quant aux criminels, ils prospèrent sans vergogne, exploitant les désirs qui ne peuvent plus être satisfaits légalement. »

Niccolo était maintenant persuadé que Maura parlait de trafic et de contrebande d'alcool. Du temps de la Prohibition, combien y avait-il eu de morts à cause de la consommation directe ou du commerce illégal des spiritueux ? Et combien de personnages peu recommandables s'étaient enrichis pendant que les distillateurs officiels fermaient boutique ? Liam Tierney était-il l'un de ces bootleggers de légende ?

Nick acheva sa lecture.

« Tout au long de ta vie, tu as toujours recherché le juste milieu entre la réalité et l'idéal, mon cher frère ; l'équilibre entre les nécessités humaines et la Loi divine, entre tes propres désirs et les commandements de notre sainte Eglise. Cette exigence, plus que jamais, doit demeurer tienne, maintenant que cette triste situation divise tes paroissiens en deux camps, les dressant les uns contre les autres, sans pitié. Je pense à ton Tim, jaloux de ses prérogatives, qui, après s'être taillé la part du lion, menace tous ceux qui se mettent en travers de sa route. Je pense à Glen, qui se bat pour faire respecter une misérable loi — mais le moyen de faire autrement ? Et puis, notre Liam qui se démène pour assurer une existence décente à ceux qu'il aime…

» Nos chemins terrestres sont parfois bien tortueux, n'est-ce pas ? Et les voies du Seigneur impénétrables… mais, ce n'est pas à toi que je l'apprendrai, mon cher Patrick ! »

Tim ? Glen ? Qui pouvaient être ces gens ? se demanda Niccolo. Il éprouva un élan de sympathie envers le père McSweeney qui avait sans doute espéré consacrer ses années de retraite au repos et à l'oraison, et se retrouvait au cœur d'un conflit, ô combien difficile.

Il referma l'enveloppe. Au moins avait-il en main quelque chose à montrer à Megan. Se rendrait-elle compte qu'il avait pensé à elle toute la matinée ?

Il l'espérait de tout son cœur.

1925
Castlebar, Comté de Mayo

Mon cher Patrick,

Tu me parles du nombre de policiers parmi tes paroissiens, et tu t'étonnes de voir tant de jeunes Irlandais se mettre au service de la loi. Etrange, effectivement, pour des gens qui ont si peu de pouvoir chez eux, et dont le mode de vie rural ne semblait guère les préparer à affronter les quartiers mal famés et les terrains vagues des grandes cités.

Pourtant, nous sommes un peuple sociable. Je lis parfois des récits sur vos fermiers américains, perdus sur des territoires immenses, à des lieues de tout voisinage, et je comprends que mes compatriotes trouvent cela bien peu attirant.

Nous avons vu notre pays succomber à la terreur et au désespoir, pendant la grande famine, et nous n'avons plus confiance en la terre. Par contre, nous trouvons facilement à nous employer dans les villes américaines où nos échines solides et nos mains habiles sont les bienvenues, au sein même des communautés irlandaises qui se sont bâti une place au soleil, depuis la première vague d'immigration.

Nous ne sommes peut-être pas admirés pour notre courage et notre intelligence, mais nous sommes appréciés pour notre bon vouloir à nous atteler à de durs travaux que personne d'autre ne supporterait. Des travaux qui exigent de nous obéissance totale et allégeance à nos patrons, des travaux qui nécessitent peu d'apprentissage et de spécialisation, et à des salaires défiant toute concurrence !

Nous avons, je te l'accorde, peu d'éducation, mais nous avons appris à nous regrouper. Car notre force, c'est notre nombre, et la manière dont nous nous serrons les coudes. Nous parlons d'une seule voix, nous nous syndiquons et nous défilons ensemble, et l'entraide n'est pas un vain mot, parmi nous.

C'est ainsi que nous avons pu survivre et que nous continuerons à le faire.

Cela ne me surprend pas qu'il y ait un grand nombre de policiers et de pompiers dans ta paroisse. A travers nos années de souffrance, nous avons développé un goût pour la justice, le service et l'ordre.

Trois mots qui caractérisent la plupart des emplois où les Irlandais excellent, n'est-ce pas ?

Bien affectueusement,
Ta sœur,
Maura McSweeney

17.

Au début, Brenna refusa de quitter son emploi.

— Je n'ai aucune confiance en ce Timothy McNulty, déclara-t-elle tout net à Liam. J'ai entendu parler de lui, tu sais ? Ce qu'il donne d'une main aux bonnes œuvres, il le reprend de l'autre. C'est un menteur et un voleur, et le fait que tu sois irlandais ne fait pas la moindre différence pour lui. La preuve : regarde dans quel état t'ont mis ses sbires. Tu t'imagines qu'ils s'arrêteront, la prochaine fois, s'ils pensent que tu les as trahis ?

Liam avait envisagé de mentir à Brenna, en lui racontant que McNulty s'était interposé alors qu'un homme le frappait sur la voie publique, et qu'il lui avait offert un emploi pour le récompenser de son courage. Le problème, c'était que de nombreux témoins avaient assisté à la scène et qu'un jour ou l'autre, Brenna apprendrait la vérité. Elle serait alors furieuse contre lui.

— C'est un homme dur, admit Liam. Mais il me testait. A présent, il sait que je suis capable de me taire, et qu'il peut me faire confiance.

— Et toi, tu as confiance en ce bootlegger ? Un *rumrunner* ?

— Il n'y a pas de quoi fouetter un chat, Brenna. Les gens sont prêts à tout pour obtenir ce qu'ils désirent. Un verre ou deux n'ont jamais fait de mal à personne ! Et, comme ces lois stupides ne le permettent pas, il y a toujours des petits malins qui en profitent pour se remplir les poches. Nous, les Irlandais, nous en savons quelque chose, non ? Pour une fois, je serai dans le camp de ceux qui s'enrichissent : ça nous changera !

Malgré tout ce qu'elle put dire, il campa sur ses positions. Et elle s'entêta à retourner au travail.

Tous les matins, elle confiait Irene à une voisine, et partait en proclamant haut et fort qu'elle tenait à gagner sa vie et celle de sa fille, puisqu'elle avait toutes les chances de devenir veuve rapidement.

Six mois plus tard, cependant, elle rentra en annonçant qu'elle avait donné ses huit jours et qu'elle quitterait son emploi en fin de semaine.

— Irene a besoin de sa mère, déclara-t-elle simplement.

Liam savait qu'il était inutile de lui demander des éclaircissements.

De son côté, il avait été surpris par le côté routinier de son nouveau job. Il s'agissait de suivre en voiture McNulty partout où il allait. Ensuite, il attendait, les bras croisés, devant les différents immeubles où McNulty tenait réunion. Quand on le lui demandait, il chargeait des caisses de provenance inconnue dans des voitures, des camions ou des bateaux, sans poser de question et sans qu'on lui fournisse d'explication.

Il balayait le plancher de la quincaillerie, au pied du bureau du patron. Parfois, il servait des clients et les raccompagnait en portant leurs paquets.

Il était régulièrement payé, et aussi bien qu'à l'usine. On ne lui avait pas confié d'arme ni de secrets à garder. Ce qui le rassurait… tout en le troublant. S'il n'avait pas un goût particulier pour les besognes dangereuses, il avait tout de même espéré un emploi d'avenir. Or, son avenir lui apparaissait comme un obscur et banal boulot de magasinier.

Cela faisait trois mois qu'il avait accepté l'offre de McNulty. Il se trouvait au rez-de-chaussée, comme à son habitude, faisant l'inventaire des stocks avec le directeur de la boutique, lorsque Jerry, le colosse qui lui avait, jadis, fichu une raclée, descendit l'escalier et l'appela d'un geste de l'index.

— Ramène ta tronche chez le *boss*. Y veut te voir.

Liam avait du mal à s'habituer à la compagnie de Jerry. Les deux hommes, cependant, avaient conclu une sorte de trêve, Liam ayant rapidement compris qu'il valait mieux ne pas se faire d'ennemis au sein de l'équipe de McNulty. Le jour où il participerait à une opération d'envergure, il devrait pouvoir compter sur ces hommes afin de protéger ses arrières. Quant à Jerry, il obéissait au patron sans faire de sentiment. Démolir Liam à coups de poings faisait simplement partie de son boulot, le premier jour.

Liam s'essuya les mains et monta l'escalier à la suite de Jerry. Ce qui était quasiment une première pour lui. Il s'agissait du sanctuaire de McNulty, jalousement gardé par tous ses hommes de main et, au rez-de-chaussée, la mission de chacun était d'en éloigner les intrus.

Arrivé sur le palier, Jerry lui fit signe de s'arrêter. Liam s'immobilisa, son chapeau à la main. L'attente fut longue, mais il ne bougea pas d'un poil, s'autorisant à peine à respirer. Il était payé pour exécuter les ordres de McNulty, quels qu'ils fussent, et, s'il devait rester planté là jusqu'à la saint-glinglin, il le ferait sans sourciller.

Une demi-heure passa avant qu'il soit introduit dans le bureau de McNulty. Un bureau étonnamment bien rangé pour un homme qui jonglait avant autant d'affaires.

McNulty était assis derrière une table d'acajou vide, dont la surface étincelait de propreté. Pendant de longues minutes, il ne sembla pas remarquer la présence de son employé. Il fixait le bois massif comme une voyante sa boule de cristal. A un moment, il traça une ligne de la pointe de l'index, divisant la surface en deux camps égaux. Etait-il en train d'élaborer quelque stratégie dans la guerre des gangs ?

Ses yeux se posèrent enfin sur Liam.

— Tu apprécies ton travail ? Ça se passe comme tu veux ?

— Oui, monsieur.

— On m'a fait des compliments sur toi.

— J'en suis heureux.

— Et ta femme, elle ne se plaint pas auprès des voisins ?

— Brenna a été élevée à la dure, tout comme moi. Ce sont des expériences qui vous marquent et vous apprennent à tenir votre langue.

McNulty sourit.

— Tu aimes l'endroit où tu vis ?

— Ça peut aller, merci.

— Mais tu déménagerais volontiers ?

— Le moment venu, oui.

— Depuis le début, j'ai l'impression que tu es un homme qui s'ennuie vite. Est-ce que je me trompe, Tierney ?

— Ça ne m'empêche pas de faire mon boulot correctement.

McNulty sembla apprécier la réponse.

— Tu as eu maille à partir avec la justice, en Irlande, non ?

McNulty n'était pas idiot : il avait dû se renseigner. Inutile, donc, de jouer au plus fin, songea Liam.

— C'est vrai, répondit-il.

— J'apprécie les hommes de conviction, qui agissent sans se soucier du reste. Des gars qui font passer l'avenir de l'Irlande en premier… J'ai un nouvel emploi pour toi. A mon avis, tu ne t'y ennuieras pas.

— J'irai où vous me direz d'aller, et je ferai ce que vous me demanderez de faire.

— Tu seras surveillé.

— Ce n'est pas un problème, monsieur.

McNulty fit signe à Jerry qui apparut aussitôt sur le seuil.

— Il aura besoin de biscuits pour la route. Occupe-t'en.

D'un hochement de tête, il renvoya Liam.

— Merci, monsieur.

Tenant toujours son chapeau à la main, Liam suivit Jerry dans le couloir.

— Tu sais te servir d'un feu ? lui demanda Jerry en redescendant l'escalier.

— Ouais. Ça t'étonne ?

L'élaboration de l'alcool de contrebande dépendait pour une large part des éléments disponibles. L'idéal était de disposer de tonneaux d'alcool pur, qui pouvait être distillé, parfumé, et vendu ensuite à des prix exorbitants. La gnôle, obtenue par fermentation d'une quantité d'eau additionnée de levure et d'un sucre quelconque fournissait la matière première que tous cherchaient à obtenir… par n'importe quel moyen.

— Voilà le topo, annonça Jerry à Liam, tandis qu'ils roulaient en troisième position dans une file de voitures fonçant en direction de l'*East Side*, vers *Woodland and 25th*, plus connu localement sous le nom de *Rendez-Vous des Bootleggers*. Frank Donatone — le couineur — a une dent contre McNulty. Il s'est fourré dans le crâne que McNulty avait marché sur ses plate-bandes. Donc, en représailles, il nous a piqué deux douzaines de barriques dans notre entrepôt, lundi dernier. Et nous, on va lui expédier la réponse du berger à la bergère. *Capito ?*

Liam avait intérêt à piger vite s'il ne voulait pas passer pour un demi-sel.

Un fusil de chasse — un deux coups à canon scié — reposait sur la banquette près de lui. Après le lui avoir tendu, Jerry lui en avait sommairement expliqué le maniement. Une leçon dont Liam aurait pu se passer, vu ses antécédents… Il n'était pas un passionné des armes à feu, et n'avait jamais apprécié la violence. N'empêche, s'il devait défendre sa peau, il n'hésiterait pas. Et s'il devait tirer pour défendre celle de son patron, qui le payait pour cela, il s'exécuterait… sans doute.

Frank le Couineur, en dépit de son surnom ridicule, avait une sérieuse réputation de cruauté.

— Pourquoi est-ce qu'on l'appelle *le Couineur* ? demanda Liam.

Jerry gloussa.

— L'a une fichue jambe de bois qu'on entend grincer quand il marche.

Liam songea qu'au cas où il aurait le choix, il viserait plutôt la jambe artificielle, s'il devait se mesurer au Couineur.

L'après-midi était déjà bien avancé lorsqu'ils s'arrêtèrent devant l'entrepôt de Donatone. Un vent glacé creusait la surface du lac et balayait le pavé, éparpillant des détritus alentour.

Lorsqu'il sortit de la voiture, la bise plaqua un vieux journal contre son tibia. Il remarqua le titre : « *La Voce Del Popolo Italiano.* » Ce qui se passait de traduction, même pour un gars qui n'avait pas fait d'études approfondies.

— M'étonnerait qu'ils puissent encore causer, les Ritals, quand on en aura fini avec eux ! laissa tomber Jerry d'un ton sinistre.

Liam n'avait rien de particulier contre les Italiens. Ni contre les Juifs, d'ailleurs, qui étaient, eux aussi, fourrés jusqu'au cou dans les affaires louches de Cleveland. Chacun ne devait-il pas trouver le moyen de s'en sortir ? Et, plus on en avait bavé, en général, plus on voulait sa part du gâteau, songea-t-il, tout en suivant Jerry.

Ils contournèrent le bâtiment par l'est, coupant à travers taillis et broussailles. L'endroit était relativement isolé. Et un calme inhabituel y régnait. On sentait que les voisins préféraient ne pas se mêler de ce qui ne les regardait pas. La classe laborieuse de Cleveland avait appris à fermer les yeux et à se boucher les oreilles. Question de survie…

L'entrée principale se trouvait de l'autre côté, mais les hommes de McNulty s'étaient déployés sur la partie arrière et les flancs du bâtiment. Liam et Jerry, postés de chaque côté d'une petite porte, entendirent un coup de sifflet et comprirent ce que l'on attendait d'eux. Ils se jetèrent de tout leur poids contre l'ouverture qui vola en éclats. Puis Liam s'avança, le fusil à la hauteur de la hanche et l'index sur la détente.

L'entrepôt était pratiquement désert, à l'exception de deux gardiens terrifiés qui tenaient les mains en l'air.

Jerry éclata de rire.

— Je comprends qu'ils aient la trouille ces deux-là ! Le Couineur, il va pas être jouasse, hé, hé, tu peux me croire ! Ficelle-les proprement.

Liam repéra un écheveau de fil de fer, du genre de celui qu'il utilisait à l'usine d'emballage. Il s'en saisit, fit s'asseoir les deux hommes dos à dos, dans un coin, leur entrava les pieds et les poignets, et utilisa le reste du rouleau pour les attacher solidement.

Tandis qu'il les ficelait comme un gigot, les autres chargeaient tous les tonneaux dans le camion qui avait suivi Liam et Jerry. C'était un banal camion de livraison comme on en voyait des dizaines, en ville. Quand ils eurent fini, ils rabattirent sur le chargement une épaisse bâche de toile marron, qu'ils fixèrent ensuite soigneusement sur les ridelles.

— Terminé, fit Jerry. Ils sont bien attachés ?

Liam espéra que les hommes ainsi entravés n'allaient pas servir de cible.

— On les laisse comme ça ? demanda-t-il.

— Ben oui. Le Couineur saura qui a fait le coup, que les gars mouchardent ou pas. Bâillonne-les quand même.

Liam s'exécuta. Il trouva des chiffons qui traînaient dans un coin, et en fit deux bâillons qu'il noua serré.

Jusque-là, tout s'était bien passé.

Son enfance aventureuse, cependant, avait développé chez lui un sixième sens. Ce sens du danger qui lui avait permis de rester en vie aussi longtemps. Il sentait quand le vent tournait et, en général, il ne se trompait pas.

— Tu entends ? dit-il à son comparse en se relevant. Ecoute…

Jerry lui jeta un regard mauvais, tout en se hâtant vers la sortie.

— Pas le moment de merder, Tierney ! Magne-toi, au lieu de me foutre les boules. On va être les derniers.

Liam se trouvait à mi-chemin de la porte devant laquelle étaient garés les véhicules, lorsqu'il entendit des pneus hurler sur le pavé et des portières claquer. Il attrapa Jerry par la manche et le tira en arrière.

— Par ici, vieux.

Il n'eut pas besoin de répéter. Jerry le suivit vers la porte qu'ils avaient démolie pour entrer.

— Les agents du Trésor, lui souffla Liam.

Il s'était préparé à un affrontement avec le Couineur et sa bande. Pas à une rencontre avec les flics de la brigade anti-alcool. Ceux-ci avaient-ils deviné que McNulty chercherait à récupérer ce qu'on lui avait volé ? Ou était-ce une simple coïncidence ? Peu importait la réponse. Le résultat était le même : il fallait faire fissa.

— Par ici, plutôt, dit-il en indiquant de la tête une réserve attenante où avaient été stockés des tonneaux d'alcool. Il y avait repéré une fenêtre suffisamment large pour leur permettre de filer sans se faire remarquer. La fenêtre donnait sur un terrain vague où de vieilles machines achevaient de rouiller en compagnie d'épaves et de déchets divers. Un endroit idéal pour se cacher… s'ils arrivaient jusque-là.

Un coup de fusil claqua, non loin, suivi d'une rafale de mitraillette, puis de cris et de hurlements de pneus. Les hommes de McNulty prenaient la poudre d'escampette.

Liam et Jerry foncèrent dans la réserve. La fenêtre était haute. Deux caisses, heureusement, formaient un marchepied. Liam y grimpa lestement, fit glisser le châssis et passa la tête à l'extérieur.

L'action se déroulait sur le devant de l'entrepôt et, avec un peu de chance, les agents se lanceraient tous à la poursuite des fuyards. Liam fit signe à son compagnon que la voie était libre, et sauta.

Jerry le rejoignit, non sans mal car la fenêtre à guillotine était à peine assez large pour lui.

Au moment où Liam pensait qu'ils s'en étaient sortis, un homme tourna le coin du bâtiment, son pistolet pointé droit sur lui.

— Agent Glen Donaghue. Jetez vos armes. Les mains en l'air.

Liam obtempéra immédiatement. Du coin de l'œil, il vit Jerry baisser lentement son arme, mais, connaissant son homme, il savait que c'était un faux-semblant, et se tint prêt.

Au moment où Jerry esquissa un mouvement pour remettre en joue, Liam se jeta sur lui. Surpris, le colosse perdit l'équilibre ; quelques balles se perdirent ici ou là. Puis Jerry s'effondra. Dans sa chute, il heurta de la tête un poteau en ciment… il ne bougeait plus.

— Tu voulais me sauver la vie ? demanda Glen Donaghue qui avait blêmi.

Pratiquement du même âge que Liam, il avait le physique robuste de la génération qui avait survécu à la Grande Guerre et à la grippe espagnole. Son menton volontaire, son front large et ses yeux gris dénotaient l'héritage irlandais. Il se dégageait de lui une impression d'autorité naturelle, d'intégrité et de franchise.

— Pas vraiment, mon vieux, dit Liam. J'ai simplement cru que tu allais le descendre.

Glen le regarda comme s'il le jaugeait. De nouveaux coups de feu claquèrent sur le théâtre des opérations, entrecoupés de rugissements de moteur et de crissements de pneus.

— Tu fais partie de la bande ?

— Je suis venu avec eux.

Liam avait entendu pas mal de récits sur les *T-men*, les agents du Trésor. On disait que le travail était ingrat et mal payé. Les hommes se laissaient corrompre, les pots-de-vin circulaient, les magouilles étaient monnaie courante. Chaque année, des agents quittaient le service pour rejoindre les rangs des criminels qu'ils avaient, jadis, traqués.

Mais cet homme semblait d'une tout autre trempe.

— Dommage, dit l'agent en jetant un coup d'œil au comparse qui gisait aux pieds de Liam. Tu vaux mieux que lui, Mick.

Mick était l'un des nombreux termes injurieux pour désigner un Irlandais.

Liam n'était pas certain de valoir mieux que Jerry, mais il n'était pas d'humeur à discuter.

— Les mains devant toi !

Glen sortit ses menottes.

Liam tendit les bras, ne sachant trop que faire.

Même s'il avait *réellement* sauvé la vie de Glen Donaghue, ça ne l'empêcherait pas de finir en prison ou d'être renvoyé en Irlande, enchaîné. A moins que McNulty ne lui paye un bon avocat… Il pensa à Brenna et à Irene, et son cœur se serra.

Donaghue fit un pas en avant et trébucha sur une racine. Liam saisit aussitôt l'occasion et abattit ses mains serrées sur la nuque de l'agent, qui alla rejoindre le bootlegger inconscient sur le sol.

Des deux hommes, Liam aurait préféré sauver Donaghue. De loin. Mais le jeune flic n'avait pas besoin de lui. D'une minute à l'autre, un autre membre de la brigade ferait le tour du bâtiment, le découvrirait et appellerait les secours.

Etouffant un juron, Liam retourna Jerry, le saisit sous les aisselles, le traîna péniblement vers le terrain vague et le dissimula dans une ravine creusée par les eaux.

18.

Tous les soirs, Peggy s'astreignait à rédiger un résumé de la journée. Elle y consignait les bons et les moins bons résultats, les progrès ou les reculs de Kieran. Elle dressait ensuite un programme pour le lendemain, sans perdre de vue le fait que son fils devait apprendre à vivre avec autrui, acquérir un comportement social, des aptitudes linguistiques et des connaissances générales. Et ce n'était qu'un début.

Chaque vendredi soir, elle expédiait un rapport à la psychothérapeute qui supervisait son travail de rééducation. Si Mme Blackpool constatait quelque chose de particulier, ou souhaitait faire des commentaires et des suggestions, elle téléphonait à Peggy. Sinon, elle renvoyait des notes par courrier. Le système n'était peut-être pas parfait, mais il fonctionnait. Les avis et les conseils étaient les bienvenus, et la communication rapide entre les Etats-Unis et l'Irlande, grâce à Internet, se révélait précieuse.

Ce vendredi-là, Peggy rédigeait son rapport hebdomadaire pendant que Kieran jouait de son côté. Elle avait fabriqué d'énormes cubes avec des boîtes en carton qu'elle avait recouvertes de papier de couleur. L'enfant aimait les empiler ou se glisser dans celle qui avait été laissée ouverte. En le voyant se pelotonner entre les parois étroites de la boîte, Peggy se demandait si son fils regrettait d'avoir quitté le sein maternel.

— Il a vraiment l'air heureux, fit remarquer Irene en franchissant le seuil de la pièce.

Peggy leva les yeux de son carnet, et sourit à la vieille dame.

— Comme une petite tortue qui rentre dans sa coquille.

— Bien à l'abri dans sa carapace de carton… Il a passé une bonne journée ?

Peggy ne savait trop que répondre. Il n'avait pas piqué une seule colère, cette semaine, ce qui était un progrès notable. D'un autre côté, sur le plan de l'expression, il était en complète régression.

— Disons que ça s'est bien passé, répondit Peggy. Pas de larmes.

Pas de mots non plus. Et bien peu d'intérêt pour les activités qu'elle lui avait proposées.

— Il se sert de nouveau de sa cuillère… pour taper sur son tambour miniature.

— Et pour exprimer sa colère ?

Peggy réfléchit un instant.

— Ça se pourrait. Mais j'avoue que je n'avais pas fait le rapprochement.

— Sacré progrès, il me semble, pour notre petit bonhomme : trouver un moyen de se faire entendre.

Peggy se leva et s'étira.

— Il préfère le bruit du tambour aux chansons de sa mère. On ne peut pas lui en vouloir, n'est-ce pas ?

— A propos, j'ai eu une idée pour la soirée.

Peggy avait pleinement conscience qu'elle manquait de distractions. Ses journées et ses soirées n'étaient qu'une suite de réflexions concernant Kieran, de conversations avec ses sœurs, avec Mme Blackpool ou toute autre personne disposée à l'écouter parler de lui.

Sa dernière discussion importante remontait à deux semaines : lorsque Finn lui avait fait le récit du drame de sa vie. Depuis, il ne lui avait plus guère adressé la parole. Il passait en coup de vent, le matin, pour voir Irene, et il revenait, parfois, en fin d'après-midi. Il mettait, visiblement, un point d'honneur à éviter un tête-à-tête avec elle. Ce n'était pas parce qu'il avait mis son âme à nu que Peggy devait s'attendre à d'autres confidences ou à un quelconque rapprochement.

Le message était clair.

— Nous pourrions regarder une cassette vidéo en grignotant du pop-corn, proposa-t-elle.

Elle avait, en effet, découvert qu'Irene avait un appétit insatiable pour ces deux activités. Elle raffolait des vieux films romantiques de la grande époque et des policiers classiques, tout comme Peggy. Et elle savait se contenter pour le dîner d'un bol de pop-corn salé, généreusement arrosé de beurre fondu.

— Je vais avoir de la compagnie, ce soir, annonça-t-elle.

Peggy en fut ravie.

— Oh, je peux me retirer dans ma chambre, si vous voulez, proposa-t-elle aussitôt.

— Bonne idée ! répondit Irene.

— D'accord. Je vais lire un bon livre, et…

— Je pensais plutôt à une disparition complète, dit malicieusement Irene. J'envisage pour vous une petite virée en ville. La tournée des pubs… Il me semble que c'est ce dont vous avez besoin, ma chère enfant.

Sa proposition éveilla les soupçons de Peggy.

— Qui attendez-vous ?

— Notre petite Shannon. Ses cousines ont débarqué de Sligo, et la maison est pleine à craquer. Juste au moment où elle doit remplir tout un dossier pour l'université. Je lui ai proposé un endroit calme et l'usage exclusif de mon ordinateur. Elle a sauté sur l'occasion.

L'air angélique d'Irene, l'apparente fragilité de son visage ridé, nimbé de cheveux blancs, ne trompèrent par Peggy. La vieille dame excellait dans l'art de faire le bonheur des autres malgré eux.

— En d'autres termes, vous lui avez demandé de jouer les baby-sitters.

— On peut le présenter comme ça. Mais n'en prenez pas ombrage : ça nous arrange toutes les trois.

Peggy allait protester lorsqu'elle comprit qu'une fois de plus, Irene avait su déceler sa nervosité et sa lassitude. C'est vrai qu'elle avait envie de décompresser, de rencontrer des gens, de bavarder, d'écouter de la musique. Bref, de sortir. Le Whiskey Island Saloon lui manquait cruellement, parfois.

— Tout est organisé, dit Irene. Après le dîner, nous coucherons Kieran, et vous n'aurez qu'à aller vivre votre vie, d'accord ?

— J'apprécie infiniment le cadeau, dit Peggy. Merci.

Shanmullin comptait quatre pubs, en tout et pour tout. Peggy les avait tous visités. Dans les deux premiers, la clientèle se composait essentiellement de vieux messieurs noyés dans un épais nuage de fumée de cigarettes. Le troisième, plutôt sinistre et pratiquement vide, lui avait donné l'impression d'un établissement en nette perte de vitesse.

Seul le *Tully's Tavern* lui avait semblé fréquentable.

Elle eut du mal à y pénétrer, compte tenu de l'affluence. De l'extérieur, on entendait déjà la musique, et du sérieux — pas le frelaté à la mode diffusé sur les ondes de radio Galway. A l'intérieur, les murs étaient en lambris de bois foncé, et le sol dallé était parsemé d'estrades. Des étagères couraient le long des panneaux, remplies d'un bric-à-brac sympathique constitué de poteries, de chevaux en céramique, d'objets démodés, de photographies encadrées. Le miroir, suspendu au-dessus du bar en acajou, semblait aussi ancien que la bâtisse elle-même.

Un jeune homme lui sourit, et elle répondit avec circonspection : polie, mais pas aguicheuse. Elle cherchait à se distraire, pas à ramener chez Irene un partenaire pour la nuit.

Le garçon tourna les talons, et elle le vit s'enfoncer dans la foule. A cet instant, quelqu'un lui prit le bras : c'était Tippy.

— Tiens, tiens ! Bonsoir.

Elles se serrèrent chaleureusement les mains.

— Shannon me remplace, ce soir ! s'écria Peggy dans le brouhaha.

— Tu veux une bière ?

La jeune femme hocha la tête, et Tippy se fraya un chemin vers le comptoir. Elle repéra alors six musiciens sur un petit podium. Finn était en première ligne avec sa flûte métallique. Leurs regards se rencontrèrent et ne se lâchèrent plus.

A la fin du morceau, les habitués applaudirent à tout rompre. La soirée s'annonçait chaude, au *Tully's*.

— *Peggy Bawn*, annonça Finn en entamant une chanson enlevée.

De nouveau, Peggy fut impressionnée par sa voix.

« Oh, Peggy Bawn, quand je t'aperçois, mon cœur ne bat que pour toi. Mais nul ne doit le savoir… »

Le reste des paroles se perdit, sans que Finn cessât de la regarder. Elle était envoûtée.

— C'est rare qu'il chante ici. En tout cas, je ne l'avais jamais entendu interpréter cette ballade, dit Tippy en tendant une chope à son amie. Elle est plus ancienne que les Léprechauns.

— Avec sa voix, Finn pourrait faire passer « *Beowulf* » pour une chanson d'amour, dit Peggy.

— Justement, en voilà une : « *Pretty Peggy-o.* »

La jeune femme eut alors l'impression que Finn ne chantait que pour elle.

« *Notre capitaine est tombé amoureux d'une jolie colombe, que tout le monde appelait Pretty Peggy-o…* »

— On n'a pas fini de l'entendre : il y en a une flopée de ballades à la gloire des Peggy, dit Tippy avec un clin d'œil.

— Pure coïncidence, marmonna la jeune femme en rougissant légèrement.

Comme pour la contredire, Finn attaqua une autre romance de son répertoire :

« Quand j'ai vu la ravissante Peggy, c'était un jour de marché. Ses joues étaient couleur de rose d'été, son cou blanc comme neige… »

— Ça faisait longtemps que je ne l'avais pas vu en aussi bonne forme, dit Tippy sur le ton de la confidence, en prenant le bras de son amie. J'étais amoureuse de lui, dans mes jeunes années. Comme la moitié des filles de la ville, d'ailleurs. C'était une fripouille, notre Finn, et il a laissé bien des cœurs brisés quand il a épousé Sheila. Nous n'imaginions pas qu'il allait revenir après son internat. Il aurait pu faire une carrière prestigieuse, loin d'ici. Mais il a préféré rentrer au pays. Et nous l'avons doublement aimé pour ce choix.

— C'est pour ça que tout le monde semble lui pardonner son « lâchage » des dernières années.

Ce n'était pas une question. Peggy avait remarqué la manière affectueuse dont le village traitait son ancien médecin. Il était une source de préoccupation, et pas une fois elle n'avait surpris le moindre signe de mépris à son encontre.

— Il a eu plus que son lot de drames. Mais cette sombre période est peut-être en train de finir, qui sait ?

« *Peggy O'Neil a des yeux bleus comme le ciel. C'est une fille qui traîne tous les cœurs dans son sillage, partout où elle passe…* »

Finn souriait tout en chantant, et elle lui sourit en retour.

Le manège ne passa pas inaperçu.

— Si tu n'as pas l'intention de rester en Irlande, ou si tu ne veux pas d'homme dans ta vie, Peggy, sois prudente. Ne provoque pas de dégâts !

Peggy, sous le charme de la chanson, n'entendit pas ce que lui disait Tippy. Elle tourna le regard vers sa nouvelle amie.

— Qu'est-ce que tu dis ?

Tippy la considérait d'un air grave.

— Il a suffisamment souffert comme ça, reprit-elle. Je ne veux pas me mêler de ce qui ne me regarde pas ni faire de la morale, mais, s'il s'aventure hors de ses ténèbres, il ne faudrait pas l'y renvoyer.

« *Si elle joue des hanches comme une polissonne, si elle parle avec un petit accent coquin… Cette mignonne, cette scélérate, c'est Peggy O'Neil* », termina Finn.

Peggy n'était pas dupe : il s'agissait de badinage amoureux. Bien innocent, toutefois.

Elle fixa de nouveau son attention sur le podium. Finn haussa les sourcils et attaqua un autre morceau.

« *O Peggy Gordon, ma bien-aimée ! Viens sur mes genoux, et dis-moi pourquoi tu te montres si cruelle avec moi.* »

Elle n'avait aucune idée de ce qui l'attendait dans l'avenir. Sa seule certitude, c'était que Finn O'Malley n'en faisait pas partie.

Et pourtant, en cet instant, elle ne se sentait pas la force de s'éloigner de lui.

Dire qu'elle était fascinée par un homme qui était encore K.-O., alors qu'elle avait en charge un enfant auquel elle devait consacrer toute son énergie, sans doute pour le restant de son existence…

Finn se demandait ce qu'il lui avait pris de sortir ainsi sa collection complète de chansons à la gloire des Peggy. Il avait même terminé la soirée avec un quadrille instrumental, « *Over the Moor to Peggy* ». L'air lui trottait dans la tête depuis des semaines. Décidément, cette Peggy Donaghue était un peu trop présente dans ses pensées.

— T'as pas mauvais goût, mon garçon, lui susurra Johnny Kerrigan en rangeant son concertina. Bien que tu ne sois pas le seul à lui faire les yeux doux. Mais t'as du pot : elle n'a regardé que toi !

Finn répliqua d'un ton désinvolte :

— Elle s'est beaucoup occupée de ma fille.

— Oh, tu veux dire que tu lui as chanté toutes ces chansons par pure gratitude ?

Finn ne remarqua pas son clin d'œil égrillard : il fouillait la pièce à la recherche de Peggy. Elle avait disparu. Sans doute était-elle déjà en route pour le cottage.

Il se pencha pour ramasser sa flûte et, en se redressant, il découvrit la jeune femme devant lui.

— Vous avez oublié « *Pegg O' My Heart* », dit-elle.

Il fut surpris lui-même de la joie qu'il ressentait en constatant qu'elle n'était pas partie.

— Pur produit de la musique pop américaine, laissa-t-il tomber avec un certain dédain.

— Peut-être. Mais mon père me la chantait quand j'étais petite. C'est l'un des rares souvenirs que je garde de lui. Ce qui explique mon faible pour cette mélodie.

Il lui sourit.

— La prochaine fois.

— Merci. Grâce à vous, j'ai passé une soirée géniale.

— Et elle n'est pas terminée.

Elle haussa les sourcils d'un air interrogateur.

— Il y a un endroit que je voudrais vous montrer.

— Je ne suis pas sûre que ce soit une bonne idée, Finn. Il est tard, et la route est longue jusque chez Irene.

— « Je vous ramènerai chez vous, ma belle… »

— Hé, c'est une chanson de *Kathleen*, pas une *Peggy* !

Elle en fredonna quelques mesures. Toujours aussi faux.

Il tressaillit.

— Ça fera l'affaire quand même ?

— Je pense que oui.

Elle resta près de lui, tandis qu'il saluait les autres membres du groupe, et il la présenta à ceux qu'elle ne connaissait pas encore. Il remarqua les regards qui s'échangeaient. La plupart des gens le connaissaient depuis le jour de son baptême. Nul doute que les rumeurs iraient bon train, dès le lendemain, dans les rues du village, et au-delà…

— Ils sont tous tellement gentils, dit Peggy, tandis qu'ils allaient récupérer sa bicyclette, quelques pâtés de maisons plus loin. Et ils vous admirent sincèrement. On ne m'a dit que des choses agréables sur votre compte.

Il songea qu'il pouvait dire adieu au peu d'intimité qu'on lui avait accordée, jusqu'ici, depuis l'accident. Le village lui signifiait la fin de son deuil… les affaires reprenaient.

— Quelle somptueuse nuit ! dit Peggy en s'arrêtant pour mieux admirer le ciel. Je n'ai jamais vu autant d'étoiles, même en cours d'astronomie.

La lune montrait son croissant effilé. Finn repensa à leur dernière conversation et à la pleine lune qui baignait alors le paysage. Il était étonné que Peggy appréciât la nature et les choses simples. Pour une Américaine, citadine, qui avait dû grandir dans une débauche de distractions…

Ils retrouvèrent la bicyclette, et la jeune femme la fit rouler jusqu'à la voiture.

— Où est Bridie ? Elle aimerait peut-être se joindre à nous ?

Il se demanda combien de femmes auraient pensé à inviter Bridie.

— Elle est partie camper, dit-il.

— C'est super. Moi aussi, j'allais camper quand j'étais enfant, et j'adorais ça. Je sais même faire griller des marshmallows sur un feu de bois.

— Félicitations !

Ils fixèrent le vélo à l'arrière de la voiture, et Finn attendit qu'ils roulent avant de reprendre la parole.

— Vous ne parlez jamais de votre mère, Peggy.

— Elle est morte juste après ma naissance. J'ai eu une enfance un peu bancale. Mon père a pris la clé des champs. Ma sœur aînée s'est battue pour que nous ne soyons pas séparées, mais elle était trop jeune pour être responsable de la famille. Je suis donc allée vivre chez mon oncle et ma tante. Megan et Casey sont restées dans l'appartement au-dessus du saloon. J'y retournais dès que j'en avais la permission.

— Vous n'avez pas eu de mère, mais vous n'avez pas manqué de présences féminines.

— C'est vrai. J'ai été entourée de femmes merveilleuses. Je me sens très privilégiée.

— D'autres, à votre place, auraient une vision moins optimiste.

— Sauf si elles avaient rencontré mes sœurs et ma tante ! Sans elles, je n'aurais même pas envisagé d'être mère célibataire, ajouta-t-elle.

— Vous ne le regrettez pas ?

— A votre avis ?

— Je ne connais personne qui s'en sortirait mieux que vous avec Kieran.

Il marqua une pause, sachant qu'il risquait de se mêler de ce qui ne le regardait pas. Mais ce fut plus fort que lui, et il se lança :

— A mon avis, vous ne devriez pas être seule à tout assumer. L'éducation de Kieran devrait être envisagée comme un partenariat.

— Vous faites allusion à Phil ?

— En quelque sorte.

— Il n'est pas aussi irresponsable que vous le croyez. Il a offert de m'épouser quand je lui ai annoncé que j'étais enceinte. Et, sur le plan financier, il se montre généreux, même si ça provoque des discussions avec sa jeune épouse.

— Vous avez refusé le mariage ? lança Finn sur un ton légèrement étonné.

— Vous auriez voulu que je dise oui pour éviter d'être montrée du doigt ?

— Non, il ne s'agit pas de cela. Simplement, la situation aurait été plus facile. Epouser le père et partager avec lui le fardeau…

La voiture avait grimpé la colline à petite vitesse. Finn emprunta ensuite une route secondaire qui passait par l'une des rares forêts de la région. Arrivé au sommet, il se gara sur le bas-côté et fit le tour pour ouvrir la portière de sa passagère. Elle ne refusa pas cette marque de galanterie, ce qui lui plut, pour quelque obscure raison.

Il lui tendit la main et, quand elle fut sortie de la voiture, il ne la lâcha pas. Sa main était douce et chaude. Il entremêla ses doigts aux siens.

— Venez.

Elle n'opposa pas de résistance.

— Ma tante m'a pourtant mise en garde : ne jamais suivre un homme dans la forêt.

— Elle parlait des forêts américaines.

— J'ai aussi entendu pas mal d'histoires sur les créatures qui hantent vos campagnes : les *grogochs*, les *banshees*, les *dullahans*, les *pookas* et les *cluricaunes*. Vos bois et vos lacs sont bien plus dangereux que les nôtres.

— Pas lorsque je suis avec vous.

— Vous êtes, précisément, l'élément que ma tante redoutait entre tous. L'alerte maximale !

Ils jouaient au jeu de la séduction, il en était conscient… Depuis combien d'années n'avait-il pas flirté avec une femme ? En était-il encore capable ? Une part de lui-même hurlait au blasphème : il ne méritait pas le plaisir de cette main dans la sienne, l'ivresse juvénile qui lui donnait l'impression d'être tellement léger.

Non. Plus jamais.

— Oh, regardez ça ! s'exclama Peggy.

Ils étaient parvenus à une clairière dominant Shanmullin. A regret, il lui lâcha la main. Devant eux, l'océan reflétait la lune à son dernier quartier et les étoiles. En contrebas, le village était niché autour de son église, et l'on apercevait de chaudes lumières aux carreaux des maisonnettes. Peu à peu, cependant, les fenêtres s'éteignaient. La paix régnait. A peine une légère brise faisait-elle chanter les feuillages alentour. La vue était enchanteresse, et la clairière bien connue des amoureux.

Ce soir-là, par chance, ils y étaient seuls.

— Vous venez souvent ici ?

— Je n'étais pas monté depuis des années. Vous savez, c'est souvent le cas quand on vit longtemps au même endroit. On finit par ne plus faire attention à la beauté qui nous entoure.

— Je ressens la même chose avec le lac Erié. Je trouve normal qu'il soit là, et j'oublie de m'émerveiller à la vue du spectacle. Et puis, un jour, en passant, je lève les yeux, et je m'aperçois du trésor que sont ces Grands Lacs.

— Ici, ce n'est pas un endroit où l'on passe. Il n'y a rien d'autre à voir que cette vue.

— Raison de plus.

Il portait une veste légère, car, même au mois de juillet, les soirées pouvaient être fraîches. Il la retira et l'étala par terre.

— Je sais que vous devez rentrer, mais prenons quelques minutes pour admirer le paysage.

Elle s'assit avec grâce, et l'invita à la rejoindre.

— Il y a de la place pour deux.

Il préféra le carré de gazon. Pour une fois, la semaine n'avait pas été pluvieuse, et l'herbe était sèche.

— Tout à l'heure, vous vouliez savoir pourquoi je n'avais pas épousé Phil.

— Je n'aurais pas dû aborder ce sujet.

— Oh, ça n'a rien d'indiscret. La raison, c'est que je voulais… davantage. Phil et moi, nous avions été victimes du coup de foudre. Avec mon manque d'expérience, j'ai, d'abord, pris ça pour le grand amour. Heureusement, je me suis rendu compte assez vite qu'il s'agissait d'un feu de paille, et nous nous sommes séparés. J'ignorais alors que j'étais enceinte. Quand je l'ai découvert, j'en ai parlé à Phil, et il a tout de suite proposé de m'épouser. Mais je savais que nous ne serions pas heureux, alors… j'ai refusé, tout simplement.

Elle poussa un gros soupir.

— J'ignore si Kieran attachera un jour de l'importance au fait que ses parents ne soient pas mariés. Eprouvera-t-il jamais ce genre de sentiment ? Mystère !

— Vous disiez vouloir… davantage. Avez-vous trouvé le bon candidat, depuis ?

Elle eut un rire cristallin qui cascada gaiement dans la nuit.

— Vous croyez que j'ai eu l'occasion de chercher ?

— C'est vrai, Kieran vous prend beaucoup de temps et d'énergie.

— Et, en plus, je poursuivais mes études.

— Justement, parmi tous ces jeunes étudiants…

— Ma vie était assez compliquée comme ça. Et, maintenant que Kieran fait partie du lot, il faudra que je tombe sur un homme vraiment exceptionnel.

Il n'y avait donc personne à l'horizon. Bizarrement, cette découverte le mit plutôt mal à l'aise. Au point qu'il se demanda s'il n'avait pas cherché une bonne raison d'étouffer ses sentiments naissants. Une échappatoire pour moins la fréquenter et se retirer dans sa tanière, loin du monde. Comme il excellait à le faire.

— Est-ce que vous désapprouvez ma conduite ? demanda-t-elle.

— Est-ce important ?

— Je ne sais pas.

— Pour la petite histoire, je ne suis pas particulièrement conformiste. Vous avez agi selon vos convictions, et vous avez sans doute bien fait. Peut-on condamner quelqu'un à un mariage sans amour ? Je ne le pense pas.

— Vous vous êtes marié jeune, n'est-ce pas ?

Elle le ramenait toujours vers son passé. A cet instant, toutefois, il ne sentit plus en lui de résistance : il lui avait déjà raconté le pire.

— Sheila était enceinte.

— Etait-ce le résultat d'une visite dans cette clairière de rêve ?

Il éclata de rire, malgré lui.

— Non. Une visite chez elle, un soir où ses parents étaient absents. Nous avons perdu la tête. Une seule fois, ç'a été suffisant.

— La stérilité ne semble pas un problème dans nos familles, Finn.

Il lui prit la main et la serra, riant de nouveau.

— Neuf mois plus tard, Bridie a fait son apparition. Et, au moment où nous commencions à souffler un peu, Mark est arrivé, puis Brian. Résultat : Sheila et moi, nous n'avons pas eu l'opportunité de nous connaître vraiment, avec ce degré d'intimité qu'atteignent certains couples. D'une certaine manière, Sheila était davantage la mère de mes enfants que mon épouse.

— Et une merveilleuse mère, d'après ce que j'ai entendu. Bridie parle très souvent d'elle. Elle l'adorait.

Il fut surpris que sa fille qui, à la maison, ne prononçait jamais le nom de Sheila, en parle librement avec Peggy. Des confidences nécessaires, il le savait. Sauf que… avec sa lâcheté coutumière, il fut soulagé que Bridie ait préféré ne pas aborder ce douloureux sujet avec lui.

Le constat était amer.

Il contempla le village qui sombrait peu à peu dans l'obscurité.

— Elle était une merveilleuse mère, oui. Elle a offert sa vie pour sauver ses enfants.

— Que voulez-vous dire ?

— Je suis persuadé qu'au dernier moment, Sheila s'est rendu compte que personne ne nous sauverait. Elle m'a vu hésiter : j'avais remarqué qu'elle était blessée, et j'allais peut-être lâcher les garçons pour venir à son secours. Elle a préféré partir la première, sachant que je ne pourrais pas les sauver tous les trois. Sur le moment, je n'ai pas compris… Aujourd'hui, je sais qu'elle est morte pour donner une chance à Mark et à Brian.

Peggy lui serra la main et la porta à sa joue.

— Croyez-vous au paradis ?

— Non. Et vous ?

— Je réserve mon jugement.

— Si le paradis existe, alors, Sheila est là où elle souhaitait être. Avec nos garçons.

— Et elle sait que vous êtes ici, en train de veiller sur sa fille. Peut-être qu'au moment de l'accident, elle a pris conscience que vous étiez trop loin du rivage… et elle a voulu que vous, au moins, vous puissiez survivre pour rester auprès de Bridie.

Il lui sembla étrange que, sans connaître son épouse, Peggy pût évoquer cette possibilité. Surtout qu'il y avait pensé, lui aussi.

— Je ne voulais pas vous parler de tout cela, dit-il. A moins d'y être forcé, j'ai toujours évité de le faire. Et, depuis deux semaines, je me demande ce qui m'a pris de vider ainsi mon sac.

— Et, vous avez trouvé la réponse ?

Il n'avait pas de mot pour le dire.

Alors, il le lui montra.

Il lui embrassa le dos de la main et, lorsqu'elle se pencha vers lui, il l'embrassa, *elle*. Ses lèvres étaient plus douces qu'une pluie de printemps, et il huma avec volupté l'odeur unique de sa peau.

Elle ne jouait pas les vierges effarouchées. Il n'y avait en elle ni hésitation ni timidité.

Il l'entoura de ses bras et l'attira vers lui. Il sentit ses seins à travers son chemisier. Elle lui ébouriffa les cheveux du bout des doigts, et l'embrassa à son tour. Des ondes délicieuses se répandirent dans son corps, des vagues très douces, qui rayonnaient d'énergie.

Il eut la sensation d'être suspendu au bord de l'inconnu. Et l'univers qu'il s'était bâti, le seul dans lequel il supportait de vivre, s'effondrait sous ses pieds.

Ce fut elle qui rompit leur étreinte. Elle lui sourit, lui effleura les lèvres d'un geste tendre. Il lui sembla voir des larmes dans ses yeux, en dépit de l'obscurité.

— Eh bien, pour une réponse, c'en est une, murmura-t-elle. Ne précipitons rien, Finn. Pas d'emballements inconsidérés. Et sentez-vous libre de vous en aller quand vous le désirerez.

— Et vous ?

— Moi aussi.

Pas de fausses promesses. Ni regrets ni mises en garde. Mais de la prudence et de la délicatesse. La fermeté de quelqu'un qui souhaitait garder le cap…

Il se leva et lui tendit la main. Mais elle ne semblait pas pressée de partir. Elle l'embrassa de nouveau, se pressant contre lui et réclamant sa bouche.

— La magie irlandaise, chuchota-t-elle.

— Les fameux lutins de la forêt ?

— Sans aucun doute.

Dans le secret de son cœur, Peggy pensait que des forces encore plus puissantes étaient à l'œuvre.

19.

La maison de Casey était extrêmement gaie. Elle aimait les couleurs, les posters, les affiches encadrées. Le sofa du salon était couvert de coussins en imitation léopard, et une fausse fourrure d'ours polaire décorait le devant de la cheminée.

Pour sa part, Megan préférait les tons naturels et les objets artisanaux, ce qui ne l'empêchait pas de se sentir parfaitement à l'aise chez sa sœur.

Ce samedi après-midi-là, elles s'étaient installées dans le petit bureau de Casey pour siroter du thé glacé avec des biscuits maison fournis par un client reconnaissant.

— J'aime bien la couleur des murs, dit Megan.

— Aubergine. Une autre manière de dire « violet ».

Un impressionnant miroir baroque avec des volutes dorées, suspendu sur le mur d'en face, reflétait le magnifique jardin où les fleurs poussaient à profusion. Casey avait surpris son monde en se découvrant la main verte. Et le résultat était à la hauteur de ses talents.

Megan s'était voluptueusement laissée aller dans le confortable canapé recouvert de daim bordeaux.

— Je suis heureuse que tu m'aies invitée. Je rongeais mon frein, aujourd'hui. Tant que les gros travaux ne sont pas plus avancés, ma présence est inutile au saloon. Plus tard, je pourrai mettre la main à la pâte, pour les finitions.

— Tu me surprends, tu sais ? Je pensais que tu allais te lancer dans la menuiserie, la plomberie et l'isolation avec l'équipe de *Une Brique*.

Megan en avait eu le désir. Elle avait toujours été bricoleuse, et ses années passées aux côtés de Niccolo avaient développé ses talents. Cependant, elle avait rapidement constaté que sa participation n'était pas vraiment souhaitée. Niccolo se montrait distrait ; il se tracassait pour un rien, et Megan sentait l'irritation la gagner, chaque fois qu'elle essayait de donner un coup de main.

— J'essaye de sauver notre mariage du naufrage, dit-elle. Je me mets dans un état de rage pour un rien, alors si, en plus, nous devions travailler ensemble, il faudrait que Jon nous donne l'adresse d'un bon avocat.

— A ce point-là ?

Megan n'avait pas l'intention de discuter plus longtemps de ses problèmes conjugaux. D'abord, parce que Casey adorait Niccolo. Et ensuite, parce qu'elle n'avait pas l'habitude de demander conseil à qui que ce soit.

— Alors, comment ça se passe pour toi ? demanda-t-elle à sa sœur. Toujours passionnée par ton travail ?

— Je suis crevée mais ravie. Heureusement, le conseil d'administration a accepté d'engager une suppléante.

— Tiens, c'est nouveau ça ! Depuis que tu as repris la direction de l'*Albaugh Center*, tu t'es donnée à cent pour cent sur tous les fronts.

— Il fallait tout réorganiser. Mais le plus gros est derrière nous, et je peux lever un peu le pied. D'autres que moi peuvent expédier les affaires courantes.

— Afin que tu puisses te consacrer à des tâches plus exaltantes ?

— Entre autres, répondit Casey évasivement, en posant son verre glacé contre sa joue. Quelle chaleur !

Megan, elle, appréciait la chaleur. Et, d'après elle, ce mois de juillet était loin d'être caniculaire.

Des senteurs d'herbe fraîchement coupée pénétraient par la fenêtre, et l'on entendait les rires des enfants qui jouaient avec un arroseur automatique dans la propriété voisine. Megan sentait une douce torpeur l'envahir. Elle était sur le point de s'assoupir.

Casey posa son verre sans y avoir touché.

— Tiens, prends un petit gâteau. Jon dit qu'ils sont excellents.

Sur le point de piocher dans le plat, Megan demanda :

— Quels sont les meilleurs : les noix de pécan ou les pépites de chocolat ?

— Je ne sais pas. Je ne les ai pas encore goûtés.

Megan suspendit son geste. Une évidence venait de la frapper. Sa sœur avait perdu le goût des sucreries, son thé était une tisane, elle avait les joues cramoisies et, en guise de bouquet final, elle cherchait à se défausser d'une partie de son travail.

— Tu attends un enfant ! s'exclama-t-elle sans préambule. Pourquoi tu ne me le disais pas ?

Casey prit un air penaud.

— Je ne sais pas trop.

Megan se pencha pour la prendre dans ses bras.

— C'est fantastique, Casey. Je suis si heureuse pour toi ! Mais comment se fait-il que tu ne me l'aies pas dit tout de suite ?

Casey ne répondit pas.

— Parce qu'il y a du tirage entre Nick et moi, c'est ça ?

— Je n'ai pas envie de faire étalage de notre bonheur, alors que, tous les deux, vous êtes encore dans la période d'ajustement par laquelle passent tous les couples.

— Toi, tu ne l'as pas connue cette période.

— Disons que cette mise au point, nous l'avons faite à l'université, Jon et moi.

— Nous n'allons pas laisser nos petits problèmes gâcher cette merveilleuse nouvelle.

— Jon est fou de joie, dit Casey avec un faible sourire. Et moi, je ne sais plus où j'en suis. J'ai été malade comme un chien, toute la semaine… Comment peux-tu manger avec cette température ?

— Je me régale, répondit Megan en se resservant généreusement. Dis-moi, tu en es où de ta grossesse ?

— Au tout début. Deux mois, à peu près.

— Peggy a eu la chance d'échapper aux nausées matinales.

— J'en suis verte de jalousie !

Megan commençait à réaliser la portée de la nouvelle. Sa sœur et son beau-frère avaient tout de suite souhaité un enfant. Ils avaient été déçus de ne pas être exaucés plus vite. Casey s'était inquiétée : à trente-deux ans, peut-être avait-elle attendu trop longtemps ? Aussi, Megan se réjouissait doublement pour le couple, tout en se demandant comment Niccolo allait réagir.

Elle décida de remettre la question à plus tard.

— Où vas-tu faire la chambre d'enfant ? Est-ce que tu veux un garçon ou une fille ?

— Tout ce que je souhaite, c'est un bébé en bonne santé. Le reste m'importe peu.

Megan comprit d'où venait l'inquiétude qu'elle pressentait chez sa sœur.

— Phil a un frère autiste. Si l'hérédité a une influence quelconque sur les problèmes de Kieran, elle vient du côté paternel.

— Parce que tu trouves que, chez nous, c'est mieux ? Franchement, tu voudrais que ce bébé hérite de quel énergumène, côté Donaghue ?

Elles éclatèrent de rire en chœur.

— Espérons que les solides gènes hongrois de Jon triompheront, dit Megan en pouffant de plus belle.

Elle ne réussit pas à trouver le bon moment pour annoncer la grande nouvelle à Niccolo.

Il faut dire qu'il n'était pas très souvent là. Et, lorsqu'il rentrait chez lui, la paperasserie et les coups de téléphone l'absorbaient plus que jamais. Son intervention à la télévision avait soulevé de l'intérêt pour son association, et il espérait bien toucher de nouvelles subventions. Il tentait aussi de mettre au point un système de bourse pour les jeunes, tout en répondant aux demandes de visite du tunnel.

Un journaliste du *Plain Dealer* était venu faire un reportage sur place et, bien que Niccolo et Iggy eussent soigneusement désamorcé l'histoire du prétendu miracle, l'article avait relancé la curiosité du public.

Depuis quelque temps, Rooney et Josh étaient très présents à la maison. Le premier traînait moins dans les rues au fur et à mesure qu'il prenait goût à sa vie à Hunter Street, et l'autre, qui suivait des cours à l'université d'été, rentrait assidûment pour réviser ses examens.

Et Megan n'aurait pas voulu qu'il en fût autrement. Après s'être inquiétée pendant des années sur le sort de son père, elle était heureuse de l'avoir sous son toit et de pouvoir le dorloter. Quant à Josh, elle l'aimait comme un fils, et se réjouissait de voir ses progrès.

Un soir, Niccolo rentra du saloon beaucoup plus tôt que d'habitude. Elle lui trouva un drôle d'air.

— J'aimerais te parler, annonça-t-il en se laissant tomber dans le canapé pour enlever ses chaussures de chantier.

— Tout de suite ? s'exclama-t-elle, surprise.

Ces derniers temps, leurs échanges étaient devenus rarissimes…

— Tu as préparé le dîner ?

— Non, j'ignorais à quelle heure…

— Eh bien, sortons.

Voilà qui ressemblait plus à un ultimatum qu'à une invitation.

— Et Josh et Rooney ?

— Josh est capable de faire cuire des macaronis et de couper des tomates en rondelles, que je sache.

C'était évident. Et Josh serait même ravi d'avoir la maison pour lui : il en profiterait pour pousser la stéréo à fond et appeler ses copains au téléphone sans craindre de bloquer la ligne.

Finalement, Megan renonça à se disputer avec son mari.

— Dois-je me changer ? lui demanda-t-elle.

— Pas la peine, pour aller à *Great Lakes*.

Il jouait les machos italiens, ce qui n'était pas du tout son style. Elle faillit le lui faire remarquer, mais laissa passer, une fois encore. Elle découvrirait bien assez tôt ce qui le turlupinait.

Elle se recoiffa et changea de chemisier pendant qu'il prenait sa douche. Puis ils firent le trajet en silence. Il avait pris la voiture, bien que la brasserie fût tout près.

Quand ils furent installés à la terrasse, Niccolo daigna enfin desserrer les dents.

— Commandons d'abord, dit-il. Nous parlerons ensuite.

Elle faillit lui répondre vertement qu'elle en avait assez de recevoir des ordres, mais elle décida de lui donner une dernière chance.

Après avoir étudié le menu, elle fixa son choix sur une salade de tortellinis accompagnée d'une Edmund Fitzgerald, une bière brune qu'elle appréciait particulièrement.

Ils étaient assis côte à côte — un avantage pour se parler car la terrasse étant bondée et plutôt bruyante, par cette belle soirée d'été.

— J'ai entendu dire que les services juridiques de John D. Rockefeller étaient installés juste au-dessus du pub, dit la jeune femme, après que le garçon eut pris la commande.

— C'est tout ce que tu as à m'annoncer, Megan ? Comme nouvelle *récente*, s'entend.

Enfin, elle comprit où se situait le problème.

— Je porte un toast à ma sœur ! dit-elle en souriant. Ainsi qu'à Jon et au futur bébé !

— Pourquoi ne m'as-tu rien dit ? Tu as pensé que ça ne m'intéresserait pas ?

— Je n'ai pas trouvé l'occasion de le faire, tout simplement.

— Je ne te crois pas.

Elle allait protester, mais qu'aurait-elle pu dire ? Si le moment idéal s'était présenté, elle lui en aurait parlé, certes. Mais, elle n'avait même pas cherché à provoquer cette discussion. Parce qu'en vérité, elle se doutait de sa réaction à l'annonce de cette future naissance. Et elle n'avait aucune envie d'y faire face.

— Je crois que je voulais éviter une nouvelle dispute, avoua-t-elle.

Le garçon apporta les bières. Elle but quelques gorgées de la sienne avant de poursuivre.

— Je sais que tu souhaites avoir un enfant, et je ne voulais pas lire la déception sur ton visage en t'apprenant qu'ils nous avaient gagné de vitesse.

— Je me fiche de savoir qui est le premier. Tu me connais, tout de même !

— Comment l'as-tu appris ?

— Jon est passé sur le chantier. Je crois qu'il a été déçu que je ne le congratule pas.

Elle posa la main sur la sienne, par-dessus la table.

— Je suis désolée. Achetons une bouteille de champagne et arrêtons-nous chez eux sur le chemin du retour. Casey ne pourra pas en profiter, mais elle sera ravie quand même.

— Jon est aux anges.

— Casey aussi… entre deux nausées.

— La nuit qui a précédé mon ordination, j'ai rêvé de trois petits garçons aux cheveux noirs. Ils se tenaient en rang, du plus grand au plus petit. Ils étaient de l'autre côté d'une rivière et me faisaient des signes d'adieu… J'ai failli annuler mon ordination.

Megan se sentit bouleversée par cette révélation. La vision était si déchirante : celle d'un homme privé de toute une partie de son destin.

— Toi aussi, tu as des rêves transparents, Nick. Et ce n'est pas le seul.

— Que veux-tu dire ?

— Tu rêves encore que tu es prêtre, n'est-ce pas ?

Il ne nia pas.

— Comment le sais-tu ?

— Je dors près de toi, tu n'as pas oublié ?

— Et alors ? Je chante le Gloria ? Je récite le Notre Père en latin ?

— Même une mécréante comme moi sait que cela ne se fait plus ! dit-elle avec un sourire. Je ne t'en veux pas, et ça ne m'inquiète pas outre mesure. Cela dit, nous sommes tous les deux dans une période de transition. Et je ne pense pas que ce soit le bon moment pour donner naissance à un enfant.

— Cet argument-là, au moins, a le mérite de ne pas me présenter comme un type trop occupé pour être bon père. Ou un mari qui s'intéresse davantage à un ersatz de miracle qu'à son épouse.

Megan sentait son indulgence fondre comme neige au soleil.

— Ça fait partie du même dossier. Tu n'es pas prêt. Et moi non plus.

— S'il faut attendre que tu sois prête, j'ai bien peur qu'il soit trop tard pour procréer.

La réflexion lui ressemblait si peu qu'elle le dévisagea sans rien trouver à dire. Jamais, auparavant, il n'avait parlé d'une urgence liée au passage du temps. A présent, elle se demandait depuis combien de temps il s'inquiétait.

— Oublie ce que je viens de dire, lança-t-il en s'emparant de sa chope de bière à laquelle il n'avait pas encore touché.

— Difficile. Tu l'as dit, et tu le penses.

— J'aurais pu m'exprimer de manière plus élégante.

— D'après toi, si je comprends bien, nous ferions mieux de foncer à la maison sans dîner, histoire d'attraper l'ovulation en cours et de coiffer la stérilité au poteau !

Il enfouit son visage dans ses mains, comme un homme trop las pour tenir la tête droite. Puis, au bout d'un petit moment, il se redressa.

— Je veux une vie comme celle de Casey et Jon.

— Si tu cherchais une jument poulinière, tu as fait le mauvais choix.

— Non, c'est toi que je cherchais, Megan Donaghue.

— Je ne peux pas te promettre de porter ton enfant la semaine prochaine ni même le mois prochain, Nick, malgré ton désir d'entendre le contraire. Chaque jour qui passe, nous nous éloignons un peu plus l'un de l'autre. C'est la première fois que nous sommes seuls, depuis une éternité. Nous ne faisons même plus…

— L'amour ? Je sais, murmura-t-il, l'air de plus en plus défait.

— Tu exiges un enfant *et* l'immaculée conception ?

— Je pensais que ce serait facile. Comment deux personnes peuvent-elles s'aimer autant que nous et se casser la figure en beauté ?

Au moins, se rendait-il compte que leur échec n'était pas la conséquence d'un manque d'amour.

— Si nous profitions de cette soirée ? proposa-t-elle. Bavardons de tout et de rien, et surtout pas d'*Une Brique*, de subventions ou de travaux. Je promets de ne pas souffler mot de l'évier que j'ai choisi pour la cuisine si tu passes sous silence ton dernier projet de financement.

— Vendu !

— Achetons un magnum de champagne et passons chez les Kovats. Ensuite, nous rentrerons à la maison, comme deux jeunes mariés. Tu ne demanderas pas à Josh s'il y a eu des messages, je ne demanderai pas à Rooney s'il a pris ses médicaments avant de se coucher.

— Et je ne m'endormirai pas dès que j'aurai posé la tête sur l'oreiller.

— Tu as intérêt, sinon je te tomberai dessus à bras raccourcis.

Elle n'avait pas révélé à Niccolo qu'elle était blessée par son indifférence. Pour la bonne raison qu'elle venait à peine d'en prendre conscience. Elle se croyait plus tolérante que cela. Sur un plan concret, elle comprenait que la fatigue de Niccolo, ses préoccupations, son intransigeance, même, étaient la conséquence d'exigences personnelles qui, au fond, n'avaient pas grand-chose à voir avec elle.

Ce qui la surprenait le plus, c'était d'en souffrir, malgré son analyse de la situation. Ses réactions la plongeaient dans une telle perplexité qu'elle ne pouvait se résoudre à en parler à Nick.

Le reste du week-end marqua une trêve dans leurs relations tendues. Niccolo s'arracha à son bureau le dimanche matin pour préparer le petit déjeuner : délicieux café et *ciambella* maison — le savarin aux amandes et au marasquin dont tout le monde raffolait. Ils célébrèrent les excellents résultats de Josh à ses examens trimestriels. Et, le soir, ils convainquirent Rooney d'aller faire un petit tour chez Casey et Jon, sous prétexte de leur apporter le reste du gâteau.

La trêve fut de courte durée.

Dès le lundi matin, à l'aube, Niccolo démarra sur les chapeaux de roues, et quitta la chambre en prévenant sa femme qu'il risquait d'être en retard pour le dîner.

— J'ai un petit déjeuner de travail avec un membre des Associations Caritatives Catholiques ! lança-t-il en franchissant la porte. Ils voudraient que j'intègre leur conseil d'administration.

Megan lui jeta un regard noir.

— Et tu vas refuser, n'est-ce pas ?

— Il y a toutes les chances.

Elle n'apprécia que moyennent sa réponse, ce qu'il remarqua aussitôt.

— Ça me permettrait d'avoir des contacts intéressants sur le plan professionnel, ajouta-t-il. C'est pourquoi j'hésite.

— Tu pourrais ouvrir une succursale de *Centraide* pendant que tu y es, si ce sont les contacts intéressants qui te manquent !

— Tu seras au saloon, dans l'après-midi ?

Elle comptait y aller, effectivement. A présent que les travaux urgents du tunnel avaient été effectués, elle s'était fixé comme tâche de nettoyer la seconde réserve. Elle ne savait pas encore si elle l'utiliserait ou non. A vrai dire, elle avait plutôt envie de condamner définitivement les lieux, mais elle voulait en parler avec Niccolo. En attendant, elle s'attellerait au nettoyage des étagères, ce qui était toujours mieux que rien. Elle avait demandé à Niccolo de prévoir une vitrine à l'entrée du saloon, pour y exposer les souvenirs intéressants de l'époque qu'elle aurait dénichés.

Lui tournant le dos, elle remonta le drap sur ses épaules.

— Oui, dans les entrailles de la terre, au cas où tu aies besoin de moi.

— Bon, je t'y retrouve tout à l'heure ! lança-t-il avec optimisme.

Au moment de la pause de midi, elle le vit arriver en coup de vent. Il s'arrêta un instant devant la table de pique-nique avant de filer chercher des outils.

— Content de ton rendez-vous de ce matin ?

— Ç'a été productif.

— Tu leur as dit non ?

— Quasiment. J'ai dit que j'y réfléchirais.

— Entre minuit et minuit cinq, s'il te reste quelques minutes de libres !

— Megan, désolé, mais ne m'attends pas pour dîner. Je grignoterai une bricole en rentrant.

Inutile de lui demander où il comptait aller. Quelqu'un le réclamait, et il se sentait obligé d'y aller.

— Si je t'écrivais notre adresse, au cas où tu oublies où nous habitons ?

Il avait déjà tourné les talons. Il s'arrêta, se retourna.

Elle s'attendait à une réaction de colère, mais il avait la mine contrite.

— Organisons-nous un week-end, loin de tout, toi et moi. Dans un endroit où personne ne pourra nous joindre. D'accord ?

Elle esquissa un pauvre sourire, sachant que l'invitation ne dépasserait sans doute pas le stade du vœu pieux.

— D'accord.

— A plus !

Elle ne put s'empêcher de lever les yeux au ciel, tandis qu'il s'éloignait à grands pas.

Le temps était lourd et humide, et Megan n'était pas mécontente de descendre au sous-sol où il faisait un peu plus frais, même si l'environnement n'était pas des plus folichons.

Elle pressa le pas en passant devant l'icône. Puis, saisie d'une impulsion soudaine, elle fit volte-face et l'étudia à la lumière de sa puissante lampe torche. Niccolo, assisté de ses jeunes bricoleurs, avait rénové toute une partie de la plomberie, la semaine précédente. Bien qu'il n'eût pas découvert de fuite à réparer, il lui avait demandé de vérifier si l'image avait été modifiée par les travaux.

Aux yeux de la jeune femme, rien n'avait changé. On reconnaissait parfaitement la Vierge Marie qui vous faisait signe. En dehors des larmes qui s'étaient taries, l'image était aussi claire que le jour où Megan l'avait vue pour la première fois.

Elle se rappela alors sa propre réaction, et en fut troublée.

Après la mort de sa mère et la désertion de son père, elle avait lâché les bondieuseries, préférant consacrer à ses sœurs les heures qu'elle aurait passées à l'église. Elle avait dû mener un combat de tous les instants pour empêcher la famille de se disperser et continuer à faire tourner le saloon, en dépit de son jeune âge.

Ce n'était pas de la colère qu'elle éprouvait à l'encontre du Seigneur mais plutôt du désarroi devant Son indifférence. Et elle lui avait retourné la pareille.

Après l'explosion provoquée par l'ouragan, elle avait couru à perdre haleine dans le tunnel, en priant silencieusement pour Niccolo. Elle ne s'était même pas rendu compte qu'elle priait. Les mots avaient surgi des profondeurs de sa conscience : des bribes de prières à moitié oubliées que sa mère, puis les sœurs de Sainte-Brigid, lui avaient apprises.

Et, contre toute attente, elle avait retrouvé Niccolo indemne…

Le lieu gardait quelque chose de sacré pour elle. Non pas à cause de l'image ni même parce que son mari avait été épargné, mais parce qu'elle s'était tournée vers Dieu, à cet endroit précis. Elle n'avait pas demandé un miracle, elle n'avait pas cherché à passer une sorte de marché pour obtenir toutes sortes de promesses que l'on oublie, ensuite, d'honorer. Non, elle avait prié pour avoir la force de faire face à ce qui l'attendait.

Et la force n'était qu'une partie du cadeau qui lui avait été fait.

En contemplant l'image, elle se demanda si Niccolo ressentait quelque chose du même ordre. Etait-ce la raison pour laquelle il voulait conserver l'accès libre au tunnel ? Il en était sorti indemne… au-delà de toute logique. Son enthousiasme à le faire visiter était sa façon d'exprimer sa gratitude.

Elle passa dans le débarras. Elle avait déjà commencé à le déblayer, mais elle avait été interrompue par l'éboulement. Niccolo avait profité des travaux pour tirer une ligne de force depuis le compteur électrique de la chaufferie et installer un puissant projecteur. Megan l'alluma avec reconnaissance.

Puis elle se demanda par où commencer.

Une heure plus tard, la jeune femme avait vidé deux cartons. N'importe qui d'autre aurait tout simplement fourré leur contenu dans la poubelle la plus proche. Mais Megan était en extase devant ses découvertes. La vie, dans les années 20, était si différente de celle qu'elle menait, à présent. Heureusement, ses aïeux avaient conservé soigneusement les témoignages de cette époque. Il y avait des boîtes à biscuits remplies de recettes, des albums mangés aux mites dans lesquels elle trouva des collections de menus, puis de gros registres où étaient consignées les dépenses, d'une minuscule écriture incroyablement appliquée. Megan fut ravie de constater que certaines spécialités, parmi les plus prisées, étaient toujours d'actualité, et qu'elle continuait à les préparer avec un succès égal.

Après avoir jeté les papiers trop abîmés ou rendus illisibles par les années, elle se plongea dans les registres.

Elle était encore absorbée dans sa lecture lorsqu'elle entendit quelqu'un approcher. Levant les yeux, elle aperçut sa tante Deirdre. Elle referma alors le grand livre, et se leva pour l'accueillir.

Tante « Dee » et elle avaient connu des débuts difficiles avant de devenir amies. Enfant, Megan lui en avait voulu d'avoir emmenée Peggy vivre chez elle. A présent, devenue adulte, elle comprenait la sagesse de sa décision et l'aide pleine de tact que sa tante avait apportée à la famille. Adolescente, Megan ne s'était pas laissé apprivoiser facilement, mais tante Dee n'avait jamais renoncé.

— Bienvenue dans mon capharnaüm, dit la jeune femme avec un ample geste désignant les nombreux cartons empilés çà et là.

— Eh bien, tu n'avais pas exagéré !

Tante Dee se faisait un point d'honneur d'appeler Megan au moins une fois par semaine, sous différents prétextes, histoire de constater qu'elle ne sombrait pas dans la déprime. Elle avait compris, en effet, que Megan réagissait plutôt mal à son repos forcé. Celle-ci lui avait révélé l'existence de la seconde réserve, lors de leur dernier coup de fil.

— Regarde un peu ça ! dit Megan en lui tendant l'album. Les plats n'ont pas changé, contrairement aux prix !

Deirdre tourna quelques pages.

— Je suis au regret de te dire que je me souviens de cette époque.

— Tu n'étais même pas née !

— Pas loin… C'est amusant. Qu'as-tu trouvé d'autre ?

Megan lui montra ce qu'elle avait mis de côté.

— J'étais en train de parcourir les grands livres. Compte tenu de la Prohibition, nous faisions de sacrées affaires, dans les années 20. J'imagine que le tunnel y était pour quelque chose. La contrebande marchait fort.

— Nous avons eu notre part de bénéfices. Sans aucun doute.

— Il y en a encore des tas à consulter.

— Veux-tu un coup de main ?

— Avec plaisir. Sauf que, quand ce sera terminé, je me demande ce que je ferai.

— Te relaxer ? Lire ? Te mettre à la couture ?

Deirdre éclata de rire en remarquant la grimace de sa nièce.

— Est-ce que tu t'ennuierais, par hasard, Megan ?

— Mes clients me manquent. Les habitués, mais aussi les membres de la famille qui débarquaient à l'improviste. L'animation, le bruit, le travail… Le plus dur, c'est de ne plus préparer à manger.

— Nick dit que la cuisine est pratiquement prête à fonctionner.

Les nouveaux locaux allaient être somptueux. Megan s'extasiait, chaque fois qu'elle les traversait. Tout en bouillant d'impatience de ne pouvoir concocter son célèbre ragoût irlandais ou sa tourte de carême au cabillaud.

— Passe-moi un carton, dit Deirdre, que je m'y mette aussi.

Megan lui expliqua son principe de tri.

— Tout ce que nous trouvons d'intéressant et que nous ne souhaitons pas conserver ira à l'*Historical Society* pour une expertise. Sinon, tu jettes.

Elles travaillèrent en silence pendant un quart d'heure. Deirdre s'était absorbée dans sa tâche, ce dont Megan lui fut reconnaissante.

— Tante Dee, jette un coup d'œil là-dessus ! dit elle en lui montrant une ancienne boîte à cigares, bourrée de coupures de presse.

— Qu'est-ce que c'est ?

— Des articles et des photos concernant Glen Donaghue.

— Mon père ?

— Ça m'en a tout l'air.

Megan avait déjà vu des photographies du vieux Glen Donaghue. Il était décédé lorsqu'elle avait à peine quatre ans. Et des portraits de son grand-papa Glen avaient figuré en bonne place sur les murs du saloon, en compagnie d'une brochette d'autres aïeux irlandais. Il s'était marié vers la trentaine et, avant cette date, il n'existait pas de clichés de lui.

— Quel beau garçon ! Un vrai bourreau des cœurs. Je suis vraiment étonnée qu'il ait pu rester célibataire aussi longtemps, avec la cour de jolies femmes qui devaient l'entourer.

Megan posa la boîte près de sa tante, afin qu'elle puisse y piocher à son aise.

— Il travaillait avec Eliott Ness, n'est-ce pas ?

— Oui. Quand Ness a été nommé directeur de la sécurité, vers le milieu des années 30. Si tu savais les histoires que nous avons entendues et qui ont bercé mon enfance !

— Ces articles me semblent antérieurs.

— Effectivement. Au début de sa carrière, Glen était agent de la Prohibition. Et il avait acquis une fameuse réputation. Un comble, n'est-ce pas, pour un garçon dont le père tenait un saloon !

Megan s'assit sur une caisse avec d'autres extraits de presse de l'époque.

— De fait, je cherche des informations sur Liam Tierney. Niccolo m'a mise sur la piste, grâce à des lettres qu'il a rapportées de Sainte-Brigid.

Elle expliqua à Deirdre qui était Maura McSweeney.

— Certaines de ces lettres, parmi celles qui ont été traduites, mentionnent un Liam, originaire de Shanmullin, et qui pourrait bien être ce fameux Liam Tierney. Le plus curieux, c'est qu'il y est fait allusion à un certain Glen, « chargé de maintenir la loi ». Crois-tu que leurs chemins aient pu se croiser ? Ce serait à mourir de rire, non ?

— Je ne sais pas grand-chose sur les années au cours desquelles mon père a été fonctionnaire au ministère des Finances. Il se montrait excessivement discret sur ce sujet.

— Maura cite aussi un dénommé Tim…

Elle essaya de se rappeler les termes de la missive.

— Elle en parle comme de quelqu'un qui « jouissait de ses privilèges en toute impunité… » Non… « jaloux de ses prérogatives, qui s'était taillé la part du lion, et menaçait les malheureux qui se mettaient en travers de sa route ». C'est à peu près ça.

— Là, c'est facile. Elle fait sans doute référence à Tim McNulty. Une célébrité, dans les parages. Je sais, de façon certaine, qu'il était membre de la paroisse Sainte-Brigid. Et que papa le connaissait bien. Il y a même eu toute une histoire entre eux. Ce n'est pas mon père qui m'en a parlé mais sa sœur aînée, tante Mary-Edith. Elle m'a tout raconté, peu avant sa mort.

Megan n'avait pas oublié sa grand-tante, une femme dure et intolérante, à l'esprit caustique. Ce qui était fort dommage, car Mary-Edith, l'historienne de la famille, avait été la mémoire vivante de plusieurs générations. Seulement, pour apprendre quelque chose d'intéressant, il fallait en passer par ses récriminations, ses jérémiades et son autoritarisme permanent.

— Elle me pinçait les fesses, chaque fois qu'elle estimait que je m'écartais du droit chemin. Autant dire que j'en sortais avec de sacrés bleus… Une personne pas facile, cette Mary-Edith ! conclut Megan en soupirant.

— Elle ne s'est jamais laissé aimer. Résultat : elle a vécu seule toute sa vie.

— Alors, qu'est-ce qu'elle t'a raconté, à propos de Tim McNulty et de ton père ?

— Tu vas comprendre pourquoi il ne m'en a jamais parlé lui-même.

La curiosité de Megan était piquée au vif. Elle en oubliait ses propres problèmes.

— J'ai du thé glacé, en haut. On pourrait s'asseoir dans notre coin pique-nique avec nos documents.

— Excellente idée ! Je te suis, ma chère nièce.

Megan referma le carton en cours, et prit la boîte à cigare et les registres qu'elle cala sous son bras.

— Il y a longtemps que j'attendais ça, tu sais ?

Megan leva un regard surpris sur sa tante.

— Quoi donc ? De découvrir ces vieilles coupures de presse ?

— Non. De devenir ton amie.

— Pardonne-moi, tante Dee : je me suis comportée d'une façon infecte, tout au long de ces années. Alors que je suis persuadée que tu as agi au mieux. Nous te devons énormément. Tous autant que nous sommes.

Deirdre alluma sa torche, tandis que Megan éteignait la baladeuse.

— Tu ne me dois rien du tout. Je l'ai fait parce que je savais qu'un jour, par un bel après-midi ensoleillé, nous nous assiérions à la même table pour prendre une tasse de thé ensemble. Ça valait le coup d'attendre.

1925
Castlebar, Comté de Mayo

Mon bien cher Patrick,

Tu me demandes pourquoi je ne me suis jamais mariée. Etrange question, au crépuscule de ma vie. En réponse, je te dirai que c'est une affaire de choix. Une évidence, n'est-ce pas ?

Dans ma jeunesse, deux hommes m'invitèrent à partager leur maison et leur lit.

Le premier, un fermier, était veuf et affligé d'une progéniture nombreuse. Je n'étais intéressée ni par l'homme ni par les enfants, encore moins par la ferme : un piètre bâtiment sans même de terres à labourer. Je lui déclarai, avec toute la circonspection voulue, que je n'étais pas une femme encline au mariage et que je ne satisfaisais point aux conditions requises pour être une bonne épouse. Il apprécia ma franchise, à défaut de ma réponse, et s'en fut chercher plus loin une autre candidate.

Ce fut plus difficile de dire non au second.

Un homme généreux et beau, avec qui la vie aurait été facile. Nous aurions pu voyager, lire ces livres que j'aimais

tant et en parler, voir grandir nos enfants et nous enchanter de nos petits-enfants, au soir de notre existence.

Mais le mariage n'est pas toujours un parti envisageable pour une femme. Nous sommes nées sous le joug d'un certain esclavage. Servir l'église, servir nos parents, servir ceux qui sont plus puissants que nous…

Considérées comme des créatures inférieures, nous sommes corvéables à merci, pour des salaires de misère –lorsque l'on daigne nous les régler — et bien souvent sous-alimentées, s'il y a des hommes à nourrir en priorité au foyer.

J'ai vu notre propre mère souffrir de la tyrannie de notre père, cher Patrick. Tu n'en as pas été le témoin : tu es parti trop tôt pour cela. Dieu merci. Moi, je l'ai vue, jour après jour, s'éteindre sous les coups et les cris.

Ce ne sont pas les hommes que j'ai appris à détester, mais ce que notre société fait d'eux. En toute impunité.

J'ai donc dit non à mon amoureux. Je lui ai proposé de vivre avec lui, hors des liens du mariage, afin de garder mon indépendance. En homme pieux, qui désirait fonder une famille, il a refusé.

Je t'ai sans doute choqué. Et tu vas prier pour mon âme en perdition, n'est-ce pas ? A moins que tu ne pries pour notre malheureuse Irlande, où les femmes sont obligées de prendre de telles décisions.

Je ne te connais plus assez pour deviner ce que tu feras.

Ta sœur,
Maura McSweeney

20.

La première fois que Glen Donaghue s'approcha de Clare McNulty, un chapeau cloche couvrait la chevelure noire de la jeune femme. Des boucles brillantes s'en échappaient, caressant de façon irrésistible sa nuque et son front, et le bleu du chapeau était parfaitement assorti à celui de ses yeux.

Il savait qui elle était : une femme qu'il n'aurait pas dû fréquenter. Ce qui ne l'empêcha point de ramasser le rosaire qu'elle avait laissé tomber en quittant Sainte-Brigid, à l'issue de la messe matinale. L'objet était doux et encore tiède entre ses doigts, et il perçut le parfum de rose qu'il dégageait.

— Oh, merci !

Clare s'était arrêtée et souriait.

— Il appartenait à ma mère, et j'aurais été désolée de le perdre. Elle l'avait confectionné de ses mains, avec des pétales de roses qu'elle avait roulés et séchés.

— Un jardin de roses pour couronner la tête de la Vierge. C'est délicat, dit Glen en lui tendant le chapelet avec un sourire.

— Vous trouvez ? Mes amies pensent que je suis épouvantablement vieux jeu. Leurs chapelets sont en argent et en jais.

Elle lui jeta un regard de biais avant d'ajouter :

— Ce n'est pas la première fois que je vous vois à l'église.

Clare passa la porte et tendit son obole au bedeau. Puis, après avoir échangé quelques mots avec lui, elle descendit l'escalier.

Glen aurait pu engager la conversation avec le vieux marguillier, histoire de laisser à la jeune fille le temps de s'éloigner. Ainsi, nul n'aurait pu le taxer d'impolitesse.

Mais le bon sens ne prévalut point. Il la rattrapa facilement : elle marchait à si petits pas.

— Moi aussi, je vous ai vue. Mais rarement seule.

— Oh, je suis la septième merveille du monde, aux yeux de mon père ! Il s'arrange pour que je sois sous bonne garde.

D'après son expression, elle ne semblait guère apprécier ce traitement.

— N'est-ce pas ce que l'on attend d'un père : qu'il aime ses enfants ?

— Seriez-vous partisan du respect des traditions, monsieur…

— Donaghue. Glen Donaghue.

— Clare McNulty. Voyez-vous, je parlais de *tenir* à quelqu'un, pas de l'*aimer*.

— Il y a une différence ?

— Nous ne sommes pas obligés d'aimer ce à quoi nous tenons. Simplement de l'apprécier… en fonction de la valeur que nous lui attribuons.

— Et vous représentez une valeur aux yeux de votre père ?

Il ne voyait pas bien où elle voulait en venir.

— Les femmes ont toujours été des biens échangeables. Existe-t-il une époque où les règles aient été différentes ? En tout cas, je n'en ai jamais entendu parler.

— Nous sommes au XXe siècle : il existe des lois contre l'esclavage ! Nul ne peut vous forcer à faire ce que vous ne voulez pas.

Elle changea habilement de sujet.

— J'ai quitté la maison avant que les autres ne se réveillent. C'est pourquoi je suis seule. J'assiste à l'office du matin, le plus souvent possible.

— Je sais qui est votre père.

Glen hésitait devant la suite à donner à leur conversation et, finalement, il opta pour la franchise.

— Et il n'apprécierait pas que vous m'adressiez la parole. Les hommes de mon espèce représentent le premier danger dont il essaye de vous protéger.

Elle s'arrêta, l'air un peu inquiet.

— Vous faites partie de la bande de Frank le Couineur ?

Il éclata de rire.

— Ai-je l'allure de l'un de ces gangsters ? Avec un nom comme Donaghue ?

— On dirait que vous avez encore l'âge de porter des culottes courtes, quand vous faites ça.

— Quoi donc ?

— Quand vous souriez. Le coin de vos yeux se fronce, comme ceux d'un petit garçon.

— Assez grand, je le crains, pour faire la chasse aux bootleggers.

Ses yeux s'écarquillèrent, puis elle rit à son tour.

— Oh là, je n'ai plus qu'à bien me tenir ! Dites, vous vous étiez posté à la sortie en espérant que je laisse tomber quelque chose de compromettant de mon sac ?

— Pas du tout ! A vrai dire, j'essayais de me persuader de rester le plus loin possible de vous.

Elle reprit son chemin.

— Et ça n'a pas marché. Pourquoi ?

— Je ne sais que vous dire.

— La vérité, j'apprécierais.

— Il y a un je-ne-sais-quoi en vous qui m'intrigue.

— Normal que vous soyez intrigué : je suis une femme dangereuse. Surtout pour un homme comme vous.

— Ah bon ? Vous fabriquez du gin dans votre baignoire ? Vous passez la frontière canadienne, une fois par semaine, avec une cargaison de whiskey et de rhum ?

— Je tiens la maison de mon père, et je poursuis mes études. Ce qui me laisse peu de temps pour la contrebande.

Elle avait la plus jolie peau qu'il eût jamais contemplée : lisse, claire, d'une finesse exquise dont le grain rappelait l'ivoire.

Glen n'était pas un coureur de jupons ; il se considérait comme un homme sérieux. Son enfance avait été bercée par les exploits de son grand-père Rowan Donaghue, exploits perpétrés au cours de sa longue et exemplaire carrière de policier. Le propre père de Glen était un Donaghue d'adoption, qui n'avait aucun lien de sang avec Rowan. Mais Glen n'en avait pas moins choisi ce grand-père mythique comme héros et comme modèle.

Maintenant qu'il avait grimpé les premiers échelons de la profession, il avait mieux à faire que tout envoyer promener pour les yeux myosotis et le teint d'albâtre d'une jeune fille, si charmante qu'elle fût.

— Effectivement, vous m'avez l'air trop occupée pour être dangereuse, dit-il d'un ton badin.

— Et vous, de votre côté, vous avez sans doute trop à faire pour marcher sur les plates-bandes de Tim McNulty.

— Ne croyez pas ça : j'ai déjà eu affaire à lui.

— Jamais directement.

D'un léger sourire, il lui confirma qu'elle ne s'était pas trompée.

Elle étouffa un soupir.

— Il emploie une douzaine de gardes du corps pour se défendre d'hommes comme vous. Mais si, d'aventure, nous continuons nos conversations, vous finirez par le rencontrer.

Cette idée ne sembla pas la réjouir. Puis l'accablement se peignit sur son visage, comme si elle s'était résignée à passer sa vie à l'ombre de ce père tyrannique.

Elle était menue, et lui sembla soudain si fragile qu'il eut envie de la prendre dans ses bras pour la soustraire aux périls qui la menaçaient.

— Il a des projets en ce qui vous concerne ? demanda-t-il.

— Il a des projets pour tous ceux qui croisent son chemin.

Glen n'avait jamais eu une conversation aussi intime avec une personne qu'il connaissait à peine. D'un côté, il en était presque choqué ; de l'autre, il l'acceptait comme un coup du destin.

Il n'était pas irlandais pour rien.

— Venez-vous régulièrement à cette messe ? Arrivez-vous à vous échapper souvent ?

— Je tâche d'y assister quotidiennement.

Il était un catholique fervent, et se rendait à l'église dès qu'il le pouvait. Avec le métier qu'il faisait, il avait intérêt à se choisir un protecteur… haut placé, de préférence.

— Alors, je vous y verrai, dit-il.

Elle lui montra une rangée de petites dents blanches, jolies comme des perles, et des lèvres roses qui ne devaient rien aux artifices du maquillage.

De toute façon, ce n'était pas difficile : il aimait tout en elle.

— Ce sera une autre bonne raison pour se lever tôt, conclut-elle en s'éloignant.

Cette fois, il ne céda pas à la tentation. Pourtant, ce n'était pas l'envie de la suivre qui lui manquait. Mais ils trouveraient d'autres occasions, se dit-il avec un léger sentiment d'interdit qui, loin de lui paraître un obstacle insurmontable, lui procurait plutôt une excitation des plus agréables.

Lorsqu'elle n'était pas en compagnie de Glen Donaghue, Clare rêvait de lui. Elle le voyait uniquement à la première messe, les jours où elle parvenait à s'y rendre sans escorte. Ils bavardaient ensemble. Une fois, même, ils s'enhardirent jusqu'à prendre un café dans un estaminet proche de l'église. Une folle aventure, aux yeux de la jeune fille.

Glen était calme, mais fort, blond mais pas trop, grand sans être un géant, beau… sans affectation. Sa famille était irlandaise : « green niggers »[3], tout comme la sienne. La différence, et elle était de taille, c'est que l'amour et la joie régnaient chez les Donaghue, ce qui était loin d'être le cas, côté McNulty. Glen n'avait qu'une sœur, Mary-Edith, mais des dizaines de cousins.

Sa famille tenait le Whiskey Island Saloon, un lieu où Clare, bien entendu, n'avait jamais mis les pieds. Et, curieusement, Glen exerçait un métier totalement différent : il avait hésité entre la police et le Trésor, et c'était à cause de sa famille qu'il avait opté pour la seconde solution. En effet, en tant que policier, il aurait dû organiser des descentes dans le saloon familial. Alors que sa mission, pour le Bureau de la Prohibition, consistait à empêcher la marchandise de circuler. Depuis la source, de préférence, afin que, justement, elle n'atterrisse pas dans les saloons de Whiskey Island.

Ironie du sort, sa principale occupation était de contrecarrer les projets de *son* père à elle, et non pas ceux de *ses* parents à lui. Sa famille respectait son choix, ainsi que son absence, lors des événements célébrés au saloon, de façon un peu… arrosée.

3. « Green niggers » (nègres verts), l'un des nombreux surnoms péjoratifs employés en Amérique pour désigner les Irlandais.

Par chance, ses supérieurs ne lui demandaient pas d'espionner ses proches. Glen dansait sur une corde raide, certes, mais, jusqu'à présent, il s'en était très bien sorti.

Clare, elle aussi, devait jouer les funambules. Si son père apprenait qu'elle avait le béguin pour un jeune homme qui travaillait pour la brigade anti-alcool, son compte était bon.

D'autant que Tim McNulty avait déjà choisi un soupirant pour sa fille. L'heureux élu, Niall Cassidy, faisait partie du gang des Irlandais du North Side à Chicago, et Tim comptait se servir de lui pour s'introduire dans la bande de Bugs Moran, le caïd.

Cassidy faisait des débuts extrêmement prometteurs comme adjoint de Moran. A l'occasion d'un « congrès» de bootleggers qui s'était déroulé chez McNulty, il avait repéré Clare. Depuis, il se débrouillait pour revenir à Cleveland une à deux fois par mois, dans le but avoué de lui rendre visite.

Le verbe haut, un bagage intellectuel mince, des manières entreprenantes, le jeune truand, malgré son charme irlandais débordant, peinait à dissimuler une âme de boa constrictor.

Le père de Clare, un requin de taille dans la faune du modeste étang que représentait la ville de Cleveland, aspirait à un destin plus grandiose. Clare, qui l'observait depuis toujours, savait que le mot *assez* ne faisait pas partie du vocabulaire de son père. Qu'on le qualifie d'escroc de *petite envergure*, et il écumait de rage. Marier sa fille à Niall lui paraissait un moyen imparable pour étendre son influence et ses revenus. Les portes s'ouvriraient alors tout grand devant lui.

Inutile de préciser que les désirs de sa fille n'entraient pas en ligne de compte dans ses ambitieux projets.

Jusque-là, Clare avait réussi à résister à Cassidy. Elle avait la migraine ou elle était déjà prise... Et, si elle connaissait à l'avance la date de sa visite, elle s'arrangeait pour disparaître.

Son père, cependant, avait fini par se rendre compte de sa tactique, et il était intervenu fermement.

Cassidy était attendu en ville, cet après-midi-là, pour régler quelques affaires mineures. Et Tim avait exigé la présence de Clare au dîner qui suivrait. Elle était chargée d'organiser un repas de fête qui impressionnerait les convives et si, ensuite, Niall Cassidy lui demandait de l'accompagner pour une promenade au clair de lune sur les bords du lac voisin, il ferait beau voir qu'elle refuse !

Clare n'avait aucune envie de déployer ses talents de maîtresse de maison pour des énergumènes du genre de Niall Cassidy. Elle demanda aux domestiques d'épousseter les innombrables pièces du bric-à-brac victorien que son père assimilait à la réussite suprême et au triomphe du bon goût : bergères en céramique des *Potteries* du Staffordshire, blasons peints et encadrés, vases en Majolique. Elle s'assura que l'argenterie était polie et dûment répertoriée, sachant que Cassidy n'était pas homme à se gêner pour empocher ce qui lui plaisait.

Elle ne se donna même pas la peine de refaire des bouquets de fleurs fraîches, et évita de choisir un menu susceptible de lui plaire. Comme ses goûts devaient le porter vers le rôti-pommes de terre, les tourtes et les gâteaux crémeux, elle commanda un chapon à la Royale sur canapé et une compote de fruits. Les petits pains de la veille étaient légèrement rassis, mais tant pis ! Et elle fit mettre le couvert avec la vaisselle de porcelaine de tous les jours.

Cassidy arriva en compagnie de son père, à 7 heures précises. Elle les accueillit, vêtue d'une robe-chemisier d'un vilain marron qui ne lui allait pas au teint.

— Monsieur Cassidy, dit-elle en prenant son chapeau mou qu'elle tendit à l'employée de maison.

Elle veilla à ne pas le toucher et à ne pas lui sourire.

— Niall, rectifia-t-il. Vous êtes ravissante, comme d'habitude, Clare.

Elle avait tiré sévèrement ses cheveux en arrière, ce qui dégageait son front un peu haut, et elle ne portait aucun des bijoux que son père lui avait offerts pour faire étalage de sa richesse.

— Elmira a préparé des canapés : ils vous attendent au salon.

Les canapés en question étaient garnis d'un hachis d'œufs durs et de sardines, le mélange le moins appétissant qu'elle ait pu trouver. Elle avait également veillé à ce que le bar fût pourvu de gin, de vermouth et d'olives pour confectionner des Martinis, sachant que son père détestait toutes ces boissons fantaisies, fussent-elles du dernier chic. Il n'aimait que son whiskey sec.

— Tu te joins à nous, Clare ?

La question de son père était un ordre.

— J'en serais ravie, dit-elle d'une voix suave, mais si je ne surveille pas le dîner, il risque d'être raté. Et je ne voudrais pas gâcher la soirée de M. Cassidy.

— Eh bien, prenons le risque ! lança Tim d'une voix glaciale, en lui prenant le bras.

Clare lui tint tête. Il serrait si fort qu'elle était sûre d'avoir des bleus, le lendemain.

— Mais, papa, laisse-moi au moins faire un saut à la cuisine. Elmira m'attend pour les derniers préparatifs.

Il la pinça encore plus fort, en guise de représailles. Elle réussit à grand-peine à ne pas tressaillir sous l'effet de la douleur. Il la lâcha, finalement.

— Rejoins-nous le plus vite possible.

Esquissant une révérence, elle fila vers l'office.

Les sauces à la crème n'étaient pas le fort d'Almira. Une forte odeur de brûlé accueillit Clare lorsqu'elle poussa la porte de la cuisine. Pour la première fois de la soirée, elle eut un sourire.

— Qu'est-ce qui a attaché ? s'enquit-elle.

— Oh, mademoiselle, je suis désolée. J'ai tourné les yeux un instant, et voilà que…

— Ce n'est pas grave. Vous n'avez qu'à laisser la partie carbonisée dans le plat et servir le reste.

— Mais, mademoiselle, c'est pas possible : tout a pris le goût de brûlé. Il y a encore du poulet ; je pourrais préparer davantage de…

— Oh, non, ce sera parfait comme ça ! N'oubliez pas les petits pois et les carottes : qu'ils soient bien craquants, surtout !

Elle musarda en chemin, prenant tout son temps avant de rejoindre les deux hommes au salon. Ils avalaient courageusement leur Martini tout en fumant Camel sur Camel. Elle observa Niall un moment avant d'entrer.

Aux yeux de la plupart des jeunes filles, il passait indiscutablement pour le *nec plus ultra* du jeune homme à la page, avec ses cheveux gominés à la Rudolph Valentino et ses yeux verts aux paupières lourdes. Toujours impeccablement vêtu, il souriait à tout bout de champ. Ce qui n'empêchait pas Clare de le trouver repoussant, avec ses dents et ses doigts jaunis par la nicotine et l'écœurant parfum chypré qui se dégageait de sa peau.

— Le dîner sera bientôt prêt, annonça-t-elle en entrant.

Elle s'installa sur le fauteuil le plus éloigné, près de la cheminée, et nota avec satisfaction que les amuse-gueules n'avaient pas été un franc succès.

— Niall était en train de me parler des progrès de sa carrière, lui dit son père en tournant vers elle un regard acéré.

— Félicitations, dit-elle d'un ton guindé.

Il valait mieux ne pas demander en quoi consistaient ces progrès. Elle avait été habituée à ne jamais poser de question. Dans l'univers de son père, c'était plus prudent…

— Il me faisait part aussi de son désir de s'établir et de fonder une famille.

Elle hésita un instant à révéler qu'elle préférait encore donner naissance aux enfants de Lucifer plutôt qu'à ceux de Niall Cassidy. Elle s'en abstint, finalement, et déclara avec un sourire inexpressif :

— Les jeunes filles de Chicago doivent être aux anges !

Les deux hommes la dévisagèrent, se demandant si elle parlait sérieusement ou non.

Elle se leva avant qu'ils ne creusent plus avant la question.

— Si j'allais faire réchauffer les canapés ?

Elle s'empara du plat et le tint haut perché.

— A part les flammes de l'enfer, rien ne pourra les améliorer, déclara Tim. Assieds-toi, Clare.

Elle obéit, tout en tournant l'assiette entre ses mains pour se donner une contenance.

— Alors, ça gaze les études ? demanda Niall. Vous apprenez des trucs utiles ?

Ils éclatèrent tous les deux d'un rire gras, comme si la question avait été à mourir de rire.

— Oui, le théâtre de Shakespeare, la philosophie de Kant…

Elle prit un air songeur avant de poursuivre :

— J'aimerais bien enseigner, plus tard. Les Ursulines œuvrent si magnifiquement. Je prie tous les soirs pour avoir la vocation, acheva-t-elle avec un sourire empreint de componction.

— Nous aurons une fille noire en guise de Pape avant que je n'autorise une chose pareille, déclara Tim sombrement.

— Tu ne crois pas si bien dire : l'un des premiers papes était, en fait, une papesse.

— Cesse de blasphémer, ma pauvre fille !

Tim se servit un autre Martini.

— Je me demande si tu n'as pas reçu assez d'éducation comme ça, fillette.

— Croyez-vous qu'une femme puisse être trop instruite ? demanda Clare en s'adressant à Niall. Qu'en pense-t-on, à *Windy City*[4] ?

— Ma mère était incapable d'écrire son nom : ça ne l'a pas empêchée d'élever dix gosses, sans en perdre un seul.

Elle hocha la tête en mimant l'admiration.

— Epoque bénie de grands principes moraux et d'exigence envers soi-même… votre mère doit être fière de vous.

— Ben, j'sais pas : elle a cassé sa pipe il y a deux ans.

Clare eut une pensée émue pour feu Mme Cassidy, en songeant que ses neuf autres rejetons étaient probablement à l'image de Niall.

Elmira fit heureusement diversion en annonçant le dîner.

Niall escorta Clare jusqu'à la salle à manger. Elle fut obligée d'accepter son bras, tandis qu'il la faisait asseoir à la tête de la table qu'elle présidait. Son père prit place à l'autre bout, tout en faisant signe à Niall de s'asseoir près d'elle.

Pendant qu'Elmira servait, Clare observait discrètement les deux hommes. Elle n'était pas mesquine et, la plupart du temps, elle prenait à cœur son rôle de maîtresse de maison, veillant au confort de chacun, sans, pour autant, obtenir le moindre remerciement de la part de son père. Son bonheur étant de bien remplir sa tâche, elle n'attendait ni encouragements ni compliments. En revanche, ce soir-là, elle voulait faire sentir à son père à quel point cette sinistre comédie l'écœurait.

4. Windy City (La Ville de tous les Vents), surnom de Chicago.

— C'est quoi cette mangeaille ? demanda-t-il.

— Un chapon à la Royale. La dernière recette qui fait fureur. Tu n'aimes pas ?

— Moi, mes toasts, je les prends avec des œufs sur le plat.

— Monsieur Cassidy, vous appréciez, n'est-ce pas ?

Il eut un vague hochement de tête, tout occupé qu'il était à mastiquer ses carottes récalcitrantes.

— A la bonne heure !

Elle lui décocha un sourire innocent, et plongea le nez dans son assiette.

— J'espère, au moins, qu'il y a quelque chose de bon pour le dessert.

Tim repoussa sa portion de poulet à peine entamée, et fit tourner entre ses doigts le verre de whiskey qu'il s'était quand même servi avant de quitter le salon.

— Des fruits. C'est excellent pour la santé, tu ne trouves pas ?

Il fit signe qu'il passait son tour lorsqu'on lui présenta le saladier, et posa sur Clare un regard lourd de reproche.

Lorsqu'il fut évident que plus personne n'avalerait une cuillerée de l'insipide compote, Clare donna le signal du départ en les priant de l'excuser.

— Pendant que vous passez au fumoir, messieurs, je vais aller organiser le petit déjeuner avec Elmira.

— Venez avec moi faire un tour, Clare. Votre père m'a donné la permission.

— Je suis navrée, mais c'est impossible. J'ai un examen à préparer.

— Vas-y ! lui ordonna Tim. Sinon, tu pourras dire adieu à tes chères études.

Plus elle insisterait, moins elle aurait de chance de se débarrasser de l'encombrant Cassidy.

— Je vais chercher un gilet. Si M. Cassidy promet de ne pas me ramener trop tard.

Elle les rejoignit au bout de quelques minutes, et les trouva en pleine messe basse, penchés l'un vers l'autre.

Elle s'arrêta dans l'embrasure de la porte.

— Dois-je revenir plus tard ? demanda-t-elle.

— Non, non, j'suis prêt, annonça le jeune gommeux en sautant sur ses pieds.

Niall passa son manteau sur ses épaules, et ils sortirent.

— Vous sembliez au beau milieu d'une discussion importante avec mon père, dit-elle, alors qu'ils traversaient la pompeuse cour de la non moins pompeuse demeure à colombages, parfaitement assortie à la mélancolie des hivers clevelandais, à défaut du reste.

— Nan, on dégoisait à vot' propos.

« Voilà, au moins, une conversation à laquelle j'ai échappé », songea-t-elle avec soulagement.

Elle s'était attendue à être discrètement suivie par l'un des vigiles de son père. Mais non. Pour une fois, il la laissait seule avec un homme. Cela n'augurait rien de bon. Tim McNulty était fixé sur cette histoire de mariage, et il n'en démordrait pas. Apparemment, il avait même donné carte blanche à Niall pour en hâter le processus.

— Ça vous plaît, Cleveland ? demanda-t-il.

— J'y ai toujours vécu.

Elle adressa un bonsoir à une voisine qui prenait le frais sur le pas de sa porte, mais la femme détourna les yeux et rentra précipitamment chez elle.

Lorsque Clare était seule, les gens se montraient plutôt amicaux envers elle. Dès qu'elle était accompagnée de l'un des hommes de McNulty, ils préféraient filer sans demander leur reste.

— Vous allez adorer Chicago. C'est plus grand et beaucoup plus chouette. Y a des tas de bars clandestins où l'on peut faire la noce et prendre du bon temps.

— Je n'ai pas l'impression que nous ayons la même notion du bon temps.

— Ah ouais ? Qu'est-ce que vous aimez faire, côté distractions ?

— Lire. Aller à l'opéra. A la messe.

Elle n'était pas aussi collet monté qu'elle voulait bien le paraître. Simplement, elle n'avait pas envie de s'étendre sur ses goûts ou d'entrer dans les détails de sa vie intime.

— Ça me botte, moi, une môme qu'a de la classe !

Elle se planta sur le trottoir. Le lac était tout proche : une grève étroite, puis des eaux agitées qui s'étendaient aussi loin que le regard portait. Ils auraient pu tout aussi bien se trouver devant l'Atlantique. D'ailleurs, un stercoraire passa au même instant au-dessus de leur tête en poussant un cri strident, complétant l'illusion.

— Monsieur Cassidy, vous vous trompez à mon sujet. Je ne sais pas de quoi vous avez discuté, mon père et vous, mais je ne suis pas à la recherche d'un petit ami. Encore moins d'un mari. Je suis persuadée qu'il y a des dizaines de jeunes femmes, à Chicago, qui rêveraient de faire une telle promenade à votre bras.

— Ça me botte encore plus une môme qui joue les insaisissables.

— Je ne joue à rien du tout.

— Qu'est-ce qui gaze pas, alors ? J'suis pas assez bien pour vous ?

Une menace à peine voilée perça soudain dans sa voix. L'homme pouvait être dangereux, elle ne devait pas l'oublier. Et elle avait intérêt, justement, à jouer serré si elle voulait sortir indemne de la soirée.

— Au contraire : c'est moi qui ne suis pas assez bien pour vous, minauda-t-elle de façon éhontée. Nous ne sommes pas faits pour nous entendre. Je suis quelqu'un d'ennuyeux, de terne. Vous, il vous faut une compagne qui partage vos goûts et qui vous aide à aller de l'avant.

— C'est pas les greluches qui manquent pour s'amuser : je sais où les trouver. Moi, je cherche une pouliche docile, qui fera ce qu'on lui dit de faire et qui me pondra des gosses.

— C'est bien ce que je disais : vous ne trouveriez pas ça auprès de moi. Vous ne récolteriez que des ennuis ! Quittons-nous bons amis, c'est mieux pour nous deux. Il y a quelque part une femme qui vous est destinée et qui attend.

Il l'attrapa par le bras et la fit pivoter sans ménagement. Ses yeux lançaient des flammes.

— Vous croyez que je vois pas clair dans votre petit jeu ? Vous vous prenez pour une déesse, et vous me considérez comme un moins que rien ? Un tocard ?

Elle avait peur, certes, mais elle était également en colère.

— Dites, j'ai aussi mon mot à dire ! Nous sommes en 1925. Les femmes ont le droit de vote. Et, si je me marie un jour, ce sera avec un homme qui saura m'écouter. Maintenant, rentrons !

Loin d'obtempérer, il la serra d'encore plus près.

— Vous savez quel est votre problème ? Vous n'avez jamais été embrassée par un homme digne de ce nom.

— Fichez-moi la paix !

Elle tenta de se dégager. En vain. Elle eut beau se débattre, elle se retrouva prisonnière de ses bras, cherchant désespérément à éviter sa bouche et ses hanches qu'il plaquait contre les siennes. Brusquement, l'étreinte cessa. Elle était libre.

— La dame vous a demandé de la laisser tranquille.

Dans une sorte de mêlée confuse, elle vit Glen Donaghue envoyer Niall au tapis. Celui-ci se releva aussitôt, et fonça, tête baissée, sur son assaillant, mais Glen, tel un matador face à un taureau furieux, s'effaça avec élégance devant la charge. Niall, emporté par son élan, fit demi-tour. Cette fois, Glen se déplaça légèrement, un genou en avant.

L'air s'échappa bruyamment des poumons de Niall qui se plia en deux, gémissant comme une mauviette. Pour un homme réputé dangereux, il ne s'était guère montré à la hauteur.

Clare se demanda par quel tour de passe-passe Glen avait pu se matérialiser précisément à l'instant où elle avait besoin de lui. Elle voulut le prévenir que Niall était probablement armé, mais une voiture freina brutalement à leur hauteur, et deux hommes en sortirent.

— Vous êtes Niall Cassidy ? demanda l'un d'eux en présentant son badge.

Niall marmonna une vague réponse.

— Nous avons des questions à vous poser. Pour commencer, où étiez-vous, hier soir ? Et pourquoi y a-t-il un double fond dans le coffre de votre voiture ?

— Venez, mademoiselle McNulty, dit Glen en prenant le bras de la jeune femme. Je vous raccompagne.

Avec horreur, Clare vit les deux agents fouiller Cassidy et le désarmer. Puis ils le poussèrent sans ménagement à l'arrière de leur véhicule, et s'en furent.

— Il vous tuera, Glen, dit-elle. Ce n'est pas le genre d'homme que l'on peut humilier impunément.

Elle s'écarta, l'obligeant à lui lâcher le bras.

— Vous me suiviez ?

— J'aimerais pouvoir le faire. Mais non : on cherchait à mettre la main sur Cassidy. On était en planque au bas de la rue, et on vous a vus sortir tous les deux.

Dire que son père ne l'avait même pas fait surveiller ! Dire qu'il voulait laisser du temps à Cassidy pour la courtiser ! Il y aurait eu de quoi rire si la situation n'avait pas été aussi dramatique.

— C'est un porc. Je le déteste. Et mon père veut que je l'épouse.

— Vous allez vous laisser faire ?

— Non !

Il fit un pas dans l'ombre. Elle le suivit sans hésiter, et il l'enlaça tendrement.

— C'est votre père, lui dit-il. Ton père et ta mère, tu honoreras.

— Honorer, je veux bien. Mais pas agir contre son cœur, juste pour leur faire plaisir.

— C'est de la folie ! murmura Glen, juste avant de l'embrasser.

Elle lui rendit son baiser, jetant les bras autour de son cou de la façon la plus naturelle du monde.

Lorsque, enfin, elle rompit leur étreinte, le monde semblait avoir changé. Ce n'était plus un univers saturé de menaces, de duplicité et d'arrogance : l'espoir transfigurait tout.

L'avenir leur appartenait.

— Je vais rentrer seule, dit-elle. Mon père ne doit rien savoir de vous.

— Qu'allez-vous lui dire ?

— La vérité. Que trois hommes nous ont arrêtés et ont emmené Niall.

— Et que Cassidy vous avait agressée ?

Elle sourit tristement.

— Inutile. Il ne prendrait pas ma défense.

— Vous verrai-je à l'église ?

— Là et ailleurs. Partout où vous voudrez.

Il lui prit la main et l'embrassa. Puis, planté sur le trottoir, il la suivit du regard, tandis qu'elle remontait la rue jusque chez elle.

21.

Le vent avait beau souffler en rafale, le soleil d'août était suffisamment chaud pour permettre à Peggy et Bridie de se promener en short. La fillette leva son visage vers le ciel, les yeux fermés, l'air béat.

— J'adore le soleil. J'aimerais le mettre en bouteille pour les jours de pluie.

— Moi aussi. Quand on vit dans un pays où il est rare, on apprend à l'apprécier doublement.

— Kieran aussi aime le soleil.

Peggy jeta un coup d'œil à son fils, assis devant un tas de sable avec un seau et une pelle. Des cubes de bois étaient disposés autour de lui mais, jusque-là, il n'avait montré de l'intérêt que pour le miroitement de la lumière filtrant à travers les branches des arbres. Banjax, couché à l'ombre, menait une garde vigilante, tout en appréciant la douce chaleur.

— Il apprend… mais pas vite, fit remarquer Bridie.

C'était la raison pour laquelle Peggy se réveillait tous les matins, le cœur lourd. Bridie avait raison. Les progrès de Kieran étaient si lents qu'elle ne savait plus quoi raconter à ses sœurs. Au point qu'elle en arrivait à craindre leurs coups de téléphone et les inévitables questions au sujet de son fils.

— Je suis heureuse que tu passes cette journée avec nous, dit Peggy à la fillette en lui faisant signe d'approcher.

Elle défit alors sa tresse maladroitement confectionnée, lui lissa les cheveux, et la recoiffa de façon plus harmonieuse. Bridie et elle étaient devenues très proches depuis le début de l'été, et les petits gestes intimes et affectueux se multipliaient entre elles.

— Maman aussi me refaisait mes nattes, dit la petite. Papa essaye, parfois, mais il n'est pas très doué. Et puis, je crois que ça ne lui plaît pas beaucoup.

La froideur de Finn envers sa fille inquiétait Peggy mais, jusqu'alors, c'était un sujet qu'ils n'avaient jamais abordé. Bridie et lui partageaient un amour sincère, mais ils marchaient dans la même forêt sur deux sentiers parallèles.

— C'est parce que les garçons n'apprennent pas à faire des nattes, dit Peggy en passant l'élastique autour des blonds cheveux.

Elle tapota l'épaule de l'enfant pour lui rendre sa liberté, mais Bridie se pelotonna contre elle. La jeune femme passa alors le bras autour de ses épaules, comprenant à quel point sa petite compagne avait besoin de la tendresse d'un adulte. Et comme Peggy mourait d'envie d'avoir un enfant qui accepte des démonstrations d'affection, leur amitié les enrichissait mutuellement.

Au bout d'un moment, Bridie se mit à plat ventre, la tête dans les mains.

— Quand je serai grande, j'habiterai très très loin.

— Comment ? Loin de l'Irlande ?

— Aucune envie de rester. C'est là que les mauvaises choses arrivent.

Peggy comprit alors qu'elle ne parlait pas du passé douloureux du pays, avec son cortège de famines et de répressions ni de la politique actuelle avec ses sanglants attentats. Bridie pensait à sa famille, à ses terribles deuils…

— Ton père serait très malheureux sans toi.

— Je ne crois pas, affirma Bridie en roulant sur le dos. Il ne fait pas très attention à moi quand je suis là.

Peggy aurait préféré entendre de la colère dans sa jeune voix plutôt que de la résignation. Il était clair que la fillette avait peu d'espoir de voir changer le comportement de son père à son égard.

— C'est ton impression, avança prudemment Peggy. Lorsque des événements très tristes se produisent, comme ç'a été le cas dans ta famille, tout le monde est affecté. Parfois, les gens ne savent plus comment continuer, quel chemin prendre, comment agir et même comment penser.

— C'est ce qui t'est arrivé, à la naissance de Kieran ? En tout cas, ça ne se voit pas. Moi, je crois qu'au contraire, tu l'aimes encore plus parce qu'il est… comme il est.

— Ton papa t'aime, Bridie. Il oublie peut-être simplement de te le montrer.

— Qu'est-ce qu'on va faire avec Kieran, aujourd'hui ?

Peggy avait prévu de le faire « travailler » à l'extérieur. Elle avait choisi le tas de sable et dressé une liste des comportements qu'il aurait à imiter : gestes, mimiques, postures corporelles…

Imiter des actions simples déboucherait peut-être sur des initiatives personnelles.

Cela faisait des mois qu'ils étaient sur ces exercices d'imitation, avec un succès… mitigé. Dans ses meilleurs jours, Kieran prêtait attention au jeu, coopérait, semblait même s'amuser à « *Je te tiens, tu me tiens par la barbichette…* ». Mais, la plupart du temps, il se lassait vite, s'énervait et abandonnait.

— Si tu essayais, Bridie ? Peut-être qu'aujourd'hui, il accepterait de te suivre ? Il en a marre de moi.

La matinée avec son fils avait été plutôt catastrophique.

— Qu'est-ce que je dois faire ? demanda la fillette.

— Tu pourrais commencer par mettre des jouets dans le seau, un par un. Et tu regardes s'il fait comme toi.

— Et s'il m'imite, je l'encourage.

— Oui, surtout que tu fais ça très bien.

Bridie alla s'asseoir devant l'enfant. Il se rembrunit aussitôt parce qu'elle faisait obstacle au jeu de lumières et d'ombres qui le fascinait tant.

— Non, dit-il.

— Si, répliqua Bridie.

Elle s'empara du deuxième seau et posa un cube dedans. Puis elle lui prit doucement la main et la referma sur un autre cube. Quand il le retint entre ses doigts crispés, elle le positionna au-dessus du seau et attendit qu'il le lâche.

Kieran se dégagea brusquement et lança le cube sur elle. Puis il ramassa une poignée de sable et la lui jeta à la tête.

Peggy bondit. Mais, avant qu'elle n'intervienne, Bridie prit à son tour du sable et le lui lança. Le sable atterrit sur ses genoux. Kieran le regarda, interloqué, puis leva les yeux sur elle. Ensuite, il reprit une pleine poignée mais, au lieu de s'en servir d'une manière agressive, il la fit couler sur les genoux de la fillette.

Puis il se mit à rire, comme n'importe quel enfant, enchanté par un nouveau tour.

Cette fois, Bridie lui lança un cube. Kieran en prit un à son tour, et le lui lança en réponse.

Peggy, émerveillée par la tournure que prenaient les événements, n'entendit pas les pas derrière elle, jusqu'à l'instant où Finn s'assit sur l'herbe, à son côté.

Peggy se sentit extrêmement troublée en découvrant qu'il portait un short, lui aussi. Ses longues jambes étaient musclées et, contrairement aux siennes, parfaitement bronzées. De ses heures passées en plein air, il avait aussi hérité d'un teint hâlé qui mettait en valeur sa bouche généreuse.

— Bonjour, lui dit-elle d'une voix un peu rauque.

— Bonjour à vous, répondit-il d'un ton chaleureux, sans esquisser le moindre geste pour autant.

Leur relation évoluait doucement. Depuis qu'il l'avait embrassée, un mois auparavant, dans la clairière des amoureux, des liens plus intimes les unissaient. Ils trouvaient mille prétextes pour se voir et l'attirance qu'ils éprouvaient l'un pour l'autre, depuis le début, grandissait de jour en jour.

— Ne me dites pas que vous êtes venu chercher Bridie ! lança-t-elle en scrutant son visage. Impossible. Qui lancerait des objets à Kieran ?

— Elle va passer une semaine à Dublin, chez ses cousins, dans la famille de Sheila. Elle ne vous l'a pas dit ?

— J'avais oublié que le départ était pour aujourd'hui.

— Nous avons rendez-vous avec eux d'ici peu. Ils s'arrêteront à Shanmullin sur le chemin de l'aéroport.

— Elle va me manquer.

Finn ne fit aucun commentaire, et la jeune femme se rappela la réflexion que Bridie avait faite à propos de son père. Elle se demanda comment il pouvait se montrer aussi insensible.

Les enfants continuaient à jouer gaiement, se renvoyant leurs cubes sans fléchir. Le résultat de l'exercice était là : Kieran avait compris ce qu'était imiter. Il était temps de passer à autre chose mais, contrairement à son habitude, Peggy se sentait à court d'idée et sans énergie.

— Vous êtes allé voir Irene ?

— Je suis passé lui dire un petit bonjour, mais elle m'a renvoyé : elle regarde un feuilleton captivant à la télé. En fait, je voulais surtout passer un peu de temps avec Bridie avant son départ.

Peggy en fut heureuse. Au fond, elle l'avait jugé trop vite : il n'était pas aussi insensible qu'il le paraissait.

— Eh bien, je suis prête à me passer de mon assistante puisque c'est pour la bonne cause.

— Il ne s'agit pas de cela. Je pensais travailler un moment avec Kieran pour que vous puissiez vous détendre un peu. Et puis, je crois que ça ferait plaisir à Irene de vous avoir pour elle toute seule. Une fois n'est pas coutume.

Elle se demanda si elle avait bien compris.

— Vous allez *travailler* avec Kieran ?

— C'est peut-être un grand mot : je doute d'être à la hauteur des objectifs ambitieux que vous vous êtes fixés. Mais dites-moi quel est le programme du jour, et je ferai de mon mieux, avec l'aide de Bridie.

Peggy comprenait, à présent : Finn voulait la décharger d'une partie de son fardeau, tout en passant un moment avec sa fille. Au fond, il avait besoin d'un cadre, d'un projet commun avec Bridie. Sans cela, il ne savait comment l'aborder.

— C'est un tel luxe !

— Vous le méritez, Peggy-O'.

Elle lui sourit.

— Alors, je vous prends au mot. Je sais que Kieran ne risque rien entre vous deux.

L'enfant commençait à se lasser. Bridie, qui s'en était aperçue, ramassa un cube et, cette fois-ci, le plaça dans son seau. Le garçon l'imita aussitôt.

Sur cette note positive, Peggy fila vers la maison.

Irene fut ravie de la voir arriver, et l'invita à s'asseoir confortablement afin de regarder « Crossroads », son feuilleton favori. Le film, qui avait pour décor un hôtel très fréquenté, était un *remake* d'une version qui se déroulait, jadis, dans un motel — une révolution culturelle qui pourrait servir de sujet de médiation aux sociologues irlandais.

Irene essaya bien d'initier Peggy au destin complexe des nombreux personnages : le chien de l'un avait été volé pour servir de « gladiateur » dans des arènes où se déroulaient des combats de chiens aussi acharnés qu'illégaux. Une autre pensionnaire ne devait son salut qu'à la fuite, et se cachait dans une sinistre carrière de pierres…

Quand l'épisode prit fin, Peggy n'était certaine que d'une chose : jamais elle ne passerait ses vacances au *Crossroads Hotel*, pas plus qu'elle ne s'installerait à *Melrose Place*.

Elles éteignirent le poste, et Peggy apporta à Irene le petit en-cas préparé par Nora : une demi-pomme, un biscuit à la farine d'avoine, sans matière grasse, et un verre de lait écrémé.

Irene la remercia mais Peggy nota son manque d'enthousiasme.

— Ce qui me ferait vraiment plaisir, dit la vieille dame, ce serait un bon gros morceau de cheddar et une tranche de cake aux fruits confits. Ah, ne vieillissez jamais, ma chère Peggy !

— On dit, pourtant, que c'est le meilleur moyen d'échapper au pire.

— C'est vrai. Surtout quand vous avez de bonnes raisons de rester en vie. Depuis votre arrivée, je me réveille tous les matins la joie au cœur, excitée à l'idée de ce que la journée va m'apporter. Et les quelques informations que vous avez pu dénicher sur mon cher papa m'ont réjouie. Sincèrement.

Peggy fut touchée. Elle s'était demandé si Irene apprécierait de découvrir le passé plus ou moins glorieux de son père.

— J'aimerais tellement pouvoir vous ramener avec moi à Cleveland, Irene ! Il y a tant de gens, là-bas, qui voudraient vous rencontrer.

— J'avoue que je meurs d'envie de connaître vos sœurs, dit Irene sincèrement.

Elles bavardèrent jusqu'au moment où la vieille dame donna des signes de fatigue. Peggy l'accompagna dans sa chambre, l'aida à s'allonger, et s'assura que la tête du lit était bien remontée — ordre du médecin — pour lui faciliter la respiration.

A peine avait-elle refermé la porte de la chambre que Finn et Bridie arrivèrent avec Kieran. Peggy fit ses adieux à la fillette qui bondissait d'excitation devant la perspective de son départ proche. Après les souhaits de bon voyage et les baisers, Bridie alla attendre son père dans la voiture.

— Et voilà le petit bonhomme ! s'exclama Finn en lui déposant son fils dans les bras. Il a passé un bon moment, je crois. Il s'est servi de sa pelle pour creuser le sable, et il a même fait des pâtés, comme Bridie le lui montrait.

— Merci infiniment, Finn. J'ai bien profité de la récréation.

— Irene est-elle partie faire sa sieste ?

— Oui. Vous l'avez ratée de peu.

— Ah, il faudra que je revienne plus tard pour lui prendre sa tension.

— Je peux m'en charger, si vous voulez.

— D'accord. Mais je passerai quand même en fin d'après-midi, et je resterai dîner.

Elle lui effleura la joue.

— Laissez-lui le temps de faire une grande sieste. Elle avait vraiment l'air fatigué, aujourd'hui. Je crains de l'avoir épuisée avec mes bavardages.

— Ça m'étonnerait ! dit Finn en posant un baiser sur sa joue.

Quand il fut parti, Peggy coucha Kieran, et décida de faire la sieste, elle aussi. Une heure plus tard, lorsqu'elle se réveilla, la maison était silencieuse. Elle se rendit dans le salon sur la pointe des pieds, et constata qu'Irene n'était toujours pas redescendue. Elle en profita pour regarder ce que Nora avait prévu pour le dîner, et confectionna une salade de carottes râpées aux raisins secs pour compléter le repas.

L'après-midi se traîna en longueur. Quand Kieran émergea du sommeil, il était particulièrement grognon. Il piqua même une colère monstre à faire exploser le toit de chaume de la maison. La jeune femme fut étonnée que ses pleurs et ses cris ne réveillent pas Irene.

A court d'idées, elle installa son fils sur la véranda avec un seau de glaçons et une cruche d'eau. Lorsqu'il eut fait fondre le dernier glaçon, elle lui donna ses petites voitures. Après qu'elle lui eut montré comment les faire rouler sur les dalles de l'allée, il s'arrêta de pleurnicher et lui tourna le dos. Puis il se mit à retourner les voitures et les écrasa consciencieusement, l'une après l'autre, à coups de talons rageurs.

Absorbée par la révolte de son fils, la jeune femme n'avait pas entendu la voiture de Finn, et elle fut surprise de le voir apparaître.

— Ce n'était pas ce que vous aviez prévu, j'imagine ? dit-il en observant le manège de l'enfant.

Elle secoua la tête, et entreprit de ramasser les malheureux jouets. Elle les rangea dans leur boîte, et parla calmement à son fils.

— Kieran, tu joueras avec les voitures quand tu ne les démoliras plus.

— Je peux mettre mon grain de sel ? demanda Finn.

— Et comment !

Il s'accroupit devant le petit garçon qui se préparait à piquer une nouvelle colère.

— Kieran, tu veux choisir *une* voiture pour jouer ?

L'enfant leva vers lui un regard soupçonneux, oubliant un instant sa rage.

Peggy n'ignorait pas qu'il était important de donner le choix aux enfants : une part importante de leur développement et de leur apprentissage en dépendait. Mais, chaque fois qu'elle proposait à Kieran de choisir, elle essuyait des refus obstinés et provoquait des accès de brutalité.

Finn piocha dans la boîte et en sortit deux voitures qu'il tendit à l'enfant.

— Laquelle préfères-tu ?

Kieran plissa les paupières, et sa petite bouche esquissa une moue boudeuse.

— Celle-ci ? Ou bien celle-là ?

Kieran était, visiblement, plongé dans un profond dilemme. Fallait-il se jeter par terre en trépignant, comme d'habitude, ce qui était plutôt rassurant ? Ou bien participer à ce nouveau jeu ?

Au moment où Peggy allait perdre patience, elle le vit s'avancer et prendre la voiture rouge dans la main gauche de Finn. Puis, comme si c'était évident depuis le début, il la fit sagement rouler le long de l'allée.

Finn se redressa et rangea l'autre voiture dans sa boîte.

— Je lui en ai donné trop à la fois ?

Elle connaissait son fils mieux que quiconque et, pourtant, elle n'arrivait pas à saisir le cheminement de ses pensées.

— Peut-être. Mais je crois surtout qu'il a fait cette scène parce qu'il m'a vu arriver de loin.

— Comment ça ? Il n'était pas content de vous voir ?

— Au contraire. Vous vous rappelez le jour où je l'ai emmené se promener pour le calmer ?

Le souvenir de ce funeste après-midi était encore présent dans la mémoire de la jeune femme : Kieran l'avait frappée avec une méchanceté qui lui avait amené les larmes aux yeux.

— Il essayait d'obtenir quelque chose ?

— Une colère, plus Finn, égalent un tour sur mes épaules. Tirez-en la conclusion.

— Oh, le petit roublard !

— Eh oui, il a oublié d'être bête, c'est sûr. Ce qui lui manque, ce sont les moyens de manifester son intelligence.

Ses mots réchauffèrent Peggy. Les capacités intellectuelles étaient difficiles à mesurer chez les enfants autistes, surtout à un âge aussi tendre.

— Laissons-lui un peu de temps, puis nous l'emmènerons faire un tour.

— Parfois, j'ai l'impression de vivre une nouvelle version de « Miracle en Alabama ». Certes, il n'est ni sourd ni aveugle, mais il est coupé du monde et des autres, tout comme l'était Helen Keller.

— Et pourtant, elle s'en est sortie ! dit Finn.

— Mouais, mais où est Anne Bancroft quand on a besoin d'elle ?

Il chassa une mèche rebelle du front de la jeune femme.

— Ici même.

Lorqu'ils revinrent de leur promenade, avec un Kieran aux anges, Irene n'était toujours pas sortie de sa chambre.

Peggy sentit l'inquiétude la gagner.

— Je vais aller frapper à sa porte.

N'obtenant pas de réponse, elle entra et s'approcha du lit. Irene ouvrit les yeux, eut un regard égaré, comme si elle ne la reconnaissait pas.

— Pardonnez-moi de vous avoir réveillée, mais je commençais à m'inquiéter.

Un long moment s'écoula. La respiration d'Irene s'était précipitée.

— Je ne me sens pas très bien, avoua-t-elle enfin.

— Finn ! Venez, s'il vous plaît !

— Bonjour, mon garçon, murmura Irene lorsqu'il les eut rejointes. Il n'y a, franchement, pas de quoi s'inquiéter.

— C'est ce que nous allons vérifier, dit Finn en s'asseyant sur le lit et en lui prenant le pouls.

Peggy alla spontanément lui chercher sa trousse médicale, et il la remercia d'un signe de tête.

— Je serai à côté, au cas où vous auriez besoin de moi, lui dit-elle. Et, s'il le faut, je peux mettre Kieran au lit.

En attendant, elle l'installa à la table de la cuisine avec des cubes de fromage et des grains de raisin, mais elle avait du mal à se concentrer sur son fils, tant elle était préoccupée par l'état d'Irene dont la pâleur et la respiration hachée l'avaient impressionnée. Elle ne se faisait guère d'illusions sur l'état de santé de la vieille dame, et connaissait le pronostic. Chaque jour qui se levait était un cadeau.

N'empêche, Peggy ne se sentait pas prête à la voir partir.

Finn reparut bientôt.

— Il faudrait la faire hospitaliser.

— Et… elle refuse, j'imagine ?

— Avec énergie. Elle est terrifiée à l'idée de mourir là-bas.

— Elle veut s'éteindre dans son lit. Elle l'a toujours dit.

Un souhait légitime, mais qui ne rendait pas les choses plus faciles, songea Peggy.

Finn enfonça les mains dans ses poches.

— Il y a un nouveau médicament qui donne de bons résultats, dit-il. Je peux lui faire une injection tout de suite, mais je devrai rester près d'elle pour contrôler sa tension. Je sais que vous pourriez vous en charger, mais je préfère être sur place, pour la surveiller.

— Ça ne vous pose pas de problème ?

— Aucun.

En fait, il lui demandait l'autorisation de traiter Irene chez elle. Puisqu'elle était sa parente la plus proche, son accord lui faciliterait la tâche.

— Est-ce que je peux faire quelque chose, concrètement ?

— Nous pourrions nous relayer à son chevet.

Elle acquiesça.

— Vous avez ce médicament sur vous ?

— Je savais que ce jour viendrait, dit-il en quittant la cuisine.

Elle attendit que Kieran ait fini de chipoter dans son assiette, et l'installa sur le canapé du salon, face à la télévision. Elle enclencha une cassette de « L'île aux Enfants » : une récompense rare. Kieran avait trop à faire et à apprendre pour passer son temps devant la télé, même s'il s'agissait d'un programme « culte ». Pour une fois, ce bonus inattendu l'occuperait un petit moment et l'aiderait à se tenir tranquille.

Lorsqu'elle le vit attentif aux couleurs de l'arc-en-ciel du générique qui défilait, elle se rendit dans la chambre d'Irene.

— Comment vous sentez-vous ?

— Je ne veux pas aller à l'hôpital.

— Je le sais. Mais je n'ai pas envie de vous perdre, non plus.

— Je... je voudrais savoir ce qui est arrivé...

— Ce qui est arrivé à votre père ? Oui. Nous le saurons bientôt.

Peggy vint à son chevet.

— Promettez-moi que vous vous en remettrez à Finn et à moi si vous allez plus mal. D'accord ? Vous savez que nous ne voulons que votre bien, Irene, n'est-ce pas ?

Des échos de : « *Voici venir le temps des rires et des chants,*

Sur l'île aux Enfants, c'est tous les jours le printemps », leur parvinrent du salon, tandis qu'Irene réfléchissait.

— Nous verrons... le moment venu, dit-elle enfin.

Peggy lança un regard inquiet à Finn, qui la rassura d'un clin d'œil complice.

— Je pense que la piqûre va faire son effet. Sinon, je l'assomme d'un coup sur la tête, je la jette sur mes épaules et je la charge de force dans ma voiture.

Irene sourit faiblement, puis se mit à somnoler.

— Parlez-moi de ce nouveau médicament, murmura Peggy.

— C'est une synthèse chimique d'une hormone humaine qui a pour but, essentiellement, de dilater les artères et les veines. Il utilise des techniques de recombinaison de l'ADN, et on dit qu'il fait merveille dans des cas d'essoufflement sévère, tels que celui-ci. Mais il faut être très précis sur la posologie : administré en trop grande quantité, il peut provoquer de l'hypotension. D'où la nécessité d'un suivi rigoureux.

En dépit des circonstances défavorables, la jeune femme était ravie de discuter médecine avec Finn. D'autres auraient préféré des roses et de la musique douce. Peggy, elle, trouvait la chimie et la physiologie beaucoup plus excitantes. A voix basse, ils évoquèrent différentes approches médicales, pendant qu'Irene sommeillait.

Lorsque Finn quitta son chevet, la respiration de la vieille dame s'était nettement apaisée.

— Elle n'est pas sortie de l'auberge, mais nous avons sans doute renversé la vapeur.

Il eut un sourire contrit.

— Excusez cette salade de métaphores, mais j'étais médecin et non professeur de langues.

— Vous *êtes* médecin.

Peggy pesa ses mots avant de continuer. Si Finn et elle devaient entretenir des relations, dans l'avenir, il lui fallait aborder les sujets… qui fâchent.

— Vous n'avez pas hésité un instant, Finn. Vous avez pris votre décision résolument… et sans état d'âme.

— Irene ne m'a pas laissé le choix.

— Dans le cas inverse, auriez-vous agi différemment ?

— J'aurais préféré l'emmener à l'hôpital : là-bas, elle aurait été sous surveillance continue.

— Mais le traitement aurait été le même ?

— Comme vous dites, vous les Américains : je suis un *fan* des technologies de pointe.

— Pour ma part, l'un des enseignements les plus importants que j'aie reçus à la faculté de Médecine, c'est de tenir en respect l'acharnement thérapeutique. Nous devons faire l'apprentissage de nos limites et de celles de la médecine, en toute humilité, quand nous prenons en charge la santé d'autrui. Ce n'est pas toujours évident…

— Vous parlez d'Irene ?

— Non, de vous.

— Un cas isolé ne fait pas le médecin.

— Un cas plus un cas, une décision juste, l'une après l'autre, le font.

— Peggy, je vous en prie, ce n'est ni le lieu ni le moment pour ce genre de discussion !

— Certes, mais il était temps d'en parler.

Se dressant sur la pointe des pieds, elle lui planta un baiser au coin des lèvres. Elle s'attendait à essuyer une rebuffade, mais il lui entoura la taille et la serra contre lui.

Lorsque Peggy lança un coup d'œil en direction d'Irene, elle la trouva les yeux grands ouverts, un malicieux sourire aux lèvres.

22.

Pendant qu'Irene retrouvait un sommeil plus paisible, Peggy avait fait dîner Kieran, l'avait baigné et couché. Les activités de plein air avaient provoqué chez lui une saine fatigue qui l'avait envoyé au lit plus tôt que d'habitude.

La jeune femme était en train de remplir leurs assiettes lorsque Finn vint la rejoindre dans la cuisine.

— Comment va notre patiente ?

Elle rajouta deux pommes de terre au four dans l'assiette de Finn. Nora avait l'art de les préparer et, même réchauffées, elles étaient délicieuses.

— Je pense qu'elle a passé le cap critique.

— Elle n'a pas mangé, ce soir.

— Avait-elle bien déjeuné ?

Peggy réfléchit un instant.

— Elle n'a pris que de la soupe, mais une soupe épaisse avec de la viande maigre, préparée par Nora, avec tous les légumes de saison — un bol bien rempli. Et, cet après-midi, elle a goûté.

— Chaque fois qu'elle s'est réveillée, elle m'a demandé à boire. Pas de risque de déshydratation, donc. Il me paraît préférable de la laisser dormir plutôt que de la forcer à manger. Elle est très fatiguée.

— Le dîner est servi, dit-elle en posant les assiettes sur la table.

— Vous ne préférez pas pique-niquer dehors ?

Quelle bonne idée ! Elle aurait dû y penser ! Avec les fenêtres ouvertes, ils pourraient entendre Irene ou Kieran, et le soleil se couchait si tard qu'il y aurait encore un long moment de clarté.

— Je prends un plateau.

— Et moi une couverture.

Ils se retrouvèrent dehors et dégustèrent avec appétit leur saumon poché, doucement caressés par la brise du soir. On entendait les moutons dans des enclos proches et l'appel obstiné d'un coucou, ce qui ne manquait jamais de ravir Peggy. La température fraîchissait, des nuages s'amoncelaient à l'horizon.

— J'ai l'impression qu'il ne va pas tarder à pleuvoir, dit la jeune femme en observant les nuages épars qui se rassemblaient rapidement.

— La soirée idéale pour une flambée. Ça vous ferait plaisir ?

Depuis son arrivée au cottage, elle avait appris à apprécier le parfum si particulier de la tourbe en train de brûler. La tourbière — le *Bog* — était devenue une dimension de l'inconscient collectif irlandais, mémoire d'une ancienne civilisation, symbole des triomphes et des chagrins de tout un peuple. De sa propre famille, aussi.

— Vous voulez vraiment rester ? demanda-t-elle à Finn. Sinon, je peux très bien veiller sur Irene, cette nuit, et vous appeler en cas de problème.

— Je serai plus tranquille si je passe la nuit ici. Poussez votre assiette.

Elle le regarda, interloquée.

— Pourquoi ?

— Parce que je vais poser ma tête sur vos genoux.

— Encore faut-il que je sois d'accord !

— Comment voulez-vous que je raconte des histoires si je ne vois pas le ciel ?

— Des histoires ?

— Vous savez bien qu'elles sont longues à raconter. Nous sommes un peuple loquace.

— Nous avons importé dans le Nouveau Monde cet amour des récits. Vous devriez entendre ma famille !

— Je pourrais vous dire deux ou trois mots de Finn Mc Cumhain, dont je porte le nom, mais nous serions encore ici la semaine prochaine.

— Finn McCool, le géant ?

— Lui-même.

Peggy lui sourit.

— Je le connais. Moi aussi, j'ai été bercée par ces grands personnages et ces mythes, dans mon enfance. Comment votre mère a-t-elle pu vous appeler Finn ?

— C'est ma grand-mère qui a choisi mon prénom. Je devais devenir un géant dans ma spécialité, quelle qu'elle soit... Alors, voulez-vous entendre parler des astres ou non ?

Elle se débarrassa de son assiette vide, et il s'allongea, les genoux pliés, la tête sur ses cuisses.

— Commençons par le soleil. A tout seigneur tout honneur ! Puisqu'il va bientôt disparaître à l'horizon. Savez-vous qu'une femme qui s'endort au soleil a toutes les chances de tomber enceinte ?

— Comment ? Les crèmes solaires ne font pas écran ?

Elle lui dégagea le front. Ses cheveux formaient un V, qu'elle suivit du bout de l'index. L'intimité du geste ne lui échappait pas. Il lui était venu tout naturellement.

— Il n'y a pas eu d'études scientifiques sur la question, dit-il. Nous pourrions poser notre candidature pour une bourse de recherche.

— Vous avez d'autres histoires dans le même style ?

— La lune, aussi, est fertile en anecdotes.

Peggy en connaissait quelques-unes.

— Quand je travaillais au service des urgences, les soirs de pleine lune, c'était un vrai cirque, entre les accès de démence et les dames qui accouchaient toutes en même temps. Sans doute s'étaient-elles trop exposées au soleil !

— La mauvaise réputation de la lune est universelle, et répandue depuis toujours. Déjà, les anciens avaient remarqué qu'elle prédisposait à la folie.

— « *It's that old devil moon…* », fredonna Peggy.

Aussitôt, Finn sursauta.

— Hé, il va falloir vous habituer à m'entendre chanter ! lui dit-elle.

— Dieu m'en préserve !

Elle sourit en lui ébouriffant les cheveux.

— Vous prétendiez vous y connaître en étoiles.

— La chance, ou la malchance, comme vous le savez, dépend des étoiles sous lesquelles nous sommes nés.

— Hum, de l'astrologie celte ?

— Lorsqu'une âme monte du purgatoire au paradis, un météore traverse le ciel.

Après une pause, il ajouta :

— Je crains que mes connaissances s'arrêtent là.

— Où avez-vous acquis un tel savoir ?

— Chez ma grand-mère. Elle habitait sur Inishmore, la plus vaste des îles Aran, près de la célèbre forteresse préhistorique de Dun Aengus. L'observation des étoiles constituait notre distraction du soir. J'en ai passé des étés, avec elle, à apprendre le nom des constellations. S'il faisait plus sombre, je pourrais vous les montrer.

— Toujours cet esprit scientifique, hein ?

— Je préfère, de loin, le mythe à la science. L'âme irlandaise romantique… Je suis un conteur-né.

— Vous racontez des histoires à Bridie ?

— Plus maintenant.

Elle se tut pour lui laisser la possibilité de s'expliquer. Pour Finn, parler de lui était une immense épreuve.

— Je leur en racontais, à tous les trois, dit-il finalement. Chaque soir. Mark adorait les histoires avant même de comprendre la signification des mots. Je crois qu'il aimait le rythme des phrases, les intonations et le timbre de ma voix. Il restait assis, sage comme une image, les yeux écarquillés, hochant la tête comme si j'étais moi-même l'un de ces héros que j'évoquais pour eux.

Peggy en eut le cœur serré.

— Parlez-moi encore de lui.

— Pourquoi ?

— Parce que c'est le seul moyen de le connaître, pour moi… et pour les autres. Vous devez raconter la vie de Mark, et aussi celle de Brian. Pour que leur mémoire demeure. C'est la coutume irlandaise.

— Explorer cette mémoire, pour moi, cela équivaut à marcher pieds nus sur des braises.

— Ce ne sera pas toujours aussi douloureux.

— Qu'est-ce qui vous permet de l'affirmer ? Votre expérience personnelle ?

Elle lui caressa affectueusement les cheveux.

— Finn…

Il s'enferma dans un silence si long qu'elle pensa que le sujet était clos. Lorsqu'il reprit la parole, ce fut avec une voix sourde.

— Sa chevelure était plus foncée que celle de Bridie : d'un blond tirant sur le doré. Ses yeux étaient noirs, comme les miens. Il avait un petit nez retroussé et des taches de rousseur. Bébé, il souffrait de coliques, au point que Sheila se disait prête à l'échanger contre un autre. Je lui avais promis que nous le ferions s'il n'était pas guéri à l'âge de trois ans.

Peggy rit tout doucement.

— Il était fou du poney de Bridie, et je lui en avais promis un, justement, pour son anniversaire.

— Il devait attendre cette journée avec impatience.

— Il rayait les jours sur le calendrier. C'est la première chose que j'ai remarquée en rentrant à la maison… après l'accident. Le calendrier de Mark, avec toutes ses petites croix enfantines.

— Chacune avait été tracée avec tant de joie, Finn.

— Si seulement je lui avais acheté ce poney pour Noël !

Du bout des doigts, elle lui caressa le front.

— Parlez-moi de Brian.

— Il était plus petit que Mark au même âge. Il aurait sans doute eu les cheveux aussi foncés que moi. Il était tout à la fois précoce et bébé. Il aimait être le centre du monde. Mark a eu du mal à l'accepter, au début. Mais, au fur et à mesure que Brian grandissait, ils se rapprochaient l'un de l'autre. Ils seraient devenus de vrais amis…

— Comment Bridie s'entendait-elle avec eux ?

— C'était elle qui commandait, et personne ne discutait. Pour une fillette d'apparence aussi fragile, elle sait se montrer incroyablement forte.

— C'est surtout la petite fille la plus délicieuse que je connaisse.

— Elle ne parle que de vous et de Kieran.

— Elle a tellement de patience avec lui !

Peggy hésita un instant, puis ajouta :

— Il me semble que Bridie éprouve de la compassion pour lui parce qu'elle comprend sa terreur, son affolement devant des perceptions incompréhensibles et un bombardement de stimuli inexplicables. Comme elle comprend aussi son immense besoin de sécurité. Les journées de Kieran sont un mélange de signaux confus et, d'une certaine manière, c'est un peu la même chose pour elle. Je pense que la vie leur semble pleine de dangers, à l'un comme à l'autre.

— A cause de tout ce qu'elle a perdu ?

— Oui, et parce qu'elle ne sait plus très bien ce qui lui reste.

— Vous parlez de moi, là ?

— Je ne pense pas à vous juger. Ce serait folie de croire que vous pourriez continuer comme par le passé, après un tel séisme. Le monde s'est effondré pour vous deux. Il s'agit d'abord de survivre, un pas après l'autre. De s'apprivoiser…

— Je ne suis pas assez présent, et elle en souffre, j'en suis conscient.

— Etiez-vous très proches, avant l'accident ?

— J'ai été fou de Bridie à la seconde où je l'ai vue. J'étais très jeune quand elle est née, et marié à une femme que je connaissais à peine. Entre sa grossesse difficile et les heures que me prenaient mes études, on ne passait pas beaucoup de temps ensemble. Sheila voyait ses parents plus que son mari. Au moment de la naissance de Bridie, je n'étais pas très enthousiaste à l'idée de m'encombrer d'un bébé. Et puis… elle m'a conquis au premier battement de cils… pour toujours.

— Je suis heureuse que vous soyez venu nous aider, aujourd'hui. Et puis, c'est merveilleux que vous ayez passé ce moment avec elle.

— A votre place, je serais incapable de consacrer autant de temps et d'énergie à Kieran, même s'il le désirait.

Finn était un homme qui reconnaissait ses limites, songea-t-elle. On ne pouvait pas lui enlever ça.

— Je ne pense pas que Kieran sache ce qu'il désire, dit-elle. Et ce ne sont pas les livres, aussi savants soient-ils, qui me donneront des réponses. Mais si nous pouvons lui apprendre à se comporter comme les autres enfants, il finira sans doute par traduire ses émotions et — qui sait ? — par exprimer ses sentiments… un jour.

— Nous ?

— Ne vous affolez pas : je sais qu'une fois n'est pas coutume. Vous n'allez pas nous sacrifier une heure de votre temps tous les jours.

— Pour vous aider ? Ou pour Kieran ?

— Les deux.

— Je suis impressionné par la manière dont vous vous en sortez. Vous avez pris des risques que peu de femmes auraient assumés en venant ici, en quittant tout ce qui vous était cher, pour vous consacrer à Kieran.

— J'aime la médecine, c'est vrai. Et mon fils, encore plus.

— Vous ne pouvez vraiment pas concilier vos deux passions ?

— Mon budget ne me le permet pas. Kieran a besoin de moi maintenant, pas quand j'aurai terminé mon internat.

— Comment se passent vos cours ?

— Pas trop bien.

— Qu'allez-vous décider ?

— Il est un peu tôt pour prendre des décisions drastiques. Trois mois, pour juger des progrès, c'est juste. Par contre, le printemps prochain, si rien n'a changé, je serai obligée de réévaluer la situation.

— Quelle que soit l'orientation que vous prendrez, vous quitterez l'Irlande, n'est-ce pas ?

— Vous cherchez à vous débarrasser de moi ?

Quittant ses genoux, il s'accouda, le menton au creux de la main.

— Je ne vous ai pas encore révélé tous mes talents de devin.

— Je suis tout ouïe.

— Allongez-vous d'abord.

Cette perspective fit virer les clignotants au rouge. Elle lui coula un regard sous ses cils baissés.

— Qu'arrive-t-il à une dame qui s'allonge dehors, au clair de lune, en compagnie d'un homme ?

— Elle risque d'attraper froid, à moins qu'elle n'ait un compagnon à sang chaud.

Peggy s'installa sur le plaid, et sentit avec plaisir la longue cuisse musclée de Finn le long de la sienne.

De l'index, il lui désigna la voûte céleste.

— Regardez !

Les dernières lueurs du soleil couchant avaient disparu. La lumière baissait rapidement, et le ciel se voilait de nuages.

— Qu'est-ce que je suis censée découvrir exactement ?

— La première étoile.

— Trop couvert.

— Non, pas si vous êtes bonne observatrice.

Elle décida de jouer le jeu. Allongés, côte à côte, ils se plongèrent dans l'observation attentive du ciel crépusculaire. A force d'écarquiller les yeux en vain, la jeune femme sentit la lassitude la gagner.

Elle ferma les paupières et, à l'instant où elle les rouvrit, son regard fut attiré par une minuscule lueur clignotant discrètement au coin d'un gros nuage.

— Hé, regardez ! La première étoile, juste au-dessus de nous.

— Félicitations.

— Et maintenant ? Que dit la sagesse populaire ?

— Eh bien… quand une dame voit la première étoile en compagnie d'un monsieur qui l'embrasse, son vœu le plus cher est exaucé.

Elle eut du mal à ne pas pouffer de rire.

— En compagnie d'un monsieur qui l'*embrasse* ? Jamais entendu cette version, marmonna-t-elle. Ça vient de sortir ?

— Vous avez encore beaucoup à apprendre.

— Et ce vœu, il est sans restriction ?

— Profitez-en : demandez tout ce que vous voudrez.

Peggy inspira à fond, et formula intérieurement des vœux pour Irene et sa santé, pour Kieran, pour Finn et Bridie, pour ses sœurs et pour elle. Ils se fondirent tous en une fervente prière, tandis qu'elle nouait ses bras autour du cou de Finn.

Finn trouva sa patiente en meilleure forme. Irene avait repris ses couleurs et respirait moins péniblement. Elle entrouvrit les yeux au moment où il vérifiait ses paramètres vitaux, se laissa faire de bonne grâce et replongea dans le sommeil dès qu'il eut rangé son stéthoscope.

Satisfait, Finn regagna la cuisine et observa Peggy, occupée à faire la vaisselle. Efficace, résolue, on sentait qu'elle prenait plaisir aux gestes quotidiens les plus simples. Ses cheveux dansaient au rythme de ses mouvements. Ses manches, roulées jusqu'aux coudes, dégageaient ses fins poignets.

Décidément, le moindre détail lui plaisait chez cette jeune femme, songea-t-il.

Le regard de Finn sur sa nuque la fit se retourner. Elle le découvrit posté sur le seuil.

— Comment va-t-elle ?

— La tension est bonne, le pouls plus tranquille. Elle était bien orientée dans le temps et dans l'espace, en se réveillant. L'alerte semble passée. Jusqu'à la prochaine fois.

— Mais ces épisodes aigus seront de plus en plus fréquents, n'est-ce pas ?

— Un cœur fragile, qui n'est plus tout jeune… et qui peut lâcher d'un instant à l'autre. Il faut vous y attendre.

Peggy arrêta net de rincer les assiettes.

— Elle a besoin d'une surveillance médicale intensive, non ? Et j'ai peut-être retardé le moment de son hospitalisation en venant habiter au cottage.

— Elle a surtout besoin d'être *ici*. Il n'est pas question pour moi de m'acharner afin de prolonger de quelques semaines ou de quelques mois une existence qu'elle mépriserait. Ce ne serait pas un cadeau à lui faire. Mais vous, je souhaite simplement vous mettre en garde. Le moment venu, vous risquez de vous sentir coupable : « Si j'avais été plus attentive, si j'étais entrée dans la chambre quelques instants plus tôt, si j'avais laissé la porte entrouverte pour l'entendre m'appeler, si je n'avais pas fait cette promenade avec Kieran, elle serait toujours en vie. »

— Merci, dit-elle en inspirant profondément, comme pour mieux se pénétrer des paroles de Finn. Merci de me prévenir. Et vous ? Serez-vous capable de laisser partir Irene… sans vous accuser de ne pas l'avoir sauvée ?

Il avait déjà eu le loisir de réfléchir à la question.

— C'est en la faisant hospitaliser contre son gré que je faillirais à mon devoir et à ma promesse. Et, si je n'avais pas accepté de la suivre médicalement, elle serait peut-être déjà morte. Bien sûr, en insistant pour me garder comme médecin, elle a voulu prouver, à sa manière, que j'étais toujours compétent. Faire d'une pierre deux coups, ce n'est pas pour lui déplaire. Elle n'a jamais été femme à mâcher ses mots ou à perdre du temps.

— Peut-être est-ce sa façon de nous apprendre à lâcher prise ? En douceur… et non pas en étant brutalement confronté à la disparition, comme cela a été le cas pour vous.

— C'est ainsi que les gens devraient mourir. Au terme d'une longue vie bien remplie, après avoir accompli ce qui leur tenait à cœur. Entourés de ceux qui les aiment. Heureux et en paix.

Malgré lui, il avait laissé percer son amertume.

— Seigneur ! Je donnerais cher pour une flambée ! s'exclama Peggy en frissonnant.

Le vent avait forci avec l'arrivée de la nuit. Finn songea qu'effectivement, un feu ronronnant dans l'âtre serait le bienvenu.

— Kieran a le sommeil profond ? demanda-t-il soudain.

— Pourquoi ?

— Parce que j'ai une petite idée pour occuper notre soirée.

Il rit en la voyant hausser les sourcils. Il savait exactement à quoi elle pensait.

— Alors, a-t-il un bon sommeil ou non ?

— Disons que si je tire un feu d'artifice près de son lit ou qu'un avion passe le mur du son à basse altitude, il se réveillera… peut-être.

— Parfait. Et je ne crois pas qu'Irene sera dérangée par le bruit : sa chambre est située suffisamment loin de la cheminée.

— Je suis sur des charbons ardents !

— Je vais finir la vaisselle pendant que vous allez border votre fils.

— Allez plutôt préparer le feu ; je me charge du rangement. Parce que Kieran dort à poings fermés. Je suis allée le voir, tout à l'heure. Le sommeil est l'un des rares moments où l'on n'exige rien de lui. C'est sans doute pourquoi il s'y adonne avec délectation.

— A tout de suite, alors.

Lorsqu'elle regagna le salon, les briques de tourbe rougeoyaient déjà dans le foyer. Finn, étendu sur le tapis devant la cheminée, lui fit signe de venir le rejoindre.

Ce qu'elle fit, tout en laissant un peu trop de distance entre eux, au goût de son compagnon.

— Alors ? Vous avez d'autres histoires en stock ? Des questions ? Des témoignages sur votre enfance ? Vous ne m'avez guère parlé de votre famille, Finn, alors que vous savez déjà tant de choses sur la mienne.

— J'étais fils unique, et j'ai grandi dans une modeste ferme. Je jouais avec les animaux et je construisais des dispensaires pour les oiseaux et les insectes blessés. Au bout de toutes ces années passées à la campagne, mes parents ont brusquement décidé de déménager. Il y a quatre ans, ils se sont installés à Cork où ils tiennent une boutique de fleuriste. Ils ne reviennent à Shanmullin que contraints et forcés. Ce ne sont pas des gens méchants : juste un tantinet bizarres.

— Cela explique que vous ne leur confiiez jamais Bridie.

— Oui. Ils ne savent absolument pas s'y prendre avec les enfants. Mes beaux-parents, eux, ont déménagé du côté de Belmullet, après l'accident. Ils voulaient emmener Bridie. Si je n'avais pas arrêté de boire, c'est ce qui se serait passé.

— Elle les voit, parfois ?

— Rarement. Ils m'en veulent de ce qui est arrivé, et ils évitent de me rencontrer autant que possible. Ils ne viennent donc pas ici voir Bridie, et moi, je crains de l'envoyer là-bas, toute seule. Je me demande toujours si je la récupérerai. Et la justice peut se montrer si lente dans ce genre d'affaire…

— Elle mérite mieux. Et vous aussi.

Il perçut la colère dans sa voix.

— On se débrouillera sans eux. Mais j'avoue que je les comprends un peu : la ressemblance de Bridie avec sa mère est troublante, ce qui, paradoxalement, rend la situation encore plus difficile pour eux.

— C'est trop triste. Dites, vous ne m'aviez pas fait miroiter des distractions qui… valaient le détour ?

Il fut heureux de changer de sujet. Car, en dépit de ce qu'il lui avait dit, l'absence des membres de sa famille l'avait profondément peiné. Bridie en souffrait, elle aussi, et il ne l'ignorait pas.

— Fermez les yeux !

— Oh la, vous m'inquiétez !

— Vous n'avez pas confiance en moi ?

— Si.

Elle serra les paupières très fort.

Il avait déjà vu ce genre d'expression… chez son fils.

— Surtout, ne bougez pas !

— Ne soyez pas trop long : je déteste attendre. Surtout quand il y a une surprise à la clé. Héritage de mes années d'enfance : j'étais la petite dernière, le chouchou à qui l'on passait tout. Et voilà le résultat !

— Tenez bon, j'arrive ! dit-il en s'emparant d'un objet qu'elle n'avait pas remarqué en arrivant.

Il s'assit derrière elle, la cala contre lui, et lui présenta la surprise promise.

— Vous avez le droit de regarder, maintenant.

— Ça a l'air d'une flûte irlandaise, marmonna-t-elle en soulevant une paupière. Au toucher, j'affirmerai même que *c'est* une flûte irlandaise.

— Vos dons d'observation sont proprement médiumniques.

— N'est-ce pas ? Je me surprends moi-même !

Il lui donna la flûte.

— Vous aimez la musique, et vous dites que vous n'avez pas de problème d'oreille. C'est bien ça ?

Elle se pelotonna contre lui.

— Mozart chantait-il ? Et Beethoven ? On n'en sait rien. Pouvons-nous juger de leurs dons musicaux à travers des voix que nous n'entendrons jamais ?

— Vous ne vous comparez pas à Mozart, n'est-ce pas ? Rassurez-moi…

— Non. Disons… à Elton John ?

Elle rit de sa grimace.

— Ma tante m'a fait donner des leçons de piano, mais je n'étais pas l'élève idéale. Je suis légèrement dyslexique, ce qui m'a valu une année supplémentaire pour apprendre à lire et à reconnaître ma droite de ma gauche.

— Je vous déconseille la chirurgie, comme spécialité. La chirurgie du cerveau, en particulier.

— C'était il y a longtemps. J'ai passé deux ans avec un D imprimé sur une main et un G sur l'autre. Maintenant, tout va bien. Vous allez voir : je vais me débrouiller parfaitement.

Comme c'était bon de l'avoir entre ses bras ! songeait-il, bouleversé. Non seulement *bon* mais *essentiel, fondamental, indispensable*…

Cela faisait deux ans qu'il était célibataire, en dépit des propositions d'une veuve accorte et de celles d'une jeune mère de famille qui avait, d'ailleurs, scandalisé le village en divorçant dès que la loi irlandaise avait lâché la bride à ses concitoyens. Il avait considéré les deux offres — de pure convenance, puisque ni les uns ni les autres ne souhaitaient s'engager — et, après avoir mûrement réfléchi, il avait fini par refuser, craignant que le sexe récréatif ne l'enfonçât définitivement dans la dépression. Il se sentait encore trop mal pour se perdre dans l'univers de la sensualité.

Ce qui ne semblait plus être le cas.

— Alors, quelques conseils dont vous aurez besoin, dit-il en l'entourant de ses bras. Il y a deux types de flûtes. Celle-ci est en ré ; c'est la plus classique.

Il fit coulisser l'embouchure.

— Le bec est amovible, ce qui permet de s'accorder avec les autres instruments.

— Je crois aussi aux vertus de l'harmonie. Vous allez voir : je vais très bien m'en sortir.

— Encore faudrait-il souffler dedans avant de se vanter, Peggy !

— Oh, la technique ? Pas de problème.

— Passons à l'aspect purement pratique. Mettez le bec en bouche et serrez-le doucement entre les lèvres. Sans le mâchonner, surtout ! Et soufflez, délicatement, pour ne pas réveiller toute la maison.

— Je ne devrais pas plutôt apprendre à tenir un son ou à changer de notes ? Ce genre de truc ?

— Qui est le professeur, ici ?

— Hou là, tyrannique, en plus ?

Elle suivit, néanmoins, ses conseils, et tira de l'instrument un superbe son filé.

— Je suis impressionné, dit Finn.

Et il l'était.

— Ça ne m'étonne pas. Vous étiez certain que j'allais faire un couac ?

— A présent, je vous montre comment la tenir. Vous couvrez les trous avec les trois premiers doigts de chaque main. Les pouces sont en dessous, face aux index. Comme ceci, dit-il en tournant la flûte.

Les doigts de Peggy se placèrent naturellement sur l'instrument.

— Comme ça ?

— Parfait. Gardez les doigts en place, soufflez doucement : vous obtiendrez un ré.

— Majeur ou mineur ?

— Du calme, nous n'en sommes pas encore là. Dites, vous comptez me donner du fil à retordre à chaque étape ?

— C'est ça qui est drôle, dit-elle avant de lui jouer un ré parfaitement réussi.

Il resserra les bras autour d'elle, tandis qu'elle prenait appui contre son torse. Une mèche de ses longs cheveux vint lui caresser la joue. Il ferma les paupières pour mieux humer son parfum.

L'émotion l'étreignit soudain.

— Bon, relevez maintenant l'annulaire de la main droite : vous aurez un mi. Et on ne me demande pas s'il est bécarre ou bémol, vu ?

Elle s'exécuta, selon ses instructions et, bientôt, elle monta et descendit la gamme en détachant bien les notes.

Il lui montra ensuite quel était le rôle de la langue pour faire des sons nets et précis. Elle manquait de pratique, certes, mais elle ne s'en sortait pas mal du tout.

— Et maintenant, plus difficile. Vous avez besoin de davantage de notes pour jouer des morceaux, à l'octave supérieure. Le seul moyen de les obtenir, c'est de souffler plus fort. Mais vous n'allez pas apprendre ça tout de suite. Les premiers essais doivent se faire loin des oreilles humaines.

— En d'autres termes, vous ne voulez pas que je m'essaye aux notes aiguës tout de suite ? Vous ne me faites pas confiance ?

— La confiance n'a rien à voir. Je pense simplement que…

Elle se retourna entre ses bras et lui fit face.

— Vous êtes décidée de n'en faire qu'à votre tête, on dirait.

Elle le regarda sans un mot, porta la flûte à ses lèvres et, les yeux dans les siens, elle exécuta la plus adorable version qui fût de « The Foggy Dew », du début à la fin.

— Vous ne m'avez pas demandé si je savais jouer, dit-elle innocemment, une fois le morceau terminé.

Il tenta de ne pas céder au fou rire.

— Dire que vous m'avez laissé me ridiculiser lamentablement !

— Simple blessure d'ego, Finn. Douloureuse, mais inoffensive.

— Gare à vous, Peggy-O' !

— Pourquoi donc ? A propos, c'est le seul morceau que je connaisse. Vous voyez, la leçon n'était pas complètement inutile.

— Où l'avez-vous appris ?

— J'ai une cousine qui joue dans un groupe irlandais. Elle espérait que je ferais de rapides progrès et que j'intégrerais leur bande, mais, après m'avoir rabâché « Foggy Dew », elle est partie s'installer à Milwaukee. Depuis, elle s'est lancée dans ce qu'elle appelle le rap celtique. Un truc plutôt ébouriffant.

Elle posa la flûte, et regarda Finn avec des yeux qui pétillaient.

— Vous savez, je trouve ça plutôt astucieux, comme prétexte, pour me serrer de près.

— Comment ? Vous me soupçonnez de vils calculs ?

Elle lui effleura la joue.

— Je me demande combien de temps nous allons continuer comme ça.

Il n'avait pas de réponse à cette question. Depuis des semaines, il flottait dans un état d'excitation permanent. Il la désirait, il pensait à elle jour et nuit… Mais, s'ils faisaient l'amour, invariablement, des images de Sheila et de ses fils surgiraient devant ses yeux.

Il n'avait pas le droit…

Comme si elle avait lu ses pensées, Peggy lui demanda tout doucement :

— Si Sheila avait su que vous ne pouviez pas sauver les enfants, aurait-elle voulu que vous disparaissiez avec elle ?

Il baissa les yeux, se remémorant ses débuts de couple.

Après leur rencontre… passionnée et féconde, l'amour s'était installé peu à peu entre eux. Sans avoir beaucoup de choses en commun avec sa jeune femme, il avait appris à l'aimer. Elle était la mère de ses enfants, la présence qui, tout à la fois, avait mis de l'ordre et de la tendresse dans son existence. Lumineuse, délicate, éthérée, la princesse de contes de fées l'avait tenu sous le charme de sa harpe et de sa voix nostalgique.

Posant un index sur ses lèvres, Peggy répondit pour lui :

— Non, n'est-ce pas ? Elle n'aurait pas non plus souhaité que vous deveniez un mort vivant. Allongez-vous, lui murmura-t-elle d'une voix tendre.

Ah, non, il n'était pas prêt ! Même si son corps criait désespérément qu'il voulait s'unir au sien.

Peggy était une femme extrêmement désirable, certes. Mais ce qu'il attendait d'elle avait bien peu à voir avec le sexe. Elle lui avait fait mesurer le vide de son âme et de son cœur. Il savait qu'elle avait aussi le pouvoir de lui rendre la vie.

C'était bien pour cette raison qu'il l'avait si longtemps tenue à distance. Oui, il s'était bien débattu…

Malgré ses réticences, il se retrouva allongé sur le dos. Peggy se pencha sur lui, déboutonna sa chemise. Elle en écarta les pans, toucha son torse et y posa sa joue.

Ses mains vinrent tout naturellement se perdre dans la luxuriante chevelure de la jeune femme. Lorsqu'elle se mit à l'embrasser, ses doutes l'assaillirent tous à la fois, comme s'ils s'étaient rassemblés autour de lui en une horde démoniaque.

— Chuuttt…, murmura-t-elle. Vous ne les ressusciterez pas en vous complaisant dans le malheur. Vous êtes vivant, Finn, et ceci est juste.

Il la fit basculer d'un brusque mouvement.

— C'est une séance de thérapie ?

— Je ne vois que deux êtres humains qui ont besoin l'un de l'autre, ici et maintenant. C'est vous et moi, tout simplement, Finn. Mais ne me faites pas l'amour s'il y a quelqu'un d'autre dans cette pièce.

Il attendit la culpabilité, la dernière lame de fond qui allait l'engloutir, la main glacée des remords nouée autour de son cou… mais il ne sentait que les battements désordonnés du cœur de Peggy contre le sien, la douceur de son haleine sur sa joue.

Alors, il l'embrassa et, bientôt, entre eux, il n'y eut que l'épaisseur de leurs vêtements.

Puis, plus rien ne les sépara.

Il ne lui dit pas qu'il l'aimait mais, au moment de s'abîmer en elle, juste avant de perdre conscience, il sut que ce qu'il ressentait était bien au-delà du désir ou de la gratitude.

Après l'amour, lorsque Peggy reposa, la tête au creux de son épaule, sa vieille ennemie, la peur, revint s'emparer de lui.

23.

La cuisine du Whiskey Island Saloon était fin prête. Lumineuse, élégante, spacieuse. Megan n'aurait jamais rêvé pareille splendeur.

— L'ironie de tout ça, c'est que je ne cuisine pas, dit Megan à l'adresse de Casey. Les ouvriers mangent des sandwichs au beurre de cacahuète ou des pizzas surgelées.

Casey se percha sur l'un des comptoirs en prenant garde de ne rien salir avec ses chaussures boueuses. Tout l'ouest de Cleveland subissait un orage diluvien. Déjà, on sentait l'approche de l'automne.

— Quand allons-nous rouvrir ?

— Nick pense que c'est l'affaire d'un mois, grand maximum.

— Tu comptes marquer le coup pour l'ouverture ?

— Repas gratuit et Guinness à un dollar pour tous nos habitués. Et la famille, bien entendu. Voilà qui devrait engloutir jusqu'au dernier *cent* de l'assurance.

— Le saloon va être somptueux. Nick et les garçons font du beau boulot, dit Casey en acceptant la tasse de thé que Megan lui avait préparée. Assez *chicos,* d'ailleurs, pour accueillir les *yuppies* du coin. Je me demande s'il ne faudrait pas ajouter des *tapas* au menu ou organiser des dégustations de vins, le samedi après-midi ?

— Je te laisse le soin d'expliquer ça à la tribu Donaghue !

— Tu crois que nous avons perdu des clients ?

Pour Megan, c'était un vrai souci. Etait-il possible que Nick, Marco et les garçons aient accompli tout ce labeur en pure perte ?

Elle voulut se montrer positive.

— J'entends tous les jours des plaintes sur les restaurants alentour. Et je reçois cinq à six coups de fil par semaine pour me demander quand nous rouvrons.

Casey renchérit.

— Si nous ne tardons pas trop, ça devrait aller.

Elle buvait son thé à petites gorgées, tout en observant Megan qui s'agitait, nettoyant des surfaces immaculées, désinfectant l'évier pour la seconde fois.

Niccolo et Marco étaient partis depuis plus de deux heures pour aller acheter du matériel. Ils auraient pu appeler, tout de même !

— Est-ce que ça s'arrange, Megan ?

Elle leva les yeux de son évier étincelant de propreté.

— De quoi tu parles ?

— Nick et toi.

— Il est toujours débordé de travail.

— Quand le chantier sera fini, ça ira mieux, non ?

Megan en doutait sérieusement. La veille, avant de rentrer, Niccolo était passé visiter une maison à vendre près de chez eux. Exactement le genre de bâtisse qu'il aimait rénover. Des infrastructures saines, pas trop de dégâts sur le gros œuvre, et suffisamment de pièces pour ne pas avoir à se lancer dans la construction d'une aile.

Bref, il avait pris une réservation.

Ce serait le prochain projet de *Une Brique*.

— Je crois que Nick ne lèvera jamais le pied, dit-elle enfin. Plus il est occupé, plus il est content.

— Il a une énergie phénoménale.

— Et aucun désir d'intimité.

Megan s'arrêta de briquer son évier, et se tourna vers sa sœur.

— Il est surmené, et je commence à croire qu'il n'a pas besoin de moi.

— Quand il aura trouvé ses fameux sponsors, il redeviendra peut-être lui-même ?

— Je crois qu'au contraire, il travaillera encore plus dur. Il voudra prouver à ses commanditaires que leurs fonds sont bien placés. Et il mettra au point de nouveaux prcjets qui auront, à leur tour, besoin de financements. Tu vois, c'est sans fin, dit Megan en haussant les épaules. Parfois, je me demande s'il ne se tue pas à la tâche pour éviter de remettre certaines choses en question.

— Par exemple ?

— Sa décision de quitter la prêtrise. Son mariage.

— Tu plaisantes ? Il est fou amoureux de toi !

— Casey, si je m'en allais, il mettrait plusieurs jours à s'en apercevoir.

— Allons, c'est absurde !

— Il devrait être rentré depuis plus d'une heure. On avait prévu de déjeuner dehors. Finalement, j'ai grignoté sur un coin de table, juste avant que tu n'arrives.

— Il a dû se produire quelque chose.

— Ça, c'est sûr ! Marco et lui se sont brusquement rappelé qu'il leur manquait un truc urgent, et ils ont filé, toute affaire cessante, à l'autre bout de la ville pour se le procurer. Tu vas voir : il va rentrer dans un petit moment avec un emballage vide de chez McDo qu'il va jeter à la poubelle. Puis, en me voyant, il va se rappeler nos projets, il va se sentir mal et il me demandera de lui pardonner. Et moi, comme une andouille, je passerai l'éponge.

Comme par un fait exprès, la porte d'entrée claqua, et le tandem fit irruption dans la cuisine.

Les deux frères se ressemblaient énormément, bien que Marco ait une légère tendance à l'embonpoint.

— Megan, excuse-moi, dit Nick. Je n'ai pas vu le temps passer. Tu as déjeuné ?

— Han-han.

Elle repêcha le sac en papier froissé qu'il avait jeté à la poubelle, et le déplia devant Casey.

— Burger King : je n'étais pas loin !

— C'était le repas de Marco, précisa Niccolo. J'ai préféré m'en passer, au cas où tu m'aurais attendu.

Une épouse compatissante lui aurait préparé un en-cas, mais la jeune femme s'y refusa catégoriquement, et se tourna vers son beau-frère.

— Alors, dans quelle chasse au dahu vous a-t-il encore entraîné ?

— Cette fois, c'était lui le gibier. Il avait les Associations Caritatives aux trousses.

Avec un clin d'œil, Marco ajouta d'un air admiratif :

— On peut dire que votre mari est populaire. Une chance qu'il ait un téléphone cellulaire !

Megan posa un regard soupçonneux sur Nick.

— Ils te poursuivent encore, ceux-là ?

Il haussa les épaules d'un air faussement négligent.

— Je leur ai dit que je ne pourrais pas faire partie de leur conseil d'administration.

Megan se détendit soudain. Il l'avait écoutée, finalement : il avait refusé leur offre, malgré les contacts intéressants que cela représentait pour lui.

— Nous sommes en plein conflit d'intérêt, précisa Niccolo. J'ai fait une demande de subvention aux Associations, et je suis sur le point de l'obtenir.

La joie quitta aussitôt la jeune femme. Il n'avait pas agi par égard pour elle ni parce qu'il avait pris conscience qu'il était réellement débordé.

Remarquant sa déception, il posa un bras sur son épaule.

— De toute façon, j'aurais dit non.

— Certainement. C'est seulement un mot difficile à prononcer.

— D'après ce que j'entends, toutes les organisations du Midwest veulent mettre un pied à *Une Brique*, fit remarquer Marco.

Il alla prendre deux *tonics* dans le réfrigérateur, et en tendit un à son frère, tout en lançant à la cantonade :

— Des amateurs ?

— Non, merci, dit Megan. D'où vient ce succès soudain ?

— Eh bien, le téléphone n'arrête pas de sonner, depuis l'émission. Super coup de pub !

— Je suis passée par cette phase de recherche de fonds, moi aussi, dit Casey en se levant pour rincer sa tasse. Quand j'essayais de remettre l'*Albaugh* sur les rails. Le problème, c'est que les propositions financières sont toujours soumises à conditions. Chaque fois qu'un chèque arrivait, on devait faire tellement de changements dans le personnel ou les services que cela équivalait presque à repartir de zéro.

— Pareil pour nous : rien n'est vraiment gratuit, dit Niccolo avant de vider sa cannette à grands traits, comme s'il n'avait rien bu de la journée.

Megan soupira et se dirigea vers le réfrigérateur.

— Ça te tente un bol de soupe ? demanda-t-elle à son mari.

— Mouais, répondit-il distraitement.

Puis, aussitôt après, il se replongea dans sa conversation avec Casey.

— J'ai déjà refusé deux propositions, pourtant assez alléchantes, à première vue. Dans la première, il y avait une clause qui interdisait aux gosses d'utiliser des outils électriques. Quant à l'autre proposition, elle incluait le fait que nous devenions tous mennonites.

— Tu finiras par trouver les bons donateurs, dit Casey.

Puis elle consulta sa montre, et s'écria :

— Je file : j'ai rendez-vous chez le médecin. A plus tard.

Voyant l'expression inquiète de Megan, elle lui sourit d'un air rassurant.

— Simple formalité.

Marco jeta sa cannette dans la poubelle.

— Moi aussi, il faut que j'y aille. Surtout si je veux être à Pittsburgh à l'heure, pour le dîner. Carrie m'a promis des *pasta fazul*.

Voyant l'air étonné de Casey, il précisa à son intention :

— La forme dialectale de *pasta e fagioli*, les fameux macaronis aux haricots blancs qui ont sauvé de la famine des millions d'immigrés italiens !

— A mercredi, *dottore* ! lui lança Nick en riant.

Marco se tourna vers Megan pour un baiser d'au revoir.

— A tout bientôt, donc.

Megan fit chauffer le potage au micro-ondes pendant que Niccolo raccompagnait les autres à la porte. En revenant, il trouva son bol servi sur le comptoir. Il approcha un tabouret.

— Ça a l'air délicieux.

— C'est de saison, avec toute cette pluie.

— Je regrette pour le déjeuner. J'avais tellement utilisé mon téléphone que les batteries étaient à plat. Impossible de te prévenir. Et pas moyen de trouver une cabine.

— Ce n'est ni la première ni la dernière fois que l'on me pose un lapin.

— Le reste de la semaine est une véritable calamité. Je n'ai pas un après-midi de libre.

Une demi-douzaine de phrases toutes faites lui passèrent par la tête.

Rien de nouveau sous le soleil ! J'ai déjà entendu ça quelque part… Tu ne pourrais pas changer de disque ?

Ce n'était pas le choix qui manquait. Mais, plutôt que de lui lancer une remarque acerbe, elle hocha la tête en soupirant, découragée.

— En revanche, je n'ai rien de prévu pour le week-end, annonça-t-il dans l'espoir de la dérider. Je suis libre vendredi soir *et* samedi soir. Organisons une sortie. Juste pour nous deux. Dans un endroit agréable.

— Et pas trop cher ! ajouta-t-elle prudemment.

Il posa les mains sur les épaules de sa femme.

— Luxueux *et* abordable. Une soirée tête à tête. Une bonne bouteille de vin, des fruits de mer. Qu'en dis-tu ?

Elle fit lentement tourner sa tête tandis qu'il lui massait les épaules.

— Tu penses que tu trouveras le temps ?

— On le prendra de toute façon, Megan. Nous avons besoin d'un peu de distractions. On pourrait même aller danser si tu en as envie.

Elle n'en croyait pas ses oreilles.

— Vendu !

— Génial !

Il l'enlaça et lui mordilla l'oreille.

— Veux-tu te charger des réservations ? Ou préfères-tu que je la joue « tradition-tradition » et que j'essaye de devancer tes désirs ?

— Je vais m'en charger, merci.

Tournant les yeux vers lui, elle ajouta :

— Tu devrais plus souvent chercher à te faire pardonner.

— Je n'ai jamais eu l'intention de te rendre malheureuse. Tu le sais, n'est-ce pas ? Je veux te donner tout ce dont tu peux rêver.

— Pour l'instant, je me contenterai de toi.

Niccolo avait suggéré un repas au restaurant et une soirée en discothèque. Megan s'engagea dans une voie légèrement plus romantique. On lui avait signalé un hôtel de charme, à une heure et demie environ au sud de Cleveland, en plein cœur du pays amish. Il y avait des forêts, non loin, pour se promener, et de jolies boutiques où musarder. Avantage déterminant : l'auberge était située suffisamment loin pour que Niccolo hésite à « faire un saut » en ville si quelqu'un réclamait sa présence. Le prix des chambres paraissait tout à fait raisonnable et, s'il n'y avait pas de dancing à proximité, ils n'auraient aucun mal à trouver une autre occupation.

Elle avait appelé ce petit paradis. Ils venaient d'avoir un désistement. Sans hésiter, elle réserva pour deux nuits et régla avec sa carte de crédit.

Toute la journée, Megan flotta dans une douce euphorie, jusqu'au moment où Niccolo lui téléphona pour lui annoncer qu'il avait un imprévu. « *Dîner de travail…impossible à remettre… Avec la meilleure volonté… pas refuser…* »

Josh était parti aux chutes du Niagara, pour une dernière virée d'été avant la reprise des cours, avec son « *Explorer Post* », un programme parrainé par les Scouts d'Amérique, qui permettait aux jeunes d'assister des services de police, de pompiers ou d'ambulanciers locaux.

Rooney, lui, n'était pas encore rentré de chez Frank et Deirdre.

La jeune femme dîna donc seule, d'un reste de salade et d'une pomme de terre cuite au micro-ondes, sur un coin de table de la cuisine, avec Newsweek pour toute compagnie. Ensuite, elle peina sur la traduction des lettres de Maura McSweeney, avec sa grammaire et son dictionnaire gaélique.

Jusque-là, elle n'était pas retombée sur des allusions concernant Liam, mais elle trouvait captivantes les informations qu'elle y glanait, et elle regrettait vraiment de ne pas avoir connu Maura.

Une heure plus tard, elle suivait avec un enthousiasme très relatif la rediffusion d'un vieux classique où Humphrey Bogart séduisait Lauren Bacall lorsque la porte d'entrée s'ouvrit sur Rooney.

Comme toujours, la jeune femme poussa un soupir de soulagement : son père avait réussi à retrouver son chemin.

Sa chevelure était ébouriffée par le vent, il avait pris des coups de soleil, mais il semblait avoir passé une bonne journée. Il vint s'installer à côté d'elle, dans le vieux fauteuil qu'il avait adopté, depuis le début.

Elle n'était jamais certaine du genre de réponse qu'elle obtiendrait lorsqu'elle lui adressait la parole. Quoique, récemment, Rooney se montrât de plus en plus cohérent. Un traitement adapté, une nourriture saine, un esprit en paix — il n'avait plus à galérer pour trouver un lit où dormir, chaque soir — avaient visiblement amélioré son comportement.

La tendresse de ses proches, qui l'aimaient sans l'étouffer et respectaient sa liberté, y contribuait aussi.

Elle fit une tentative de conversation.

— Il pleut encore ?

— Presque plus.

— As-tu bien dîné ?

— Un steak.

— Moi, j'ai mangé de la laitue fanée et une pomme de terre qui avait autant d'yeux que le géant Argos.

Il rit doucement, et elle se sentit encouragée. Le Rooney de son enfance était doué d'un merveilleux sens de l'humour, qu'il était toujours prêt à partager.

— Frank te dit bonjour. Et Dee, aussi.

Rooney paraissait vraiment dans l'un de ses bons jours. Non seulement il était en phase avec la réalité, mais il semblait heureux de se retrouver avec elle. Et Megan était toujours reconnaissante pour ces instants bénis, qui étaient anodins pour tant de gens.

Elle décida de pousser l'avantage plus loin.

— J'ai eu une conversation intéressante avec tante Dee, il y a quelques semaines, à propos de ton père.

— Qu'est-ce qu'elle t'a dit ?

— Eh bien, nous évoquions sa carrière d'agent pendant la Prohibition. Sais-tu qu'il était tombé amoureux de la fille de Timothy McNulty, le bootlegger ?

— 'Videmment !

— Nous n'avons pas eu l'occasion de terminer cette conversation et, malheureusement, c'est tout ce que je sais.

Deirdre et Frank étaient partis en croisière, deux jours plus tard et, ensuite, Megan ne s'était plus retrouvée tête à tête avec sa tante, ce qui lui aurait permis de la cuisiner sur les histoires de famille.

— Moi, j'en connais un rayon. Plus que Dee.

Megan ouvrit de grands yeux surpris.

— C'est vrai ?

— Il me parlait…

Rooney sourit pensivement.

— P'pa pensait que j'étais pas tombé amoureux de la fille qu'il me fallait.

— Quoi ? Maman ?

— Non. Avant.

Megan posa la main sur son cœur.

— Eh bien, tu m'as fait peur.

— Cette fille, elle a déménagé.

Il fronça les sourcils.

— J'me rappelle plus son nom. C'est pas une perte.

— D'autant plus que si c'était elle que tu avais épousée, tu n'aurais pas eu les trois filles magnifiques dont tu es si fier !

Rooney eut un sourire de complicité qui ravit Megan.

— Tu te souviens de ce que ton père t'a raconté sur Clare McNulty ?

Il demeura silencieux si longtemps qu'elle craignit de le voir repartir vers ce monde étrange où personne ne pouvait l'accompagner. Mais il hocha la tête affirmativement.

— Tu es assez grande pour savoir. Mais c'est triste.

Elle fut émue de sa réflexion qui sonnait comme un avertissement.

— Ne t'inquiète pas, lui dit-elle. La tristesse fait aussi partie de la vie.

— La femme ? Y avait rien à dire contre elle. Mais sa famille ! soupira Rooney. Je vais te raconter ce dont je me souviens.

Megan n'aurait su dire ce qui lui faisait le plus plaisir : que son père ait retrouvé la mémoire ou qu'il recommence à communiquer.

1925
Castlebar, Comté de Mayo

Mon cher Patrick,

Ta sœur a eu une bien belle frayeur, sais-tu ?

Au point d'hésiter à t'en faire part.

Enfin, avant de commencer, je tiens à te rassurer : je suis maintenant hors de danger, et l'expérience m'aura certainement rendue plus sage qu'auparavant.

Peut-être te souviens-tu de la famille Fitzgerald qui demeure au bas de Ballinrobe road ? Sean Fitzgerald et son épouse, Rose, ont eu douze enfants, tous installés dans la région ; certains, même, sur la ferme familiale. La terre n'a jamais bien donné de ce côté, et chacun des enfants a dû plus souvent qu'à son tour aller chercher ailleurs sa pitance, au cours des années les plus cruelles.

Ce sont des gens admirables, ces Fitzgerald : courageux, généreux, prêts à se charger des travaux les plus pénibles pour nourrir leur famille. L'aîné, Hugh, a deux fils. Le plus jeune, Jack, est celui dont je veux t'entretenir.

Comme la plupart des vieilles femmes de mon âge, j'ai tendance à prêter l'oreille aux histoires du village et de mes voisins. Un passe-temps bien innocent, en général.

Mais qui peut parfois prêter à complication. C'est ce qui est arrivé, le jour où j'ai entendu dire que Jack était déterminé à épouser Fiona O'Shea.

Ne cherche pas dans ta mémoire, tu ne connais pas les O'Shea ; ce sont des nouveaux venus à Castlebar et, surtout, ils font partie de la Church of Ireland[5]*. Au jour d'aujourd'hui, j'ignore encore comment ces deux-là se sont rencontrés et où Jack a pu trouver le temps de conter fleurette à Fiona. Toujours est-il que ces événements se sont produits et que les deux amoureux ont décidé d'unir leurs destinées.*

Jack effectue quelques travaux pour moi, de temps à autre. C'est un garçon en or, très capable et tout à fait déterminé à se faire une place dans l'existence. Il a reçu un minimum d'instruction mais il a le désir d'apprendre davantage. Il a lu tous les livres que je possède et absorbé la moindre miette de savoir que j'ai pu lui dispenser. Je connais moins Fiona, mais elle a l'air d'avoir une belle âme et une intelligence vive.

Lorsque Jack m'a avoué qu'ils comptaient fuir pour se marier, j'ai tenté de l'en dissuader. Dans l'avenir, je l'espère, notre peuple se souviendra que nous adorons le même Dieu et que nous avons plus de choses en commun que de motifs de conflits. Ces temps n'étant pas encore là, j'ai eu grande peur pour ces jeunes tourtereaux.

Et je n'avais pas tort. Jack, comptant sur notre amitié, a pris la liberté, le soir où il comptait fuir, de m'amener Fiona, afin de la dérober aux recherches de ses parents. Il pensait que le lieu était sûr et que personne ne se risquerait à venir battre la campagne si loin du village. Dès la nuit tombée, ils prendraient la route, espérant s'échapper à la faveur de l'obscurité.

Hélas, ils s'étaient trompés. Et ils ne durent leur salut qu'à leur fuite précipitée, quelques minutes seulement avant que

5. Church of Ireland : Eglise protestante.

n'arrivent le père et les frères de la fiancée, bientôt suivis par la famille de Jack.

Une bonne âme les avait vus dans les alentours et s'était empressée d'aller les dénoncer.

J'étais donc seule lorsque les familles se sont présentées l'une après l'autre, et je peux simplement dire que seul Notre Seigneur a pu les empêcher de mettre le feu à notre maison.

Quant à Jack et Fiona, j'ignore ce qu'ils sont devenus.

Car, s'ils étaient pris, nous le dirait-on ?

Partagent-ils une tombe quelque part dans la campagne irlandaise, au lieu de la couche nuptiale dont ils rêvaient ?

J'ai honte, parfois, d'être une Chrétienne, cher Patrick.

Trop souvent — que Dieu ait pitié —, nous sommes des barbares de la pire espèce.

Ta sœur qui t'aime,
Maura McSweeney

24.

Glen était tombé passionnément amoureux de Clare McNulty dès leur première rencontre et, bien qu'il niât la force de ses sentiments, il trouvait sans cesse de nouveaux prétextes pour la voir.

Après que Niall Cassidy eut été conduit au poste pour interrogatoire, le père de Clare avait mis sa fille sous surveillance accrue. Mais elle était intelligente, pleine de ressources, et comme Tim était un homme fort occupé, les deux amoureux continuaient à se voir régulièrement. A chacune de leurs rencontres, le jeune homme se disait qu'en dépit de tous les obstacles, il avait trouvé la femme qu'il désirait épouser.

Ce jour-là, ils avaient prévu de pique-niquer, et Glen avait demandé à sa grand-mère de leur préparer un repas froid, sachant qu'elle saurait se montrer discrète.

Avant son rendez-vous avec Clare à Edgewater Park, il passa donc chez Lena. Comme toujours, il dut se frayer un passage au milieu d'une joyeuse ribambelle d'arrière-petits-enfants qui jouaient aux billes, à chat perché et aux dominos, devant la maison. Au salon, il rencontra deux jeunes cousines qui s'exerçaient à danser sur une romance doucereuse de John McCormack, diffusée par un poste de radio tout neuf.

Il trouva Lena dans la cuisine, selon son habitude. Sa chevelure, désormais blanche, hormis quelques mèches encore rousses, ici ou là, était ramenée dans un chignon lâche, au sommet de sa tête. Si elle n'avait pas adopté la coupe au carré à la dernière mode, elle gardait un charme certain avec sa silhouette toujours mince, malgré ses six grossesses. Et les rides avaient à peine altéré son joli visage.

Grand-père Rowan, décédé dix ans auparavant, avait insisté pour que son épouse apprît à ses enfants à cuisiner, dans l'idée qu'elle aurait ainsi de l'aide au saloon et à la maison. Lena avait donc enseigné les rudiments de l'art culinaire à ses enfants.

— Qu'est-ce que ça sent bon, *Mamó !*

Elle avait toujours été *Mamó* Lena, pour lui et les autres petits-enfants : un mot celte qu'elle tenait de sa mère patrie. L'un des moyens, pour elle, de rester irlandaise, en plus de cet accent chantant qu'elle n'avait jamais perdu.

— Le contraire serait inquiétant, mon cher enfant ! dit-elle en lui plantant un baiser sur la joue. J'ai toujours nourri la grande tribu des Donaghue !

Sa grand-mère, il s'en doutait, regrettait de ne plus cuisiner pour les clients du saloon depuis qu'une mauvaise pneumonie l'avait affaiblie et forcée à la retraite. Elle se consolait auprès de sa nombreuse descendance, et elle avait le bonheur de voir l'un de ses fils et sa belle-fille —irlandaise, Dieu merci ! — continuer à faire tourner le Whiskey Island Saloon selon les traditions les plus strictes. Et puis, à l'instar de Glen, ce jour-là, il y avait continuellement des membres de son entourage pour lui réclamer l'une ou l'autre de ses spécialités.

Glen repéra tout de suite le panier d'osier ventru qui trônait sur le comptoir, et en souleva le couvercle pour inspecter son contenu. Il faudrait sans doute des heures et des heures de mastication ininterrompue pour venir à bout, ne serait-ce que de la moitié des victuailles qu'il contenait.

— Et ne t'avise pas de me dire qu'il y en a trop ! lança Lena. Tu n'auras qu'à rapporter les restes dans ce trou à rat en terrain étranger que tu appelles ton chez-toi.

Glen avait quitté la maison de ses parents quand il était entré à l'agence pour la Prohibition. Bien que cela continuât à faire scandale, il espérait que sa famille comprenait son point de vue : mieux valait vivre éloigné d'un endroit qui représentait un perpétuel défi vis-à-vis de son métier. Il préférait ne pas avoir à entendre des histoires qu'il lui faudrait oublier… ou dénoncer. S'il leur rendait visite fréquemment, son déménagement rappelait aux membres de sa famille qu'ils avaient intérêt à se surveiller en sa présence.

— On va se régaler : ça a l'air délicieux.

— Cette jeune personne que tu fréquentes, elle apprécie la bonne cuisine ?

— Je ne sais pas. Nous n'avons jamais partagé un repas.

— Comment se fait-il que tu n'aies pas été invité à dîner chez elle, un dimanche ? As-tu rencontré sa famille ?

Il se demandait s'il devait mettre Lena au courant. Certes, elle savait tenir sa langue mais, si elle s'inquiétait pour lui, elle serait tentée d'en parler aux parents.

— Le père de Clare n'apprécierait pas qu'elle sorte avec moi, dit-il, sans donner davantage d'explications.

Lena se retourna et scruta son visage.

— Rassure-moi : cette fille est-elle bonne catholique, au moins ?

— Aucun souci là-dessus. On s'est rencontrés à l'église.

— Alors, il se pourrait que je la connaisse ?

— *Mamó*, c'est un peu compliqué. Elle, c'est la jeune fille idéale dont tu rêverais pour moi. Son père, c'est une autre histoire…

— Mais… si tu faisais sa connaissance, tu t'apercevrais peut-être que cet homme n'est pas si mal. A moins qu'il n'ait quelque chose contre les Irlandais ?

— Il *est* irlandais.

On aurait dit qu'il venait de lui décrocher la lune et les étoiles.

Mais il préféra ne pas la laisser se bercer d'illusions.

— C'est un bootlegger, *Mamó*.

— Tim McNulty !

Le sourire de Lena tourna à la grimace.

— Glen, mon garçon, tu as perdu la tête ? Je l'ai vue, cette jeune fille. C'est vrai qu'elle est charmante. Mais il y a certainement bon nombre de charmantes jeunes filles, à West Side, dont les pères ne circulent pas avec des gardes du corps armés !

— Tu es la seule à savoir. Je t'en prie, ne dis rien à personne ! Je ne sais pas encore ce qu'on va faire. Son père veut qu'elle épouse un type de Chicago : un trafiquant qu'elle méprise profondément.

— Est-ce qu'elle t'utilise pour sortir d'un mauvais pas ?

— Non, ce n'est pas du tout son genre. J'ignore par quel miracle c'est possible, mais elle est douce et réservée. Un ange… Tu l'aimeras tout de suite, dès que tu la verras, je te le promets.

— Je *l'aimerai* ? Est-ce à dire que tu as déjà pris ta décision, Glen ? Que tu vas te battre pour elle ?

Oui, il avait pris sa décision, bien que cela lui coûtât. Il était un homme de tradition dans un monde en plein changement. Et il lui déplaisait de devoir courtiser la fille de McNulty en cachette. Tout comme il lui déplaisait de penser que Clare serait reniée par sa famille si elle l'épousait.

Et, plus grave, il haïssait l'idée que leur relation pût mettre Clare en danger.

Il connaissait McNulty de réputation : l'homme ne laisserait pas sa fille contrecarrer ses projets. Non seulement il était dangereux, mais il tenait Clare en piètre estime. Un amalgame des plus terrifiants…

— Oui, je vais me battre, dit Glen. Mais je ne suis pas naïf : il se peut que je ne sorte pas victorieux de la confrontation.

— Ce qui serait grand dommage, n'est-ce pas ? Parce que m'est avis que la demoiselle a besoin de toi.

— Que cela reste entre nous, tu veux bien, *Mamó* ?

— Pour le moment.

Sur ce, Lena retourna en grommelant vers ses marmites qui bouillaient sur le feu.

Tim McNulty était à Chicago.

Clare aurait dû s'y trouver avec lui. Elle s'était préparée à partir, et avait même affiché une joie factice afin de détourner les soupçons.

Ses valises étaient prêtes mais, au dernier moment, elle avait invoqué une indisposition typiquement féminine — la seule excuse que Tim ne pouvait ni vérifier ni discuter. Il avait pesté contre elle et contre ces histoires de « bonnes femmes », puis il avait bien été obligé de la laisser à la maison.

Jerry était censé la surveiller, mais Jerry était un tire-au-flanc, facile à berner et qui craignait les femmes, par-dessus le marché. Quand elle lui annonça qu'elle comptait garder la chambre toute la journée afin de soigner sa migraine — et après avoir poussé quelques discrets gémissements au moment où il passait devant sa porte —, il avait rapidement déserté l'étage. Par expérience, elle savait qu'il s'installerait au salon avec un jeu de cartes et une flasque de tord-boyaux.

Si elle empruntait l'escalier de service et se faufilait par la porte arrière, il ne s'apercevrait même pas de son absence. Et, au cas, hautement improbable, où il découvrirait la supercherie, elle lui expliquerait qu'elle avait eu besoin d'air frais tant elle se sentait mal.

Et ce n'était pas le genre de chose qu'il irait rapporter à Tim McNulty !

Vers 11 heures du matin, Clare gagna la cuisine sans se faire remarquer. La main posée sur la poignée de la porte, elle s'apprêtait à sortir lorsqu'elle repéra un homme en faction qui surveillait l'arrière de la maison. Elle ne le connaissait pas. Il était grand, mince, plus jeune que Jerry et visiblement plus futé.

Voilà qui compliquait singulièrement la situation !

Elle hésitait sur la marche à suivre quand l'homme quitta son poste pour se diriger vers le devant de la maison. Elle entendit une voiture ralentir, puis le lointain murmure d'une conversation.

La chance lui souriait.

Clare referma sans bruit la porte et courut vers la haie de bouleaux qui bordait le passage menant à la ruelle de derrière. Les boxers que Tim élevait en guise de chiens de garde la laissèrent passer devant le chenil, sans aboyer. Elle franchit la grille, et parcourut la moitié de la ruelle avant de risquer un coup d'œil en arrière.

Personne en vue.

Elle longea des jardins et des cours, évitant autant que possible la rue, puis, postée au coin d'une haie de buis taillés, elle attendit le tramway en direction d'Edgewater Park. Au moment où il s'arrêta, elle jaillit de sa cachette et monta.

Glen tremblait à l'idée que Clare n'ait pas pu s'échapper.

Lorsqu'il la vit près du kiosque, il fut envahi d'une joie… dont l'intensité le consterna. Depuis le début, il avait veillé à ne rien précipiter. Circonspection et bon sens lui avaient paru les maîtres mots dans leur idylle naissante.

Un seul regard sur ses lèvres roses et ses cheveux brillants lui fit comprendre qu'il venait de franchir un point de non-retour. L'attitude de Clare, son expression montraient qu'il en était de même pour elle.

Il l'embrassa sans se préoccuper des promeneurs. Il se sentait comme un homme prêt à dévorer un festin après un jeûne de plusieurs mois.

— J'ai failli ne pas pouvoir venir.

Elle se mit sur la pointe des pieds et l'embrassa à son tour, puis elle lui prit le bras.

— Mon père fait aussi surveiller la porte arrière, maintenant. Il a embauché quelqu'un que je n'avais encore jamais vu.

Glen savait que McNulty était entouré de gros-bras, tous à son service, et qu'il n'aurait pas confié Clare au premier venu. Le nouveau devait être une étoile montante dans la bande.

— Allons nous asseoir, proposa-t-il à la jeune femme.

Il l'emmena vers la rive du lac. La journée était belle, ensoleillée. Une légère brise ridait la surface des eaux et rendait la température particulièrement agréable. A l'écart de l'allée principale, ils trouvèrent refuge à l'ombre d'un magnifique hêtre pourpre, et ils étendirent le plaid que Glen avait pensé à prendre.

Tout en sortant les provisions du panier, il la mit au courant de la conversation qu'il avait eue avec sa grand-mère.

— Vous l'aimerez, j'en suis certain. Et elle aussi. Tout le monde vous aimera, d'ailleurs.

— Glen…

Elle posa son assiette et le regarda gravement.

— Une fois que mon père aura découvert… pour nous, je ne pourrai plus revenir en arrière. Vous le comprenez, n'est-ce pas ? Si je défie mon père et que je m'en sors vivante, il me reniera à tout jamais. Non seulement je n'existerai plus à ses yeux, mais il tentera de se venger par tous les moyens. Vous serez constamment en danger, aussi longtemps qu'il vivra. Sincèrement, il vaudrait mieux ne plus jamais nous revoir…

— Vous pensez que ce serait mieux… pour vous, pour moi ou pour lui ?

— Pour vous.

Il lui prit le menton et plongea son regard dans le sien.

— Et vous, Clare ? Que souhaitez-vous ?

Elle tenta de détourner les yeux.

— Ne me le demandez pas.

— Il faut que je sache.

— Vous savez ce que je ressens.

— Dites-le.

— Je vous aime. Vous ne le voyez donc pas ?

— Je l'espérais. Moi aussi, je vous aime.

— Nous n'aurions jamais dû commencer.

Il laissa retomber sa main. Elle avait raison, bien entendu, mais il était trop tard pour revenir en arrière. Il fallait faire face.

— Certes. Mais qu'auriez-vous fait si vous ne m'aviez pas rencontré ? Vous auriez épousé Cassidy ? Maintenant, au moins, nous avons une vraie chance d'être heureux, Clare. Rendez-vous compte, si nos chemins ne s'étaient jamais croisés !

— Qu'allons-nous faire ?

— Nous marier. J'ai un salaire modeste, et je ne pourrai pas vous assurer le train de vie que vous avez chez votre père, mais nous pourrons habiter dans ma famille en attendant de nous installer. Ma grand-mère a de la place dans sa maison, et elle voudra nous avoir chez elle. Surtout quand elle aura fait votre connaissance. Je la connais. Elle insistera.

— Et mon père nous poursuivra de sa haine.

— Pas forcément. Nos enfants seront aussi ses petits-enfants, ce qui risque de peser dans la balance. Et puis, il tient certainement à vous. Plus que vous ne le croyez.

Elle secoua la tête.

— Si vous saviez…

— Nous partirons si l'atmosphère devient irrespirable. Je demanderai mon transfert dans une autre ville. Marions-nous, Clare. Dès que possible.

— Vous quitteriez Cleveland et votre famille ?

— *Tu seras* ma famille.

Des larmes brillèrent dans ses yeux. Elle acquiesça de la tête. Et, lorsqu'il l'embrassa, elle lui répondit passionnément.

Ils firent honneur à leur repas, et Clare ne tarit pas d'éloges sur les talents de Lena. Puis ils firent des plans. Glen lui parla du père Patrick McSweeney, à présent retiré de sa paroisse de Sainte-Brigid. C'était lui qui avait, jadis, marié ses parents, et ses grands-parents.

— Sa santé n'est pas excellente, et il officie rarement, mais peut-être acceptera-t-il de célébrer une cérémonie privée ? Il a toujours été un ami très proche de ma famille. Qui sait ? Il pourrait même avoir quelque influence sur ton père.

— Ce sera plutôt mon père qui cherchera à l'influencer, dit Clare tristement.

— Peine perdue avec le père McSweeney ! Peu importe les sommes que ton père aura données à la paroisse ou les personnages hauts placés qui intercéderont pour lui. Notre ancien curé est un roc. L'honnêteté et la bonté incarnées.

— Les membres de ta famille viendront à notre mariage ?

— Oui, bien sûr. Et de ton côté ?

— Personne. A part ma mère qui nous regardera de là-haut. Je sais qu'elle le fera. Et je porterai sa robe : elle l'avait mise de côté pour moi.

Il lui prit la main.

— Il va falloir être très prudents, Clare, et cesser de nous rencontrer ainsi, en public. Jusqu'à ce que nous soyons mariés, nous devrons redoubler de précautions. Je ne veux pas que ton père te maltraite ou qu'il t'envoie au loin, dans un endroit où je ne pourrai pas te retrouver.

— Comment communiquerons-nous ?

— S'il le faut, je trouverai quelqu'un pour te faire parvenir des messages. Et, si tu peux continuer à venir à la première messe sans éveiller les soupçons de ton père…

— Oh, je le ferai ! Tu peux compter sur moi.

— Tu disais qu'il y avait un nouveau garde ?

— J'ai trompé sa vigilance, aujourd'hui. J'y arriverai aussi demain.

— Il serait peut-être préférable que tu rentres, maintenant. Qu'en penses-tu ?

Elle eut l'air déchiré, mais acquiesça, néanmoins.

— Ce serait plus sage.

— Je vais t'accompagner jusqu'au tram.

Elle l'arrêta au moment où il se levait.

— Non. Reste ici. Je vais disparaître dans la foule. Tu as raison : évitons d'être vus ensemble.

Il lui prit la main et la serra.

— C'est l'affaire d'un petit moment. Ensuite, nous passerons le reste de notre vie ensemble. Aie foi en notre bonne étoile. On y arrivera, tu verras !

Elle porta sa main à ses lèvres en le regardant intensément. Puis elle se mit debout et s'éloigna. Un instant plus tard, elle s'était fondue parmi les promeneurs.

Glen gardait les yeux fixés sur l'endroit où il l'avait vue disparaître, si bien qu'il ne prit pas conscience de l'ombre qui se profilait sur le plaid. Quand il sentit sa présence, l'homme était déjà au-dessus de lui, le dominant de toute sa hauteur.

Il ne lui était pas inconnu. Mais où et quand l'avait-il rencontré ? Glen n'aurait su le dire.

— L'entrepôt de Donatone, précisa l'homme en le voyant chercher dans sa mémoire.

Puis il fit signe à Glen de ne pas bouger, et s'assit près de lui, repliant les jambes et les serrant entre ses bras, comme quelqu'un qui profiterait du soleil en compagnie d'un ami.

— La dernière fois, dit-il, j'ai dû vous assommer.

Rien que d'y penser, Glen sentit de nouveau la douleur dans sa nuque. Quand il était revenu à lui, il avait eu du mal à se pardonner ce fiasco. Au point qu'il n'avait osé confier à personne sa curieuse aventure : l'homme qui l'avait mis K.-O. et celui qui l'avait sauvé des balles de son complice de bootlegger étaient… une seule et même personne ! Malgré ses états de services assez glorieux, il doutait que le département lui confiât une autre mission sur le terrain, après un tel impair.

— Qu'est-ce que vous fichez ici ? lui demanda Glen. Je pourrais vous flanquer en prison.

— Je suis chargé de veiller sur Mlle McNulty.

L'accent irlandais était perceptible dans sa voix, ainsi qu'un avertissement à peine déguisé. Glen ne prit pas la peine de mentir.

— Elle n'est pas ici.

— Je sais. Je viens de la voir partir.

— C'est donc *vous* qui étiez de service ? Dire qu'elle croyait vous avoir semé !

L'homme sourit modestement.

— Oui, c'est bien moi.

— Vous avez un nom ?

— Qui n'en a pas ?

— J'imagine que je suis le dernier à qui vous le donneriez, hein ?

— Appelez-moi Liam, tout simplement.

— Enchanté, Liam-Tout-Simplement.

— Et vous, déjà ? Excusez-moi, j'ai oublié.

— Glen Donaghue.

— Eh bien, Glen Donaghue, je suis venu vous donner un petit conseil.

— C'est tout ? Il y a sans doute trop de monde dans les parages pour la raclée qui va avec ?

— Je ne pense pas que vous vous laisseriez faire.

— Exact.

— M. McNulty a des projets pour sa fille. Des projets dont vous ne faites pas partie.

— Clare en a fait, de son côté. Et ce ne sont pas les mêmes. Nous sommes au XXe siècle. Les femmes votent. Elles ont quitté leurs corsets, se coupent les cheveux et fument. Elles font des études et choisissent elles-mêmes leur mari. Clare n'épousera jamais un homme que son père a choisi pour elle et qu'elle méprise profondément.

— Ah oui ? dit Liam en tirant un brin de folle avoine et en le glissant entre ses lèvres. Ce Cassidy ne lui plaît pas ?

Glen trouvait cette rencontre de plus en plus étrange.

Liam était un truand et, comme tous ceux de son espèce, il pouvait se révéler dangereux. Bizarrement, cependant, cet homme l'attirait. Certes, Liam avait commencé par lui sauver la vie… ce qui créait tout de même des liens.

— Elle le déteste.

— Et c'est vous qu'elle aime, hein ?

— Je n'ai pas dit ça.

— Pas la peine. Elle n'est pas le genre de fille à faire le mur pour autre chose.

— Qu'en savez-vous ? Elle m'a dit qu'elle ne vous avait jamais vu, avant ?

— J'écoute. Je fais attention.

— Eh bien, maintenant que vous avez délivré votre message, vous pouvez y aller. Et veillez à ce qu'elle rentre saine et sauve chez elle !

— Mon message, c'est plutôt un avertissement, Donaghue. Je vous ai dit que j'avais pas les yeux dans ma poche. Alors, voilà ce que je sais : Tim McNulty n'est pas un gars avec qui on plaisante. Ne vous laissez pas tromper par les apparences. Il est aussi impitoyable qu'un soldat prussien. Il vous fera descendre, si ça l'arrange. Et ça ne l'empêchera pas de dormir la nuit. S'il y est obligé, il la tuera, elle aussi, ou pire : il lui fera regretter de ne pas être morte. Vous prenez de sacrés risques, j'vous le dis !

Jamais les conversations de Glen avec des éléments criminels de la bonne ville de Cleveland n'avaient ressemblé, de près ou de loin, à celle-ci. Liam-Tout-Simplement semblait *vraiment* se faire du souci pour lui.

— Pourquoi vous me dites tout ça ? s'enquit-il. Vous essayez de vous faciliter le boulot ? Ou vous manquez d'estomac pour liquider d'innocentes créatures ?

— Je n'ai pas de goût pour l'assassinat.

— Vous vous êtes trompé de business, dans ce cas.

— Pas jusqu'à maintenant. Et j'ai l'intention de continuer comme ça.

Liam jeta sa tige d'avoine mâchouillée par terre, s'étira et se remit debout.

— Je vous ai sauvé la mise une fois. C'est pas pour que vous gâchiez vos chances maintenant.

— Vous ne me devez rien, pas plus aujourd'hui qu'hier.

Glen leva les yeux sur lui, puis grimaça un vague sourire.

— Merci quand même pour l'autre jour, et pour la mise en garde.

Liam le fixait avec une expression étrange.

— Votre nom, c'est bien Donaghue ?

— Oui. Pourquoi ?

— C'est marrant, vous me rappelez quelqu'un…

Il souleva son chapeau en guise d'adieu.

— Si vous empêchez Clare de me revoir, vous la condamnez à une existence misérable. Je suis son seul espoir, Liam !

— Peut-être mais moi, en la gardant à l'œil, j'offre l'espoir d'une vie digne de ce nom à ma femme et à ma fille. J'obéis aux ordres. Et, pour ma part, je n'aurai pas l'imbécillité de contrarier le big boss.

25.

Le récit de Rooney prit fin abruptement. Il se leva de son fauteuil comme un ressort et s'étira en faisant craquer ses jointures.

— Rooney, qu'est-ce qui est arrivé à Clare ? lui demanda Megan. A-t-elle finalement obéi à son père et épousé Niall Cassidy ?

Tout en lui posant ces questions, elle réfléchissait intensément.

— Comme elle n'était pas ma grand-mère, j'imagine qu'elle ne s'est pas mariée avec ton père. A moins… à moins qu'elle n'ait été sa première femme et que personne ne nous ait dit qu'il s'était marié deux fois ?

— Je vais me coucher.

Sans avoir l'air de se rendre compte qu'il laissait Megan sur des charbons ardents, Rooney se dirigea vers l'escalier d'un pas décidé. Son récit, s'il s'était parfois égaré sur des chemins de traverse, était resté assez cohérent dans les grandes lignes. Malheureusement, son esprit s'était remis à battre la campagne et, dans ces cas-là, il réagissait par une fuite éperdue.

Megan savait qu'il était inutile de le pousser dans ses retranchements, et elle s'estimait heureuse d'en avoir déjà tant appris.

— Bonne nuit, Rooney. Fais de beaux rêves ! lança-t-elle en le regardant monter l'escalier.

Elle avait encore les yeux fixés sur le palier lorsque la porte s'ouvrit. C'était Niccolo. Il avait l'air si fatigué qu'elle vint vers lui en souriant et l'embrassa sur les deux joues. Eût-il possédé un attaché-case, elle l'en aurait débarrassé. Eût-il porté des chaussons chez lui, elle aurait volontiers couru les lui chercher.

— Comment s'est passée ta réunion ?

— Interminable. Epuisante. Et ta soirée ?

Elle aurait aimé lui parler du moment exceptionnel qu'elle avait passé avec Rooney, mais elle préféra s'abstenir, de crainte de récolter un vague « ah, bon ? » en guise de commentaire.

— Si je te faisais un lait de poule ? Tu dormiras mieux, ensuite.

— Je serais capable de m'endormir debout, ici même.

— Alors, ça te tente ou pas ?

— Oui, oui. Merci.

Elle était en train de faire tiédir le lait aromatisé, l'œuf battu et le miel lorsqu'il la rejoignit devant la cuisinière. Il était pieds nus, en bras de chemise.

— Tiens, lui dit-elle. Ça va te faire du bien.

— Ce qui me ronge, surtout, ce sont ces longues soirées loin de toi.

— Moi aussi, ça me ronge.

— Est-ce que ce serait moins dur si le saloon avait réouvert ?

— Probablement. A l'heure qu'il est, je serais occupée à ranger, à faire l'inventaire des stocks et la mise en place pour le lendemain. Mais je préférerais quand même être près de toi.

— Hum, ça fait plaisir à entendre, dit-il en se laissant tomber sur une chaise. La bonne nouvelle, c'est que le pire semble être derrière nous.

— Vraiment ? Raconte !

Elle éteignit le gaz, tout en laissant la casserole en place afin que le lait continue à chauffer sur le brûleur encore bouillant.

— J'ai la conviction d'avoir enfin trouvé le financement que je cherchais.

— Hosannah !

— Une organisation basée dans l'Indiana. Elle finance des projets pour la jeunesse dans tout le pays, et elle s'intéresse de près à *Une Brique*. Ils se consacrent à la lutte contre la criminalité, et leur devise, c'est à peu près : « Occupez les jeunes, développez leurs talents, donnez-leur toute votre attention, et ils deviendront des citoyens responsables et productifs. »

— Effectivement. En plein dans le mille. Et… il n'y a pas trop de contraintes ?

— Il y a tout un lot de conditions, tu penses bien ! Mais je saurai si elles sont acceptables ou non à l'issue du week-end.

Une sonnette d'alarme se déclencha soudain. Megan le dévisagea, interloquée.

— *Ce* week-end ?

— Je sais, je sais, marmonna-t-il en agitant les mains. Je t'avais dit que j'étais libre.

— En vérité, tu m'avais *promis* que tu serais libre.

Elle essaya de garder une voix calme, mais ce fut au prix d'un immense effort.

— Je l'étais, au moment où je me suis engagé. Ecoute, Megan, comprends-moi. Si je pouvais faire autrement, tu sais bien que je ne t'infligerais pas ça. Mais il faut absolument que je fasse un saut en avion à Indianapolis, vendredi après-midi, et je ne serai pas de retour avant lundi. Leur conseil d'administration se réunit ce week-end et, si je rate cette opportunité, il me faudra attendre la prochaine réunion : dans plus de trois mois. Ils ont des dizaines de questions à me poser, et moi aussi, j'en ai autant à leur actif. Cette réunion nous permettra de régler les choses définitivement.

— Vous ne pouvez pas le faire par téléphone ?

— Si, bien sûr, mais le résultat ne serait pas le même.

— Que sais-tu d'eux, exactement ?

— Justement, j'ai pas mal de lacunes dans ce domaine. Mais le peu que je sais m'a l'air tout à fait prometteur, et je…

— Et tu te précipites en Indiana sans avoir davantage de renseignements ? Tu sacrifies ton premier week-end libre depuis des mois pour… pour une simple lubie ! Un caprice !

— Tu peux m'accompagner, si tu veux. Tu feras du shopping, tu pourras te reposer au bord de la piscine pendant que j'assisterai à mes réunions.

— Alors là, tu me gâtes ! C'est tellement agréable d'être toute seule dans une ville que l'on ne connaît pas.

— Je pensais que tu serais un peu plus compréhensive en regard de ce qui se joue pour l'avenir de *Une Brique*». Des soirées, Megan, nous en aurons d'autres.

— Nick, j'ai retenu au *Honey Run* pour tout le week-end.

— Je n'ai jamais dit que je pourrais m'absenter *tout* un week-end. Nous avions parlé d'*une* soirée.

Elle retint de justesse un flot de réflexions acerbes, se contentant de souligner l'aspect pratique du changement de programme.

— Si j'annule aussi tardivement, je ne récupérerai pas mes arrhes.

— Eh bien, tant pis. J'en suis désolé, mais il faut regarder les choses en face. Il ne s'agit que d'un contretemps. Nous avons la vie entière devant nous.

— Pas sûr.

— Qu'est-ce que tu veux dire ?

— Ne compte pas dessus, Nick. C'est tout.

Elle pensait qu'elle allait exploser lorsque, soudain, sa colère fit place à un calme glacial. Elle consulta la pendule de la cuisine et annonça d'un ton sec :

— Je vais passer la nuit chez Casey. Ne t'inquiète pas pour moi. Inutile de perdre quelques précieuses minutes de ton existence pour ça !

— Megan, c'est enfantin !

Sans un mot, elle monta à l'étage préparer sa trousse de toilette et des affaires de rechange.

Niccolo n'était pas en vue lorsqu'elle redescendit.

Elle referma la porte derrière elle et partit à pied vers la maison de sa sœur.

Casey fit le lit dans la chambre d'amis, et envoya sa sœur chercher des serviettes à la lingerie.

— Tu es sûre de ta décision ? demanda-t-elle à Megan lorsque cette dernière revint avec le linge propre.

— Sûre et certaine.

Megan s'assit sur un coin de matelas recouvert d'une ahurissante housse de couette rouge tomate. Les murs étaient peints en jaune curry, et son regard s'arrêta sur un batik accroché au-dessus du lit, où figuraient deux divinités hindoues en position compromettante.

La nuit s'annonçait chaude.

— Ce n'est pas une solution, dit Casey en la tirant de sa rêverie.

— Oh, je t'en prie, pas de morale, d'accord ? J'ai besoin d'une parenthèse, loin de Nick, pour faire le point, c'est tout.

— Combien de nuits comptes-tu rester ?

— Aucune idée.

— Tu es la bienvenue, aussi longtemps que tu le souhaites, mais… je ne voudrais pas que Nick me fasse des reproches.

— Casey, je vais partir en Irlande.

Sa sœur la regarda comme si elle avait parlé chinois.

— L'Île d'Emeraude ? Ça te dit quelque chose ? reprit Megan en détachant chaque syllabe. Je vais rendre visite aux filles dans la Verte Irlande. Je ne pourrai plus le faire quand le saloon aura rouvert. Alors, autant profiter de ma liberté actuelle, non ? Et puis, Peggy insiste pour qu'on vienne. J'ai cru comprendre que la santé d'Irene ne s'était pas améliorée, et Peg craint qu'elle parte avant qu'on ait fait sa connaissance. Eh bien, je vais la prendre au mot et me rendre à son invitation.

— Tu en as parlé à Nick ?

— Non. Je le préviendrai quand j'aurai mon billet. Dès demain, si je trouve un vol.

— Ça va te coûter une fortune de t'y prendre à la dernière minute !

— Tu veux que je te dise ? Je m'en contrefiche. Je vais régler avec ma carte de crédit. Et je rembourserai le découvert petit à petit. Je n'aurai qu'à me passer de serveuse, le soir, au saloon, pendant quelques mois. Pas plus difficile que ça ! De toute façon, Nick ne s'apercevra même pas de mon absence.

Casey s'assit près d'elle et lui prit la main.

— Ce n'est pas un peu dangereux de partir ainsi, sur un constat d'échec ? Ne vaudrait-il pas mieux vous expliquer, et ne partir en Irlande qu'après, si tu en as toujours envie ? Je t'en prie, Megan, ne te sauve pas sur un coup de tête ! Souviens-toi des années de brouille qui ont suivi mon départ, jadis.

Adolescente, Casey, furieuse contre Megan qui refusait de vendre le saloon et de donner leur part à ses sœurs, avait fui Cleveland, jurant qu'elle n'y remettrait jamais les pieds. Il avait fallu ensuite des années pour régler le différend entre les trois filles.

— On était des gosses, dit Megan. Ce qui n'est pas pour Nick et moi. Pour l'instant, j'ai l'impression d'être plantée devant l'arbre qui cache la forêt. Brusquement, j'ai perdu mon chemin. Il faut que je prenne du recul, sur tous les plans — physique, émotionnel et psychique — si je veux avoir une chance de résoudre le problème.

— C'est ensemble que vous devez trouver la solution.

— Là, tout de suite, je suis trop en colère pour tenter un rapprochement.

Casey lui pressa la main, affectueusement.

— Qu'est-ce que je peux faire ?

— Prendre soin de Rooney. Tu veux bien ?

— Quelle question ! C'est évident.

— Tant que Josh et Nick garderont un œil sur lui, ça ira. Mais si tu pouvais passer le voir, ce week-end en particulier, en l'absence de Nick, et vérifier qu'il prend bien ses médicaments et qu'il ne manque pas de provisions.

— Pas de problème. J'y passerai tous les jours. Et je leur ferai la cuisine, s'il le faut. Je sais que Rooney a un faible pour le poulet au paprika de Jon. Et, si je vois qu'il souffre de la solitude, je l'amènerai ici.

— Merci, murmura Megan qui, paralysée par l'émotion, ne savait plus que dire. Je suis heureuse à l'idée de revoir bientôt Peggy.

Ses yeux s'étaient mouillés de larmes.

— Oui, c'est génial.

— Et puis, je pourrai regarder d'un peu plus près ce Finn O'Malley.

— Oh là, ne va pas jouer les grands inquisiteurs : Peggy n'apprécierait pas ! Sois son amie, pas sa grande sœur.

— Tout ça est pénible, tu sais ?

Casey lui entoura les épaules et la pressa tendrement contre elle.

— Je sais, ma chérie.

— Bon, laisse-moi, maintenant.

— C'est comme si c'était fait, dit Casey en se levant et en gagnant la porte.

Megan enfila un long T-shirt, se brossa rapidement les dents et rafraîchit ses joues en feu.

De retour dans la chambre, seule dans le grand lit, elle fixait le plafond lorsque ses larmes se mirent à déborder.

— Va te faire voir, Niccolo Andreani ! lâcha-t-elle férocement. Mais qu'est-ce qui t'a pris de vouloir te marier ?

26.

Peggy ne savait trop que penser de l'arrivée surprise de Megan. D'un côté, elle était ravie de la revoir et de pouvoir lui présenter Irene, et d'un autre… cette décision soudaine, ce voyage, seule, sans Niccolo n'auguraient rien de bon pour les nouveaux mariés.

Entre les fastidieuses heures de vol et le long trajet en voiture dans un pays inconnu, Megan était, certes, vannée mais trop excitée pour se reposer.

Après l'avoir chaleureusement accueillie, Irene s'était retirée ensuite pour sa sieste — élégant prétexte pour laisser les sœurs papoter toutes les deux. Peggy avait préparé une pleine théière de Lapsang Souchong et une assiette de scones. Quant à Kieran, il dormait, lui aussi.

— C'est trop, je peux à peine y croire ! s'exclama Megan en examinant tous les recoins du cottage. Dire qu'il y a des gens qui passent toute une vie à rechercher leurs racines irlandaises, et voilà qu'on nous présente les nôtres sur un plateau d'argent !

Elle accompagna son discours d'un grand geste du bras qui englobait le domaine.

— Tu dois mourir de faim, lui dit Peggy. Assieds-toi et prends une tasse de thé.

— J'ai peur de m'endormir si je me pose, et de rater la fin du voyage.

— Combien de temps peux-tu rester ?

— Je n'ai encore rien décidé. J'ai pris un billet de retour open.

— Megan, tout cela a dû te coûter une fortune.

— Ça m'est égal. J'ai toujours rêvé de connaître l'Irlande.

— Je sais que tu voulais y venir en voyage de noces…

— Nous sommes beaucoup trop pragmatiques, Nick et moi. Il nous a semblé qu'une petite virée de quelques jours dans le Michigan serait largement suffisante, en guise de lune de miel.

Peggy attendit une suite… qui ne vint pas. Megan s'était absorbée dans la contemplation des bibelots qu'elle soulevait et examinait sous toutes les coutures.

— Comment va Nick ? demanda Peggy en la voyant tripoter une tour Eiffel en céramique qu'Irene avait rapportée d'un voyage d'enfance à Paris. Tu n'es guère loquace sur ton cher et tendre.

— Il est très occupé. Si tu voyais le saloon ! Avec les jeunes de *Une Brique*, il a fait un boulot fantastique. La cuisine est flambant neuve. Il y a assez de place, maintenant, pour ranger toutes les marmites, et le nouveau four chauffe si vite que j'ai bien peur de carboniser quelques plats avant d'y être habituée.

Megan cherchait à noyer le poisson, c'était clair.

Peggy était encore, à ses yeux, la « petite » sœur qu'il fallait choyer et protéger. Elle avait, pourtant, vingt-trois ans, et elle faisait face à ses problèmes avec pas mal d'habileté, sans demander l'avis de son entourage.

— Et comment se porte *Une Brique à la Fois* ?

— Nick se démène pour trouver des capitaux. Il part pour Indianapolis, ce week-end, afin de rencontrer des investisseurs potentiels.

— Alors, tu profites de son absence pour venir en Irlande. Le bon prétexte, quoi ?

— Quand le saloon sera rouvert, je ne pourrai plus m'éloigner. L'occasion a fait le larron, tu vois ?

— Mouais. Enfin, j'ai quand même l'impression qu'il y a anguille sous roche.

— Ah, mais je ne t'ai pas parlé de Rooney ? Ecoute, il va de mieux en mieux. Récemment, il m'a raconté une histoire sur notre grand-père, et il prétend qu'il est le seul à la connaître. Il ne l'a pas terminée, mais le début était intéressant. Il suit un nouveau traitement médical qui lui réussit bien. Il arrive à se concentrer plus facilement. Il a l'air assez content, et il vagabonde beaucoup moins que par le passé.

Peggy était ravie de ces bonnes nouvelles concernant leur père, tout en craignant qu'il fût le seul à aller bien dans la maison de Hunter Street.

— Tu me raconteras l'histoire ?

— Bien sûr ! Quant à Casey, elle a toujours sa silhouette élancée et sportive, la veinarde ! Moi, si je tombais enceinte, ça se verrait probablement dès le deuxième jour.

Peggy entendit surtout le « si » dans sa phrase.

— Quand est-ce que tu vas arrêter de jacasser ?

Megan se retourna, piquée au vif par le ton de sa sœur.

— Jacasser ? Mais… je te donnais des nouvelles de la famille.

— De tout le monde sauf de toi.

— Il n'y a pas grand-chose à dire.

— Surtout à moi.

— Qu'est-ce que tu sous-entends ?

— Que nous sommes à un carrefour, Megan. Soit je reste la petite fille que tu vas protéger pendant le reste de ton existence, soit je deviens ton égale à l'intérireur de notre relation. Tu me parles de tes problèmes, je te parle des miens. Tu m'offres un réconfort, je l'accepte. Je te console à mon tour…

— Et je l'accepte.

Megan s'assit enfin devant sa tasse de thé.

— Exactement, confirma Peggy. Tu sais que je t'aime et que je ferais n'importe quoi pour toi. Sauf une chose : continuer à jouer ce petit jeu. Nous sommes adultes, l'une et l'autre. Je ne suis pas ta fille mais ta sœur. Alors, traite-moi en conséquence.

La main de Megan tremblait lorsqu'elle prit sa tasse. L'effet de la fatigue, tout autant que celui du chagrin, songea Peggy en l'observant.

— Je ne sais pas quoi dire.

Elle porta la tasse à ses lèvres, se ravisa, et la posa devant elle.

— Nous ne sommes pas heureux. Et j'ignore pourquoi, en vérité. Nick se tue au travail, et j'ai l'impression que c'est pour éviter de se retrouver tête à tête avec moi. Je crois qu'il regrette notre mariage.

Ridicule ! songea Peggy. Niccolo adorait Megan, c'était évident. Seulement Megan s'était mise à douter.

— Ecoute, Peggy, dès que j'aurai un peu fait le point, je t'en parlerai, d'accord ? Pour l'instant, je navigue en plein brouillard. Et c'est, précisément, la raison pour laquelle je suis venue ici : pour essayer d'éclaircir tout ça.

— D'accord. Mange quelque chose et après : au lit ! Tu feras la sieste avec Kieran.

— Oui, mon colonel ! rétorqua Megan avec un petit sourire. Tu sais, Peggy, les vieilles habitudes ont la peau dure. Si jamais je te prends la main pour traverser la rue, envoie-moi balader, promis ?

— C'est moi qui vais te tenir la main, en Irlande. Sinon, tu te feras écraser parce que tu regarderas du mauvais côté de la rue.

Irene était aussi chaleureuse et facile à vivre que Peggy la lui avait décrite, et Megan l'aima immédiatement. Le cottage était une pure merveille, le paysage d'une beauté à couper le souffle.

Et elle se sentait complètement déprimée.

— Vous avez fait un petit somme ? lui demanda Irene lorsqu'elle émergea de la chambre.

— Oui, j'en avais besoin, répondit-elle en s'étirant. Et vous ?

— Oh, moi, je suis beaucoup trop souvent dans mon lit. Dormir n'est pas la meilleure manière de passer le peu de temps qu'il me reste.

Peggy sortait de la cuisine à cet instant.

— Pour nous, en tout cas, c'est le meilleur moyen de *vous* garder le plus longtemps possible.

Megan était sortie de la chambre à pas de loup, pour ne pas troubler le sommeil de son neveu. Mais ses efforts n'avaient pas empêché l'enfant de se réveiller. Les bruits qui leur parvenaient, à travers la porte close, en témoignaient.

— Veux-tu que j'aille le chercher ? Est-ce qu'il se souviendra de moi ?

Peggy eut l'air troublé.

— Je ne suis jamais certaine qu'il se souvienne de *moi*, Megan.

— Ça ne se passe pas aussi bien que tu l'espérais ?

— Eh bien, à toi de me le dire. Il se peut que tu voies des changements que je suis trop proche pour remarquer. Va le chercher, si tu y tiens.

Megan y tenait. Dans la chambre, elle trouva Kieran debout, en train de secouer les barreaux de son lit d'enfant.

— Coucou, mon petit chéri, je suis ta tante Megan, dit-elle en s'approchant très lentement afin de lui laisser le temps de s'habituer. C'est fini, la sieste ?

Kieran fit la moue, comme s'il allait se mettre à pleurer.

— Chuuttt…

Elle sortit de son sac de voyage un Winnie l'Ourson de collection, en débardeur rayé orange et noir, qu'elle lui avait acheté avant de quitter Cleveland.

— Regarde ce que je t'ai apporté, mon Kieran. C'est pour toi.

Il la regarda comme si elle arrivait d'une autre galaxie. Puis il poussa un long hurlement.

Jetant Winnie sur la courtepointe, elle se précipita pour le sortir de son lit.

— Tout doux, mon ange. N'aie pas peur.

Elle essayait sans succès de le bercer lorsque Peggy vint à sa rescousse.

Il s'époumona pendant tout le temps où sa mère le changea, et ne se calma qu'une fois dans la cuisine, attablé devant un verre de jus de fruits. Mais il refusa obstinément de les regarder, même lorsque Peggy posa devant lui un biscuit aux pépites de chocolat et une grappe de raisins. Il suivait des yeux une tache de soleil renvoyée par le carreau de la fenêtre, qui tremblotait sur le mur.

— Je sais que tu aimerais le faire travailler, cet après-midi, dit Megan. Ne t'inquiète pas, je ne resterai pas dans vos pattes.

Peggy essayait de cacher son découragement, mais Megan la connaissait trop bien pour être dupe.

— Nous allons nous octroyer une journée de récréation. Ce ne sera pas du luxe ! Bridie va venir pour sa leçon de cuisine, et Finn dînera avec nous, bien qu'il ne le sache pas encore. C'est Nora qui a pris en main l'apprentissage de Bridie et, de mon côté, je lui enseigne ce que je sais. C'est un vrai plaisir avec une enfant qui a un tel talent. Et puis, elle tient à impressionner son père. Nous aurons de la truite fraîche, apportée par un ami d'Irene, et des pommes de terre écrasées à l'ail.

— Dis donc, je pourrais en profiter pour piquer quelques recettes à Nora pendant que je suis là, histoire de rentabiliser mon billet d'avion. Nouvelles spécialités du terroir, pour le saloon !

— Excellente idée ! Et pour Kieran, ne te fais pas de souci : il a besoin d'une pause, tout comme moi.

— Alors, je vais rencontrer ce fameux Finn ?

— Eh oui.

— Vous vous… voyez toujours ?

— Ce n'est pas exactement le mot que j'utiliserais.

Peggy rejoignit sa sœur à la fenêtre, veillant à ne pas faire obstacle au rayon de soleil qui occupait Kieran car, dans ce cas-là, il se mettait immédiatement à ronchonner.

— Et avec tes mots à toi, qu'est-ce que ça donne ?

— Nous sommes amis. Des amis proches. Qui prennent leur temps. Finn sort à peine d'une période très douloureuse.

Megan trouvait que Peggy avait déjà donné du côté des hommes à problèmes. Elle n'avait jamais apprécié Phil, en dépit des excuses que Peggy lui inventait. Et ce n'était pas la maigre pension alimentaire qu'il versait pour son fils qui le réhabiliterait à ses yeux. Megan l'avait toujours jugé irresponsable et d'un égoïsme crasse. A son avis, sa sœur s'était montrée beaucoup trop tolérante et, à présent, elle craignait que Peggy ne s'encombrât d'un autre poids mort. Un *looser* au charme irlandais, cette fois.

— Toi aussi, tu as traversé des moments difficiles, lui rappela-t-elle. Et qui prend soin de toi ?

— Ce n'est pas ce que tu crois, Megan. Fais-moi confiance. Tu comprendras en le voyant. Il ne s'agit pas de quelqu'un qui se regarde le nombril en se posant des questions existentielles. Non, il a dû faire face à la disparition de sa famille.

— Parle-moi de Bridie.

— Je l'adore, dit aussitôt Peggy, les yeux brillants. Elle est merveilleuse, et adorable avec Kieran.

— Es-tu en train de tomber amoureuse du père après t'être amourachée de la fille ?

Les joues de Peggy virèrent au cramoisi.

— Qu'est-ce qui te fait croire que je suis amoureuse ?

— Une intuition, comme ça. Mais, avant mon départ, j'en aurai le cœur net.

— Comment peux-tu avoir des certitudes, alors que je suis moi-même en proie à la plus grande perplexité ?

Elles entendirent le claquement de la porte d'entrée, puis une voix enfantine. Irene revint dans la pièce, accompagnée de la petite fille la plus ravissante que Megan eût jamais vue.

— Regardez qui est venue nous faire la cuisine, dit Irene.

— J'ai apporté un livre de recettes de la maison, granny Reine, dit la fillette en montrant un épais volume qui avait, visiblement, beaucoup servi. Vous êtes Megan ? Peggy parle tout le temps de vous. Je ne savais pas que j'allais vous rencontrer… Tiens, salut, Kieran !

Sans attendre de réponse, Bridie alla rejoindre le petit garçon.

— Regarde-moi un peu, au lieu de faire une fixation sur le mur, petite canaille.

Kieran leva des yeux furieux, fronça les sourcils et, sans crier gare, se jeta sur elle en la bourrant de coups de poings. Comme si c'était l'accueil le plus naturel qui fût, Bridie le hissa sur sa hanche, bloqua ses poings d'une main et, de l'autre, lui essuya la figure avec une serviette en papier.

Megan croisa le regard de Peggy, et haussa les épaules.

— L'amour ressemble parfois à une bombe téléguidée, n'est-ce pas ? Elle vous prend dans sa ligne de mire, et il n'y a rien à faire pour lui échapper.

Finn avait eu une journée de chien.

Deux fois, déjà, il avait refusé le titre de chef d'équipe que voulait lui faire endosser la compagnie de construction qui l'employait. Et il se demandait, à présent, s'il n'avait pas hérité du rôle sans l'augmentation de salaire qui allait avec.

Il appréciait le travail physique pour la paix de l'esprit qu'il lui procurait. Par contre, il détestait dire aux autres ce qu'ils devaient faire et donner des ordres aux ouvriers sur le déroulement de la journée de chantier. Or, ce jour-là, il avait été obligé de faire les trois.

Au départ, il n'avait pas l'intention d'exercer ce métier sur une aussi longue période ; il comptait seulement remettre son existence sur pied et prendre un nouveau départ. Mais une année était passée, puis deux, et il était toujours occupé à installer des tuyaux et à creuser des tranchées, tout en fuyant comme la peste les responsabilités qu'on voulait lui coller sur le dos.

Le boulot, à vrai dire, n'était pas la seule cause de sa mauvaise humeur. Il avait travaillé dur et n'avait pas, pour autant, réussi à se sortir Peggy de la tête.

Il n'avait pas non plus l'intention de s'engager vis-à-vis d'elle : ça lui était tombé dessus, à son corps défendant. Evidemment, si elle n'avait pas habité chez Irene… Si Bridy n'avait pas préféré sa compagnie à celle de toutes ses petites camarades…

S'il n'avait pas été aussi sensible à sa présence éclatante, à son énergie, à son charme…

Cela faisait beaucoup de « si », évidemment…

Finn était parfaitement conscient de se trouver sur un terrain glissant. Avant la mort de sa femme et de ses fils, il avait été cet étudiant brillant, sûr de lui et de ses succès, puis cet interne courtisé par des hôpitaux aussi prestigieux que ceux de Londres et d'Edimbourg. Dans le rôle du jeune père, il avait su trouver l'équilibre entre fermeté et permissivité, résolvant sans efforts particuliers les problèmes qui se présentaient, distribuant avec justesse les récompenses lorsqu'elles étaient méritées. Comme mari, il avait soutenu et encouragé Sheila afin qu'elle trouve sa place et son indépendance.

Cet homme assuré, à qui tout réussissait, avait péri dans les débris de son bateau, au large de la baie de Clew, avec son épouse et deux de ses enfants.

A sa place, il y avait un être perché au bord de son gouffre intérieur, qui se levait le matin, la peur au ventre, le front couvert d'une sueur froide, et contemplait la journée à venir avec une sensation de vertige. L'homme qui aimait à partager une bière avec ses amis, les soirs de fête, avait laissé place à un alcoolique invétéré, un homme cassé qui devait lutter pied à pied pour arrêter de se détruire.

Sur ce champ de ruines qui lui tenait lieu d'existence, il avait laissé pénétrer une femme. Et pas n'importe laquelle, bien entendu. La mère d'un jeune enfant qui exigeait une surveillance constante et une phénoménale dose d'amour, d'intelligence et de courage.

Peggy avait besoin d'un homme digne de ce nom, avec des trésors de tendresse à donner, un homme capable d'assurer le long terme.

Peggy n'avait pas besoin de *lui*.

Et lui, de son côté, ne voulait pas des affres d'une relation amoureuse, sans parler du fardeau que représentait un enfant autiste.

Pour sa fille, il obéissait déjà aux exigences de la vie quotidienne, veillant à ses repas, à ses vêtements, à son éducation. Il évitait de fréquenter les pubs et, quand ça n'était pas possible, il trouvait la force de refuser les verres qu'on lui offrait. Il prenait soin d'Irene, certes, mais personne ne pouvait imaginer à quel point il doutait de ses compétences en la matière.

Alors, qu'est-ce qu'un homme comme Finn O'Malley avait à offrir à une femme telle que Peggy Donaghue ?

La question l'avait taraudé tout au long de la journée.

Et la réponse était d'une redoutable simplicité. Il était temps de tirer un trait.

Ils n'avaient échangé ni vœux ni promesses. Peggy n'ignorait pas qu'il était un compagnon des plus limités en terme de durée. Il ne lui avait pas non plus caché ses batailles et ses échecs.

Elle réagirait peut-être avec une certaine tristesse, dans un premier temps, mais elle ne serait pas surprise.

Le hic, c'est qu'il n'avait pas envie d'arracher cette fleur à peine éclose.

Depuis qu'ils sortaient ensemble, il avait connu des instants d'un plaisir presque douloureux d'intensité. Faire l'amour avec Peggy lui donnait l'impression de réinvestir son corps. Le sang se remettait à battre dans ses veines. L'énergie vitale jaillissait et circulait librement.

Au fond, il avait peur de ne pas pouvoir faire marche arrière, de ne pas retrouver son état de somnambule, son état d'*avant*. Se retirer du monde lui avait permis de se protéger, d'amortir les chocs venant de l'extérieur. Et, maintenant qu'il était revenu dans ce monde, il craignait d'avoir perdu à jamais ce bouclier protecteur.

Il roula jusque chez Irene, toujours dans le même état de doute et d'inconfort. Mais, à mesure qu'il approchait, ses problèmes fondaient comme neige au soleil. Il se demandait uniquement de quoi ils parleraient, si elle lui raconterait les détails de sa journée, s'ils trouveraient un moment pour s'isoler tous les deux.

Quel effet cela ferait de rentrer tous les soirs dans une maison où elle l'attendrait ? se demanda-t-il brusquement.

Il s'était imaginé que Bridie surveillerait son arrivée, postée devant le cottage. Mais il n'y avait personne pour l'accueillir, en dehors de Banjax. Le vieux chien était étalé à l'ombre toute relative d'un frêne torturé par le vent, et c'est à peine s'il agita la queue à l'approche de Finn.

Finn s'arrêta pour lui gratter les oreilles.

— Si tu prends l'air encore un peu plus lamentable, je pense qu'elles te laisseront entrer, lui dit-il.

Banjax poussa un petit gémissement, appréciant sans doute le conseil à sa juste valeur.

Finn frappa, puis entra sans attendre de réponse. Il entendit des rires venant de la cuisine, et son humeur maussade s'évanouit comme par enchantement.

Le souvenir d'une fête d'anniversaire pour les quatre ans de Bridie lui revint en mémoire. Sa grand-mère lui avait offert une énorme grappe de ballons gonflés à l'hélium. Et la fillette, soulevée de terre, avait bien failli s'envoler avec son cadeau. Finn, à cet instant, eut l'impression que ses propres sentiments volaient au-dessus de lui comme ces ballons multicolores, et qu'il aurait beau peser de tout son poids, il ne pourrait pas les retenir.

— Hello, Finn ! s'exclama Peggy joyeusement, en passant la tête par la porte de la cuisine. Il y a une surprise pour vous. Non, *deux*.

Il sentit son cœur s'emballer en la voyant. Elle portait un short vert bouteille qui révélait ses longues jambes fuselées, et un débardeur qui laissait voir sa taille mince et bronzée. Ses cheveux tenaient en arrière avec une grande pince en écaille, et il mourait d'envie de les dénouer pour les voir cascader sur ses épaules. Peggy apprécierait, d'ailleurs. Même si, en cet instant, elle avait l'air d'une fille de la campagne, nature et sans façon, elle pouvait se montrer étonnamment sensuelle et sophistiquée, à d'autres moments.

— Bridie est-elle l'une des surprises ? demanda-t-il sans oser s'approcher, tant il craignait de ne pouvoir dissimuler... son enthousiasme.

— Elle en fait partie. Je vous donne un indice : vous restez pour le dîner.

Il fronça les sourcils. Elle ne lui laissait pas le choix, alors qu'il avait prévu d'examiner rapidement Irene et de rentrer avec sa fille. Elle avait déjà passé la plus grande partie de la journée au cottage et, bien que Peggy prétendît que la petite lui apportait une aide précieuse, en sa qualité de père, il n'ignorait pas qu'à l'instar de tous les enfants, elle pouvait aussi être épuisante.

— Ne faites pas cette tête-là ! lui dit la jeune femme. Vous ne le regretterez pas.

Lui tournant le dos, elle fit signe à quelqu'un de venir la rejoindre sur le seuil.

Une autre femme, plus petite et moins élancée, apparut alors. Son visage était auréolé de boucles rousses et, même si la ressemblance n'était pas criante, Finn sut immédiatement qu'il s'agissait de l'une des sœurs de Peggy.

— Je vous présente Megan, dit-elle. Ma sœur adorée.

Finn n'eut d'autre choix que de faire un pas pour serrer la main que la jeune femme lui tendait.

— Ravie de faire enfin votre connaissance, Finn.

L'idée le traversa que Megan avait entrepris ce long voyage dans le seul but de dissuader sa sœur de s'acoquiner avec un Irlandais. Il lui serra la main, et marmonna une vague formule de politesse, tandis que Megan le regardait intensément. Il eut la certitude d'avoir été immédiatement jugé, bien que le verdict demeurât un mystère.

— Je ne savais pas que vous alliez venir, dit-il.

— Moi non plus ! rétorqua-t-elle. Une lubie soudaine !

— J'imagine que Peggy est folle de bonheur. Avez-vous déjà visité l'Irlande ?

— Je ne suis pratiquement jamais sortie de Cleveland.

— Alors, vous allez avoir une foule de choses à voir.

Il se tut, vaincu par la platitude de son propre discours.

Lui qui, jadis, savait se montrer charmant et mettre les gens à l'aise, éprouvait, à présent, la plus grande peine à composer une simple phrase, et se réfugiait le plus souvent dans un silence buté ou de vagues monosyllabes.

— Je me contenterai de rester ici et de me familiariser avec le village et les amis de Peggy.

Il ne s'était donc pas trompé. Megan s'était déplacée dans l'intention de surveiller sa sœur et ses fréquentations.

Bridie s'était faufilée au premier rang, entre les deux sœurs. Peggy posa une main sur son épaule.

— P'pa ! Tu restes dîner ?

Il vit le regard plein d'espoir dans le petit visage levé vers lui, et sut qu'il n'avait pas le choix.

— Ce dîner, est-ce *la* surprise ?

— C'est moi qui l'ai fait !

La petite se couvrit la bouche de sa main, l'air catastrophé.

Peggy éclata de rire.

— Pas grave, Bridie. Tôt ou tard, il l'aurait découvert. Maintenant, il va pouvoir s'asseoir au salon et se réjouir de la chance qu'il a.

Finn comprit que l'on attendait quelque chose de lui.

— Tu veux dire que c'est toi qui as fait la cuisine ?

— Oui-oui. Truite, patates et tout le bataclan.

Elle s'était mise à parler comme une Américaine, songea-t-il. Trop de télévision ou trop de Peggy ! Mais son enthousiasme était contagieux.

— J'ai hâte de me mettre à table, dit-il.

— J'ai pris une recette de maman pour le dessert.

En quelques secondes, tandis que Bridie attendait une réaction, l'esprit de Finn fut traversé par une foule d'idées.

« Comme Sheila serait fière de Bridie ! Comme elle serait heureuse de la voir reprendre ses recettes préférées ! Comme il est injuste qu'elle ne soit pas là pour voir cette enfant, qui lui ressemble tant, grandir et se transformer en une charmante jeune fille ! »

Il ne put sortir un mot. Devinant son embarras, Peggy parla pour lui.

— Ta maman serait très contente que tu utilises avec talent ses recettes. Bon, allons surveiller nos casseroles et nos marmites. Viens.

Elles repartirent pour le saint des saints, la main dans la main.

Megan était restée sur le seuil.

— Quelle adorable petite fille !

— Je sais.

— Peggy l'adore.

Il attendait la suite, mais rien ne vint.

— Installez-vous, dit seulement Megan. J'enverrai Kieran dehors si le vacarme est trop pénible : Irene est en train de lui enseigner la batterie avec des cuillères en bois et des bouilloires. La section timbale de notre orchestre local, en quelque sorte…

Il aurait voulu rassurer cette jeune femme, lui affirmer qu'il n'avait aucunement l'intention de blesser sa sœur. Mais qu'aurait-il pu dire pour sa défense, lui qui savait, mieux que quinconque, combien les meilleures intentions pouvaient tourner au désastre ?

— Ça me ferait plaisir de faire une promenade avec Kieran, si nous avons le temps, lança-t-il sans trop réfléchir.

— Il est heureux, pour l'instant. Et vous avez l'air d'avoir eu une journée difficile. Reposez-vous, plutôt, lui conseilla Megan avant de disparaître dans la cuisine.

Il comprit qu'il n'était pas invité à se joindre à l'équipe. Il choisit donc le fauteuil le plus profond du salon, et s'endormit sans tarder.

Ce fut Peggy qui le réveilla en posant un 78 tours sur la platine du vieux gramophone qu'il avait toujours pris pour un élément purement décoratif. Le son grêle d'un groupe de jazz des années 40 emplit la pièce.

— J'ai trouvé une pile de vieux disques dans le placard, la semaine dernière. C'est génial, non ?

Pour un peu, il se serait attendu à voir virevolter des jeunes femmes en robes à fleurs et des messieurs en canotier sur la musique syncopée.

— Super.

— Monsieur est servi.

Il la suivit dans la petite cuisine, et découvrit la table mise avec amour : fine porcelaine, argenterie, fleurs et candélabres. Bridie avait plié les serviettes en forme de cygnes, et elle jubilait d'avance, guettant sa réaction.

— C'est pas beau ? s'écria-t-elle, ne tenant plus d'excitation.

— Si, très beau, confirma-t-il.

Il se souvenait d'autres soirées comme celle-ci, avec une Bridie débordante de joie, et il se rendit compte qu'il ne l'avait plus vue ainsi depuis la mort de Sheila. Comme si elle se forçait à refréner sans cesse ses sentiments et ses élans. A cause de lui, songea-t-il.

— Voulez-vous présider, Finn ? proposa Peggy. Asseyez-vous donc en face d'Irene.

Il n'avait aucune envie d'occuper la place d'honneur.

Soir après soir, il s'était assis en tête de table, dans sa propre famille, surveillant ses enfants qui riaient et se querellaient. Sheila et lui échangeaient alors des regards que seuls des parents peuvent comprendre. Les repas avaient été parmi leurs moments les plus heureux.

Il prit la chaise qu'on lui offrait car ce qui comptait, ce soir-là, c'était le bonheur de sa fille et non ses propres états d'âme… Il le fit aussi un peu pour Peggy.

Bridie s'approcha de lui, souleva sa serviette et la déplia d'un geste du poignet. Le cygne devint un parachute qui atterrit directement sur ses genoux.

Même Kieran eut l'air intéressé par le tour de passe-passe.

Quand tout le monde fut assis, Bridie apporta les plats et les posa le plus près possible de son père. Une magnifique truite fumante, des pommes de terre à la crème, des légumes sautés, relevés d'un semis d'herbes aromatiques et d'un hachis d'amandes grillées.

Les arômes mêlés mettaient l'eau à la bouche, et Finn avait hâte de goûter à toutes ces merveilles.

— Bridie, tu t'es surpassée ! dit-il avec un sourire. Ça paraît absolument délicieux.

La petite rayonnait.

— C'est une cuisinière-née, déclara Megan. Un don qui ne s'enseigne pas. Vous pouvez apprendre à quelqu'un la technique, comment suivre une recette, avec des résultats satisfaisants. Mais, Bridie, elle, *comprend* la nourriture : la structure, la finesse, les goûts et les parfums.

Finn se servit un filet de truite, et fit passer le plat. Un silence tranquille régnait autour de la table, tandis que chacun s'occupait à remplir son assiette. Irene leva alors les yeux sur Finn.

— Tu pourrais bénir notre repas, s'il te plaît ?

Il n'avait plus dit le bénédicité depuis l'accident. Bridie le faisait, parfois, et il attendait qu'elle eût fini, en ayant l'air de prier silencieusement. Jamais Irene ne le lui avait demandé, auparavant, et il se sentit intrigué par son comportement.

— Il me semble que, ce soir, nous avons des raisons particulières de remercier Dieu, lui souffla-t-elle, comme pour répondre à sa question non formulée.

Il n'y avait pas d'échappatoire possible. Finn se signa, et les autres firent de même.

Il se souvenait de deux prières. Et, sans réfléchir, il entama la version des grâces qu'il avait le plus rarement utilisée, par le passé.

— « Nous Te rendons grâce, Dieu tout-puissant,
pour tous les bienfaits que Tu nous as donnés,
Toi qui vis et règnes pour les siècles des siècles. Amen.
Et que les âmes des fidèles défunts, par la miséricorde
divine, reposent en paix. Amen. »

Il eut l'impression que ses mots résonnaient longuement, en un écho qui refusait de s'éteindre. Comme s'il avait suscité, par ses paroles, la présence de sa défunte épouse et de ses fils, avant de les laisser repartir en paix vers le repos éternel.

Curieux de savoir si quelqu'un s'en était aperçu, il glissa un regard vers Peggy, assise à sa gauche : la réponse était oui. Elle hocha légèrement la tête, et il eut la sensation qu'elle lui avait pressé la main en signe de consolation, alors qu'elle ne l'avait pas même effleuré.

Les autres s'étaient mis à manger tout en bavardant. Peggy s'occupait de son fils ; Bridie et Megan discutaient des avantages et des inconvénients de la marinade à l'huile d'olive et au romarin, et Irene, dans sa robe d'hôtesse pervenche, apportait son écot à la conversation en l'émaillant, ici et là, de bons mots et de sages conseils.

L'amical brouhaha qui régnait autour de la table était le même dans des millions de foyers à travers le monde, tandis que des familles partageaient le repas du soir en se livrant aux plaisirs simples de la communication.

Au moment où Finn porta sa fourchette à ses lèvres, une terrible nausée s'empara de lui. Il eut un haut-le-cœur si violent qu'il se demanda s'il pourrait quitter la table à temps.

Il se leva brusquement et sortit en quelques enjambées.

La tête lui tournait, ses tempes battaient, son plexus était complètement noué. Dehors, profitant de la brise du soir, il appuya sa joue au montant du porche et s'efforça de respirer profondément. La nausée céda un peu de terrain, mais ses jambes ne le portaient plus. D'un bras, il s'accrocha au pilier, et s'effondra à moitié.

— P'pa ?

Il ferma les paupières.

— Retourne à l'intérieur, Bridie.

— Ça va ?

— Rentre, je te dis.

— Non.

Elle s'approcha de lui.

— Tu es malade ?

— Je t'ai dit de filer.

— Et moi, je te dis non !

Il rouvrit les yeux, sidéré d'entendre sa fille s'adresser à lui sur ce ton. C'était la première fois.

— Mon dîner t'a rendu malade, dit-elle en croisant les bras. J'ai travaillé toute la journée à le préparer, et toi, tu n'as rien avalé. Je veux savoir pourquoi. Est-ce parce que c'est *moi* qui ai fait la cuisine ?

Il se rendit compte qu'il avalait de l'air à grandes goulées dans une tentative désespérée pour lutter contre son affolement. Typique de la crise d'hyperventilation. Il avait froid et ses mains le démangeaient : les symptômes avant-coureurs du malaise…

Il y avait un banc sous l'arbre, à l'endroit où Banjax somnolait quand il était arrivé. Il alla s'y affaler, plongeant la tête dans ses mains pour inspirer son propre souffle. Au bout de quelques minutes, les suffocations s'apaisèrent.

Bridie vint se poster devant lui.

— C'est ma faute s'ils sont morts. Je le sais. C'est pour ça que tu me détestes.

Comme son bourdonnement d'oreilles diminuait, les mots de sa fille s'imprimèrent en lui. Mais leur sens demeurait confus.

— Ta faute ?

— Je suis assez grande pour comprendre, qu'est-ce que tu crois ? Tu m'en veux de la mort de maman, de Mark et de Brian. Si j'avais été avec toi, ce jour-là, j'aurais pu t'aider, et on les aurait sauvés. Mais, j'ai été égoïste. J'ai préféré aller jouer chez mes amies. Monter le cheval de Sally. Pendant… pendant que tout le monde mourait sauf toi ! Et je sais bien que tu ne me supportes plus, depuis.

Elle se mit à sangloter misérablement.

Finn ne put faire le moindre mouvement vers elle.

Ses bras pesaient comme s'ils avaient été lestés de plomb. Exactement comme en ce fatal après-midi où il avait si désespérément tenté de ramener son fils au rivage. Il avait échoué et l'avait perdu. Voilà qu'il allait perdre Bridie, à présent.

Et il était paralysé.

— Bridie…, commença-t-il d'une voix rauque, surgie des profondeurs de son être. Non… Non. Tu te trompes.

— Oh non ! Tout ça, ce serait pas arrivé si j'avais été là, dans le bateau, avec… avec vous tous.

Il trouva enfin la force de l'attirer contre lui, de l'obliger à s'asseoir sur ses genoux. Et il se mit à la bercer, ne sachant si c'était elle ou lui qu'il consolait.

— Ce n'est pas vrai. Pas du tout.

Il lui embrassait les cheveux et la serrait convulsivement dans ses bras.

— Ma chérie, je remercie Dieu tous les jours que tu n'aies pas été là. Que ferais-je sans toi, aujourd'hui ? Crois-moi, tu n'aurais rien pu faire. Les vagues étaient beaucoup trop hautes ; la mer était glacée, déchaînée… Ma petite sirène, tu aurais coulé à pic… tout comme eux… Il faut que tu saches que c'est *toi* qui m'as évité de mourir, mon ange. Si j'ai continué à nager, c'est parce que tu m'attendais à la maison. Sinon, j'y aurais renoncé. Tu vois, en restant à terre, ce jour-là, tu as sauvé une vie. La mienne.

Bridie posa la tête sur l'épaule de son père. Elle pleurait si fort qu'elle pouvait à peine parler.

— Mais… mais tu… tu me détestes !

Il la serra encore plus fort.

— Comment peux-tu dire ça ?

— Parce que… parce que ça se voit… tout le temps.

— Bridie… ma Bridie…

Il lissait ses cheveux d'or pâle, l'embrassait tendrement. Seigneur ! Depuis combien de temps ne l'avait-il tenue ainsi dans ses bras ?

Après la tragédie, il avait été trop malade. Et, après sa convalescence, il s'était senti trop coupable.

— Ce n'est pas facile à expliquer, reprit-il. Je m'en veux, ma chérie. Tout comme toi. Je… je n'ai pas été capable de les arracher à la mort. Chaque fois que je te regarde, je me rappelle que c'est par ma faute que tu es privée d'eux. A tout jamais.

Elle jeta les bras autour de son cou.

— Mais je t'ai, *toi* !

Il embrassa sa joue mouillée de larmes.

— Oh oui ! dit-il farouchement.

— Et puis, c'était pas ta faute. Tout le monde le sait. Tu es le seul à le croire. Même Mame le dit. Elle a dit aussi qu'elle ne pouvait pas supporter ton chagrin en plus du sien. C'est pour ça qu'avec Grandpa, ils sont partis habiter Belmullet.

Finn était stupéfait que la mère de Sheila ait pu tenir un tel langage à sa petite-fille.

Pourtant, à y réfléchir, son silence à lui avait été pire. En se taisant, n'avait-il pas laissé croire à Bridie qu'elle était responsable de la disparition des siens ? En évitant de lui parler franchement et ouvertement de ses souffrances et de ses remords, ne lui avait-il pas imposé un fardeau encore plus lourd ?

— C'est vrai… nous n'avons pas su partager notre peine, dit-il en continuant à la bercer. Nous avons souffert le martyre, chacun de notre côté. Pardonne-moi, pardonne-moi, mon ange, te t'avoir laissé croire, ne serait-ce qu'un instant, que je te détestais… En réalité, je t'aime si fort, ma Bridie, que ça me fait mal, parfois. Mais cet amour me donne aussi les plus grandes joies.

— Alors, pourquoi tu n'as pas voulu manger le bon dîner que je t'avais préparé ?

Elle était encore une petite fille, certes, mais sa question était cruciale. Il chercha, pourtant, à la détourner. Puis, se rendant compte que l'heure n'était plus aux faux-fuyants, il choisit de dire la vérité.

— C'est parce que ce dîner m'en a rappelé d'autres… quand on était… tous ensemble. Et la douleur dans ma poitrine a été si forte que je me suis senti mal : je ne pouvais plus respirer ni avaler quoi que ce soit. Est-ce que tu peux comprendre ça ?

— La nuit, des fois, j'ai l'impression que quelqu'un de très lourd s'est assis sur moi. C'est ça que tu ressens ?

Il ébouriffa ses cheveux et lui posa un baiser sur le front.

— Exactement ça.

— Mais, p'pa… est-ce que ce sera toujours comme ça ?

Il secoua la tête, non pour la démentir mais parce qu'il ne savait pas.

— Bridie, la nuit, quand ça t'arrive, viens me réveiller. Je me lèverai, moi aussi, et on se fera du chocolat chaud. Je te raconterai des histoires de Finn Mc Cumhain… et nos démons s'en iront. Je te le promets.

Elle se blottit contre lui, et il la tint ainsi un très long moment.

Le dîner était froid lorsqu'ils rentrèrent dans la maison, mais personne ne sembla s'en inquiéter.

27.

— Je me sens en pleine forme, ce soir, déclara Irene. Et puis, de toute façon, Nora doit venir : elle me tiendra compagnie, tout en surveillant Kieran.

Megan coula un regard vers sa sœur pour voir comment celle-ci réagissait au petit discours d'Irene. Dès son arrivée en Irlande, elle avait compris que l'adorable vieille dame, soi-disant facile à vivre, cachait une forte personnalité et une obstination à toute épreuve.

Ce soir, Irene avait *décidé* que les deux sœurs devaient s'offrir la tournée des pubs. Mais, depuis son récent malaise, Peggy hésitait à la laisser.

— A quelle heure Nora doit-elle arriver ? C'est curieux, elle ne m'a rien dit, ce matin.

— Oh, elle sera là d'une minute à l'autre. Nous nous sommes organisées par téléphone, cet après-midi.

— Peggy, tu t'es fait coiffer au poteau ! lança Megan en riant. Et puis, Irene appréciera sans doute une soirée calme, après celle d'hier…

— La soirée d'hier a marqué un grand tournant, souligna Irene. Et je suis heureuse d'avoir vécu jusque-là. Depuis deux longues années, je voyais Bridie et Finn se déplacer comme des fantômes dans un univers glacé, et je commençais à me demander s'ils se retrouveraient jamais, ces deux-là.

Elle hésita avant de poursuivre :

— J'ai bien cru que mon pauvre vieux cœur n'y résisterait pas. Alors, c'est vrai, je profiterais volontiers d'un moment de tranquillité.

— Qu'en penses-tu ? demanda Megan à sa sœur. Tu veux bien me faire visiter le village ?

— Oui, bien sûr ! Je regrette seulement que Finn ne joue pas au *Tully's*. Il est parti dans le nord pour le week-end, chez les grands-parents de Bridie.

— Enfin ils se rabibochent ! Ce n'est pas trop tôt, conclut Irene en se dirigeant vers sa chambre.

— Tu crois qu'on peut la laisser seule ? demanda Megan, une fois qu'Irene fut hors de portée de voix.

— Je l'appellerai régulièrement, dit Peggy. S'il le faut, je joindrai Finn à Belmullet. Et puis, en cas d'urgence absolue, il y a un autre médecin à qui je peux téléphoner.

Elles décidèrent donc de sortir.

Megan mit Kieran au lit, avec son nouveau nounours et son doudou à mâchouiller. Au moment où elle quittait la chambre, il émit un « hé » sonore, par deux fois. La jeune femme en fut tout émue, mais elle s'aperçut très vite qu'elle se réjouissait pour bien peu : sa réaction n'avait rien à voir avec elle. Décidément, ce gamin vous apprenait la modestie. Elle avait vu Peggy partir pour l'Irlande, persuadée de faire des miracles avec son fils. Mais les progrès accomplis pendant ces mois d'absence lui parurent soudain d'une médiocrité affligeante.

Elle essaya de chasser ses pénibles réflexions, tout en flânant avec sa sœur dans les rues de Shanmullin.

Elles nourrirent les cygnes de l'étang, bavardèrent avec des villageois qui s'arrêtaient volontiers pour échanger quelques mots avec elles. Tout le monde semblait connaître Peggy, ce qui n'étonna pas Megan : en deux minutes de conversation, elle connaissait la vie de ses interlocuteurs, sans même l'avoir sollicité. Elle avait à la fois le don de la parole qui guérit et l'art d'écouter les autres — qualité précieuse entre toutes.

— Tu te sens bien, ici ? demanda Megan.

Elle s'était accroupie pour caresser un beau chat noir qui lissait son pelage à grands coups de langue rose, tout en profitant des derniers rayons du soleil. Une fenêtre s'ouvrit au-dessus de leurs têtes, et quelqu'un appela « *Blackie, Blackie !* ». Le chat jeta un regard circulaire, comme pour s'assurer que ce discours s'adressait bien à lui. Constatant qu'il était l'unique félin du voisinage, il se leva majestueusement et trottina jusqu'à la porte entrouverte d'une boutique proche.

— Oui, répondit Peggy sans hésiter. Pourtant, au début, j'étais sceptique. Je m'étais toujours considérée comme un rat des villes mais, finalement, la vie campagnarde me plaît.

— Crois-tu que tu aimerais être médecin dans une bourgade des environs de Cleveland, par exemple, plutôt que d'exercer au cœur de la cité ?

— Ça dépend essentiellement de Kieran. Je ne sais même pas si je pourrai reprendre, un jour, mes études de médecine.

Elles continuèrent à se promener tranquillement, et Megan songea qu'il était temps de dire à sa sœur ce qu'elle avait sur le cœur.

— J'ai cherché des signes d'amélioration…

— Et tu n'en as pas trouvé, je sais, dit Peggy en comprenant immédiatement à quoi elle faisait allusion. Parfois, tu vois, j'ai l'impression d'avoir établi le contact avec lui. Au moment où il perçait ses dents, par exemple, il a fait un grand bond en avant. J'ignore pourquoi. Et, depuis qu'il est sorti de cette période difficile, les progrès se sont arrêtés. Ça fait des semaines qu'on piétine. Sa thérapeute elle-même ne trouve aucune explication à ce phénomène.

— Tu devrais peut-être rentrer et lui trouver un établissement où il bénéficierait des meilleurs programmes. Tu sais que toute la famille est prête à t'aider matériellement.

— Non, je pense qu'il est trop tôt pour accepter la défaite. Je vais persévérer.

Megan se demandait comment aborder le sujet qui la préoccupait depuis la veille : les relations de sa sœur avec Finn O'Malley. Elle espérait trouver un homme si différent : un héros de roman aux épaules assez larges, capable de porter le poids du monde, un chevalier qui aurait volé au secours de Peggy et lui aurait assuré un avenir lumineux. Avec un fils comme Kieran, elle avait besoin d'un soutien sans faille, et pour de longues, très longues années. C'était une évidence.

Or, qu'est-ce que Finn pouvait lui offrir ?

Elle se jeta à l'eau.

— En vérité, tu n'as pas envie de quitter Irene. Ni Bridie… Et encore moins Finn.

— Tiens, mon pub préféré : le *Tully's* ! s'exclama Peggy en s'arrêtant devant une porte peinte en jaune canari. Pas de musique, ce soir, on dirait, dit-elle en tendant l'oreille. Mais il est encore un peu tôt.

Megan songea qu'elle n'avait plus qu'à se taire après cette fin de non-recevoir.

— C'est moi qui régale, ce soir.

— Megan, tu as gagné au loto ?

— Hé, on ne vit qu'une fois !

— Les gourous du New Age te diraient le contraire. Qui sait si nous n'avons pas déjà fréquenté ce bistrot des centaines de fois, par le passé ?

Elles continuèrent à débattre du sujet tout en s'installant sur des tabourets, au comptoir. Ce n'était pas la foule des grands soirs, telle que Peggy l'avait espéré. Un client qui s'apprêtait à quitter le bar leur en fournit l'explication : il y avait une veillée mortuaire, à l'église, et le défunt était une figure connue du village. Elles furent invitées à se joindre à l'assemblée, mais Peggy refusa poliment.

Jimmy, le barman, arriva sur ces entrefaites. Il était grand, massif, avec un nez bulbeux d'un cramoisi assez remarquable, une couronne de cheveux d'un blanc neigeux et un sourire à dégeler des hectares de banquise. Megan l'aurait volontiers engagé pour le bar du Whiskey Island Saloon.

Quelques minutes plus tard, il revint avec deux généreuses pintes de Guinness, et engagea la conversation avec la jeune femme, tandis que Peggy s'était éloignée en direction des toilettes.

— Qu'est-ce qui vous amène en Irlande ?

Megan vit là sa chance de lui soutirer quelques informations. Elle savait, d'expérience, que les ressources d'un barman en la matière étaient insondables.

— Eh bien, je suis venue rendre visite à ma sœur et faire la connaissance de ses amis. Elle vit chez Irene Tierney et fréquente Finn O'Malley et sa fille Bridie. Je les ai rencontrés, tous les deux, hier.

— Ah oui, la jeune Américaine qui est avec vous ?

— Exact.

— Oh, oh, on dirait bien qu'elle a tapé dans l'œil de ce bon vieux Finn, dit Jimmy avec un haussement de sourcils.

— Justement, ça m'inquiète un peu.

— S'inquiéter à propos de Finn ? Il n'y a aucune raison. Il a passé des temps difficiles, mais c'est terminé.

— Alors, vous l'appréciez ?

— Le meilleur médecin qu'on ait jamais eu dans la région. Tout le monde le vénère, ici.

Ce n'était pas les talents de praticien de Finn qui préoccupaient Megan mais plutôt son état psychologique.

— Ma sœur est si jeune : j'ai tendance à me sentir responsable d'elle, poursuivit Megan avec l'espoir de recueillir quelques confidences supplémentaires.

Mais Jimmy changea résolument de sujet.

— Alors, vous logez aussi au cottage Tierney ?

— Oui.

— Si vous voulez découvrir la face cachée de Shanmullin, vous êtes pile à l'endroit qu'il faut. Demandez un peu à Irene de vous parler de son père : vous ne serez pas déçue du voyage.

La curiosité de Megan fut soudain attirée dans une nouvelle direction.

— Que voulez-vous dire ?

— Dame, c't'un vrai sujet d'roman. Le vieux Liam Tierney était soit le diable incarné soit un héros républicain pur jus. Tout dépend de qui raconte l'histoire.

— Je ne sais pas grand-chose sur les années que Liam a passées en Irlande, dit Megan, sans vouloir avouer qu'en fait, elle ne savait rien du tout. J'espérais qu'Irene m'éclairerait, mais elle ne semble pas en savoir beaucoup plus.

Jimmy fronça les sourcils, manière de dire que la chose l'étonnait au plus haut point.

— Pourtant, c'est un secret pour personne. Il était encore jeune homme quand il a quitté le pays, et le cottage est resté vide des années : un repère pour les chauves-souris et les mulots, si vous voyez ce que je veux dire.

— Il se pourrait qu'il ait émigré à Cleveland, à cette époque, et qu'il y soit mort. C'est la ville dont je viens.

A ce moment-là, Jimmy dut s'éloigner pour servir un autre client. Megan sirota pensivement sa Guinness en attendant le retour de Peggy. Elle qui voulait en savoir davantage sur Finn, elle se retrouvait avec des nouvelles concernant Liam.

Décidément la pêche en eau profonde réservait des surprises.

— Dis donc, lança-t-elle à sa sœur qui revenait s'asseoir près d'elle, je viens d'en apprendre de belles sur Liam. Si l'on en croit Jimmy, notre petite futée d'Irene ne nous a pas tout dit.

Peggy eut l'air sincèrement surpris.

— De la rétention d'information ? Ça m'étonne… Irene m'a toujours dit qu'elle savait très peu de choses.

Jimmy reparut derrière le comptoir.

— Puis-je vous resservir, mesdames ?

Megan déclina l'offre, sa chope était encore à moitié pleine.

— Nous aimerions vraiment en apprendre un peu plus sur Liam. Si vous avez d'autres informations en stock…

— Oh, ce n'est pas ce qui manque. Après que sa mère a quitté le village sans crier gare, il a été envoyé dans un orphelinat du sud de l'île, par le curé d'ici. Des années plus tard, il a refait surface : il était marié et père de famille. Il a alors décidé de retaper le Cottage Tierney pour son épouse, Brenna, et leur petite, Irene. Mais il n'a pas pu échapper à son destin.

Jimmy fit une pause, savourant l'intérêt que les deux jeunes femmes portaient à son récit. Peggy le relança avec la question qui lui brûlait les lèvres :

— Quel destin ?

— Il faisait partie de l'IRA, et rien ne l'arrêtait dans sa lutte pour la cause d'une Irlande libre. En 1923, il a tué un homme, au cours d'une embuscade, et il n'a dû son salut qu'à la fuite. A la suite de ça, il a quitté l'Irlande pour échapper à la police.

Megan essayait de se souvenir de ses cours d'histoire sur l'Irlande, une partie toujours bâclée dans les programmes scolaires américains…

— Mais je croyais que l'Irlande était devenue indépendante en 1921 ou 22, à la signature du traité avec les Anglais ?

— Pas si simple. La partition du pays nous obligeait quand même à garder des liens avec l'Angleterre. Certains pensaient que c'était bien comme ça, qu'on irait lentement mais sûrement vers l'indépendance totale, au bout du compte — ce qui s'est produit en 49, quand la nouvelle constitution a fait de l'Eire un Etat souverain. Excepté pour le Nord, bien entendu. Mais d'autres, comme le père d'Irene, préféraient que les choses aillent plus vite. Et ils s'y sont employés. Nous avons eu notre guerre civile, souvenez-vous.

— Ainsi, il a tué quelqu'un qui n'était pas d'accord avec lui ?

— Oui. Et, manque de chance, ce quelqu'un était un policier. Les républicains l'ont donc fait embarquer clandestinement, avec sa famille. C'est comme ça qu'ils sont passés en Amérique.

— Drôlement charitable de leur part ! s'écria Megan.

Elle regrettait, à présent, d'avoir refusé la bière que lui proposait Jimmy. Son verre était vide, mais elle n'osait l'interrompre, maintenant qu'il était lancé.

— Pourtant, je n'ai jamais entendu dire que l'IRA était une organisation philanthropique.

— Oh, c'était différent, à l'époque, ça, je peux vous le dire ! répliqua Jimmy en passant machinalement un coup d'éponge sur le zinc. Et puis, il ne s'agissait pas uniquement de charité : l'IRA l'envoyait en Amérique dans le but de récolter des fonds pour la cause républicaine.

— A Cleveland ?

— Jamais entendu dire où le gars avait atterri. Je sais seulement que, des années plus tard, Brenna est rentrée au pays sans lui et qu'elle s'est réinstallée au Cottage Tierney avec sa petite fille : Irene. Brenna était une ravissante jeune femme, d'après ce que j'ai entendu dire. Moi, je suis trop jeune pour l'avoir connue. Un homme des environs est tombé amoureux d'elle, et ils se sont mariés, ici même, à l'église du village. Il possédait quelques biens au soleil et, tous les deux, ils ont acheté la totalité des terres et remis le cottage dans l'état où vous le voyez aujourd'hui.

Avec un petit salut amical, Jimmy s'éloigna pour tailler une bavette avec un autre client.

Megan se pencha vers sa sœur.

— Dis donc, c'est un sacré passage qu'Irene a passé sous silence !

— Peut-être qu'elle a un peu honte ?

— Pas d'accord avec toi pour deux raisons. *Primo*, si Liam a vraiment tué quelqu'un, ça a dû passer pour un fait de guerre, à cette époque-là. Je suis certaine qu'aux yeux de beaucoup de gens, à Shanmullin, il apparaît comme un héros. Ou, en tout cas, un redresseur de torts. *Deuzio*, Irene se doutait certainement qu'en venant vivre ici, tu finirais par apprendre la vérité d'une manière ou d'une autre. Le plus surprenant, c'est que tu n'aies rien su avant aujourd'hui.

Peggy posa sa chope sur le comptoir.

— Je n'ai jamais posé de questions concernant Liam. J'ai cru Irene lorsqu'elle m'a déclaré qu'elle ne savait pratiquement rien. Et j'en ai déduit tout naturellement que personne d'autre au village ne serait mieux informé.

Megan essayait de trouver une explication charitable.

— Elle ignore peut-être *réellement* la manière dont il est mort. Au fond, depuis le début, c'est ce qu'elle nous demande de découvrir.

— Si elle n'a pas été réglo sur les raisons du départ précipité de Liam, elle a très bien pu nous mener en bateau pour le reste.

Megan hocha la tête en signe d'assentiment.

— Rien de palpitant ici, ce soir, déclara soudain Peggy. Rentrons au cottage pour voir où en sont Irene et Nora.

*
* *

Les deux femmes s'étaient lancées dans les travaux d'aiguille, et avaient confectionné une jolie paire de mitaine d'un blanc ivoire.

— Vous n'imaginez pas le nombre de rangs que nous avons dû recommencer, simplement pour un écart d'un millimètre ! expliqua Irene en rangeant ses aiguilles. Je peux reprendre n'importe quel pull tricoté par Nora, et je défie quiconque d'y voir une différence.

Nora avait déjà rassemblé ses affaires et s'apprêtait à partir. Megan lui proposa de la raccompagner, mais elle jura ses grands dieux qu'elle préférait sa chère bicyclette.

— Elle possède une voiture, leur confia Irene, une fois que Nora fut partie. Mais elle prétend qu'elle voit mieux ce qui se passe du haut de son vélo. Et vous ? C'était bien cette soirée ?

— Très agréable. Mais il y avait peu de monde, à cause de la veillée mortuaire à l'église.

— Ah oui, ce pauvre Thomas Harrigan ! Un brave homme. J'irai à l'enterrement, demain : Nora viendra me chercher. Il est tombé raide mort en trayant ses vaches. Et personne ne s'en est aperçu avant l'heure du dîner.

— Nous avons entendu quelques commérages intéressants, dit Megan.

Les yeux d'Irene se mirent à briller. Et, pendant un instant, Peggy eut la vision de la jeune femme qu'elle n'avait pas eu le privilège de connaître.

— Vous ne désirez pas une tasse de thé ou un verre de lait ? lui proposa-t-elle, sachant que la soirée risquait d'être longue.

— Non, merci. Par contre, un récit détaillé serait le bienvenu. Ayez pitié d'une vieille femme qui dépend des autres pour se tenir informée !

— Je comprends ce que vous ressentez, dit Peggy en s'installant sur le canapé. Dépendre des autres est parfois si frustrant ! Surtout lorsqu'ils ne nous racontent pas tout.

— C'est bien vrai.

— Par exemple, ce soir, quand j'ai appris que votre père avait quitté l'Irlande parce qu'il était en délicatesse avec les autorités, ça m'a fait un choc. Au cours de nos conversations, vous n'en avez jamais soufflé mot.

La vieille dame ne parut ni surprise ni troublée.

— Aurais-je oublié de vous le signaler, par hasard ?

— Irene !

Elle sourit.

— Bon, disons que, dans un premier temps, je n'ai pas vu la nécessité de vous confier que votre lointain cousin avait été recherché par la police.

— Je suis certaine qu'il n'est ni le premier ni le dernier de la famille dans ce cas, déclara Megan en s'asseyant à son tour sur le canapé. Je pourrais vous révéler certaines petites choses sur le clan Donaghue qui vous feraient dresser les cheveux sur la tête… Alors, en ce qui nous concerne, nous savons, désormais, que Liam faisait partie de l'IRA, qu'il a tué un homme, et qu'il a été envoyé en Amérique pour réunir des fonds.

— Il n'avait pas l'intention de tuer cet homme ! Ma mère m'a raconté qu'il avait tiré pour défendre un autre membre de l'Armée Républicaine. Il pensait simplement blesser leur poursuivant. Liam n'a jamais eu de goût pour les armes à feu.

— Peu importe ! conclut Peggy. Il y a prescription. Mais pourquoi nous l'avoir dissimulé ?

Elle marqua une pause, et reprit d'un ton nettement plus soupçonneux :

— Et que nous avez-vous caché *d'autre* ?

Irene ne semblait pas frappée outre mesure par le changement de ton de la douce Peggy.

— Je n'ai pas été tout à fait honnête à propos des activités de papa à Cleveland. J'étais au courant de son association avec Tim McNulty, le bootlegger.

Peggy accusa le coup.

— Mais… je ne comprends pas. Pourquoi n'en avoir rien dit ? Au début, quand nous pataugions dans nos recherches, cette piste nous aurait fait gagner un temps précieux.

Irene ne répondit pas directement.

— En vérité, j'en sais plus long que vous sur ces années avec McNulty : si mon père a accepté de travailler pour lui, c'est parce qu'il le prenait pour un patriote irlandais. Il espérait qu'en gagnant la confiance de ce riche homme d'affaires, il le convaincrait de verser une partie de sa fortune à la cause.

— La cause de l'IRA ?

— Absolument. P'pa était convaincu que l'unique espoir pour l'Irlande était de faire déguerpir les Angliches fissa. Rappelez-vous qu'il avait grandi avec un père un peu dérangé dans sa tête, conséquence des nombreuses années passées dans les geôles de Liverpool. Mon père n'était donc pas, loin s'en faut, un admirateur de la Grande-Bretagne.

— Et ?

Megan attendit. Comme Irene n'ajoutait rien, elle précisa :

— McNulty a-t-il donné de l'argent à l'IRA, pour finir ? Et cela a-t-il quelque chose à voir avec la mort de votre père ?

— McNulty n'était qu'un triste spécimen de la race humaine. Mon père s'est vite rendu compte qu'il avait pris des vessies pour des lanternes et qu'il n'y avait rien à tirer de son patron.

Contrairement à Peggy qui avait replié ses jambes et serrait un coussin contre sa poitrine, Megan n'arrivait pas à se détendre. Elle se pencha vers Irene.

— Vous êtes restée évasive lorsque ma sœur vous a demandé la raison de votre silence. Je crois qu'il est temps que nous sachions le fin mot de l'histoire. J'ai l'impression qu'il y a deux récits qui se mélangent : le vôtre et celui de Liam. J'avoue que j'entendrais volontiers les deux.

— Promis. Quand le temps sera venu.

Irene leva un index pour arrêter la riposte de Megan.

— D'abord, ceci : c'est vrai, je l'avoue, j'ai gardé ces informations pour moi. Je vous ai induites en erreur. Mais sans intention retorse ou calculs sournois, non. C'était ma manière de vous approcher, voyez-vous ? Nous sommes, certes, liées par le sang, mais ce n'était pas une garantie. C'est pourquoi j'ai sollicité votre aide. J'ai attendu, et vous avez très vite répondu « présentes ». A partir de ce moment-là, je n'avais plus besoin de chercher d'autres raisons de vous faire confiance.

— Vous avez d'abord eu peur que l'on pense du mal de vous ? Mais les événements qui ont motivé le départ de Liam pour Cleveland remontent à plus de quatre-vingts ans. Pourquoi attacherions-nous de l'importance au sort d'un homme que nous n'avons pas connu ? Vous-même l'avez à peine vu.

— Tout va s'éclaircir en son temps. Pour l'heure, voulez-vous que je lève le voile sur un coin de l'histoire de Liam ?

— Il est déjà très tard, dit Peggy après avoir jeté un coup d'œil à la pendule et constaté que l'heure du coucher d'Irene était largement dépassée.

Elle avait beau être passionnée par toutes ces révélations, elle n'en était pas moins responsable de la santé de la vieille dame.

— J'ai fait une longue sieste, cet après-midi, et je dormirai mieux après avoir vidé une partie de mon sac.

— Une partie, seulement ? lança Megan. Pourquoi pas *tout* ?

— Voulez-vous entendre, oui ou non, ce que j'ai l'énergie de vous raconter ce soir, ma chère enfant ?

Megan allait rétorquer, mais elle se ravisa et s'installa confortablement, à l'exemple de Peggy.

— Allez-y ! Feu !

Aussitôt après avoir prononcé ce mot, elle sursauta de façon comique.

— Oups ! Vu les circonstances, l'expression n'est pas des mieux choisies.

— J'aime à constater que votre sens de l'humour n'a pas disparu, chère Megan.

Fermant les paupières, Irene se laissa aller en arrière dans son fauteuil.

— Cela fait bien longtemps que je connais les liens qui m'unissent aux Donaghue du Whiskey Island Saloon de Cleveland. Je vais vous raconter comment je l'ai découvert.

1925
Castlebar, Comté de Mayo

Très cher Patrick,

Dans ton dernier courrier, tu me demandais de mener une enquête sur la famille Tierney de Shanmullin.

Tu as oublié, je le crains, combien les distances sont grandes et les communications hasardeuses. Mais tu te souviens comme nous aimons, nous les Irlandais, garder la mémoire des allées et venues, des départs et des retours de ceux qui nous entourent.

Certes, l'Irlande est encore un pays de misère, à cause de la rapacité légendaire de nos landlords qui — Dieu merci ! — viennent d'être boutés hors de nos terres. Mais nous sommes riches de l'amour que nous nous portons mutuellement. Il y a toujours ici une oreille compatissante pour recueillir vos doléances ou vos espoirs. Ainsi, ce que je peux te dire provient de conversations que j'ai eues avec mes voisins.

Il y a des années de cela, vivait une famille du nom de Tierney, non loin du village de Shanmullin. Des gens bien, aux dires de tous, même si, à cette époque, la probité rimait souvent avec la faim. Après la grande famine, ils se disper-

sèrent, à l'instar de nos pauvres familles, forcées à prendre les routes de l'exil.

Le cottage est longtemps resté désert, et le propriétaire foncier en profitait pour élever des moutons sur leurs terres. Puis un fils revint, et le landlord lui concéda le fermage. Il se maria, eut un fils à son tour, qui devint bientôt orphelin et fut envoyé dans le sud, à Cork. Une fois adulte, ce jeune Tierney, accompagné d'une épouse et d'un enfant, se mit dans la tête de reprendre la maison. Pourtant, la vue la plus belle sur l'océan n'a jamais nourri le moindre moineau affamé.

Il y a eu du grabuge, mon cher Patrick. De quel ordre, je l'ignore encore, bien que j'aie des soupçons. En Irlande, le silence est de rigueur sur certains sujets. Et, encore aujourd'hui, les langues se délient difficilement.

Tout ce que je sais, c'est que ce jeune homme, Liam Tierney, a disparu avec sa femme et sa fille, le soir même où un policier a été tué.

Et, une fois de plus, le cottage Tierney s'est retrouvé à l'abandon : repaire des vents et des corbeaux, sur sa colline désolée…

Quelle coïncidence ce serait si ce jeune homme dont tu me parles s'appelait aussi Tierney ! N'était-ce pas déjà le nom de cette courageuse jeune femme qui vivait sur Whiskey Island et dont tu m'as si souvent entretenu, il y a des années ?

Oui, mon cher Patrick, ma mémoire est aussi longue que ma vie. N'est-ce pas, tout à la fois, une grâce et *une malédiction ?*

Ta sœur qui t'aime,
Maura McSweeney

28.

Liam mena de discrètes recherches sur la famille de Glen Donaghue, sans rien découvrir d'intéressant. Personne ne se souvenait de la date à laquelle ils étaient arrivés à Cleveland. Des années auparavant, sans aucun doute. Les Donaghue avaient construit eux-mêmes le Whiskey Island Saloon, et l'affaire était florissante car ils travaillaient dur et s'étaient fait des amis dans la population toujours assoiffée des environs. Certains prétendaient que Rowan Donaghue avait été le premier à émigrer.

Ceux qui étaient assez âgés pour avoir connu les débuts de l'établissement semblaient penser qu'il avait toujours été là. Comme un refuge, accessible à tous et à toute heure. La légende s'en étant emparée, d'aucuns pensaient, dur comme fer, que le saloon avait même précédé le premier alambic jamais construit sur cette péninsule de Cleveland, lui donnant ainsi son nom de Whiskey Island.

— Vous auriez intérêt à parler au père McSweeney, suggéra à Liam la vieille femme qui vivait au coin de sa rue.

Il s'était arrêté pour bavarder avec elle, tandis qu'il se promenait avec la petite Irene, goûtant la tranquillité de leur nouveau quartier. Les maisons, récemment bâties, étaient spacieuses. Plusieurs étaient encore en construction, à l'autre bout de la rue. De vieux chênes et des érables majestueux dispensaient une ombre généreuse, et de larges vérandas permettaient de profiter du parfum des roses grimpantes et du chant d'un cardinal au plumage de feu, perché sur la rambarde, par une belle soirée d'été.

Depuis six mois qu'ils vivaient là, Brenna ne cessait de s'émerveiller de sa verte pelouse et de ses planchers de chêne étincelants. Liam arrivait rarement à la faire sortir de sa cuisine où elle s'affairait en fredonnant des cantiques appris chez les Sœurs.

Liam essaya de se rappeler le père McSweeney.

— Le très vieux curé qui officie parfois, les jours de fêtes ? demanda-t-il à sa voisine.

— Ça doit être lui, en effet.

Si Liam fréquentait l'église, c'était par égard pour Brenna, qui souhaitait donner une éducation chrétienne à Irene. Lui, il avait perdu le goût de la religion sous la férule impitoyable des Frères des Écoles Chrétiennes. A présent, il essayait de se rappeler à quoi ressemblait le vieux curé. Il eut l'image d'une silhouette frêle, courbée par les ans, et d'une voix chevrotante qui psalmodiait l'office.

— Je ne l'ai vu que très rarement, dit-il, espérant susciter des confidences à son sujet.

— Oh, quel magnifique prêtre c'était ! s'écria la vieille femme. Capable de vous sermonner avec autorité et, en même temps, de vous faire toucher du doigt tout l'Amour de Notre Seigneur pour les pêcheurs que nous sommes. Il a marié ma Colleen à son Arthur, oui… Et on dit qu'un mariage célébré par lui est toujours un mariage heureux. Des curés comme celui-là sont de vraies bénédictions dans not'pauv' monde !

— Et il connaît un peu l'histoire des environs ?

— Pas qu'un peu. Il sait *tout*.

Elle se pencha vers lui et continua à mi-voix :

— Si j'étais à votre place, je ne tarderais pas. Sa santé laisse à désirer. Et il refuse de se retirer dans un coin plus ensoleillé, comme on l'incite à le faire. Non, il dit que sa vie est ici, qu'il n'en bougera pas.

Liam se demanda si un prêtre avait véritablement une vie. Il en doutait sincèrement. Mais peut-être le vieux curé s'était-il fait des amis qu'il répugnait à quitter ? En tout état de cause, il n'était certainement pas resté à Cleveland pour la douceur de son climat.

Liam remercia l'obligeante voisine et lui souhaita une bonne soirée. Puis, hissant de nouveau Irene sur ses épaules, il reprit le chemin de sa maison.

Tout en marchant, il se demanda pourquoi il n'avait pas songé plus tôt à s'adresser au curé de la paroisse. « Parce qu'ils se mêlent de la vie de tous ceux qu'ils rencontrent », songea-t-il : baptisés et jeunes mariés, pécheurs repentants et criminels endurcis, mourants et défunts…

Il résolut, néanmoins, d'aller consulter le prêtre à propos de Glen Donaghue.

Quelques jours plus tard, il en eut l'opportunité.

McNulty et ses gardes du corps se rendaient à New York pour une réunion en haut lieu, et Clare, qui était maintenant placée sous la responsabilité et la vigilance de Liam, faisait partie du voyage. Elle avait prévu une visite chez sa tante de Buffalo, et McNulty avait proposé de l'y déposer. La surveillance rapprochée de Liam n'était donc pas nécessaire, et la liste de tâches qu'il avait à accomplir en l'absence du patron lui laissait du temps libre.

Il téléphona au presbytère et parla à la gouvernante qui relaya sa demande. A sa surprise, le père McSweeney lui proposa un rendez-vous pour le jour même, à 16 heures.

Liam attendait, pétrissant nerveusement son chapeau, lorsque le prêtre fit son entrée à petits pas traînants dans le parloir du presbytère. Liam lui offrit son bras, mais il essuya un refus.

Il n'y avait pas que l'âge qui affligeait McSweeney. Un début de maladie de Parkinson faisait trembler ses mains et le privait de forces. En dépit de ces atteintes, son regard bleu restait d'une clarté surprenante et, lorsqu'il prit la parole, il fut évident qu'une intelligence aiguë l'habitait encore.

— Soyez le bienvenu. Mais j'imagine que vous n'êtes pas simplement venu voir la cure ?

— C'est vrai, mon Père.

Liam prit place sur le bord d'un fauteuil rembourré de crin de cheval. Les deux accoudoirs étaient couverts de napperons au crochet, et il avait peur de les faire tomber maladroitement. Il n'était pas au bout de ses peines avec l'inconfort qu'il ressentait toujours en présence des prêtres, comme s'il était menacé en permanence d'un châtiment que seuls ces hommes en soutane pouvaient lui infliger.

— Vous désiriez me poser des questions ?

Le père McSweeney essayait visiblement de le mettre à l'aise. Il n'y avait aucune trace d'impatience dans sa voix.

— Notre conversation sortira-t-elle de ce parloir ?

— Disons que nous ne sommes pas dans un confessionnal, mais c'est tout comme.

Le père planta son regard dans celui de Liam.

— Vous ne vous êtes pas confessé depuis un bout de temps, n'est-ce pas ?

— Comment pouvez-vous le savoir ?

Le père McSweeney sourit.

— Ne craignez rien : je ne lis pas dans votre âme comme dans une boule de cristal pour dresser la liste de vos péchés. Je tire simplement une conclusion du fait que je ne vous ai jamais reçu comme pénitent.

— Ah, je vois ! s'exclama Liam en pétrissant de plus belle son malheureux chapeau. Voilà : j'ai rencontré un homme du nom de Glen Donaghue, et je cherche des renseignements sur sa famille. On m'a conseillé de m'adresser à vous.

— Je sais des choses à *votre* propos.

La réponse acheva de déconcerter Liam. S'il s'était attendu à *ça* !

— Quel genre de choses ?

— J'ai fait faire quelques recherches, récemment, en Irlande.

Liam sentit l'inquiétude le gagner.

— En quel honneur ?

— Pour les mêmes raisons, peut-être, que celles qui vous poussent à vous renseigner sur les Donaghue.

Tandis que le prêtre bougeait dans son fauteuil, à la recherche d'un peu plus de confort, Liam réfléchissait intensément.

Le père McSweeney finit par pousser un gros soupir et cessa de s'agiter. Le confort, apparemment, resterait hors de sa portée.

— Je vous ai remarqué, à la messe, le jour de Pâques, car vous me rappeliez quelqu'un. J'ai fini par demander votre nom à un prêtre de mes amis, et j'ai appris que vous étiez originaire de Shanmullin.

— C'est exact, mon père. Mais, dites-moi, à *qui* vous ai-je fait penser ?

— A quelqu'un qui a disparu il y a bien longtemps, et qui portait aussi le nom de Tierney.

Liam attendit, retenant son souffle.

— Terence Tierney, poursuivit le prêtre. Votre oncle, si mes informations ne sont pas erronées.

— Disparu… depuis longtemps…

Liam s'en était douté. N'empêche, la nouvelle le frappa douloureusement. Et avec une intensité qui le stupéfia.

Le père McSweeney reprit :

— Terence a eu un fils qui lui-même a deux enfants.

Liam songea qu'il connaissait le nom de l'un de ces enfants.

— Glen Donaghue ?

— Oui.

— L'épouse de Terence s'était donc remariée ?

C'était la seule explication qui lui venait à l'esprit.

— Effectivement. Après la mort de Terence, Lena Tierney a donné naissance à son fils. Elle l'a baptisé du nom de son époux défunt et, peu après, elle s'est mariée avec un homme du nom de Rowan Donaghue. Celui-ci a adopté le petit Terry, et l'a élevé comme son propre fils. De ce fait, il a toujours été connu sous le nom de Donaghue.

— Quand je suis arrivé, j'ai désespérément cherché des Tierney… que je ne pouvais, évidemment, pas trouver. Voilà l'explication… Et pourquoi vous êtes-vous renseigné sur *moi*, avant même de connaître mon nom de famille ?

— J'ai cru soudain voir Terence. Une expression, un geste… Et j'ai été ramené dans un lointain passé. J'ai pensé à une lubie de vieillard, mais j'ai quand même posé la question pour en avoir le cœur net. Quand j'ai appris votre nom, j'ai poursuivi ma petite enquête avec un intérêt renouvelé.

— Et moi, j'ai reconnu mon père en Glen Donaghue. Il ressemble énormément à P'pa au même âge. Mais, curieusement, je ne vois pas de traits communs entre nous deux.

— Peut-être. Mais chacun de vous ressemble, par certains côtés, à l'ancêtre de l'autre.

Comme c'était étrange, pensa Liam, ces fils que la vie tissait entre les êtres…

Il avait sauvé la vie de Glen sans savoir qu'ils étaient cousins. Et voici qu'il travaillait pour Timothy McNulty, le gangster, que Glen cherchait à mettre hors d'état de nuire.

— Je ne savais pas trop quoi faire des informations que j'avais glanées, dit le père McSweeney. Aussi, je suis heureux que vous ayez eu l'idée de venir me voir. Allez-vous mettre Glen au courant ?

— Que savez-vous d'autre à mon sujet ?

— L'essentiel, je le crains.

— Alors, vous comprenez pourquoi je ne peux pas lui parler. Imaginez qu'il apprenne que le cousin irlandais, perdu de vue depuis des lustres, est un bootlegger !

— Ses parents tiennent un saloon, vous savez ? Et c'est sa grand-mère qui l'a fondé.

— Ses parents ne travaillent pas à la solde de McNulty !

— Vous n'y êtes pas obligé, vous non plus.

Liam considéra la question. S'il lâchait son job, il pourrait dévoiler son identité à Glen. Ironie du sort, il était chargé d'empêcher son cousin de fréquenter Clare McNulty, un travail qu'il avait toujours trouvé pénible, avant même de savoir qu'ils étaient parents. Alors, maintenant, c'était pire… La solution serait, évidemment, de donner sa démission à McNulty.

Oui, mais McNulty le laisserait-il partir, maintenant qu'il était au courant des affaires louches de la maison? Et puis, d'autres facteurs entraient en ligne de compte : Brenna, Irene, et la jolie maison qu'ils pouvaient, désormais, s'offrir. Sans compter les amis, au pays, qui l'avaient aidé à court-circuiter la procédure américaine officielle d'immigration.

Et enfin, il y avait la cause de l'IRA. Quelque chose d'important, qui le dépassait, la *seule* grande cause en laquelle il eût foi.

— Couper les ponts avec Tim McNulty n'est pas aussi simple que cela ? demanda le père. Voulez-vous que nous priions ensemble pour que vous trouviez la force de sauter le pas ?

— Non. Merci, mais je ne suis pas croyant, mon père. Et, de toute façon, s'il y a un Dieu, là-haut, cela fait bien longtemps qu'Il a cessé de m'écouter ?

— Impossible !

Liam ramassa son chapeau et se leva.

— Je vous suis reconnaissant d'avoir bien voulu me parler. Vous ne direz rien à Glen ni aux autres Donaghue, n'est-ce pas ?

— Ils vous aideraient à prendre un nouveau départ, vous savez ? Ce sont des gens en or. Et Lena, la femme de Terence, serait heureuse de découvrir qu'une partie de la famille Tierney a survécu. Nous sommes de très vieux amis, elle et moi, et j'ai souvent l'occasion de la voir. Elle a grandi dans votre village. Peut-être même a-t-elle connu votre père lorsqu'il était enfant ?

— C'est possible, mais elle ignore l'homme qu'il est devenu ensuite… Une triste histoire qu'il est préférable de laisser dans l'ombre, croyez-moi.

Le père McSweeney se remit péniblement debout.

— Eh bien, cela ne m'empêchera pas de prier pour vous.

Il leva une main tremblante pour arrêter les protestations de Liam.

— Cela ne peut pas faire de mal, n'est-ce pas ? Un bon moyen d'occuper les derniers jours d'un vieil homme, autrement qu'avec du courrier et de longues heures de contemplation.

— Alors, priez aussi pour Glen et pour la fille de McNulty, si vous voulez bien, mon père. Ces deux-là s'imaginent qu'ils sont amoureux. Et, si c'est le cas, les oraisons n'y suffiront pas. Il faudra, au moins, le concours de toutes les armées célestes pour leur éviter la vengeance de McNulty.

— Et vous ne ferez rien ? Pour votre propre cousin ?

Liam coiffa son couvre-chef.

— J'obéis aux ordres.

— C'est ce qui vous a attiré des ennuis, auparavant, n'est-ce pas, mon fils ? En Irlande, juste avant votre départ pour l'Amérique… C'est la véritable raison pour laquelle vous pensez que Dieu s'est désintéressé de vous.

Liam ne sut que répondre. Il tourna les talons et s'éloigna sans rien ajouter.

Tim McNulty était un homme riche qui voulait devenir encore plus riche.

Une maladie fort répandue, dont Liam avait déjà observé les ravages dans sa propre patrie. Si l'Irlande était dans un état aussi lamentable, c'était bien la conséquence d'une cupidité, aussi omniprésente et destructrice que les attaques de mildiou sur les récoltes de pommes de terre.

A l'avidité la plus féroce, McNulty ajoutait un goût du pouvoir acharné.

Ni son titre incontesté de roi du crime du West Side de Cleveland ni son petit empire de la contrebande ne lui suffisaient. Il voulait davantage, à la manière dont les hommes concupiscents sont saisis par le démon de l'alcool ou de la luxure. Et, pour cela, il était prêt à prendre un maximum de risques.

McNulty — flambeur-né, s'il en fut — était sur le point de jouer son va-tout.

— Je ne prétendrai pas qu'il s'agit d'un coup ordinaire, les gars, dit-il en haranguant ses hommes groupés dans l'un de ses entrepôts. Ce soir, c'est l'affaire du siècle. On va jouer dans la cour des grands. Rien que des gros calibres. Et le résultat sera à la hauteur. Si tout se déroule sans anicroche — et il y a intérêt ! —, chacun d'entre vous repartira avec un bon paquet.

Liam était plus attentif au comportement de McNulty qu'à ses promesses. Le patron suait à grosses gouttes, comme une blanchisseuse au-dessus de sa lessiveuse. Et le sourire qui accompagnait habituellement la conclusion de ses affaires, même les plus crapuleuses, avait totalement disparu.

Il sortit un mouchoir de sa poche et s'épongea le front.

— Si quelqu'un a une question à poser, c'est le moment ou jamais. Sinon, les gars, en piste !

Personne ne pipa mot.

— Très bien, dit McNulty en leur faisant signe de circuler. Mais vous avez intérêt à rentrer avec *tout* le butin, sinon comptez sur moi pour vous retrouver et vous tailler un costard en sapin.

Cette fois, il esquissa un pâle sourire, ou plutôt une sorte de rictus nerveux, puis quitta le hangar pour s'engouffrer dans sa Cadillac.

Les hommes attendirent que la limousine soit hors de vue pour oser bouger.

— C'est quoi c't'embrouille ? demanda Liam à Jerry. Pourquoi il est aussi nerveux ?

— Tu critiques le patron ?

— Non, mais si je risque ma peau, autant savoir pourquoi.

Jerry l'entraîna loin des oreilles indiscrètes, surtout celles des trois « assistants » préférés de McNulty qui discutaient dans un coin.

— Je peux te dire ce que j'ai entendu, c'est tout.

— Vas-y. C'est déjà un début.

— Ce tord-boyaux qui arrive du Canada, ce soir, ben ce sera de la bibine un peu plus classieuse que d'habitude, vu ? Pour ne pas dire de la gnôle de première bourre. Et en quantité, j'te dis pas ! Le boss a monté le coup de A à Z.

Il jeta un coup d'œil alentour pour être certain que personne ne pouvait l'entendre, puis, baissant la voix, il ajouta :

— Il a emprunté du fric pour organiser le business. D'où la virée à New York, *capito* ? Mais son bailleur de fonds du Bronx lui a fait faux bond. Alors, il s'est fait avancer un sacré paquet de flouse par la bande à Bugs Moran. Et ceux-là, ils te refilent rien pour rien. C'est pas le Mont de Piété, si tu vois ce que je veux dire ?

Liam voyait. Sans problème. McNulty s'était fortement endetté pour obtenir cette livraison. Si tout se passait bien, il rentrerait dans ses fonds, avec un bénéfice confortable, tout en ayant gagné du poids auprès du gang du North Side de Chicago. Mais si ça tournait mal…

Jerry sortit sa montre gousset.

— Il est temps d'y aller. Un par un.

Il fit signe à l'un des hommes qui hocha la tête. Jerry se tourna alors vers Liam avec un clin d'œil.

— Toi, tu seras le dernier à quitter la maison. Mets le chat dehors, ferme les volets et n'oublie pas de tirer les verrous pour la nuit ! On se voit tout à l'heure.

Liam se força à sourire.

— Tu peux compter sur moi.

Les hommes quittèrent l'entrepôt, les uns derrière les autres, à cinq minutes d'intervalle, dans quatre véhicules différents. Liam attendit encore une dizaine de minutes, puis se glissa dehors après avoir éteint dans le hangar. Il avait reçu pour instruction de rejoindre à pied Whiskey Island, lieu de la livraison.

La marche lui prit plus de vingt minutes, le long de ruelles chichement éclairées par une lune qui jouait à cache-cache avec les nuages et les occasionnels lumignons des pauvres masures dispersées dans les terrains vagues.

Les nuages gagnaient en nombre et en intensité, tandis qu'il avançait.

« Pourvu que l'orage qui couve ne nous tombe pas sur la tête avant la fin des opérations ! » songea-t-il en jetant un regard inquiet sur la voûte céleste qui s'assombrissait de minute en minute.

Il évita les quelques commerces encore en activité, ainsi que le dépôt des locomotives, chassant par deux fois à coups de pieds des bandes de chiens errants en quête d'ordures et de rats. Les bars qui, jadis, pullulaient dans le coin avaient tous disparu, victimes de la Prohibition. Ce qui l'arrangeait plutôt : il y avait, ainsi, moins de gens pour remarquer sa présence.

Les autres s'étaient cachés aux alentours de la grève la plus déserte de la péninsule. Au-dessus d'eux, le ciel devenait de plus en plus menaçant et, au loin, des éclairs zébraient l'horizon. Seules lueurs que Liam pouvait distinguer, à présent.

Ce coin était l'une des destinations préférées des *rumrunners*, et il y était déjà venu à maintes reprises. S'il avait été à la tête d'une escouade d'agents anti-alcool, c'est là qu'il les aurait postés : il n'y avait qu'à tendre la main pour récolter la manne en provenance du Canada. Mais, ce n'était pas ses oignons, songea-t-il, d'autant qu'il devait exister des dizaines de lieux comme celui-ci au bord du lac Erié, où le commerce illicite battait son plein par les nuits sans lune.

Il se posta derrière une maigre haie, et attendit que les autres signalent leur présence.

Ce qu'ils firent, un par un, se matérialisant comme les *grogochs* des légendes celtes, ces lutins timides qui ne se montrent que lorsqu'ils se sentent en confiance.

— Quelqu'un a-t-il remarqué un truc pas catholique ? demanda Jerry aux hommes qui s'étaient rassemblés en un petit groupe compact que l'attente rendait nerveux.

Personne n'avait rien repéré de louche. Les gars dansaient d'un pied sur l'autre, n'osant pas fumer, de peur d'attirer l'attention. Ils parlaient à mi-voix, hachant et raccourcissant leurs phrases.

Liam ne pouvait voir le cadran de sa montre — un cadeau de Brenna pour son dernier anniversaire —, mais il eut l'impression qu'une demi-heure était passée lorsque Jerry lui secoua le bras.

— Regarde.

Liam suivit la direction que lui indiquait Jerry. Quelque chose bougeait sur l'eau, non loin du rivage. Deux masses indistinctes.

— Deux bateaux ?

— Trois. Lorgne un peu par ici.

Liam tourna ses regards vers la gauche, et aperçut, effectivement, une autre étrave dans l'alignement de la seconde embarcation. Il émit un sifflement. McNulty avait dit vrai : la livraison serait d'importance.

— Tu t'occupes du premier bateau avec Slim. Vous transporterez le maximum de fret dans le premier camion. Et tu te chargeras aussi du dernier voyage. Ensuite, ventre à terre jusqu'à la planque !

Il avait été convenu de ne pas rentrer au hangar avec le premier camion, car il risquait d'être surveillé, mais de se rendre dans un restaurant de Lakewood dont le propriétaire était redevable d'un service à McNulty. Ce camion portait le sigle de *Finegan's Fruit Company*. Les caisses de « fruits » séjourneraient donc dans l'ancien cellier de l'établissement jusqu'au petit matin, puis elles seraient dispatchées entre différents débits de boisson clandestins : les *speakeasies*. Deux autres établissements accueilleraient le chargement des camions deux et trois. Et une entreprise de pompes funèbres recevrait une commande de nouveaux cercueils neufs, passablement lourds, livrés par le quatrième véhicule.

— Et toi, où seras-tu ? demanda Liam.

— C'est moi qui règle l'addition, dit Jerry en tapotant la poche intérieure de son manteau. D'abord la vérification du nombre de caisses et de leur contenu. Ensuite, il faudra qu'ils viennent à terre pour récupérer leur fric. Pas question de risquer d'être kidnappé à bord.

Jerry n'était sans doute pas le plus brillant de la bande, mais il était, sans conteste, le plus loyal.

— Fais gaffe, hein ? lui dit Liam.

— Et comment ! Allez, fonce. Slim va t'emmener.

Il était prévu d'utiliser des canots à moteur pour faire la navette entre les yachts et le rivage. Deux hommes de la bande McNulty les avaient conduits sur place à la tombée de la nuit.

Les deux canots furent poussés à l'eau. Liam prit place dans le plus grand, et ils s'élancèrent vers le large. L'équipage du voilier canadien se mit au travail avant même qu'ils aient fini d'arrimer leur esquif. Silencieux, le visage dur, les hommes leur passèrent les caisses par-dessus bord. L'efficacité et la précision de leurs gestes révélaient de vrais professionnels de la contrebande, songea Liam, qui n'ignorait pas que McNulty avait déjà fait appel à eux une demi-douzaine de fois, auparavant. En un temps record, le premier canot se retrouva à son point de départ.

Jerry aida l'embarcation à accoster, compta les caisses et, à l'aide d'une pince à levier, souleva certains couvercles, au hasard, pour en vérifier le contenu. Quelques bouteilles de whisky et de scotch furent ouvertes et dûment… expertisées. Le temps de terminer les vérifications, le deuxième canot était de retour.

L'heure suivante fut occupée par des allées et venues entre les bateaux et le rivage, le déchargement des canots et la répartition de la marchandise dans les différents camions.

Les deux premiers véhicules furent bientôt prêts à partir, mais les hommes préférèrent attendre un peu pour prévenir une éventuelle embrouille de dernière minute. Deux voiliers canadiens sur les trois avaient déjà remonté l'ancre et cinglaient de concert vers le large.

En compagnie de Slim, Liam finissait de transborder les ultimes caisses que leur tendaient les marins canadiens. Quand leur tâche fut achevée, Liam fit signe à un membre de l'équipage.

— C'est à vous qu'on règle ?

— Non.

L'homme se retourna et, un instant plus tard, le capitaine, un homme massif à la chevelure argentée, vint se pencher au-dessus du bastingage.

— C'est moi que vous cherchez.

Liam se dit qu'il avait déjà dû toucher une avance confortable. A présent, il s'agissait d'allonger le reste.

— Le gars qui paye est à terre, dit-il. On va vous y emmener, et on vous ramènera tout de suite après.

— Pas d'entourloupe, hein ? Mes gars ont des fusils pointés sur vous. Et puis, McNulty a intérêt à les aligner, comme promis, s'il veut encore recevoir de la gnôle du pays !

— Je crois que notre trésorier-payeur a la frousse de la baille, dit Liam. Je suis, pourtant, sûr qu'il flotterait, mais il manque de confiance en lui.

— Grouillons-nous avant la rincée !

Voilà qui convenait à Liam. Jusque-là, ils avaient joué sur du velours, et il n'avait pas envie de narguer le sort en traînant.

Le capitaine descendit dans le canot à moteur, et ils regagnèrent la rive où les attendait Jerry. Sans même se soucier d'accoster, le capitaine sauta à l'eau et fit les derniers mètres à pied.

— Z'avez terminé vot' contrôle ? lança-t-il à Jerry dès qu'il l'aperçut.

— Affirmatif, répondit celui-ci en sortant une liasse de billets de sa poche intérieure. Vous pouvez vérifier. Le compte y est.

Le vieux marin s'empara des billets, et les feuilleta rapidement d'un index expert.

Liam n'avait jamais vu une telle somme d'argent. La bouche soudainement sèche, il se mit à penser à tout ce qu'il pourrait faire avec un tel pactole… dans le cas, bien improbable, où il n'atterrirait pas dans les poches des Canadiens.

— Ça m'a l'air réglo, marmonna le capitaine, à l'instant même où les cieux s'ouvraient au-dessus d'eux.

Jerry poussa un juron et se protégea la tête à l'aide de sa veste. Autour de lui, tout le monde en faisait autant.

— Slim va vous ramener. Faites vinaigre, les gars !

Le Canadien glissa posément l'argent dans ses poches, échangea une poignée de main avec Jerry, et se dirigea vers le canot.

Brusquement, la scène s'illumina, et une voix, provenant de la route, derrière eux, hurla au milieu de l'orage :

— Les mains en l'air ! Et pas un geste : vous êtes cernés !

— Merde ! fit Jerry, traduisant ainsi le sentiment général.

Malgré l'épais rideau de pluie, Liam remarqua des lueurs sur le lac : deux bateaux fonçaient vers le voilier canadien encore à l'ancre. La rafle était coordonnée. Un guet-apens en règle qui n'était pas le fruit du hasard, songea-t-il aussitôt.

— Dispersez-vous !

Liam ne comptait pas obtempérer aux ordres des garde-côtes ou des agents du Trésor. La capture signifierait pour lui l'expulsion ou la prison. S'il était renvoyé en Irlande, c'était le gibet qui l'attendait. Autant défendre sa peau !

Il plongea tête la première dans les taillis, même si cela le rapprochait, pour un temps, de la route de tous les dangers. Le plus urgent était de ne pas servir de cible. Heureusement, la tempête compliquait la tâche des assaillants. Autour de lui, il entendit la débandade s'organiser : des pas, des jurons, des bruissements, des courses folles pour échapper aux projecteurs.

Il y eut des échanges de coups de feu ; une balle fit voler le sable juste devant lui. Il rampa plus profondément dans les buissons, sur les mains et les genoux, s'aplatissant du mieux qu'il pouvait, sans cesser d'avancer. Il avait, néanmoins, l'impression de ne pas s'éloigner suffisamment du théâtre des opérations. Il lui faudrait, à un moment ou à un autre, se relever et franchir en courant l'espace qui le séparait de la liberté.

Un bruit violent, tout proche, l'incita à s'aplatir, le nez contre le sable, le cœur battant. Avait-il été repéré ? Dans ce cas, il allait devoir combattre au corps à corps.

Il distingua une masse de cheveux argentés, de larges épaules : c'était le capitaine qui cherchait le salut dans la même direction que lui. L'homme était tellement occupé à se frayer un chemin qu'il n'avait pas remarqué Liam. D'autant que le ruissellement violent de la pluie oblitérait les autres sons.

Liam se mit à le suivre à distance, le laissant prendre de l'avance… et, éventuellement, la première volée de balles si, d'aventure, on leur tirait dessus. Mais l'instinct du capitaine semblait sûr : il zigzaguait avec rigueur et persévérance dans les fourrés, agile et rusé comme le serpent. Et Liam ne le lâchait pas du regard, le pistant silencieusement.

Derrière lui, il entendit des vociférations, un brouhaha confus, des déplacements, des galopades. Des éclairs zébrèrent le ciel, et la foudre tomba, accompagnée par le claquement du tonnerre… et d'une fusillade en règle.

Liam sursauta. Il était armé, certes, mais il n'avait pas l'intention de tirer sur des silhouettes anonymes.

Redoublant de courage, il s'enfonça plus énergiquement dans les fourrés, à la suite du capitaine qui s'était mis au pas de course, à moitié plié en deux, ahanant, le souffle court.

Quelle distance avaient-ils parcourue ? Il l'ignorait, mais les clameurs et les coups de feu paraissaient loin derrière eux. A travers le sombre rideau de pluie qui s'épaississait, Liam vit le capitaine ralentir, puis s'arrêter. Une petite pause, sans doute, car le danger était loin d'être écarté, même si le plus dur semblait accompli.

Le capitaine surveillait le Canadien, immobile, aux aguets, puis Liam le vit sortir quelque chose de sa veste, se baisser, se redresser rapidement et s'enfoncer de nouveau dans les sous-bois. Intrigué, Liam s'apprêtait à lui emboîter le pas, mais des cris l'en dissuadèrent.

— Un geste et tu es mort, mon gars !

— Fais pas le mariole !

Liam, qui était toujours à couvert, recula d'un pas. Il tremblait de tout son corps. Conséquence de l'effort soutenu, du froid ? Ou réaction de peur. Il n'aurait su le dire. Il sortit son arme et attendit.

Personne ne se montra.

— Les mains sur la tête ! Hé, Jake, regarde : on a pris un vrai *rumrunner* !

Le capitaine était en état d'arrestation, et ce serait au tour de Liam, ensuite. Ils avaient joué de malchance !

Cherchant frénétiquement du regard une cachette plus sûre, Liam avisa une dépression dans le terrain, au pied du monticule sur lequel il se trouvait. Un gros arbre déraciné gisait sur le côté, recouvrant partiellement un creux assez profond en forme de puits. Il s'y dirigea à pas de loup et se laissa glisser au fond.

Avec la pluie qui ruisselait de façon torrentielle, le creux ne tarderait pas à se remplir d'eau.

Valait-il mieux finir pendu ou noyé ? se demanda-t-il sombrement.

Pour l'heure, il n'entendait plus que les gouttes qui s'écrasaient et résonnaient sur le tronc d'arbre comme sur un tambour géant. Tout autre bruit était occulté, et il n'avait plus qu'à se tapir au fond de son refuge en comptant sur un destin — ô combien improbable !

Bercé par les clapotis et les craquements du bois, Liam laissa errer ses pensées. Glen avait-il participé à cette rafle ? Comment les agents du Trésor avaient-ils obtenu leurs informations ?

Et, surtout, *qui* avait mouchardé ?

McNulty ne trouverait pas de repos avant d'avoir identifié le coupable. Et si, d'aventure, il s'apercevait que Liam était un parent de Glen Donaghue, ça sentirait le roussi pour lui : il deviendrait le suspect numéro un. En dépit du fait qu'il n'avait pris connaissance du programme de leur soirée qu'au moment du speech préparatoire du boss dans l'entrepôt… une demi-heure, tout au plus, avant le début des opérations.

McNulty l'accuserait sans doute d'avoir soutiré le renseignement à un collègue mieux informé que lui ou placé plus haut dans la hiérarchie. Un Jerry, par exemple.

Bref, si McNulty découvrait le pot aux roses, la foudre s'abattrait sur Liam ! Et face à ce danger-là, il n'y aurait aucun sanctuaire où se réfugier.

Liam se reprit, s'enjoignant intérieurement au calme. Pourquoi envisager le pire et s'inquiéter, à ce stade où tout n'était qu'élucubrations de sa part ?

D'abord, seul le père McSweeney était au courant de ses liens de famille, et ça n'était pas son genre de vendre la mèche.

Il poussa un long soupir.

L'eau montait graduellement. La température s'était considérablement rafraîchie avec la tempête, et la pluie ressemblait à de la neige fondue glissant le long de son cou et de son dos, lui glaçant les pieds et les mains.

Combien de temps encore devrait-il rester dans son trou ?

Fermant les yeux, il pensa au capitaine — hôte forcé, dorénavant, du gouvernement des Etats-Unis. Qu'avait-il laissé parmi les taillis, un peu plus haut ? Tandis que le déluge menaçait sa fragile arche de Noé et qu'il voyait la boue faire son travail de sape alentour, effaçant traces et contours, Liam se demanda s'il serait jamais capable de retrouver cet endroit.

Si, par une quelconque grâce divine — décidément, sa visite au vieux curé avait déteint sur lui ! —, il échappait à la prison, à l'exil et au gibet, il reviendrait faire une petite promenade dans ces bois, un jour ou l'autre, se promit-il.

Lorsque le ciel et les circonstances seraient plus cléments.

29.

Niccolo se tenait à l'autel, les yeux rivés sur la croisée d'ogives illuminée par un magnifique vitrail de Jésus bénissant trois petits enfants. Lui-même baignait dans la lumière ; sa voix portait loin, ses gestes étaient assurés.

« Et, levant les yeux, il Te rendit grâce, Seigneur, bénit le pain, le rompit, et le donna à ses disciples en disant… »

Un son perçant l'interrompit brutalement. Il s'arrêta, regarda autour de lui, cherchant l'origine du bruit intempestif. Lorsqu'il voulut se déplacer, ses membres refusèrent de lui obéir. Sa tête était devenue lourde, lourde… Son cœur s'emballa ; il avait du mal à respirer.

Le poids de son aube et de sa chasuble verte le clouait au sol, tandis que son étole l'enserrait comme un boa constrictor. Il étouffait, incapable de recouvrer sa liberté, malgré toute sa volonté.

L'effroi l'envahit.

Tandis qu'il se débattait comme un forcené, l'alarme de sa pendulette de chevet acheva de le réveiller. Il était paralysé par les draps qui s'étaient complètement entortillés autour de ses jambes.

Dès qu'il comprit où il était et *qui* il était, il cessa de lutter.

A tâtons, il chercha le réveil, faillit faire tomber le téléphone, et éteignit l'alarme. Il avait oublié de la couper, la veille au soir, et il payait, à présent, le prix de son étourderie : un cœur qui battait la chamade, des mains tremblantes, une bouche sèche…

Il se força à entrouvrir les paupières, et découvrit un environnement bien différent de celui de son rêve : le plafond qui lui apparaissait était loin d'être parfait : il signait ses débuts de plâtrier. Depuis, ses talents s'étaient affirmés, dans ce domaine comme dans d'autres. Ce qui ne l'empêchait pas d'échouer lamentablement là où, précisément, il aurait tant voulu réussir.

Il n'était pas pressé de se lever. Rien ne l'y obligeait, dans l'immédiat. Plus tard dans la matinée, il avait des rendez-vous à honorer, des coups de fil à passer. Rien d'intéressant : des gens qui solliciteraient une visite guidée du souterrain, afin de se recueillir devant un témoignage de la transcendance qui raviverait leur foi, leur faisant oublier, un instant, l'âpreté de leur quotidien.

Ni messe à célébrer ni confessions à recevoir ni conseils à donner à des âmes en détresse ni réunions avec d'autres membres du clergé. Comme la journée à venir lui parut vide, soudain !

Il était son propre patron, couché dans son propre lit.

Seul, sans son épouse près de lui.

Il referma les yeux. Megan était partie et, brusquement, le tohu-bohu de son existence s'était réduit à néant. Rien n'avait radicalement changé, pourtant, depuis son départ. L'organisation à but non lucratif de l'Indiana, dans laquelle il avait mis tant d'espoirs, avait accepté de financer *Une Brique*, puis leur conseil d'administration avait sorti la liste des conditions, et il leur avait tourné le dos. Non seulement parce que leurs exigences étaient aussi mesquines qu'absurdes, mais parce qu'il aurait été obligé de devenir bureaucrate à plein temps. Et Niccolo savait que sa mission était d'être sur le terrain, de se colleter à la réalité, non pas de s'enfermer avec des tonnes de paperasserie et de tenir le registre des actions des autres.

Ainsi, son existence continuait, cahin-caha, sans Megan. *Une Brique* déclinait lentement mais sûrement, jusqu'au jour proche où l'aventure cesserait, privée du nerf de la guerre. Le tunnel des bootleggers attirait toujours autant de monde, et Niccolo Andreani, qui avait quitté la prêtrise sans regret, rêvait encore qu'il célébrait l'office.

Un profond sentiment de solitude l'envahit, lui rappelant ses jours les plus sombres dans un presbytère de Pittsburgh. Sa femme lui manquait. Il aurait aimé qu'elle soit près de lui. Il voulait des enfants. Il voulait que les jeunes avec lesquels il travaillait aient une chance de s'en sortir et d'affirmer leurs talents. Il avait besoin de temps pour les apprivoiser, les écouter, les guider. Il voulait les voir sortir diplômés de grandes écoles et d'universités — signe qu'il aurait su les attirer sur le bon chemin.

Et voici qu'à présent, tous ses rêves menaçaient de s'effondrer.

Le téléphone sonna et, pendant un instant, il se demanda s'il allait répondre. Finalement, au troisième appel, il décrocha, de peur que la sonnerie réveille Rooney ou Josh. Et puis, c'était peut-être Megan... Elle lui avait téléphoné, le jour de son arrivée en Irlande, pour le rassurer. Mais, depuis, plus rien.

C'était Iggy qui l'appelait, ce matin-là. Et, lorsqu'il raccrocha, Niccolo avait une bonne raison de se lever et de s'habiller.

— Croissants au beurre tout frais ! dit Niccolo en posant le sac de papier sur la table de la cuisine du presbytère de

Sainte-Brigid. Je les ai pris à la pâtisserie française de mon quartier.

Iggy eut soudain l'air du ravi de la crèche provençale.

— Il y a du café et des œufs pour les accompagner.

Sa gouvernante faisait un café passable et d'excellents œufs brouillés. La matinée, décidément, s'annonçait sous les meilleurs auspices !

Ils se versèrent deux tasses de café, puis s'installèrent à table.

Iggy prit un croissant, le rompit, et en présenta une moitié à Niccolo.

En voyant les mains levées du vieux prêtre, Nick se rappela le rêve qu'il faisait si souvent et qui commençait à l'inquiéter sérieusement.

— Tu sais toujours exactement quoi acheter, et où, dit Iggy. Tu as un instinct infaillible, concernant la nourriture. Ce qu'il y a de meilleur, de plus raffiné. Ah, les Italiens et les Français… Que serait le monde sans eux ?

Iggy croqua une corne du croissant, et eut un sourire extatique.

— Et que ferais-je sans toi, Niccolo ?

Nick s'était préparé à une aimable conversation sur les petits travaux à entreprendre dans la salle paroissiale, et voilà qu'il ne pouvait sortir un mot.

— Niccolo ?

Il leva les yeux et sut qu'il ne pourrait parler que d'une seule chose.

— J'ai rêvé que je disais la messe. Et c'est un rêve que je fais fréquemment…

Il fit une pause qui s'acheva par un long soupir.

— Toutes les nuits…

— Depuis que tu n'es plus en service actif ?

Il apprécia la manière dont Iggy avait formulé sa question.

— Non.

— Depuis quand ?

Il ne répondit pas.

— Ton mariage, dit Iggy sur un ton affirmatif.

— Oui, confirma Niccolo en attaquant ses œufs brouillés. Il lui sembla qu'ils avaient goût de caoutchouc.

— Laisse-moi deviner, dit Iggy en mordant dans son croissant. Au retour de votre lune de miel ?

— Oui.

— Je vois.

— Moi, non !

Il leva le menton, regrettant déjà sa voix cinglante.

— Pardonnez-moi. Mais je ne comprends pas d'où ça vient.

— Je pense que tu es en colère, Niccolo. C'est ça l'origine. Ne t'inquiète pas, va, je sais que cette colère n'est pas dirigée contre moi.

— C'est vrai, je suis furieux. J'ai l'impression d'être puni. Je n'ai que faire de ces rappels du passé, de ce que j'ai volontairement laissé derrière moi. Et je n'ai aucune envie de trimballer une telle dose de culpabilité.

— Tu crois que le Seigneur t'a puni ?

— Non. Le Seigneur et moi, nous sommes en bons termes. Je me punis moi-même. Et je ne comprends pas pourquoi.

— Normal. Car le problème n'est pas là.

Niccolo ne sut que répondre. Il avait tourné et retourné ce problème dans tous les sens, sans aboutir à la moindre amorce de solution. Et Iggy, du premier coup, avait l'air de lire en lui comme dans un livre ouvert.

— Alors, *où* est le problème ?

— Il faudrait retourner en arrière, suggéra le vieil homme en attaquant délicatement ses œufs.

— A quel moment, exactement ?

— Celui où tu te tiens à l'autel.

— Dans mon rêve ?

— Non, en réalité. Lorsque tu célébrais la messe.

Niccolo eut un sourire maussade.

— Je retournerais volontiers à ma vie intra-utérine, si ça pouvait nous aider.

— Ce ne sera pas indispensable, à mon avis, répliqua Iggy d'un ton railleur. Commençons par la messe.

— Que voulez-vous que je vous dise ?

— Te souviens-tu de ce que tu ressentais ?

— Relié à Dieu. Comme s'Il agissait à travers moi. Je me sentais humble. Respectueux.

— Toujours ?

— En vérité ?

— Ce serait plus utile, n'est-ce pas ?

— Alors, c'est non. Parfois, je pensais aux choses que j'avais à faire, plus tard, dans la journée. Et, au cours des semaines qui ont précédé mon départ, j'étais troublé par la fin de mon « mandat » à Sainte-Rose de Lima. Quelquefois, je me sentais même triste en songeant que, bientôt, je ne célébrerais plus la messe.

— Seulement triste ?

— Soulagé, aussi, avoua Niccolo.

— Et ?

Nick réfléchit, puis haussa les épaules d'un air dépité.

— Remets-toi dans la peau du personnage, Niccolo. Tu es revêtu de tes habits sacerdotaux, et que fais-tu dans ton rêve ?

— J'élève l'hostie.

— Que ressens-tu ?

Niccolo posa sa fourchette. Il était très mal à l'aise. Mais, pour avoir conseillé tant de gens, il savait que c'était le prix à payer pour dépasser ses conflits intérieurs.

— Je suis devant la sainte table, désolé que ce ne soit plus pour longtemps et, en même temps, je me sens en parfait accord avec ma décision.

Il pouvait presque sentir l'air froid, un peu humide de Sainte-Rose, la légère atmosphère de renfermé. Il entendait le froissement des vêtements sur les prie-Dieu, les raclements de chaussures sur le sol dallé, les pleurs occasionnels d'un bébé.

— Les paroles sortent naturellement de ma bouche. Je les connais si bien. Je les ai répétées si souvent. Jusqu'à mon dernier souffle, je pourrai les dire et les redire sans trébucher sur un seul mot.

— Et l'assistance, sur les bancs de l'église, que pense-t-elle de toi ?

— Que je remplis bien ma mission. Que je suis leur guide et qu'ils peuvent me faire une confiance aveugle.

— Tu sais que tu vas bientôt partir. Et tu te sens, néanmoins, heureux…

— Je le suis.

Niccolo se souvenait parfaitement du soulagement qu'il avait ressenti. Certes, sa décision n'avait pas été facile à prendre. Mais, après avoir franchi le pas, il avait retrouvé la paix.

— Quoi d'autre ? lui souffla Iggy.

— La peur, dit Niccolo en levant les yeux. Non, la terreur !

— Ah…

— Non pas de m'être trompé mais d'ignorer ce que je ferai après. C'est comme un gouffre qui m'attendrait… Ma vocation était venue très tôt. J'étais encore enfant. C'était ce que mes parents et mes grands-parents voulaient pour moi. C'était aussi mon désir. Du moins, je le pensais.

— Et lorsque tu as découvert que ce n'était plus le cas, combien de temps as-tu passé à te demander ce qui serait *juste* pour toi ?

— Je me suis donné du temps, justement, pour trouver une nouvelle direction. Souvenez-vous, lorsque je suis arrivé à Cleveland et que j'ai acheté ma maison. Au début, j'ai commencé ce chantier comme une sorte de palliatif, avec l'idée de revendre en faisant un bénéfice confortable.

— Petit à petit, les gosses du voisinage sont venus voir ce que tu fabriquais et, dans la foulée, *Une Brique* est née.

— Ce n'était pas une erreur, Iggy !

— Non, je ne le pense pas.

— Je suis tombé amoureux de Megan. Et ça non plus ce n'était pas une erreur.

— Bien sûr que non !

— Mais alors ?

— Niccolo, quand tu célébrais la messe, tu possédais une assurance inébranlable. Tu te sentais bien dans ce que tu faisais. Tes ouailles avaient confiance en toi… A ce moment-là, tu savais *exactement* quoi faire. Tu connaissais ton métier de prêtre. Tu avais été « fabriqué » pour ça, encouragé, poussé, entraîné, éduqué… Mais qui t'a jamais appris à devenir un mari ?

Niccolo fut stupéfait qu'une telle évidence ait pu lui échapper. Une porte s'ouvrit en lui… et la peur s'engouffra dans la brèche, avec une impétuosité qui lui coupa la parole. Il ferma les yeux.

— Au contraire, poursuivit son vieil ami, on t'avait enseigné à rester chaste, à tenir la sexualité à distance et, surtout, à ne pas tomber amoureux d'une femme.

Le soulagement, peu à peu, remplaçait la peur dans le cœur de Nick. Ainsi, son rêve l'avait ramené dans une église, non pas pour le punir mais pour l'éclairer.

— Je ne sais pas être un mari, dit-il en ouvrant les yeux. Dans ce domaine, je suis carrément nul.

— Raconte-moi un peu comment tu t'y prenais en ta qualité d'homme de Dieu.

— Je ne vois pas ce que vous voulez dire.

— Que faisais-tu pour ta paroisse ?

La réponse semblait si évidente que Niccolo ne voyait pas trop l'utilité de la question.

— J'essayais de faire de mon mieux, comme tout un chacun. Je passais mes journées, du matin au soir, à conseiller, prier, visiter, administrer…

— Ça ne te rappelle rien ?

Les écailles lui tombèrent des yeux, aussi soudainement que dans un verset de la Bible. C'était donc ça ! La vérité l'avait aveuglé dans son évidente simplicité. Du coup, il n'avait rien vu.

— J'ai voulu être un mari à l'image du prêtre que j'avais été.

— Absolument.

Iggy retourna à ses œufs brouillés. Ils avaient eu largement le temps de refroidir, mais cela ne sembla pas le contrarier.

— Parce que c'est la seule chose que je sache faire, mon seul repère, continua Niccolo.

— C'est évident. Tu as été formé à la prêtrise pratiquement au berceau. Pas étonnant que tu aies transféré dans ton mariage tout ce que tu avais si bien appris.

— Je suis *incapable* d'être un bon époux…

Le constat était dur à accepter. Pourtant, il pensait être un homme bon, animé des meilleures intentions. Alors, pourquoi ne rendait-il pas heureuse la femme qu'il aimait ?

— Dis-moi, Niccolo. Qu'est-ce que Megan désire ?

— Une relation d'intimité.

— Et qu'est-ce que tu lui as donné ?

— Le contraire. Parce que j'ai de nouveau poursuivi la perfection. Une véritable obsession ! Sur le chantier du saloon, dans la création de *Une Brique*, dont je tirais tant de fierté. J'ai exigé une famille, des enfants. Je voulais tout, tout de suite.

— Tu as surtout poursuivi *l'image* du mariage, et non sa réalité.

— Megan me veut, *moi*. Le reste, les signes extérieurs, elle s'en fiche un peu. Et moi, tout au contraire, j'ai privilégié l'accessoire, les détails. J'adore fignoler. Et, pour me sentir bien, il faut que je m'immerge à fond dans le travail.

— Et que penses-tu de l'apparition ?

— Je m'en suis davantage préoccupé que de ma propre épouse. Et je me suis dépensé sans compter auprès des gens qui s'y intéressaient.

Niccolo n'avait pas besoin d'Iggy pour comprendre pourquoi.

— Parce que, reprit-il, cette image me parle. Et parce que je comprends les êtres qui cherchent la foi et l'espérance.

— Alors que les couples mariés, tu ne les comprends pas ?

— C'est l'intimité entre deux êtres qui m'est étrangère, répondit Niccolo en secouant la tête. Ce n'était pas un grand dessein à mes yeux. En tout cas, pas suffisamment ambitieux pour que je puisse m'y consacrer corps et âme et me passionner pour le résultat.

— Et alors ?

— Je suis le dernier des imbéciles. Plus je travaille dur pour tenter d'améliorer la situation, plus elle se dégrade. Alors qu'il y a une seule chose à faire : s'arrêter et écouter.

— Elle reviendra, ne te fais pas de souci.

— Je sais. Le saloon va bientôt rouvrir. Et ça ne pourra pas se faire sans Megan.

— Et toi, dans l'intervalle, tu vas pouvoir méditer sur tout ça.

Niccolo songea à tout ce qu'il avait déjà perdu. N'était-il pas trop tard ?

De tout son cœur, il se jura qu'il trouverait le chemin.

Niccolo vit Casey remonter l'allée menant chez lui lorsqu'il se gara. Il fut légèrement surpris, puis pensa qu'elle devait rendre visite à son père.

Ils ne s'étaient pas parlé depuis quelque temps : il avait été trop pris. Vieille rengaine !

— Il va bien, lui annonça-t-il en la rattrapant. J'aurais dû t'appeler, excuse-moi.

Casey se retourna. Elle ne portait pas encore de vêtements de grossesse, mais un confortable T-shirt extra-large, sur un caleçon de coton. Elle arborait un visage paisible et détendu. Les nausées matinales semblaient n'être plus que de l'histoire ancienne.

— Rooney ? Inutile de t'inquiéter : je le vois tous les jours, en fin d'après-midi, avant que tu ne rentres au logis. Je lui apporte une bricole pour son dîner ou bien je l'invite à la maison, mais il m'a clairement fait comprendre qu'il préférait la cuisine de Megan. Elle lui manque, surtout.

— Bien sûr ! A moi aussi, elle me manque… énormément.

— Parfait !

Elle attendit qu'il ouvre la porte, puis le précéda à l'intérieur.

— Je peux t'offrir quelque chose ? lui demanda-t-il. J'ai du décaféiné, si tu veux, ou un jus de fruit.

— Rien, merci. Je suis juste passée pour te prévenir que je partais en Irlande.

— Comment ? Toi aussi ? Je n'y crois pas !

— Plus on est de fous plus on rit, non ? Je ne vais pas les laisser s'amuser sans moi !

Casey se laissa tomber sur le sofa du salon, et s'empara machinalement d'un gros coussin en patchwork qu'elle serra contre elle comme si elle tenait déjà son futur nourrisson.

Niccolo fut touché autant qu'ému par son geste.

— Megan a téléphoné, hier soir. Irene n'est pas au mieux de sa forme, ces temps-ci. Ça m'a fait réfléchir. Et si elle mourait avant que j'aie la chance de la rencontrer ? Plus ma grossesse sera avancée, plus le voyage sera difficile. Et quand le bébé sera né, je n'aurai peut-être pas envie de l'emmener aussi loin. Et puis, il me reste des vacances à prendre.

— Et tu ne veux rien rater ! C'est trop tentant.

— Tu me connais ! dit-elle avec des yeux rieurs. Et si tu m'accompagnais ? Tu laisses tout tomber ici et hop !

Il réfléchit un instant, puis secoua la tête.

— Non, j'ai trop à faire.

— Nick, tu ne…

Il l'arrêta d'un geste de la main.

— Je sais ce que tu penses, Casey. Je me suis comporté comme un imbécile. Mais, tu vois, j'ai quelques détails à régler avant que ma chère et tendre Megan ne rentre. Son départ, finalement, m'a fait prendre conscience de tout un tas de choses. Et je souhaite vraiment que nos retrouvailles se passent ici, à Cleveland. En tête à tête.

Il eut un petit sourire, et ajouta :

— Plutôt qu'au milieu d'une bande de rouquines vengeresses.

Casey éclata de rire.

— Tu es drôle ! Elle t'adore, tu sais ?

— Je l'adore aussi.

— Bien, bien, dit la jeune femme en quittant le canapé. Rooney est levé ? Dis-moi, vous allez vous débrouiller, seuls, pendant une semaine ? Jon a promis de passer faire un petit coucou tous les jours.

— T'en fais pas. On s'en sortira comme des chefs. Si tu allais annoncer tout ça à Rooney ? Mais passe me voir avant de partir, d'accord ?

— Bien sûr !

— Je rentre de Sainte-Brigid. Le père Brady a trouvé d'autres lettres de Maura McSweeney, traduites, celles-ci. J'ai les photocopies dans ma voiture, et j'aimerais te les confier pour que tu les emportes en Irlande. Il y en a une bonne liasse. Elles vous apprendront peut-être des choses intéressantes.

Il fit une pause, puis ajouta :

— Et, si tu traînes un peu en compagnie de ton père, j'aurai le temps d'y ajouter une lettre personnelle. Pour Megan.

Casey acquiesça.

— Je lirai tout ça dans l'avion — sauf la lettre destinée à ma sœur, bien entendu.

— Merci.

Elle l'embrassa affectueusement sur la joue avant de quitter le salon.

Castlebar, Comté de Mayo
1925

Cher Patrick,

C'est toujours un plaisir pour moi d'avoir de tes nouvelles. J'aime te lire et j'aime aussi t'écrire. Ainsi, est-ce avec joie que j'ai décacheté ta dernière lettre. J'avais préparé du thé et je m'étais installée dans le salon où la lumière est la meilleure.

Que ne donnerais-je, à présent, pour ne pas l'avoir ouverte, cette cruelle missive ! Si seulement elle avait pu glisser par terre, finir sous un meuble où personne ne l'aurait jamais trouvée. Ou bien se perdre en route, emportée par le vent…

J'ai l'impression de connaître ces jeunes gens dont tu m'entretiens si souvent. Ils sont tous beaux, et prometteurs comme ces fleurs d'églantine à peine écloses de nos printemps irlandais. Les vents ont beau les assaillir, les pluies ruisseler, ces roses sauvages au suave parfum bravent toutes les intempéries, déployant leurs fragiles corolles pour notre plus grand bonheur.

Hélas, il n'en a pas été de même pour les tendres amoureux…

Oh, mon cher frère, ma peine est si grande qu'à l'instant, vois-tu, je ne saurais rien te dire de plus.

Ta sœur qui te chérit,
Maura McSweeney

30.

Bien qu'il n'eût pas été de service ce soir-là, Glen était au courant de la rafle de Whiskey Island. Les agents qui y avaient pris part se pavanaient comme des coqs de basse-cour en se vantant de leurs exploits. En une soirée, ils avaient saisi des quantités d'alcool de première qualité : de quoi assécher une bonne douzaine de *speakeasies* réputés.

Le coup de filet faisait la une des journaux et, bien qu'il n'y eût pas de preuve incriminant McNulty, tout le monde pensait qu'il allait être mis K.-O.

Deux hommes avaient été arrêtés, probablement des employés de McNulty, mais leur caution avait été payée rubis sur l'ongle, et ils s'étaient éclipsés avant même d'avoir prononcé une seule parole utile à la justice. L'équipage canadien et son capitaine étaient sous les verrous et attendaient une décision du juge en matière de droit international. Eux aussi étaient muets comme la tombe.

Ainsi, la cargaison était passée sous le nez de McNulty, sans compter que, dans l'affaire, il avait dû perdre un beau paquet de dollars : l'argent versé aux Canadiens pour la transaction.

En entendant ses collègues raconter de long en large leurs prouesses, Glen pensa tout d'abord à Clare. Habituellement, c'était déjà pénible pour elle d'être la fille de McNulty, mais, après cet humiliant camouflet, ce serait sûrement pire. Dans l'état de rage et d'angoisse où devait se trouver McNulty, nul doute que les mesures de rétorsion allaient se multiplier : Clare serait enfermée à triple tour. Comment se rencontrer, dans de telles circonstances ?

Il s'était, apparemment, inquiété pour rien car, un soir, trois jours après la rafle, en rentrant de son travail, il trouva Clare qui l'attendait dans le hall d'entrée de son immeuble.

— Clare ! Qu'est-ce que tu fais ici ?

Il regarda derrière lui, puis ouvrit sa porte et entraîna la jeune fille à l'intérieur.

— Ne t'inquiète pas, personne ne m'a suivie.

— Tu en es certaine ? Le type qui te surveille m'a l'air particulièrement coriace.

— Il y a une grande réunion, ce soir. Tout le monde y participe, à part un des larbins de mon père : un gros paresseux qui n'en fiche pas une rame. Il dormait à poings fermés quand je suis partie. Et puis, mon père a bien d'autres soucis, en ce moment.

Glen devinait sans peine quel était l'ordre du jour de cette réunion.

— Tu vas bien ? demanda-t-il à la jeune fille en prenant son visage à deux mains et en scrutant avidement son expression.

Elle avait l'air fatigué mais elle souriait bravement.

— Maintenant que je suis avec toi, oui. L'atmosphère est un peu… tendue, à la maison. Tu sais pourquoi, n'est-ce pas ?

Il n'avait aucune envie de discuter des affaires de McNulty.

— Je me suis fait du souci pour toi, dit-il.

— En règle générale, mon père m'ignore. Il a d'autres chats à fouetter. Mais je ne sais pas combien de temps ça va durer. Je… A vrai dire, je l'ai espionné, Glen.

Elle posa un index sur ses lèvres pour l'empêcher de protester.

— Non, ne dis rien. Ça ne me plaît pas plus qu'à toi, mais comment puis-je me protéger si je ne suis pas au courant de ses projets ? Et comment *nous* protéger ?

Elle avait raison. Il ne pouvait la contredire.

— Il a subi un très gros revers financier, reprit-elle. Et l'argent ne lui appartenait pas. C'était celui d'un groupe de Chicago. Le groupe dont fait partie Niall Cassidy.

Jusqu'à cet instant, Glen avait maintenu dans des compartiments bien séparés son travail, le saloon familial et son amour pour Clare. Or, il ne pouvait pas refuser d'entendre ce qu'elle avait à lui dire. Et, une fois informé, il ne pourrait plus jouer les ignorants. Alors qu'il avait juré sous serment de faire respecter la loi. Cruel dilemme !

Il s'écarta d'un pas, prit son insigne dans sa poche et le posa sur la table.

— Désormais, je ne fais plus partie des agents du Trésor.

— Glen, non !

— Mais si, Clare. Ecoute, je ne peux pas être en même temps ton mari et un défenseur de la loi.

— Alors, je m'en vais, dit-elle en regardant la porte.

Il posa les mains sur ses épaules.

— Attends ! Je préfère mille fois lâcher mon boulot que renoncer à toi. Tu le sais, n'est-ce pas ? De toute façon, nous allons être obligés de quitter Cleveland pour un endroit où personne ne nous retrouvera. Et, une fois installés, que ce soit à l'ouest ou au sud, je postulerai pour un nouvel emploi dans la force publique.

Elle secouait la tête, l'air presque égaré.

— Je ne peux pas te demander de tout abandonner : ta maison, ton travail, ta famille. C'est trop !

— Mais non ! Je donnerai tout pour toi, sans un regard en arrière. Je n'ai pas le choix puisque je t'aime. Et cet amour, rien ne pourra m'y faire renoncer.

Elle le regarda droit dans les yeux.

— C'est trop.

— Je te promets que non. Je suis prêt à tout pour te garder.

Elle semblait déchirée.

— Quelle que soit notre décision, Glen, nous devons faire vite, très vite. Les hommes de Chicago, dont je te parlais, débarquent après-demain pour récupérer leur argent. D'où la réunion de ce soir. Mon père essaye désespérément de rassembler la somme qu'il leur doit. Mais, dans un délai aussi court, il n'y arrivera pas. Même s'il vend tous ses biens, y compris notre maison, ces démarches prendront du temps. Et la vente ne couvrira pas sa dette.

— D'autant que la patience n'est pas leur fort, à ces gars-là !

Glen en savait quelque chose.

— C'est pourquoi je fais partie du… du marchandage. Je représente un atout dans la négociation.

Glen eut l'impression de recevoir un coup de poing en pleine poitrine. Il en eut le souffle coupé.

— Cassidy ?

— Niall a suffisamment d'influence sur son patron pour le tenir à distance un petit moment… Mais il ne bougera que s'il est un homme comblé. Or, il semblerait que je sois la seule personne à pouvoir le rendre heureux.

— Tu en es certaine ?

— Absolument. Et mon père est tellement aux abois qu'il est prêt à me sacrifier sans hésitation, sur n'importe quel autel. Or, Cassidy est la solution la plus tentante par les temps qui courent.

— Le salaud !

Elle n'eut pas besoin de demander à qui il faisait allusion.

Glen n'en revenait pas qu'un homme pût pousser le vice jusqu'à risquer sa vie et le bonheur de son unique fille pour de l'argent. Certes, la perte de la gnôle canadienne lui avait porté un coup fatal, mais enfin, depuis le début, McNulty connaissait les risques. Il était un joueur de la pire espèce : un joueur qui n'acceptait pas de perdre.

— Ce sera donc pour demain, dit Glen solennellement. J'irai voir le père McSweeney ce soir, je lui raconterai tout, et je lui demanderai de nous marier, sans attendre la publication des bans. S'il refuse, je ferai appel à un juge, mais nous serons mariés avant demain soir. Ensuite, nous disparaîtrons.

— J'ai un petit pécule que ma mère m'a laissé : de l'argent qu'elle mettait de côté à l'insu de mon père, pour les jours difficiles. J'y ai ajouté ce que j'ai pu, au fil des ans. Ça nous permettra de voir venir.

Il l'embrassa farouchement. Elle se serra contre lui.

— Demain ? murmura-t-elle.

Il la désirait follement. Il ne pouvait même pas attendre le lendemain, après la cérémonie. Il la voulait tout de suite, dans son appartement.

Pourtant, dans un effort surhumain, il recula d'un pas.

— Oui, mon ange. Demain…

— Où nous retrouverons-nous ?

— Je voudrais que ma famille soit présente, Clare. J'aimerais qu'ils fassent ta connaissance avant que nous ne quittions la ville. Tu es d'accord ?

— Bien sûr !

— Alors, nous nous marierons au saloon.

— Tu peux organiser ça dans un délai aussi court ?

— Avec leur aide, oui. Et ils mettront tous la main à la pâte, je les connais. Tu pourras t'enfuir et me rejoindre là-bas au crépuscule ?

Elle hocha la tête.

— Glen, quand le temps aura passé, que mon père se sera calmé, on pourra peut-être revenir ?

Si McNulty était tué ou s'il était emprisonné, peut-être effectivement pourraient-ils revenir un jour à Cleveland, songea Glen. Quoique… avec un Niall Cassidy écumant de rage et blessé dans son orgueil, qui la poursuivrait de sa vindicte, ils ne seraient jamais vraiment tranquilles.

— Oui, on ne sait pas ce que l'avenir nous réserve, n'est-ce pas ? dit-il en inspirant profondément. Mais, où que nous vivions, nous pourrons compter l'un sur l'autre ; nous aurons des enfants et une vie dont nous serons fiers.

— Ce sera suffisant ?

Il lui effleura les cheveux très vite, n'osant s'attarder.

— Oh, oui ! Plus que suffisant.

Clare passa la matinée suivante à se préparer pour le départ. Elle avait si peu de choses à emporter qu'une valise suffirait largement. Elle plia soigneusement la robe de mariée de sa mère, qu'elle porterait le soir même, emballa quelques photos de famille, dont celle de son père tout jeune, la tenant dans ses bras. Etait-il différent, à l'époque, de l'être corrompu qu'il était devenu ensuite ? Elle préféra le croire, ne serait-ce que pour son propre confort moral. Elle choisit quelques vêtements, y ajouta la somme d'argent dont elle avait parlé à Glen, puis le rosaire et le missel de sa mère, et des objets de première nécessité. Maigre dot que tout cela ! Mais, en un sens, elle aurait préféré ne rien emporter de son ancienne vie qui lui rappelât son père.

Dès qu'elle le pourrait, elle renouvellerait sa garde-robe pour rompre totalement avec ce passé honni.

Quelqu'un frappa, alors qu'elle était en train de s'habiller. Avant qu'elle pût demander qui était là, la porte s'ouvrit et son père pénétra dans sa chambre.

Elle poussa un « ouf » de soulagement rétrospectif : elle avait pensé à dissimuler sa valise. Toute petite, déjà, elle avait compris que tout ce qui était personnel ou important devait être tenu secret. La leçon apprise jadis venait probablement de la sauver.

— Comment se fait-il que tu ne sois pas encore prête ?

Il y avait des moments, dans l'existence, où la vérité n'était pas bonne à dire, surtout si elle avantageait un homme tel que Tim McNulty. C'est pourquoi la jeune femme inventa un mensonge, sans le moindre scrupule.

— J'avais la migraine. J'ai préféré attendre qu'elle passe.

— Ta santé m'a l'air bien précaire, ces derniers temps, ma fille. A moins que tu ne sois passée maître dans l'art d'inventer des excuses ?

— Il s'agissait d'un simple mal de tête. Rien de contagieux ni de fatal.

Elle sourit pour alléger un peu l'atmosphère.

— Tu te sens mieux, à présent ?

Au contraire, elle était au bord de la nausée. Elle se demandait comment elle avait pu rester aussi longtemps dans cette maison. Pourquoi n'avait-elle pas pris sa vie en main un peu plus tôt ?

— Ça va, oui. J'ai l'impression qu'un bon petit déjeuner me fera du bien. Je finis de m'habiller et je descends.

— As-tu la moindre idée de ce qui se passe en ce moment ? s'écria-t-il en tapant du poing sur la coiffeuse de la jeune femme.

Poudriers et flacons brisés voltigèrent avant de s'écraser par terre.

Oh, il ne lui faisait pas peur ! Elle redressa fièrement le menton.

— Et comment voudrais-tu que je le sache ? Tu ne me confies jamais le moindre secret !

Il la regarda en plissant les paupières.

— Ça te plaît de vivre ici, hein ? Tu aimes ton petit confort. C'est agréable de lire l'envie dans le regard des gens ?

De toute évidence, il cherchait la bagarre, et elle eut envie, pour une fois, de lui dire ce qu'elle pensait de l'existence qu'il lui avait fait mener.

Elle ouvrait la bouche pour lui jeter ses quatre vérités au visage, avec tout le mépris dont elle était capable, lorsqu'une idée la traversa : si elle émettait la moindre critique, son père la consignerait dans sa chambre sous bonne garde… Et adieu les projets d'escapade !

Prenant sur elle, d'un ton résigné, elle lui fit une réponse passe-partout :

— Je ne me suis jamais plainte, n'est-ce pas ?

Ce qui était, malheureusement, vrai, songea-t-elle avec un certain dépit.

— Il ne manquerait plus que ça ! Eh bien, il est temps de montrer un peu de reconnaissance pour tout ce que tu as reçu, ma fille.

Elle savait parfaitement à quoi il faisait allusion, mais elle préféra jouer les innocentes.

— Je pensais remplir correctement mon rôle de maîtresse de maison. Pour moi, c'est justement un moyen de te prouver ma gratitude.

Il la regarda fixement, le visage congestionné. Un petit muscle tressaillait sur sa joue. Elle voyait clairement qu'il était parcouru de désirs contradictoires. D'un côté, il aurait volontiers continué à la réprimander parce qu'au fond de lui, il était un tyran. D'autre part, il savait que sa démarche nécessitait un peu de finesse et de doigté.

— Ta mère t'a bien élevée, dit-il en faisant un effort considérable pour paraître plus aimable. Tu feras une parfaite épouse.

« C'est vrai, songea-t-elle. Et plus vite que tu ne le crois ! »

— Niall Cassidy te fait les yeux doux, susurra-t-il enfin, sur un ton presque suppliant.

— Je l'ai remarqué.

— J'aimerais que tu l'encourages.

— Comment ça, l'encourager ?

— Ses intentions sont honnêtes, Clare. Il veut une femme. Je ne te demande pas d'agir contre ta chère morale chrétienne ou de commettre quoi que ce soit de répréhensible. Dis-lui simplement que tu l'épouseras.

— Il ne m'a rien demandé.

— Il va venir, cet après-midi.

Tim passa nerveusement ses doigts dans sa chevelure gominée.

— Et je compte sur toi pour… pour le charmer et lui faire comprendre que tu désires l'épouser.

— Cet après-midi ? Avoue que le délai est tout de même un peu court !

— Je me fiche des délais et du reste ! Donne à cet homme ce qu'il te demande, un point c'est tout !

— Tu n'as qu'à me mettre une pomme dans la bouche et me servir sur un plateau d'argent !

Il leva la main sur elle, puis se ravisa.

— Je t'interdis de me parler sur ce ton, dans ma propre maison !

— Mais j'ai raison ! Est-ce que tu m'as demandé mon avis sur cette question ? Il s'agit tout de même de ma vie ! De mes sentiments !

Il fronça les sourcils comme si cette idée ne l'avait jamais effleuré.

— C'est un gars qui promet, et il est en cheville avec des gens qui feront sa fortune. Ce dont je bénéficierai, grâce à ton mariage. Et puis, il comblera tous tes désirs, comme je l'ai fait avant lui.

Elle aurait eu tant à dire sur le sujet ! Mais mieux valait ne pas tomber dans ce piège, ne pas lui laisser voir sa révolte intérieure.

Elle rassembla toute sa volonté pour lui adresser un sourire aimable et garder une voix douce.

— Tu sais, j'ai juste besoin de savoir que mes sentiments t'importent, dit-elle en posant une main légère sur le bras de son père. Et que je compte à tes yeux, comprends-tu ?

Il fit un bruit de gorge et déglutit comme s'il voulait ravaler toute trace de sentimentalité.

— Dis-moi quelles sont tes intentions. Parce que, si tu n'obtempères pas…

Elle l'arrêta avant qu'il n'eût proféré des menaces.

— J'encouragerai Niall, puisque c'est si important pour toi.

Il prit sa réponse comme un dû.

— Bon, très bien. Mets une jolie robe, pour changer un peu ! Et, surtout, tu lui dis oui s'il te propose le mariage.

L'ironie de la situation n'échappa pas à la jeune fille. Elle qui avait sérieusement songé à entrer au couvent, avant sa rencontre avec Glen Donaghue, allait se retrouver fiancée à deux hommes en même temps. Pour quelques heures, du moins.

Tout cela lui sembla si absurde que la tromperie à laquelle elle allait participer, et les risques auxquels elle s'exposait lui parurent sans conséquence. Elle avait l'impression de vivre une mauvaise plaisanterie. Après s'être envolée, éprouverait-elle de la culpabilité vis-à-vis de son père ?

Elle le regarda, et ne ressentit que de la pitié envers lui. Envers l'homme dénué de tout ce qui faisait la beauté et le prix de l'existence. A ses yeux, elle n'était qu'un pion qu'il déplaçait à sa guise sur l'échiquier, dans le but de conquérir toujours plus de pouvoir.

— Je vais mettre ma plus jolie robe, dit-elle avec un sourire forcé, à la limite de la grimace. A quelle heure Niall compte-t-il venir ?

— J'en sais fichtre rien. Tu n'as qu'à te tenir prête.

Sur ces mots, McNulty tourna les talons et quitta la chambre.

Ce soir-là, lorsqu'elle s'enfuirait, ce serait sans un regard en arrière sur cet homme et la triste existence qu'il menait.

« D'ailleurs, se jura-t-elle, jamais je ne me retournerai sur mon passé. »

Glen craignait une opposition de la part de sa famille. Comme toujours, dans ces cas-là, ce fut vers sa grand-mère qu'il se tourna. Lena comprendrait que le mariage devait avoir lieu ce même soir, et pourquoi ils devraient quitter la ville immédiatement après. Il comptait sur elle pour intercéder auprès de ses parents, et glisser un mot au père McSweeney, qui ne s'était pas montré extrêmement coopératif, la veille au soir, quand il lui avait expliqué la situation.

Lena était une amie proche du vieux curé. Ils passaient ensemble de longs après-midi, évoquant les temps anciens et discutant des affaires du monde, de la politique et des scandales. Leur amitié avait toujours paru étrange à Glen : le révérend père, fin lettré et homme de culture, et la tenancière de saloon irlandaise, presque analphabète ! Pourtant, le prêtre appréciait en elle les mêmes qualités qui faisaient l'admiration de Glen pour sa grand-mère : l'honnêteté, le courage, la générosité, la vive intelligence, l'énergie indomptable lorsqu'il fallait passer à l'action.

Ses nombreuses vertus et sa bonté naturelle lui permettraient-elles d'accéder à la demande si particulière qu'il avait à lui soumettre ?

Il se leva de bonne heure pour passer la voir chez elle avant que le reste de la famille ne l'accapare. Il la trouva dans sa cuisine, ce qui n'était pas pour le surprendre. Mais, pour une fois, elle n'était pas devant ses fourneaux : elle lisait le journal.

— C'est intéressant ? demanda-t-il.

Elle leva la tête et lui sourit.

— Mon petit-fils préféré !

— Tu nous le dis à tous.

— Et c'est la stricte vérité.

Elle tapota le siège près d'elle pour l'inviter à s'asseoir, et esquissa un geste pour lui servir du thé.

— Merci, mais j'ai déjà pris mon petit déjeuner. Ne bouge pas, je t'en prie.

— Des mauvaises nouvelles ou une requête spéciale ?

Elle lisait en lui comme dans un livre ouvert. Il haussa les épaules.

— Moitié-moitié.

— Les autres ne vont pas tarder à descendre, alors dis ce que tu as à dire, mon garçon, l'encouragea-t-elle.

— *Mamó*, je vais me marier ce soir.

Elle replia son journal et le regarda.

— Ai-je bien entendu ?

— Je n'ai pas le choix.

Voyant son visage s'assombrir, il précisa en souriant :

— Non, ce n'est pas ce que tu crois, je te le promets. Tu as lu les nouvelles, n'est-ce pas ? Tu es au courant de la rafle qui a eu lieu sur Whiskey Island ?

— Effectivement. J'ai aussi entendu les coups de feu.

— Tu étais au saloon ?

— Oui. Je donnais un coup de main à tes parents pour un banquet.

Guère surprenant que la fusillade ait été audible à cette distance du bord du lac. Ce qui l'était davantage, c'était que personne n'eût péri dans la violence de la bataille.

— McNulty a tout perdu, et il veut obliger Clare à épouser l'un de ses complices, dans le but de gagner du temps pour rembourser sa gigantesque dette.

— Seigneur ! Comment un père peut-il agir ainsi ?

— Il ne mérite même plus le nom de père. Mais moi, j'aime Clare, comme tu le sais. Je souhaite l'épouser et l'arracher à ce milieu infernal. Sa seule chance, c'est d'arriver à s'enfuir aujourd'hui même. Ensuite, je crains que ça ne devienne impossible, avec la situation qui va empirer de jour en jour. Il *faut* qu'elle parte avant qu'il ne soit trop tard, comprends-tu ?

— C'est elle qui te l'a demandé ?

— Non. Ce n'est pas son genre de réclamer quoi que ce soit. Ça fait des semaines que je désire l'épouser. J'aurais, évidemment, préféré faire les choses dans les règles, mais nous n'avons pas le choix.

— Je te fais confiance, mon grand. Alors, où et quand ?

— Ce soir, au crépuscule. *Mamó*, voudrais-tu insister auprès du père McSweeney pour qu'il accepte de célébrer notre mariage au saloon ? Il est au courant de notre histoire. Et puis, je souhaiterais tant que la famille y assiste : ce sera peut-être la dernière fois que nous nous verrons… avant très longtemps.

— Ecoute, je ne dispose plus d'un *très* long temps ici-bas, alors ne me sors pas des sornettes pareilles !

— Nous reviendrons dès que ce sera plus sûr. Promis !

— Et pour le certificat de publication des bans, comment vas-tu faire ?

— Je pense pouvoir me débrouiller sans Clare. J'ai des amis au palais de justice.

— Si je m'occupe du père McSweeney… comment tes parents vont-ils le prendre ?

— Peu importe. Le moment est crucial. Je suis désolé de te mettre à contribution ainsi, mais j'ai tant de choses à organiser avant de partir.

— Tu auras besoin d'argent.

— Nous vivrons modestement. Clare a quelques économies qui nous aideront, au début.

— Ce soir, vous en aurez davantage.

Il était inutile de protester, Glen le savait. Personne, d'ailleurs, ne s'avisait de contredire *Mamó*.

Il se leva et l'embrassa sur les deux joues.

— C'est toi qui me manqueras le plus.

— Tien, tiens, c'est comme moi quand je parle de mon petit-fils préféré ! Mon cher enfant, je te connais, tu sais ? Pour toi, la séparation sera comme une amputation. Aussi douloureuse, aussi incurable : tu nous regretteras tous, sans exception.

31.

Clare avait choisi de porter une robe lavande, avec un col en piqué de soie et des boutons de nacre. Ainsi vêtue, il lui semblait qu'elle avait un air jeune et virginal… propre à décourager les propositions malhonnêtes.

La matinée se déroulait dans une atmosphère tendue. Malgré ses portes closes, elle entendait son père tempêter contre ses employés. Elle ne saisissait pas exactement ses propos, car elle préférait adopter un profil bas et se faire oublier le plus possible de Tim. Mais elle avait l'impression qu'il revenait sans cesse sur la fameuse soirée de la rafle et qu'il questionnait ses hommes sur le déroulement de l'opération, demandant inlassablement des éclaircissements sur ce qu'ils avaient vu et entendu. Elle n'ignorait pas qu'une énorme somme d'argent avait disparu. Son père pensait-il que l'un de ses hommes avait fait main basse sur le magot ?

Dès qu'il quitta la maison, elle se glissa au rez-de-chaussée pour aller déjeuner. Elle songeait à se rendre directement au Whiskey Island Saloon, sans même attendre l'arrivée de Niall Cassidy…

Manque de chance, elle tomba nez à nez avec son gardien attitré, assis au bas de l'escalier.

Il avait l'air plus gentil que les autres, lui semblait-il, mais peut-être projetait-elle sur lui une sensibilité déplacée, à cause de son accent irlandais qu'elle trouvait charmant, parce qu'il lui rappelait certain élu de son cœur…

— Mon père est parti ?

— Oui. Vous avez prévu une sortie de votre côté, mademoiselle McNulty ? demanda-t-il, l'air soupçonneux.

— Non, pas du tout : j'ai prévu de déjeuner. Voulez-vous vous joindre à moi ?

— M'étonnerait que ça plaise à votre père. Néanmoins, je vous tiendrai compagnie.

Elle se douta que son acceptation n'était pas de pure politesse. Les fenêtres de la salle à manger étaient basses et faciles à enjamber.

Il lui emboîta le pas jusqu'à l'office. Là, elle prépara du thé, puis l'apporta dans le salon sur un plateau. En attendant qu'il infuse, elle reprit la conversation avec son gardien.

— Ce n'est pas de tout repos, en ce moment, hein ? dit-elle d'un ton désinvolte. Faisiez-vous aussi partie de l'expédition sur Whiskey Island ?

— Whiskey Island ? répéta-t-il pensivement. Je suis dans votre pays depuis si peu de temps, mademoiselle, que je ne connais pas encore le nom des lieux. Mais ce Whiskey Island semble un endroit digne d'intérêt.

— Nous savons l'un et l'autre de quoi je parle, dit-elle d'un ton légèrement impatient.

— Non. Pas moi, affirma-t-il en secouant la tête.

A sa place, songea-t-elle, elle aurait sans doute adopté le même mutisme.

— Je crois que nous attendons de la visite, cet après-midi. Un dénommé Niall Cassidy.

— J'ai déjà entendu ce nom.

Le thé devait être infusé, à présent, décida-t-elle, et elle remplit deux tasses d'autorité.

— Votre nom est Liam, je ne me trompe pas ? Comment prenez-vous votre thé, Liam ?

— Je n'en prends pas.

Elle ajouta du sucre et de la crème, et poussa la tasse vers lui.

— Je comprends que vous hésitiez à sympathiser avec la fille du patron, dit-elle. Surtout que votre travail consiste à la rendre la plus malheureuse possible.

— Je suis désolé d'avoir à le faire, mademoiselle.

— Avez-vous une femme et des enfants ?

— Quelle importance ?

— Eh bien, quand un homme aime son épouse, n'est-il pas à même d'apprécier les autres femmes et de se sentir un instinct protecteur à leur égard ?

— Justement, c'est ce que je fais.

— Disons plutôt que vous me protégez des idées de rébellion que je pourrais avoir vis-à-vis de mon père ! Refuser d'épouser Niall Cassidy, par exemple…

— Je ne suis au courant de rien.

— Alors, je vais combler cette lacune. Mon père a tout perdu, jusqu'à la chemise qu'il porte sur son dos, Liam. Afin d'éviter d'être assassiné sur-le-champ pour dettes, il négocie un délai pour rassembler l'argent qu'il doit rembourser. Il est persuadé que si j'accepte d'épouser M. Cassidy, il gagnera un temps précieux. Vous me suivez, jusque-là ?

— Ça ne me regarde pas.

— Oh, que si ! Parce que vous êtes le seul à me suivre comme mon ombre, et vous savez très bien que ce n'est pas Cassidy que j'aime.

Liam resta silencieux.

Elle baissa la voix, et son ton se fit pressant.

— Je ne vous connais pas suffisamment pour vous demander un service, et pourtant, j'y suis obligée. Je n'ai pas le choix.

Quand M. Cassidy sera là, j'aimerais que vous restiez dans les parages ? Je ne… je n'ai aucune confiance en lui. Comprenez-vous ? Je ne veux pas rester tête à tête avec cet homme.

— Vous comptez lui dire non ?

— Au contraire, dit-elle avec un air de tristesse. Je vais accepter, et je crains que ça ne l'encourage à certaines… privautés qui me répugnent.

— C'est le lot du mariage.

Elle sursauta et poursuivit, le visage tendu :

— S'il ne tenait qu'à moi, nous ne serions pas mari et femme avant très très longtemps.

Liam prit son temps pour réfléchir. Elle avait l'impression de voir dans son regard le combat qui se livrait en lui. L'intérêt personnel contre les bons sentiments. Et les bons sentiments, il n'en manquait pas. Du moins était-ce ce que lui soufflait son intuition féminine.

— D'accord, je resterai dans le coin, promit-il. Et, si ça tourne mal, je vous sortirai de là.

— Oh, merci ! s'écria-t-elle, sincèrement rassurée.

La cuisinière vint leur apporter une assiette de sandwichs.

— Je vous en prie, servez-vous, Liam. Pour me faire pardonner de vous mettre à contribution.

Liam, c'était clair, n'ignorait pas qu'en acceptant son invitation, il se liait à elle de façon plus intime. Il soupira, puis finit par prendre un sandwich dont il ne fit qu'une bouchée.

Dès l'instant où Liam avait fait la connaissance de Niall Cassidy, il avait ressenti une violente antipathie à son égard. Imbu de lui-même, égocentrique, manquant de la finesse la plus élémentaire, Cassidy n'avait pas grand-chose pour plaire. Liam le soupçonnait même de ne pas être amoureux de Clare

McNulty. S'il appréciait sa beauté, son intelligence, sa grâce et son maintien… c'était pour les avantages qu'il pourrait en tirer : asseoir sa position sociale, par exemple. En vérité, Liam craignait qu'à l'instar de ces voyous des rues, Cassidy fût du genre à aimer par-dessus tout détruire la perfection et l'harmonie. Enfant, il avait dû arracher les ailes des papillons et noyer des chatons nouveau-nés, juste pour s'amuser.

Pourtant, Liam savait qu'il n'avait pas à porter de jugement sur les relations d'affaires de son patron, même s'il ne l'appréciait guère, lui non plus.

Le problème, c'est que tout ceci ne le laissait pas indifférent, parce qu'il avait de l'amitié pour Clare qui lui rappelait Brenna. Certes, les circonstances étaient différentes, mais, ni l'une ni l'autre n'avaient reçu l'amour qu'elles méritaient. A présent, Brenna pouvait compter sur lui. Mais Clare ? Son avenir se résumait à un mariage forcé avec une misérable crapule.

Il ne voulait pas s'en mêler. Mais c'était plus fort que lui.

Le fameux soir du coup de filet sur Whiskey Island, il avait réussi à s'échapper. Après avoir attendu des heures et des heures, il s'était esquivé sans se faire remarquer, juste avant l'aube. Jerry n'avait pas eu autant de chance : il s'était retrouvé derrière les barreaux. Oh, pas pour longtemps. Il avait été mis en liberté provisoire sous caution.

Et tous les deux avaient dû écouter les divagations maniaques de McNulty, fustigeant leur incompétence : si seulement ils s'étaient montrés plus rapides, plus intelligents, plus prudents, ils ne se seraient jamais fait prendre, et l'alcool serait en lieu sûr dans les caves des locaux clandestins.

Et ils pouvaient s'estimer heureux qu'il ne les étranglât pas de ses propres mains, avait-il conclu devant ses sbires médusés.

Liam était même surpris que McNulty fît confiance à un empoté tel que lui pour surveiller sa fille ! Ce matin-là, en effet, son patron l'avait pris à part pour lui ordonner de ne pas quitter Clare des yeux. Tout au moins, jusqu'à l'arrivée de Cassidy. Ensuite, il devrait être sourd et aveugle... quoi qu'il arrive !

Quand Cassidy se présenta à la porte d'entrée, Liam espérait encore pouvoir concilier la promesse qu'il avait faite à Clare et l'obéissance qu'il devait à son patron. Un seul regard lui prouva le contraire : la manière insolente dont le bonhomme bombait le torse, son attitude suffisante, le geste méprisant qu'il eut pour le congédier...

Liam l'accompagna jusqu'au salon.

Le conflit paraissait inévitable.

— Mademoiselle McNulty, désirez-vous que je vous apporte quelque chose ? demanda-t-il à la jeune femme, en ignorant délibérément les signaux frénétiques du « fiancé » qui cherchait à le faire déguerpir.

Elle leva sur lui un regard empreint de gratitude.

— De l'eau fraîche, merci, Liam. Un peu plus tard, si vous voulez bien.

C'était habile de sa part. Cassidy pouvait penser qu'elle avait envie d'être seule avec lui, alors qu'elle avait inventé ce prétexte pour qu'il puisse faire irruption si les choses tournaient mal.

Liam hocha la tête et fit mine de s'éloigner.

Il alla remplir un verre d'eau, et s'assit dans l'entrée, l'oreille aux aguets, tandis que la glace fondait doucement en tintinnabulant contre le bord du gobelet.

— Alors, les fleurs que je vous ai envoyées vous plaisent ? demanda Niall, dans la pièce voisine.

Liam les avait remarquées : une gerbe prétentieuse de plantes exotiques aux couleurs criardes qui auraient avantageusement décoré un salon de maison close.

N'importe quel homme un brin sensible aurait deviné qu'une femme modeste comme Clare préférait les roses, ou même un petit bouquet de violettes.

— Oh, elles illuminent littéralement le décor ! répondit-elle.

Liam sourit en mesurant son tact et la petite pique dissimulée dans sa réponse.

— Z'avez pensé à moi ?

— Vous n'êtes jamais loin de mes préoccupations, affirma-t-elle d'un ton suave.

Liam sourit derechef. Deux à zéro pour la jeune femme ! Et ce gros balourd de Cassidy n'y voyait que du feu.

— J'vous ai amené aut'chose.

— Oh, un cadeau par visite, c'est déjà très généreux !

— Ah ouais ? C'est pas exactement un cadeau… plutôt une sorte de contrat.

Il y eut un silence. Liam l'imagina en train de sortir quelque chose de sa poche. En dépit de son humble origine, il espérait avoir été un peu plus raffiné lorsqu'il avait fait sa demande à Brenna.

— Ça vous plaît ?

Clare ne répondit pas immédiatement.

— Je ne sais vraiment pas quoi dire, murmura-t-elle finalement.

— Vous pouvez chercher les défauts : y'en a pas ! Je connais bien le fourgue du *North Side* qui me l'a refilé. Je lui avais demandé quelque chose de maousse, et il m'a fourni du maousse.

— Ça, on peut le dire. Une bague comme celle-là pourrait vous donner une entorse au poignet.

— Ça vous plaît pas ?

Cassidy avait soudain perdu de sa superbe.

— Si. Elle est vraiment remarquable. Je n'en avais jamais vu d'aussi…

— Grosse ?

— Oui. C'est le mot.

Liam essayait d'imaginer le caillou en question. D'après la voix de Clare, il comprit que la bague devait être d'aussi bon goût que le bouquet de fleurs.

Cassidy sembla reprendre du poil de la bête.

— Essayez-la ! lui ordonna-t-il, tout joyeux. Que je voie si j'me suis pas gouré de taille.

— Monsieur Cassidy… Niall, c'est trop généreux. Je ne peux pas accepter quelque chose d'aussi… humm… important.

— Et comment voulez-vous que les gens pigent qu'on va se marier ?

— Marier ?

— Ben oui, c'est une bague de fiançailles, qu'est-ce que vous croyez ?

— C'est-à-dire que… vous ne m'avez pas encore demandé ma main.

Liam essayait de ne pas éclater de rire, tout seul dans le fauteuil du hall d'entrée.

— L'affaire est dans le sac, non ? répliqua Cassidy.

— Je ne sais pas. Nous n'en avons jamais parlé ensemble.

— Ben, je veux que vous m'épousiez. Et rapido. Pa'ce que ça va pas être marrant pour vous de rester là. Sûr ! Les gens pour qui je travaille sont plutôt furax contre votre paternel, et ça risque d'être sa fête ! Vous avez du pot, je vous signale, que je sois toujours partant pour vous passer la bague au doigt ! Et c'est surtout *lui* qui a du pot, dans l'histoire.

— Vraiment ? Est-ce possible ?

— Ouais. Il passe pour un nullard et, là d'où je viens, y z'apprécient pas vraiment les tocards. Et les filles de tocard, elles z'ont pas une cote terrible non plus, en ce moment.

Liam l'entendit presque hausser les épaules. La grossièreté du personnage était époustouflante !

— Alors, ce serait dommage de vous encombrer d'une fille pareille ! Franchement, cela me navrerait pour vous.

— Ecoutez, cette histoire sera vite oubliée, après notre mariage. En tout cas, je m'arrangerai pour que ce soit le cas. Mais votre pater, faudra qu'il m'écoute, hein ? Y a pas de lézard ! Et dans les grandes largeurs !

— Eh bien, bonne chance ! Parce que l'écoute n'a jamais été son fort.

— Alors, on fixe une date tout de suite ?

Une longue pause s'ensuivit.

Liam pouvait pratiquement suivre les pensées de la malheureuse jeune femme.

— Je vous épouserai sans doute, dit-elle, mais accordez-moi un délai de réflexion.

Sa voix diminua d'intensité, comme si elle s'éloignait de la porte, et probablement de Niall, par la même occasion.

— Jusqu'à une date récente, reprit-elle, je pensais avoir la vocation et entrer au couvent. Je me dirige maintenant vers le mariage. Vous comprendrez, n'est-ce pas, que j'aie besoin d'un peu de temps pour me faire à cette idée ?

— Combien de temps, exactement ?

Il n'avait pas l'air content, le bougre.

— Suffisamment pour profiter de nos fiançailles. Et puis, vous n'aurez pas le cœur de me priver de ce moment merveilleux : l'organisation de la cérémonie, le choix de la robe de mariée, la réception… J'aimerais beaucoup connaître vos amis de Chicago et…

— Quel genre de cérémonie ? Tim pourra pas faire les choses sur un grand pied, vous illusionnez pas !

— Oh, une cérémonie toute simple, ce qui n'empêche pas de mettre au point certains détails. Par exemple, j'aimerais qu'elle se déroule à l'église de ma paroisse — celle que j'ai toujours fréquentée — en présence de tous mes amis. Je veux que vous soyez fier de moi, et que notre vie commune débute sous de bons auspices. C'est peut-être de la superstition, mais je suis persuadée qu'une union heureuse commence par un mariage réussi. Prenons le temps de nous connaître. Sinon, comment pourrais-je vous faire plaisir ?

— Oh, *ça*, c'est pas difficile, je vais vous montrer. Mettez d'abord la bague.

Liam se pencha vers la porte. Le silence régnait, à côté. Puis, soudain, Clare poussa un petit cri.

— Attendez, Niall : elle est beaucoup trop grande. Si je la porte maintenant, je risque de la perdre.

— On s'occupera de ça demain. Je vous emmènerai en ville et on la fera ajuster. Bien serrée !

— Très bien, parfait…

Il y eut une nouvelle pause.

— Niall, non ! Je vous en…

— Allez ! Est-ce que je mérite pas un baiser ? Un baiser pour les fleurs, un pour la bague, et p't'être bien un troisième en l'honneur de nos épousailles.

Il semblait agacé de devoir insister. A l'évidence, Niall Cassidy fréquentait habituellement des dames à qui l'on ne demandait pas la permission.

Nouveau silence.

Liam se leva, prêt à intervenir. Sans précipiter les choses : inutile de faire un scandale pour un simple baiser — ni même pour trois.

— Ça suffit, Niall ! s'écria Clare, haletante mais sur un ton ferme. Nous ne sommes pas encore mariés, je vous le rappelle.

— Ouais, ben, on ferait mieux de se dépêcher. Je vois pas pourquoi on laisse traîner les choses, à moins que vous cherchiez à gagner du temps. Je connais au moins une centaine de filles qui m'épouseraient comme ça ! lança-t-il en claquant dans ses doigts.

Liam s'attendait à ce que Clare le renvoyât auprès de ces dociles créatures, mais elle se montra plus fine.

— Quelle sorte d'épouse souhaitez-vous, Niall ? Une femme qui se jette au cou des hommes ?

— Nan ! J'en veux une qui se jette à mon cou, à moi, haha !

Quelque chose racla le plancher. Liam saisit le verre d'eau et se leva.

De sa grosse voix, Niall reprit :

— Y a deux, trois trucs qu'il faut que vous appreniez. Autant vous y mettre tout de suite.

Liam ouvrit la porte violemment. Cassidy avait plaqué la jeune femme contre le mur et la maintenait de tout son poids, tout en cherchant à l'embrasser de force.

La rage saisit Liam. Ce type n'était qu'une bête qui ne méritait pas une femme telle que celle-ci.

— Une minute ! Je suis le garde du corps de Mlle McNulty. Vous dépassez les limites, il me semble.

— Du balai ! cria Cassidy. Ou c'est *ton* corps qui finira chez l'embaumeur !

Liam n'avait aucune envie de provoquer une bagarre. Aussi s'efforça-t-il de prendre un ton désinvolte.

— Je sais bien que l'occasion fait le larron, mon vieux, mais ce n'est pas une raison pour aller trop loin. Ah, ce n'est pas toujours facile de résister au désir que suscite en nous une jolie femme, mais si…

Cassidy fonça sur lui sans attendre la fin de la phrase.

Liam lui jeta le contenu du verre à la figure. Du coin de l'œil, il vit Clare filer vers la porte de la salle à manger.

Cassidy crachota tandis que l'eau dégoulinait le long de son menton, mais, tel un taureau furieux, il continua droit devant lui.

Liam esquissa un pas de côté, et lui fit un croc-en-jambe. Comme prévu, Cassidy s'effondra de tout son long, entraînant Liam dans sa chute. Ils roulèrent sur le sol en une violente mêlée.

Liam, étourdi, reçut un coup de poing à la mâchoire, et se défendit en serrant le cou de Cassidy. Celui-ci le frappa de nouveau. Liam serra plus fort, obligeant son adversaire à lâcher prise. Ils roulèrent encore sans que Liam desserrât les doigts. Cette fois, ce fut lui qui eut le dessus. Il cogna la tête de Cassidy sur le plancher à plusieurs reprises, tout en continuant à l'étouffer lentement. Mais, brusquement, celui-ci arriva à se dégager. Et la bagarre se fit plus intense.

Cassidy eut un rire dément. Il avait le dessus, désormais, et tenait fermement les mains de Liam, le clouant au sol en dessous de lui.

Puis il y eut un grand fracas. Le rire s'éteignit, et Niall s'effondra sur le côté, libérant partiellement Liam qui l'agrippait toujours par les avant-bras.

Clare se tenait au-dessus d'eux.

Elle laissa tomber les restes du vase de cristal qui s'était brisé sur la tête de Niall.

Liam la regarda, les yeux écarquillés.

— Dommage, non ? dit-elle d'une voix faible. C'était le seul vase assez grand pour ces hideuses fleurs qu'il avait apportées.

Liam avait envie de rire, bien que la situation fût des plus inquiétantes.

— Faites attention en vous relevant, lui dit-elle.

Il acheva de se dégager en repoussant Cassidy, puis s'assit.

— Vous savez ce que vous venez de faire ? demanda-t-il à la jeune femme.

— Il me semble que… je vous ai peut-être sauvé la vie ?

Elle était si pâle qu'il craignit de la voir s'évanouir.

— C'est vrai. Sans votre intervention, mon compte était bon.

— Qu'allons-nous faire ?

Il se le demandait aussi.

Il ne pouvait pas se débarrasser de Cassidy en l'abandonnant sur la pelouse, devant la maison. Même si, techniquement, cela ne présentait pas de difficulté majeure, en l'absence de tout témoin.

La vérité, c'est que McNulty allait être ivre de rage. Et Liam pourrait dire adieu à son contrat de travail lorsque Cassidy reprendrait ses esprits.

— De toute façon, j'avouerai que c'est moi, dit Clare, comme si elle avait lu dans ses pensées. Les mensonges, ça suffit comme ça !

— Comment comptez-vous vous en sortir ?

— Je vais partir, dit-elle en levant le bras pour devancer ses protestations. Et ne me dites pas que vous allez m'en dissuader. Vous croyez pouvoir conserver votre emploi ici, après ce qui vient de se passer ? Et puis, de toute façon, mon père est fini… il n'a plus les moyens d'employer qui que ce soit. Il aura déjà de la chance s'il arrive à sauver sa peau.

Elle s'efforça de maîtriser l'émotion qui faisait trembler sa voix.

— Vos bagages sont prêts ?

— Oui, répondit-elle dans un souffle.

— Je veillerai à ce que vous arriviez à bon port, où que vous alliez.

— Vous n'êtes pas obligé.

— Allez vite chercher vos affaires. Parce que, quand celui-ci va se réveiller, les ennuis sérieux commenceront.

Vive et légère, elle fila hors de la pièce et revint avec une valise de belle taille.

Liam l'attendait dans le hall. Déjà, on entendait Cassidy pousser de faibles gémissements.

Liam prit la valise des mains de la jeune femme.

— Suivez-moi, lui dit-il. Nous allons passer par la porte de derrière. Avez-vous une idée de l'endroit où vous pourriez vous réfugier ?

— Oui… Au Whiskey Island Saloon.

Dire qu'elle allait se cacher dans *sa* propre famille ! songea Liam.

Dommage qu'il n'eût pas le temps de savourer toute l'ironie de la situation.

32.

Clare s'assura qu'elle n'était pas suivie avant de pénétrer dans le Whiskey Island Saloon.

La porte était fermée.

La jeune femme commença par s'affoler.

Niall avait dû reprendre conscience, et il n'était pas du genre à s'éclipser discrètement après un tel affront. Il allait se lancer à sa recherche et, bientôt, son père joindrait ses efforts aux siens. A son retour, Tim s'apercevrait que Liam manquait également à l'appel. Son ancien gardien avait-il parlé à quelqu'un du pique-nique avec Glen ? Si c'était le cas, les autres ne tarderaient pas à faire le rapprochement. Auraient-ils l'idée de venir la relancer ici ?

Elle secoua la porte. Sans résultat.

Que faire ? Courir jusqu'à l'appartement de Glen ? Et s'il était absent ? Avec ce départ prévu pour le soir même, il devait avoir une foule de choses à régler… Il y avait donc peu de chances de le trouver chez lui.

Quant aux rares amis qu'elle avait pu garder, ils ne refuseraient pas de la recevoir, mais c'était aussi chez eux que son père se précipiterait en priorité.

Elle pensa à l'église, tout en se demandant quelle serait la réaction du prêtre de Sainte-Brigid. Son père distribuait de telles largesses pour l'entretien du clergé et des pauvres de la paroisse…

Ne voyant pas de meilleure solution, Clare décida, finalement, de se rendre chez Glen. Elle s'était déjà éloignée de quelques pas lorsqu'elle entendit la porte s'ouvrir derrière elle.

— Oh, j'ai cru qu'il n'y avait personne, dit-elle en se retournant vivement.

— Nous sommes fermés, aujourd'hui. Pour cause de… d'événement… exceptionnel.

Clare sourit avec soulagement.

— Eh bien, je pense que je fais partie des invités… à titre… exceptionnel !

Son interlocutrice, une femme entre deux âges — visage rectangulaire, yeux verts, paupières lourdes —, fronça les sourcils.

— Nous nous connaissons ?

— Pas encore. Je suis Clare McNulty. Etes-vous Mme Donaghue ?

La femme la regarda attentivement, puis elle eut un petit sourire.

— Clare… Eh bien, je comprends le pourquoi de tout ce remue-ménage ! Entrez. Vous êtes en avance, n'est-ce pas ?

— Je n'ai pas pu faire autrement.

Clare se demandait jusqu'à quel point elle pouvait se confier. D'un côté, elle aurait aimé prévenir son hôtesse qu'il risquait d'y avoir du grabuge si son père retrouvait sa trace, mais, d'un autre côté, elle n'avait guère envie d'avouer qu'elle venait de briser un vase en cristal de Waterford sur le crâne d'un truand.

D'un geste rapide, la mère de Glen vint à son secours en la tirant à l'intérieur.

— Vous êtes en danger, c'est ça ?

— Je le crains, oui.

— Quelqu'un sait-il que vous êtes ici ?

— J'espère que non. En tout cas, les personnes qui sont au courant ne feront rien pour me nuire.

Elle se sentit soudain envahie par la culpabilité.

— Je suis désolée. Je ne voudrais pas vous attirer des ennuis. Il vaudrait mieux que je m'en aille. On trouvera un autre endroit de rendez-vous, avec Glen. Et puis, on peut toujours se marier plus tard, une fois qu'on sera installés.

— Il n'en est pas question. Je suis la mère de Glen, Fenola. Vous pouvez m'appeler belle-maman.

Fenola se retourna, siffla très fort. Un instant plus tard, une petite foule les entourait.

— Voici la future épouse de Glen, annonça Fenola, une fois que le brouhaha se fut calmé autour de la jeune femme intimidée et rougissante. Conduisez-la au premier étage ; aidez-la à défaire ses bagages, à suspendre sa robe… Tiens, Mary-Edith, tu t'en charges.

Une jeune femme qui ressemblait étonnamment à Glen se détacha du groupe.

— J'espère que vous connaissez l'oiseau ! Parce qu'il ne vous fera grâce d'aucun match de base-ball. N'espérez pas avoir une conversation avec lui pendant la diffusion des World Series à la radio, si vous tenez à l'existence ! Et puis, vous avez intérêt à aimer le pain de viande et la purée de pommes de terre parce que Glen en mange à tous les repas.

— Ça ira comme ça, Mary-Edith ! lança Fenola. Tu continueras l'éducation de Clare un peu plus tard. Pour l'instant, elle a besoin de quelques minutes pour se remettre de notre rencontre. Quand elle redescendra, nous prendrons le temps de faire plus ample connaissance.

Fenola leva la main, et les membres de la famille s'écartèrent comme des gerbes de blé au passage d'une batteuse.

Mary-Edith et Clare s'avancèrent alors vers une porte qui devait mener à l'étage.

Sur le seuil, Clare se retourna et les regarda tous. Personne n'avait bougé.

— Eh bien, vous avez été transformés en statues de sel ? s'écria Fenola. Elle est jolie comme un cœur, elle a de bonnes manières et Glen est amoureux d'elle. Que faut-il de plus ?

Liam savait que ses jours à Cleveland étaient comptés. Il avait sauvé la fille de McNulty, certes, mais celui-ci ne lui en serait aucunement reconnaissant.

Ainsi le véritable danger venait plutôt de Cassidy, car son ancien patron n'était pas du genre à se salir les mains.

En revanche, Cassidy était du style à poursuivre lui-même sa vengeance. Il s'arrangerait pour retrouver Liam, ou sa famille, et ce qui adviendrait alors, mieux valait ne pas y penser.

Après avoir déposé Clare au Whiskey Island Saloon, Liam rentra directement chez lui. A peine arrivé, il appela Brenna. Lorsqu'elle apparut en haut de l'escalier avec la petite Irene trottant derrière elle, il sentit sa gorge se serrer.

— Brenna…

Ils échangèrent un regard. Brenna hocha la tête.

— Quand partons-nous ?

Il n'avait pensé qu'à cela tout le long du trajet.

— Tu vas prendre le train pour Toledo. Je t'y retrouverai dès que possible.

— Non.

— Brenna…

Elle le fit taire d'un geste.

— Je ne quitterai pas la ville tant que tu seras en danger.

— Pense à Irene.

— Je ne fais que ça.

Il essaya désespérément de trouver une autre solution, mais ce fut elle qui fit une suggestion :

— Tu sais, les vieilles filles chez qui je travaillais : elles m'hébergeront volontiers. Personne ne retrouvera ma trace, là-bas. Et, si tu ne peux pas m'y rejoindre tout de suite, tu pourras toujours me téléphoner. Promets-le-moi !

Le plan se tenait. Les dames demeuraient de l'autre côté de la ville, et personne, dans leur nouveau voisinage, ne savait que Brenna avait travaillé pour elles comme gouvernante. Et, même si Cassidy cherchait à se renseigner dans leur ancien quartier, les gens ne se souviendraient probablement pas de détails tels que les noms et l'adresse de ses anciens employeurs.

— Je vais t'y emmener, mais fais vite.

— J'ai déjà préparé des vêtements et des jouets pour Irene.

— Comment as-tu deviné ?

— Je sais lire, Liam. J'ai compris que tu étais impliqué dans ce raid sur Whiskey Island. Et, crois-moi, je me fais un sang d'encre, depuis !

Elle remonta les marches en courant pour aller chercher ses affaires.

Pour le moment, il préférait la laisser croire qu'ils fuyaient seulement la police.

Le crépuscule était tombé lorsque Glen atteignit le saloon. Il y avait une atmosphère d'excitation joyeuse dans l'air, et le fumet du festin préparé par sa grand-mère l'accueillit dès son entrée.

Sa mère le prit à part et lui fit la leçon : pourquoi n'avait-il pas commencé par consulter ses parents ?

Puis son père, Terry, un bel homme qui avait tendance à se voûter un peu, ces derniers temps, le réprimanda vertement, l'accusant de briser le cœur de Fenola.

Enfin, sa grand-mère, surgissant de la cuisine, lui apprit que Clare était là depuis plusieurs heures.

Ouf ! Il avait tant espéré que la jeune femme parviendrait à se faufiler hors de chez elle, à la faveur de l'obscurité, et que son père ne découvrirait sa disparition qu'au matin…

— Je vais lui dire de rentrer chez elle, si tu fais cette tête-là ! déclara-t-il.

Lena portait sa robe la plus élégante, et elle avait piqué des peignes en marcassite dans sa belle chevelure.

— *Mamó* ! Je suis fou de joie qu'elle soit là. Je me fais seulement du souci à l'idée qu'elle ait dû fuir en plein jour.

— Elle est un peu émotionnée, la pauvrette, mais elle est vivante et elle fait bonne figure.

— Je monte la retrouver.

— Halte là, mon garçon ! s'écria son père. Les filles vont t'arracher les yeux si tu cherches à la voir avant la noce.

Il avait tant de choses à régler avec Clare… Pourtant, il se rangea à l'avis de son père. Respecter une simple tradition comme celle-ci paraissait doublement important dans une situation aussi… explosive.

— Le père McSweeney est-il là ?

— Pas encore, mais il ne va pas tarder, répondit Lena.

Glen se demanda soudain s'il n'avait pas commis une imprudence en demandant au vieux curé de célébrer leur mariage. Nombreux étaient les gens qui les avaient vus ensemble, Clare et lui, à Sainte-Brigid, le lieu de leurs premières rencontres. McNulty avait-il compris que sa fille était amoureuse d'un autre homme ? Et Liam, son garde du corps, n'aurait sans doute pas de scrupules à rapporter ce qu'il savait. Dans ce cas, ils pourraient filer le père jusqu'au saloon.

Un peu tiré par les cheveux, peut-être, mais Glen ne pouvait s'empêcher de penser qu'ils auraient dû chercher un endroit plus discret que ce lieu public pour rencontrer le vieux prêtre.

Aussitôt après, il se reprocha d'être trop soupçonneux.

— Tu as pu te procurer le certificat de publication des bans ? lui demanda Lena.

— En insistant un peu, oui.

— Et la bague ?

— Je n'ai pas eu le temps de m'en occuper. Je l'achèterai plus tard.

— Inutile : j'ai ce qu'il te faut, déclara Lena en sortant de sa poche un petit écrin en carton. C'était la mienne : celle de mon premier mariage avec Terence, ton grand-père. Je l'ai mise de côté quand j'ai épousé Rowan. Elle appartenait à la mère de Terence : c'est une bien modeste alliance, mais elle fait partie de ton histoire. Et, depuis que j'ai fait la connaissance de Clare, je suis certaine qu'elle en appréciera la valeur symbolique.

Glen était vraiment touché, et il embrassa tendrement sa grand-mère.

— Clare gardera cette alliance précieusement, dit-il, tu peux en être certaine. Merci, du fond du cœur.

Lena lui sourit.

— Tu as le don de rendre les femmes heureuses. Terence aussi l'avait.

— Qu'est-ce que je peux faire, maintenant ?

— T'asseoir dans un coin et te ronger les sangs.

Un cousin Donaghue, taillé comme une armoire à glace, filtrait les entrées. Glen le vit entrouvrir la porte et laisser entrer le père McSweeney.

— Vous nous rendez un grand service, mon père ! dit Lena en venant l'accueillir.

Le prêtre avait l'air fatigué, bien qu'il fût venu en voiture.

— J'ai hâte de voir nos deux tourtereaux mariés, et loin de cette ville, ajouta la vieille dame.

Pendant qu'elle conduisait l'homme d'église vers un fauteuil confortable, Terry vint s'enquérir discrètement des projets de son fils.

— J'ai rendu mon insigne, ce matin, lui expliqua Glen, et j'ai acheté des billets de train pour Los Angeles. Mon patron m'a promis de dire un mot en ma faveur aux autorités du coin. Et… il m'a laissé mon arme, bien que ce soit contraire au règlement.

Terry préféra s'abstenir de commenter le dernier point.

— Los Angeles, c'est tellement loin…

Glen, lui, avait plutôt peur que ce fût trop près. Mais son collègue, au palais de justice, avait promis « d'égarer » toutes traces officielles du mariage pendant six mois, déjouant ainsi les recherches de Cassidy ou de McNulty, au cas où ils mettraient leur nez dans ce dossier.

— Tiens, c'est pour toi, dit Terence en tendant à son fils un petit paquet enveloppé d'un papier blanc. Ouvre-le maintenant.

A l'intérieur, Glen trouva la montre de son grand-père Rowan.

— Il aurait aimé que ce soit *toi* qui en hérites.

— Je la garderai toute ma vie, dit Glen, ému.

— Prends aussi ça, dit Terry en sortant une enveloppe de sa poche. De la part de nous tous. Pour vous aider dans les débuts… Tu nous donneras des nouvelles, n'est-ce pas ?

Glen avait prévu de s'arranger avec un ami qui acceptait de lui servir de boîte aux lettres et de faire parvenir le courrier à sa famille.

Il ouvrit l'enveloppe et contempla la liasse de billets.

— Merci. C'est très généreux de votre part.

Le silence se fit soudain dans la grande salle. Levant les yeux, Glen se rendit compte qu'il était le point de mire général.

— La mariée va descendre, lui souffla Terry. Va devant, et tiens-toi près du prêtre, mon garçon.

Clare se demandait si elle ressemblait à sa mère, dans cette robe en satin ivoire, recouverte de tulle brodé. En tout cas, elle trouvait sa silhouette délicieusement féminine — et hors mode, en cette époque où l'on privilégiait les allures de garçonne. Le col montait haut sur le cou, tandis que le corsage révélait audacieusement la poitrine, sous une gaze arachnéenne. Les manches, elles aussi, étaient vaporeuses. Mais, ce que la jeune femme préférait entre tout, c'était la traîne de dentelle délicate qui partait des épaules.

Elle se sentait comme un ange avec des ailes.

— Vous n'avez plus votre mère ? lui demanda Fenola.

Clare la trouvait très sympathique, avec son côté terre à terre et son franc-parler. Derrière sa façade de personne qui ne tolérait pas les frivolités, on devinait une vraie bonté.

— J'avais huit ans quand elle est morte. Et elle me manque toujours autant.

— Elle pleurerait de joie si elle voyait la ravissante mariée que vous êtes.

Clare lui prit impulsivement la main.

— Je prendrai soin de lui, je vous le promets, belle-maman. Et je l'aimerai jusqu'à mon dernier souffle.

— Je le sens bien. Vous comprenez aussi, j'imagine, que nous nous fassions du souci ?

— C'est normal, vu les circonstances… Dès que nous serons sortis d'affaire, nous reviendrons, vous pouvez compter sur moi : je vous le ramènerai le plus vite possible.

— Nous pourrons aussi vous rendre visite quand vous serez installés tous les deux et que nous serons sûrs que personne ne nous surveille.

Clare n'ignorait pas que ces déplacements pèseraient lourd sur le budget familial. Malgré la Prohibition qui détournait une grande partie de leur clientèle, ces gens n'hésitaient pas à tout sacrifier pour le bonheur de leurs enfants.

Elle en fut bouleversée.

— Etes-vous prête ? lui demanda Fenola.

Clare baissa les yeux sur sa robe. Ses mains tremblaient, mais ce n'était pas de peur.

— J'avais abandonné tout espoir de bonheur, il y a longtemps déjà, dit-elle avec simplicité, sans s'apitoyer sur son sort. Et, à présent, je suis la femme la plus heureuse du monde.

— Eh bien, eh bien… avant de me mettre à pleurer comme une Madeleine, je vais aller rejoindre les autres en bas. Je passe devant afin d'ouvrir la porte de l'escalier.

Fenola se pencha et planta un baiser sur la joue de Clare.

— Glen a de la chance de vous épouser, dit-elle en quittant la pièce.

Clare attendit une longue minute avant de la suivre.

Puis, elle descendit lentement l'escalier alors que, si elle s'était écoutée, elle aurait couru se jeter dans les bras de Glen.

Il n'y avait ni musique ni fleurs. Personne n'avait eu le temps de régler ce genre de détails. Mais le silence ne déplaisait pas à la jeune femme.

Elle atteignit la dernière marche et passa la porte. Jamais elle n'avait été le centre d'une telle attention, ce dont elle se réjouit, sans aucune honte.

Tout le monde retenait son souffle. Parmi les dizaines de personnes qui formaient une haie d'honneur, elle vit à peine les visages, car elle cherchait celui de son promis.

Enfin, elle le découvrit : il était debout près du père McSweeney, et il s'était retourné pour la voir arriver. Il lui souriait joyeusement.

Elle s'avança, comme si l'orgue l'accompagnait, et, lorsqu'elle fut à sa hauteur, Glen lui prit la main. Le père McSweeney officiait en les couvant d'un regard bienveillant.

Clare aurait voulu écouter chacune de ses paroles et les savourer : on ne se mariait qu'une fois — devant Dieu. Mais elle ne pouvait penser qu'à Glen, à leur amour, au destin qui les avait réunis envers et contre tout, à ce mariage, si improbable, qui avait finalement lieu.

Elle eut soudain l'impression de flotter très haut au-dessus de l'assistance, de la famille et du prêtre, et de planer dans l'espace, loin du saloon. Elle se sentait légère, légère et éthérée : la pure incarnation de la joie.

Bing ! Bang ! Bing !

Des coups de feu éclatèrent.

Les vitres volèrent en éclats, des femmes se mirent à hurler. Clare se retrouva sur le sol, à moitié couverte par le corps de Glen.

— Cassidy ! hurla-t-il comme on profère un juron. Ne bouge pas, Clare !

Elle le retint par le bras.

— Glen, non !

— Il faut que je l'arrête.

D'une secousse, il se libéra et se mit debout. Tandis qu'elle se relevait à son tour, elle le vit sortir un revolver du holster qu'il portait sous sa veste.

— Glen !

Il la regarda intensément, comme pour lui promettre que tout irait bien, puis il fonça vers la sortie. Clare voulut le suivre, mais le père l'arrêta.

— Restez ici, mon enfant.

Quelqu'un téléphonait déjà à la police ; une autre personne rassemblait tout le monde vers l'arrière-salle.

Le père McSweeney entraîna Clare par le bras. Du coin de l'œil, elle vit plusieurs hommes rejoindre le théâtre des événements. Un seul était armé, constata-t-elle avec effroi.

— Glen…

Elle traînait les pieds, mais le frêle vieillard montrait une énergie surprenante et refusait de la lâcher.

— Il prend moins de risques, sans vous, dit-il.

Ce n'était pas vrai ! Cassidy était dément : il la voulait, elle, à tout prix. Et il la tuerait d'abord, plutôt que de renoncer à son obsession. Ainsi, à cause d'elle, des innocents allaient payer de leur vie. Tout cela parce qu'elle était tombée amoureuse de Glen.

— Tout le monde en bas ! cria Terry.

Clare n'eut d'autre choix que de suivre les autres dans la cuisine, puis le long d'un escalier menant, visiblement, à un sous-sol. Une fois en bas, cependant, elle vit qu'il s'agissait de tout autre chose : la simple cloison de bois se révéla être une porte menant à un passage long et étroit, éclairé, de loin en loin, par des ampoules électriques.

Elle comprit immédiatement à quoi il servait.

— Où cela mène-t-il ? demanda-t-elle.

Le père McSweeney était maintenant derrière elle, et ce fut un jeune cousin de Glen qui lui répondit, en la dépassant au pas de course.

— A flanc de colline, vers la route qui conduit à Whiskey Island.

Combien de litres d'alcool de contrebande, livrés par l'organisation de son propre père, avaient transité par ce passage ? se demanda-t-elle. Après les biens matériels, c'était, maintenant, sa fille unique qui empruntait le couloir souterrain.

Mais elle n'avait pas envie de s'appesantir sur l'ironie du sort, alors que l'homme qu'elle aimait risquait sa vie face à un fou armé jusqu'aux dents.

Elle voulut prier, supplier Dieu d'épargner Glen. Elle eut simplement le temps de se signer et de murmurer quelques mots fervents, tout en courant.

Ils se regroupèrent au bout du tunnel. Jerry, qui avait pris la direction des opérations, leva la main pour leur intimer le silence.

Ils se trouvaient devant une porte fermée de l'intérieur, constata Clare. Elle comprit qu'ils n'allaient pas s'enfuir par cette issue, mais attendre simplement l'arrivée de la police.

A l'extérieur, Glen se battait au péril de leur vie, tandis qu'elle était prisonnière de ce tunnel, en compagnie de sa belle-famille.

Ils se tinrent sans bouger et sans parler, respirant à peine. Clare entendait son cœur battre à tout rompre. Ses mains tremblaient. Elle était terrifiée, et se mit à prier silencieusement.

Des pas précipités se firent entendre dans l'escalier menant au souterrain. Aussitôt, deux hommes firent rempart de leur corps pour la protéger.

— Tout va bien ! s'écria l'un d'eux. Apparemment, ils ont décampé. On leur a flanqué la trouille. Le gars qui tirait a dû se faire épingler… En tout cas, on ne l'entend plus. Dès qu'on sera sûrs que la voie est libre, vous pourrez remonter. D'ici quelques minutes, sans doute.

Les échanges de paroles reprirent à voix basse. Clare sentit une main sur son bras. A la faible lueur de l'ampoule qui pendait au-dessus d'eux, elle reconnut Fenola.

— C'est ma faute ! gémit Clare. Entièrement ma faute.

— Pas de ça, ma fille ! C'est la faute de ces types, là-haut, qui ne supportent pas qu'on leur dise non. Et puis, tout est bien qui finit bien. Vous avez entendu ? Il n'y a pas eu de casse. La cérémonie va pouvoir reprendre. Ensuite, nous vous accompagnerons, tous les deux, hors d'ici. Le plus vite possible.

— Mais, maintenant, vous êtes tous en danger.

— Ne vous faites donc pas de souci pour ça. Les Donaghue ont des amis. Nous sommes tout à fait capables de nous débrouiller… Allons, ne vous inquiétez pas, ma jolie.

Mais Clare s'inquiétait. Impossible de faire autrement. Ces gens l'avaient accueillie avec affection et générosité, alors qu'elle allait les priver de leur fils unique. Et, à cause d'elle, ils allaient courir des risques terribles. Car, lorsqu'elle serait partie, contre qui Niall Cassidy tournerait-il sa colère ? Contre Tim ? Oui, bien sûr… Mais le fiancé éconduit ne s'arrêterait pas là : il poursuivrait ensuite les Donaghue de sa haine et de son désir de vengeance.

— Je crois qu'on peut y aller, déclara le combattant qui les avait rejoints. Je monte le premier. Vous me suivrez dès que je vous aurai donné le signal.

Par petits groupes de deux ou trois, ils revinrent sur leurs pas en direction du saloon. Clare ne bougeait pas. Fenola resta près d'elle.

— Ça va ? lui demanda-t-elle.

— Je me sens un peu étourdie. Sans doute à cause du choc… et de l'émotion.

— Je reste avec vous, le temps que ça passe.

— Non, je vous en prie. Je préfère rester seule quelques instants.

Fenola hocha la tête.

— Bon, comme vous voudrez. Mais si vous n'êtes pas en haut dans cinq minutes, j'envoie quelqu'un vous chercher. De gré ou de force.

— Oui, d'accord.

Clare s'adossa au mur et ferma les yeux. Elle entendit les autres s'éloigner, puis le pas traînant de Fenola, contrariée à l'idée d'abandonner sa future bru.

Clare n'avait pas encore décidé de ce qu'elle allait faire.

D'abord, elle devait réfléchir.

Comment pourrait-elle épouser Glen, au mépris des dangers qu'encourraient ses proches ? Son bonheur égoïste était-il plus important que tout le reste ? Lorsque Glen et elle seraient loin, en sécurité, ce sont tous ces gens qui pâtiraient de sa décision.

Ses pensées se tournèrent vers Glen… son cher visage, son beau regard… Tout ce qu'elle désirait au monde, c'était être sa femme et la mère de ses enfants.

Elle se remit à prier avec une ferveur renouvelée, dans l'espoir d'être éclairée.

La réponse vint, sous forme du claquement tout proche d'un coup de feu.

Juste de l'autre côté de la porte donnant sur la colline.

Il y eut des cris, des balles sifflèrent. Et elle comprit où était son devoir.

Se tournant résolument vers la porte, elle pesa de tout son poids pour libérer la barre qui la condamnait. Après bien des efforts, celle-ci finit par glisser sur le côté. Clare eut alors accès à la serrure, et put tourner la clé rouillée qui céda en grinçant.

Dehors, les dernières lueurs du crépuscule s'enfuyaient, plongeant les alentours dans l'obscurité.

Au début, elle ne vit rien, puis deux silhouettes lui apparurent : deux hommes.

Elle en reconnut un : c'était Liam.

L'autre était Niall.

— Arrêtez ! s'écria-t-elle en sortant résolument de son abri.

A présent, elle était animée de la plus grande conviction, et comme soulevée de terre par son amour infini.

Niall se retourna, et leurs regards se rencontrèrent un instant. Il fit pivoter son bras et pointa son arme sur elle.

Clare ne frémit même pas.

— C'est fini pour toi, Cassidy ! cria Liam.

Il y eut un échange de coups de feu. Trois tirs rapides.

La jeune femme songea alors qu'elle avait sous-estimé l'amitié de Liam. Il était resté dans les environs pour veiller sur elle, au cas où Cassidy la retrouverait. Une fraction de seconde, elle éprouva de la gratitude envers lui.

Puis elle ne sentit plus rien. Ni douleur ni étonnement.

Ses jambes se dérobèrent, et elle s'effondra lentement.

— Clare !

Elle entendit d'autres balles claquer, loin, très loin. Dans un autre univers. Puis des pas qui martelaient le sol, des cris, et la voix de Glen.

— Clare ! Clare !

Elle eut un moment d'inconscience, puis se retrouva dans ses bras. Faisánt appel à ses dernières forces, elle entrouvrit les paupières.

— Glen…

— Nous allons chercher le médecin. Tiens bon, tiens bon, je t'en prie !

D'autres bras lui saisirent les jambes et la hissèrent.

Dans un brouillard, elle vit Liam aider Glen à la transporter.

C'était émouvant de les voir, l'un à côté de l'autre, unis comme des frères. Et ça n'avait rien d'étrange. Deux hommes guidés par la bonté…

— Niall ? murmura-t-elle.

— On le retrouvera. Il ne s'en tirera pas à si bon compte.

Brusquement, il lui sembla que ça n'avait plus d'importance. Niall avait eu ce qu'il voulait. Il s'occuperait d'autre chose, désormais.

Ils se déplaçaient lentement à l'intérieur du tunnel.

Un petit gémissement échappa à la jeune femme. Les deux hommes s'arrêtèrent immédiatement, et l'allongèrent sur le sol avec précaution. Elle ne sentait pas la terre sous son corps, mais elle voyait le visage de Glen au-dessus d'elle.

— Epouse…

— Chuuut ! Ne dis rien. Nous nous marierons dès que tu iras bien et que le médecin nous autorisera à…

— Non ! Epouse… une autre…

Il pleurait.

Jamais elle n'aurait pensé voir une telle chose. Elle voulait lui dire de ne pas être triste, qu'il lui avait donné plus d'amour, lors de leurs brèves rencontres, qu'elle n'en avait jamais rêvé. Il lui avait aussi donné une famille. Elle s'était sentie à sa place, parmi eux. Si peu de temps… mais ç'avait été bon.

— Clare, mon ange, ne me quitte pas !

Il lui frictionnait les mains. Elle entendit Liam franchir les marches à la volée tout en appelant au secours.

— Je… t'aime. Ne sois pas triste, murmura-t-elle.

Comme c'était étrange ! Elle portait la robe de mariée de sa mère mais, tandis que ses paupières retombaient, elle eut l'impression de la voir, elle aussi, vêtue en mariée, nimbée d'une douce lumière.

Clare lui sourit alors. Et elle se sentit heureuse. En paix. Délivrée…

33.

Contrairement à son habitude, Peggy s'était levée avant l'arrivée de Nora, afin de voir l'aube se lever. Megan dormait profondément de l'autre côté du grand lit, et Kieran poussait des petits cris ravis, comme s'il était en train de faire un rêve qui lui plaisait.

Mais qu'est-ce qui plaisait à son fils ? se demanda-t-elle en enfilant un jean et un sweat.

La réponse continuait à se dérober. Elle n'était pas plus avancée qu'au début de son séjour. Kieran demeurait une énigme derrière des portes closes qu'elle ne réussissait pas à franchir. Comment entrer en contact avec cet habitant d'une autre planète ? Ce petit Martien… Autre mystère qu'elle n'avait pas non plus résolu.

Les quelques progrès accomplis se comptaient sur les doigts d'une seule main. De temps en temps, il mangeait avec une cuillère et reconnaissait les couleurs. Il s'était pris d'une sorte d'attachement pour Bridie. A l'image de ces petits crabes violonistes, il sortait parfois de son trou en catimini, pour une incursion du côté de la fillette, et détalait tout aussi vite pour regagner son refuge.

Dans quelques semaines, Kieran aurait deux ans. Son retard était encore acceptable ; son comportement bizarre pouvait être associé aux singularités d'un enfant particulièrement sensible.

Mais, lorsqu'il atteindrait trois ans, puis quatre, qu'arriverait-il ? S'il continuait à se laisser distancer, s'il refusait toujours de communiquer, s'il ne faisait rien d'autre que se balancer pendant des heures en suivant le mouvement de sa main ou le reflet de la lumière sur un mur… comment trouverait-il sa place dans la société ?

Certes, elle ne s'était pas attendue à ce que les elfes irlandais viennent se pencher sur le berceau de Kieran pour le transformer du jour au lendemain, comme dans les contes de fées. Elle savait que les améliorations seraient lentes à venir, mais, jusque-là, elle avait espéré qu'un jour, grâce à toute l'aide qu'il recevait, Kieran serait capable d'intégrer l'école publique, de faire partie d'une bande de louveteaux ou de chanter dans une chorale.

Si le concept de normalité n'avait plus guère de sens, elle continuait à désirer pour son fils ce qui allait de soi pour les autres mères : des choses très simples… qui risquaient de rester hors de portée de son enfant. Définitivement.

Dehors, un faible crachin tombait obstinément.

Tout au long de son séjour, elle en avait eu à satiété de ces pluies, de ces vents, de ces ciels obscurs et bas qui pesaient sur l'horizon. Et pourtant, elle aimait ces matins brumeux qui enveloppaient Clare Island et ces paysages changeants au gré de la course des nuages. Elle appréciait même l'air frais et humide.

L'ouest de l'Irlande n'était pas vert. Il déployait une infinie diversité de bruns et de gris, de rochers à pic battus par de hautes vagues qui lançaient des panaches d'écume jusqu'au ciel. Une terre âpre et sauvage.

Elle prit le sentier qui grimpait sur la colline offrant un panorama sur Clare Island ainsi qu'une vue imprenable sur le troupeau de moutons du voisin. Si elle vivait dans un endroit tel que celui-ci, elle élèverait des moutons, elle aussi. Non pas pour la boucherie mais pour la laine…

Croisant les bras sur sa poitrine, elle contempla l'île dont le spectacle était encore si douloureux pour Finn — du sel sur la plaie toujours à vif de son cœur torturé. Il n'était pas facile d'abandonner ses rêves…

Ceux de Finn avaient disparu dans la tempête. Nul doute qu'avec un peu de bonne volonté et de courage, elle abandonnerait à son tour son rêve de devenir médecin, qui la poursuivait depuis l'enfance.

Personne ne pouvait prédire ce que serait l'avenir de Kieran. Sa seule certitude, c'était qu'elle ne l'abandonnerait pas. Quoi qu'il arrive, elle resterait à ses côtés. Non par devoir mais par amour.

Megan prit sa douche et s'habilla. Kieran dormait encore d'un sommeil agité. Elle sortit sur la pointe des pieds et gagna la cuisine, attirée par la bonne odeur de café. Après avoir salué Nora, elle lui posa la question qui s'imposait :

— Peggy est sortie ?

— Je l'ai vue, en arrivant : elle marchait vers le promontoire.

— Il pleut, pourtant, non ?

Nora la regarda d'un drôle d'air, comme si elle ne voyait pas le rapport.

— Oui… effectivement.

— Alors, elle est partie se balader sous la pluie ?

Nora secoua la tête.

— Et vous vous prétendez cent pour cent irlandaise !

— Disons… quatre-vingt-dix-neuf pour cent. Le un pour cent appartient à la femme qui aime être au sec et avoir chaud.

— Qué malheur ! La pluie est si douce, et la vue à travers la brume est magnifique. Une vraie vision du paradis.

Megan se demanda si sa sœur apprécierait sa compagnie. Il y avait des cirés suspendus au portemanteau…

— Si vous avez le courage de sortir, je m'occuperai du petit, proposa Nora.

Kieran allait probablement dormir encore une bonne demi-heure, songea Megan.

— Vous ne voulez pas un coup de main en cuisine ?

— Pas besoin.

— Bon, alors je vais la rejoindre.

Megan enfila un imperméable et un chapeau, laissant de côté les bottes en caoutchouc. Ses baskets feraient l'affaire.

Une fois dehors, elle dut admettre que Nora avait raison. Et puis, la pluie, elle connaissait. Cleveland n'était pas précisément réputée pour son soleil et son ciel dégagé. Elle en riait souvent avec Niccolo.

Niccolo… comme il lui manquait !

Peggy s'apprêtait à redescendre lorsque Megan l'aperçut. Elle ne portait même pas de veste ! Typique de sa sœur, ça ! Elle en savait quelque chose : elle avait passé son adolescence à poursuivre la petite Peggy avec des bonnets, des écharpes et des anoraks.

— Qu'est-ce que tu fais là, Megan ? lui cria sa sœur, dès qu'elle fut à portée de voix. Tu n'as pas remarqué qu'il pleuvait ?

Megan attendit qu'elle se rapproche.

— J'avais peur que tu tombes et que tu glisses dans la boue, du haut de cette colline. Je suis venue à la rescousse.

— Viens voir la vue.

Megan lui emboîta le pas à regret. Elle ne comprenait pas qu'on pût marcher ou grimper par plaisir. Elle qui était debout toute la sainte journée au Whiskey Island Saloon, elle se faisait une idée radicalement différente du plaisir.

— Alors, qu'est-ce que je suis supposée admirer ? grommela t-elle en rejoignant Peggy au sommet.

— Regarde, dit celle-ci en pointant la main vers Clare Island.

Tandis qu'elles observaient le paysage, la brume sur la mer et les nuages jouaient à cache-cache, se fuyant puis se mêlant comme un couple d'amants.

— Je ne me lasse pas de cette vue, ajouta Peggy, les yeux perdus au loin.

— Hou là ! Tu es sérieusement atteinte, toi : un cas de fièvre irlandaise aiguë ! Trois jours qu'il pleut d'affilée ! Ça découragerait n'importe qui d'autre.

— Tu ne te plais pas ici ?

La réponse était non.

Et ce n'était pas la faute de l'Irlande. Elle était heureuse d'avoir rencontré Irene, de connaître le village de ses ancêtres, de dormir dans leur ancien cottage — même si l'humble logis était bien différent de celui de jadis. Si sa joie d'avoir retrouvé sa plus jeune sœur et son neveu était sincère, Niccolo lui manquait trop cruellement pour que son bonheur fût complet. Il aurait dû être là pour partager avec elle des expériences et des découvertes qu'ils auraient racontées plus tard à leurs enfants.

Elle avait quitté Cleveland sans pour autant y laisser ses problèmes. Hélas !

— Il te manque, n'est-ce pas ?

Peggy n'avait pas détourné les yeux du paysage, afin de laisser à sa sœur un espace d'intimité.

— C'est vrai, répondit Megan, navrée d'avoir à le reconnaître.

— Tu ne m'en as pas dit long. Vous vous êtes disputés ?

Effectivement, elle ne s'était pas étendue sur les détails. A présent, debout sous la bruine qui les enveloppait comme un manteau rassurant, elle tenta de dire ce qu'elle avait sur le cœur.

— D'une certaine manière, oui. Je lui ai reproché de ne jamais être à la maison. Mais il l'a probablement déjà oublié. Je me demande même s'il s'est aperçu de mon départ.

— Quel est le problème qui se cache derrière tout ça ? Tu le sais ?

Megan fut reconnaissante à sa sœur de ne pas prendre le parti de Niccolo ni lui expliquer le pourquoi de son comportement.

— Non, je ne sais pas vraiment. Il m'aime. Il dit qu'il est heureux de m'avoir épousée.

— Et il l'est, affirma Peggy d'un ton convaincu.

— Tu ne trouves pas que les hommes sont des créatures aussi déroutantes qu'agaçantes ?

— Si, j'ai remarqué.

— Prends ton Finn, par exemple.

Peggy se tourna vers elle.

— *Mon* Finn ?

— Ce n'est pas *ton* Finn ?

— Pas de conclusions hâtives, s'il te plaît. Surtout avec des spécialistes du délit de fuite… mais ça, c'est mon problème ! Revenons à nos moutons.

Megan se mordit la lèvre.

— Je ne sais pas trop quoi te dire. Je suis venue ici dans l'intention de faire le point, et je me sens parfois comme Kieran devant son jeu d'éveil.

— C'est-à-dire ?

— Je l'observais, hier. Il est malin, ce petit, tu sais, Peggy ? C'est évident, mais il n'arrive pas à poser les cubes dans les carrés et les boules dans les ronds.

— En d'autres termes, tu as toutes les pièces du puzzle mais tu n'arrives pas à les ranger dans le bon ordre pour comprendre ce qui cloche avec Nick ?

— Exact.

— Quand Kieran en a marre, il s'obstine à mettre les carrés dans les ronds, juste pour s'en débarrasser.

— C'est ce qu'il a fait, hier.

— Comme toi, n'est-ce pas ? Tu es trop agacée par tes difficultés avec Nick pour continuer à les analyser : tu préfères tout envoyer promener.

Peggy poussait la métaphore de plus en plus loin. Megan arrêta de se mordre la lèvre et fronça les sourcils.

— Tu crois vraiment ?

— Y a-t-il des pièces manquantes ?

— Oui. Par exemple, il rêve qu'il est de nouveau prêtre. Et ça me contrarie : je préférerais qu'il rêve de *moi*.

— Normal.

Cette réponse procura à Megan un réel soulagement.

— C'est ce que tu penses ?

— Ce que je *sais*. Megan, il est tout à fait normal que tu veuilles passer en premier. Tu viens à peine de te marier, et Niccolo s'occupe de tout sauf de toi. Intolérable, bien évidemment ! Quelle est sa réaction quand tu lui fais part de tes griefs ?

— Quand je suis en colère contre lui ?

— Parce que tu te mets en colère ?

— Oh, que oui !

— Quel effet ça te fait ?

Megan poussa un gros soupir.

— Je me sens blessée et rejetée. Et je me persuade que je ne suis pas assez intéressante pour retenir son attention. Comme si j'avais perdu d'avance… parce que les dés sont pipés.

— Tu lui as dit tout ça ?

— Pas aussi clairement.

— Tu penses qu'il devrait comprendre tout seul, c'est ça ?

— Oui, bien sûr !

— On peut toujours rêver d'un monde parfait. A défaut…

Une fois de plus, Megan fut frappée par le revirement de situation entre elles deux. Peggy n'avait que faire d'une sœur aînée directive et secourable. Quant à Megan, elle cherchait une amie. Et voici qu'elle en trouvait une : parfaite, toute proche.

Le monde à l'envers, en somme !

— Si je lui confesse mes sentiments, dit-elle en poursuivant son introspection, j'ai peur qu'il m'envoie balader — ce qu'il fait systématiquement, dès que j'ouvre la bouche, depuis notre mariage. Tu vois où j'en suis, Peg !

— Ainsi, en gardant le silence, tu essaies de sauver ton couple ?

— A t'entendre, on dirait que c'est facile.

— Crois-moi, je sais à quel point il est délicat de parler de ce qui vous tient réellement à cœur avec l'homme que l'on aime.

— Et ce n'est pas à Phil que tu penses ?

— Bien sûr que non ! Phil ne compte pas.

— Finn ?

— Il y a en lui tant de choses merveilleuses que tu n'as pas vues !

— Une simple question : tu l'aimes… ou tu veux le sauver ?

— Megan, tu ne trouves pas que j'ai assez de problèmes comme ça sans y ajouter les tourments de l'amour ?

— N'empêche qu'il te plaît ! Tu ne peux pas dire le contraire.

— L'amour peut nous surprendre au moment où l'on y pense le moins. C'est vrai pour lui comme pour moi.

— Et l'avenir ?

Peggy lui lança un regard noir.

— Ecoute, à chaque jour suffit sa peine. Je ne peux pas gérer du long terme. Même chose pour lui. C'est l'un de nos points communs.

— Tôt ou tard, tu te sentiras frustrée, Peggy. Est-ce que tu tiens à lier ton sort à un Irlandais caractériel qui se punit pour une tragédie dont il se sent responsable ?

— Certes, non. Mais il se peut que je continue à m'intéresser à Finn O'Malley. Seul l'avenir nous le dira.

Kieran se réveilla, les joues roses et les yeux brillants, mais Peggy, avec son instinct maternel, se douta que quelque chose n'allait pas. Elle le sortit de son lit à barreaux, et il se laissa aller contre elle, ce qui lui était tout à fait inhabituel.

En le changeant, elle prit sa température, et ne fut pas surprise de lui trouver 38°. Il avait le nez bouché et les yeux rouges, bien qu'il n'eût pas pleuré.

A part le jus de pomme, il refusa d'ingurgiter quoi que ce soit, et resta sans réaction, sur sa chaise, tandis que les autres prenaient leur petit déjeuner.

— Ça ne lui ressemble pas, dit Irene. Quel calme !

— Je regarderai sa gorge, tout à l'heure, si tu veux bien m'aider à le tenir, Megan.

Effectivement, Kieran avait la gorge très rouge, et sa fièvre avait monté. Peggy lui donna du paracétamol et le fit boire abondamment, puis elle le garda sur ses genoux et le berça doucement.

Lorsque Finn passa rendre visite à Irene, il s'arrêta pour dire bonjour à la jeune femme, et fronça les sourcils en la voyant avec son fils hébété dans les bras.

— Eh bien, je l'ai rarement vu comme ça ! dit-il.

— Il est malade, expliqua Peggy. Il a la gorge très rouge et, la dernière fois que je lui ai pris sa température, il avait 38°9.

— Une température élevée pour un adulte, mais courante pour un jeune enfant.

Elle se sentit agacée à l'idée qu'il cherchât à la rassurer.

— Je le sais, mais je crains qu'il ait besoin d'antibiotiques… Evidemment, je sais que les médecins ne prescrivent plus d'antibiotiques pour un nez qui coule, mais…

— A la bonne heure !

Il ne proposa pas de donner son avis, et elle dut prendre sur elle pour le lui demander.

— Finn, ça vous ennuierait de l'examiner ?

— Je ne pratique plus la médecine, Peggy. Comme vous le savez.

— Vous suivez Irene ! Et vous avez toujours l'autorisation de pratiquer… Je ne vous demande pas d'exécuter un acte chirurgical lourd. Simplement de regarder la gorge de mon fils et de lui prescrire un remède s'il en a besoin !

— Le mieux, c'est de l'emmener voir Beck. Je vais vous donner son numéro. Il consulte, aujourd'hui, dans son cabinet, à Westport. Si vous y allez de ma part, je suis certain que son assistante vous fera passer entre deux rendez-vous.

Elle pensa au long trajet jusqu'à Westport avec un enfant malade. Non seulement malade, mais autiste. Un enfant pour qui toute nouvelle expérience était une épreuve difficilement supportable.

Elle serait passée outre les difficultés si Finn ne s'était pas trouvé là, juste devant elle. Mais il était bel et bien présent, et il pouvait rédiger une ordonnance.

Seulement, il n'en avait pas le courage.

Elle lui répondit d'un ton sec :

— Eh bien, c'est ce que je vais faire.

Il ne dit pas un mot, ni pour l'encourager ni pour lui souhaiter une bonne route. Il alla rejoindre Irene, et Peggy ne le revit pas.

Megan accompagna sa sœur à Westport. Puis elle alla explorer les petites rues pittoresques et les boutiques de la ville, pendant que Peggy patientait dans la salle d'attente en rongeant son frein.

Kieran était à bout de forces lorsque son tour arriva, deux heures plus tard. Le Dr Beck était un homme jeune, débordé, qui écoutait peu ses patients. Il prescrivit un anti-inflammatoire et un sirop pour la toux, puis considéra Peggy d'un regard glacial lorsqu'elle réclama un antibiotique.

— C'est *mon* travail de prescrire des médicaments, mademoiselle Donaghue.

Elle s'efforça de garder son calme.

— Je comprends mais, à mon avis, il ne s'agit pas d'un simple rhume. Pourrions-nous faire un prélèvement laryngé, par précaution ?

— Je sais faire la différence entre une infection grave et un petit virus, dit-il en se levant pour la raccompagner. Depuis deux semaines, je ne vois que cela ! Il n'y a aucune raison de s'inquiéter.

— Je sais à quel point vous êtes harcelé de travail, mais je vous en prie…

Il secoua la tête et passa devant elle pour lui ouvrir la porte.

Megan les attendait dans la salle d'attente lorsque Peggy revint, furieuse. Kieran, vaincu par la fatigue et la fièvre, s'endormit dans ses bras, tandis qu'elle le portait jusqu'à la voiture.

Le temps qu'elles arrivent chez Irene, la colère de Peggy avait pris des proportions inquiétantes. En dépit de sa bienveillance coutumière, elle n'arrivait pas à encaisser l'attitude de Finn.

Il connaissait Beck : il savait que son confrère n'avait ni le temps ni l'art de rassurer ses malades. En outre, Beck n'avait pas pris en compte l'autisme de Kieran. Il avait même insinué que l'enfant était trop gâté et qu'il aurait eu besoin d'un peu plus d'autorité. C'était uniquement par politesse que Peggy s'était abstenue de lui dire ses quatre vérités.

Finn devait bien se douter que le courant ne passerait pas entre elle et ce médecin dénué de chaleur humaine.

Elle était seule dans la cuisine lorsqu'il passa pour sa visite du soir. Megan était allée au village acheter des glaces, en espérant que Kieran se laisserait tenter. Irene se reposait et lisait dans sa chambre. Son fils dormait profondément.

— Avez-vous vu Beck, finalement ?

Elle était en train de laver des verres et ne se retourna pas.

— Mouais ! Pour ce que ça a donné !

— Ce n'est pas un mauvais médecin.

— Peut-être, mais il se comporte comme un sombre crétin. Franchement, j'aurais mieux fait d'aller acheter mes médicaments à la pharmacie du coin et de laisser Kieran au chaud à la maison.

— Vous êtes en colère.

— Fumasse, oui ! lança-t-elle en se retournant brusquement. Vous auriez pu l'ausculter et lui éviter des heures d'attente dans un lieu inconnu. Vous auriez pu aussi m'éviter *à moi* cette pénible confrontation avec Docteur-Dieu-Le-Père ! Mais, pour ça, il aurait fallu que vous soyez capable de vous mettre à la place des autres et de quitter votre point de vue égoïste !

— Non.

Elle se sentait à bout, et elle eut l'impression que quelque chose se brisait en elle. Quelque chose d'irréparable.

— Quand allez-vous cesser de vous apitoyer sur votre sort, Finn ? Etes-vous à ce point terrifié à l'idée de commettre des erreurs que vous préfériez patauger dans votre cloaque jusqu'à la fin des temps ? Les habitants de ce village ont besoin d'un médecin. Et pas n'importe lequel : Finn O'Malley ! Kieran n'est qu'un exemple parmi tous ceux qui doivent se rendre à Westport, à Castlebar ou Dieu sait où pour se faire soigner par Dieu sait qui. Et vous, pendant ce temps-là, vous installez des canalisations et des gazinières ! Toutes ces années d'étude pour rien ! Et ces talents laissés en friche !

— Vous avez terminé ?

Elle le regarda un long moment.

— J'en ai peur.

— Eh bien, on dirait qu'il ne s'agit pas seulement de ma décision d'arrêter la médecine.

— Peut-être. La question est de savoir si vous allez, un jour, lâcher le passé pour vous tourner vers l'avenir.

— Un avenir que vous avez choisi pour moi, j'imagine ! Est-ce que je me trompe ?

— Qu'est-ce que ça veut dire ?

— Vous exigez tout de moi. Vous voulez retrouver l'homme que j'étais avant d'avoir noyé ma femme et mes enfants.

— Non. Je cherche l'homme qui serait capable de ne plus se lamenter sur un accident dont il n'est pas responsable, l'homme qui arrêterait de se regarder le nombril en se détestant et qui verrait que l'avenir lui réserve de l'espoir, si seulement il cessait de se punir lui-même et de gâcher la vie des autres.

Elle était allée trop loin, elle s'en rendait compte. Aussi ne fut-elle pas surprise de le voir quitter la cuisine sans un mot.

*
**

Megan roulait vers Shanmullin lorsqu'elle prit brutalement conscience qu'elle devait rentrer. Plus tard, elle prendrait le temps de découvrir l'Irlande, mais là, tout de suite, elle avait besoin de retrouver Niccolo.

Peggy avait raison : elle avait laissé la peur lui dicter sa conduite. Niccolo l'aimait — l'éloignement lui avait, au moins, révélé cette certitude — mais il ne savait pas se comporter en mari, pas plus qu'elle en épouse. L'évidence lui sauta aux yeux. Elle devait trouver le courage de lui dire honnêtement ce qu'elle pensait, tout en écoutant attentivement sa version des événements.

Simple comme bonjour ! Et sacrément difficile !

En rentrant au cottage avec sa glace à la vanille et ses jus de fruits, elle était prête à téléphoner à l'aéroport pour réserver une place dans le prochain vol.

Elle se garait devant la maison lorsqu'elle remarqua un autre véhicule de location.

Niccolo ! pensa-t-elle aussitôt, le cœur battant. Il était enfin venu la chercher !

Mais ce n'était pas lui : c'était Casey.

— Casey ! Qu'est-ce que tu fais là ?

Elle franchit d'un bond l'espace qui la séparait de sa sœur pour la serrer dans ses bras, comme si elle ne l'avait pas vue depuis des années.

— Ça me faisait râler que vous soyez en train de vous amuser sans moi. Alors, j'ai sauté dans le premier avion.

Megan oublia instantanément ses projets de retour en Ohio.

— Je ne suis pas ici que pour quelques jours, dit Casey, mais j'ai l'intention de voir un maximum de choses.

Megan songea alors qu'elle pourrait rentrer avec Casey, et cette perspective lui donna du courage.

— Vas-tu m'annoncer que Rooney et tante Dee arrivent par le prochain vol, et que toute la famille Tierney de Shanmullin va être réunie sous le même toit ?

— Je ne pense pas que nous arrivions à mettre Rooney dans un avion, mais tante Dee a l'intention de venir voir Peggy, cet automne. Ce qui tombe à pic, car je n'ai pas l'impression que nous tiendrions tous dans ce charmant cottage.

— Il a bien abrité nos ancêtres ! Dieu seul sait à combien ils ont tenu dans cette maison.

Peggy les rejoignit. Elle avait l'air heureuse de l'arrivée de Casey, tout en accusant une certaine fatigue. La journée l'avait épuisée, et elle était encore révoltée.

— Kieran vient de se réveiller. Je vais essayer de lui faire avaler un peu de glace et de jus de fruits. Et ensuite, *powwow* autour du feu !

Elles tinrent conférence autour de la cheminée où brûlait de la tourbe parfumée. Irene avait refusé d'aller se coucher avant elles. Elles étaient toutes curieuses d'entendre ce que Casey avait découvert dans les lettres de Maura McSweeney.

Au préalable, elles mirent Casey au courant de l'engagement de Liam dans l'IRA et de son espoir de voir Tim McNulty contribuer au financement de la cause irlandaise.

— Mais McNulty a tout perdu, lors de cette rafle des agents de la Prohibition sur Whiskey Island, termina Megan. Il ne restait donc plus rien à donner à qui que ce soit. Liam faillit être arrêté et mis en prison.

Casey s'installa plus confortablement contre les coussins du canapé.

— Il y a une grande quantité de lettres. J'ai les doubles avec moi. D'après ce que j'ai pu glaner ici et là, au fil de ma lecture, il semblerait que notre grand-père Glen soit tombé amoureux de la fille de McNulty, et réciproquement. Seulement, son père avait d'autres projets pour elle, surtout après la chute brutale de son empire de contrebandier. Il voulait que sa fille, Clare, épouse un autre bootlegger. Au lieu de ça, elle a préféré prendre la poudre d'escampette pour se marier avec grand-père. Et devinez où elle a atterri !

Megan regarda Irene qui ne pipait mot.

— Vous le savez, n'est-ce pas ? Encore une de vos cachotteries !

Irene écarquilla les yeux d'un air innocent.

— Je suis une vieille dame, et je m'embrouille parfois dans tous mes souvenirs.

Megan n'en crut pas un mot, mais elle s'abstint de la pousser dans ses retranchements.

— Alors, où ? demanda-t-elle à Casey.

— Au saloon. Dans *notre* saloon. Le père McSweeney célébrait le mariage quand l'autre bootlegger, un dénommé Niall Cassidy, a commencé à tirer dans les fenêtres de la façade. Ils ont couru se cacher — elle marqua une pause et sourit tristement. Cette fois, vous devinez où, n'est-ce pas ?

Peggy lui répondit :

— Il y a un seul endroit, et nous l'avons découvert nous-mêmes : le tunnel.

— Exactement. Une fois le danger écarté, ils sont remontés. Sauf Clare qui a prétexté un moment pour se remettre de ses émotions. Pendant ce temps, Glen était dehors et cherchait à mettre la main sur Cassidy. Clare a entendu des coups de feu. Personne ne sait exactement pourquoi elle est sortie. Peut-être pour aller chercher Glen et le ramener à l'abri du tunnel ? Peut-être pour s'offrir en sacrifice ? Toujours est-il que Cassidy l'a tuée. Et vous savez quoi ?

Casey se tourna vers Irene.

— *Votre* père était là. Liam a aidé Clare à fuir le domicile paternel, et il l'a accompagnée jusqu'au saloon. Apparemment, il a dû rester dans le coin pour s'assurer qu'elle ne courait aucun danger. En tout cas, Glen et lui luttaient côte à côte contre Cassidy quand elle a été touchée. Ensemble, ils l'ont transportée dans le tunnel. C'est là qu'elle est morte, dans les bras de Glen.

Elles gardèrent le silence. Un craquement de tourbe se fit entendre dans l'âtre.

Peggy, finalement, se secoua et prit la parole.

— C'est l'histoire la plus triste que j'aie jamais entendue. Et je me demande pourquoi je n'en ai rien su, jusqu'ici. Il s'agit de notre grand-père, tout de même ! Et moi qui croyais connaître par cœur les histoires de famille qu'on a dû nous rabâcher des centaines de fois.

— J'ai ma petite idée sur la question, dit Megan. Grand-père a dû être désespéré. Souvenez-vous : il s'est marié tard. Et quand, enfin, il a trouvé le bonheur auprès de notre grand-mère, j'imagine que personne n'a souhaité lui rappeler cette tragédie. Dans la famille, nous sommes aussi doués pour garder des secrets que pour blablater à l'infini sur des sujets sans importance.

— Mais, depuis le temps qu'il est mort…

— L'histoire a probablement été passée sous silence par respect pour notre grand-mère. Ceux qui l'ont vécue ont tous disparu. Plus personne ne parle de la Prohibition ni du *speakeasy* clandestin du premier étage. On préfère jeter un voile pudique sur cette époque trouble.

— As-tu trouvé autre chose, Casey ? demanda Peggy. Irene ignore toujours comment son père a trouvé la mort.

— En vérité, je le sais ! déclara l'intéressée.

Peggy ne sembla guère étonnée. Elle alla chercher un châle plié sur le dos d'une chaise, et le posa sur les genoux d'Irene.

— Autant que vous soyez bien installée : j'ai comme l'impression que la soirée va être longue. Si vous nous disiez d'abord pourquoi vous nous avez raconté des craques ? Si vous étiez au courant, dès le départ, en ce qui concerne la mort de votre père, alors, vous avez drôlement déformé les événements.

— C'est vrai, reconnut Irene. Mais je voulais vous connaître. Et j'ai toujours pensé que le meilleur moyen de découvrir le caractère d'une personne, c'est de lui demander de l'aide. Et puis… je vais laisser le reste de l'histoire se dérouler. Il est temps, maintenant que Casey est parmi nous.

Elle couva la jeune femme d'un regard radieux. Le courant avait immédiatement passé entre elles deux.

— Cette fois-ci, c'est la bonne ? demanda Megan en ramenant ses jambes sous elle et en inclinant sa tête contre le coussin du canapé. Parce que nous allons devoir partir, un jour ou l'autre.

— Oh oui, bien sûr, il va falloir rentrer chez vous ! Que vous connaissiez ou non le fin mot de l'histoire.

— Mais je croyais que vous vous apprêtiez, justement, à nous révéler la fin !

— Presque, presque. Un peu de patience, et vous allez comprendre.

Megan ferma les yeux. Elle pensa à Niccolo qui l'attendait à Cleveland.

— Nous sommes tout ouïe, chère Irene.

1925
Castlebar, Comté de Mayo,

Mon très cher Patrick,

Comme la famille est précieuse, et comme nous la quittons d'un cœur léger, aux jours de notre jeunesse. J'ai de nombreux amis, des voisins et des voisines, mais, à mon heure dernière, ce sera toi que je verrai à mon chevet. Comme je l'ai fait si souvent, des heures durant, lorsque tu souffrais, enfant, d'une maladie ou d'une autre.

C'est moi qui m'occupais de toi parce que notre mère s'échinait à faire le travail de quatre femmes au moins, chaque jour que Dieu faisait. Et elle ne pouvait s'y dérober.

Ne te méprends pas : je ne regrette aucune des heures passées à prendre soin de toi, mon cher Patrick. Tu vois, je vais terminer ma vie sans enfants ni petits-enfants, mais, grâce à toi, j'aurai pu partager le bonheur de l'enfance.

Si cette lettre devait être la dernière que tu reçoives de moi, sache que ton amour et l'amour de tes sœurs ont fait de moi la femme que je suis : une femme heureuse, et qui mourra en pensant affectueusement à vous tous.

Ta sœur qui t'aime
Maura McSweeney

34.

Liam n'éprouvait aucun plaisir à se lever tôt.

L'aube n'avait jamais été un symbole d'espoir à ses yeux.

Enfant, il était de corvée pour traire leur unique vache, et s'il avait le malheur de traîner trop longtemps au lit, sa mère lui tombait dessus à bras raccourcis.

Chez les Frères des Ecoles Chrétiennes, la journée commençait également de bonne heure, par le ramassage des œufs dans l'exploitation attenante — une petite source de revenus pour la congrégation. Ensuite, messe obligatoire, avant de prendre un maigre porridge qui était loin de suffire aux ventres affamés des petits pensionnaires — il n'était, d'ailleurs, pas rare de les voir s'évanouir dans la chapelle.

Non, décidément, il ne trouvait aucun charme au ciel qui rosissait à l'est, pas plus qu'au chant des oiseaux qui saluaient en fanfare la naissance du jour.

Ce matin-là, cependant, il montra davantage d'enthousiasme : trois jours qu'il se cachait, et c'était sa première *sortie*.

Après la mort de Clare McNulty, Liam avait disparu dans les bas-fonds de Cleveland. Les journaux lui avaient appris que Cassidy avait décampé après le drame. Et il se doutait que le gars hésiterait, désormais, à montrer sa face de fouine en ville. Quant au char de la justice, il resterait sans doute embourbé, et pour longtemps, du côté de Chicago.

Exit Cassidy, donc, et pour de bon.

McNulty, en revanche, était toujours là. Sa seule opportunité de regagner les faveurs du gang du North Side avait disparu dans le tunnel. Peut-être pleurait-il sa fille au-delà de ce cuisant échec personnel, mais Liam n'avait aucun moyen de le savoir.

Sa mission, qui était de surveiller Clare, puis de se fondre opportunément dans le décor à l'arrivée de Cassidy, avait tourné tout autrement, puisqu'il avait aidé Mlle McNulty à jouer la fille de l'air afin d'aller se marier secrètement. Si son ex-patron apprenait la vérité — et il en avait sans doute déjà deviné une partie —, jamais il ne lui pardonnerait.

Décidément, il était temps pour lui de prendre sa famille sous son aile et de quitter Cleveland.

Un détail, cependant, restait à régler.

Et, tandis que le ciel s'éclaircissait au-dessus des arbres, il se trouvait non loin de l'endroit où gisait le détail en question.

A plat ventre derrière un fourré de Whiskey Island, il cherchait à se remémorer le chemin qu'avait suivi le capitaine canadien, la nuit de la grande rafle, à travers ces mêmes bois. Malgré l'obscurité et la tempête, il avait gravé certains détails dans sa mémoire, ce qui l'encourageait à penser qu'il se trouvait dans le bon secteur. Encore fallait-il repérer l'endroit exact où le capitaine s'était accroupi, disparaissant à sa vue un bref instant. Instant qui avait été mis à profit pour accomplir une certaine tâche.

Or, Liam se faisait une idée plutôt précise de ce qui s'était alors passé.

Un long moment, il resta aux aguets, attentif au mugissement des sirènes de remorqueurs sur la rivière, au trottinement menu des petits animaux des bois et à l'agitation des oiseaux qui peuplaient les branches. Le sifflement perçant d'un train se fit entendre. Puis, plus rien.

Il rampa sur une vingtaine de mètres, attendit, puis reprit sa progression.

Enfin, il rejoignit le lieu à partir duquel il pensait entreprendre ses recherches. Il s'agissait de passer le sol au peigne fin. S'accroupissant, il se mit à ratisser la terre meuble et les feuilles, dans l'espoir de tomber sur un creux, une pierre dissimulant une cache, des fissures dans des troncs d'arbres ou du bois mort.

Il progressait, centimètre par centimètre, s'interrompant toutes les deux minutes pour surprendre l'approche d'intrus éventuels.

Un quart d'heure se passa. Puis un autre. L'agacement le gagnait. Il s'était, pourtant, préparé à être déçu : sa quête ne donnerait peut-être rien. D'autres avaient pu passer avant lui. Même du fond de sa prison, le capitaine s'était certainement arrangé pour communiquer avec des complices. Et McNulty en personne avait dû rôder dans ces bois, en compagnie de Jerry.

Pis encore, Liam avait pu mal interpréter ce qu'il avait vu, cette nuit-là.

Obliquant sur sa droite, il continua à gratter et tamiser le sol. Une demi-heure plus tard, il avait bouclé un cercle, sans rien trouver. Il agrandit le cercle. Une heure après, il était toujours bredouille, les doigts écorchés.

A présent, il doutait de tout. Du lieu, de son prétendu sens de l'orientation, des repères qu'il avait cru prendre, cette nuit-là, alors qu'il fuyait comme une bête traquée, taraudé par la peur.

Le soleil allait bientôt se lever. Il était temps de rentrer. Surtout qu'il était à pied, ayant abandonné sa chère Model T dans une ruelle afin de semer d'hypothétiques poursuivants. Certes, il pourrait reprendre sa fouille le lendemain, mais cela supposait une journée supplémentaire à Cleveland. Brenna et

Irene étaient en lieu sûr chez les anciennes employeuses. Mais, plus le temps passait, plus elles avaient des chances d'être repérées par McNulty. Nul doute que celui-ci se servirait alors de sa famille pour l'obliger à sortir de sa cachette. Et ça, Liam ne pouvait se le permettre.

Il décida d'inspecter un dernier coin avant de filer. Il souleva un rocher, passa les doigts entre les racines d'un gros arbre, dispersa un tas de feuilles mouillées. Rien…

Il allait abandonner lorsqu'il aperçut une souche, couchée sur le côté. Des années, sans doute, qu'elle pourrissait sur place, proie des termites et des scarabées. Le bois se désintégra lorsqu'il le souleva. Il n'était pas le premier à s'y intéresser, se dit-il en remarquant deux tas de sciure et d'écorce, en dessous. Quelqu'un avait soulevé la souche, récemment.

Au début, il ne repéra rien d'extraordinaire. Puis il lui sembla qu'une faible dépression creusait le sol sous le tas de sciure fraîche. Du pied, il dégagea les écorces…

L'épaisseur de la liasse de billets le stupéfia.

Il s'était attendu à une somme beaucoup moins importante. A présent, il comprenait pourquoi son patron avait si frénétiquement cherché à retracer la fuite du capitaine, avant son arrestation. Il y avait là suffisamment d'argent pour rembourser ce qu'il avait emprunté au gang de Chicago. De quoi lui sauver la vie.

Sauf que… l'argent était maintenant entre les mains de Liam.

Tandis qu'il entassait les billets au fond de ses poches avec un plaisir non dissimulé, il observa de nouveau les alentours. Les oiseaux gazouillaient à bec déployé, remplaçant le coassement lancinant des grenouilles qui s'étaient tues avec l'arrivée du jour. Bientôt, la clarté le rendrait trop visible. C'était le moment de déguerpir, et vite. Se ramassant sur lui-même, il s'enfonça à couvert, et emprunta un chemin qu'il avait repéré plus tôt.

Lorsqu'il put de nouveau se redresser, il n'était plus seul.

Négligemment appuyé contre le tronc d'un grand chêne, Glen l'observait.

— Quand j'étais enfant, dit Donaghue, on racontait des histoires de morts enterrés à la va-vite, ici. Les Irlandais, pauvres comme Job, n'avaient pas les moyens d'obtenir des concessions au cimetière ou d'organiser des obsèques, aussi, quand l'un des leurs trépassait, ils se chargeaient eux-mêmes de l'enterrement. Puis, s'il y avait un curé assez généreux dans leur entourage, le saint homme acceptait parfois de parcourir le sentier au milieu des bois, de murmurer quelques prières et d'asperger la tombe d'eau bénite.

Liam songea à Clare, morte non loin, et qui serait ensevelie le lendemain dans le caveau des McNulty.

— Oui, l'endroit est hanté, dit-il.

— A plus d'un titre ! lança Glen en se détachant du tronc d'arbre.

Son visage juvénile était, à présent, marqué en profondeur. Des rides creusaient son front, ses yeux semblaient avoir perdu leur éclat.

— Que fait donc un Irlandais superstitieux dans un endroit comme celui-ci, bien avant l'aube ? Les esprits et les fées hantent encore les lieux. Durant ces heures sombres, le *Pooka* ombrageux peut fondre sur le voyageur imprudent et l'emmener sur son dos pour l'envoyer par-dessus les collines et les océans jusqu'au mitan du désert lunaire des Burren.

Pas de doute, le cousin avait de l'instruction, songea Liam, tout en éprouvant un léger pincement de jalousie.

— Devrais-je avoir peur ? demanda-t-il.

— Tu as un casier judiciaire qui n'est pas précisément vierge, Liam. Et tu fais partie du personnel de McNulty.

— Eh oui, on dit que le diable lui-même a besoin d'acolytes.

— Et pourtant, tu t'es dressé contre lui afin de protéger Clare.

Liam ne dit rien. Glen *savait* ce qu'il était venu chercher dans les parages, il en aurait mis sa main au feu. Il se sentit comme une souris prise au piège. Il était armé, certes, mais jamais il n'utiliserait son revolver contre cet homme. Glen l'ignorait, bien sûr, ce qui rendait la situation d'autant plus dangereuse.

— Tu m'as suivi, dit enfin Liam.

— Ça n'a pas été facile, je dois le reconnaître.

— Que veux-tu de moi ?

— Voir ce qu'il y a dans ta poche.

— En quoi ça t'intéresse ?

— Montre-le-moi, et je te le dirai.

Jusque-là, Glen n'avait pas brandi son arme.

Maigre consolation, songea Liam, puisque, de toute façon, il ne se battrait pas contre lui et ne dévoilerait pas son identité à son cousin.

Il était vraiment dans une impasse.

Ses pensées s'envolèrent vers Brenna et la petite Irene. Une fois en possession de l'argent, peut-être Glen le laisserait-il partir ? Glen était un homme d'honneur, mais il pouvait croire que Liam était en service commandé pour récupérer cet argent.

— Sers-toi, lui dit Liam en écartant les bras. J'ai un revolver, mais je ne compte pas m'en servir.

— Et pourquoi ?

Glen fit un pas dans sa direction, et fouilla ses poches.

— Parce que je ne veux pas me bagarrer avec *toi*.

Glen sortit les deux liasses de billets. Tout son corps était tendu ; on le sentait prêt à réagir à la moindre tentative de son adversaire. Comme ce dernier n'esquissait pas un geste, il recula, et brandit les billets en sifflant entre ses dents.

— J'en avais jamais vu autant d'un coup, fit remarquer Liam avec un sourire. C'est rigolo que je sois tombé dessus en faisant ma petite promenade matinale.

— Tiens, donc !

— Je me demande comment ce fric a pu atterrir ici.

— La police serait contente de démêler cette affaire.

— J'espérais un peu que nous n'en arriverions pas là. Qu'au nom de notre amitié, tu prétendrais avoir trouvé ce mégot toi-même en le remettant aux autorités.

— L'amitié ?

— Mon amitié pour Clare. Et celle qui vous liait tous les deux. Clare était une femme merveilleuse. J'ai eu beaucoup de peine…

Il secoua la tête, sans pouvoir achever sa phrase.

— Et, sous prétexte que tu l'as aidée, à la fin, tu penses que je te laisserai repartir ?

L'issue de la conversation paraissait incertaine. La voix de Glen ne trahissait rien. Il pouvait avoir envie de supprimer Liam par esprit de revanche envers tout ce qui était lié, de près ou de loin, à McNulty ou à Cassidy. Il pouvait aussi vouloir jouer les héros, l'homme qui avait trouvé le trésor permettant de couler à tout jamais l'empire du plus grand bootlegger de la ville.

— Je ne pense rien. La seule chose sur laquelle je compte, dans la vie, c'est l'inattendu.

— Pourquoi est-ce que tu as travaillé pour McNulty ?

— Comme le dit ma femme, « il faut se salir les mains pour nettoyer la cheminée ». J'ai une famille à nourrir.

Glen agita les billets.

— Et voici qui aurait diablement mis du beurre dans les épinards, si je comprends bien ? En le jouant à la Bourse, tu aurais même pu devenir millionnaire.

— Non, j'en aurais fait un autre usage.

— En consultant les registres des services de l'immigration, j'ai vu que ton nom exact était William Francis Tierney, et que tu étais entré par la frontière canadienne. Curieusement, un homme de ton âge et correspondant à ton signalement, nommé Liam Patrick Tierney, est recherché par les autorités irlandaises. Il aurait abattu un homme, un mois avant que tu n'apparaisses sur le territoire.

— Qu'est-ce que ça prouve ? Combien d'autres jeunes Irlandais ont fait la traversée au même moment que moi ?

Glen ne releva pas.

— Il faisait partie de l'IRA, poursuivit-il. Ne serait-ce pas, justement, cet autre « usage » auquel tu faisais allusion, à l'instant ?

— Je te l'ai déjà dit : je viens de tomber sur ce fric par hasard. Pas eu le temps de réfléchir au meilleur moyen de l'utiliser, tu penses bien !

Glen agita une nouvelle fois les billets.

— Et l'idée de le restituer à McNulty t'aurait-elle traversé l'esprit ?

— McNulty ? Je n'ai ni respect ni amitié pour cet homme. Il a poussé sa fille unique à s'enfuir. Il allait la livrer à une crapule notoire, le genre même de type dont il aurait dû la protéger ! C't'un voleur et un menteur. Moi vivant, il ne récupérera pas un centime de ce pognon !

Liam fut frappé par son ton féroce. Il fit un effort, et reprit d'une voix un peu radoucie :

— J'préférerais encore que la police ait le fric… puisqu'il en est question.

— Si la police ou le ministère des Finances met la main dessus, que crois-tu qu'il se passera pour le cas McNulty ?

Liam ne comprenait pas.

— Son cas ?

— Vis-à-vis des gens de Chicago, qui lui ont avancé la somme de départ ?

Liam n'était pas étonné que Glen fût au courant. La loyauté ne devait guère régner dans les rangs de l'organisation de McNulty. N'importe quel gars, en échange de sa liberté, était capable d'aller renseigner les autorités.

— Je vois pas quelle influence ça pourrait avoir sur McNulty. Et toi ?

— Si les caïds de Chicago apprennent que le magot est aux mains de la police, ils en déduiront qu'il avait vraiment disparu, le soir de la descente sur Whiskey Island, et que McNulty ne les a pas doublés sur le coup. Ce qui les retiendra, peut-être, de le descendre. Est-ce qu'ils se montreront alors plus compréhensifs ? Est-ce qu'ils accepteront les fonds que McNulty pourra rassembler en vendant tous ses biens ? C'est une possibilité. A moins qu'ils ne préfèrent le supprimer à titre d'exemple ? Les paris sont ouverts.

— Tandis que, s'ils continuent à penser que McNulty leur a menti et qu'il a gardé le fric pour lui, ils le descendront sans hésitation ?

— L'incompétence est une chose. La malchance, une autre, et qui peut faire foirer les meilleurs plans. Tout le monde peut le comprendre. Mais traiter le gang du North Side par-dessus la jambe, ou lui faire un enfant dans le dos, ça ne pardonne pas !

Liam, qui ne voyait toujours pas où Glen voulait en venir, le laissa poursuivre son discours.

— Tu sais que j'avais démissionné pour pouvoir épouser Clare ? Mes supérieurs m'ont permis de garder mon arme, ce qui n'était pas très réglo, mais ils savaient qu'on était en danger. J'avais promis de la rendre plus tard.

— Je me fiche pas mal que tu sois armé ou pas. A moins, bien sûr, que tu comptes utiliser ton flingue contre moi.

— J'ai été surpris de découvrir que tu t'appelais Tierney. J'avais des ancêtres qui portaient ce nom. Tu le savais ?

Liam se contenta de hausser les épaules avec un vague grognement.

— Ils sont tous morts, reprit Glen. Même moi, je ne porte plus le nom de la famille. Dis-moi, je ne me souviens plus de ce que j'ai vu sur ta fiche. Tu as un fils ?

— Une fille.

Glen hocha la tête.

— Oui, c'est vrai. De ton côté non plus, personne ne transmettra le nom de ta famille.

— J'espère encore pouvoir y remédier. A condition que la police ne me confonde pas avec un autre immigrant en fuite parce que, si on me renvoie à Dublin, sûr que je finirai au bout d'une corde !

— Je reprendrai sans doute du service, après les funérailles. D'ici quelques semaines, peut-être… quand j'aurai réfléchi à tout ça.

De nouveau, Liam attendit la suite, sans piper mot.

— Pour l'heure, reprit Glen, je ne suis qu'un citoyen lambda, et non plus un défenseur de la loi, qu'elle soit bonne ou mauvaise. La Prohibition a des effets pervers, car elle encourage des McNulty et des Cassidy à tenir le haut du pavé, tandis qu'elle ruine d'honnêtes commerçants, tels que mes parents. Nous avons créé une nouvelle race de criminels, et il faudra que quelqu'un arrête ces bootleggers. Ce sera peut-être moi, qui sait ? Depuis que Clare est morte, je me sens doublement concerné.

— J'en suis désolé pour toi.

Glen regarda la liasse de billets, puis tourna les yeux vers Liam.

Il s'avança et la lui tendit.

— Il y a eu suffisamment d'assassinats et de destructions, en Irlande, tu ne crois pas… Liam Patrick Tierney ? Cet argent devrait te permettre de recommencer ta vie.

— T… tu me le rends ?

— Fais-en bon usage. Et, surtout, que McNulty n'en voie pas la couleur !

Glen enfonça ses mains dans ses poches, tourna le dos à Liam et s'en fut.

Quelques instants plus tard, il s'était fondu dans les bois.

35.

Le temps que Liam quitte Whiskey Island, la ville avait repris ses activités. Il était trop tard pour rejoindre Brenna et Irene.

Il doutait que McNulty utilisât l'un de ses rares supporters restants à traquer un homme plutôt qu'à rechercher l'argent. Mais on ne se montrait jamais assez prudent.

Il se demandait où passer la journée en attendant le crépuscule. Il n'était pas retourné chez lui depuis le soir de la mort de Clare, et il avait grand besoin d'un bain et de vêtements propres, sans compter les quelques objets que Brenna avait abandonnés dans sa précipitation, et qu'il comptait récupérer. Lors du bref appel téléphonique qu'ils avaient échangé, elle avait mentionné ces quelques souvenirs qui lui tenaient à cœur. Et Liam s'était promis de tout faire pour lui procurer ce petit plaisir. Après tout ce qu'elle avait fait…

Certes, il n'était pas question d'y aller sur-le-champ : il fallait attendre la tombée de la nuit. Lorsque la veillée mortuaire de Clare rassemblerait la moitié de la ville chez son père, il pourrait s'y risquer.

Ensuite, il irait retrouver sa femme et sa fille et, le lendemain, toute la famille Tierney serait en route vers l'Ouest.

Liam n'avait pas encore choisi leur destination. Le Colorado, ou le Wyoming, peut-être ? Du moment que c'était loin des villes et de leurs tentations. Une fois sortis de Cleveland, les Tierney auraient largement le temps de décider où passer le reste de leur existence.

Pour ce qui était de la journée qui s'étendait devant lui, le mieux, songea-t-il, était encore de se cacher dans l'une des maisons vides du bout de sa rue. De là, il aurait un point de vue sur sa propre maison, et il pourrait s'assurer qu'aucun indésirable ne rôderait dans les parages.

Il fit le chemin à pied par des rues détournées, prenant garde à n'attirer l'attention de personne. Il arriva sans incident dans son quartier, et s'introduisit dans la bâtisse par une fenêtre arrière. A l'exception de la menuiserie, les travaux étaient pratiquement terminés. Au cours de l'une de ses promenades dans le voisinage, il avait appris que les artisans prévoyaient d'avoir fini la semaine suivante.

Il s'installa aussi confortablement que possible. Il souffrait de la faim, bien qu'il eût acheté en route des petits pains et du lait. La faim était une vieille compagne qui l'aiderait à rester éveillé. Il s'assit en retrait derrière les fenêtres de la chambre du premier étage, de façon à voir sans être vu. Puis l'attente commença.

La journée était particulièrement calme. Dieu, merci ! Il s'assoupit une ou deux fois durant l'après-midi qui se traînait en longueur, se réveillant en sursaut pour retrouver le spectacle de la rue calme. Tout juste si une mère de famille en troublait la tranquillité en poussant son landau, un voisin en promenant son chien.

Le soir tombait. Les hommes étaient rentrés chez eux, après le travail. Liam avait faim, et il était à bout de patience. Il se glissa hors de la bâtisse par le chemin qu'il avait déjà pris, et gagna son domicile.

Il avait soigneusement fermé portes et fenêtres, le jour de son départ, car il laissait derrière lui la majorité de ses affaires.

Or, la porte de derrière était entrouverte. Il sortit le Colt 45 que McNulty lui avait obligeamment fourni, et tendit l'oreille un long moment avant d'entrer. Silence total…

Une fois le seuil franchi, il s'aperçut que tout avait été retourné. Quelqu'un avait saccagé la maison. Il eut une pensée pour Brenna qui avait briqué avec un tel enthousiasme son intérieur pimpant et ses quelques meubles. Brenna qui avait commencé sans rien dans l'existence et qui se retrouvait au même point, des années plus tard.

Il ne s'agissait pas d'un acte de vandalisme mais d'une fouille en règle. *On* cherchait quelque chose en particulier. Et que possédait Liam qui eût vraiment de la valeur ?

Rien d'autre que cette épaisse liasse de dollars qui lui brûlait les poches.

Une seule explication : McNulty le soupçonnait d'avoir fait main basse sur l'argent des *rumrunners*. Si ses hommes étaient venus le chercher, lui, ils n'auraient pas mis la maison à sac. Non, mais dans sa quête effrénée pour trouver de quoi rembourser le gang du North Side qui le talonnait, McNulty ne négligeait aucune piste.

Avait-il pu, dans ce cas, charger quelqu'un de surveiller les lieux, au cas où le maître de maison reviendrait ?

Liam hésita. Allait-il se risquer quand même à rassembler les maigres bricoles réclamées par Brenna ? Une boucle des cheveux d'Irene, un nœud en satin que Brenna avait porté le jour de leur mariage, la photographie d'un ami d'enfance, mort des suites de la grippe. Il savait où elle gardait ses humbles trésors, et décida de monter les chercher. Ça ne lui prendrait qu'un instant, et il était armé.

Il grimpa les marches quatre par quatre. Dans leur chambre, il trouva la boîte à cigares qui servait de coffret à Brenna. Elle était renversée, et les souvenirs se trouvaient éparpillés par terre. Il les ramassa, les serra dans un mouchoir propre et les fourra dans la poche de son pantalon. Pas le temps de prendre un bain, décida-t-il. Il se contenta d'enfiler une chemise propre, de se peigner, d'essuyer ses chaussures sur le dessus-de-lit en lambeaux. Puis il attrapa une paire de chaussettes neuves et les empocha.

Il était temps de filer.

Manque de chance, un vieil ami n'était pas de cet avis.

— J'pensais bien qu'tu reviendrais, p'tite tête ! lança une voix familière.

Liam fit volte-face : Jerry lui bloquait l'issue de la chambre.

Il fut simplement surpris qu'un homme de cette corpulence ait pu monter l'escalier sans bruit. Il était, pourtant, resté sur le qui-vive.

Jerry préféra éclaircir ce détail tout de suite.

— Tu pouvais pas m'entendre : j'étais en planque dans la chambre de ta fille. Je crois que j'ai piqué un roupillon, en t'attendant.

— Depuis combien de temps ?

— J'suis arrivé au moment où le soir tombait.

Liam se maudit intérieurement d'avoir, lui aussi, cédé au sommeil. D'un geste, il indiqua l'état de la pièce.

— C'est toi qui as fait ça ?

— Tu peux ranger ton artillerie. J'suis pas venu te descendre.

Jerry montra ses mains vides.

— Tu vois ? J't'aurais jamais tiré dessus en traître. Je voulais juste te causer.

— Qu'est-ce que tu fiches ici ?

— C'est pas moi qu'ai fait ça ! affirma Jerry en indiquant le champ de bataille alentour.

Jusqu'au matelas, qui avait été rageusement éventré, tandis que le dessus-de-lit, fabriqué avec de vieux vêtements de Brenna et d'Irene, avait été réduit en lanières.

— Je me doute de ce qu'ils cherchaient, dit Liam.

— Z'ont rien trouvé, les gars ! J'leur avais pourtant seriné que t'avais pas volé le fric. Tu courais comme nous tous, ce soir-là, sauf que t'as eu la chance de pas te faire coffrer.

Liam se doutait qu'il ne s'agissait tout de même pas d'une visite de politesse.

— Pourquoi tu n'es pas à la veillée mortuaire ?

— Et toi ?

— Un type qui envoie des gros bras pour démolir ma bicoque ne s'attend sûrement pas à ce que j'aille rendre un dernier hommage à sa fille.

— J'te donne pas tort là-dessus. Mais j'ai beau lui dire et lui répéter le contraire, McNulty est persuadé que c'est toi qu'as l'pognon.

— Et qu'est-ce qui lui faire croire ça ?

— Le fait que t'aies déserté ton poste, le jour où Mlle Clare s'est fait tuer. Alors que t'aurais dû être là, à la surveiller. Si t'as fait une bourde pareille, c'est que t'étais prêt à perdre ton job. T'avais p'têtre trouvé mieux ?

Un instant, Liam fut abasourdi. Ainsi, McNulty était persuadé qu'il s'était absenté, laissant la voie libre à Clare qui s'était empressée de courir au Whiskey Island Saloon ?

— Comment sait-il que je n'étais pas là ?

— C'est parce que vous étiez tous les deux partis quand Cassidy est arrivé à la maison.

— Il a parlé à Cassidy ? A l'assassin de sa fille ?

— Cassidy lui a envoyé un mot, après… tu sais ? L'a dit que, ce jour-là, il avait trouvé un billet que Clare avait écrit à son père, où elle le prévenait de son départ. Le Cassidy, à ce qu'il prétend, avait cherché à la retrouver pour l'empêcher de faire cette bêtise. Voilà tout. La balle qu'il destinait à son rival s'est, malheureusement, *égarée du côté de Clare,* comme il a dit.

A la manière dont Jerry le racontait, Cassidy faisait figure de redresseur de tort, essayant d'arrêter une malheureuse femme sur la voie de la perdition. Il passait pour un héros. Le meurtre devenait soudain un accident, et les deux responsables incriminés étaient, à présent, Liam, et Glen Donaghue — le rival.

Apparemment, Cassidy avait préféré passer sous silence l'épisode du vase en cristal que Clare lui avait brisé sur le crâne, ainsi que l'intrusion de son garde du corps pour la soustraire à ses avances. Liam se demanda pourquoi la gouvernante n'avait pas remis les pendules à l'heure. Elle connaissait la vérité : elle avait dû tout entendre, depuis la cuisine. Il se douta qu'après son départ et celui de Clare, un seul regard sur le corps prostré de Cassidy avait dû convaincre l'employée à rassembler ses affaires et à quitter définitivement la maison McNulty.

— Alors, McNulty est persuadé que j'ai l'argent ? Mais pourquoi ?

— Le cap'taine canadien lui a juré qu'il avait planqué le grisbi sur Whiskey Island avant de se faire alpaguer.

— En admettant que ce soit vrai, pourquoi l'aurait-il dit à McNulty ?

— Parce qu'ils le renvoient au pays, et qu'il pourra jamais revenir le chercher !

« Mouais, ça se tient », pensa Liam. Le capitaine avait préféré que McNulty hérite des billets verts, plutôt que de les laisser se désintégrer sous une vieille souche. Et puis, McNulty lui avait peut-être mis le marché en main : une sorte de prix à payer pour sa libération. Qui sait ?

— Ça n'explique toujours pas pourquoi il croit que c'est *moi* qui ai l'argent.

— On t'a vu disparaître dans la même direction que le Canadien. T'aurais pu surprendre sa cachette.

— J'ai peut-être emprunté le même chemin, mais je n'ai jamais revu le bonhomme. Souviens-toi comme il faisait noir, et pense au nombre de sentiers différents qui existent dans le coin ! Je ne m'occupais de rien d'autre que de sauver ma peau, crois-moi !

— Assez bavassé ! Montre-moi tes poches et qu'on en finisse, d'acc ?

— Qu'est-ce que tu veux que je te montre ?

— Que tu n'as pas le fric sur toi. Puisqu'on sait qu'il est pas dans la maison.

— Jerry, si je l'avais, tu crois que je me baladerais avec ?

— Fais-le, j'te dis ! Comme ça, j'pourrai jurer à McNulty que c'est pas toi. Et, cette fois, il me croira p'têtre ?

Jerry ne brandissait pas de revolver mais il pouvait très bien être armé. Liam préféra éviter une confrontation. Jerry était un colosse qui ne se laisserait pas neutraliser facilement.

Il posa son automatique sur le rebord de la fenêtre, sortit la paire de chaussettes de sa poche, l'agita devant Jerry, puis la plaça près de l'arme. Ensuite, il déplia le mouchoir qui enveloppait les humbles trésors de Brenna, et les disposa à leur tour sur le rebord de la fenêtre.

Puis, lentement, il retourna ses poches. Une clé tomba par terre, de la menue monnaie. Rien d'autre.

— Satisfait ?

— Enlève tes godasses.

Liam lui rit au nez.

— Tu vas pas apprécier l'odeur, vieux !

— M'en fiche !

Liam délaça ses chaussures, les tendit à Jerry pour qu'il en inspecte le contenu, puis sortit sa chemise de son pantalon et la secoua pour montrer qu'il ne cachait rien dessous.

— Pourquoi t'es resté traîner en ville après que Clare a été descendue ? lui demanda Jerry.

— Bonne question. Primo, si j'avais trouvé l'argent *avant* la mort de Clare, tu crois que je me serais tranquillement baladé ? Non, si je suis resté, c'est à cause du boulot : je pensais que McNulty se remettrait de ses pertes.

— Et après ?

Liam lui servit l'histoire qu'il avait préparée au cas où McNulty lui mettrait la main au collet.

— Quand Clare a été tuée, je me suis dit que McNulty me désignerait comme responsable, mais ça prend du temps de s'organiser pour quitter la ville. J'avais pas de fric à disposition. Il a fallu que je vende des trucs, que je sache où aller, que je m'assure que ma famille serait en sécurité.

— Tout ça, c'est p'têt' vrai, mais t'as laissé Mlle Clare seule. Où t'étais passé au lieu de la surveiller ?

— Cassidy est un menteur. Quand il est arrivé, j'étais là, et Clare aussi. Il a eu de mauvaises manières avec elle : j'ai dû m'interposer. Et, quand on a quitté la maison, le gommeux, il était K.-O. sur le plancher du salon.

— Et tu l'as laissée filer avec un autre type ?

Liam espérait que tout romantisme n'était pas mort dans l'âme du colosse.

— Parfaitement, c'est ce que j'ai fait, et je me suis douté que McNulty ne me le pardonnerait jamais. C'est pour ça qu'il faut que j'me tire.

— Alors, tu es revenu déménager ta famille ?

— Oui. Et maintenant, c'est mon tour. Si tu me laisses partir.

— Tu pourrais aller voir McNulty et lui dire la vérité.

— Lui dire quoi ? Que j'ai aidé sa fille à se sauver pour échapper au fiancé qu'il lui avait choisi ? Il ne voudra jamais croire que Cassidy a attaqué Clare, parce que ça ne l'arrange pas de le croire. Tu sais comme il la traitait, la pauvre fille !

Il joue sans doute les pères éplorés, ce soir, mais toi et moi, on connaît la musique.

Jerry fronça les sourcils.

— Mouais, c'est vrai, tu es grillé là-bas… t'as raison.

— A quoi ça servirait de me descendre, franchement ?

Jerry haussa ses épaules massives.

— J'me rappelle ce jour chez Frank-Le-Couineur : tu m'as sorti de là, alors que t'étais pas obligé.

— Je voudrais seulement refaire ma vie ailleurs, Jerry. Pas plus.

— Bon, ben, j'crois que t'as pas l'pognon. Tu peux y aller, vieux.

Liam sentit le soulagement l'envahir.

— Mais le Donaghue, y sera pas aussi chanceux, trancha Jerry. M. McNulty le laissera pas faire de vieux os.

— En quel honneur ?

— S'il s'était pas mis en travers, Mlle Clare serait fiancée à Cassidy, à c't'heure.

— En effet. Elle a raté gros, hein ?

— Tu t'es jamais demandé qui c'est qu'avait vendu la mèche, le soir de la livraison ?

— Je pense que les bateaux se sont fait repérer, depuis le rivage.

— Ces Canadiens, c'étaient des vrais pros. Les meilleurs qu'on ait eus jusqu'à maintenant. Y se seraient jamais fait alpaguer comme des bleus. Non. Rapport à ça, le boss croit que Miss Clare a eu vent de l'expédition, d'une manière ou d'une autre. Elle habitait dans la maison, elle avait des oreilles… elle a pu entendre parler du plan et cracher le morceau à son nouveau petit ami. Et le Donaghue, il a organisé le coup de filet. C'est pour ça qu'il doit payer. Sans lui, M. McNulty serait pas dans la panade jusqu'au cou, et Miss Clare serait encore là.

— Donaghue va pas se laisser faire, j'imagine. D'autant que McNulty n'est pas trop au sommet de la vague, ces temps-ci.

— Ouais, mais il a un atout dans sa manche : la tombe de Mlle Clare. Le Donaghue, il était vraiment mordu ; il finira par aller rendre une petite visite à sa dulcinée. Et là, paf ! il se fera clouer comme un corbeau sur une porte de grange.

— Pas l'impression qu'il soit stupide à ce point. Il n'ira pas à l'enterrement.

— Qui parle d'enterrement ? lança Jerry avec un petit sourire entendu. Bon, allez, j'y vais. Fais gaffe à tes fesses, et tire-toi fissa. J'dirai pas que j't'ai vu. C'est tout c'que j'peux faire pour toi, vieux.

Il tourna les talons, et passa la porte de profil pour laisser assez de place à sa formidable bedaine.

— Jerry ?

— Ouais ?

— Merci.

Sur un dernier haussement d'épaule, Jerry fila sans rien ajouter.

Liam attendit d'être certain qu'il avait quitté la maison pour remettre les trésors de Brenna dans sa poche. Il les cala avec la paire de chaussettes dans laquelle était roulé le trésor des bootleggers.

S'il s'était agi d'un autre que Glen, Liam lui aurait souhaité bien du plaisir et l'aurait oublié. Puis il se serait rendu auprès de sa famille, aurait échangé sa voiture contre celles des vieilles dames, et aurait roulé jusqu'à Toledo pour prendre un train vers l'Ouest.

Connaissant Glen, il se doutait qu'il était trop malin pour se montrer au cimetière. Mais le chagrin pouvait avoir des effets étranges sur les êtres, annihiler leurs défenses, par exemple, ou les rendre sourds à la raison. Lorsque Glen avait dédaigné l'argent des *rumrunners*, il avait, d'une certaine façon, tourné le dos à ses idéaux. Compréhensible, certes, mais dangereux aussi.

La mort de Clare pourrait bien le pousser à braver tous les périls, à commettre toutes les folies. Et Liam ne voulait pas apprendre un jour que son cousin avait perdu la vie. Ça, il ne le supporterait pas.

Il connaissait l'adresse de Glen, le petit restaurant chinois où il prenait parfois ses repas, son coiffeur attitré et son kiosque à journaux préféré. Ces détails, engrangés au fil de son enquête personnelle, allaient lui servir, à présent.

Il fit discrètement le tour des différents lieux que fréquentait Glen, tout en restant dans l'ombre et en jetant de fréquents regards par-dessus son épaule.

En dépit des assurances de Jerry, il n'avait pas entièrement confiance en son collègue qu'il soupçonnait d'être trop assujetti à McNulty.

Il finit par se rendre chez Glen. Malheureusement, il n'y avait personne. Un message glissé sous la porte aurait suffi, mais il n'avait pas de quoi écrire, et ne souhaitait pas éveiller les soupçons des voisins en leur empruntant papier et crayon. Il avait conscience que, malgré sa chemise blanche, il avait encore un peu l'air d'un vagabond.

Une vieille femme ouvrit sa porte, un peu plus loin dans le couloir, et se mit à l'observer. Liam décida qu'il valait mieux lever le camp avant qu'elle n'appelle la police.

Il était déjà passé à Sainte-Brigid, mais il y retourna. Deux femmes égrenaient leur rosaire sur un banc, dans l'église déserte. Près de l'autel, un homme en salopette faisait briller les cuivres.

Le presbytère où il savait trouver le père McSweeney était proche. Il songea à confier son message au vieux curé, qui le délivrerait à Glen. Mais, lorsqu'il passa devant la cure, tout était éteint.

Il n'avait plus qu'un espoir : le Whiskey Island Saloon.

Par respect pour Clare, l'établissement avait fermé. Toutefois, il y avait de la lumière à l'intérieur.

Une fois de plus, par précaution, il observa longuement les alentours avant de se présenter à l'entrée. La porte était verrouillée. Quelqu'un, de l'intérieur, lui cria qu'ils étaient fermés jusqu'à la semaine suivante.

Liam fit le tour et vint frapper de façon insistante à la porte de la cuisine. Elle s'ouvrit enfin, et le père de Glen s'encadra sur le seuil.

— Vous ! s'écria Terry Donaghue.

— Puis-je entrer ?

Donaghue s'effaça.

— Vous m'avez l'air dans un sale état…

— Ecoutez, je cherche votre fils. Vous l'avez vu, ce soir ?

— Il n'est pas à la veillée mortuaire : ça, c'est sûr.

Liam avait l'impression que Terry savait où se trouvait son fils mais qu'il n'était pas prêt à le lui révéler.

— Il faut que je le voie…

Comment se faire entendre ?

— Je dois le prévenir…

— De quoi ?

Liam se mordilla la lèvre. Terry était son cousin germain — le vieil homme n'en saurait sans doute jamais rien. Ah, si les circonstances avaient été différentes, comme il aurait aimé tout lui dire et le convaincre de l'aider ! Ce manque cruel d'une famille solide et aimante, il venait tout juste d'en prendre conscience. A présent que cette famille était là, à portée de la main, qu'aurait-il pu dire pour trouver grâce à ses yeux ? Il était un rebelle, un meurtrier, un bootlegger. Et Terry vivait trop loin de l'Irlande pour comprendre les troubles qui l'agitaient et jetaient ses enfants dans la lutte clandestine.

— Pas question que je vous donne le renseignement avant de savoir pourquoi vous le voulez ! déclara le vieil homme.

Liam comprit que sa crédibilité ne résisterait pas à un instant de silence supplémentaire.

— J'ai eu maille à partir avec l'un des hommes de McNulty, ce soir, dit-il.

— Vous avez travaillé pour lui, n'est-ce pas ?

Glen avait donc parlé de lui à son père.

— C'est vrai, je *travaillais* pour McNulty. Mais, depuis que j'ai aidé Clare, il me traque dans toute la ville.

Il ouvrit les mains dans un geste de supplication.

— Il faut que je trouve votre fils, et vite. Lui aussi est en danger.

— C'est McNulty qui lui veut du mal ?

— Oui. A ses yeux, Glen est responsable de la mort de Clare. Il va organiser un guet-apens au cimetière : il pense qu'un jour ou l'autre, Glen ira s'y recueillir.

— Et vous êtes venu le prévenir en risquant votre propre peau ?

— Il n'a pas les idées trop claires, en ce moment, n'est-ce pas ?

La grimace de Terry se passait de commentaires.

— Je lui transmettrais le message de votre part, assura-t-il.

La réponse aurait dû rassurer Liam et le libérer de ses inquiétudes… Seulement, quelque chose dans l'expression du vieil homme l'inquiéta : Terry le croyait certainement, mais il croyait encore davantage à l'invincibilité de son fils. Il avertirait Glen, certes, mais peut-être pas avant le lendemain…

Puisqu'il était persuadé qu'il ne commettrait pas l'imprudence d'assister à l'enterrement.

— Je ne me suis sans doute pas montré assez explicite, reprit Liam. Il ne s'agit pas uniquement du cimetière. Glen est en danger partout où il se trouve, du moins pour le moment. Ils sont après lui.

— Glen a plus d'un tour dans son sac !

— Croyez-moi, McNulty jette ses dernières forces dans la bataille. Il en fait une question d'honneur, et…

— Glen avait l'intention de rendre visite à sa grand-mère.

— Alors, je…

Terry l'arrêta d'un geste.

— Ensuite, il devait se rendre chez un ami. Il doit s'y trouver, à l'heure qu'il est.

Liam connaissait la maison de la grand-mère de Glen. Il était passé devant, un jour — une tentative aussi sentimentale qu'inutile.

— Donnez-moi les adresses : je le trouverai.

Terry plissa le front, visiblement troublé.

— Les deux maisons sont à l'opposé l'une de l'autre.

Liam eut l'horrible sensation que la nuit lui glissait entre les doigts.

— Ont-ils le téléphone ?

— Ma mère, oui, mais elle ne répond jamais après le coucher du soleil. Elle prétend que les nouvelles, bonnes ou mauvaises, peuvent attendre jusqu'au lendemain. Quant à l'ami de Glen, il n'a pas le téléphone.

— Dans ce cas, il n'y a pas une minute à perdre. Je n'ai pas de voiture mais, avec un peu de chance, j'attraperai le dernier tramway.

— Non, je vais y aller moi-même. D'abord chez son ami : l'endroit le plus probable, à mon avis. Ensuite, je passerai chez ma mère.

— Et si vous ne le trouvez pas ?

— Je m'arrêterai à son appartement pour lui laisser un message.

Liam avait fait ce qu'il avait pu.

— Dans ce cas, je vais repartir. Il y a une chose, cependant, que vous pourriez faire pour moi.

Terry l'interrogea du regard.

— Laissez-moi sortir par le tunnel.

— Pourquoi donc ?

— Au cas où j'aurais été suivi.

Terry traversa la cuisine et ouvrit la porte qui menait en bas.

— Vous saurez trouver votre chemin ?

— Sans problème.

— N'allumez pas l'électricité : on pourrait vous voir quand vous sortirez. Il y a des bougies à l'entrée du passage. Prenez-en une et soufflez-la avant de quitter les lieux.

— D'accord. Merci.

Au moment de passer la porte, il se retourna vers Terry.

— Ne prenez pas tout ceci à la légère, monsieur Donaghue. McNulty est aux abois, et il ne lui reste plus que la vengeance : l'arme des hommes désespérés.

— Glen est prudent, c'est dans sa nature.

Liam le regarda longuement, et vit ce qu'il redoutait tant : Terry avait confiance en son fils, au point d'en être aveuglé. Pis encore, il croyait que la bonté et la justice triompheraient. N'avait-il donc tiré aucune leçon de la mort de Clare McNulty ?

Ils se serrèrent la main, et Liam emprunta l'escalier aux marches raides. La porte se referma dès qu'il eut allumé la chandelle.

*
* *

Liam faillit se rendre directement dans l'East Side. Il était dans les temps pour aller récupérer Brenna et Irene, et filer ensuite sur Toledo. Il estimait avoir fait son possible pour Glen, et il devait maintenant songer à ses propres affaires.

En dépit de ces excellentes intentions, il se retrouva devant la maison de Lena Donaghue, cette tante qu'il n'avait jamais vue, tout en se demandant pourquoi il faisait passer la sécurité de Glen avant la sienne.

Lui qui avait cru échapper à la malédiction de la sentimentalité irlandaise, voilà qu'il y était tombé, la tête la première !

La maison semblait modeste pour une famille nombreuse. Liam s'imagina les enfants en train de jouer sur la grande véranda de devant, par une belle matinée d'été, se bagarrant ou poussant des cerceaux sur la pelouse ombragée. Quel effet cela pouvait-il faire de grandir dans un endroit tel que celui-ci ? Il en avait eu un aperçu en écoutant Terry Donaghue parler de son fils. L'amour, le respect, la foi… Des éléments qui lui avaient cruellement manqué dans son enfance. De même qu'ils avaient manqué à Brenna, songea-t-il avec amertume. Mais il espérait ardemment un destin différent pour sa chère petite Irene.

Il pouvait apercevoir une lampe, posée sur une table, dans l'entrée… Il réfléchit un moment à la meilleure manière de se présenter. Il ne voulait pas effrayer Lena, mais il ne pouvait tout de même pas rester planté là dans l'espoir que Glen sortirait. Il avait aussi repéré un chien chez les voisins : s'il tentait de gagner l'arrière de la maison pour y jeter un coup d'œil, il risquait de le faire aboyer et d'alerter ainsi le voisinage.

Finalement, il grimpa le perron et frappa doucement à la porte. Un instant plus tard, il entendit des pas, puis quelqu'un vint ouvrir. C'était Glen.

— Qu'est-ce que tu fais ici ? demanda-t-il à voix basse.

— Je te cherchais.

Glen observa la rue déserte par-dessus l'épaule de Liam.

— Pourquoi ?

— Je peux entrer ?

— Ma grand-mère ne se sent pas bien. Elle a été terriblement frappée par la mort de Clare. Elle vient juste de s'endormir : je ne voudrais pas la déranger.

Liam aurait préféré entrer : c'eût été plus sûr. Et puis, il y avait des dizaines de choses qu'il aurait aimé dire à Glen.

Mais il n'avait ni les mots ni le temps ni l'envie de voir l'horreur se peindre sur le visage de Glen lorsque celui-ci apprendrait qu'il était son cousin.

Fourrant les mains dans ses poches, il courba les épaules et parla très vite.

— McNulty est à tes trousses. Il pense que tu as organisé la rafle, grâce aux renseignements que t'aurait fournis Clare. Il ne te pardonne pas d'avoir voulu fuir avec elle, et il ne te lâchera pas. Ne va surtout pas au cimetière : il a l'intention de mettre un homme en faction, près de la tombe de Clare, sitôt après l'enterrement. Sois constamment sur tes gardes ; surveille tes arrières, au moins jusqu'à ce que Moran et ses gangsters lui règlent définitivement son compte. A ce moment-là seulement, tu pourras commencer à respirer.

— J'étais persuadé que tu avais déjà quitté la ville, après notre rencontre de ce matin.

— Je n'ai pas pu partir sans te prévenir.

— Pourquoi ? Tu ne me dois rien.

— Il y a eu assez de violence comme ça, tu ne trouves pas ? Je n'avais pas envie que ça continue après mon départ.

— Je comprends…

Il y eut un moment de silence, puis Glen lui tendit la main.

— Merci.

Liam serra cette main avec émotion.

— Tu seras prudent ?

— Comme le serpent ! Je ne veux pas briser le cœur de ma grand-mère.

A regret, Liam tourna les talons et redescendit le perron.

— Liam ?

Il se retourna.

— Oui ?

— Tu veux que je t'accompagne ?

Liam hésita. D'un coup de voiture, il pourrait rejoindre Brenna et Irene en moins d'une heure, et prendre la route dès ce soir.

Glen comprit qu'il était tenté.

— Je vais chercher mes clés, dit-il en refermant la porte.

Liam n'avait même pas eu le loisir de protester.

Il examina la rue, de haut en bas. Tout semblait calme, rassurant…

Il préféra, néanmoins, se dissimuler derrière un vieux chêne. Au-dessus de sa tête, pendait une mangeoire à oiseaux. Il imagina Irene, jouant avec une joyeuse cohorte de cousins et cousines…

Puis il se secoua, et reprit sa surveillance. Une voiture emprunta la rue et déposa des jeunes filles devant une maison voisine. Un chien se mit à hurler dans un jardin, plus bas, jusqu'à ce qu'un porche s'éclaire et qu'une voix masculine le fît taire.

Liam continua de tendre l'oreille, cherchant à deviner des bruits de pas dans la nuit, des chuchotements, des moteurs de voitures tournant au ralenti. Il n'entendait que les battements précipités de son cœur. Puis, bientôt, il perçut le faible grincement de la porte de Lena Donaghue.

Il vit Glen s'immobiliser sur le seuil et observer soigneusement les alentours avant de s'avancer. Visiblement, il avait pris ses mises en garde au sérieux.

Puis il lui indiqua la rue d'un signe de tête, et se dirigea lui-même vers une Ford bleue, garée devant la maison voisine.

Liam le suivit à une distance prudente.

A mi-chemin, il entendit un moteur s'emballer. Un véhicule qui stationnait le long du trottoir, au bout de la rue, déboîta dans un hurlement de pneus et fonça sur eux.

Avec horreur, Liam comprit qu'en dépit de ses précautions extrêmes, il avait attiré les hommes de McNulty droit sur Glen.

Il était à moitié dissimulé par la haie, mais Glen, lui, était complètement exposé.

Liam sortit son revolver, mais sa position à couvert le gênait pour tirer.

En une seconde, il fit son choix.

Avec une brève et lancinante pensée pour Irene et Brenna, il courut se planter entre Glen et le véhicule qui approchait, et fit feu en direction du chauffeur.

La lueur des phares l'aveugla. Il entendit le cri de Glen, puis une fusillade nourrie. L'impact des balles le fit tournoyer sur place, et il aperçut Glen qui se jetait à plat ventre, à l'abri de sa voiture.

Liam mourut sans savoir qu'en faisant rempart de son corps, il avait sauvé la vie de son cousin.

36.

Personne n'avait rechargé le feu de tourbe. Personne n'avait pensé à préparer du thé. Les sœurs avaient écouté le récit d'Irene avec une attention soutenue, risquant à peine une question ici ou là, lorsque l'histoire s'embrouillait un peu.

A présent, on n'entendait plus que les ronflements d'un vieux chien béat qui s'était faufilé dans le salon et s'était endormi aux pieds d'Irene.

— En un mot comme en cent, je peux simplement vous assurer que je suis profondément désolée, dit enfin Peggy.

Megan se joignit à ses regrets sincères.

— Si votre père ne s'était pas sacrifié, dit-elle, notre grand-père serait mort, cette nuit-là, et nous ne serions pas ici, aujourd'hui.

— Je suis vraiment heureuse que vous soyez ici ! affirma Irene. Ne vous attristez surtout pas d'être en vie. Mon père a fait son choix, n'est-ce pas ? Il ne souhaitait certainement pas mourir. Mais il a défendu un homme qu'il admirait — et qu'il aimait, sans doute. N'est-ce pas une manière plutôt élégante de quitter ce monde ? Tant de gens s'en vont sans avoir accompli un seul acte généreux.

Casey sentait ses paupières s'alourdir sous le coup du décalage horaire.

— Irene, comment se fait-il que vous en sachiez tant ? Votre père n'était plus là pour raconter l'histoire, alors, qui s'en est chargé ?

— Glen Donaghue. Après la mort de Liam, il a tout fait pour retrouver les traces de ma mère. Lui-même avait passé quelques jours à l'hôpital, à la suite de la fusillade. Dès sa sortie, il a enquêté à travers la ville. Comme ma mère avait réclamé le corps de son mari, il ne lui a pas été trop difficile de remonter la piste. Il lui a alors raconté ce que mon père avait fait, et il l'a aidée à l'enterrer.

Megan voulut en avoir le cœur net.

— Est-ce que notre grand-père a jamais…

— Su que Liam était son cousin ? Non, répondit Irene en secouant la tête. Ma mère ne le lui a pas révélé. Elle pensait ainsi respecter la volonté de son défunt mari.

— Et vous êtes rentrées toutes les deux en Irlande ? Dans ce cottage ?

— M'man ne voulait pas rester dans la ville où papa avait été tué. Malgré la pauvreté qui nous attendait ici, ça lui a semblé préférable. Certes, l'existence était plus que difficile, dans le Mayo, mais, au moins, elle se trouvait parmi des gens qu'elle connaissait et qui la comprenaient. Et puis, ici, certains se rappelaient que mon père s'était battu pour la liberté de l'Irlande, et ils sont venus en aide à sa veuve du mieux qu'ils ont pu. Elle s'est débrouillée, tant bien que mal, et puis elle a fini par épouser un homme bon et riche, selon les critères de l'époque. Ses dernières années ont été heureuses.

— Que s'est-il passé avec l'argent des contrebandiers ? demanda Megan. La police l'a-t-elle retrouvé, roulé dans les chaussettes de Liam ? Ou les bootleggers ont-ils fini par le récupérer ?

— Je peux répondre en partie, déclara Casey. McNulty n'a jamais revu son argent, n'est-ce pas, Irene ? Parce qu'il a disparu, une nuit, un mois environ après ces événements, et personne n'a plus jamais entendu parler de lui. Jon a effectué quelques recherches : c'est lui qui m'en a parlé. Au début, la police a cru que Tim était parti sans laisser d'adresse, mais, cet automne-là, un pêcheur a découvert, près du rivage, l'une de ces chaussures de luxe que McNulty faisait venir de New York, ainsi qu'une chemise tachée de sang, qui lui avait appartenu.

Peggy exprima le sentiment général :

— Il a eu ce qu'il méritait.

— Cassidy aussi ! trancha Casey. Vous vous souvenez du 14 février 1929 ?

— Heu… rafraîchis-nous la mémoire.

— Le jour du massacre de la Saint-Valentin !

— Non ! s'exclama Megan en envoyant un coup de coude à sa sœur. Cassidy ?

— Eh oui, Niall Cassidy a fait partie des… dégâts collatéraux dans ce règlement de comptes entre gangs rivaux.

— Ça ne nous dit toujours pas ce qu'est devenu l'argent ! fit remarquer Megan, toujours pragmatique.

— Ils ne l'ont pas retrouvé sur le cadavre de mon père : ça, je peux vous l'affirmer, déclara Irene.

— Alors, personne ne sait où il est ?

— Je n'ai pas dit ça non plus.

Maintenant qu'elle avait raconté le plus difficile, Irene semblait prendre un vrai plaisir à toute cette histoire. Elle n'accusait même pas la fatigue, après un récit d'une telle charge émotionnelle. Il faut dire que les faits étaient nouveaux pour les autres ; pas pour elle. En ce qui la concernait, elle avait dit adieu à Liam Tierney, bien des années auparavant.

— Ma mère a parlé à mon père, au téléphone, une heure à peine avant sa mort, précisa-t-elle. Il lui a dit où il avait caché l'argent, au cas où quelque chose lui arriverait. Elle ne voulait pas entendre parler de tout ça, bien entendu, mais il l'a obligée à écouter.

— Il l'avait caché ? Mais pour quelle raison ? demanda Casey.

— Il craignait d'être arrêté en se lançant à la poursuite de Glen. Je suis certaine qu'il avait l'intention de récupérer l'argent, après avoir délivré son message. Il aurait pu, par exemple, demander à Glen de faire un détour en venant nous retrouver, ma mère et moi. Son engagement dans l'IRA l'avait habitué à se méfier de tout...

— Alors, c'est votre mère qui a trouvé l'argent ? demanda Megan, qui avait la désagréable impression d'être la seule à s'intéresser à ce genre de détails tellement terre à terre.

— Elle ? Pensez-vous ! Elle n'est jamais allée voir.

Irene hocha la tête, comme si elle comprenait parfaitement la décision de sa mère.

— A ses yeux, c'était de l'argent maudit : l'argent du sang, comprenez-vous ? C'était à cause de lui que mon père était mort. Dieu sait, pourtant, que nous en aurions eu besoin, mais pour rien au monde elle n'y aurait touché. Ainsi, nous sommes rentrées en Irlande aussi pauvres que nous en étions parties.

— Et elle n'a jamais rien dit à personne, en dehors de vous ?

— Oh, elle a bien essayé d'en parler à votre grand-père.

Les sœurs attendirent dans un silence recueilli.

— Le jour de l'enterrement de Liam, ma mère l'a pris à part et lui a dit que l'argent était à lui. Elle a proposé de lui révéler la cachette.

— Et il a refusé de l'écouter, acheva Megan.

— Oui. Pour que McNulty ait l'air coupable, ajouta Casey. Ce qui a probablement signé son arrêt de mort, comme l'histoire l'a prouvé ensuite.

— Cela a quand même dû être un dilemme pour lui ! dit Megan d'un ton pensif. Mais je peux comprendre qu'après avoir vu sa jeune fiancée assassinée sous ses yeux, il ait donné un coup de pouce au destin en laissant accuser McNulty.

— Grand-père a repris du service sous le commandement d'Eliott Ness, après la Prohibition, précisa Casey à l'adresse d'Irene. Il a fait une belle carrière, au cours de laquelle il s'est distingué à plusieurs reprises. Je me souviens de tante Dee nous racontant que le jour où la consommation d'alcool est redevenue légale, il a été le premier à tendre son verre au comptoir du saloon.

— Voici donc l'histoire telle qu'elle m'a été racontée par ma chère maman, sur son lit de mort. Heureusement, sa fin a été adoucie, grâce au bonheur qu'elle avait trouvé ici, sur le tard.

— Grand-père aussi a fini par être heureux, dit Casey. J'ai toujours entendu dire qu'il avait fait un mariage d'amour avec notre grand-mère.

— Irene, avez-vous provoqué cette réunion afin de nous convaincre de récupérer cet argent pour vous ? Etait-ce votre idée de départ ?

— Ai-je l'air d'avoir besoin d'argent, ma chère enfant ? J'ai tout ce qu'il me faut, et au-delà. Surtout depuis que j'ai retrouvé cette famille que j'ai si longtemps appelée de mes vœux.

— Vous souhaitiez simplement nous faire le cadeau d'une partie de nos racines?

— Je sais que vous êtes des femmes bien, et que vous resterez discrètes sur les agissements un peu… frauduleux de mon père. C'est du passé, et peut-être pourrions-nous tirer un voile pudique sur ces événements…

Megan la regarda droit dans les yeux.

— L'histoire ne se termine pas vraiment là, n'est-ce pas, Irene ? Vous avez gardé quelque chose pour la fin ?

— Mais quel genre de chose ?

— La cachette du trésor !

Irene lui lança un regard pétillant de malice.

— Mais je vous l'ai déjà indiquée. N'avez-vous pas entendu ? Et c'est parce que je veux que ce soit vous qui l'ayez. Je sais que vous l'emploierez à bon escient. C'était ça que j'espérais.

Megan se pencha vers elle et martela les mots :

— Où votre père a-t-il caché cet argent exactement ? J'aimerais autant l'entendre de votre bouche.

— Vous le savez déjà, rétorqua la vieille dame.

En vraie conteuse professionnelle, elle marqua un temps d'arrêt, afin de savourer l'attention de son auditoire, puis elle sourit.

— L'évidence est là, comme le nez au milieu de la figure, Je dirai même qu'elle saute aux yeux… Alors, vous donnez votre langue au chat ?

Devant leurs regards écarquillés, Irene acheva :

— Juste avant de se mettre en quête de votre grand-père, P'pa a planqué les billets au Whiskey Island Saloon.

37.

Megan et Casey étaient parties depuis une heure à peine, et elles manquaient déjà à Peggy.

Durant leur dernier après-midi — et après un sérieux travail de détective —, les trois sœurs s'étaient rendues dans un petit cimetière paroissial du côté de Castlebar, pour se recueillir sur la tombe de Maura McSweeney. Elles avaient longuement contemplé la pierre tombale et sa modeste inscription, remerciant silencieusement l'infatigable épistolière qui les avait aidées à reconstituer le puzzle de leur passé. Puis elles y avaient déposé un bouquet de marguerites avant d'aller prendre un dernier repas ensemble. Elles en avaient profité pour discuter à bâtons rompus.

Peggy avait été sérieusement tentée de rentrer à Cleveland avec ses sœurs.

La liste de ses échecs en terre irlandaise était triste à pleurer. Kieran n'avait pratiquement pas progressé, et elle hésitait à poursuivre le programme éducatif qu'elle avait si minutieusement mis au point. Elle doutait, à présent, du bien-fondé de toutes les décisions qu'elle avait prises, le concernant.

Du côté de Finn, même remise en question… Qu'est-ce qui lui était passé par la tête pour s'enticher d'un homme sous l'emprise de son passé, auprès duquel tout espoir d'avenir était vain ? Elle n'avait pas eu l'intention de tomber amoureuse de lui. Elle s'en était même défendue, sachant qu'il n'était pas prêt à aimer de nouveau, et qu'il ne le serait sans doute jamais. Ses efforts n'avaient fait que resserrer les liens affectifs qui les unissaient.

Peut-être avait-elle vu chez Finn des qualités qu'il ne possédait pas ? Peut-être avait-elle réagi en thérapeute devant cette âme en souffrance ? Quoi qu'il en fût, le jour où il avait refusé d'aider Kieran, la lumière s'était faite en elle : Finn se souciait davantage de son ego torturé par le remords et la culpabilité que de la vie d'autrui. En l'occurrence, la sienne et celle de son fils. Elle aurait dû être satisfaite d'avoir vu clair dans son jeu.

Ce n'était pas le cas.

En dépit de la tentation et du mal du pays, elle était restée en Irlande, et cela pour deux raisons. D'une part, par fidélité à la parole donnée : elle avait accepté l'arrangement d'un an proposé par Irene et, devant la patience et la gentillesse de la vieille dame face aux cris et aux colères de Kieran, Peggy avait été conquise, et se sentait d'autant plus liée par sa promesse.

L'autre raison, c'était l'impossibilité de voyager avec ses sœurs : Kieran étant toujours malade, il était hors de question de lui faire prendre l'avion. Depuis sa visite chez le médecin, à Westport, il était apathique, fiévreux, et il avait perdu l'appétit. Cette belle capacité de sommeil, qui était, habituellement, son point fort, l'avait, elle aussi, déserté.

— Il ne va pas mieux, hein ? lança Irene, depuis le pas de la porte.

Appuyée sur sa canne, elle regardait Peggy bercer son fils qui sortait de son petit somme du matin.

— Je ne sais pas ce qu'il a…

— Il se montre si docile quand il est malade ! Comme s'il appréciait enfin de pouvoir se pelotonner contre moi.

Si Peggy était contrariée par l'état de santé de son fils, d'un autre côté, elle en profitait pour le serrer dans ses bras et le cajoler. Une opportunité rarissime ! De fait, le seul aspect positif, c'est qu'il semblait heureux, pour une fois, de faire partie de la race humaine.

— Je le ramènerais volontiers chez le médecin si ça pouvait servir à quelque chose.

— Vous devriez, au moins, lui téléphoner pour le prévenir que l'état de Kieran ne s'améliore pas.

Peggy avait essayé, mais son appel avait été intercepté par une infirmière cassante qui lui avait répondu, de la part du Dr Beck, qu'il fallait laisser le virus suivre son cours.

Peggy n'avait pas parlé à Irene du coup de fil, mais son expression, à présent, était éloquente.

— Vous devriez refaire une tentative auprès de Finn.

— Ecoutez, il m'a clairement fait entendre son opinion. Je ne pense pas qu'il soignerait Kieran, même si le pauvre enfant faisait une crise de convulsion devant lui.

— Vous me semblez bien amère.

— Désolée. Je sais que Finn se montre très bon envers vous. Mais j'enrage qu'il refuse d'aider qui que ce soit d'autre.

— Y compris vous.

— *Surtout* moi ! dit Peggy en quittant un instant son fils du regard. Mais son indifférence ne devrait pas m'étonner : Finn n'a jamais menti sur ses sentiments. J'ai eu le tort de croire, un moment, que nous étions assez proches…

— Oh, mais il se sent très proche de vous, ne vous y trompez pas !

— Pas suffisamment pour qu'il prenne des risques, côté cœur.

— Il a une personnalité si complexe, notre Finn…

— Ce n'est pas *notre* Finn, malheureusement !

Irene semblait sincèrement désolée.

— J'espérais que votre relation déboucherait sur autre chose que de la rancune.

— Ne vous mettez pas martel en tête pour ça, Irene. Les meilleures intentions du monde ne peuvent rien y changer. Je sais que vous m'avez envoyé Finn, à l'aéroport, dans l'espoir que le long trajet jusqu'ici serait le prélude à une liaison amoureuse.

— Comment pouvez-vous me soupçonner d'un plan aussi machiavélique ?

L'indignation d'Irene manquait sincèrement de conviction. L'ombre d'un sourire joua sur les lèvres de Peggy.

— C'est la vérité, tout simplement. Et, qui sait, tout ça aurait pu tourner différemment. Si seulement il avait été capable de tirer un trait sur son passé. Mais, dans l'état actuel des choses, l'étincelle qui avait jailli entre nous…

Elle haussa les épaules, hésitant à mettre des mots sur la triste réalité.

— … a fait long feu ? proposa Irene.

Peggy fit la grimace.

— Le problème, c'est qu'il n'est pas aussi facile que cela de l'oublier, ma chère enfant.

— C'est vrai, confirma Peggy en regardant son fils avec des yeux remplis de larmes. Mais c'est indispensable.

Elle s'arrangea pour être ailleurs lorsque Finn passa voir Irene, en fin d'après-midi. Déjà, le matin, sous prétexte d'aider ses sœurs à faire leurs bagages, elle n'avait même pas passé la tête par l'entrebâillement de la porte pour un petit bonjour. Cette fois, elle avait quitté la maison avec Kieran, en espérant que la brise marine lui ferait du bien. Il avait encore de la fièvre, malgré l'aspirine qu'elle lui avait fait prendre tout au long de la journée. Elle emprunta le sentier qui dominait la plage, observant son fils, prostré dans sa poussette, sans réaction. Comme si le monde ne présentait plus le moindre attrait pour lui.

Quand ils revinrent, Finn était déjà reparti. Elle prépara une compote et des céréales que Kieran refusa, et réchauffa le dîner d'Irene qui, lui, fut accueilli avec enthousiasme. Après avoir mangé un morceau sur le pouce, Peggy prépara un autre bain froid pour son fils, espérant faire baisser sa température afin qu'il passe une bonne nuit.

Quand elle le mit au lit, sa fièvre était nettement moins élevée, et elle avait réussi, à force de cajoleries, à lui faire boire du jus de fruit. A peine allongé, il ferma les yeux, épuisé. Elle le couvrit d'une couverture légère, et l'observa. Il toussa plusieurs fois, marmonna des mots sans suite d'une voix enrouée, et sombra dans un sommeil agité.

Elle joua ensuite aux cartes avec Irene, mais la vieille dame était fatiguée, et exprima le désir d'aller se coucher.

— Voilà ce que c'est de mener une vie de bâton de chaise avec la belle jeunesse. Je fais une piètre partenaire.

— Vous allez passer une bonne nuit et, surtout, restez au lit, demain matin : la terre ne s'arrêtera pas de tourner.

— J'ai tant apprécié la présence de vos sœurs ! J'ai eu l'impression d'avoir une maison pleine de filles.

— Je crains que ça n'ait été un peu trop.

— Au contraire, je suis comblée. Cela faisait longtemps que je voulais vous mettre au courant de l'histoire de mon père.

Peggy, qui était en train de suspendre la robe d'Irene sur un cintre, s'arrêta net.

— Alors, vous connaissiez notre existence ? Avant de nous contacter, je veux dire. Et… depuis longtemps ?

— D'après mes recherches, j'avais appris, il y a quelques années, que votre grand-père s'était marié et qu'il avait eu deux enfants sur le tard. J'étais donc au courant de votre existence depuis… — Elle s'arrêta comme si elle comptait mentalement — six ans. Voyez-vous, j'avais loué les services d'un détective privé, à l'époque.

— Et vous n'avez pas voulu entrer en contact avec nous ?

— Je ne savais trop que faire. Je n'avais pas envie de vous assommer en vous infligeant la présence d'une vieille dame que vous ne connaissiez pas. J'ai pensé laisser le récit des événements dans une lettre qui vous aurait été remise à ma mort. Puis, je me suis rendu compte que vous seriez aussi déçues que moi. Ainsi, dès que j'ai eu un ordinateur, je vous ai fait signe.

Peggy lui prit les mains.

— Nous en sommes toutes les trois très heureuses, Irene, sincèrement. Et vous savez que ça n'a rien à voir avec les histoires d'argent. Qui sait si Megan mettra jamais la main dessus ?

— J'ai toute confiance en votre sœur. Une fois qu'elle a pris une décision, elle s'y tient. Est-ce que je me trompe ?

Peggy pouvait difficilement dire le contraire.

— N'oubliez pas qu'ils ont mis le saloon sens dessus dessous avec les travaux. Et si quelqu'un a trouvé quoi que ce soit, nous n'en avons rien su.

— Ma mère connaissait exactement l'emplacement de la cachette, mais elle ne me l'a pas confié. Non seulement elle ne voulait pas avoir affaire à cet argent maudit, mais cette règle s'appliquait aussi à moi. Elle tenait à ce que je sache que mon père était un homme bon, avec un cœur généreux et, s'il avait commis des erreurs, elle ne souhaitait pas y être mêlée, de près ou de loin. C'était une femme pleine de bon sens, avec une philosophie de vie simple et droite, et, jusqu'à son dernier souffle, elle a été une mère admirable.

Peggy tapota les oreillers et rabattit l'édredon sur les jambes d'Irene.

— Dormez bien. Vous avez donné aux sœurs Donaghue un nouveau mystère à résoudre. Rien ne pouvait nous faire plus plaisir.

Irene lui souhaita bonne nuit et ferma les yeux avec un soupir d'aise.

Peggy traîna dans le salon, désœuvrée, nerveuse. Elle rangea les journaux, redressa les coussins, balaya les longs poils de Banjax qui jonchaient le devant de la cheminée. Elle ne se résolvait pas à regagner sa chambre, avec ses pensées qui bouillonnaient et menaçaient de déborder.

La sonnerie du téléphone retentit. Elle se précipita pour décrocher.

— Peggy ? s'enquit une voix familière au timbre profond.

Elle s'assit près de la petite table où était posé l'appareil.

— Bonsoir, Finn.

— Vous semblez hors d'haleine.

— Irene vient de monter. Je craignais que le téléphone ne la réveille.

— C'est un peu tôt pour aller se coucher. Est-ce qu'elle va bien ?

— Elle accuse un peu de fatigue après toutes ces visites.

— Comment va Kieran ?

Elle fut surprise par sa question.

— Aucune amélioration, répondit-elle sèchement. Grâce au corps médical irlandais.

— Parce qu'aux Etats-Unis, les médecins ne sont pas débordés, peut-être ?

— Bien sûr que si ! Mais, aux Etats-Unis, j'ai des amis qui auraient examiné Kieran en urgence, et lui auraient trouvé un traitement approprié.

Le silence s'éternisa. Au moment où Peggy allait raccrocher, Finn reprit la parole :

— Je ne suis pas la personne qualifiée en la circonstance, Peggy.

— Ça, c'est ce que vous prétendez. Mais la vérité, c'est que Kieran et moi, nous n'existons pas pour vous, Finn. Sinon, vous nous auriez aidés. Je veux pouvoir compter sur un homme qui soit un vrai partenaire, et un père pour mon fils. J'ai mis du temps à le comprendre mais, dorénavant, je ne me laisserai plus rouler.

— Voilà qui a le mérite d'être franc… et concis !

— Réjouissez-vous que ce soit un résumé parce que vous n'apprécieriez pas du tout la version intégrale.

— Celle qui me décrit comme un salopard d'égoïste ?

La colère qu'elle avait tenté d'enrayer, jusque-là, échappa à son contrôle. D'une voix hachée, entrecoupée de sanglots, elle lui assena ses quatre vérités :

— Non, celle qui parle d'un homme qui a peur de vivre. D'un homme qui se prend pour le bon Dieu, et qui pense que le monde va s'arrêter de tourner s'il prend une mauvaise décision ou s'il commet une erreur !

— Je vais raccrocher.

— Vous auriez dû le faire plus tôt !

Peggy coupa la communication et enfouit son visage entre ses mains.

Un bruit léger se fit entendre. Nul besoin de lever la tête pour savoir qu'elle avait réveillé Irene. Elle sentit la main de la vieille dame sur son épaule.

— Allez, pleurez un bon coup, ma chérie.

— Je l'aime ! C'est pour ça que c'est si dur.

Peggy s'étonna elle-même d'avoir pu prononcer ces mots. L'amour qu'elle ressentait pour sa famille ne lui coûtait aucun effort. Il coulait de source. Son amour pour Kieran avait jailli à l'instant même de sa naissance, après avoir grandi pendant les longs mois de sa grossesse.

Mais ça… c'était entièrement différent. Un sentiment qui défiait la logique et toutes les tentatives de fuite. Elle n'avait pas envisagé sa vie avec Finn. A présent, c'était une vie sans lui qui lui paraissait inenvisageable.

— Il faut que je m'en sorte maintenant, dit-elle à travers ses larmes. Avant qu'il ne soit trop tard.

— Il incarne tout ce que vous pouvez souhaiter, et plus encore. Comment pouviez-vous ne pas tomber amoureuse de lui ? Au-delà des apparences, vous avez su voir qui il était. Un être splendide et merveilleux.

— Sauf qu'il investit toute son énergie à ne *pas* être cet homme-là.

— Et vous, vous êtes jeune et impatiente.

— Je suis jeune et réaliste. Je sais reconnaître les situations impossibles. Finn vous soigne, Irene, parce qu'il vous aime. Mais il a refusé d'examiner Kieran.

— C'est parce que Kieran lui rappelle ses fils, Peggy. Comprenez-vous ? Je suis une vieille dame, au seuil de la mort. Même Finn sait qu'en dépit des tours de magie qu'il pourra sortir de son sac à malices, il ne détient pas le secret de la vie éternelle. Ça ne lui pose aucun problème, car son travail est de rendre mes derniers jours confortables. Peut-être, même, avec un peu de chance, de les retarder légèrement. Mais, avec votre fils, qui a une longue vie devant lui, il ne peut s'empêcher de faire le rapprochement.

— Il faut qu'il réagisse ! s'exclama Peggy en s'essuyant les yeux avec le bord de son T-shirt. L'amour sans action n'existe pas. Car l'amour *est* action. Il est bien plus grand que le simple désir sexuel. C'est du solide, du concret. Il s'agit de s'engager pour le bien et le bonheur de l'autre.

— Vous avez réfléchi à la question, à ce que je vois.

— Au contraire, j'ai essayé de ne *pas* y penser. Mais là, je viens d'être foudroyée, et je ne peux plus jouer l'autruche.

— Vous vous inquiétez pour Kieran, et ça n'arrange rien.

— C'est normal, dit Peggy en arrachant un mouchoir en papier de la boîte. S'il ne va pas mieux demain matin, je l'emmènerai aux urgences, à Castlebar. J'y resterai toute la journée, s'il le faut, mais il faudra bien que quelqu'un s'occupe de mon fils.

— Bonne idée. Nous demanderons à Nora de vous conduire. Elle ne…

Un gémissement interrompit Irene. Peggy se leva d'un bond.

— Et voilà le travail : je l'ai réveillé !

— Je ne crois pas. Vous parliez doucement.

Irene avait raison : ce n'était pas le cri d'un enfant qui se réveille brusquement et ne sait plus où il est. Kieran se plaignait faiblement et hoquetait comme s'il luttait pour trouver sa respiration.

Elle le découvrit assis dans son lit, penché en avant, en appui sur ses petits bras. Il était brûlant. Et il bavait comme s'il souffrait trop pour avaler sa salive.

— Kieran ?

Il la dévisagea d'un air étonné, comme à son habitude, se demandant sans doute qui était cette femme qui l'appelait. Mais, pour une fois, son regard n'était pas absent : il exprimait la souffrance. Sa respiration était si faible que Peggy crut un instant qu'il avait cessé d'inspirer.

Quelle erreur tragique elle avait commise ! Au lieu de suivre son instinct et de solliciter un second avis médical, elle avait laissé une infirmière mal embouchée la houspiller, et un médecin indigne la prendre de haut. Résultat : Kieran courait un grand danger, à présent.

Irene vint la rejoindre.

— Comment va-t-il ?

— Irene, appelez Nora, je vous en prie ! Nous devons le conduire à Castlebar au plus vite. Il n'y a pas une minute à perdre.

— Jésus, Marie, Joseph…

Tandis qu'Irene faisait diligence, Peggy essayait désespérément de rassembler ses souvenirs de cours concernant les détresses respiratoires. L'enfant respirait péniblement, mais il ne toussait pas.

Un cas de pneumonie ? se demanda-t-elle. Une attaque de diphtérie laryngienne, le si redouté *croup* de nos grands-mères ? Une défaillance pulmonaire consécutive à cette angine qui traînait depuis plusieurs jours ?

Quelle était la marche à suivre pour le soulager en attendant l'arrivée de Nora ?

La vapeur…

Peggy enveloppa son fils dans une fine couverture, et courut avec lui jusqu'à la salle de bains. Elle referma soigneusement la porte derrière elle et ouvrit à fond le robinet du lavabo, remerciant le ciel pour l'eau chaude qui jaillissait : un petit miracle dans cet antique du cottage.

Elle fit ensuite couler la douche, enjamba le bac, tira le rideau autour d'eux, et dirigea le pommeau vers la grille d'évacuation pour qu'ils ne soient pas arrosés. Il lui sembla que la vapeur mettait une éternité à remplir l'espace clos. Elle tourna le visage de son fils vers la douchette en espérant que la vapeur allait l'aider à respirer.

Il le fallait, car Kieran était trop mal pour lutter.

Quelques minutes passèrent. Puis la provision d'eau chaude arriva à sa fin. La jeune femme ferma alors le robinet, et resta sans bouger, pour que l'enfant bénéficie jusqu'au bout de l'atmosphère humide.

— Peggy…

— Entrez.

Elle entendit la porte s'ouvrir puis se refermer.

— Est-ce qu'il va mieux ?

Kieran aspirait l'air comme à travers une paille.

— Non. Avez-vous eu Nora ?

— C'est Finn qui va venir.

Un instant, Peggy pensa qu'elle avait mal entendu.

— Je vous avais demandé d'appeler Nora.

— Oui, mais Nora n'est pas médecin, que je sache ! Finn vous conduira à l'hôpital.

Un accord qu'Irene avait dû conquérir de haute lutte, songea Peggy. En tout cas, ses arguments avaient porté puisque Finn était en chemin…

L'avantage, c'est qu'il conduisait plus vite que Nora, qui nourrissait une méfiance instinctive à l'égard de n'importe quel engin doté d'un moteur.

Peggy sortit de la douche. Les boucles humides de Kieran collaient à son crâne, ses joues étaient cramoisies. Sa respiration était sifflante et son cœur battait à tout rompre contre la poitrine de sa mère.

— Ils vont sans doute le garder à l'hôpital, dit Peggy. Je vais rassembler quelques affaires.

— Dites-moi ce qu'il faut préparer.

— Des vêtements de rechange pour le retour.

Peggy se demanda avec horreur si ce retour aurait lieu… Elle était folle d'inquiétude.

— Et des affaires pour vous, également. Une brosse à dents…

Irene s'éloigna. Peggy ne l'avait jamais vue se déplacer aussi vite.

Lorsque les derniers lambeaux de vapeur se furent évanouis, Peggy la suivit. Au passage, elle prit son sac qu'elle coinça sous son bras, puis une couverture d'enfant qu'elle ajouta dans le fourre-tout, avec un livre d'images qui avait semblé intéresser Kieran, la veille. Oui, la veille encore, son fils, assis sur ses genoux, l'avait laissée tourner les pages. Elle lui montrait les images et, tout fiévreux qu'il était, il avait essayé d'imiter l'aboiement du chien. Elle en avait eu le cœur serré.

Ses yeux se remplirent de larmes, et elle le serra plus fort dans ses bras.

La porte d'entrée s'ouvrit avec autorité. Elle entendit des pas, et Finn apparut.

— Je vais l'examiner.

Consciente que c'était le moment de mettre son ego dans sa poche avec son mouchoir dessus, Peggy s'assit sur son lit, tenant Kieran sur ses genoux. Finn avait apporté sa trousse de médecin, et il avait déjà sorti son stéthoscope qu'il réchauffait dans la paume de sa main. Il lui demanda d'ôter la veste de pyjama de l'enfant, puis ausculta son petit patient.

— Depuis combien de temps est-il en dyspnée?

— Depuis qu'il s'est réveillé, tout à l'heure.

— Avez-vous remarqué d'autres symptômes ? Température, manque d'appétit, douleurs abdominales ?

Elle lui fit la liste de ce qu'elle avait observé, et le mit au courant de son décevant coup de téléphone au cabinet de Beck.

Il parla doucement à l'enfant hébété, tandis qu'il plaçait le stéthoscope sur son thorax et écoutait. Apparemment peu satisfait de ce qu'il entendait, il posa la main sur la poitrine de Kieran, et poussa à plusieurs reprises au moment de l'apnée. L'enfant sursauta faiblement, sans chercher à se dégager : preuve, s'il en était besoin, de la gravité de son état.

Peggy retenait sa respiration en attendant le diagnostic. Au bout d'un moment qui lui parut affreusement long, Finn retira les écouteurs, et s'accroupit à sa hauteur.

— Sa respiration n'est pas stertoreuse, mais il fait de la tachypnée : il précipite sa respiration pour lutter contre l'asphyxie.

— Vous ne regardez pas sa gorge ? demanda-t-elle en inclinant la tête de son fils en arrière.

— Ne faites surtout pas ça !

Surprise par son ton péremptoire, elle interrompit son propre geste.

— Pourquoi pas ?

— Est-il immunisé contre le HIB ?

— L'Haemophilus influenzae, type b ? Non, pas vraiment… Il a fait une réaction si forte à la première injection que je n'ai pas continué. Son pédiatre a pensé qu'il était probablement allergique à un composant du vaccin, et…

— Peggy, écoutez-moi, dit Finn calmement, sans cesser de sourire à Kieran. Le plus important, c'est de ne pas le perturber. Vous comprenez ? Nous allons nous déplacer lentement, et je vous demande de le rassurer en permanence. Il ne faut surtout pas qu'il nous fasse un spasme du larynx.

— Qu'est-ce qu'il a ?

Il lui lança un regard pénétrant.

— Je penche pour une épiglottite : une grave infection de la gorge qui peut provoquer un étouffement. Elle est due, justement, à ce germe particulier : Haemophilus influenza, type b. Il faut le transporter à l'hôpital immédiatement.

Peggy n'avait fait qu'une année de médecine, mais elle n'ignorait pas que l'épiglottite avait été pratiquement éradiquée par le vaccin HIB : celui qu'elle avait, précisément, choisi d'arrêter.

— Alors c'est ma faute !

— Oubliez ça pour le moment. L'important, c'est que vous vous soyez rendu compte qu'il ne s'agissait pas d'une simple laryngite et que vous ayez agi en conséquence.

Ce n'était, certes, pas l'instant des récriminations, mais la jeune femme était anéantie. Elle aurait mille fois préféré s'être trompée et reconnaître qu'elle s'était inquiétée à tort.

— Peggy, pouvez-vous vous charger de lui ? Il sera plus en confiance avec vous.

Finn se saisit du fourre-tout et prit le sac qu'Irene lui tendait.

— Oui, dit-elle en reboutonnant la veste de pyjama de son fils et en suivant Finn.

— J'ai prévenu Nora, dit Finn à Irene. Elle va venir vous tenir compagnie.

— Vous me téléphonerez dès que vous saurez quelque chose, n'est-ce pas ?

— C'est promis. Nous serons avec Beck : il doit nous rejoindre là-bas.

Comme il ne fallait pas troubler Kieran, ce fut à voix basse que Peggy répliqua :

— Celui-là, je ne veux pas qu'il s'approche de mon fils !

— C'est un bon praticien, Peggy. Et je ne pense pas qu'il se soit trompé : au début, il ne s'agissait sans doute que d'une simple angine virale sans relation avec une épiglottite. En revanche, aujourd'hui, lorsque vous l'avez rappelé, il a eu tort de ne pas vous prendre au téléphone.

Elle était trop ulcérée pour répondre.

Elle se glissa sur la banquette de la voiture avec son précieux fardeau. Finn, qui avait déjà démarré le moteur, se pencha pour lui attacher sa ceinture.

— Il n'est vraiment pas bien, constata-t-il en écoutant la respiration stridulante de l'enfant. Je ne veux pas vous mentir, Peggy. Le danger, à présent, c'est qu'il nous fasse un accident respiratoire. Vous devez veiller à ce qu'il continue à respirer, pendant que je conduis. Tant qu'il est conscient, ça va. S'il s'évanouit, par contre, nous devrons nous soucier de ses voies aériennes. Maintenez-le assis, et penché en avant, avec le menton en extension. Comme ceci, dit-il.

Elle fit comme il le lui montrait.

Finn reprit le volant et emprunta le chemin qui menait à la grand-route.

Entre ses bras, Kieran se mit à s'agiter : il paniquait car il manquait d'air. Elle lui parla tout doucement pour l'apaiser, sachant qu'il valait mieux ne pas lui caresser les cheveux, comme n'importe quelle mère l'aurait fait. Le simple fait que Kieran se laissât prendre dans les bras semblait déjà miraculeux.

Ils approchaient de Shanmullin lorsqu'il battit l'air de ses bras, une fois, deux fois, puis s'effondra en avant.

Affolée, Peggy chercha à capter sa respiration.

— Finn, je crois qu'il ne respire plus.

— Poussez-le vers l'avant en tirant doucement sur son menton.

Elle le secoua involontairement, tout en procédant comme le lui indiquait Finn. Et elle n'entendait toujours pas le bruit de sa respiration.

— Il ne respire plus ! Oh, mon Dieu !

Finn ne s'arrêta pas. Au contraire, il enfonça l'accélérateur et fila vers le village.

— Courage, Peggy !

— Il ne tiendra pas jusqu'à l'hôpital.

— Effectivement.

Il roulait de plus en plus vite, et prit un virage en épingle à cheveux qui menait vers une petite rue adjacente.

Elle comprit où il se dirigeait : vers son ancien cabinet.

A peine le moteur arrêté, il jaillit de la voiture et en fit le tour pour aider la mère et l'enfant à sortir. Il franchit ensuite les quelques pas qui le séparaient de l'entrée pour déverrouiller la porte et allumer.

— Par ici.

Elle le rejoignit sur le seuil de la salle de consultation, contiguë à une petite salle d'attente. Elle eut le temps de se rendre compte que le cabinet était impeccable. Il l'avait fermé, certes, mais elle comprit qu'en dépit de ce qu'il prétendait, il n'avait jamais abandonné l'espoir d'y revenir un jour.

— Allongez-le sur la table, dit-il, tout en fourrageant dans des boîtes métalliques.

— Qu'allez-vous faire ?

— Rétablir une voie respiratoire. Tout de suite. Impossible d'attendre Castlebar.

Peggy allongea Kieran sur le dos et fut frappée par sa pâleur. La cyanose gagnait du terrain. De livide, il devenait bleu.

Elle avait travaillé aux urgences, durant son unique et merveilleuse année d'école de médecine. Et les médecins l'avaient prise sous leur aile, lui expliquant patiemment le fonctionnement du corps humain, à l'aide d'exemples pris sur le vif.

Le diagnostic était clair : son fils allait mourir.

— Il va faire un arrêt cardiaque ! s'écria-t-elle.

Elle se pencha sur Kieran, le giflant et l'appelant par son prénom.

— Pas question ! lança Finn en la poussant de côté.

Il tenait entre ses doigts une canule oropharyngienne. Peggy n'en avait jamais vu d'aussi fine.

— J'ai l'habitude de pratiquer ce genre d'intervention, lui dit Finn. Cela fait partie du quotidien des médecins de campagne. Dès que Kieran sera intubé, je brancherai l'oxygène.

Finn fronçait les sourcils et serrait les lèvres dans une attitude de forte concentration.

— Appelez les urgences. Le téléphone est derrière le comptoir. Le numéro est affiché au mur. Vite !

Peggy était écartelée, n'osant quitter son fils.

Finn avait tourné Kieran sur le côté, et enfonçait lentement le tube en plastique dans sa bouche.

Sans lever les yeux, il la pressa d'agir.

— Allez-y, Peggy ! Tout de suite.

Elle courut dans la salle d'attente, trouva le téléphone et le numéro. Elle expliqua de son mieux la situation. On lui répondit que quelqu'un allait se rendre au cabinet le plus vite possible.

— Ils arrivent !

Elle se figea en voyant que Finn retirait l'embout.

— Qu'est-ce qui se passe ? Qu'est-ce que vous…

— L'épiglotte est trop enflée. Pas moyen de passer. Il faut pratiquer une trachéotomie.

— Ici ?

Inciser la trachée pour rétablir le passage de l'air, en posant une intubation trachéale, n'était pas une mince affaire. Peggy avait vu pratiquer l'opération par des équipes spécialisées, équipées d'endoscope. Et le chirurgien opérait en champ stérile et sous anesthésie, avec l'assistance d'un oto-rhino.

— Nous n'avons pas le choix, Peggy. Donnez-moi votre autorisation.

Elle sanglotait, à présent. Si son fils mourait, elle en porterait l'entière responsabilité.

— Dites oui ! insista Finn. Bon sang, Peggy, ce n'est pas le moment de vous effondrer !

— Avez-vous déjà pratiqué cette opération sur un très jeune enfant ?

— Bien sûr, Peggy ! Dites oui, c'est tout ce que je vous demande !

Les risques étaient grands, d'autant qu'il n'avait certainement pas l'équipement nécessaire.

Il n'était pas entièrement démuni non plus. Elle le vit prendre la main de Kieran et comparer son auriculaire à une batterie de tubes qu'il avait déjà posés sur la table.

Elle ne savait plus que dire ni que faire. L'angoisse anéantissait ses facultés de réflexion.

— Oui, dit-elle d'une voix rauque. Allez-y.

Cela semblait être une folie, mais quel choix avaient-ils ? Sans oxygène, Kieran allait mourir asphyxié.

Finn incisa le cou d'un geste sûr et rapide, puis il écarta les cordes vocales et introduisit le tube dans la trachée.

— On y est, dit-il. Dans le tiroir du haut de ce meuble métallique, vous devriez trouver un rouleau de sparadrap. Apportez-le-moi.

Elle était pétrifiée par la peur, incapable d'esquisser un mouvement.

— Peggy !

Elle mit un pied devant l'autre, se propulsa dans une sorte de brouillard. Ses sanglots avaient repris. Elle trouva ce que Finn lui avait demandé, et le rejoignit, tandis qu'il maintenait le coin de la bouche de Kieran et la sonde. Elle lui passa des morceaux de sparadrap, et il les fixa aussitôt pour maintenir le dispositif.

Puis il fit un pas en arrière et examina le thorax de Kieran.

— Il respire. Mais on va tout de même le mettre sous oxygène pour le voyage.

Elle se pencha et constata qu'il disait vrai. Le visage de son fils était encore cyanosé mais, déjà, ses couleurs semblaient revenir.

Elle ravala un sanglot, et demanda d'une voix tremblante :

— A l'hôpital, qu'est-ce qu'ils feront ?

— Dans un premier temps, nous allons le perfuser et commencer le goutte-à-goutte dans l'ambulance. Une fois aux urgences, nous ferons une radio du thorax, des prises de sang, une coloration de GRAM pour vérifier la flore bactérienne. Nous laisserons l'intubation en place jusqu'à ce que l'œdème de l'épiglotte soit résorbé. En quarante-huit heures, ça devrait être réglé. S'il s'agit de l'Haemophilus, il faudra peut-être pratiquer une ponction lombaire pour être certain qu'il n'y a pas de méningite.

— Une méningite ? s'exclama Peggy, horrifiée.

— Oui. Le germe peut aussi causer une inflammation aiguë comme celle-ci.

La porte de la rue s'ouvrit à cet instant, et deux infirmiers pénétrèrent dans le cabinet.

— Vous avez de la chance, dit le premier, on était dans le coin pour un autre appel.

— Bravo, docteur ! lança l'autre en couvant du regard le petit garçon inconscient. Du bon boulot ! On n'aurait pas fait mieux.

Voyant que Peggy claquait des dents, les infirmiers l'enveloppèrent dans une couverture. Finn leur donna quelques directives, puis il prit Kieran dans ses bras et le porta jusqu'à l'ambulance.

38.

La vue de son enfant sous respirateur dans l'unité de soins intensifs aurait dû attrister Peggy. Mais, en songeant qu'elle aurait pu se trouver au chevet d'un petit corps sans vie, comment ne se serait-elle pas réjouie ?

L'alerte avait été chaude. Une question de minutes. De secondes, peut-être.

Si Finn n'avait pas agi avec autant de sang-froid et de professionnalisme, Kieran serait mort par étouffement ; il n'y avait aucun doute.

— Un peu plus et il se retrouvait parmi les anges ! fit remarquer l'infirmière qui examinait les paramètres vitaux du petit malade. Qu'avez-vous fait, mademoiselle Donaghue, pour mériter un tel miracle ?

Peggy tenta un timide sourire. Alice, l'imposante infirmière, qui avait tout de la matrone avec sa permanente gris fer et ses surprenants sourcils broussailleux, s'appliquait, depuis une bonne demi-heure, à la rassurer quant aux chances de Kieran. Très gentil de sa part, mais elle prêchait une convaincue. Peggy savait reconnaître un miracle, et elle avait quelques accointances avec les anges irlandais. Elle en avait vu un à l'œuvre, une heure auparavant.

Elle tira un nouveau mouchoir en papier du distributeur.

— Finn lui a sauvé la vie.

— Ça fait plaisir de le voir de retour, vous savez ? Le Dr O'Malley a toujours eu la cote, parmi nous. Jamais condescendant ni impulsif. Je peux vous dire que ses décisions étaient rarement remises en question par l'équipe soignante. Sacrée chance que vous l'ayez eu sous la main, ce bon docteur !

— Kieran a l'air encore si mal.

L'inquiétude ne l'empêchait pas, néanmoins, de constater que l'état de son fils s'améliorait. Il recevait de l'oxygène, du sérum et des antibiotiques sous perfusion. On lui avait administré des sédatifs pour lui permettre de se reposer confortablement. Dès que l'œdème de l'épiglotte serait résorbé, les médecins retireraient le tube.

Si tout se passait bien, ils seraient rentrés chez eux dans quelques jours.

— Oui, il est bien malade, ce petit bonhomme, mais il va s'en sortir. Et voici le médecin qui va vous le confirmer.

La chambre était ouverte sur le service et, depuis leur arrivée, les membres de l'équipe soignante entraient et sortaient librement. En dehors de Finn, qui brillait par son absence.

Peggy le chercha du regard, mais ce fut sur le Dr Beck qu'elle tomba. Avec sa blondeur et ses traits réguliers, il passait certainement pour un homme séduisant. Ce soir-là, cependant, il n'était pas à son avantage dans ses vêtements froissés, avec son teint brouillé et ses yeux rouges. Sans doute avait-il été réveillé en catastrophe.

Il s'adressa à elle d'un ton monocorde, et sans même la saluer.

— J'ai examiné le dossier médical. Tout ce qu'il y avait à faire a été fait. Votre fils l'a échappé belle, mais il s'en remettra.

Elle attendit une parole d'excuse de sa part, un signe montrant qu'il avait pris conscience de sa négligence. Mais non. Il enchaîna avec désinvolture :

— L'épiglottite est réputée pour la soudaineté de son attaque. Cette infection est devenue rare, et il n'existe aucun moyen de savoir quand elle va frapper. Lorsque j'ai examiné l'enfant, il n'y avait aucune inflammation de cette ampleur. Vous avez bien fait de l'amener à l'hôpital aux premiers vrais symptômes.

— Erreur ! Dès les premiers symptômes sérieux, je *vous* ai consulté, et je le regrette.

— Je doute sincèrement que les deux affections soient liées, dit-il en arrêtant d'un geste les protestations de Peggy. De toute façon, nous aurons la réponse avec le résultat des examens.

— Même si les résultats du labo vous donnent tort sur toute la ligne, je serais étonnée que vous reconnaissiez votre négligence.

— Votre remarque est déplacée.

— Ah, je proteste ! Mais, du moins, j'apprécie la leçon : vous m'avez montré la caricature du médecin que j'espère ne jamais être.

Lui tournant le dos, elle vint se poster au chevet de Kieran. Une infirmière et un laborantin entrèrent et se dirigèrent vers un lit voisin.

Beck baissa la voix.

— Je vous invite à prendre ma place, mademoiselle Donaghue. Essayez donc de traiter deux fois plus de patients que vous ne le devriez, et vous m'en direz des nouvelles. Je m'efforce de joindre la qualité à la rapidité. Ce n'est pas ce que j'avais espéré en faisant mes études de médecine mais, au moins, le travail est fait.

— Sauf que, ce soir, mon fils a été victime de votre compteur de vitesse.

— Cela reste à prouver.

Se saisissant de la feuille où était inscrite la courbe de température de Kieran, il y griffonna quelque chose, puis la tendit à Alice, qui s'était affairée autour du lit pendant leur petite altercation, le visage serein, comme si elle n'entendait rien.

— Pourquoi écrivez-vous sur la feuille de mon fils ?

— Je suis son médecin traitant.

— Non, c'est Finn O'Malley. S'il n'avait pas été là, Kieran n'aurait plus besoin de médecin, à l'heure qu'il est !

— Le Dr O'Malley m'a demandé de prendre en charge la suite du traitement.

Peggy n'en croyait pas ses oreilles. Elle regarda Alice pour obtenir une confirmation, et l'infirmière se contenta de hausser les épaules.

— Désolée, je n'ai pas d'autre information que ce qui est inscrit ici.

Elle tourna la feuille pour que Peggy puisse voir. Le nom de Beck figurait en toutes lettres.

— Où est Finn ?

Elle s'était retenue de crier. Il y avait eu assez d'échanges désagréables au chevet de son fils qui, même endormi, avait besoin de calme et de sérénité autour de lui.

— Mademoiselle Donaghue, je ne suis pas là pour suivre Finn O'Malley dans ses pensées ou ses déplacements. Quand je suis arrivé, il m'a mis au courant de la situation, puis il a quitté l'hôpital. C'est tout ce que je peux vous dire.

— Il est parti ? répéta Peggy, incrédule.

Finn avait sauvé Kieran pour l'abandonner ensuite entre les mains de cet homme ? Alors qu'il savait tout le mal qu'elle en pensait ?

— Il est sans doute rentré chez lui, sachant que vous aviez l'intention de rester auprès de votre fils, cette nuit.

Elle eut l'impression fugitive que Beck cherchait à excuser la désertion de Finn, comme pour en minimiser la portée. C'était presque… sympathique de sa part. Mais ça ne l'aida pas pour autant.

— Je vois, dit-elle en se mordant la lèvre pour ne pas lui donner le plaisir de la voir pleurer. Ainsi, je suis autorisée à veiller Kieran, cette nuit ?

— Encouragée, même. Il est préférable qu'il vous trouve près de lui, à son réveil. C'est important qu'il ne se sente pas perdu. Je crains, malheureusement, que nous n'ayons rien d'extrêmement confortable à vous offrir, ajouta-t-il avec un sourire las, avant de quitter la pièce.

— Ce n'est pas Finn O'Malley, certes, dit Alice, mais il est compétent. Ne vous inquiétez pas, votre fils sera bien soigné. Vu les circonstances, le Dr Beck mettra un point d'honneur à veiller tout particulièrement sur le cas de Kieran.

Même dans sa version repentante, Beck n'inspirait pas confiance à Peggy. Elle voulait Finn, et personne d'autre.

Mais où était-il donc passé ? Et pourquoi était-il parti ?

L'explication de son départ était, malheureusement, claire : il lui signifiait qu'il reprenait sa liberté — ou qu'il réintégrait sa prison, question de point de vue —, et qu'il ne fallait plus compter sur lui.

Il était sorti de son existence et de celle de Kieran, comme s'il ne s'était absolument rien passé entre eux.

Elle ne se rendit compte qu'elle pleurait qu'au moment où Alice lui tapota l'épaule.

— Allons, allons, mademoiselle Donaghue. Je vais aller vous chercher un bon fauteuil. Et quelque chose à boire. Ensuite, vous tâcherez de dormir. Et, demain matin, vous verrez tout ça d'un autre œil, je vous le garantis.

Finn n'ignorait pas qu'il avait sauvé la vie de Kieran Donaghue.

Il avait agi avec détermination, sachant exactement comment procéder. Le geste sûr, les instruments bien en main. Le cabinet l'avait accueilli comme s'il rentrait enfin au bercail. Le Finn O'Malley, ouvrier de l'équipe de jour dans le bâtiment, avait réintégré l'identité du brillant praticien sorti avec les honneurs de l'école de Médecine de Galway, ancien interne du très convoité hôpital Saint James de Dublin.

Mari de Sheila, père de Bridie, de Mark et de Brian.

La jeune serveuse qui nettoyait les tables, au Castle Bar, vint le dénicher dans son coin reculé.

— La même chose ? lui demanda-t-elle en désignant son verre.

Il le lui tendit en guise de réponse, et elle revint, un instant plus tard, avec une Guinness bien mousseuse. Il lui mit dans la main une poignée de billets qu'elle accepta avec un petit sourire. Elle était plutôt jolie avec ses cheveux blonds et ondulés, tirés en queue-de-cheval, ses joues roses, et ses seins généreux, offerts aux regards appréciateurs des messieurs ayant un peu trop bu. Ce qui était son cas.

Son sourire s'élargit, et elle s'attarda près de sa table plus qu'il n'était utile. Constatant qu'il ne lui rendait pas son sourire, elle s'éloigna à regret.

Il n'était pas revenu dans ce pub depuis des années. Du temps où il exerçait à l'hôpital, il fréquentait le Castle Bar avec ses collègues pour de brèves discussions à l'heure du déjeuner et un verre ou deux, le soir, avant de rentrer.

Après l'accident, il s'était mis à boire seul, chez lui, après que Bridie était couchée. Au petit matin, il s'éveillait dans ses vêtements fripés, la joue sur une table jonchée de bouteilles vides.

Il avait perdu tout désir de conversation, à cette époque où il buvait jusqu'à l'hébétude.

Et pourtant, il ne pensait pas être un véritable alcoolique. Ce dont il avait soif, c'était d'oubli plus que d'alcool.

Mais oublier s'était révélé une tâche au-dessus de ses forces…

Il leva son verre, portant un toast silencieux au petit garçon qui avait ravivé tous ses tourments. Non pas que la mort de sa femme et de ses enfants fût jamais loin de ses pensées, mais il avait appris à éviter les images les plus douloureuses, ainsi que les situations qui auraient pu le faire replonger ou détruire son fragile équilibre.

Cette prudence, ces efforts, tout cela avait été vain.

Il avait été brutalement renvoyé dans l'univers qu'il avait si longtemps tenu à distance.

En sauvant la vie d'un enfant.

Il avait été incapable de sauver celle de ses fils, mais il avait pu arracher in extremis le fils de Peggy à la mort.

Il ne le regrettait pas. Seigneur, comment aurait-il pu ?

A sa naissance, Kieran avait débarqué dans un monde aussi étrange qu'effrayant et, à présent, le petit garçon méritait le meilleur traitement de la part des résidents de cette terre. Il avait montré tant de courage, alors qu'il souffrait d'une maladie quasiment fatale. Un courage qui n'était pas celui d'un enfant, et encore moins d'un jeune autiste. Il ne s'était même pas débattu et, lorsque Finn avait rencontré son regard bleu, brillant de fièvre, il n'y avait découvert ni peur ni hostilité, mais une simple et poignante résignation.

Face à l'éventualité de la mort de cet enfant, Finn s'était senti lié par l'honneur. Plus rien n'avait compté, en dehors des gestes destinés à battre la mort de vitesse.

Confronté à une situation d'urgence, il pouvait donc prendre les bonnes décisions, même les plus graves. Cette révélation était une surprise… teintée d'amertume. Il avait été capable d'agir, de prendre des mesures désespérées, risquées. Son jugement n'était plus vicié par la peur et le désespoir…

S'il voulait pratiquer de nouveau la médecine, il le pouvait. Il aurait sans doute besoin du soutien de ses pairs et de leurs conseils éclairés, le temps de retrouver pleinement confiance en lui. Mais inutile de se voiler la face ou de chercher des faux-fuyants : ses talents, son savoir-faire étaient intacts.

— Déjà terminé ? lui demanda la jeune serveuse en revenant vers sa table.

Il découvrit avec étonnement le verre qui ne contenait plus qu'un fond de mousse.

Combien de bières avait-il éclusées, au cours de la soirée ?

— Nous n'allons pas tarder à fermer, annonça-t-elle.

L'heure de fermeture — un concept sorti tout droit du cerveau fossilisé d'un quelconque fonctionnaire — s'appliquait généralement de façon plus qu'élastique. Mieux valait, toutefois, ne pas risquer de manquer la dernière tournée.

D'un bref hochement de tête, il lui fit signe de le resservir. Elle partit avec sa chope vide, et il remarqua alors un client qui se dirigeait en titubant vers le comptoir. Il s'y accouda de justesse, et apostropha le barman d'une voix si forte que tout le monde put profiter de la conversation.

— J'ai ma dose, Sean. J'suis bourré comme un âne. Pas sûr qu'j'arrive jusqu'à la maison dans c't'état.

— C'est même certain qu't'y arriveras pas chez toi, si tu manges pas un morceau avant, rétorqua Sean, derrière son comptoir.

Il avait une face longue comme un jour sans pain, une physionomie à la Dickens, avec un regard pénétrant et une sorte de bonhomie naturelle.

— Qu'est-ce que tu préfères : des chips ou des biscuits ? reprit le barman de sa voix haut perchée.

— Tu veux ma mort ou quoi ?

— J'essaye plutôt d'éponger le poison qu't'as dans l'estomac.

— Tu me fais avaler deux biscuits et tu me vois plus dans les parages.

— Qu'est-ce qui te fait croire que j'ai envie d'te voir encore longtemps ici ?

— J'chuis al… allergique aux céréales. Et y a pas de pétard : le blé, c'est de l'arsenic pour moi. Tu l'savais pas ?

— Quel effet ça te fait quand t'en manges ?

— Ben, j'deviens fou, répondit le poivrot en se martelant le torse de ses deux poings. J'ai l'impression qu'y a un canasson qui me rue dans l'estomac. Pourquoi tu crois que j'bois du rhum à la place de not' bon vieux whiskey, hein ? L'est fabriqué avec du grain, *that is the problem* !

— Tu deviens cinglé, ma parole !

Le barman partit d'un grand rire devant son client qui, lui, semblait dessoûler.

— Même que j'ai failli m'suicider tellement j'étais malade ! Pffuit, terminé ! Jusqu'au jour où j'ai changé de régime.

Sean ne semblait guère convaincu, mais il lui tendit un paquet de chips.

— Je tiens pas à avoir un dingue par ici ! dit-il en refusant d'un geste l'argent que l'autre voulait lui donner.

Le gars le remercia d'un sourire, et rejoignit d'un pas chancelant un groupe de copains qui lui firent place à l'autre bout du comptoir.

Le divertissement avait pris fin, et Finn contemplait la nouvelle Guinness qui venait d'apparaître devant lui. Il paya, sans encourager la conversation avec la jeune serveuse qui partit résolument chercher son bonheur ailleurs.

— La maladie… cœliaque…, murmura Finn, le regard noyé.

Il l'avait rencontrée plusieurs fois au cours de sa pratique. Il se rappela l'un de ses patients : un jeune homme qui dépérissait à vue d'œil, ravagé par d'insupportables et inexplicables douleurs abdominales.

Des chercheurs l'avaient même baptisée « le mal irlandais », après avoir estimé qu'un Irlandais sur cinquante en était affecté.

Finn n'avait pas repensé depuis un bail à ce jeune homme qui avait fini par se marier et avoir des enfants, une fois sa santé rétablie. Il l'avait fait passer à la trappe de l'oubli depuis qu'il avait abandonné Shanmullin et ses responsabilités médicales.

Et il ne comptait pas reprendre le collier de sitôt.

— L'homme qui devient fou..., marmonna-t-il.

Bizarre. Les mots chantaient à son oreille comme une comptine...

— Un *enfant* fou.

Quel rapport avec Kieran, auquel il n'arrêtait pas de penser ? Sans doute à cause de ses particularités neurologiques qui lui rendaient l'existence si difficile. De là, ses pensées glissèrent vers Peggy qu'il admirait tant pour sa patience face à la révolte de Kieran, et pour son amour infini envers l'enfant, pourtant incapable de le lui rendre. Ou même de l'accepter.

Des enfants autistes, il en avait aussi rencontré au fil de sa carrière. Ces troubles envahissants du développement, ce terrible emprisonnement demeuraient une énigme, et toutes sortes de recherches avaient été faites à ce sujet. Les opinions divergeaient et aucun traitement n'existait. Peggy avait abordé le problème avec la double casquette d'étudiante en médecine et de mère, créant son propre programme à partir des pistes les plus prometteuses.

Finn revoyait le visage de Kieran, et la manière dont l'enfant l'avait regardé fixement, gravement, comme pour dire : « J'ai drôlement dégusté, mais c'est bientôt fini, hein ? »

Effectivement. Le petit bonhomme avait failli tirer sa révérence.

Finn sentait des idées s'agiter à la limite de sa conscience, sans qu'il pût mettre le doigt dessus. Rien de surprenant, compte tenu du nombre de bières qu'il avait descendues au cours des deux dernières heures.

Curieux, comme Kieran lui avait paru… différent, ce soir, non seulement à cause de la maladie mais parce que, soudain, il avait été *là*. Il avait perdu son habituel regard vide, comme tourné vers l'intérieur, qui lui donnait l'air absent. Un contact s'était établi, malgré sa souffrance.

— Un enfant fou…

Justement, ce soir, il était presque… normal. Et ce n'était pas la première fois que Finn le remarquait. Déjà, auparavant, à une occasion, au moins… Bon sang ! Il n'arrivait pas à rassembler ses pensées qui tournoyaient au ralenti sans qu'il pût en attraper une seule au passage.

Quand ses dents avaient percé ! se rappela-t-il soudain. Kieran avait été agité, grognon, comme ses propres enfants au même âge. Mais il s'était montré aussi plus accommodant, plus… *présent*, oui, c'était le mot… acceptant même de se laisser prendre dans les bras sans rechigner.

Finn s'aperçut soudain qu'il avait parlé à haute voix sans s'en rendre compte. Qu'importe ? Il porta de nouveau un toast imaginaire avant d'avaler sa bière.

C'était tout de même intrigant ce phénomène, et il n'arrivait pas à lâcher le sujet. Comment se faisait-il qu'une affection physique eût changé le caractère de Kieran ? Alors que la maladie aurait dû, plutôt, aggraver ses problèmes habituels.

Il le revoyait dans les bras de Peggy, se laissant cajoler, se blottissant contre elle. Comportement hautement improbable, en temps normal. Et alors ?

Ses idées étaient tellement embrouillées que ça en devenait pénible. Il sentit une boule se former dans sa gorge, et crut qu'il allait se mettre à pleurer. Il n'aurait plus manqué que ça ! L'alcoolo larmoyant dans toute sa splendeur.

Pourquoi donc ce truc-là le tarabustait-il ainsi ? Il était comme un chien qui s'acharne sur un vieil os : plus rien à manger mais on continue à ronger…

— Qu'est-ce qui s'est passé ? marmonna-t-il d'une voix pâteuse qui déraillait. Quoi d'autre ? Quoi ?

Kieran avait été malade. Oui. Fiévreux, d'accord… Il avait eu mal… La souffrance pouvait-elle aiguiser les consciences ? Peut-être, mais elle n'avait jamais rendu les enfants plus affectueux.

Les deux fois, Kieran avait peu ou mal dormi. Etait-ce un indice ? Certes, non : plutôt une conséquence.

Une intense fatigue avait-elle émoussé les défenses que représentait peut-être son autisme ? Un peu tiré par les cheveux, non ?

Tout à coup, la lumière se fit : Kieran n'avait pas *mangé.*

Finn regardait fixement la table devant lui, tandis que les pièces du puzzle achevaient de se mettre en place. Voilà pourquoi le cas de ce client fortement alcoolisé et de son empoisonnement aux céréales l'avait interpellé. Son cerveau, malgré les brumes provoquées par la bière, avait établi le lien.

Merveilleuse mécanique humaine !

Il fourragea dans sa chevelure, essayant de se remémorer un article qu'il avait lu, un an auparavant, dans une revue médicale. Il n'avait pas suspendu ses abonnements, pas plus qu'il n'avait résilié le bail de son cabinet. Il avait donc continué à recevoir les publications et, pendant ses longues nuits sans sommeil, il les feuilletait, cornant, ici ou là, un article qui l'intéressait plus qu'un autre.

Mascarade et double jeu. A qui voulait-il faire croire qu'il n'était pas médecin ? Médecin *et* assassin. Joli palmarès…

Ah, non ! Il n'allait pas se mettre à chialer comme une mauviette !

Bon, l'article…

De quoi parlait-il ? Des recherches… sur un syndrome lié au blé, en relation avec la maladie cœliaque… causant des anomalies biologiques chez des enfants autistes. Pas seulement… Il y avait autre chose.

Il enfouit sa tête entre ses mains, et essaya de démêler l'écheveau embrouillé de ses pensées. Il lui semblait que c'était important de trouver la réponse. Là, tout de suite.

« Concentre-toi, mon vieux ! »

L'intolérance alimentaire ne concernait pas seulement le blé mais aussi le lait. Oui, c'était ça : les céréales et le lait. Un régime sans gluten — la partie collante des graines de céréales telles que le blé, l'orge, l'avoine et le seigle — et sans caséine — la phosphoprotéine du lait — qui constitue l'essentiel des fromages.

Les témoignages de parents ayant appliqué ce régime strict étaient extrêmement positifs, sans que des recherches à grande échelle aient encore été menées. Certes, le régime n'était pas la panacée dans tous les cas. Il ne guérissait pas non plus l'autisme, mais il produisait parfois des effets spectaculaires chez certains enfants. L'amélioration rapide des troubles du sommeil, un comportement beaucoup plus calme, des crises moins fréquentes, une diminution des angoisses et des colères, une augmentation de la concentration et de la patience… figuraient parmi les bénéfices les plus souvent cités par ces parents.

Des enfants autistes avaient vu leur existence transformée, au point qu'avec les années, le diagnostic de leur maladie avait fini par être abandonné.

Par deux fois, lorsque son fils avait été malade, Peggy lui avait appliqué, sans le savoir, cette diète… sans gluten et sans caséine, le nourrissant surtout de jus de fruits. Et ce changement temporaire de régime avait aussitôt provoqué une modification dans le comportement de l'enfant…

Même ivre — et Dieu sait qu'il l'était —, Finn avait conscience de tenir une piste des plus sérieuses.

L'enfant étant à l'hôpital, il était envisageable de lui faire suivre un régime très restrictif, sous contrôle médical. De retour à la maison, rien n'empêcherait Peggy de le poursuivre. Ils surveilleraient attentivement le comportement de Kieran, mesureraient ses progrès et son évolution. Ces nouvelles habitudes alimentaires seraient, certes, contraignantes, mais, connaissant Peggy, il se doutait qu'elle les appliquerait à la lettre si elle en constatait les bienfaits. D'ailleurs, il existait de plus en plus de produits de substitution, sur le marché, et Kieran pourrait être nourri de façon judicieuse sans le vivre comme une punition.

Ses troubles autistiques avaient-ils débuté lorsqu'il était passé aux aliments solides, quand Peggy avait repris ses cours de médecine ?

Finn avait besoin de savoir.

Un besoin impérieux, plus puissant que son envie de boire sa bière tranquillement, alors que l'ivresse était son seul moyen pour atteindre l'oubli. Oui, oublier, quelques instants au moins, qu'il n'était plus que l'ombre de lui-même.

Il se leva tant bien que mal. La pièce se mit à tourner. Normal, avec tout ce qu'il avait ingurgité en un court laps de temps. La nausée lui souleva le cœur, et il dut se retenir au bord de la table en attendant qu'elle passe.

Il avait peur de tomber, ici ou en chemin, et de se réveiller au petit matin en ayant tout oublié. Ou, pire encore, découvrant que ses soi-disant révélations n'étaient que les élucubrations vaseuses d'un poivrot. Des baudruches qui se dégonfleraient à l'aube.

Il y avait une autre solution : il pourrait griffonner un pense-bête qu'il lirait le lendemain, en prenant son café et en soignant sa gueule de bois. Il aurait certainement les idées plus claires, à ce moment-là.

Mais allait-il laisser Peggy seule, encore une fois ?

Il baissa la tête, et tout se remit à tourner autour de lui. La honte fondit sur lui, puis, dans son sillage, un vertige qui lui coupa les jambes.

« Mon Dieu… »

Ce n'était pas un juron mais une prière, afin que le Ciel lui vînt en aide pour vaincre sa lâcheté et son égoïsme.

Il aimait Peggy Donaghue, il aimait son fils.

Et cet amour l'obligeait à affronter son désert intérieur. Plongé dans la désolation, il avait fui vers ce sinistre bar rempli d'étrangers. Tout, plutôt que regarder l'ennemi en face.

Il avait peur, tellement peur, d'aimer de nouveau.

Il sortit en chancelant. L'hôpital n'était pas très loin. A dix minutes de là… quand on était à jeun. A présent, il ne savait même pas s'il arriverait jusque-là.

Il se tint aux murs pour être sûr de ne pas quitter le trottoir. Il vacillait d'avant en arrière. Chaque pas était un défi. Garder la position verticale lui demandait la concentration d'un gymnaste aux jeux Olympiques. Il tourna le coin de la rue, espérant qu'il avait pris la bonne direction. Castlebar qui, jadis, lui était aussi familier que Shanmullin, lui semblait maintenant un labyrinthe de ruelles emmêlées et tortueuses dont il cherchait l'issue.

L'air frais de la nuit, s'il ne lui permettait pas de clarifier ses idées, lui rendit un peu d'assurance. Il arriva finalement devant l'hôpital, boutonna sa veste, vérifia que sa braguette était correctement fermée, se passa les mains dans les cheveux, et appela ses anges gardiens au secours.

L'intérieur de l'hôpital lui parut extrêmement confus. Il fit une pause dans l'entrée, oscillant dangereusement, avant de repérer l'ascenseur. Armé de toute sa volonté, il réussit à traverser la réception avec une certaine dignité. Heureusement, dans l'ascenseur, il était seul. Il atteignit l'étage désiré et trébucha lamentablement en sortant…

Rempli de honte, il se redressa, néanmoins, et enfila le couloir, zigzaguant d'une paroi à l'autre. Il fit une embardée pour éviter un chariot, et étouffa un juron en se cognant. Par chance, à cette heure tardive, les étages étaient pratiquement déserts.

A l'exception d'une silhouette familière qui s'avançait vers lui.

— O'Malley ? Je vous croyais parti !

Joe Beck s'arrêta à sa hauteur et le considéra, le nez froncé.

— Mais vous êtes soûl, ma parole ! lança-t-il sur un ton indigné.

Il regarda autour d'eux, et attira Finn dans la pièce la plus proche : une lingerie où s'empilaient draps et serviettes.

Finn se laissa entraîner sans protester.

— Quel malheur ! dit Beck en secouant la tête. Je vais vous faire sortir d'ici avant que quelqu'un vous surprenne dans cet état.

— Faut que je voie… Peg… Peggy.

Finn fit un mouvement vers la porte. Beck s'interposa.

— Ne faites pas l'imbécile ! Imaginez que quelqu'un vous dénonce, vous croyez qu'on vous laissera pratiquer, après ça ?

Au cas où vous l'auriez oublié, les alcooliques ne font pas de bons médecins.

— Kieran Donaghue…

— Est officiellement *mon* patient. Et, dans l'état où vous vous trouvez, je ne vous laisserai pas l'approcher.

Finn essaya de le bousculer pour passer. Beck le repoussa, et il s'effondra contre une étagère qui bascula et projeta une pile d'alaises par terre.

— Ecoutez-moi, bon sang ! lança Beck. J'essaye de vous aider.

— Kie–Kieran Donaghue a…

Il buta sur le terme médical, perdit le fil de sa pensée, bafouilla lamentablement.

— Je veux vous dire…

Sortie de sa bouche, la phrase devint une sorte de bouillie : « j'eueu ouire… »

Finn était encore assez lucide pour se sentir humilié.

Beck l'interrompit.

— Kieran Donaghue va bien. Vous avez fait du bon boulot, ce soir. D'ailleurs, vous avez toujours été le meilleur. Nous avons tous envié votre talent. Je rêvais d'être aussi compétent que vous. Et maintenant ? Vous n'êtes plus qu'un ivrogne. C'est lamentable de gâcher ainsi les talents que le Ciel vous a donnés. Vous faites honte à toute la profession. Franchement, j'en suis malade.

— Kie–ran est 'lergique… aux-céréales-et-au-lait.

Il fut assez fier d'avoir réussi à formuler sa phrase, et continua sur sa lancée :

— Chon autichme est p't'êt'…

— Rentrez chez vous, Finn.

Beck baissa le ton brusquement. Toute sa colère semblait s'être évanouie.

— Vous racontez n'importe quoi. Votre cerveau ne tourne pas rond, vous vous en rendez compte, tout de même ? Ne vous mettez pas dans un pétrin pareil : que Kieran soit allergique à quoi que ce soit n'a aucune importance. Il est sous assistance respiratoire et sous perfusion. D'accord ?

— Faut… faut que j'le dise à Peggy.

— Vous tenez vraiment à ce qu'elle vous voie comme ça ?

Finn piqua du nez. Beck avait raison : qui l'écouterait dans l'état lamentable où il se trouvait ? Sans compter qu'il hypothéquerait définitivement son avenir de médecin. Et, même s'il ne savait pas encore ce qu'il voulait, il souhaitait, au moins, avoir le choix. Ça oui !

— Ecoutez, dit Beck en lui posant la main sur l'épaule, je vais essayer de dégoter un aide-infirmier, et nous allons vous faire sortir de l'hôpital avant que quelqu'un d'autre ne vous voie. Je connais un endroit où vous pourrez cuver tranquillement. En toute discrétion.

Finn leva sur Beck un regard étonné. Pour quelle raison tenait-il tant à l'aider ?

— Pou-pourquoi ? bredouilla-t-il.

— Parce que j'ai commis une erreur avec cet enfant, et que vous avez réparé les dégâts. J'aurais dû faire un prélèvement laryngé. L'épiglottite est parfois causée par un streptocoque. Si je l'avais identifié à temps, je…

Finn secoua la tête, et il craignit un instant de s'évanouir.

— Si… si c'était à refaire, B-Beck, vous prendriez la même décision. Vous… vous avez agi comme vous le jugiez bon.

Ses mots percèrent le brouillard qui l'entourait. Ils auraient pu s'appliquer à son propre cas. C'était d'une clarté confondante. Seulement, sa fréquentation de la bouteille, suivie d'années de remords et d'apitoiement sur son sort, lui avaient obscurci l'esprit.

En tout cas, à l'instar de Beck, il n'aurait pas pu prendre une autre décision.

Et, même en cet instant, s'il tombait à l'eau avec ses deux petits garçons, il agirait exactement comme il l'avait fait, deux ans auparavant. Il chercherait à les sauver tous les deux. Quel autre choix un père pourrait-il faire ?

— C'est vrai, j'ai cru dur comme fer que j'avais raison, concéda Beck. Et je me suis sans doute trompé.

— La prochaine fois… vous serez plus attentif.

— Cette erreur va me poursuivre toute ma vie.

— Vous ne pouvez pas remonter le temps.

Finn entendit résonner ses propres mots.

Il leva les yeux sur Beck.

— On ne peut pas revenir en arrière… j'en sais quelque chose… Je n'ai pensé qu'à ça, depuis le jour de l'accident… Revenir en arrière.

Beck, homme impassible s'il en fut, très peu enclin à dévoiler ses émotions, révéla à Finn des yeux mouillés de larmes.

— Je sais, Finn. Nous le savons, tous, et nous en sommes sincèrement désolés. Croyez-moi.

39.

Finn était presque mort quand les sauveteurs l'avaient découvert sur le rivage. Ensuite ? Il s'était battu pour sa propre vie. Il avait organisé les obsèques de Mark ainsi que la cérémonie à la mémoire de Brian et de Sheila, dont les corps n'avaient jamais été retrouvés. Puis l'état psychologique de Bridie l'avait préoccupé, ainsi que les décisions à prendre : devait-il, par exemple, vendre la maison dans laquelle il ne se supportait plus ? Allait-il être capable de reprendre son travail ?

L'apprentissage de la survie…

La traversée des heures les plus sombres et les plus désespérées, au cours desquelles il s'assommait d'alcool pour supporter l'atroce souffrance.

Il n'avait pas pleuré. Parce qu'il ne s'y était jamais autorisé.

Le matin suivant l'hospitalisation de Kieran, Finn se retrouva face à un homme qu'il connaissait à peine : une sorte de reflet de lui-même, vu à travers un miroir déformant.

La veille, Joe Beck avait convaincu l'une de ses tantes d'accueillir Finn dans sa chambre d'amis. C'était une vieille fille, discrète, qui faisait régner l'ordre dans sa maison et n'avait aucun goût pour les commérages. Elle l'avait mis au lit, lui avait fourni du linge de toilette, et l'avait laissé dans une chambre si impeccable qu'il aurait pu y pratiquer la chirurgie.

En dépit de sa torpeur éthylique, il n'avait pu s'endormir immédiatement. A peine la demoiselle Beck avait-elle refermé sa porte qu'il s'était mis à sangloter. Il s'était longuement abîmé dans la contemplation de tout ce qu'il avait perdu. Puis, pas à pas, il en avait fait le deuil. Il avait dit adieu à Sheila, sa merveilleuse épouse. A Mark. Au petit Brian. A la vie qu'ils avaient menée tous ensemble. A l'homme qu'il avait été jadis. A ceux qui étaient partis. Pour toujours.

Sans espoir de retour.

Il s'était réveillé dans un univers qu'il ne reconnaissait pas, avec l'étrange sensation d'avoir investi le corps d'un autre.

Comment survivre, à présent ?

Depuis la tragédie, il était la proie des remords. Il s'éveillait avec eux le matin et, ensuite, ces fâcheux compagnons ne le lâchaient plus de la journée. Ils s'immisçaient entre lui et son adorable fille, s'invitaient à leur table, soir après soir.

Il avait survécu à l'accident, certes, mais à son corps défendant.

Comme un enfant qui pratique des tours de prestidigitation, il avait voulu faire resurgir ce qu'il avait perdu ; il avait marchandé avec le destin et cherché à se punir, allant jusqu'à offrir sa souffrance dans l'espoir insensé de se réveiller un jour en découvrant qu'il avait simplement fait un horrible cauchemar.

Et voici qu'une aube nouvelle se levait, sur un nouvel homme. Un homme qui laissait derrière lui la tragédie, et continuait son chemin. Un homme qui s'autorisait enfin à vivre, et à vivre heureux.

Il dévisagea l'inconnu qui le regardait dans la glace de la salle de bains : les yeux rougis et cernés, les joues en feu, la barbe naissante. Il constata que son hôtesse avait disposé à son intention un rasoir jetable, une brosse à dents neuve et un savon parfumé encore dans son emballage.

L'ombre d'un sourire amusé éclaira son visage. Il cherchait par où commencer, et la réponse venait de lui apparaître dans sa clarté biblique : par le commencement !

C'était aussi simple que ça.

« Merci, mon Dieu. »

Après avoir pris une douche et s'être changée, Peggy se sentait nettement mieux. Les infirmières avaient été adorables : elles s'étaient occupées d'elle comme d'une patiente. Et elles étaient aux petits soins avec son fils.

Peggy était seule à son chevet, à présent.

Il allait infiniment mieux. Ses couleurs étaient revenues. Le Dr Beck était passé le voir à 7 heures du matin, et avait constaté que sa gorge était nettement moins enflée. Si ça continuait comme ça, avait-il dit, Kieran serait débarrassé de son intubation en fin de journée.

Peggy n'avait pas osé demander des nouvelles de Finn. A quoi bon ? Il était libre…

Elle aurait quand même aimé le remercier. Il avait sauvé Kieran et, d'ici une cinquantaine d'années, elle s'en souviendrait encore.

— Il a l'air en forme.

Elle se retourna brusquement en entendant la voix de Finn. Elle était aussi surprise de son apparition que de son absence de la veille.

Il s'approcha du lit, saisit la courbe de température, feuilleta les résultats d'examens, et hocha la tête.

— Exactement ce que j'espérais, dit-il en levant les yeux. Et la maman de Kieran n'a pas l'air mal non plus. Avez-vous pu dormir un peu ?

— Qu'est-ce que vous faites ici ?

Au lieu de répondre, il sortit son stylo de sa poche, inscrivit quelque chose sur le diagramme, puis le montra à la jeune femme. Il avait barré le nom du Dr Joseph Beck et inscrit le sien à la place.

— Comme ça, personne n'ignorera que je suis le médecin de Kieran.

Peggy sentit une terrible colère l'envahir.

— Trop, c'est trop, Finn !

Les larmes lui montèrent aux yeux. Elle pensait, pourtant, avoir utilisé toutes ses réserves. Preuve que non…

— Dites seulement que vous m'acceptez comme médecin.

Elle fit un signe de tête, la gorge trop nouée pour parler.

— Je suis allé me soûler, hier soir, en quittant l'hôpital, dit-il. Et, au milieu de mon ivresse, j'ai eu une idée.

— Vous avez recommencé — elle reprit sa respiration — à boire.

— Non, j'ai simplement pris une cuite. Ce soir, je retourne aux Alcooliques Anonymes et, demain, je vais voir mon directeur de conscience, à l'église. Il est temps, n'est-ce pas ?

— Un prêtre ?

— Pour m'aider à accepter ce qui me pose encore problème. Je crois que je refusais de guérir, jusqu'à maintenant. Tout ça est en train de changer.

Elle resta sans voix. Il ne donnait pas l'impression d'être très solide sur ses pieds et, en même temps, elle lui trouvait un air à la fois plus détendu et plus déterminé. On sentait qu'il avait lâché prise.

— Ma soirée au pub n'a pas été entièrement négative. J'ai surpris une conversation qui m'a fait réfléchir sur le cas de Kieran. Peggy, avez-vous déjà entendu parler du régime sans gluten et sans caséine pour les enfants autistes ?

Elle avait du mal à se concentrer. Finn, un Finn différent, était de retour dans son existence, après deux faux départs. Il y avait de quoi être désemparée…

Sans lui laisser le temps de réfléchir, il continua sur sa lancée :

— C'est une piste que nous pourrions explorer : la digestion incomplète de certaines protéines crée un niveau élevé de peptides, biologiquement actives, qui, chez certains individus, s'expriment par des troubles localisés non seulement dans le tube digestif — la maladie cœliaque —mais aussi dans le système nerveux central. Ces intolérances peuvent entraîner des manifestations neurologiques allant jusqu'au repli autistique.

Peggy repensa aux milliers de documents qu'elle avait consultés, depuis le diagnostic.

— Effectivement, je me souviens de travaux qui mentionnaient cette possibilité, mais je n'en ai pas tenu compte. J'ai plutôt fait le choix d'un régime sans additifs alimentaires. Le régime sans lait et sans gluten m'avait paru assez déséquilibré et, d'après ce que j'avais lu, il y avait du pour et du contre, me semblait-il.

— Parce que le problème est plus toxique qu'allergique. Une sorte de poison qui affecte le système d'histocompatibilité humain, et produit des hallucinations.

— Quelles conclusions en tirez-vous, Finn ?

— J'ai remarqué que le comportement de Kieran s'était amélioré de façon significative à deux reprises. La première, quand il a fait ses dents, la deuxième quand ceci est arrivé, dit-il en indiquant le lit. Les deux fois, il s'est arrêté de manger. Il a surtout bu des jus de fruits…

Oui, il avait peut-être raison, songea Peggy.

— Mais ce changement n'était-il pas simplement la conséquence de la maladie ? objecta-t-elle. Ou une simple coïncidence ?

— Eh bien, ça vaut le coup de refaire le test, non ? Mettons-le au régime sans céréales et sans laitages pendant trois mois, Peggy. Je vous aiderai à établir la liste des aliments autorisés. Nous surveillerons de près son comportement pour voir si oui ou non ce régime est efficace. Je ne dis pas que ça va le guérir mais, s'il y a une chance que ça marche, il faut la saisir. Etes-vous partante ?

Tout ce qui pouvait représenter une possibilité, même infime, trouvait en elle une oreille attentive. Un cœur prêt à espérer.

Un mot, surtout, un mot qu'elle n'avait pas imaginé entendre de sitôt dans la bouche de Finn, la fit réagir.

— *Nous ? Nous* allons essayer ceci, faire cela. A quoi correspond ce *nous* ?

Il remit le diagramme en place, et fit face à la jeune femme. Son regard était triste, et il ne souriait pas.

— Je ne suis pas une affaire. J'ai encore beaucoup de chemin à parcourir avant de sortir des « quarantièmes rugissants ». Mais, pour une fois, je me sens solide, et je sais que j'ai pris la bonne direction. J'ai bon espoir, Peggy.

Il lui prit la main et la serra entre les siennes.

— La dernière fois que je suis tombé amoureux, j'ai tout perdu, ou presque. Mais, à l'instar d'autres décisions que j'ai prises, je ne voudrais pas… je ne pourrais pas en changer, même en sachant toute la souffrance qui en est résultée à la fin.

— La dernière fois, Finn ?

Un sourire éclaira enfin son visage.

— Laissez-moi remettre de l'ordre dans ma vie pour que je puisse venir à vous sans réserve.

Si elle s'était attendue à ça !

— J'aurai tant de choses à vous dire, le moment venu, reprit-il en la regardant intensément. Quand vous pourrez les entendre en étant sûre de moi.

Sûre de lui ? Elle l'était déjà. Et sans doute depuis le début, même si ces derniers jours avaient été particulièrement éprouvants.

Oui, elle était sûre et certaine que le Finn que tout le monde avait connu et apprécié serait bientôt de retour.

Enfin, ce dont elle était le plus sûre, c'est qu'il était l'homme de sa vie.

Il avait raison, cependant : il avait d'abord besoin de se retrouver lui-même. D'être persuadé qu'il était de nouveau prêt à aimer.

Et, de son côté, elle aurait toute la patience nécessaire. Elle l'attendrait aussi longtemps qu'il le faudrait.

— Mais vous resterez dans les environs ? demanda-t-elle en lui pressant les doigts. Vous m'aiderez pour le nouveau régime de Kieran ?

— Je serai aussi proche que vous m'y autoriserez, Peggy-O'. C'est là que j'ai envie d'être, et nulle part ailleurs.

Elle l'embrassa. Tout naturellement. Et rien n'était plus juste. Il l'enlaça et la serra contre lui, très fort, comme s'il craignait de la perdre, *elle* aussi.

Son étreinte était ferme et douce à la fois, et elle songea qu'elle n'aurait peut-être pas si longtemps à attendre, au bout du compte.

40.

Megan franchit le seuil de sa demeure de Hunter Street en se demandant avec une certaine inquiétude dans quel état elle allait retrouver la maison, avec ces trois générations soudainement libérées d'une présence féminine. Elle jeta un coup d'œil dans les pièces qui donnaient sur l'entrée, mais rien ne semblait avoir changé… Quel plaisir de retrouver un foyer où tout était net et propre !

— Niccolo ?

Elle ne l'avait pas prévenu de son retour, ce qui s'était révélé une sage décision car elle avait plusieurs heures de retard, à cause des mauvaises conditions atmosphériques et d'une grève du personnel navigant.

A présent, sa voix résonnait dans des pièces vides.

Niccolo n'était pas là.

Elle se laissa aller à une remarque cynique : « Pour ne pas changer ! Il n'est *jamais* là », puis se trouva injuste. Il ne pouvait tout de même pas deviner qu'elle arriverait ce jour-là. Alors qu'elle-même s'était demandé si elle rentrerait un jour.

Après avoir posé sa valise dans l'entrée, elle s'aventura dans la cuisine. En Irlande, il était minuit, ce qui ne l'empêchait pas de mourir de faim, ici, à Cleveland. Dans le réfrigérateur, elle trouva des restes appétissants. En général, la cuisine préparée par Niccolo disparaissait très vite. Il n'était pas rare de surprendre

Rooney en train d'engloutir ses fameux tortellinis *al pesto* à même le Tupperware.

Peggy sortit des spaghettis aux fruits de mer, et les fit réchauffer au micro-ondes. Elle rafraîchit d'un filet de citron un fond de salade un peu fatiguée, et posa le tout sur la table.

En s'asseyant devant sa dînette solitaire, elle eut un soupir de contrariété. Elle avait tant de choses à dire à son mari, et il n'était pas là pour les entendre ! Avait-il éprouvé le même sentiment lorsqu'elle l'avait abandonné ? Personne à qui parler, avec qui faire le point pour remettre la barque dans le sens du courant.

Soudain, elle entendit la porte de la rue s'ouvrir, puis un bruit de pas. Elle tourna la tête, espérant voir Nick.

C'était Rooney, vêtu d'un pantalon propre bien que froissé et d'un polo vert qu'il affectionnait particulièrement, sans doute parce qu'il lui rappelait le saloon : c'était l'uniforme de toute l'équipe.

Il eut un chaleureux sourire en la voyant. Ne sachant jamais comment elle allait être accueillie, elle en tira un immense plaisir.

— Rentrée…, dit-il en hochant la tête.

Elle fut toute contente qu'il se souvînt de son absence.

— Comment vas-tu, Rooney ?

— Bien.

Elle lui fit signe de s'asseoir près d'elle.

— Tu as faim ?

Il plissa le front et se concentra intensément. Les questions les plus simples devenaient facilement des rébus pour lui.

— Ben… ça se pourrait.

— Installe-toi, je vais te préparer quelque chose.

Elle ressortit les boîtes en plastique du réfrigérateur, et lui servit un Coca-Cola avec des glaçons pour le faire patienter.

— Tu sais où est passé Josh ? lui demanda-t-elle en reprogrammant le micro-ondes.

— Josh…

Il but deux grandes gorgées. Megan veillait toujours à le faire boire suffisamment car, quand il était livré à lui-même, il oubliait complètement et avait tendance à se déshydrater.

— … fait du camping.

Il sourit, satisfait d'avoir la bonne réponse.

Megan claqua des doigts.

— Ah, c'est vrai !

Josh venait d'entamer son année de terminale par une semaine de camping avec sa classe. Elle se sentit un brin coupable de n'avoir pas été là pour ses préparatifs de départ. Pourvu que Niccolo ait pu prendre le relais !

— L'a eu un nouveau sac de couchage, ajouta Rooney. Tout doux et très chaud, il a dit.

Apparemment, Niccolo avait veillé au grain, se dit Megan, soulagée et… reconnaissante.

— Et Nick ? Tu sais où il est ? demanda-t-elle d'un air faussement désinvolte.

— Tu lui as manqué.

Elle s'arrêta de tourner la salade.

— Qu'est-ce que tu dis ?

— Tu lui as manqué. Il a broyé du noir comme un jeune amoureux.

Megan dévisagea son père avec incrédulité. Rooney allait de mieux en mieux, certes, mais ce genre de remarque était rarissime. Habituellement, il était enfermé dans un monde à lui et n'observait guère son entourage.

— Vraiment ? Heureuse de l'entendre.

— Comme moi, je regrettais ta mère.

Elle lui apporta le saladier.

— Oh, tu te souviens de ça ?

Il leva sur elle un regard stupéfait, comme si c'était la question la plus stupide qu'il eût jamais entendue.

— Elle me manque toujours. Tu crois que ça s'en va comme ça, quand on perd quelqu'un ?

Elle sentit les larmes lui monter aux yeux.

— Non, bien sûr. Excuse-moi d'avoir eu l'air surpris. Elle me manque aussi, tu sais ?

— Tu es comme elle. Ça me fait plaisir, dit-il en se servant une assiette de salade.

Megan se rassit en face de lui.

— Rooney, est-ce que ton mariage t'a rendu heureux ? En dépit de tes… problèmes ?

— Pas facile pour elle. Sûr… Quelque chose qui clochait avec moi. N'empêche, elle m'aimait quand même.

Megan lui prit la main et la serra dans la sienne.

— C'est vrai. Et nous aussi, on t'aime.

— Elle me manque… tous les jours. Dur, de se lever le matin.

Dire que ni elle ni ses sœurs n'avaient soupçonné la profondeur des sentiments de Rooney, sous prétexte qu'il avait du mal à s'exprimer et que, parfois, il paraissait si incohérent ! Mais l'absence de Kathleen Donaghue faisait partie de sa vie, au même titre que l'air qu'il respirait.

Un élan d'amour lui gonfla le cœur pour ce père si particulier.

— Qu'est-ce qui a rendu ton mariage heureux ? Tu pourrais me le dire ?

Le minuteur du micro-ondes sonna à cet instant, et la jeune femme se leva pour aller chercher son bol de pâtes. Au passage, elle en profita pour s'essuyer discrètement les yeux avec une serviette en papier.

Rooney pouffa, comme s'il trouvait sa question particulièrement risible.

— L'amour, déclara-t-il sur le ton de l'évidence.

— Oui, je suis bien d'accord. Mais ce n'est pas toujours suffisant. On peut aimer quelqu'un et ne pas être capable de le comprendre.

Elle posa les spaghettis devant lui. Il abandonna sa salade pour piocher dedans d'un air gourmand. Il enfourna la moitié de son bol avant de lui répondre :

— Tu parles, elle écoute. Elle parle, tu écoutes. Pas sorcier, hein ? dit-il en regardant sa fille, tandis qu'un filet de sauce tomate coulait sur son menton.

« Est-ce aussi simple que cela ? » se demanda-t-elle, en songeant qu'elle n'avait même pas atteint ce stade avec Niccolo. Il lui parlait, mais l'avait-elle vraiment écouté ?

Et lui, comment aurait-il pu comprendre ce qui la troublait, alors qu'elle n'avait même pas trouvé le courage de le lui confier ?

— Très sage, en effet, dit-elle sans quitter son assiette des yeux.

Elle n'avait plus du tout faim, contrairement à Rooney qui, de son côté, mettait les bouchées doubles. Il termina rapidement et porta son assiette dans l'évier. Un geste qui la toucha particulièrement, car c'était celui d'un homme lucide, d'un Rooney au mieux de sa forme.

— Peggy a téléphoné, annonça-t-il en se dirigeant vers la porte.

Elle s'en voulut d'avoir attendu pour appeler sa sœur, qui devait probablement s'inquiéter de ne pas avoir eu de nouvelles.

« Pourvu qu'elle ait parlé à Jon ! » songea-t-elle. Car il avait été tenu au courant de leurs aventures, heure par heure, grâce au portable de Casey.

— Kieran était malade, mais ça va mieux, dit Rooney en quittant la cuisine.

Elle le suivit du regard avec une grande perplexité. Visiblement, elle n'en apprendrait pas davantage, ce soir.

Mais ne lui avait-il pas dit l'essentiel ? A elle d'en tirer les conclusions…

Elle en était là de ses réflexions lorsqu'une silhouette se profila sur le seuil. Niccolo ! Elle n'avait, pourtant, pas entendu la porte s'ouvrir.

Il lui ouvrit les bras.

D'un bond, elle s'y jeta.

— Tu es partie trop longtemps, lui dit-il en lui embrassant les cheveux. Tu m'as manqué, dès la première minute.

— Toi aussi, tu m'as manqué ! Je n'ai pas de mots pour le dire.

— Essaye quand même.

— Bon sang, Nick, le mariage, ça me fait un de ces effets ! Dès que nous sommes séparés, je me sens… amputée de l'essentiel.

Il s'écarta légèrement pour scruter son visage.

— Je sais. C'est pareil pour moi.

— J'ai compris d'où venaient nos problèmes.

— Moi aussi, j'ai…

— *Preum'* forcée ! lança-t-elle, comme une petite fille dans la cour de récréation. Rooney vient de me donner la clé du mystère.

— Rooney ?

Le simple fait de le dévisager lui procurait un bonheur immense. Il avait l'air fatigué, certes, mais comme il était beau ! Il avait dû travailler non-stop, depuis son départ…

— Pour faire court, il m'a expliqué que le secret d'un bon mariage, c'était de s'écouter l'un l'autre. Et j'ai soudain pris conscience que nous ne savions pas être dans cette écoute véritable. Moi, par exemple, je me contente de résoudre les problèmes.

Point à la ligne. Je n'écoute que moi parce que, pratiquement depuis toujours, je n'ai pu compter que sur moi.

Il lui caressa la joue en souriant tendrement.

— Megan, désolé de te contredire, mais il y a toujours eu des gens prêts à t'aider. C'était toi qui refusais leurs conseils.

Elle sursauta.

— Bon, admettons. Mais reconnais que j'ai davantage le sens de l'indépendance qu'une fille élevée dans une famille classique.

— Je te l'accorde bien volontiers.

— Et toi, Nick, on t'a appris à n'écouter qu'une voix.

— Celle de Dieu. Oui. Ecouter sa femme n'était pas au programme du séminaire, c'est certain.

— Je suis désolée. J'ai cru être une bonne épouse alors qu'en fait, je n'ai pas cessé de me montrer jalouse et exigeante : je trouvais que tu étais plus intéressé par ton travail que par moi. Je n'ai pas cherché à comprendre tes raisons, pas plus que je n'ai pris la peine de te confier mes frustrations.

Il effleura sa joue d'un baiser.

— Megan… je tomberais à tes pieds si tu m'y autorisais. Je me tuais au travail, guidé par un préjugé complètement erroné sur les maris qui *doivent* assurer la subsistance de leur épouse, même si celles-ci n'en ont aucun besoin. J'ai traité notre mariage comme je traitais ma paroisse : en cherchant à le faire prospérer et à obtenir des résultats visibles… Pardonne-moi.

Elle l'attrapa par le devant de sa chemise et l'attira contre elle. Puis elle l'embrassa farouchement. De tout son être.

A la fin, elle s'écarta, légèrement haletante.

— Nous avons besoin de temps pour nous — et seulement pour nous— au moins une fois par semaine. Dîner dehors, peut-être, là où personne ne viendra nous déranger. Nous réserver un espace où nous pourrons parler de ce qui est vraiment important. Et je te promets que je te dirai ce que je ressens au plus profond de moi-même. Comme ça, même si tu es débordé le reste de la semaine…

— Je ne serai pas débordé.

— Ah bon, pourquoi ?

— J'ai décidé d'arrêter la course aux sponsors pour *Une Brique*. J'ai revu mes ambitions à la baisse. Nous ferons tourner l'affaire au jour le jour, avec ce que nous récolterons de Sainte-Brigid ou de donateurs locaux. Si, d'aventure, des commanditaires généreux *et* désintéressés se profilent à l'horizon, et si ça ne nuit pas à ma vie de couple, j'aviserai. Dans l'intervalle, je compte me contenter de ce que j'ai.

Elle songea à tous les jeunes qui risquaient de ne plus bénéficier de l'association, et voulut exprimer certains scrupules. Mais il la fit taire d'un baiser.

— J'y ai longuement réfléchi : *Une Brique* ne sera bénéfique pour personne si son directeur est perpétuellement à cran, Megan. C'est la vérité pure et simple.

Elle se demanda ce qu'elle pourrait lui offrir en retour, et la réponse lui vint immédiatement :

— Effectivement, tu vas arrêter pour un temps cette perpétuelle quête pour collecter des fonds. Mais je n'aimerais pas que tu cesses de faire visiter le tunnel. Je suis désolée de m'être montrée aussi pénible sur ce point. J'avais tellement peur que tu regrettes ta vocation de prêtre que je n'ai pas su comprendre ton désir de continuer à être un guide. Aider les gens à prendre conscience d'une présence transcendante, c'est ça ta mission. Et tu n'as pas besoin de porter une soutane ou de monter en chaire pour porter la bonne parole. Tu as simplement besoin d'être libre.

Elle put lire dans son regard la joie que lui procuraient ses paroles. Il lui prit les mains et les serra dans les siennes.

— Merci.

Il y avait tant d'autres choses qu'elle aurait aimé lui dire. Mais ce serait pour plus tard.

— Veux-tu m'accompagner là-haut ? Je vais prendre une douche et me mettre au lit… si c'était dans tes bras, je serais une femme comblée.

Il lui embrassa les mains.

— Rien ne me ferait plus plaisir, mais j'aimerais d'abord te montrer quelque chose. As-tu le courage de faire un petit trajet en voiture ?

La jeune femme hésitait entre la déception et la curiosité.

— Bien sûr, dit-elle, si tu penses que c'est important.

— Je crois que tu ne le regretteras pas.

— Tu me donnes cinq minutes pour me rafraîchir un peu ?

Cinq minutes plus tard, effectivement, ils montaient dans la nouvelle Ford Focus de Niccolo, la remplaçante de la Honda qui n'avait pas survécu aux vents annonciateurs de la tornade. Au premier tournant, elle comprit où ils se rendaient.

— Vous avez terminé les travaux ?

Elle se pencha en avant, comme si cela avait pu les faire arriver plus vite.

— Tu vas voir.

— Tu sais que je n'aime pas les surprises.

Il lui décocha un sourire pur charme.

— Je m'en souviendrai… la prochaine fois !

Quelques minutes plus tard, il se gara sur l'ancien emplacement du grand érable. L'endroit était clairement délimité au sol, avec une pancarte à leur nom, et il n'y avait de place que pour une voiture.

— Wâo ! Ça en jette ! Première fois de ma vie que j'ai un emplacement à mon nom.

— C'était une erreur qui est maintenant réparée.

— Merci.

En descendant de voiture, la jeune femme remarqua le nouvel aménagement paysager : des haies d'arbustes à feuillage persistant, de grands pots en terre cuite remplis de chrysanthèmes en fleur dans les tons rouille et bronze. Un sacré saut qualitatif, comparé à son ancien parking sur un coin de macadam défoncé, derrière une benne à ordure.

— Viens voir le reste !

Elle le suivit, tandis qu'il ouvrait la porte de la cuisine. Elle avait déjà vu cette pièce pratiquement terminée, et elle découvrit avec ravissement les touches finales. Des pages de magazines féminins datant des années 20 décoraient les murs, proposant recettes et réclames de l'époque. L'une expliquait les différentes étapes de la fabrication du corned-beef, du pré à la boîte de conserve. Chaque image était joliment encadrée.

— Où les as-tu dénichées ? demanda Megan.

— Dans une brocante de Lorain. J'ai acheté une douzaine de magazines.

— C'est très joli, Nick. Ça me plaît beaucoup.

— Attends de voir la suite.

Elle remarqua d'autres détails au passage : une pimpante cruche en émail rouge où étaient disposés des ustensiles de cuisine. Un bel égouttoir à vaisselle bleu cobalt posé sur la paillasse en inox qui étincelait… La jeune femme sentit ses mains la démanger : l'impatience de se remettre à ses chers fourneaux et de concocter quelques belles recettes pour une centaine de personnes. Ce qui lui rappela l'une de ses récentes décisions.

— Nick, tu penses qu'on pourrait ouvrir la semaine prochaine ?

— Absolument. Et on fera une belle fête, pour l'occasion.

— Ma première dépense, quand je pourrai me le permettre, sera de prendre une assistante. Si tu réduis tes heures de travail, je compte en faire autant de mon côté.

— Tiens, tiens, tu as réfléchi à ça ?

— Je ne vois pas pourquoi je passerais encore mes soirées au saloon. C'était une manière de fuir ma solitude, je crois. Il est temps de déléguer un peu.

— Oh, quelle douce musique à mes oreilles ! Bon, tu viens ?

— Tout de suite, chef !

Sur le seuil de la grande salle, elle s'immobilisa, bouche bée. Le changement était spectaculaire, au-delà de ce qu'elle avait imaginé. L'agencement avait été subtilement modifié, sans que les lieux aient perdu de leur authenticité. Le bar en noyer vernis s'incurvait, à présent, pour favoriser l'accès des clients depuis l'entrée. Des étagères plus nombreuses, de la hauteur exacte d'une bouteille, encadraient le grand miroir ancien. Des box avaient été aménagés sur le côté, en remplacement des deux tables d'antan, ce qui doublait le nombre de places assises. Le coin intime réservé aux amoureux était devenu une réalité, et la fresque à la gloire de l'Irlande, réalisée par les jeunes de *Une Brique*, était presque achevée.

La jeune femme aperçut bien d'autres détails, qu'elle se promit de passer en revue un peu plus tard.

Elle serra Nick très fort dans ses bras.

— Alors, ça y est ?

— Ter-mi-né ! On vient de planter les derniers clous.

La collection des photographies de famille qu'ils avaient pu sauver des décombres était de retour sur les murs, enrichie des nouveaux membres du clan Donaghue.

La teinte verte de la salle était douce et tout à fait dans l'air du temps. Les boiseries, plus claires qu'auparavant, jetaient une chaleureuse lumière de miel sous leurs appliques en cuivre brillamment astiqué. L'atmosphère générale de la pièce s'en trouvait allégée et égayée.

— Parfait ! C'est vraiment parfait, dit Megan qui avait encore du mal à y croire.

Elle s'approcha du panneau de photos, et contempla un portrait de famille qu'elle avait déjà regardé des centaines de fois mais qui, aujourd'hui, prenait un nouveau sens pour elle.

— Mon grand-père, Glen Donaghue, dit-elle en montrant un bel homme aux cheveux blonds, à l'air sérieux, habillé d'un costume impeccable.

— Je sais. Ta tante m'en a parlé quand on a accroché les photos.

Elle songea à Glen et à Clare, à Liam, et au trésor caché, quelque part dans le bâtiment.

— J'ai une drôle d'histoire à te raconter, dit-elle à Nick.

— J'en ai une, moi aussi. Mais je ne veux pas t'en parler ici. As-tu encore une miette de courage pour me suivre ?

Tout en luttant contre une immense fatigue, elle hocha la tête.

Nick la prit alors par la main, et la ramena vers la cuisine. Puis il ouvrit la porte du sous-sol et alluma.

— Prête ?

— A quoi ?

Sans répondre, il l'entraîna dans le tunnel, ce qui ne la surprit pas outre mesure.

— J'ai installé un nouvel éclairage, en bas. Il faudra réfléchir sérieusement pour trouver une utilisation judicieuse de cet espace.

— Et l'image ?

Il tourna le commutateur, et une douce lumière éclaira la galerie.

— Tu vas voir.

Elle le suivit, sa torche à la main, au cas où…

Ils arrivèrent à l'endroit où elle l'avait retrouvé, miraculeusement indemne, le jour de leur mariage.

Dès qu'elle eut levé les yeux vers la paroi, un petit cri de déception lui échappa.

— Non…

Seule une faible trace de l'image était encore visible.

— Elle a commencé à s'effacer quand on a changé la plomberie.

— Alors, c'était bien une minuscule fuite dans les conduits qui avait créé cette silhouette ?

— Oui. Ou des joints mal ajustés, ou encore de la condensation — Il haussa les épaules —. Nous ne saurons sans doute jamais le fin mot de l'histoire. Mais l'image a pratiquement disparu, maintenant, et, avec la ventilation que nous avons installée au rez-de-chaussée, la muraille sera complètement sèche d'ici la fin de la semaine.

— Plus d'image miraculeuse…

Megan était elle-même surprise de se sentir aussi triste.

— Eh bien… tout dépend de la manière dont tu regardes.

Posant la main sur l'épaule de sa femme, il lui indiqua un endroit situé au-dessus des contours évanescents du dessin.

— Qu'est-ce que tu vois, là ?

A la jonction du mur et des poutres, il y avait un espace, comme tout au long du tunnel.

— Rien de spécial, répondit la jeune femme.

— N'était-ce pas une cachette opportune pour un Liam Tierney poursuivi par ses ennemis ?

— Comment ? Tu es au courant ?

— Casey a raconté toute l'histoire de Liam et de Glen à Jon, dans l'un de ses coups de fil de Shanmullin. Et il me l'a répétée ensuite.

Megan plissa les yeux.

— Flûte alors, ils m'ont piqué mon scoop !

— Tu me donneras ta version plus tard. D'accord ?

— Pourquoi Jon t'en a-t-il parlé ?

— Je vais te montrer.

Elle remarqua alors un escabeau posé contre le mur opposé. Niccolo s'en empara et le tira devant l'image. Il grimpa dessus et enfonça la main dans la fissure entre mur et plafond. Il en sortit une boîte métallique, genre boîte à épices ou à café.

Megan savait déjà ce qu'elle contenait.

Niccolo redescendit de son perchoir.

— La nuit où il est mort, Liam est passé ici : il était à la recherche de Glen. Il a dû ensuite emprunter ce passage pour sortir.

— Effectivement. Irene nous l'a confirmé. C'était pour échapper aux gorilles de McNulty.

— Il est donc descendu ici dans l'espoir de trouver une cachette. Les boîtes de conserve ne manquaient pas, ici. Le sous-sol était utilisé pour entreposer les marchandises. J'imagine que Liam en a vidé une de son contenu pour y dissimuler l'argent. Ensuite, il a cherché un endroit où la camoufler.

— Pourquoi le mur ?

— On ne le saura sans doute jamais. Il y avait peut-être une échelle dans le coin, qui lui a donné cette idée. En tout cas, la cachette était bien choisie : des planches courent au-dessus des solives, pour former le plancher du rez-de-chaussée. Là où les solives s'appuient sur la poutre, il n'a eu qu'à glisser la boîte dans la petite niche. Facile comme bonjour ! Il avait même enroulé une chaînette autour, dont le bout devait pendre discrètement pour lui permettre de retrouver l'endroit, s'il revenait. Au fil du temps, le dispositif a roulé dans le creux, en haut du mur.

— S'il revenait, dis-tu ?

— Tu ne trouves pas bizarre qu'il se soit délesté de l'argent ici ? A mon avis, c'est parce qu'il ne pensait pas sortir vivant de l'aventure. Soit il a eu un mauvais pressentiment, soit il connaissait trop bien les casseurs de McNulty. Toujours est-il qu'il se doutait que Glen aiderait sa veuve, s'il échappait aux tueurs.

— Et, avant de mourir, il a eu le temps de téléphoner à Brenna pour lui donner l'information.

Megan resta songeuse un moment.

— Il a dû penser que s'il mourait et si Brenna ne récupérait pas l'argent, ce petit trésor profiterait, au moins, à la famille. *Sa* famille.

— La fuite d'eau a dégouliné le long de la boîte, aux deux extrémités — ce qui correspondait à l'emplacement des yeux de la Vierge —, puis elle a imbibé le plâtre, créant des traînées qui ont formé le dessin. Selon la quantité d'eau utilisée, à l'étage au-dessus, les traces se faisaient plus ou moins visibles, donnant l'impression que la Dame pleurait.

— L'humidité imbibait le plâtre, comme de l'encre sur un buvard, dit Megan en prenant la boîte des mains de son mari. Combien y a-t-il, Nick ?

— Je te laisse le soin de le découvrir, pour que tu éprouves le plaisir du chasseur de trésor, comme je l'ai connu moi-même.

Elle batailla pour enlever le couvercle rouillé. Si Niccolo ne l'avait pas déjà forcé, il n'aurait sans doute pas cédé sous ses mains menues.

Enfin, elle l'arracha d'un dernier coup brusque. Elle regarda à l'intérieur avant de sortir les billets. Leur nombre la stupéfia. Le récipient métallique tomba à ses pieds.

— Seigneur, quel butin !

— Il y a cent billets.

Comme il s'agissait de coupures de mille dollars, le calcul était vite fait.

— Cent mille dollars, mazette ! Je n'imaginais pas une somme aussi importante.

— On comprend pourquoi McNulty voulait tant récupérer son magot ! Ça fait beaucoup d'argent, aujourd'hui. Mais, de son temps, il s'agissait d'une véritable fortune.

— Dire que cet argent était là, depuis toutes ces années, à notre insu !

La jeune femme feuilleta les billets sans en croire tout à fait ses yeux. Puis, brusquement, l'idée s'imposa à elle : elle sut exactement ce qu'elle allait en faire.

— Lorsque Jon t'a parlé, est-ce qu'il t'a raconté l'enfance de Liam ?

— Le peu que j'en sais, je l'ai appris ici ou là, au détour d'une conversation ou au cours de mes recherches aux archives.

— Il a eu une enfance misérable et solitaire. Personne pour le conseiller ou le guider. Tout ce qu'il a obtenu, c'est à la force du poignet, en ne comptant que sur lui-même. Si quelqu'un lui avait tendu la main, quelque part, le long de son parcours, il ne serait pas mort de cette manière.

— A quoi songes-tu ?

Cet argent n'avait causé que drame et destruction : il était temps d'inverser le cours des choses. Plus que temps !

Megan leva les yeux sur Niccolo.

— Cet argent appartient aussi à Casey et à Peggy, Nick. Je ne peux rien faire sans leur autorisation, mais je suis quasiment certaine qu'elles seront d'accord avec moi. Une partie sera consacrée à l'éducation et à la thérapie de Kieran, ça me paraît évident. L'autre devrait aller à *Une Brique*. En hommage à Liam Tierney.

— Je ne peux pas te laisser faire ça !

— Bien sûr que si ! Réfléchis : tu aides ces jeunes à trouver leur chemin dans la vie. Songe à ce que serait devenu Liam s'il avait rencontré un homme comme toi pour le sortir de l'ornière. D'ailleurs, aucune d'entre nous n'aura envie de profiter égoïstement de cet argent : ce serait une sorte de blanchiment de fonds d'origine frauduleuse, Nick. Alors qu'ainsi, nous transformerons le mal en bien, tout en honorant la mémoire de Liam.

Il ne répondit pas, mais son regard brillait de gratitude.

Elle lui sourit, et lui caressa doucement la joue.

— Qu'est-ce qui t'a poussé à faire ces recherches ? lui demanda-t-elle. Simple curiosité ?

— Pas uniquement. Lorsque l'image a commencé à s'effacer, je me suis dit qu'il était temps d'en avoir le cœur net. Je ne voulais rien entreprendre avant, par peur d'être celui qui détruirait le miracle, même si je n'y croyais qu'à moitié. Trop de gens auraient été choqués.

— Tu as fini par prendre ton courage à deux mains ?

— Je suis descendu, un après-midi, pendant la pause, et j'ai regardé l'icône qui pâlissait. Difficile à expliquer, mais j'ai ressenti une telle tristesse de la voir disparaître… Je voulais sonder le mur et, en même temps, j'avais du mal à m'y résoudre. J'avais sans doute envie de continuer à croire en une intervention divine, aussi longtemps que possible.

— Et alors ?

— J'étais là, debout, en contemplation devant la fresque, et… — ne ris pas ! — j'ai senti une main sur mon épaule. Une main douce et légère, tendre, comme une main de femme. J'ai tourné la tête : personne ! Mais tous mes scrupules se sont évanouis : j'ai su qu'il était temps de découvrir ce qui avait provoqué « l'apparition ».

Elle le regarda, le cœur débordant d'amour.

— D'après toi, était-ce la Vierge… ou Clare McNulty, qui t'a touché l'épaule ?

Il se pencha vers elle et s'attarda dans un long baiser langoureux.

— Cela restera un mystère, Megan. Dieu merci, certaines choses continueront toujours à nous échapper !

Épilogue

Le printemps était de retour en Irlande. Les primevères fleurissaient dans les fossés, les agneaux gambadaient dans des pâturages semés d'ajoncs éclatants ; les nuages roulaient au-dessus de Clare Island, provoquant des ondées imprévues. Mais la pluie était douce et tiède, et les nuits fraîches d'agréables prétextes à de délicieux feux de tourbe qui embaumaient.

Ce soir-là, Peggy avait fait une flambée dans la cheminée, espérant qu'Irene pourrait en profiter. Mais la vieille dame s'était mise au lit dans l'après-midi et n'avait pas eu le courage de se relever. Elle restait couchée de plus en plus souvent, dormant de longues heures pendant la journée.

Peggy s'attendait à la retrouver, un jour ou l'autre, endormie à jamais. « Au fond, songeait-elle, mourir dans son propre lit, dans la maison de ses ancêtres, entouré de ceux que l'on aime, c'est une sorte de privilège. »

La disparition d'Irene, néanmoins, laisserait un vide dans l'existence de chacun.

Mais, puisque le sort m'a désigné,
Que je dois m'en aller et vous laisser,
Alors, je lève mon verre, les amis,
Le verre du départ et des Adieux,
Et, de tout cœur, je vais vous souhaiter
Bonne nuit, que la joie soit avec vous

*
* *

La porte d'entrée s'ouvrit sur Finn et Bridie. La fillette suspendit son imperméable au portemanteau, et Finn referma son parapluie. Banjax les accueillit en frappant le sol de sa queue. Il partageait son temps entre le chevet d'Irene et la cheminée et, en cet instant, étalé de tout son long sur le tapis, il savourait la chaleur de l'âtre, les yeux mi-clos de bonheur.

Finn vint embrasser Peggy sur les lèvres. Bridie l'avait devancé pour un câlin, et elle venait de quitter le salon à la recherche de Kieran. Celui-ci était dans sa « classe », en train de bâtir des tours avec son jeu de construction. Peggy avait essayé de l'attirer vers la cuisine avec une offre de gâteau de riz et de beurre de cacahuètes maison, mais elle n'avait récolté qu'une grimace et un vigoureux « Laisse-moi jouer ! »

Ce qu'elle s'était empressée de faire, non sans sourire. La rébellion et les protestations constituaient le comportement normal de n'importe quel petit garçon de deux ans.

— Comment va-t-elle ? demanda Finn en indiquant du menton la chambre de la malade.

— Son état est stationnaire. Elle ne souffre pas, et ses rêves sont plutôt plaisants. Aujourd'hui, elle a rêvé que sa mère venait lui présenter son père.

— Elle a mangé ?

Peggy hocha la tête.

— Oui, et j'ai veillé à ce qu'elle boive suffisamment.

— Et comment se porte notre petit prince ?

Kieran méritait le titre. Il était le centre incontesté de la maisonnée, et bénéficiait de l'affectueuse sollicitude de tous. Dans une authentique famille royale, il n'aurait pas suscité plus d'intérêt.

— Il a eu de bons et de mauvais moments, aujourd'hui. Je lui ai fait manger une saucisse, et j'ai découvert ensuite qu'il y avait, dedans, un épaississant à base d'amidon. J'ai immédiatement appelé le service consommateurs et, malheureusement, j'ai appris qu'il s'agissait de gluten de blé. Kieran s'est retrouvé dans un état effroyable pendant les douze heures qui ont suivi.

Finn compatit. Il avait vu, lui aussi, Kieran dans tous ses états, après des incidents de ce genre. Le petit garçon avait fait des pas de géant, depuis l'adoption de son nouveau régime. La plupart des aliments que Peggy lui préparait jadis avec tant d'amour — le pain complet, le muesli, les fromages blancs et le lait frais — étaient à l'index. Il avait d'abord rechigné devant le changement, et puis, il avait repéré ses aliments préférés, parmi ceux auxquels il avait droit.

Kieran parlait, composait des phrases simples à l'aide des quelques mots qu'il connaissait. Pendant les leçons, son attention était beaucoup plus soutenue. Et il appréciait bon nombre de choses qu'il trouvait énervantes, auparavant. Il grimpait, maintenant, sur les genoux de Peggy lorsqu'elle lui faisait la lecture, et il désignait lui-même les images ; parfois même, il les nommait. Récemment, ils avaient abordé l'apprentissage de la propreté, et il y avait tout lieu de croire que ce serait bientôt un acquis.

Le contact visuel était de plus en plus facile à obtenir. Kieran était même devenu un adepte du jeu « Je te tiens, tu me tiens par la barbichette… » qui ne manquait pas de déclencher des crises de fou rire.

Même si son visage n'exprimait pas toujours les émotions courantes, il n'avait plus que très rarement ce regard vide, comme tourné à l'intérieur de lui-même, et ses crises de colère, au cours desquelles il se roulait par terre en donnant des coups de pieds, avaient totalement disparu.

Il paraissait aussi comprendre l'utilité des noms, même s'il hésitait encore à les employer.

Certes, le chemin serait encore long, et personne n'osait prononcer le mot de *guérison*. Mais Peggy avait bon espoir de voir un jour son fils surmonter ses handicaps et évoluer dans un monde moins hostile.

— Casey a appelé, ce matin, après ton départ, dit Peggy.

— Petit Jon va mieux ?

Peggy essaya d'imaginer le bébé qu'elle n'avait pas encore vu.

— Le pauvre, il risque d'être baptisé « petit Jon » pour le reste de sa vie.

Finn rit, tout en enroulant une mèche de ses longs cheveux autour de son index, histoire de la rapprocher de lui.

— Ses coliques sont terminées ?

— Oui. Casey prétend que c'est un gaillard en parfaite santé mais qui aime se plaindre.

— Je parie qu'il en profite pour se faire cajoler.

— Entre Casey, Megan et les nombreux membres de la famille, il est tout le temps dans les bras de quelqu'un. Et la famille va encore s'agrandir, au moment de Noël. C'est surtout cette nouvelle que Casey voulait m'annoncer, précisa Peggy, les yeux brillants.

— Megan et Nick ?

— C'est merveilleux, non ? Mais attention : nous ne sommes pas au courant : si tu as Megan au téléphone, tu joueras la surprise, d'accord ?

Il l'enlaça tendrement.

— Il faudra que tu ailles là-bas, au moment de la naissance du bébé.

— Oh, oui ! Ils me manquent tous tellement !

Elle n'osa dire qu'à son avis, Irene ne serait plus parmi eux, à Noël, et qu'elle perdrait son emploi de dame de compagnie.

— Est-ce que tu reviendras en Irlande, après ? demanda Finn en la tenant à distance pour scruter son expression. Ou faudra-t-il que je vienne t'enlever ?

Elle fit mine de réfléchir.

— N'ai-je pas un engagement du côté de Shanmullin ? Dans un cabinet médical : Drs Finn et Margaret O'Malley, médecine générale et pédiatrie ?

— Reste un léger détail : la question de tes études.

— J'ai obtenu un rendez-vous, la semaine prochaine, avec le directeur de l'école de médecine de Galway. Crois-tu que je pourrais vivre ici et suivre mes études là-bas ? Je serai sans doute obligée de louer une chambre près de l'université, pendant la semaine ; il faudra aussi que je trouve une école pour Kieran, dès qu'il sera prêt, mais…

— Tu y arriveras. Tu sais que nous t'aiderons tous.

— Finn, Irene m'a dit quelque chose, ce matin…

Il haussa les sourcils, attentif.

— Elle me laisse le Cottage Tierney. Elle souhaite que nous y vivions après notre mariage, et que Megan, Casey, et leur petite famille puissent y venir aussi souvent qu'ils le désireront.

Il la couva d'un regard amusé.

— Ça fait un moment que je le sais.

— Sans blague ?

— Peggy-O', pourquoi crois-tu que l'on t'a attirée ici ? Le trésor caché était un prétexte ; l'important, pour Irene, c'était de découvrir si tes sœurs et toi, vous seriez le genre de femmes à reprendre le flambeau du cottage familial !

— Je n'ai pas envie qu'elle disparaisse, dit-elle, les yeux remplis de larmes.

— Elle s'est préparée à ce départ, et elle en est toute proche, dit-il en prenant les mains de la jeune femme pour les embrasser.

Finn revenait de loin. Il avait repris l'exercice de la médecine, à mi-temps d'abord, puis à plein temps. Les gens du village l'avaient chaleureusement accueilli, tout comme les praticiens des alentours qui avaient vu diminuer le nombre de leurs patients avec soulagement.

Il avait consulté un psychothérapeute pendant plusieurs mois, et suivi les conseils de son directeur de conscience. Enfin, lorsqu'il avait pu évoquer le drame de son existence en toute franchise, il avait vu le bout du tunnel et accepté l'idée de retrouver l'espoir.

Peggy et lui avaient pris leur temps pour s'apprivoiser, et leurs relations étaient devenues joyeuses et confiantes.

A présent, le plus dur étant passé, ils se sentaient prêts à unir leur vie pour le meilleur. Définitivement.

Bridie reparut, portant Kieran dans ses bras. Pour une fois, il ne se débattait pas pour qu'on le pose.

— B'zour, b'zour ! lança-t-il.

— Bonjour, mon garçon. Comment vas-tu, aujourd'hui ?

Kieran cacha sa figure derrière ses mains, ce qui provoqua l'hilarité de Finn.

— Hou là, c'est si grave que ça ?

— Est-ce que granny Reine est réveillée ? demanda Bridie.

— Je vais voir.

Peggy s'éloigna de Finn à contrecœur. Aussi merveilleuse que fût la présence des enfants, les tête-à-tête avec Finn lui paraissaient toujours trop courts.

Elle entrebâilla la porte de la chambre et glissa un regard à l'intérieur. La vieille dame était assise toute droite. Elle dormait souvent ainsi, la position lui étant plus favorable pour respirer, mais, cette fois, elle avait les yeux grands ouverts, et semblait d'attaque.

— Finn est là, dit doucement Peggy. Avec Bridie.

— Faites-les entrer, ma chère enfant, dit Irene avec un large sourire. Entrez, entrez, mes amis !

Peggy poussa complètement la porte. Bridie posa Kieran et alla embrasser Irene, puis elle s'assit au bord du lit.

Sur le seuil, Finn observait la scène, le bras passé autour des épaules de Peggy.

Celle-ci sentit un frôlement le long de sa jambe : c'était son fils qui la contournait pour entrer à son tour.

Elle le regarda pour voir ce qu'il allait faire. S'il était toujours fasciné par Bridie, la plupart du temps il ignorait Irene. Curieusement, il s'approcha du lit.

Un pas, deux pas.

Bridie s'était tue. Irene aussi.

Peggy osait à peine respirer. Elle sentit le bras de Finn se resserrer autour d'elle. Elle savait qu'ils éprouvaient tous les deux les mêmes sentiments. Au cours des derniers mois, il avait développé un lien particulier avec cet enfant qui avait appris à aimer, et dont il pressentait souvent les sautes d'humeur et le comportement.

Kieran s'avança encore d'un pas, puis d'un autre, et, sous les yeux ébahis de Peggy, il grimpa sur le lit.

Il regarda Irene un moment, puis s'allongea près d'elle avec précaution, et nicha sa tête au creux de son épaule.

Extrait de

Une dangereuse liaison

de Jenna Mills

L'inspecteur Cassidy Blake sortit de l'ascenseur et s'engagea d'un pas vif dans le long corridor. Un raffut infernal lui parvint depuis l'une des chambres, au bout du couloir. Il fallait qu'elle y mette fin ; que l'ordre revienne ici, avant que ces punks déchaînés ne volent la vedette au véritable événement de la soirée.

Le retour de Derek Mansfield.

Après toutes les recherches qui avaient été faites, les études des profilers et le dossier qu'elle avait constitué, elle pensait le connaître parfaitement. Aussi parfaitement qu'une femme peut connaître un homme sans avoir couché avec lui. A présent, elle était impatiente de voir son principal suspect en chair et en os. Pour une seule raison : elle voulait avoir sa peau.

L'homme avait disparu de la circulation depuis six mois. Certains pensaient que l'héritier de l'empire hôtelier de Stirling Manor gisait au fond du lac Michigan. Mais Cass le savait trop malin pour finir pitoyablement en nourriture pour poissons. Intelligent, audacieux, impitoyable… tels étaient les qualificatifs d'ordinaire attribués à Mansfield.

Elle avait assez étudié le sujet pour être certaine qu'ils étaient mérités.

A la seule pensée de son fameux sourire insolent, elle se sentait bouillir d'impatience. Combien il lui tardait de pénétrer les méandres tortueux de l'esprit de cet escroc !… Et de le mettre sous les verrous pour très, très longtemps.

Le bruit assourdissant de la musique rock qui s'échappait de la chambre ajouta à son excitation. Elle glissa une main dans la poche de sa veste noire, et ses doigts caressèrent le métal froid de son arme. En mission d'infiltration sous une fausse identité, elle était censée être la directrice adjointe de l'hôtel et, par conséquent, elle n'userait de son Smith & Wesson qu'en dernier ressort. Mais elle savait où elle mettait les pieds : il était hors de question de prendre le risque de pénétrer sans arme dans un repaire de délinquants. Le service de sécurité de l'hôtel avait promis de la retrouver dans la chambre.

Le corridor, recouvert d'un long tapis persan, semblait interminable. Le grand-père de Mansfield avait consacré un soin scrupuleux à la décoration de ce majestueux hôtel. Ce simple couloir évoquait à lui seul l'atmosphère d'un manoir ancien. Les murs étaient recouverts de lambris de chêne, les plafonds richement ornés de moulures. Surtout, de grandes toiles s'alignaient, imposantes, et achevaient de planter le décor : des centaines de portraits agrémentaient tous les couloirs de l'établissement, sur dix-huit étages. Dieu seul savait qui étaient tous ces gens aux visages sévères. Sir Maximillian lui-même l'ignorait probablement. Son personnel avait dévalisé les salles des ventes de toute l'Europe et dépensé des millions de dollars pour acquérir cette impressionnante collection, qui rassemblait désormais les illustres membres de dynasties issues de diverses époques et de tous pays. Etrange mélange, songea Cass. Ces familles avaient vu leur arbre généalogique pillé, désacralisé. Mal à l'aise, elle sentit soudain les yeux de tous ces inconnus la suivre, dans le hall.

La musique devenait de plus en plus forte, à mesure qu'elle approchait de la porte. Cass inspira longuement, se préparant à l'affrontement, et revit le groupe de jeunes gens qui était monté dans la chambre le soir même. Des étudiants sortis de prestigieuses universités. L'argent, l'oisiveté, l'insolence. Ils s'étaient fait remarquer dès la réception, et le dénommé Chet avait exigé d'être escorté jusqu'à la chambre qu'ils avaient réservée.

Cass tenta d'ignorer le flux d'adrénaline qui faisait battre ses veines lorsqu'elle frappa à la porte. Elle attendit. Le bruit ne faiblit pas et la porte demeura fermée. Bon sang, elle n'avait pas besoin de ça, se dit-elle. Pas ce soir. Elle frappa de nouveau, plus fort cette fois, et cria :

— Ouvrez ! C'est la direction de l'hôtel.

Alors qu'elle ne s'y attendait plus, la porte s'ouvrit à toute volée, et un bras apparut. Avec effroi, elle se sentit agrippée par le poignet et attirée à l'intérieur. Une écœurante odeur de bière mêlée à la fumée âcre des cigares la saisit à la gorge. Son sang-froid, garder son sang-froid. Elle se dégagea prestement, mais quelques jeunes garçons, à l'évidence complètement ivres, firent cercle autour d'elle, la repoussant contre le mur.

Chet, celui qui semblait mener le groupe, s'approcha d'elle.

— Nous avons appelé le service des chambres pour qu'on nous envoie des filles, mais je croyais pas qu'ils nous prendraient au mot, railla-t-il d'une voix que l'alcool rendait pâteuse. Mais puisque t'es là…

— Puisque je suis là, vous allez faire moins de bruit. Sinon, nous vous demanderons de vider les lieux. Les autres clients…

— D'accord, on va faire moins de bruit, déclara un des jeunes gens en enlevant son T-shirt d'un geste lascif. Maintenant, c'est toi qui vas en faire, ma chérie.

Il fit quelques pas vers Cass. L'exaspération montait en elle, prenant le pas sur l'appréhension. Elle avait bien envie de leur apprendre les bonnes manières, mais elle ne pouvait risquer de se trahir. Elle se demanda ce que dirait une femme terrifiée dans ce genre de circonstances.

— Vous êtes dégoûtants !

— Ouis, mais pas toi, ma poupée, rétorqua celui qui était torse nu.

Les autres l'applaudirent, et, encouragé par la ferveur du groupe, il se jeta sur elle. D'un geste vif, Cass se déroba et franchit le cercle formé par les autres. Alors qu'elle essayait d'atteindre la porte de la chambre, un autre jeune homme sortit de la salle de bains en chancelant.

— Ça alors ! s'exclama-t-il. Qu'est-ce que je vois ?

Cass s'immobilisa. Chet en profita pour la prendre par l'épaule et l'attirer contre lui. Elle se raidit : personne n'avait le droit de la toucher ! Personne. Ulcérée, elle lui assena un violent coup de coude dans le ventre et l'entendit pousser un grognement de douleur. Mais les quatre autres lui bloquèrent le passage.

— Tu t'en vas déjà ? demanda l'un d'eux, narquois.

Son instinct de flic reprenant le dessus, elle tendit la main vers son arme. Mais avant que ses doigts aient pu se refermer sur la crosse du revolver, Chet surgit derrière elle, lui attrapa les bras et la serra contre lui.

— Enlève immédiatement tes sales pattes, ordonna-t-elle d'un ton glacial.

Mais il l'ignora. Celui qui venait de sortir de la salle de bains examina le badge accroché à sa veste.

— LeBlanc ? C'est ton nom ? Bon sang, Chet, je me suis toujours demandé si ce qu'on disait des Françaises était vrai.

— Eh bien, mon vieux Sauvage, tu vas le savoir.

Tout en maintenant Cass impuissante, les poings dans le dos, Chet défit la barrette qui retenait sa tresse et passa les doigts dans ses longs cheveux bruns.

— Tu veux savoir pourquoi on l'appelle Le Sauvage ? siffla-t-il d'une voix doucereuse.

— Parce qu'il a un tout petit cerveau ? suggéra-t-elle sans hésiter.

Des rires fusèrent. Le Sauvage s'avança vers elle, les yeux luisant de fureur.

— Je vais te montrer comme il est petit ! Si petit que tu n'en auras jamais assez !

Ecœurée, elle retint une réplique acerbe. Il fallait qu'ils continuent de la prendre pour une femme sans défense.

— Vous n'allez pas faire ça, dit-elle, l'air suppliant.

— Je vais me gêner !

Il s'approcha tout en continuant de vociférer. Cass décida qu'elle avait perdu assez de temps avec ces imbéciles. Elle allait leur donner une leçon qu'ils n'oublieraient jamais.

Mais la porte s'ouvrit une nouvelle fois.

— Tu poses une main sur elle et tu es un homme mort.

Les mots résonnèrent dans la tête de Cass. Elle frissonna. La voix venait de la porte, mais Chet l'empêchait de voir ce qui se passait derrière elle. Pourtant, elle savait qui venait d'entrer : la dernière personne au monde censée venir à son secours.

Christiane
Heggan

Intention de tuer

A la tête d'un restaurant prestigieux, Abbie DiAngelo vient de se voir décerner le Bocuse d'Or, quand un homme surgi de son passé menace de transformer sa belle réussite en cauchemar. Ian MacGregor, son demi-frère qui sort tout droit de prison, se présente à sa porte, brandissant la preuve que sa mère est coupable d'un meurtre survenu vingt-cinq ans plus tôt. Une preuve que Ian est prêt à ne pas divulguer… à condition que Abbie paie pour son silence.

La jeune femme cède au chantage, dans le seul but de préserver sa mère vieillissante et son fils de neuf ans. Mais lorsqu'elle va remettre l'argent au maître chanteur, elle ne trouve que… son cadavre.

Craignant de devenir le suspect N° 1 si elle avoue le chantage dont elle a été victime, Abbie cache ce détail d'importance au détective John Ryan, en charge de l'enquête.
Ryan se rend très vite compte que le meurtre de Ian MacGregor est bien plus complexe qu'il n'y paraît. Sans compter quepersonne, pas même Abbie, ne lui dit la vérité. Il décide malgré tout de la protéger, convaincu que quelqu'un agit dans l'ombre, avec l'intention de tuer…

« Avec sa maîtrise habituelle, Heggan lance des pistes en jouant avec les nerfs de ses lecteurs… »

Publishers Weekly

BEST-SELLERS N°214

À PARAÎTRE LE 1ER JANVIER 2005

Dinah McCall

Les témoins de l'ombre

Un prix Nobel célèbre pour ses recherches génétiques est retrouvé mort à New York.
Un ressortissant russe se fait engager à Abbott House, l'hôtel associé à une clinique spécialisée dans l'insémination artificielle.
Un journal intime contenant des secrets susceptibles de révolutionner le monde scientifique est sur le point d'être divulgué…
Qu'est-ce qui rattache ces faits sans lien apparent ?

Abbott House est une oasis de rêve, où les couples stériles viennent séjourner pour profiter des services de la clinique voisine, spécialisée dans l'insémination artificielle. Jack Dolan, agent du FBI, s'installe à l'hôtel tenu par Isabella Abbott en se faisant passer pour un écrivain, afin de mener une enquête discrète sur la mort d'un des médecins de la clinique, un prix Nobel du nom de Frank Walton, retrouvé assassiné à New York, et dont le corps porte les empreintes d'un homme… mort trente ans plus tôt.

Très vite, Jack devine, derrière la quiétude paradisiaque des lieux, le poids de secrets indicibles. Des secrets tels que, dans l'ombre, on est prêt à tuer quiconque chercherait à les trahir…

BEST-SELLERS N°215

À PARAÎTRE LE 1ER JANVIER 2005

Helen R. Myers

Suspicion

Bay Butler vient de passer six ans en prison, quand l'intervention de Madeleine Ridgeway, une riche cliente à qui elle a autrefois vendu une de ses sculptures, met fin à son incarcération.

Sitôt libérée, Bay est tourmentée par d'innombrables questions : pourquoi a-t-elle passé six ans derrière les barreaux pour un crime qu'elle n'a pas commis ? Que s'est-il vraiment passé ce fameux soir où son associé et ami a été retrouvé mort, assassiné… et où sa propre vie a basculé ? Quels moyens a employés Madeleine Ridgeway pour obtenir sa libération ? Loin de soutenir sa recherche de la vérité, sa protectrice la gêne par sa présence envahissante et ses incessantes manipulations. Au point que Bay se demande si l'église que gère Madeleine Ridgeway parmi d'autres affaires fructueuses, est aussi vertueuse que le laisse supposer sa vocation…

Bay ne trouve pour allié qu'un homme qu'elle devrait pourtant haïr : Jack Burke, l'inspecteur de police qui l'a arrêtée six ans plus tôt, et qui est prêt à reconsidérer l'affaire Bay Butler…

Peu à peu, Bay et Jack découvrent des vérités insoupçonnées. Des vérités qui pourraient faire trembler la petite ville de Tyler, où le pouvoir se paie parfois au prix du sang…

BEST-SELLERS N°216

À PARAÎTRE LE 1ER JANVIER 2005

Karen Harper

Testament mortel

Kate Marburn pensait qu'en se remettant de la trahison de son ex-mari, elle connaîtrait un nouveau départ dans la vie. Une existence tranquille de rosiériste sur le domaine de Sarah Denbigh, une riche veuve, semblait l'échappatoire idéale.

Mais quand Sarah décède dans de mystérieuses circonstances, après avoir fait de Kate l'héritière inattendue d'une vaste fortune mobilière, la police soupçonne la jeune femme d'être pour quelque chose dans la mort de sa bienfaitrice. En quête d'un nouveau refuge, Kate accepte un emploi de jardinière-paysagiste à Shaker Run.

Mais un danger mortel rôde sous la surface lisse de l'idyllique bourgade. Kate est menacée, harcelée, terrorisée. Une mystérieuse berline noire la suit. Des roses dont il ne reste que les tiges lui sont laissées en guise d'avertissement. Une vieille dame meurt brusquement à son tour…

Quand les décès se mettent à se succéder autour d'elle, Kate cherche vers qui se tourner dans ce village où elle compte peu de connaissances. Seul un ébéniste aussi sauvage qu'énigmatique, Jack Kilcourse, lui paraît susceptible de l'aider à identifier la sourde menace qui plane sur la bourgade, devenue la proie d'un ennemi invisible…

BEST-SELLERS N°217

À PARAÎTRE LE 1ER JANVIER 2005

Jan Coffey

L'ACCUSÉ

De retour de l'école, deux enfants — un garçon et une fille — découvrent le corps sans vie de leurs parents… Suicide ? Assassinat ?

Vingt ans plus tard, le mystère reste entier, et les enfants, devenus adultes, ont pris chacun son chemin. Alors que Léa a quitté Stonybrook et ses douloureux souvenirs, Ted, lui, a épousé la fille des banquiers de la petite ville et fondé une famille. Mais voilà qu'il a de nouveau rendez-vous avec le drame : sa femme et ses deux filles périssent dans un incendie, et, reconnu coupable, il est condamné à mort. Il n'a aucun soutien à attendre des habitants de Stonybrook : nombre d'entre eux ont des raisons d'avoir supprimé son épouse, dont les secrets d'alcôve ont donné lieu à bien des photos compromettantes…
C'est alors que des lettres anonymes parviennent à Léa, clamant l'innocence de son frère. A contrecœur, elle revient sur les lieux du scandale, et brave l'hostilité d'une ville pressée de se débarrasser de Ted et des secrets qu'il détient. Car, comme elle va le constater, ce dernier est une véritable bombe à retardement, capable d'ébranler les fondations de Stonybrook. Et le compte à rebours a commencé…

BEST-SELLERS N°218

À PARAÎTRE LE 1ER JANVIER 2005

Réédition

Nora Roberts

Une femme dans la tourmente

Sentant la lame glacée du couteau sur sa gorge, Miranda laisse son agresseur la dépouiller de son sac et disparaître dans la nuit…

Un peu plus tard, remise du choc, Miranda a oublié l'incident. Brillante historienne d'art, responsable de l'Institut Standford-Jones, elle est convoquée à Florence par sa mère, la redoutable Elisabeth, pour expertiser une statue Renaissance. Hélas, loin d'être la consécration qu'elle attendait, le voyage en Italie tourne au fiasco : le résultat de son expertise est remis en question, sa réputation ébranlée, et sa mère furieuse. A croire que le sort s'acharne contre elle ! Le sort ou… un mystérieux ennemi ? Miranda n'a plus aucun doute lorsque lui arrivent d'inquiétants messages de menaces. Qui peut bien lui en vouloir, et pourquoi ? Le danger se précisant, la jeune femme est contrainte de faire alliance avec Ryan Boldari, un séduisant cambrioleur, seul capable de l'aider à déjouer ce qui ressemble fort à une machination.

Mais Miranda peut-elle réellement se fier à cet homme sans foi ni loi ? La question est d'autant plus cruciale que, mieux qu'aucun autre avant lui, ce dernier sait enflammer ses sens et l'amener à commettre des imprudences…

BEST-SELLERS N°116

À PARAÎTRE LE 1ER JANVIER 2005

Composé et édité par les
éditions Harlequin
Achevé d'imprimer en octobre 2004

BUSSIÈRE
GROUPE CPI

à Saint-Amand-Montrond (Cher)
Dépôt légal : novembre 2004
N° d'imprimeur : 44411 — N° d'éditeur : 10910

Imprimé en France